普通高等院校工程训练系列规划教材

机械制造基础

崔明铎　主编
王庆军　孙德明　林晓娟　副主编
孙康宁　主审

清华大学出版社
北京

内 容 简 介

本书是根据教育部最新颁布的工程材料与机械制造基础课程教学基本要求，结合各兄弟院校教学改革经验与教学需求，为适应不同院校机械类各专业工程实习而编写的。

编写中坚持体现教材内容深广度适中、够用的原则，对传统的内容进行筛选，对基本工艺本着"少、精、严"的原则，删减了现在制造业已较少使用的工艺方法，增加了材料表面处理、切削基础知识、数控技术、塑料成形基础、无机非金属材料成形基础、零件加工工艺(经济)分析等内容。

本书可作为高等学校机械类各专业的工程实习教材，还可供高职、高专、成人高校的有关学生和有关工程技术人员参考。

图书在版编目(CIP)数据

机械制造基础/崔明铎主编.—北京：清华大学出版社，2008.7
(普通高等院校工程训练系列规划教材)
ISBN 978-7-302-17561-2

Ⅰ.机…　Ⅱ.崔…　Ⅲ.机械制造－高等学校－教材　Ⅳ.TH

中国版本图书馆 CIP 数据核字(2008)第 092448 号

责任编辑：庄红权
责任校对：赵丽敏
责任印制：何　芊
出版发行：清华大学出版社　　地　址：北京清华大学学研大厦 A 座
http://www.tup.com.cn　　邮　编：100084
社 总 机：010-62770175　　邮　购：010-62786544
投稿与读者服务：010-62776969，c-service@tup.tsinghua.edu.cn
质量反馈：010-62772015，zhiliang@tup.tsinghua.edu.cn
印 刷 者：北京市人民文学印刷厂
装 订 者：北京市密云县京文制本装订厂
经　销：全国新华书店
开　本：185×260　印　张：20.25　字　数：492 千字
版　次：2008 年 7 月第 1 版　　印　次：2008 年 7 月第1 次印刷
印　数：1～4000
定　价：36.00 元

本书如存在文字不清、漏印、缺页、倒页、脱页等印装质量问题，请与清华大学出版社出版部联系调换。联系电话：(010)62770177 转 3103　　产品编号：028808－01

改革开放以来，我国贯彻科教兴国、可持续发展的伟大战略，坚持科学发展观，国家的科技实力、经济实力和国际影响力大为增强。如今，中国已经发展成为世界制造大国，国际市场上已经离不开物美价廉的中国产品。然而，我国要从制造大国向制造强国和创新强国过渡，要使我国的产品在国际市场上赢得更高的声誉，必须尽快提高产品质量的竞争力和知识产权的竞争力。清华大学出版社和本编审委员会联合推出的普通高等院校工程训练系列规划教材，就是希望通过工程训练这一培养本科生的重要窗口，依靠作者们根据当前的科技水平和社会发展需求所精心策划和编写的系列教材，培养出更多视野宽、基础厚、素质高、能力强和富于创造性的人才。

我们知道，大学、大专和高职高专都设有各种各样的实验室。其目的是通过这些教学实验，使学生不仅能比较深入地掌握书本上的理论知识，而且掌握实验仪器的操作方法，领悟实验中所蕴涵的科学方法。但由于教学实验与工程训练存在较大的差别，因此，如果我们的大学生不经过工程训练这样一个重要的实践教学环节，当毕业后步入社会时，就有可能感到难以适从。

对于工程训练，我们认为这是一种与社会、企业及工程技术的接口式训练。在工程训练的整个过程中，学生所使用的各种仪器设备都来自社会企业的产品，有的还是现代企业正在使用的主流产品。这样，学生一旦步入社会，步入工作岗位，就会发现他们在学校所进行的工程训练，与社会企业的需求具有很好的一致性。另外，凡是接受过工程训练的学生，不仅为学习其他相关的技术基础课程和专业课程打下了基础，而且同时具有一定的工程技术素养，开始走向工程了。这样就为他们进入社会与企业，更好地融入新的工作群体，展示与发挥自己的才能创造了有利的条件。

近10年来，国家和高校对工程实践教育给予了高度重视，我国的理工科院校普遍建立了工程训练中心，拥有前所未有的、极为丰厚的教学资源，同时面向大量的本科学生群体。这些宝贵的实践教学资源，像数控加工、特种加工、先进的材料成形、表面贴装、数字化制造等硬件和软件基础设施，与国家的企业发展及工程技术发展密切相关。而这些涉及多学科领域的教学基础设施，又可以通过教师和其他知识分子的创造性劳动，转化和衍生出为适应我国社会与企业所迫切需求的课程与教材，使国家投入的宝贵资源发挥其应有的教育教学功能。

为此，本系列教材的编审，将贯彻下列基本原则：

(1) 努力贯彻教育部和财政部有关“质量工程”的文件精神，注重课程改革与教材改革配套进行。

(2) 要求符合教育部工程材料及机械制造基础课程教学指导组所制订的课程教学基本要求。

(3) 在整体将注意力投向先进制造技术的同时，要力求把握好常规制造技术与先进制造技术的关联，把握好制造基础知识的取舍。

(4) 先进的工艺技术，是发展我国制造业的关键技术之一。因此，在教材的内涵方面，要着力体现工艺设备、工艺方法、工艺创新、工艺管理和工艺教育的有机结合。

(5) 有助于培养学生独立获取知识的能力，有利于增强学生的工程实践能力和创新思维能力。

(6) 融汇实践教学改革的最新成果，体现出知识的基础性和实用性，以及工程训练和创新实践的可操作性。

(7) 慎重选择主编和主审，慎重选择教材内涵，严格按照和体现国家技术标准。

(8) 注重各章节间的内部逻辑联系，力求做到文字简练，图文并茂，便于自学。

本系列教材的编写和出版，是我国高等教育课程和教材改革中的一种尝试，一定会存在许多不足之处。希望全国同行和广大读者不断提出宝贵意见，使我们编写出的教材更好地为教育教学改革服务，更好地为培养高质量的人才服务。

普通高等院校工程训练系列规划教材编审委员会

主任委员：傅水根

2008年2月于清华园

前言

随着我国高等教育的迅猛发展，全国机械制造系列课程改革已取得一系列重要成果，各高校机械制造实习的条件在教育部组织的“本科教学评估”的推动下也有了很大的发展和变化。为适应目前高等院校本科机械类专业机械制造实习的需求，特编写本教材。

根据教育部工程材料及其机械制造基础课程教学指导小组新颁布的机械类“机械制造实习教学基本要求”，在教材编写中，对机械制造实习内容在保留必要的传统制造工艺的基础上，引进了多学科结合的制造技术工艺。增加了新的实习内容和技术经济分析的内容。同时作者还尝试介绍一些着重培养学生创新精神和实践能力的可操作的综合训练方法。

本教材编写注意了如下特点：

(1) 符合高等工科院校机械类专业的培养目标及教育部工程材料及机械制造基础课程指导小组制定的《高等工业学校机械制造实习教学基本要求》的精神。考虑到多数院校现有的实习条件，本教材以常规机械制造方法为主，增加了切削基础知识以及常用的先进制造技术的介绍，如数控加工、现代加工、塑料成形、无机非金属材料成形和零件加工工艺分析等。

(2) 增加了相关技术领域最新进展的介绍，力求科学、系统、先进、实用。既注重学生获取知识、分析问题与解决工程技术实际问题能力的培养，又力求体现对学生工程素质和创新思维能力的培养，通过实习缩短学生从课堂到生产实际间的距离。

(3) 全书名词术语和计量单位采用最新国家标准及其他有关标准。

(4) 本书在坚持叙述简练、深入浅出、直观形象、图文并茂特点的同时，又不使章节的篇幅过大。

山东大学孙康宁教授对全书进行了认真审阅。

本书由崔明铎担任主编并统稿全书，王庆军、孙德明、林晓娟任副主编，参加本书编写的还有高进、李静、田清波、于宽、潘悦飞、岳雪涛、徐丽娜、王吉岱、马海龙、汤爱君、吴国传、崔浩新、米丰敏等。

在编写中参考了有关教材和相关文献，并征求了有关领导与相关企业人士的意见，在此向上述人员一并表示谢意。

由于编者理论水平及教学经验所限，本书难免有谬误或欠妥之处，敬希读者和各校教师同仁提出批评建议，共同搞好本门课程教材建设工作，不胜企盼。

编　者

2008 年 7 月

目录

1 工程材料及金属热处理 …… 1
1.1 金属材料的性能 …… 1
1.2 铁碳合金相图 …… 2
1.2.1 铁碳合金的基本组织 …… 3
1.2.2 $Fe-Fe_3C$ 相图的图形分析 …… 4
1.2.3 $Fe-Fe_3C$ 相图的应用 …… 5
1.3 金属热处理基本概念 …… 5
1.3.1 热处理的基本知识 …… 5
1.3.2 常用热处理方法 …… 6
1.3.3 化学热处理 …… 8
1.3.4 表面覆层处理 …… 9
1.3.5 其他热处理 …… 11
1.3.6 热处理常用设备 …… 11
1.4 常用金属材料 …… 13
1.4.1 非合金钢 …… 13
1.4.2 低合金高强度结构钢 …… 13
1.4.3 合金钢 …… 14
1.4.4 铸铁 …… 14
1.4.5 铝及铝合金 …… 15
1.4.6 铜合金 …… 16
1.4.7 常用型材 …… 17
1.5 非金属材料 …… 17
1.5.1 高分子材料 …… 17
1.5.2 陶瓷 …… 19
1.5.3 复合材料 …… 19
1.6 工程材料的选用 …… 20
1.6.1 选材的一般原则 …… 20
1.6.2 常用零件的选材 …… 20
思考题 …… 21
2 铸造 …… 23
2.1 概述 …… 23

2.2 造型材料和模样 …… 24
2.2.1 型(芯)砂的组成、性能及其制备 …… 24
2.2.2 铸造工艺图、模样和芯盒 …… 25
2.3 浇注系统和冒口 …… 27
2.4 手工造型和制芯 …… 28
2.4.1 砂箱及造型工具 …… 28
2.4.2 手工造型 …… 28
2.4.3 制芯 …… 31
2.4.4 综合工艺分析举例 …… 33
2.5 机器造型和制芯 …… 34
2.5.1 振压式造型机 …… 34
2.5.2 射压式造型机 …… 34
2.5.3 其他机器造型 …… 36
2.5.4 射芯机 …… 36
2.6 合金的熔炼 …… 38
2.6.1 合金的熔炼 …… 38
2.6.2 铸型浇注 …… 41
2.7 铸件清理和常见缺陷分析 …… 41
2.7.1 铸件的落砂和清理 …… 41
2.7.2 铸件常见缺陷分析 …… 42
2.8 特种铸造方法 …… 44
2.8.1 熔模铸造 …… 44
2.8.2 压力铸造 …… 45
2.8.3 金属型铸造 …… 46
2.8.4 离心铸造 …… 46
2.8.5 其他特种铸造方法 …… 47
2.8.6 铸造技术的发展趋势 …… 48
思考题 …… 49
3 锻压 …… 50
3.1 概述 …… 50
3.2 金属的加热和锻件的冷却 …… 51
3.2.1 加热的目的和加热规范 …… 51
3.2.2 加热缺陷及其预防 …… 51
3.2.3 加热方法与加热设备 …… 52
3.2.4 锻件的冷却 …… 53
3.3 自由锻 …… 54
3.3.1 常用自由锻工具 …… 54
3.3.2 自由锻设备 …… 54
3.4 自由锻的基本工序 …… 56

3.4.1 自由锻基本工序 …… 56
3.4.2 自由锻工艺规程 …… 56
3.5 模锻 …… 57
3.5.1 锤上模锻 …… 57
3.5.2 胎模锻 …… 58
3.6 冲压设备与工艺 …… 59
3.6.1 剪板机、压力机与冲模 …… 59
3.6.2 冲压基本工序 …… 61
3.6.3 典型冲压件生产过程示例 …… 62
3.7 锻压新工艺简介 …… 64
3.7.1 精密模锻 …… 64
3.7.2 粉末锻压 …… 64
3.7.3 超塑性成形 …… 64
3.7.4 液态模锻 …… 64
3.7.5 半固态模锻 …… 65
3.7.6 高速锻造 …… 66
3.7.7 爆炸成形 …… 66
3.7.8 摆动辗压 …… 66
思考题 …… 67
4 连接 …… 68
4.1 概述 …… 68
4.1.1 焊接方法及其分类 …… 68
4.1.2 黏结(胶接) …… 69
4.1.3 铆接 …… 69
4.2 焊条电弧焊 …… 69
4.2.1 焊条电弧焊的基本知识 …… 69
4.2.2 焊条的组成和作用 …… 72
4.2.3 焊条电弧焊操作技能 …… 73
4.2.4 焊接规范 …… 75
4.2.5 焊接缺陷及分析 …… 77
4.2.6 焊接质量检验 …… 79
4.3 气焊与气割 …… 79
4.3.1 气焊 …… 79
4.3.2 气割 …… 80
4.3.3 气焊、气割用工具 …… 81
4.4 其他焊接方法 …… 82
4.4.1 埋弧自动焊 …… 82
4.4.2 氩弧焊 …… 83

4.4.3 二氧化碳气体保护焊 …… 84
4.4.4 电阻焊 …… 84
4.4.5 摩擦焊 …… 86
4.4.6 钎焊 …… 86
4.4.7 等离子弧焊接与切割 …… 86
4.4.8 电子束焊 …… 87
4.4.9 高频感应焊 …… 88
4.4.10 激光焊接 …… 88
4.5 焊接结构与工艺实例 …… 88
4.6 焊接新技术及其发展 …… 89
4.7 其他材料的焊接 …… 91
4.7.1 塑料的焊接 …… 91
4.7.2 陶瓷的焊接 …… 92
4.8 黏结 …… 93
4.8.1 概述 …… 93
4.8.2 黏结剂 …… 93
4.8.3 黏结接头设计 …… 94
4.8.4 黏结工艺 …… 94
4.8.5 黏结的应用举例 …… 95
4.9 铆接 …… 96
4.9.1 概述 …… 96
4.9.2 铆钉 …… 96
4.9.3 铆接工具 …… 97
4.9.4 铆接工艺 …… 97
思考题 …… 98
5 切削基础知识 …… 100
5.1 切削的概念 …… 100
5.1.1 切削运动 …… 100
5.1.2 切削用量 …… 101
5.1.3 切削用量选择的一般原则 …… 101
5.2 机械加工零件的技术要求 …… 102
5.2.1 表面粗糙度 …… 102
5.2.2 尺寸精度 …… 103
5.2.3 形状精度 …… 103
5.2.4 位置精度 …… 104
5.3 常用量具 …… 104
5.3.1 钢尺 …… 104
5.3.2 卡钳 …… 104

5.3.3　游标卡尺 …… 105
5.3.4　千分尺 …… 107
5.3.5　百分表 …… 109
5.3.6　验规 …… 110
思考题 …… 110
6　钳工 …… 112
6.1　概述 …… 112
6.1.1　钳工概述 …… 112
6.1.2　钳工基本设备 …… 112
6.2　划线 …… 113
6.2.1　概述 …… 113
6.2.2　划线基准及其选择 …… 116
6.2.3　划线步骤和示例 …… 118
6.3　锯削 …… 121
6.3.1　手锯构造 …… 121
6.3.2　锯削方法和示例 …… 122
6.3.3　其他锯削方法 …… 123
6.4　锉削 …… 123
6.4.1　锉削工具 …… 124
6.4.2　锉削方法和示例 …… 125
6.4.3　锉削质量分析 …… 129
6.5　孔和螺纹加工 …… 129
6.5.1　钻床种类及用途 …… 130
6.5.2　钻孔、扩孔、铰孔和锪孔 …… 131
6.5.3　攻螺纹和套螺纹 …… 140
6.6　刮削 …… 143
6.6.1　概述 …… 143
6.6.2　刮削工具 …… 144
6.6.3　刮削方法 …… 144
6.7　装配 …… 145
6.7.1　装配概述 …… 145
6.7.2　装配方法 …… 146
6.7.3　装配工艺过程 …… 147
6.7.4　组件装配示例 …… 147
6.7.5　拆卸的基本要求 …… 147
6.7.6　装配新工艺 …… 149
6.8　典型钳工件示例 …… 149
6.8.1　斩口锤的制作 …… 149

思考题 …… 151

7 车工 …… 152

7.1 概述 …… 152

7.2 车床 …… 153

7.2.1 车床型号 …… 153

7.2.2 车床的结构 …… 153

7.2.3 车床的传动路线 …… 155

7.2.4 其他类型车床 …… 156

7.3 车刀 …… 157

7.3.1 车刀的组成及其几何角度 …… 157

7.3.2 车刀的种类和结构形式 …… 160

7.3.3 车刀切削部分材料 …… 161

7.3.4 车刀的刃磨与安装 …… 163

7.4 工件的安装及所用附件 …… 165

7.4.1 三爪自定心卡盘装夹工件 …… 165

7.4.2 四爪单动卡盘装夹工件 …… 166

7.4.3 用两顶尖装夹工件 …… 166

7.4.4 用一夹一顶装夹 …… 168

7.4.5 用心轴装夹工件 …… 168

7.4.6 中心架和跟刀架装夹工件 …… 169

7.4.7 用花盘、压板及角铁装夹工件 …… 171

7.5 基本车削方法 …… 171

7.5.1 车端面、外圆及台阶 …… 171

7.5.2 切断与切槽 …… 174

7.5.3 车圆锥 …… 176

7.5.4 车螺纹 …… 177

7.5.5 孔加工 …… 181

7.5.6 其他车削工艺 …… 182

7.6 典型零件车削工艺示例 …… 184

思考题 …… 187

8 刨工 …… 188

8.1 概述 …… 188

8.2 刨床 …… 189

8.2.1 牛头刨床 …… 189

8.2.2 插床和龙门刨床 …… 191

8.3 刨刀 …… 192

8.3.1 刨刀结构 …… 192

8.3.2 刨刀的种类 …… 192

8.3.3 刨刀的安装 …… 193
8.4 刨削工艺 …… 193
8.4.1 刨削用量 …… 193
8.4.2 刨水平面、垂直面 …… 194
8.4.3 刨斜面和T形槽 …… 195
8.4.4 宽刃精刨 …… 196
8.5 拉削简介 …… 196
思考题 …… 198

9 铣工 …… 199
9.1 概述 …… 199
9.2 铣床 …… 200
9.2.1 万能卧式铣床 …… 200
9.2.2 立式铣床 …… 201
9.2.3 其他铣床 …… 202
9.2.4 铣床常用附件 …… 202
9.3 铣刀和工件安装 …… 205
9.3.1 铣刀 …… 205
9.3.2 工件安装 …… 207
9.4 铣削工艺 …… 207
9.4.1 铣削用量 …… 207
9.4.2 铣削工作 …… 208
9.5 齿面加工 …… 216
9.5.1 成形法 …… 216
9.5.2 展成法 …… 217
思考题 …… 220

10 磨工 …… 221
10.1 概述 …… 221
10.2 磨床 …… 222
10.2.1 外圆磨床 …… 222
10.2.2 磨床液压传动原理及特点 …… 222
10.2.3 内圆磨床 …… 223
10.2.4 平面磨床 …… 223
10.3 砂轮 …… 224
10.3.1 磨料的种类 …… 225
10.3.2 砂轮的特性及选用 …… 225
10.3.3 砂轮的检查、平衡、安装和修整 …… 226
10.4 磨削工艺 …… 228
10.4.1 外圆磨削 …… 228

10.4.2 内圆磨削 …… 229
10.4.3 圆锥面磨削 …… 231
10.4.4 平面磨削 …… 231
10.4.5 无心外圆磨削 …… 232
10.4.6 典型磨削工艺 …… 233
10.5 精整和光整加工 …… 233
10.5.1 研磨 …… 233
10.5.2 珩磨 …… 234
10.5.3 超精加工 …… 234
10.5.4 抛光 …… 235
10.6 先进磨削方法简介 …… 235
思考题 …… 237
11 数控加工 …… 238
11.1 概述 …… 238
11.1.1 数控机床加工特点 …… 238
11.1.2 数控机床的组成及工作过程 …… 238
11.1.3 数控机床的分类 …… 240
11.1.4 数控编程 …… 242
11.1.5 数控机床的坐标系 …… 243
11.2 数控程序结构和指令 …… 245
11.2.1 数控程序结构 …… 245
11.2.2 数控程序指令 …… 246
11.3 数控加工技术 …… 250
11.3.1 数控车床编程 …… 250
11.3.2 数控铣床编程 …… 255
11.4 数控车床的训练操作 …… 258
11.4.1 编程面板按键功能 …… 258
11.4.2 程序输入、检查和修改 …… 258
11.4.3 机床的运转 …… 259
思考题 …… 260
12 现代加工工艺 …… 261
12.1 概述 …… 261
12.1.1 现代加工的产生与特点 …… 261
12.1.2 现代加工方法的分类 …… 261
12.2 电火花加工 …… 262
12.2.1 基本原理 …… 262
12.2.2 电火花加工的特点与应用 …… 263
12.3 电解加工 …… 264

12.3.1　基本原理 …… 264
12.3.2　电解加工的特点与应用 …… 265
12.4　超声波加工 …… 266
12.4.1　基本原理 …… 267
12.4.2　超声波加工的特点与应用 …… 267
12.5　激光加工 …… 268
12.5.1　基本原理 …… 268
12.5.2　激光加工的特点与应用 …… 269
12.6　电子束和离子束加工 …… 270
12.6.1　电子束加工 …… 270
12.6.2　离子束加工 …… 271
12.7　电铸加工 …… 272
12.7.1　基本原理 …… 272
12.7.2　电铸加工的特点与应用 …… 272
12.8　先进制造技术简介 …… 273
12.8.1　先进制造技术体系内容 …… 273
12.8.2　先进制造技术的本质特征 …… 274
思考题 …… 274
13　塑料制品的成形与加工 …… 276
13.1　概述 …… 276
13.2　塑料的一次成形 …… 277
13.2.1　挤塑 …… 277
13.2.2　注塑 …… 277
13.2.3　压延 …… 278
13.2.4　模压成形 …… 279
13.2.5　浇铸 …… 280
13.2.6　涂覆 …… 281
13.3　塑料的二次成形 …… 282
13.3.1　薄膜双向拉伸 …… 282
13.3.2　中空制品吹塑 …… 282
13.3.3　热成形 …… 283
13.4　塑料的二次加工 …… 284
13.4.1　切削成形 …… 284
13.4.2　连接成形 …… 285
13.4.3　表面加工 …… 287
思考题 …… 288

14 无机非金属材料成形基础 …… 289

14.1 粉体的制备技术 …… 289

14.1.1 粉碎法 …… 289

14.1.2 合成法 …… 290

14.2 特种陶瓷成形工艺 …… 291

14.2.1 原料粉体的预处理 …… 291

14.2.2 特种陶瓷成形工艺 …… 291

14.3 特种陶瓷烧结 …… 295

思考题 …… 296

15 零件加工工艺分析 …… 297

15.1 毛坯的选择 …… 297

15.1.1 毛坯的种类 …… 297

15.1.2 机械零件毛坯的选择 …… 298

15.2 机械零件表面加工方法的选择及其经济分析 …… 298

15.2.1 外圆面加工方法的选择 …… 299

15.2.2 孔加工方法的选择 …… 299

15.2.3 平面加工方法的选择 …… 300

15.2.4 切削成形经济性分析 …… 300

15.3 零件的结构工艺性 …… 303

15.3.1 毛坯的结构工艺性 …… 303

15.3.2 零件切削成形的结构工艺性 …… 305

思考题 …… 307

参考文献 …… 308

工程材料及金属热处理

1.1 金属材料的性能

金属材料的性能包括使用性能和工艺性能。使用性能反映材料在使用过程中所表现出来的特性,如物理性能、化学性能、力学性能等。通常情况下,以材料的力学性能作为主要依据来选用金属材料。

金属的力学性能是指金属在力的作用下所显示的与弹性和非弹性反应相关或涉及应力-应变关系的性能。金属力学性能所用的指标和依据称为金属的力学性能判据,主要的力学性能有强度、塑性、硬度、韧性、疲劳等。

1. 强度

强度是指金属抵抗永久变形(塑性变形)和断裂的能力。工程上常用的强度判断依据包括在拉伸试验中所测得的屈服强度和抗拉强度。

(1) 屈服强度。是拉伸试样在试验过程中力不增加(保持恒定)仍能继续伸长(变形)时的应力,可用符号 R_e 表示,国标规定,应区分为上屈服强度 R_{eH} 和下屈服强度 R_{eL},单位为 MPa。

(2) 抗拉强度。是指拉伸试样拉断前所承受的最大拉应力,用符号 R_m 表示,单位为 MPa。

在旧的国家标准中 σ_s 代表屈服点,σ_b 代表抗拉强度。

工程上用的材料,除要求有较高的 R_m,还希望有一定的屈强比(R_e/R_m)。屈强比越小,零件可靠性越高,使用中若超载不会立即断裂;但屈强比太小,材料强度的有效利用率降低。抗拉强度是设计和选材时的主要依据。

2. 塑性

塑性是指断裂前材料发生不可逆永久变形的能力。塑性判据是通过拉伸试验时,以拉伸试样断裂时的最大相对塑性变形量表示的。常用的塑性判据是断后伸长率和断面收缩率,断后伸长率用符号 A 表示,断面收缩率用符号 Z 表示。数值大小通过拉伸试验与计算法获得。

材料的 A 和 Z 数值越大,表示材料塑性越好,可用锻压等压力加工方法成形,且若零件使用中稍有超载,也会因其塑性变形而不致突然断裂,增加了材料使用的安全可靠性。表达材料塑性时，通常用断后伸长率 A 表示。

3. 硬度

硬度是指材料抵抗局部变形，特别是塑性变形、压痕或划痕的能力。硬度是衡量金属软硬的性能指标，常用的硬度判断依据有布氏硬度和洛氏硬度两种。布氏硬度用符号 HBS 或 HBW 表示，国家标准规定以 HBW 为主；洛氏硬度用符号 HRA、HRB 和 HRC 等表示。其中 HBW 值和 HRC 值在生产中常用来表示材料(或零部件)的硬度。硬度值的大小在硬度计上通过硬度实验法测得。

HBW 适用于测量较软的金属或未经淬火的钢件，布氏硬度值有效范围小于 650HBW；HRC 适用于测定经热处理淬硬的钢件，有效范围在 20～70HRC。表示方法为数字在前，硬度符号在后，如 150～170HBW(规定差值不大于 30)，42～46HRC(规定差值不大于 5)。数字越大，材料硬度越高。

4. 韧性

韧性是指金属在断裂前吸收变形能量的能力。金属韧性的判断依据用冲击吸收功(符号 A_K)表示，它是通过冲击试验确定的。在实际应用中许多机器零件，如锤杆、锻模、冲模、活塞销等，在工作过程中受到冲击载荷的作用，常用冲击韧度值(符号 a_k)来表示材料的韧性，两者关系为 $a_k = A_K/S$，单位 J/cm^2。a_k 值越大，材料韧性越好。

实践证明，材料的多次重复冲击抗力取决于材料强度与韧性的综合力学性能，冲击能量高时，主要决定于材料的韧性；冲击能量低时，主要决定于强度。

5. 疲劳

材料在循环应力的应变作用下，在一处或几处产生局部永久性累积损伤，经一定循环次数后产生裂纹或突然发生完全断裂的过程，称为疲劳。金属疲劳的判据是疲劳强度。在工程上，疲劳强度是指在一定的应力循环次数(一般规定：钢铁材料的应力循环次数取 10^7，有色金属取 10^8)下不发生断裂的最大应力。光滑试样对称弯曲疲劳强度用符号 σ_{-1} 表示。由于疲劳强度断裂前无明显的塑性变形，断裂是突然发生的，因此危险性很大。

影响金属疲劳强度的因素很多，如零件外形、受力状态、表面质量和周围介质等。合理设计零件结构、避免应力集中、降低表面粗糙度值以及进行表面强化等，可以提高工件的疲劳强度。

1.2 铁碳合金相图

铁碳合金相图是人类经过长期生产实践并大量科学实验后总结出来的，是表示平衡状态下，不同成分的铁碳合金在不同温度时具有的状态或组织的图形，是研究钢和生铁的基础，它对于了解钢铁材料的性能、加工、应用等具有重要的指导意义。铁和碳可以形成一系列化合物，考虑到工业上的使用价值，目前应用的铁碳合金相图是 $Fe\text{-}Fe_3C$ 部分(w_C < 6.69%)。如图 1.1 所示为简化的 $Fe\text{-}Fe_3C$ 相图。

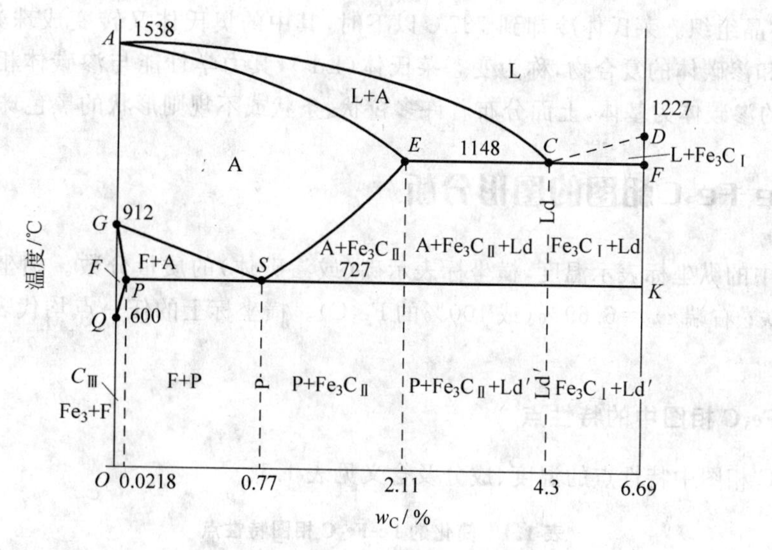

图 1.1 简化的 $Fe\text{-}Fe_3C$ 相图

1.2.1 铁碳合金的基本组织

1. 铁素体

铁素体(F)是 α-铁中溶入一种或多种溶质元素构成的固溶体。其性能与纯铁相似,即强度、硬度低,塑性、韧性好。正常侵蚀后在显微镜下呈白亮色,在钢中的形态多为不规则的多边形块,在接近共析成分的钢中,往往呈网状或断续网状。

2. 奥氏体

奥氏体(A)是 γ-铁中溶入碳和(或)其他元素构成的固溶体。其强度和硬度比铁素体高,塑性、韧性也好。因此,钢材多数加热到奥氏体状态进行锻造。通常高温显微镜下(727℃以上)才能观察到奥氏体组织。其晶粒呈多边形,且晶界比铁素体平直。

3. 渗碳体

渗碳体(Fe_3C)是复杂的斜方晶格,化学式为 Fe_3C 的金属化合物,是钢和铸铁中常见的固相。其硬度高,塑性、韧性差,脆性大。渗碳体在钢和铸铁中可呈片状、球状和网状分布,主要起强化作用,它的形态、大小、数量和分布对钢和铸铁的性能有很大影响。

4. 珠光体

珠光体(P)是铁素体薄层(片)与碳化物(包括渗碳体)薄层(片)交替重叠组成的共析组织。其性能介于铁素体和渗碳体之间,强度较高,硬度适中,有一定的塑性。

5. 莱氏体

莱氏体(Ld)是铸铁或高碳高合金钢中由奥氏体(或其转变的产物)与碳化物(包括渗碳

体)组成的共晶组织。莱氏体冷却到727℃以下时,其中的奥氏体又转变成珠光体,莱氏体成为珠光体和渗碳体的复合物,称为变态莱氏体(Ld′),其力学性能与渗碳体相近。组织特征为:白亮的渗碳体为基体,上面分布着许多粒状、条状或不规则形状的黑色珠光体。

1.2.2 Fe-Fe_3C相图的图形分析

图1.1中的纵坐标表示温度,横坐标表示碳(或渗碳体)的质量分数。横坐标的左端表示100%的铁;右端$w_C=6.69\%$(或100%的Fe_3C)。横坐标上的任一点均代表一种成分的铁碳合金。

1. Fe-Fe_3C相图中的特性点

Fe-Fe_3C相图中特性点的温度、成分及含义见表1.1。

表1.1 简化的Fe-Fe_3C相图特性点

特性点	温度℃	w_C/%	含 义
A	1538	0	纯铁的熔点
C	1148	4.3	共晶点
D	1227	6.69	渗碳体的熔点
E	1148	2.11	碳在γ-Fe中的最大溶解度
G	912	0	纯铁的同素异构转变点
P	727	0.0218	碳在α-Fe中的最大溶解度
S	727	0.77	共析点
Q	600	0.0057	600℃时碳在α-Fe中的溶解度

2. Fe-Fe_3C相图中的特性线

Fe-Fe_3C相图中的特性线是不同成分合金具有相同物理意义的相变点连接线,其名称及含义见表1.2。

表1.2 简化的Fe-Fe_3C相图特性线

特性线	名 称	含 义
*ACD*线	液相线	在此线以上各成分的铁碳合金均处于液相,当缓冷至此线时开始结晶
*AECF*线	固相线	任一成分的铁碳合金缓冷至此线时全部结晶为固相;加热到此温度线时,固相开始熔化
*ECF*水平线	共晶线	$w_C>2.11\%$的铁碳合金缓冷至此线时,均发生共晶转变,生成莱氏体
*PSK*水平线	共析线(A_1线)	$w_C>0.0218\%$的铁碳合金,缓冷至此线时,均发生共析转变,生成珠光体
*GS*线	A_3线	$w_C<0.77\%$的铁碳合金,缓冷时,将从奥氏体中析出铁素体的开始线;缓慢加热时,铁素体转变为奥氏体的终了线
*ES*线	A_{cm}线	碳在奥氏体中的溶解度曲线。$w_C>0.77\%$的铁碳合金,由高温缓冷时,从奥氏体中析出二次渗碳体的开始温度线;缓慢加热时,二次渗碳体溶入奥氏体的终了线

3. $Fe\text{-}Fe_3C$ 相图中的相区

简化的 $Fe\text{-}Fe_3C$ 相图中有 4 个单相区，即在液相线以上的液相区、位于 *AESGA* 范围的奥氏体区，以及 *GPQ* 铁素体区和 *DFK* 渗碳体线。在单相区之间为过渡的二相区，如相组成 L＋A、$L+Fe_3C_I$ 和 A＋F 等。

1.2.3 $Fe\text{-}Fe_3C$ 相图的应用

$Fe\text{-}Fe_3C$ 相图在生产中主要应用于钢铁材料的选用和热加工工艺的制定两个方面。

1. 在钢铁材料选用方面的应用

$Fe\text{-}Fe_3C$ 相图反映了钢铁材料的组织、性能随成分变化的规律，为材料选用提供了依据。工程结构用的型钢需要塑性、韧性好的材料，可选用 $w_C<0.25\%$ 的钢材。机械零件需要强度、塑性及韧性都较好的钢材，可选用 $w_C=0.25\%\sim0.60\%$ 的钢材。各种工具要用硬度高和耐磨性好的材料，则应选 w_C 更高的钢材。

2. 在制定热加工工艺方面的应用

在铸造工艺方面，可根据 $Fe\text{-}Fe_3C$ 相图确定合金的浇注温度，浇注温度一般在液相线以上 50～100℃。在铸造生产中，接近于共晶成分的铸铁得到了广泛的应用，因为它的凝固温度区间小，流动性好，分散缩孔较少，可以获得致密的铸件。

在锻造工艺方面，碳钢室温平衡组织是两相混合物，塑性较低，变形困难。如果将钢加热到奥氏体状态，则强度低、塑性较好，有利于塑性成形。因此，锻造一般在单相奥氏体区进行。

在热处理工艺方面，金属热处理（如退火、正火及淬火等）时的加热温度，需根据相图来确定。

在焊接工艺方面，根据相图可以了解各种铁碳合金的焊接性，焊接性主要与 w_C 有关，w_C 较低的铁碳合金（如低碳钢）焊接性好。因此，正确选择焊接材料，了解焊接时不同温度下组织的变化，采取相应的工艺措施等，都具有一定的意义。

1.3 金属热处理基本概念

1.3.1 热处理的基本知识

金属热处理是将固态金属或合金采用适当的方法进行加热、保温和冷却，获得所需要的组织结构与性能的工艺。热处理的基本工艺过程可用温度-时间关系曲线表示，如图 1.2 所示。钢在加热和冷却时的温度变化曲线见图 1.3。

金属热处理可分为整体处理、表面热处理和化学热处理。整体处理包括退火、正火、淬火和回火等；表面热处理和化学热处理主要有表面淬火、渗碳和渗氮等工艺。

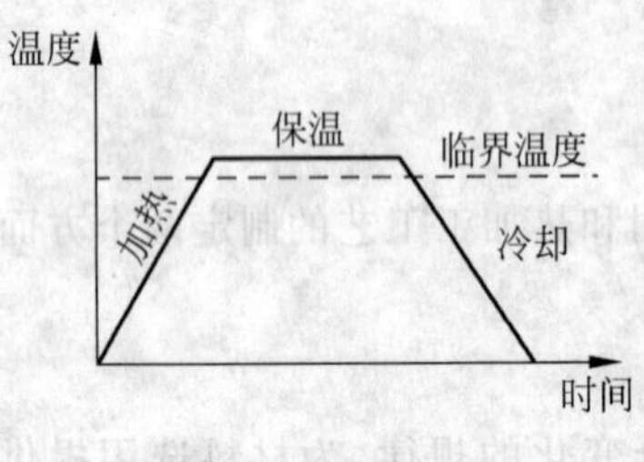

图 1.2 热处理工艺曲线

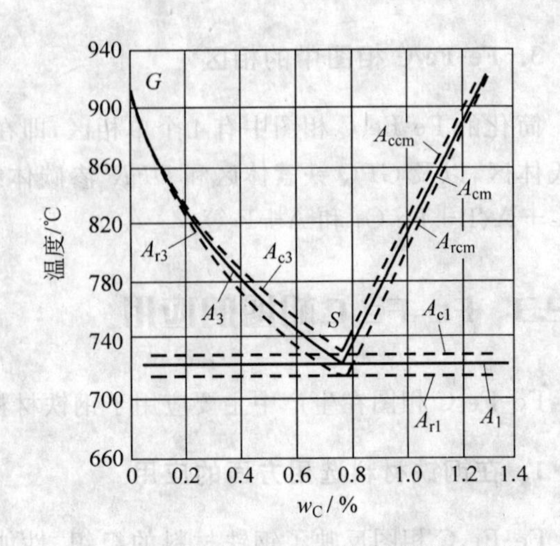

图 1.3 钢在加热和冷却时的温度变化曲线

热处理用于消除上一工艺过程所产生的金属材料内部组织结构上的某些缺陷，改善切削性能，还可以进一步提高金属材料的性能，从而充分发挥材料性能的潜力。因此，大部分重要的机器零件都要进行热处理。

1.3.2 常用热处理方法

1. 退火

退火是将金属和合金加热到适当温度，保温一定时间，然后缓慢冷却的热处理工艺。根据钢的成分和性能要求的不同，退火可分为：

（1）完全退火。将铁碳合金完全奥氏体化，随之缓慢冷却，获得接近平衡状态组织的退火工艺。完全退火的目的是通过完全重结晶细化晶粒，降低硬度，改善切削性能。完全退火主要用于亚共析钢的铸、锻件。

（2）球化退火。使钢件中碳化物球状化而进行的退火工艺。目的是使过共析钢中网状碳化物球状化，降低硬度，提高韧性，改善切削性能，为淬火作组织准备。

（3）去应力退火。为了去除由于塑性变形加工、焊接等造成的以及铸件内存在的残余应力而进行的退火。主要用于消除铸件、锻件、焊接件和切削件的残余应力。

2. 正火

正火是将钢材或钢件加热到 A_{c3} 或 A_{ccm} 以上 30～50℃，保温适当的时间后，在静止空气中冷却的热处理工艺。把钢件加热到 A_{c3} 以上 100～150℃的正火称为高温正火。

正火的作用与退火类似，但正火时的冷却速度比退火快。同样的钢件在正火后的强度和硬度要比退火工件稍高，但消除残余应力不如退火彻底。因正火冷却较快、操作简便、生产率高，在可能的情况下应优先采用正火。低碳钢多采用正火代替退火。

3. 淬火和回火

淬火是将钢件加热到 A_{c3} 或 A_{c1} 以上某一温度，保持一定时间，然后以适当的速度冷却获得马氏体和(或)贝氏体组织的热处理工艺。其目的在于提高钢件的硬度和耐磨性,通过淬火加不同温度的回火以获得各种需要的性能,是钢的重要强化方法。

工件淬火冷却时所用的介质叫做淬火介质。根据钢的种类不同,淬火介质有所不同,常用的淬火介质有水和油两种。水便宜,冷却能力较强,一般碳素钢工件多用它作为淬火介质。油的冷却能力比水低、成本高,但是可防止工件产生裂纹等缺陷,合金钢多用油淬火。钢淬火后必须回火。

回火是钢件淬硬后,再加热至 A_{c1} 以下的某一温度,保温一定时间,然后冷却到室温的热处理工艺。其目的是稳定组织,减少内应力,降低脆性,获得所需性能。

表 1.3 为常见的回火方法及其应用。

表 1.3 常见的钢的回火方法及其应用

回火方法	加热温度/℃	力学性能特点	应用范围	硬度/HRC
低温回火	150～250	高硬度、耐磨性	刃具、量具、冷冲模等	58～65
中温回火	350～500	高弹性、韧性	弹簧、钢丝绳等	35～50
高温回火	500～650	良好的综合力学性能	连杆、齿轮及轴类	20～30

4. 表面淬火

表面淬火是仅对工件表层进行淬火的工艺。其目的是为了获得高硬度的表面层和有利的残余应力分布,提高工件的硬度和耐磨性。

表面淬火加热的方法很多,如感应加热、火焰加热、电接触加热、激光加热等,目前生产中最常用的是感应加热(如图 1.4 所示)和火焰加热(如图 1.5 所示)。

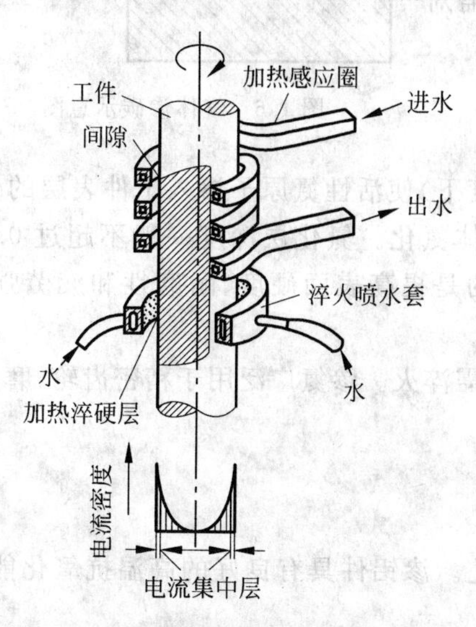

图 1.4 感应加热淬火示意图

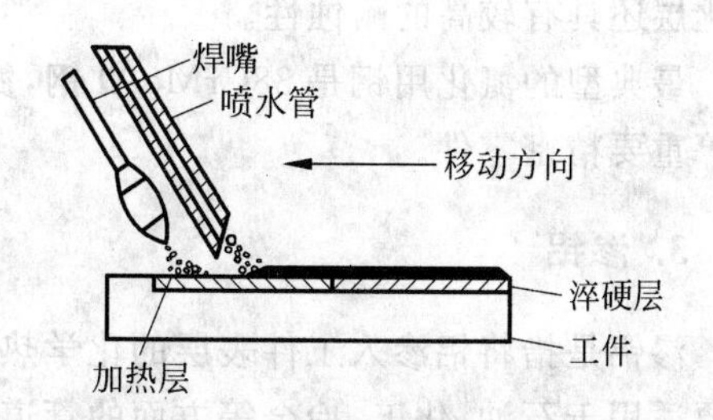

图 1.5 火焰加热表面淬火示意图

感应加热表面淬火是利用工件在交变磁场中产生感应电流,将表面加热到淬火温度后立刻快速冷却的热处理方法。感应加热表面淬火生产率高,淬火层厚度也易于控制,可以使全部淬火过程机械化、自动化。但是感应加热表面淬火设备价格较高,对每个工件都需要相适应的感应器,因此它仅适用于形状简单、生产批量大的工件的表面热处理,如螺栓、轴颈、齿轮等工件的表层淬火。

火焰加热表面淬火是将工件表面用强烈的火焰(一般用氧-乙炔火焰)加热到淬火温度后,立刻喷水或浸水,使工件表面具有较高的硬度,心部仍具有原来的强度和韧性。火焰加热表面淬火工艺不受工件体积大小的限制,而且所需设备简单,成本低。但是淬火效果不稳定,工件表面的质量不易保证。

1.3.3 化学热处理

化学热处理是将金属和合金工件置于一定温度的活性介质中保温,使一种或几种元素渗入它的表层,以改变其化学成分、组织和性能的热处理工艺。常用的化学热处理有渗碳、渗氮、碳氮共渗和渗金属元素等。

1. 渗碳

渗碳的方法主要有气体渗碳、液体渗碳和固体渗碳3种。气体渗碳如图1.6所示。将清洁后的钢件装入密封的井式气体渗碳炉中,加热至900～950℃,通过气体渗碳剂(煤气、液化石油气等)进行渗碳。渗碳后可使工件表面1～2mm厚度内的含碳量提高到0.8%～1.2%。渗碳工件材料一般为低碳钢或低合金钢。

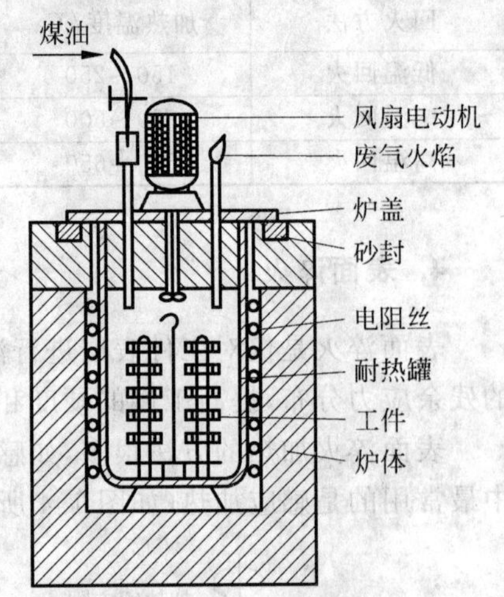

图1.6 气体渗碳示意图

渗碳只改变工件表面的化学成分,为了提高工件表面的硬度和耐磨性,同时改善心部组织,渗碳后还需对工件进行淬火和低温回火处理。

2. 渗氮

渗氮(氮化)是在一定的温度下(一般在 A_{c1} 温度下)使活性氮原子渗入工件表层的化学热处理工艺。目前广泛应用的是气体渗氮或称气体氮化。氮化层深度一般不超过0.6～0.7mm,氮化处理时工件的变形极小。渗氮的目的是提高表面硬度、耐磨性和疲劳强度。氮化层还具有较高的耐蚀性。

最典型的氮化用钢是38CrMoAl钢,氮化后不需淬火。渗氮广泛用于精密齿轮、磨床主轴等重要精密零件。

3. 渗铝

渗铝是指将铝渗入工件表层的化学热处理工艺。渗铝件具有良好的高温抗氧化能力,主要适用于石油、化工、冶金等方面的管道和容器。

4. 渗铬

渗铬是将铬渗入工件表层的化学热处理工艺。渗铬零件具有耐蚀、抗氧化、耐磨和较好的抗疲劳性能,兼有渗碳、渗氮和渗铝的优点。

5. 渗硼

渗硼是指将硼元素渗入工件表层的化学热处理工艺。渗硼零件具有高硬度、高耐磨性和好的热硬性(可达 800℃),并在盐酸、硫酸和碱内具有抗蚀性。渗硼应用在泥浆泵衬套、挤压螺杆、冷冲模及排污阀等方面,能显著提高使用寿命。

1.3.4 表面覆层处理

1. 镀层处理

1) 电镀

利用外加直流电作用,从电解液中析出金属,并在工件表面沉积而获得与工件牢固结合的金属覆盖层的方法称为电镀。

电镀层除了保护性、装饰性的作用外,还具有许多特殊的性能,如在内燃机的汽缸套、活塞环上镀铬可以获得很高的耐磨性;镀铜层可提高其材料的导电性;在航空、航海及无线电器材上镀锡,可提高材料的焊接性;镀银层主要用在仪器制造工业及无线电工业中,以提高导线的导电性能、避免接触点的氧化和减少接触电阻;镀镉层在海洋性的空气或与海水接触的条件下有很好的耐蚀性等。

2) 化学镀

含有镀层金属离子的溶液在还原剂的作用下,在有催化作用的工件表面形成镀层的方法,称为化学镀。化学镀不用外电源,比较方便。

Ni、Co、Pd、Cu、Au 和某些合金镀层如 Ni-P、Ni-Mo-P 等都可用化学镀获得。化学镀工艺在电子工业中占有重要的地位。例如,化学镀镍层在印刷电路板、接插件、高能微波器件和电容器上都获得了应用。

3) 真空镀

真空镀的主要方法有如下 3 种。

(1) 蒸发镀:把金属在真空条件下加热、蒸发,蒸发出来的气体金属原子在工件上沉积成膜的方法。

(2) 溅射镀:在真空条件下导入氩气,使其发生放电(辉光放电)产生氩离子(Ar^{2+}),带正电的 Ar^{2+} 在强电场的作用下轰击阴极,使其表面原子被溅射出来并沉积在工件表面形成膜层的方法。

(3) 离子镀:离子镀是蒸发镀和溅射镀的综合。在真空条件下被加热、蒸发出来的气体金属原子在经过氩气辉光放电区的时候,一小部分发生电离,并经加速后打到工件表面上,其余没有电离的蒸发的金属原子直接在工件上沉积成膜。

由于 TiN、TiCN 镀层都呈金黄色膜,0.5μm 厚的镀层即可取代 1μm 厚的黄金镀层;SiC 镀层呈黑色,1~2μm 厚度已能达到耐磨和装饰性要求。真空镀膜工艺广泛用于手表表壳、表带、钢笔、眼镜架和镜框等日用品上制备硬质耐磨装饰性镀层。TiN、TiC 和 TiCN 镀层在切削刃具上也被广泛采用,在钻头、丝锥、铣刀、模具、拉刀、齿轮等刀具上镀覆 2~5μm 厚度镀层,可使刀具寿命提高 3~10 倍。利用真空镀膜工艺在扬声器振动膜片上镀覆金刚石膜,可以增强共振作用。真空镀膜工艺还用于航空航天工业,用离子镀膜工艺镀覆人造卫星上转动部件摩擦副表面,可大大提高其减摩、耐磨和润滑性能。

2. 化学膜层保护

1) 钢铁的氧化和磷化

钢铁的氧化和磷化又称发蓝或发黑,钢铁的氧化是将钢材或钢件在空气-水蒸气或化学物,如含苛性钠、硝酸钠或亚硝酸钠的溶液中加热到适当温度,使其表面形成一层蓝色或黑色氧化膜,以改善钢的耐蚀性和外观。它广泛用于弹簧、精密仪器和光学仪器及电子设备的零件、各种兵器的防护装饰方面。钢铁的磷化是将钢铁零件放入磷酸盐溶液中,使金属表面获得一层不溶于水的磷酸盐薄膜的工艺。膜呈灰色或暗灰色,耐蚀能力比发蓝强得多。

2) 铜及铜合金的氧化

铜及铜合金的氧化是用化学氧化或电化学氧化的方法,使铜或铜合金零件表面生成一层黑色、蓝黑色等颜色的氧化膜。例如,把铜或铜合金零件放入过硫酸钾($K_2S_2O_8$)溶液中,这种强氧化剂在溶液中分解为 H_2SO_4 和极活泼的氧原子,使零件表面氧化,生成黑色氧化铜保护膜。这种方法广泛应用于电器、仪表、电子工业和日用五金等零件的表面防护处理。

3) 铝及铝合金的阳极氧化处理

在电解液中,以铝或铝合金工件为阳极,经电解在其表面形成与基体结合牢固的氧化膜层的过程称为阳极氧化。经阳极氧化处理获得的氧化膜硬度高、耐磨,有较高的耐蚀性。氧化膜还具有光洁、光亮、透明度较高的特点,经染色,可得到各种色彩鲜艳夺目的表面,广泛应用于航空、电子、机械制造和轻工业部门。

3. 非金属复层

非金属复层又称涂装,是利用喷射、涂饰等方法,将有机涂料涂覆于工件表面并形成与基体牢固结合的涂覆层的过程。如氨基树脂涂料广泛用于自行车、缝纫机、洗衣机和电冰箱外壳作为装饰和保护涂层,聚酯树脂涂料用于轿车、货车的表面涂装。

常用的涂装方法有如下几种。

(1) 刷涂法。这是最简单的操作方法,几乎所有的涂料都可以使用,但生产效率低、劳动强度大、装饰性能差。

(2) 浸涂法。即将被涂物件全部浸入涂料槽中,适用于小型的五金零件、钢管以及结构比较复杂的器材或电气绝缘材料等。

(3) 淋涂法。工件在输送带上移动,送入涂料的喷淋区,利用循环泵将涂料喷淋到工件表面上。这种方法工效高,涂料损失少,便于流水生产。

(4) 压缩空气喷涂。在压缩空气作用下,涂料从喷枪喷出、雾化并涂覆工件。该法使用方便,各种形状的大小工件均可使用,但涂料利用率较低。

(5) 静电喷涂。用静电喷枪使涂料雾化并带负电荷,与接地的工件间形成高压静电场,静电引力使涂料均匀沉积在工件表面。此法涂层附着力好,表面质量好,易实现自动化。

(6) 电泳涂装。利用外加电场使水溶性涂料中的树脂和颜料等移向作为电极的工件并沉积在工件表面上。该法所得涂层均匀,附着力强,涂料利用率高,便于自动化,成本低。

(7) 流化床涂覆。粉末涂料在压缩空气作用下悬浮于容器中,并上下翻动呈流态状。

将预热的工件浸入这些沸腾的粉末中，表面便形成一定厚度的涂层。这种方法得到的涂层厚度大，涂覆速度快，但由于“床”的大小有限，所以只能涂装小工件。

1.3.5 其他热处理

1. 真空热处理

在低于一个大气压的环境中进行加热的热处理工艺称为真空热处理。真空热处理后零件表面光滑、无氧化、不脱碳、变形小，可显著提高疲劳强度和耐磨性，同时作业条件好，易实现机械化和自动化。真空热处理不但能用于真空退火、真空淬火，而且可用于真空渗碳等化学热处理。

2. 形变热处理

将塑性变形和热处理有机地结合起来以提高材料的力学性能的复合热处理工艺称为形变热处理。例如，高温形变热处理，利用锻造或轧制塑性变形后的高温，立刻进行淬火和回火处理。与整体热处理相比，高温形变热处理后奥氏体晶粒细化，晶界发生畸变，碳化物弥散效果增强，强度、塑性和韧性显著提高，疲劳强度也显著提高。

3. 激光加热表面淬火

激光加热表面淬火是利用高功率密度的激光束扫描工件表面，将其迅速加热到相变温度以上，然后依靠零件本身的传热，来实现快速冷却淬火。

激光加热表面淬火比常规淬火的表面硬度高15%～20%以上，可显著提高钢的耐磨性，表面淬硬层造成的较大压应力有助于疲劳强度的提高，同时工件变形小、工件表面清洁、工艺操作简单，因此发展十分迅速。

1.3.6 热处理常用设备

工件进行热处理时，加热通常在电阻炉、燃气炉和盐浴炉中进行，最常用的是电阻炉。电阻炉是利用电流通过电阻产生的热量加热工件。常用的有箱式电阻炉(图1.7(a))、井式电阻炉(图1.7(b))和盐浴炉(图1.7(c))。箱式电阻炉结构简单，价格便宜；井式电阻炉可实现轴杆类零件垂直吊挂，装炉、出炉也易实现吊车作业；盐浴炉以熔融的盐作为加热介质，加热速度快，控制温度精确，可以防止工件加热时的氧化和脱碳。另外还有气体渗碳炉和高频淬火装置等。

通常使用的热处理加热方法不同程度地存在着工件的氧化与脱碳等加热缺陷，以及能耗高、污染环境等问题。因此，以清洁生产和节能控制为目标的高密度能加热方法得到发展和应用，其中有高频感应加热、激光加热、电子束加热等。近年来，低能耗流态床加热方法有逐步增长的趋势。图1.8是流态床浮动石墨粒子炉加热设备的示意图。流态床加热的特点是粒子紊乱流动和强烈循环，其热容量大、传热系数高、加热温度均匀、可实现少或无氧化加热。利用电力电子技术和计算机控制技术对原有加热炉进行节能技术改造，采用新材料改

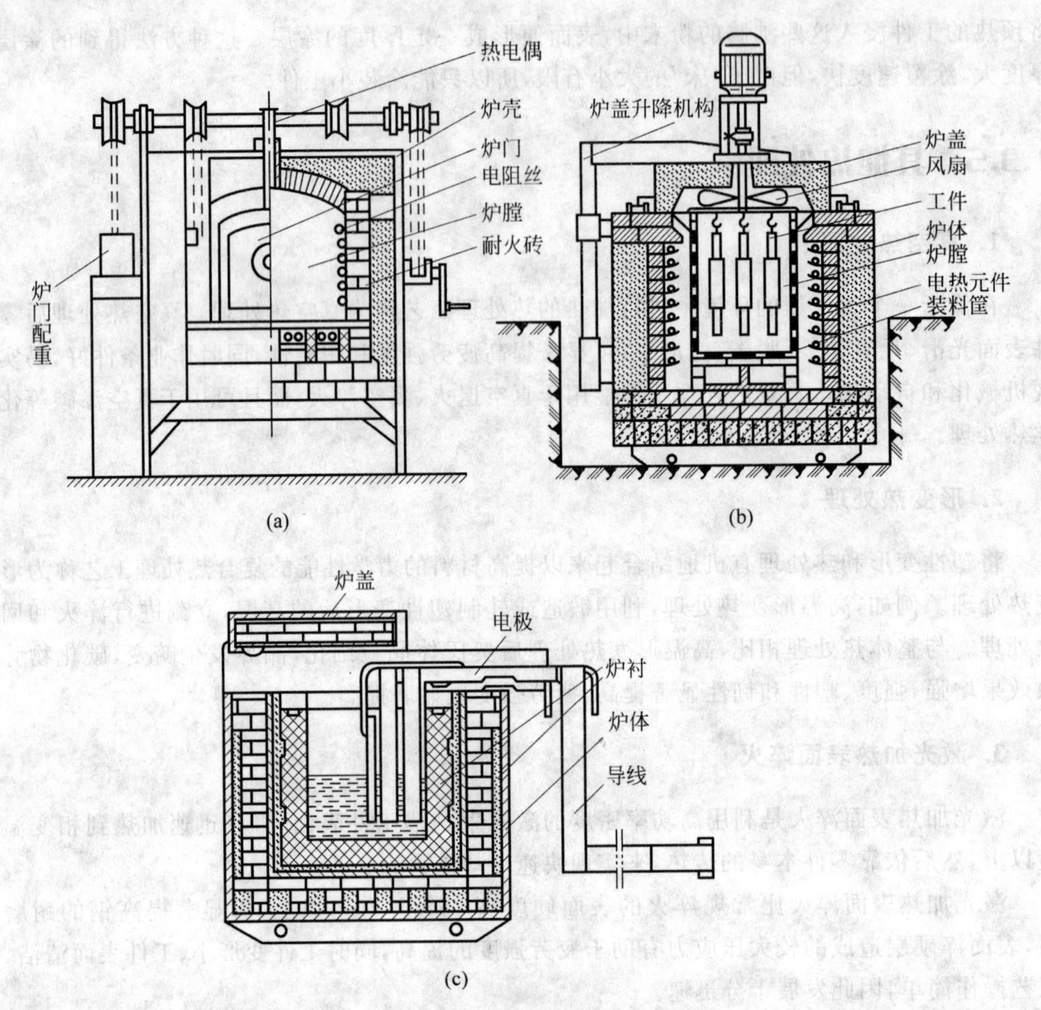

图 1.7 常用的热处理加热炉

(a) 箱式电阻炉；(b) 井式电阻炉；(c) 盐浴炉

进热处理加热炉的热传导及保温性能等方面日益受到重视。目前，借助于计算机模拟进行热处理虚拟生产已步入实用化阶段。这些都促进着热处理工艺的技术进步和创新。

热处理常用的冷却设备有水槽、油槽、浴炉、缓冷坑等。

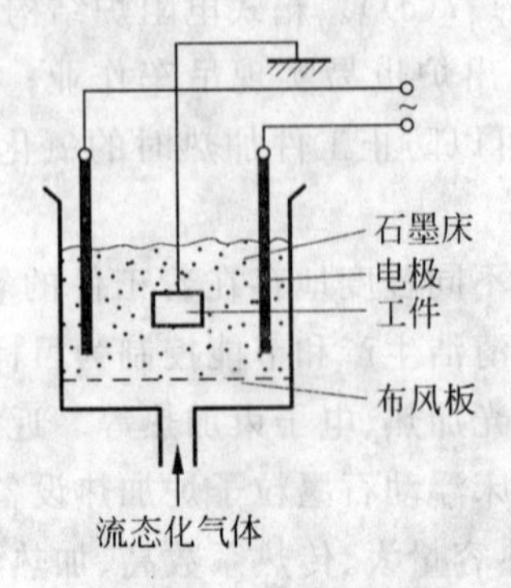

图 1.8 流态床浮动石墨粒子炉加热设备示意图

1.4 常用金属材料

金属材料包括黑色金属和有色金属(又称非铁金属)两大类。黑色金属又分为铸铁和钢,即钢铁材料;有色金属指黑色金属以外的金属材料,如铜、铝及其合金、轴承合金、硬质合金等。钢铁材料在机械制造中应用最广泛。

1.4.1 非合金钢

非合金钢(碳素钢)是指碳的质量分数(或称含碳量)小于 2.11%,并含有少量 Si、Mn、S、P 等杂质元素的铁碳合金,俗称碳素钢(简称碳钢)。碳钢容易冶炼,价格低廉,工艺性较好,力学性能能满足一般工程结构和零件的使用要求,在制造业中应用很广。

1. 分类

(1) 按含碳量分为低碳钢、中碳钢和高碳钢。低碳钢($w_C<0.25\%$)塑性好,强度低,易于焊接和冲压,用于制造受力不大的零件,如螺栓、螺母、混凝土用光圆钢筋等。中碳钢($w_C=0.25\%\sim0.6\%$)综合力学性能较好,可用于受力较大的零件,如主轴、齿轮等。高碳钢($w_C>0.6\%$)强度高,塑性差,可锻性、焊接性都较差,硬度高,耐磨性好,用于制造工(模)具,如手锤、手钳、手用钢锯条等。

(2) 按用途分为非合金钢(碳素结构)和碳素工具钢。非合金钢主要用于制造机械零件和工程构件。碳素工具钢主要用于制造各种刃具、量具和模具。

(3) 按钢的质量等级(依钢材的硫磷含量)分为普通质量钢、优质碳钢、特殊质量钢。

2. 常用钢号举例

(1) 碳素结构钢,如 Q235-A·F 钢,Q 为屈服强度的“屈”字汉语拼音首字母(国家标准中规定读“qū”),235 表示屈服强度的数值为 235MPa,A 表示质量等级 A 级(还有 B、C 和 D 级),F 表示脱氧方法符号(F—沸腾钢,b—半镇静钢,Z—镇静钢等),用于制作螺钉、螺栓、螺母、角钢、垫圈、焊接钢管等。

(2) 优质碳素结构钢,牌号用两位数字表示,该两位数字表示钢中平均碳的质量分数(碳含量)的万分之几。如 08 钢($w_C=0.08\%$)、10 钢($w_C=0.10\%$),用于制作冲压成形的机器外壳、容器、罩子等;45 钢($w_C=0.45\%$),用于制作轴、齿轮、连杆等。

(3) 碳素工具钢,牌号用以“碳”字汉语拼音首字母“T”(国家标准中规定读“碳”)与其后的一组数字构成,该数字表示钢中平均碳的质量分数的千分之几。如 T7 钢($w_C=0.70\%$),主要用于制造手钳、剪刀、凿子、手锤等;T10 钢($w_C=0.10\%$),用于制作手用钢锯条、简单冷作模具等;T12 钢,用于制作铰刀、锉刀、量具,以及低速手工工具等。

1.4.2 低合金高强度结构钢

低合金高强度结构钢的性能特点是:高强度,高韧性,较低的韧脆转变温度,有良好的焊接性能和冷成形性能,良好的抗大气、海水和土壤腐蚀性。这类钢主要用来制造各种要求强度较高的工程结构，如船舶、桥梁、车辆、压力容器、输油和输气管道、建筑结构等，如Q345A(旧标准12MnV、16Mn、18Nb)、Q395(旧标准15MnV、16MnNb、15MnTi)等(牌号表示方法如碳素结构钢)。

1.4.3 合金钢

为了提高钢的力学性能、工艺性能、物理性能、化学性能、淬透性等，在碳钢的基础上加入某些合金元素，这种钢称为合金钢。

合金钢按用途分为合金结构钢、合金工具钢和特殊性能钢。合金结构钢用于制造机械零件和工程构件，如20CrMnTi、20MnTi(建筑用月牙筋钢筋的典型钢种)、40Cr、60Si2Mn等；合金工具钢用于制造刃具、模具、量具等工具，如9SiCr、Cr12、CrMn、GCr15等。合金钢按钢的质量等级又可分为普通质量合金钢、优质合金钢和特殊质量合金钢。

1.4.4 铸铁

铸铁是在凝固过程中经历共晶转变，用于生产铸件的铁基合金的总称。生产上应用的铸铁中碳的质量分数常在2.5%～4%之间。铸铁的抗拉强度较低，塑性和韧性差，不能进行锻造，但具有良好的铸造性能和切削加工性能，抗压强度高，减振和减摩性能好，且制造容易、价格便宜，因而在工业上应用广泛。

1. 分类

铸铁中的碳以渗碳体(Fe_3C)或石墨(G)的形式存在。按碳的存在形式，铸铁可分为以下几种。

(1) 白口铸铁：碳以游离碳化铁形式出现的铸铁，断口呈银白色。其性能是硬度高、脆性大、切削难，所以很少直接用来制造机器零件，是可锻铸铁件的基础。

(2) 灰铸铁：碳主要以片状石墨形式析出的铸铁，断口呈灰色。其性能是硬度较低、塑性和韧性较差，但工艺性能(如铸造性能、切削性能)好，而且生产设备和工艺简单，成本低廉，应用十分广泛，如重锤、机座、汽缸、箱体、床身等。

(3) 可锻铸铁：通过石墨化或脱碳退火处理，改变其金相组织或成分而获得的有较高韧性的铸铁。制造承受冲击和振动的薄壁小型零件，如管件、阀体、建筑脚手架扣件等。

(4) 球墨铸铁：铁液经过球化处理而不是在凝固后经过热处理，使石墨大部分或全部呈球状，有时少量为团絮状的铸铁。其性能是强度高，综合力学性能接近于钢，主要用来制造受力比较复杂的零件，如曲轴、齿轮、连杆等。

(5) 蠕墨铸铁：金相组织中石墨形态为蠕虫状的铸铁。强度接近于球墨铸铁，并且有一定的韧性，是一种新型高强铸铁。常用于生产汽缸套、汽缸盖、液压阀等铸件。

2. 常用铸铁牌号举例

(1) 灰铸铁。如HT150、HT200等，“HT”是灰铸铁代号(“灰铁”两字汉语拼音首字母)，数字表示铸铁的最低抗拉强度，单位为MPa。常用来制造工作台、机床床身、阀体、齿轮箱体等。

(2) 球墨铸铁。如 QT600-3 等，“QT”是球墨铸铁代号(“球铁”两字汉语拼音首字母)，600 表示最低抗拉强度 $R_m \geqslant 600MPa$，3 表示伸长率 $A \geqslant 3\%$。常用来制造汽车、拖拉机的曲轴、连杆、凸轮轴、汽缸套等。

(3) 可锻铸铁。如 KTH300-06 等，“KT”是可锻铸铁代号(“可铁”两字汉语拼音首字母)，H 代表“黑心”(如果是 Z 则代表珠光体基体)，300 表示最低抗拉强度 $R_m \geqslant 300MPa$，06 表示伸长率 $A \geqslant 6\%$。常用于制造弯头、三通管件、中低压阀门等。

1.4.5 铝及铝合金

纯铝是银白色的轻金属，有良好的导电性、导热性和抗蚀能力，但强度和硬度低，不宜制造承受载荷的结构零件。在纯铝中加 Si、Cu、Mg、Mn 等合金元素，可得到较高强度的铝合金。铝合金按其成分和工艺特点不同，分为变形铝合金和铸造铝合金两类。

1. 变形铝合金

这类铝合金有较高的强度和良好的塑性，可以通过压力加工制成各种型材(板、带、线等)。常用的变形铝合金有防锈铝合金、硬铝铝合金和锻铝铝合金。

(1) 防锈铝合金(LF)具有较高的耐蚀性，强度适中，有良好的塑性和焊接性，但切削性差。常用的牌号如 LF5、LF11、LF21 等，常用来制造轻载荷的冲压件及要求耐腐蚀的零件，如油箱、壳体、油管、日用品等。

(2) 硬铝铝合金(LY)通过热处理获得相当高的强度，其耐蚀性比纯铝差。常用硬铝的牌号有 LY1、LY11 等，常用来制造中等强度的结构件，如骨架、支柱、螺旋桨叶片、螺栓和铆钉等。

(3) 锻铝铝合金(LD)的力学性能与硬铝相近，热塑性较好，适于锻造成形。常用锻铝的牌号有 LD6、LD7 等，主要用于承受较重载荷的锻件和模锻件，如内燃机零件、导风轮等形状复杂的大型锻件。

2. 铸造铝合金

铸造铝合金有良好的铸造性和抗蚀性，广泛用于航空、仪表及机械制造等工业部门。铸造铝合金按主加元素不同，分为铝硅合金、铝铜合金、铝镁合金和铝锌合金 4 类。

铸造铝合金的牌号是用“铸”字汉语拼音首字母“Z”＋基本元素符号(铝元素符号)＋主要添加元素符号＋主要添加元素的百分含量(质量分数)表示。如 ZAlSi12 表示 $w_{Si}=12\%$，余量为铝的铸造铝合金。

铸造铝合金的代号用“铸铝”两字汉语拼音首字母“ZL”＋三位数字表示。在三位数字中，第一位数字表示合金类别，如 1 为铝硅系、2 为铝铜系、3 为铝镁系、4 为铝锌系，第二、第三位数字表示合金的顺序号，如 ZL101、ZL202、ZL301、ZL402 等。

铝硅系合金，俗称硅铝明，具有优良的铸造性能，而且密度小，有足够的强度，耐蚀性好，应用广泛。常用于制造汽缸、活塞、形状复杂的薄壁零件和电机、仪表的外壳等。这类铝合金的典型牌号是 ZAlSi12(代号 ZL102)，含硅量为 10%～13%。

1.4.6 铜合金

纯铜(又称紫铜)具有优良的导电性、导热性及抗大气腐蚀性能,用于制造电线、电缆、电刷、铜管、铜棒和配制合金,不宜制造受力较大的机器零件。工程中广泛应用的是铜合金。

1. 黄铜

黄铜是以锌为主要添加元素的铜合金。按化学成分的不同,分为普通黄铜和特殊黄铜。

(1) 普通黄铜:铜和锌的合金。锌加入铜中提高了强度、硬度、塑性和耐蚀性,并改善了铸造性能和切削性能。

普通黄铜的牌号用"黄"字的汉语拼音首字母"H"+数字表示,数字表示铜的平均含量百分数(含铜量)。如H70即表示$w_{Cu}=70\%$,其余为锌的黄铜。用于制造弹壳、热变换器、造纸用管、机器和电器用零件。

(2) 特殊黄铜:在铜锌合金中再加入少量的铝、锰、硅、锡、铅等元素的铜合金。特殊黄铜具有更好的力学性能、耐蚀性和减摩性。

特殊黄铜可分为压力加工用和铸造用两种。压力加工黄铜加入的合金元素较少,塑性较好,具有足够的变形能力。压力加工特殊黄铜牌号用H+主加元素符号+铜的平均含量百分数+合金元素平均含量的百分数表示。如HPb59-1表示平均$w_{Cu}=59\%$、$w_{Pb}=1\%$,其余为锌的铅黄铜,用于制造销子、螺钉等冲压或加工件。铸造黄铜加入的合金元素较多,不要求很好的塑性,只是为了提高强度和铸造性能。铸造特殊黄铜牌号用Z+铜和合金元素符号+合金元素平均含量的百分数表示。如ZCuZn16Si4表示平均$w_{Zn}=16\%$、$w_{Si}=4\%$,其余为铜的铸造硅黄铜,用于在空气、淡水、油、燃料中工作,压力在4.5MPa和250℃以下蒸汽中工作的零件。

2. 青铜

青铜是以锡为主要添加元素的铜合金,具有高的耐蚀性,较高的导电性、导热性和良好的切削性能。

铜与铝、铅等合金元素可组成无锡青铜,分别为铝青铜、铅青铜等。

青铜也分为压力加工用和铸造用青铜两种。青铜的牌号依次由"Q"("青"字汉语拼音首字母)、主加元素符号及其含量百分数、其他元素的含量百分数组成。如QSn4-3表示$w_{Sn}=4\%$、其他元素$w_{Zn}=3\%$,余量为铜的锡青铜,用于制造弹簧、管配件和化工机械的耐磨及抗磁零件。铸造青铜牌号的表示方法同铸造铝合金。

3. 白铜

白铜是以镍为主要合金元素的铜基合金,Cu-Ni二元铜合金称为普通白铜,牌号有B19、B25等。在普通白铜基础上,加入少量的Fe、Mn、Zn等合金可得到特殊白铜。其中含镍为3%,含锰12%的BMn3-12锰白铜是主要的电工仪表用材。

1.4.7　常用型材

钢液浇注成钢锭后，除少量用于大型锻件外，大部分通过轧制、拉拔等压力加工方法制成各种规格的钢材。常用的钢材有型材、板材、管材和线材。

1. 型钢

型钢的品种繁多，每个品种都有具体的规格，型钢的规格通常用端面形状的主要尺寸来表示，如圆钢的规格用直径(单位为 mm)表示。常用的有方钢、圆钢、扁钢、角钢，复杂截面的有工字钢、槽钢、T 字钢、道轨钢等。

2. 钢板

钢板按厚度可分为薄板、中板和厚板。厚度在 3mm 以下的称为薄板，它又分为冷轧板和热轧板两种。薄板还可经镀锌、镀锡处理以防锈。实际使用的薄板品种很多，如普通碳素钢板(俗称黑铁皮)、镀锌薄钢板(俗称白铁皮)、镀锡薄钢板(俗称马口铁)、搪瓷用钢板(适合于覆盖搪瓷的钢板)、合金结构钢薄板、塑料复合薄钢板等。厚度在 3～5mm 的为中板。厚度大于 5mm 的为厚板。钢板规格用厚度×宽度×长度表示。成卷供应的规格用厚度×宽度表示。

3. 钢管

钢管分为无缝钢管和焊接钢管两种。前者是将钢坯在轧制时同时进行穿孔而制成，用于石油、化工行业以及医疗方面的注射针管等；后者用带钢焊接而成，称低压流体运输用焊接钢管及镀锌焊接钢管，用于建筑、供水、供气等。

4. 钢丝

钢丝的种类很多，用直径为 6～9mm 热轧线材再经拉拔而成。常用的有低碳钢丝、弹簧钢丝、钢绳钢丝等。其规格以直径表示，如直径 1.2mm、5mm 等。在实际工作中还常用线规号来表示其规格，号数越大直径越小。如 8 号钢丝的直径是 4mm。

1.5　非金属材料

非金属材料是指除金属材料以外的所有固体材料。在机械制造中常用的是高分子材料、陶瓷材料和复合材料。这类材料的特点是密度小、抗蚀性优良、电绝缘性良好、来源广泛、成形工艺简单，目前已成为工程材料的重要组成部分。

1.5.1　高分子材料

高分子材料是以高分子化合物(相对分子质量一般在 5000 以上)为主要成分组成的材料。常用的有塑料、橡胶纤维、油漆、胶粘剂等。

1. 塑料

塑料是以合成树脂为主要成分,加入填充剂、增强剂、稳定剂、着色剂、润滑剂等制成的。

1) 塑料的特性

与金属相比,塑料的优点是质轻、比强度高,化学稳定性好,减摩、耐磨性好,电绝缘性优异,消声和吸振性好,成形加工性好,方法简单,生产率高。

塑料的缺点是强度、刚度低,耐热性差,易燃烧和易老化,导热性差,热膨胀系数大。为了克服这些缺点,正在不断研发新型的、耐热的和高强度的塑料。

2) 塑料的分类及用途

根据树脂在加热和冷却时所表现的性质,塑料可分为热塑性塑料和热固性塑料两种。

(1) 热塑性塑料。热塑性塑料加热时变软,冷却后变硬,再加热又可变软,可反复成形,基本性能不变,其制品使用的温度低于 120℃。热塑性塑料成形工艺简单,可直接经挤塑、注塑、压延、压制、吹塑成形,生产率高。

常用的有聚乙烯(PE),适用于薄膜、软管、瓶、食品包装、药品包装以及承受小载荷的齿轮、塑料管、板、绳等;聚氯乙烯(PVC),适用于如输油管、容器、阀门管件等耐蚀结构件以及农业和工业包装用薄膜、人造革材料(因材料有毒,不能包装食品)等;丙烯腈/丁二烯/苯乙烯共聚物(ABS)应用于机械、电器、汽车、飞机、化工等行业,如齿轮、叶轮、轴承、仪表盘等零件;有机玻璃(PMMP),应用于航空、电子、汽车、仪表等行业中的透明件、装饰件等。

(2) 热固性塑料。热固性塑料加热软化,冷却后坚硬,固化后再加热则不再软化或熔融,不能再成形。热固性塑料抗蠕变性强,不易变形,耐热性高,但树脂性能较脆,强度不高,成形工艺复杂,生产率低。

常用的有酚醛塑料(PF),俗称"电木",适用于制造开关壳、插座壳、水润滑轴承、耐蚀衬里、绝缘件以及复合材料等;环氧树脂塑料(EP),适用于制玻璃纤维增强塑料(环氧玻璃钢)、塑料模具、仪表、电器零件,涂覆、包封和修复机件。

塑料作为建材,继土石、钢铁、木材之后正在日益兴起,因其密度小、隔音绝热、防水、美观等一系列优点备受人们喜爱,正在取代传统材料。作为建筑管材,用于上水、下水、供气、供热等;作为塑料门窗,无需油漆就可获得鲜艳的色彩,隔音、耐湿、保温节能效果都很理想;作为防水材料,其性能优于沥青油毡等;其他,如隔热保温用材、地板用材、壁纸、百叶窗、楼梯扶手、踢脚线等,各方面都已有广泛应用。

2. 橡胶

橡胶是以生胶为主要原料,加入适量的硫化剂、软化剂、填充剂、防老化剂和骨架材料等而制成的。

1) 橡胶的特性

橡胶的主要特性是高弹性,耐蚀性,有较高的强度和优异的积储能量的能力,具有耐磨、隔音、绝缘等性能。缺点是易老化。

2) 橡胶的分类及用途

橡胶按来源分为天然橡胶和合成橡胶两种。合成橡胶可分为通用橡胶和特种橡胶。如丁苯橡胶(SBR)、氯丁橡胶(CR)、丁腈橡胶(NBR)和聚氨酯橡胶(UR)、氟橡胶等。在工业上用作运输胶带、轮胎、制动件、管道、密封件、减振件、传动件、电线、电缆和绝缘材料等。

1.5.2 陶瓷

陶瓷是以天然硅酸盐或人工合成无机化合物为原料,用粉末冶金法生产的无机非金属材料。它同金属材料、高分子材料一起被称为 3 大固体材料。

1. 陶瓷的特性

陶瓷的硬度很高,抗压强度高,耐高温、耐磨损,抗氧化和耐蚀性都很好。但质脆韧性很差,受冲击载荷时易碎裂,急热急冷条件下性能也较差。

2. 陶瓷的分类及用途

陶瓷按原料不同分为普通陶瓷和特种陶瓷;按用途不同分为日用陶瓷和工业陶瓷。工业陶瓷又分为工程结构陶瓷和功能陶瓷。

普通陶瓷又称传统陶瓷、硅酸盐陶瓷,其原料是黏土、长石、石英等天然硅酸盐矿物。包括日用陶瓷、建筑陶瓷、绝缘陶瓷、化工陶瓷、多孔陶瓷等。

特种陶瓷又称近代陶瓷,其原料是人工合成的金属氧化物、碳化物、氮化物、硼化物、硅化物等。特种陶瓷具一些独特的性能,可满足工程结构的特殊需要。

陶瓷材料在机械、化工、冶金、电子、建筑及某些新技术领域中得到了广泛应用。

1.5.3 复合材料

复合材料是由两种或两种以上性质不同的材料,经人工组合而成的多相固体材料。

1. 复合材料的特性

复合材料既保留了单一材料各自的优点,又有单一材料所没有的优良综合性能。其优点是强度高,抗疲劳性能好,耐高温、耐蚀性好,减摩、减振性好,制造工艺简单,可节省原材料和降低成本。缺点是抗冲击性差、不同方向上的力学性能存在较大差异。

2. 复合材料的分类及用途

复合材料分为基体相和增强相。基体相起黏结剂作用,增强相起提高强度和韧性的作用。常用复合材料为纤维增强复合材料、层叠复合材料和颗粒复合材料 3 种。

(1) 纤维增强复合材料。如玻璃纤维增强复合材料(俗称玻璃钢)是用热塑(固)性树脂与纤维复合的一种复合材料,其抗拉、抗压、抗弯强度和冲击韧性均有显著提高。主要用于减摩、耐磨零件及管道、泵体、船舶壳体等。

(2) 层叠复合材料。层叠复合材料是由两层或两层以上不同材料复合而成,其强度、刚度、耐磨、耐蚀、绝热、隔音、减轻自重等性能分别得到改善。主要用于飞机机翼、火车车厢、轴承、垫片等零件。

(3) 颗粒复合材料。颗粒复合材料是由一种或多种材料的颗粒均匀分散在基体内所组成的。如金属粒和塑料的复合是将金属粉加入塑料中，改善导热、导电性能，降低线膨胀系数。如将铅粉加入塑料中，可作防 γ 射线辐射的罩屏；铅粉加入氟塑料中，可作轴承材料使用。

复合材料在机械工业中，用来制造高强度零件、化工容器、汽车车身、耐腐蚀结构件，绝缘材料和轴承等。在建筑、航天、原子能等部门，复合材料的应用也日益广泛。

1.6 工程材料的选用

合理选择材料是十分重要的工作，直接关系到机器设备的性能、寿命和成本。在设计新产品、改进产品结构设计、设计工艺装备、寻找代用材料等时都需要选择材料，而对标准件，如弹簧垫圈、滚动轴承等，只要选用某一规格的产品，一般不涉及选材问题。

1.6.1 选材的一般原则

合理选择材料，首先要满足零件的适用性能，做到经久耐用，还要求材料具有良好的工艺性能和经济性，使零件便于加工，成本低。

1. 材料的适用性能

从零件的工作条件找出对材料的适用性能要求，这是选材的基本出发点。如对化工容器常有耐蚀性要求，对一般零件来说主要应满足力学性能要求。力学性能指标的选取应根据零件的工作条件和失效形式来确定。必要时，通过实验来验证材料的可靠性。

2. 材料的工艺性能

选择的材料必须适合于加工并容易保证加工质量。尤其是大批量生产时，工艺性如何有可能成为选材的决定因素。如对于锻压成形的零件，应采用钢材等塑性材料，而不能采用铸铁等脆性材料。形状复杂的零件一般要采用铸造毛坯，当力学性能要求一般时用灰铸铁件，力学性能要求较高时用铸钢件。用于焊接的结构材料应采用可焊性良好的低碳钢，一般不要采用可焊性差的高碳钢、高合金钢和铸铁等材料。

3. 材料的经济性

重视经济性是生产管理的基本法则。选择材料时，在满足适用性能和工艺性能的前提下，应尽量选用价格低廉的材料。同时，应对所选材料进行性价比分析，不单纯看价格。

1.6.2 常用零件的选材

1. 齿轮类

在设计齿轮时，通常按照其失效形式选择材料。

(1) 低速(v=1～6m/s)、轻载齿轮，开式传动，可采用灰铸铁、工程塑料制造。

(2) 低速、中载轻微冲击的齿轮，可采用40、45、40Cr等调质钢制造。对软齿面(≤350HBS)齿轮，可采用调质或正火，对硬齿面(>350HBS)齿轮，齿面应表面淬火或氮化。

(3) 中速($v=6\sim10$m/s)、中载或重载、承受较大冲击载荷的齿轮，可采用40Cr、30CrMo、40CrNiMoA等合金调质钢或氮化钢及38CrMoAlA等制造。

(4) 高速($v>10\sim15$m/s)、中载或重载、承受较大冲击载荷的齿轮，可采用20钢、20CrMnTi、12Cr2Ni4A等合金渗碳钢制造，经渗碳和淬火、回火后，具有高的表面硬度(68～69HRC)，以及较高的抗弯曲疲劳和抗剥落的性能。一般汽车、拖拉机、矿山机械中的齿轮，均采用这类材料制造。

2. 轴类

轴主要用于支承传动零件(如齿轮、带轮等)，传递运动和动力，是机器中的重要零件。轴类零件通常都用调质钢制造。热处理工艺采用整体调质和局部表面淬火处理。扭矩不大、截面尺寸较小、形状简单的轴，一般采用40、45、50钢等优质非合金钢；扭矩较大、截面尺寸超过30mm、形状复杂的轴，如机床主轴，则采用淬透性较好的合金调质钢，如40Cr、30CrMoA、40CrMnMo等。

目前，对于小型内燃机曲轴，大都采用球墨铸铁制造成形(QT600-09)代替钢材锻造成形，已广泛应用于轿车发动机用曲轴。

3. 箱体类

普通箱体材料一般采用灰铸铁HT150、HT200等，例如，普通车床的床身采用HT200。

对受力复杂、力学性能要求高的箱体，如轧钢机机架等可采用铸钢。

要求重量轻、散热良好的箱体，如摩托车发动机汽缸等，多采用铝合金铸造。

受力很小，要求自重轻时，可考虑选用工程塑料。

在单件生产箱体时，可采用Q235A、20、Q345(16Mn)等钢板或型材焊成箱体。

无论是铸造或焊接箱体，在切削前或粗加工后，一般应进行去应力退火或自然时效。

思 考 题

1. 金属材料的性能包括哪些？其中最重要的是什么性能？为什么？

2. 拉伸试验可以测定金属材料的哪些性能？

3. 什么是硬度？布氏硬度和洛氏硬度是如何表示的？简述应用范围。

4. 有一退火零件，在零件图上技术条件标注为18HRC字样，你认为错在哪里？如果标为500HBS，对吗？为什么？

5. 某些机械零件工作时承受的应力远小于材料的屈服点，但是也可能发生突然断裂，为什么？

6. 什么是高分子材料？它们的性能有什么特点？

7. 什么是塑料？它有哪些性能特点？请列举在建筑业的应用实例。

8. 什么是橡胶？什么是陶瓷？它们分别有何特点？

9. 什么是复合材料？它有哪些特点？

10. 非金属材料应用前景如何？今后能否完全取代金属材料？为什么？

铸　造

2.1　概　述

铸造是指熔炼金属，制造铸型，并将熔融金属浇入铸型，凝固后获得一定形状、尺寸和性能的金属零件毛坯的成形方法。利用铸造方法获得的金属毛坯或零件称为铸件。在机械制造中，铸造被广泛采用，具有如下优点。

(1) 适应性广。它适用于各种合金(如铸铁、铸钢和有色金属等)，能制出外形和内腔很复杂的零件，铸件的尺寸、重量和生产批量都不受限制。

(2) 成本低廉。所用原材料来源广，设备投资少，节省工时，材料利用率高。

(3) 铸件材质内在质量得到提高，一些现代铸造方法生产出来的铸件质量已接近锻件。

但是，铸造生产过程中的工艺控制较困难，因而铸件质量不稳定，废品率较高。另外，该成形方法劳动强度大，条件差，环境污染严重。现已崭露头角的铸造清洁生产技术在使用代用材料，将型砂和炉灰分开；改进从砂中回收金属技术；回收废砂用水洗；用气吹或热处理法减少风尘产生，以控制车间空气中受铅、锌、镉等的污染，使铸造生产有了较大改观，逐步出现整洁、优美的容貌。

铸造按生产方式不同，可分为砂型铸造和特种铸造，其中砂型铸造生产的铸件占总产量的 80%以上，其生产过程如图 2.1 所示。

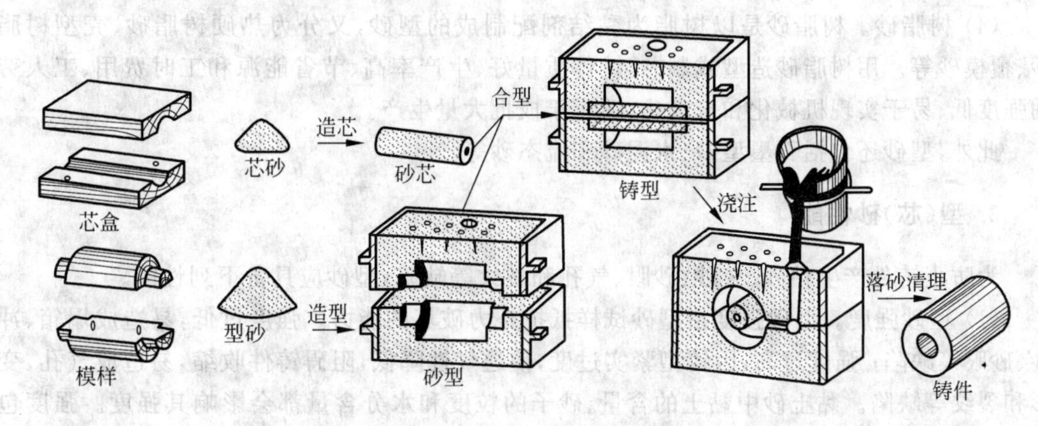

图 2.1　套用铸件的生产过程

2.2 造型材料和模样

2.2.1 型（芯）砂的组成、性能及其制备

1. 型(芯)砂组成

型砂及芯砂是制造铸型和型芯的造型材料，它主要由原砂、黏结剂、附加物和水混制而成。用来黏结砂粒的材料称为黏结剂，在型(芯)砂中为增加或抑制某种性能而加入的物质称为型砂附加物，例如，为防止粘砂加入的煤粉或重油，为增加型(芯)砂空隙率加入的木屑等。

型(芯)砂按黏结剂的种类可分为以下几种。

(1) 黏土砂。黏土砂是以黏土为黏结剂配制而成的型砂。由原砂(应用最广泛的是硅砂，主要成分 SiO_2)、黏土、水及附加物按一定比例配制而成。黏土砂是迄今为止铸造生产中应用最广泛的型砂。它可用于制造铸铁件、铸钢件及非铁合金的铸型和不重要的型芯。图 2.2 所示为黏土砂结构示意图。

(2) 水玻璃砂。水玻璃砂是以水玻璃(硅酸钠 $Na_2O \cdot mSiO_2$ 的水溶液)为黏结剂配制成的化学硬化砂。它是除黏土砂外用得最广泛的一种型砂。水玻璃砂铸型或型芯无需烘干、硬化速度快、生产周期短、易于实现机械化、工人劳动条件好。但铸件易粘砂、型(芯)砂退让性差、落砂困难、耐用性差。

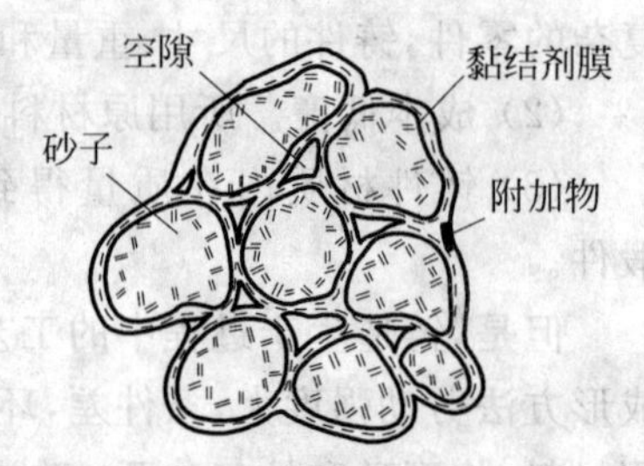

图 2.2 黏土砂的结构示意图

(3) 油砂和合脂砂。油砂是以桐油、亚麻仁油等植物油为黏结剂配制成的型砂，合脂砂则以合成脂肪酸残渣经煤油稀释而成的合脂作黏结剂。油砂或合脂砂用于制造结构复杂、性能要求高的型芯。油砂性能优良，但油料来源有限，又是工业的重要原料，为节约起见，合脂砂正在越来越多地代替油砂。

(4) 树脂砂。树脂砂是以树脂为黏结剂配制成的型砂，又分为热硬树脂砂、壳型树脂砂、覆模砂等。用树脂砂造型或制芯，铸件质量好、生产率高、节省能源和工时费用、工人劳动强度低、易于实现机械化和自动化、适宜于成批大量生产。

此外，型砂还包括石墨型砂、水泥砂和流态砂等。

2. 型(芯)砂性能

为防止铸件产生粘砂、夹砂、砂眼、气孔和裂纹等缺陷，型砂应具备下列性能。

(1) 型砂强度。型砂强度指型砂试样抵抗外力破坏的能力。强度过低，易造成塌箱、冲砂、砂眼等缺陷；强度过高，因铸型紧实过度，使透气性降低，阻碍铸件收缩，易造成气孔、变形和裂纹等缺陷。黏土砂中黏土的含量、砂子的粒度和水分含量都会影响其强度。强度包括湿强度、干强度和热强度等，湿强度是湿砂试样在室温时的强度；干强度是按一定规范烘

干的干试样冷至室温后的强度。

(2) 透气性。透气性是表示紧实砂样孔隙度的指标。若透气性不好,易在铸件内部形成气孔等缺陷。型砂的颗粒粗大、均匀、圆形、黏土含量低、型砂舂得松,均可使透气性提高。

(3) 型砂耐火性。型砂耐火性指型砂承受高温作用的能力。耐火性差,铸件易产生粘砂。型砂中 SiO_2 含量越高,型砂颗粒越大,耐火性越好。

(4) 退让性。退让性指型砂不阻碍铸件收缩的高温性能。退让性不好,铸件易产生内应力或开裂。型砂越紧实,退让性越差。在型砂中加入木屑等物可以提高退让性。

此外,型砂性能还包括紧实度、成形性、起模性及溃散性等。

芯砂与型砂比较,除上述性能要求更高外,还要具备低的吸湿性、发气性等。

3. 型(芯)砂制备

型(芯)砂的制备是指将各种造型材料,包括新砂、旧砂、黏结剂和辅助材料等按一定比例定量加入混砂机,经过混砂过程,在砂粒表面形成均匀的黏结剂膜,使其达到造型或制芯的工艺要求。

型(芯)砂质量的好坏除了与各造型材料的处理与配比有关外,混砂机是影响型砂质量的关键因素。混砂机按其混砂装置的结构原理不同可分为碾轮式、碾轮转子式、摆轮式、转子式等,其中以碾轮式(见图 2.3)和碾轮转子式混砂机应用最多。

型(芯)砂的性能可用型砂性能试验仪(如锤击式制样机、透气性测定仪、SQY 液压万能强度试验仪等)检测。检测项目包括型(芯)砂的含水量、透气性、型砂强度等。单件小批生产时,可用手捏法检验型砂性能,如图 2.4 所示。

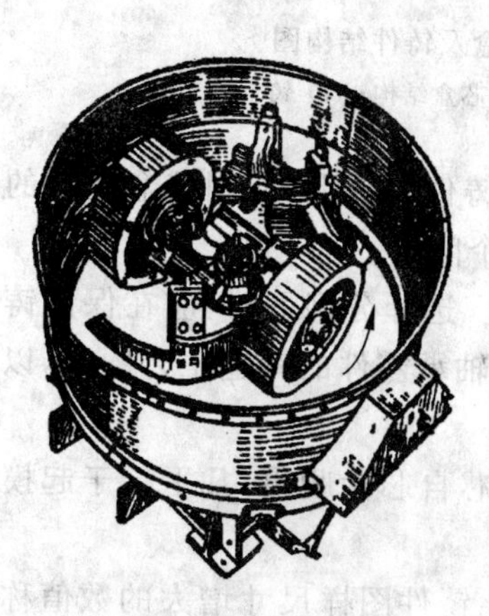

图 2.3 碾轮式混砂机

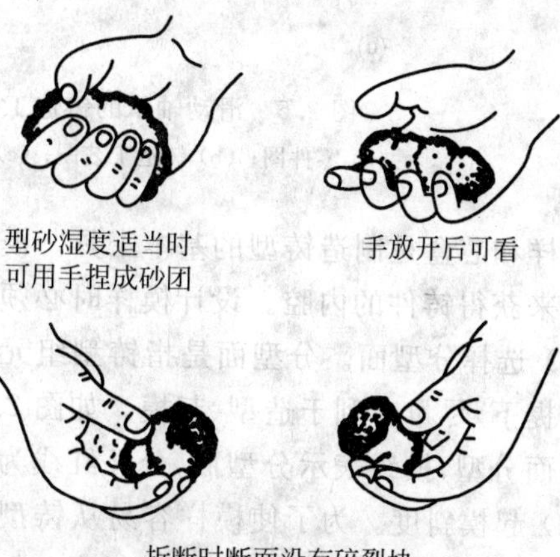

图 2.4 手捏法检验型砂性能

2.2.2 铸造工艺图、模样和芯盒

铸造工艺图是表示铸型分型面、浇冒口系统、浇注位置、型芯结构尺寸、控制凝固措施等的图样,是在零件图上,以规定的符号表示各项铸造工艺内容所得到的图形。单件、小批生

产时，铸造工艺图用红蓝色线条画在零件图上。图2.5(a)、(b)所示为滑动轴承的零件图和铸造工艺图，图中分型面、分模面、活块、加工余量、拔模斜度和浇冒口系统等用红线画出，不铸出的孔用红线打叉，铸造收缩率用红字注在零件图右下方，芯头边界和型芯剖面符号用蓝线画出。

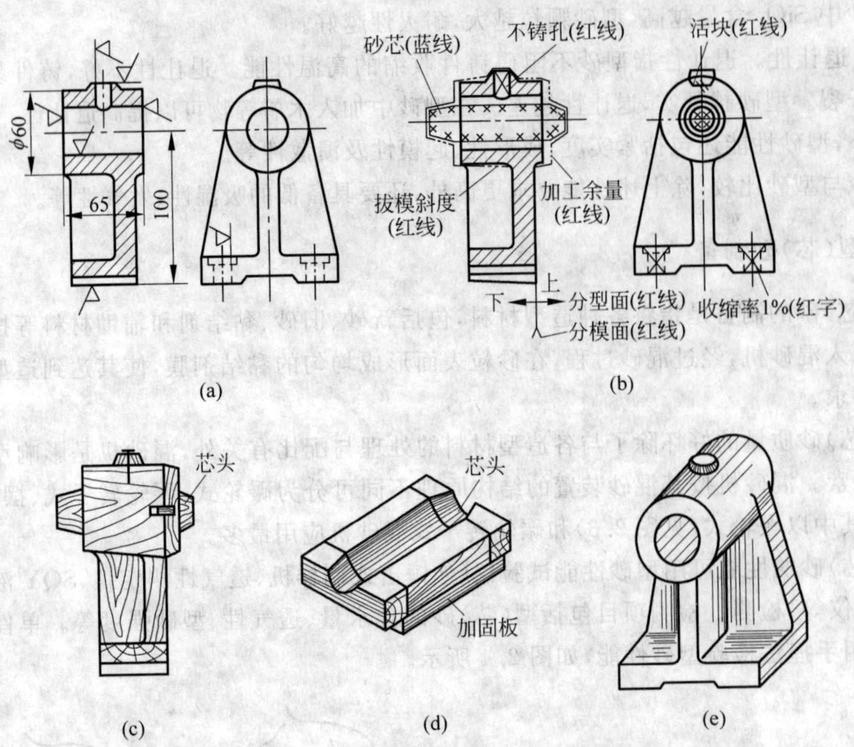

图2.5 滑动轴承的铸造工艺图、模样、芯盒及铸件结构图

(a) 零件图；(b) 铸造工艺图；(c) 模样结构；(d) 芯盒结构；(e) 铸件

模样和芯盒是制造铸型的基本工具。模样用来获得铸件的外形，而用芯盒制得的型芯主要用来获得铸件的内腔。设计模样时必须考虑以下几个问题。

(1) 选择分型面。分型面是指铸型组元间的接合面。选择分型面时，应在保证铸件质量的前提下，尽量有利于造型、起模。如图2.5(b)所示的轴承零件的铸造工艺图中，以轴承右侧平面分型，横线表示分型面，分叉红线为分模面。

(2) 起模斜度。为了使模样容易从铸型中取出或型芯自芯盒脱出，凡平行于起模方向在模样或芯盒壁上的斜度即为起模斜度。

(3) 收缩余量。为了补偿铸件收缩，模样的尺寸应比铸件图样尺寸增大的数值称为收缩余量。收缩余量的大小与金属的线收缩率有关，灰口铸铁的线收缩率为0.8%～1.2%，铸钢为1.5%～2%。例如，有一普通灰口铸铁件的长度为100mm，收缩率1%，则模样长度为101mm。

模样、型腔、铸件和零件四者之间在尺寸和形状上存在必然联系，参见表2.1。在单件和成批生产中，模样及芯盒常用木材、塑料及石膏等制造，大批大量生产中多用铝合金或铜合金等制造。

表 2.1　模样、型腔、铸件和零件之间的关系

特征＼名称	模　样	型　腔	铸　件	零　件
大小	大	大	小	最小
尺寸	大于铸件一个收缩率	与模样基本相同	比零件多一个加工余量	小于铸件
形状	包括型芯头、活块、外型芯等形状	与铸件凹凸相反	包括零件中小孔洞等不铸出的加工部分	符合零件尺寸和公差要求

2.3　浇注系统和冒口

为填充型腔和冒口而开设于铸型中的一系列通道称为浇注系统，其作用是保证液态金属液平稳地流入型腔以免冲坏铸型；防止熔渣、砂粒等杂物进入型腔；补充铸件冷凝收缩时所需的液体金属。

1. 浇注系统

浇注系统由外浇道、直浇道、横浇道和内浇道4部分组成，如图2.6所示。

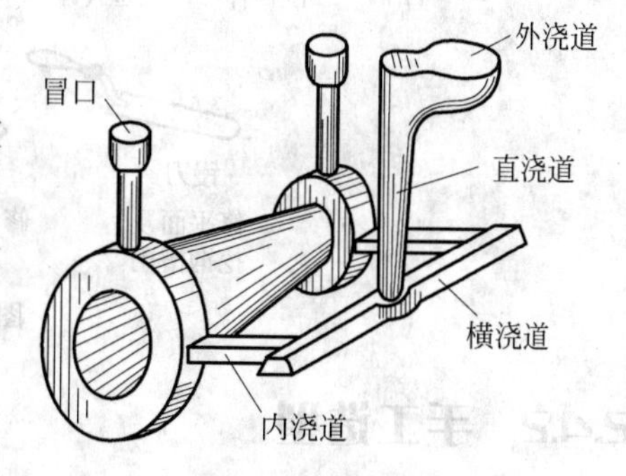

图 2.6　浇注系统

(1) 外浇道：容纳浇入的金属液并缓解液态金属对铸型的冲击。小型铸件通常为漏斗状(称浇口杯)，较大型铸件为盆状(称浇口盆)。

(2) 直浇道：是浇注系统中的垂直通道，改变直浇口的高度可以改变金属液的流动速度从而改善液态金属的充型能力。直浇口下面带有圆形的窝座，称为直浇道窝，用来减缓金属液的冲击力，使其平稳地进入横浇道。

(3) 横浇道：是浇注系统中连接直浇道和内浇道的水平通道部分，断面形状多为梯形，一般开在铸型的分型面上。其主要作用是分配金属液进入内浇口并起挡渣作用。

(4) 内浇道：浇注系统中引导液体进入型腔的部分，控制流速和方向，调节铸件各部分冷却速度。内浇道一般在下型分型面上开设，并注意使金属液切向流入、不要正对型腔或型芯，以免将其冲坏。

2. 冒口

浇入铸型的金属液在冷凝过程中要产生体积收缩，在其最后凝固的部位会形成缩孔。冒口是在铸型内存储供补缩铸件用熔融金属的空腔，它能根据需要补充型腔中金属液的收缩，使缩孔转移到冒口中去，最后铸件清理时去除冒口即可消除铸件中的缩孔。冒口还有集渣和排气观察作用。冒口应设在铸件壁厚处、最高处或最后凝固的部位，由此冒口可分为明冒口和暗冒口。

2.4 手工造型和制芯

2.4.1 砂箱及造型工具

手工造型常用的工具，如图 2.7 所示。

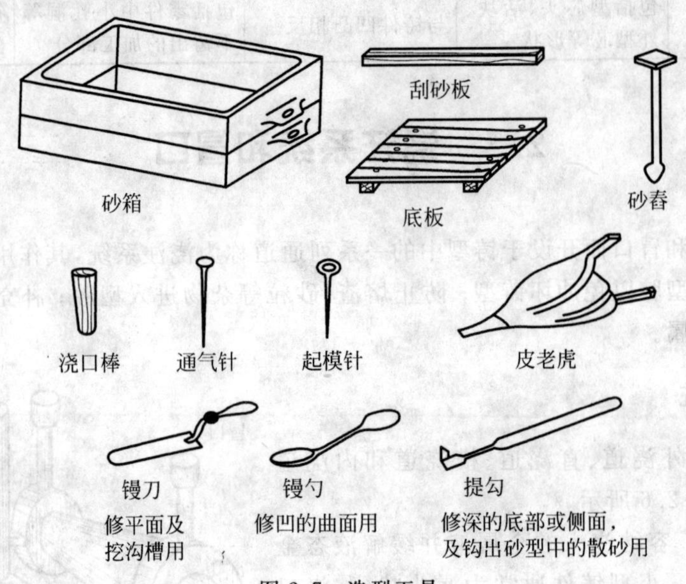

图 2.7 造型工具

2.4.2 手工造型

由于铸件的尺寸形状、铸造合金种类、产品的批量和生产条件不同，所用的造型方法也各不相同，常用造型方法如表 2.2 所示。

表 2.2 常用的手工造型方法

造型方法	模样结构及造型特点和应用	造型过程示意图
整模造型	模样是整体结构，最大截面在模样一端且为平面，分型面与分模面多为同一平面；操作简单。型腔位于一个砂箱，铸件形位精度与尺寸精度易于保证。用于形状简单的铸件生产，如盘、盖类、齿轮、轴承座等	铸件 d H D 模样 (a) 造下型 (b) 造上型 (c) 开浇口杯，扎通气孔 (d) 起出模样 (e) 合型

续表

造型方法	模样结构及造型特点和应用	造型过程示意图
分模造型	模样被分为两半，分模面是模样的最大截面，型腔被分置在两个砂箱内，易产生因合箱误差而形成的错箱。适用于形状较复杂且有良好对称面的铸件，如套筒、管子和阀体等	铸件；模样分成两半（上半模、下半模、型芯头、分模面、销钉、销孔）；(a) 用下半模造下型；(b) 用上半模造上型（直浇道棒、分型面）；(c) 起模、放型芯、合箱（直浇道、型芯、型芯通气孔、排气道）
挖砂造型	当铸件的最大截面不在端部，模样又不便分开时（如模样太薄），仍做成整体模。分型面不是平面，造型时要将妨碍起模的型砂挖掉。操作复杂，生产率较低，只适用于单件小批量生产。主要用于带轮、手轮等零件	手轮零件图；手轮模样图；(a) 造下型；(b) 翻转、挖出分型面；(c) 造型、起模、合箱
假箱造型	当挖砂造型的铸件所需数量较多时，为简化操作，可采用假箱造型。预制的假箱只起底板作用，反复使用，不用于合箱。特点是效率高。当生产量更多时，还可用成型模板代替假箱造型	(a) 模样放在假箱上（分型面是曲面、模样）；(b) 造下型（下型）；(c) 翻转下型待造上型（上型）；(d) 假箱（分型面是平面）；(e) 成型底板；(f) 合箱

续表

造型方法	模样结构及造型特点和应用	造型过程示意图
活块造型	铸件的侧面有凸台，阻碍起模，可将凸台做成活块。起模时，先取出主体模样，再从侧面取出活块。适用于侧面有凸台、肋条等结构妨碍起模的铸件，操作麻烦，生产率低	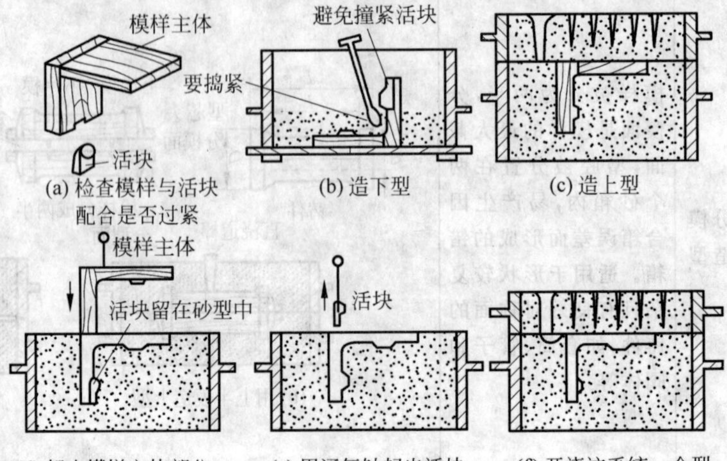 模样主体 活块 (a) 检查模样与活块配合是否过紧；避免撞紧活块 要捣紧 (b) 造下型；(c) 造上型；模样主体 活块留在砂型中 (d) 起出模样主体部分；活块 (e) 用通气针起出活块；(f) 开浇注系统、合型
刮板造型	用与零件截面形状相应的特制刮板，通过旋转、直线或曲线运动完成造型的方法。特点：节省制模材料，降低制模成本。但造型操作复杂，对工人的操作技术要求较高。对单件大尺寸铸件尤为适用	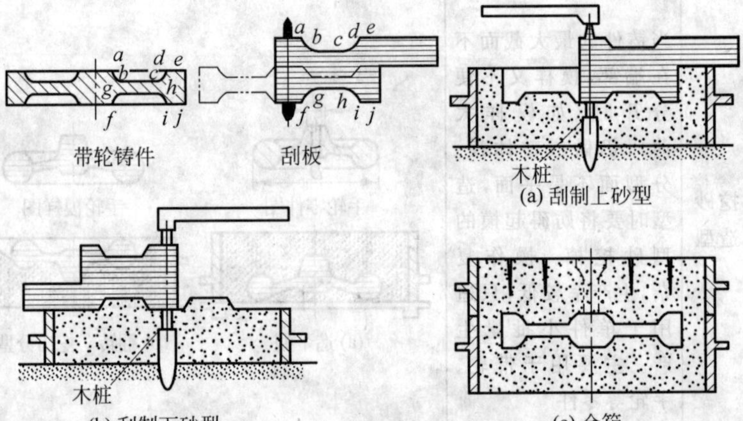 a b c d e f g h i j 带轮铸件；a b c d e f g h i j 刮板；木桩 (a) 刮制上砂型；木桩 (b) 刮制下砂型；(c) 合箱
三箱造型	铸件两端截面大，而中间截面小时，两箱造型无法起模。采用三箱造型（两个分型面），即将模样从小截面处分开，即可从分型面处起出模样。特点：造型操作复杂，要求有高度适当的中箱，分型面多而使产生错箱的几率增大	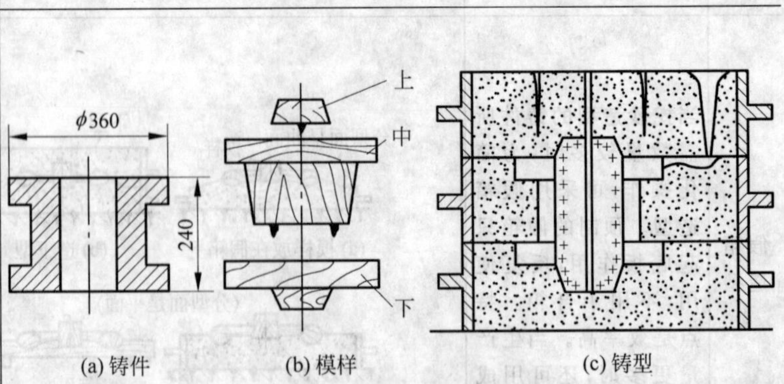 $\phi 360$ 240 (a) 铸件；上 中 下 (b) 模样；(c) 铸型
其他造型	如地坑造型、活砂造型、劈箱造型、叠箱造型、对结构复杂和大批量生产的铸件采用的组芯造型、对中小型铸件采用的脱箱造型等，都有其各自不同的使用条件，应合理选用	

2.4.3 制芯

1. 对型芯的技术要求和工艺措施

型芯主要用来形成铸件的内腔或局部外形(凸台或凹槽等)。浇注时型芯被高温金属液冲刷和包围,因此要求型芯有更好的强度、透气性、耐火性和退让性,并易于从铸件内清除。除使用性能好的芯砂制芯外,还要采取如下措施。

(1) 放置芯骨。如图 2.8(a)所示,提高型芯强度,防止型芯在制造、搬运、使用中被损坏。

(2) 开通气道。如图 2.8(b)、(c)、(d)所示,以便浇注时顺利而迅速地排出型芯中的气体。型芯中的通气道一定要与铸型的通气孔贯通。

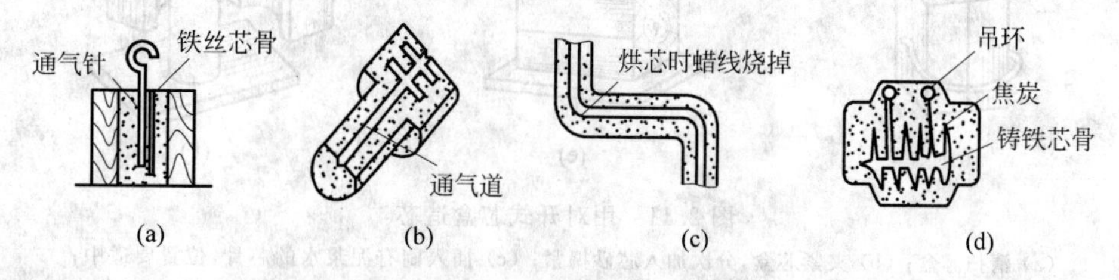

图 2.8 芯骨和型芯通气道

(a) 铁丝芯骨,通气针扎孔;(b) 两半黏合型芯在黏合面挖通气道;(c) 复杂型芯,埋蜡线烘芯熔蜡后形成复杂通气道;(d) 大型芯用带吊环的铸铁芯骨;放焦炭通气

(3) 刷涂料。为降低铸件内腔的表面粗糙度并防止粘砂,在型芯表面应刷涂料。铸铁芯常用石墨涂料,铸钢件芯则用硅石粉涂料,非铁合金铸件的芯可用滑石粉涂料。

(4) 烘干。烘干型芯以提高其强度和透气性,减少型芯在浇注时的发气量。

2. 型芯的制备

制芯方法有手工制芯和机器制芯两大类。多数情况下用芯盒制芯,芯盒的内腔形状与铸件内腔对应。芯盒按结构可分为以下 3 种。

(1) 整体式芯盒,用于形状简单的中、小型芯,如图 2.9 所示。

(2) 可拆式芯盒,用于形状复杂的中、大型型芯,如图 2.10 所示。

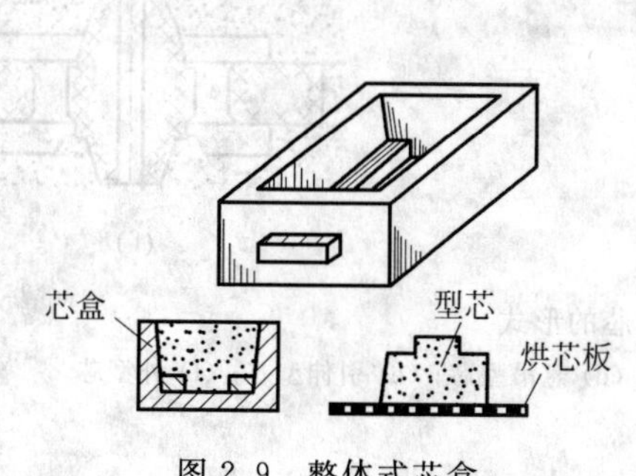

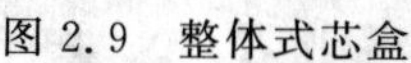
图 2.9 整体式芯盒

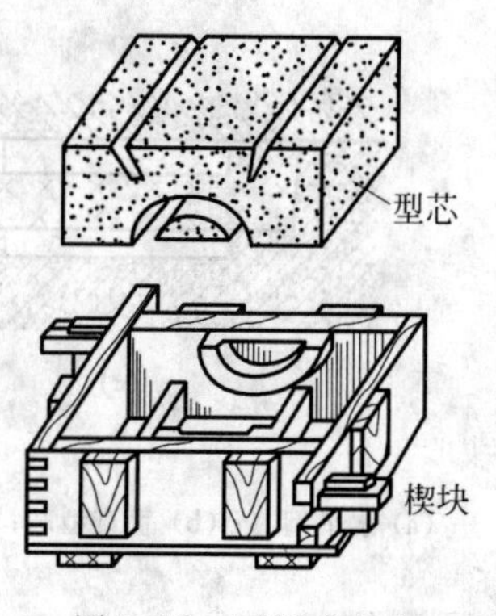

图 2.10 可拆式芯盒

(3) 对开式芯盒,用于圆形截面的较复杂型芯,如图 2.11 所示。

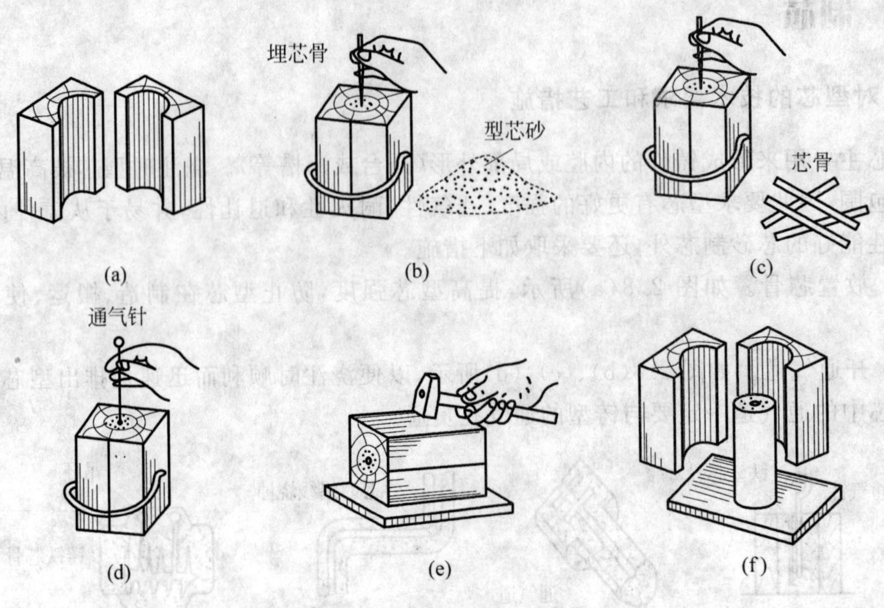

图 2.11 用对开式芯盒造芯

(a) 清扫芯盒;(b) 夹紧芯盒,分次加入芯砂捣紧;(c) 插入刷有泥浆水的芯骨,位置要适中;(d) 填砂、舂紧、刮平扎通气孔;(e) 松开夹子,轻击芯盒使型芯松离芯盒;(f) 取出型芯,刷涂料

3. 型芯的定位

型芯在铸型中的定位主要依靠型芯头(简称芯头),常见的有垂直芯头、水平芯头和特殊芯头,如图 2.12 所示。若铸件形状特殊,单靠芯头不能使型芯定位时,可用芯撑加以固定,芯撑材料应与铸件相同,浇注时芯撑和液体金属可熔焊在一起。

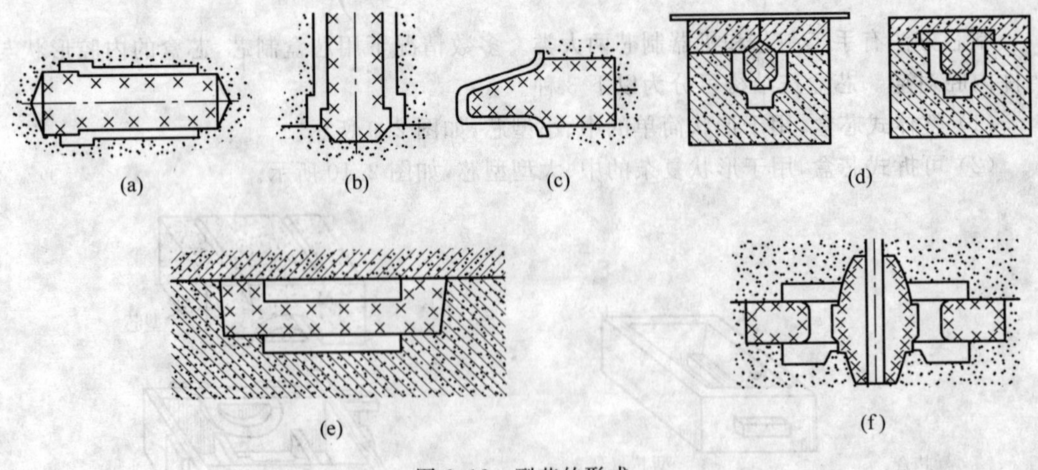

图 2.12 型芯的形式

(a) 水平型芯;(b) 垂直型芯;(c) 悬臂型芯;(d) 悬吊型芯;(e) 引伸型芯;(f) 外型芯

2.4.4 综合工艺分析举例

实际生产中铸件的形状比较复杂，为解决其起模往往要在同一铸件上应用多种造型方法。例如，图 2.13 所示斜支座铸件，外形上有肋（大肋及小肋）、耳、凸台及凹坑，内腔为一阶梯盲孔。该铸件形状复杂，应从外形的最大截面入手。由图看出，其最大截面是通过大肋和

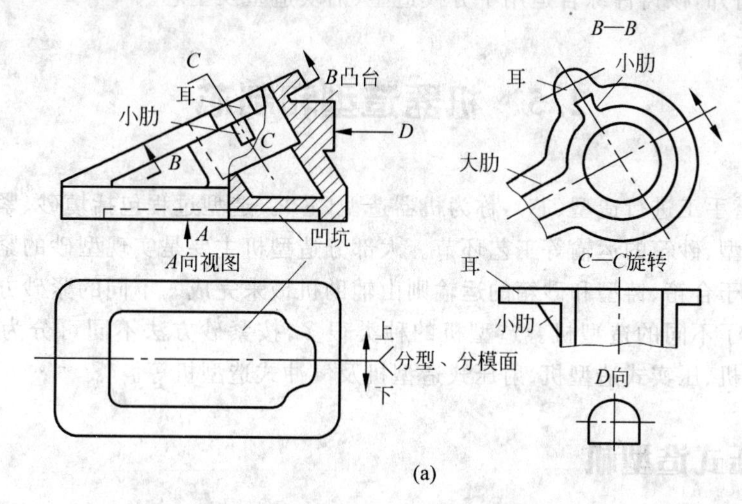

(a)

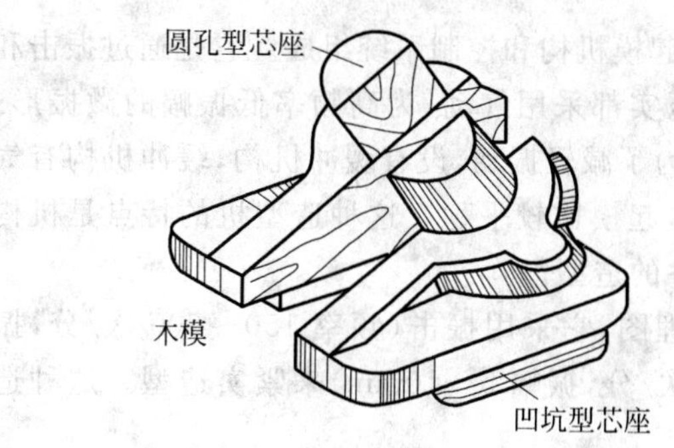

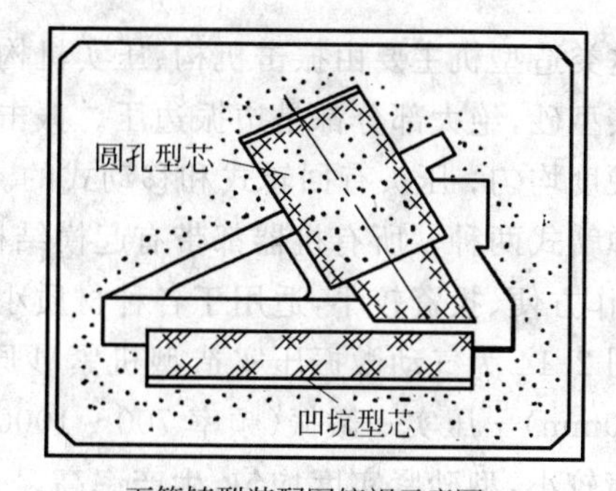

(b)

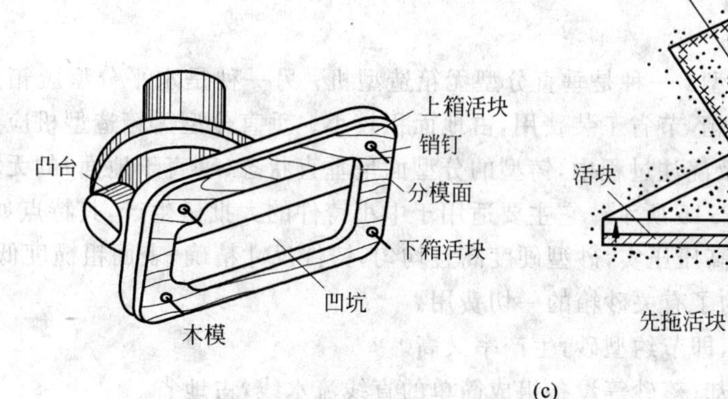

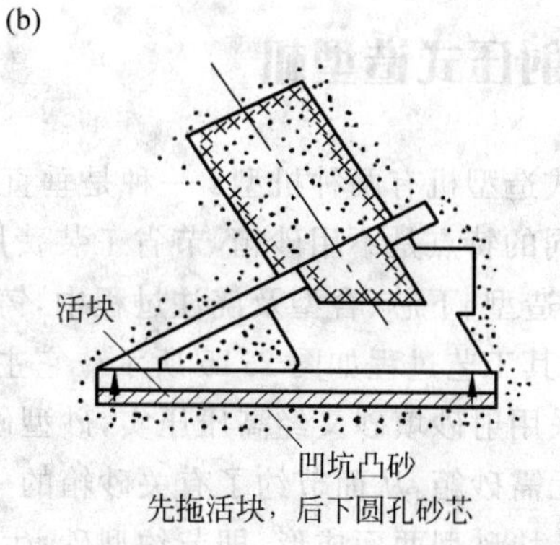

(c)

图 2.13 斜支座铸件造型方法举例

(a) 斜支座铸件；(b) 用砂芯形成凹坑；(c) 用活块做出凹坑

孔中心的对称平面,而且是唯一可作为分型面的平面,见图 2.13(a)。由此面分型后,使耳、大肋、小肋及凸台都能顺利起模,仅凹坑处不能起模,其解决办法如下。

(1) 成批大量生产时,用型芯形成凹坑,如图 2.13(b)所示;

(2) 单件小批生产时,将凹坑四周凸缘做成活块,如图 2.13(c)所示。

内腔阶梯孔可用圆柱型芯形成。

由上分析可知,该铸件综合运用了分模造型、活块造型及型芯。

2.5 机器造型和制芯

用机器代替手工进行造型(芯),称为机器造型(芯)。造型过程包括填砂、紧实、起模、下芯、合箱以及铸型、砂箱的运输等工艺环节。大部分造型机主要是实现型砂的紧实和起模工序的机械化,至于合箱、铸型和砂箱的运输则由辅助机械来完成。不同的紧砂方法和起模方式的组合,组成了不同的造型机。造型机的种类很多,按紧砂方法不同可分为振压式造型机、振实式造型机、压实式造型机、射压式造型机及气冲式造型机等。

2.5.1 振压式造型机

这类造型机主要由振击机构、压实机构、起模机构和控制系统组成。它是通过振击和压实紧实型砂,绝大部分都是边振边压。振击压实都采用气动,为高频率低振幅的微振形式,铸型硬度均匀;压头有回转式和移动式的。为了减轻振动,设有缓冲机构,缓冲机构有气垫式和弹簧式两种。所有机器都带有起模结构,起模比较平稳。这种造型机的特点是机构简单、操作方便、投资较小,适用于各种材质小件的造型。

图 2.14 为气动微振压实造型机紧砂原理图,它采用振击(频率 150~500 次/分,振幅 25~80mm)—压实—微振(频率 700~1000 次/分,振幅 5~10mm)来紧实造型。这种造型机噪声较小,型砂紧实度均匀,生产率高。

2.5.2 射压式造型机

射压式造型机有两种机型:一种是垂直分型无箱造型机;另一种是水平分型脱箱造型机。其共同的特点是不用砂箱,节省工装费用,占地面积较小。垂直分型无箱造型机应用较广,是指在造型、下芯、合型及浇注过程中,铸型的分型面呈垂直状态(垂直于地面)的无箱射压造型法,其工艺过程如图 2.15 所示。它主要适用于中小铸件的大批量生产,其特点如下。

(1) 采用射砂填砂又经高压压实,砂型硬度高且均匀,铸件尺寸精确,表面粗糙度低。

(2) 无需砂箱,从而节约了有关砂箱的一切费用。

(3) 一块砂型两面成形,即节约型砂,生产率又高。

(4) 可使造型、浇注、冷却、落砂等设备组成简单的直线流水线,占地省。

(5) 下芯不如水平分型时方便,下芯时间不允许超过 7~8s,否则将严重降低造型机的生产率。

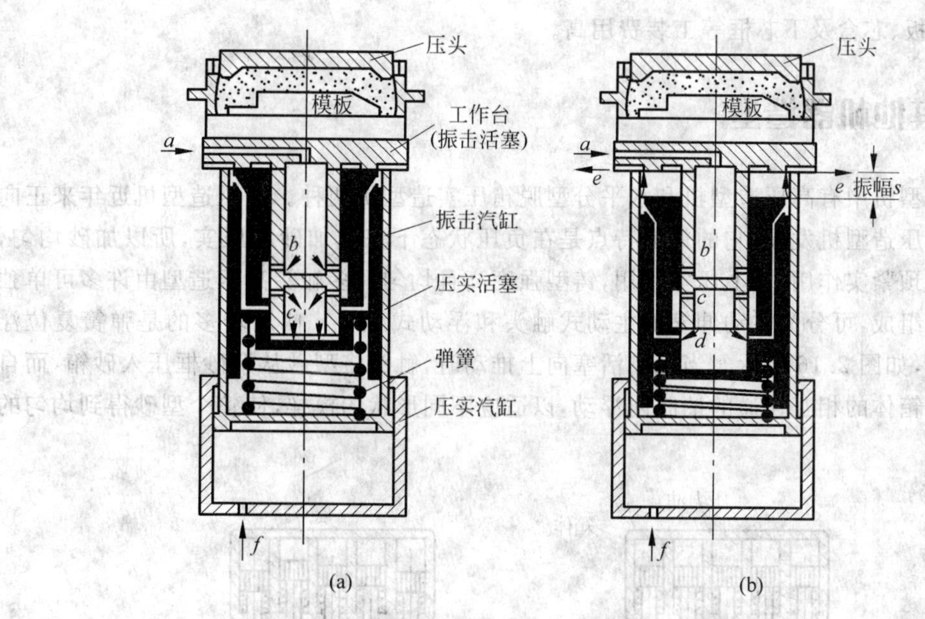

图 2.14　气动微振压实造型机紧砂原理图

(a) 压实；(b) 压实微振

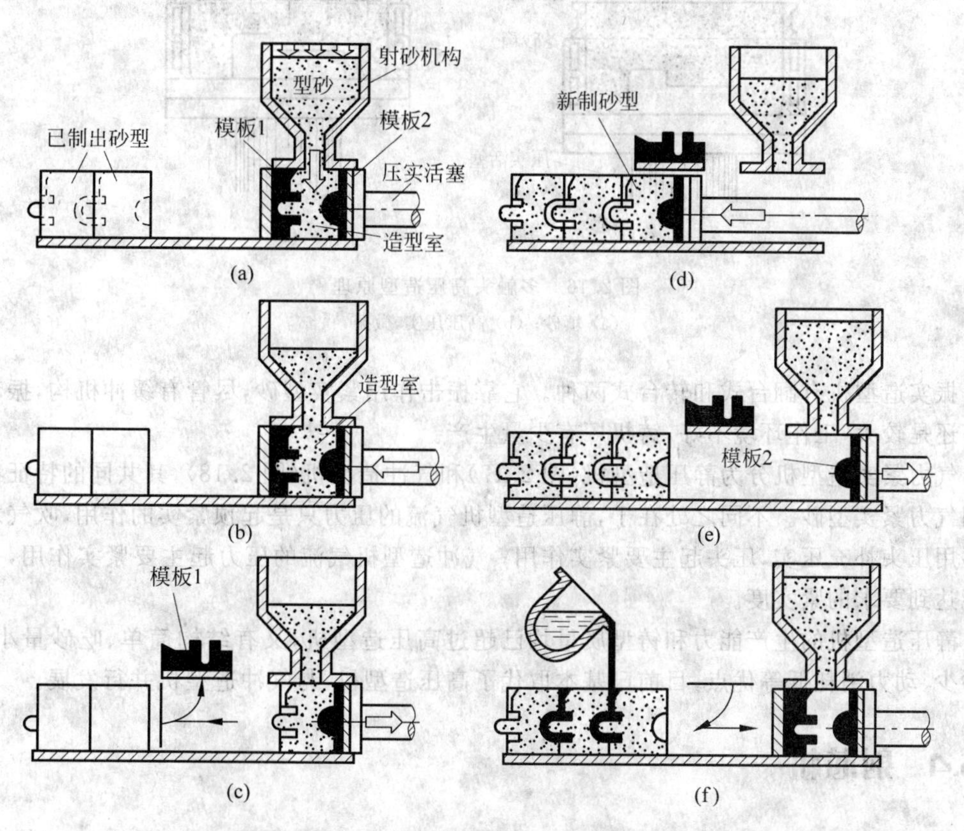

图 2.15　垂直分型无箱造型机原理图

(a) 射砂；(b) 压实；(c) 起模 1；(d) 推出合型；(e) 起模 2；(f) 闭合造型室，浇注

(6) 模板、芯盒及下芯框等工装费用高。

2.5.3 其他机器造型

压实造型机中有高压造型机和水平分型脱箱压实造型机两种。高压造型机近年来正向负压加砂高压造型机发展,它的最大特点是在负压状态下完成加砂和压实,所以加砂均匀,并有一定的预紧实作用,加上压实作用,铸型强度高且均匀。多触头高压造型由许多可单独动作的触头组成,可分为主动伸缩的主动式触头和浮动式触头。使用较多的是弹簧复位浮动式多触头,如图 2.16 所示。当压实活塞向上推动时,触头将型砂从余砂框压入砂箱,而自身在多触头箱体的相互连通的油腔内浮动,以适应不同形状的模样,使整个型砂得到均匀的紧实度。

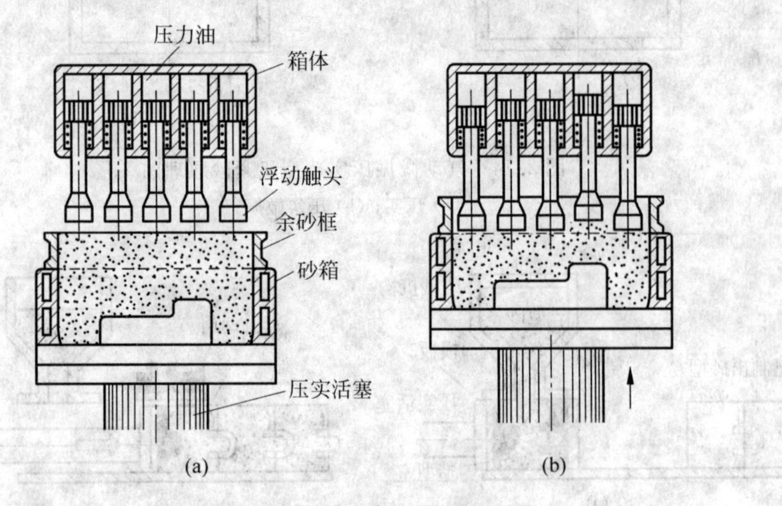

图 2.16 多触头高压造型原理

(a) 填砂;(b) 高压压实,微振

振实造型机有翻台式和转台式两种。它靠振击作用紧实型砂,尽管有缓冲机构,振动和噪声还是较大,工作环境不好,铸机厂有少量生产。

气力紧实造型机分为静压造型机(图 2.17)和气冲造型机(图 2.18),其共同的特征都是利用气力紧实型砂。不同之处在于,静压造型机气流的压力只是起预紧实的作用,吹气之后还要用压头补充压实,压头起主要紧实作用;气冲造型机气流的压力起主要紧实作用,一般都能达到要求的紧实度。

静压造型机的生产能力和铸型质量均已超过高压造型机,又有结构简单、吃砂量小、撒落砂少、动力消耗低等优点,目前已基本取代了高压造型机,与气冲造型机并行发展。

2.5.4 射芯机

造型和制芯实质上是一样的,有的造型机同样可以制芯。除此之外,常用的制芯设备是热芯盒射芯机(图 2.19)。

热芯盒射芯机适用于呋喃树脂砂,采用射砂方式填砂和紧砂。射砂紧实原理是通过压

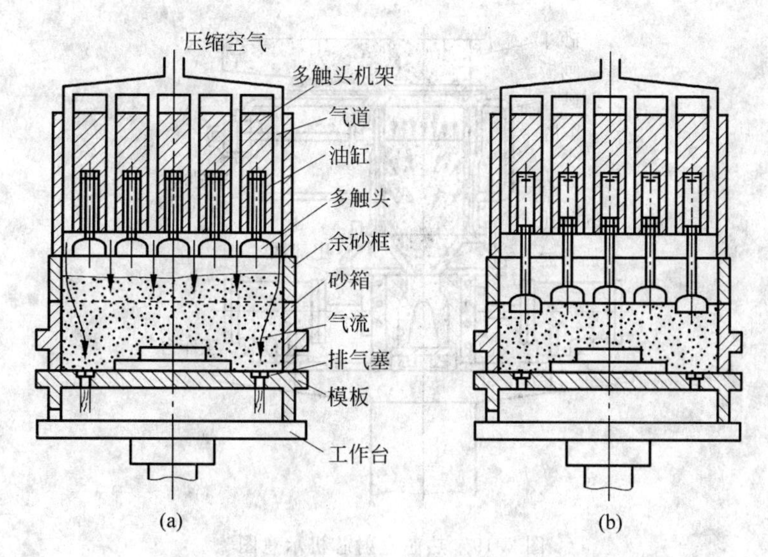

图 2.17 静压造型原理图

(a) 气流渗透预紧实；(b) 高压压实

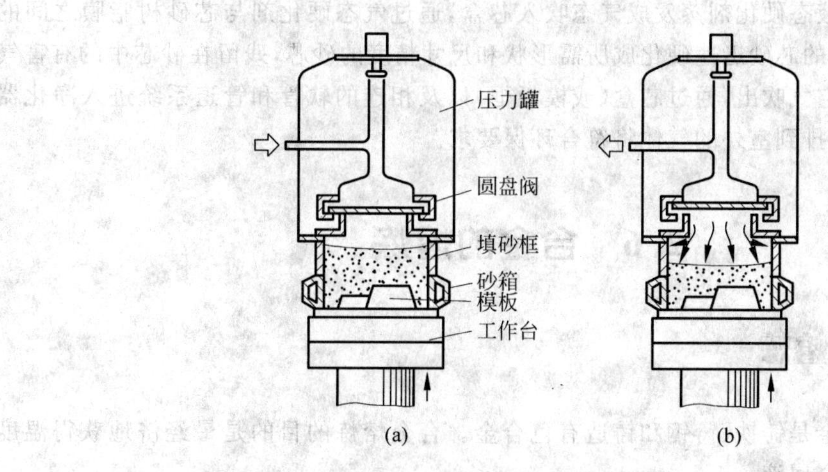

图 2.18 气冲造型原理图

(a) 加砂后的砂箱、填砂框升至阀口处；(b) 打开阀门，气流冲击紧实

缩空气携带芯砂，以高速射入芯盒中而紧实。如图 2.19 所示，打开大口径快动射砂阀后，储气包中的压缩空气进入射腔内并骤然膨胀，再通过一排排的缝隙进入射砂筒内。当气压达到一定值时，芯砂夹在气流中从射砂孔高速射进热芯盒中并得到紧实。压缩空气则从射头和芯盒的排气孔排出。热芯盒温度为 200～250℃，芯砂经 60s 后即可硬化，松开夹紧汽缸即取出砂芯。

热芯盒树脂砂由新砂、呋喃Ⅰ型树脂和固化剂氯化铵尿素水溶液等组成。热芯盒制芯法生产效率很高，型芯强度高、尺寸精确、表面光洁。热芯盒射芯机自 1958 年出现以来应用已相当普遍，特别是用来制造汽车、拖拉机以及内燃机等铸件的各种复杂型芯，还可用于组芯造型。其主要缺点是加热硬化时有刺激性气味发出。

除热芯盒射芯机外，还可用冷芯盒射芯机来制芯。冷芯盒射芯机由射芯机、气体发生

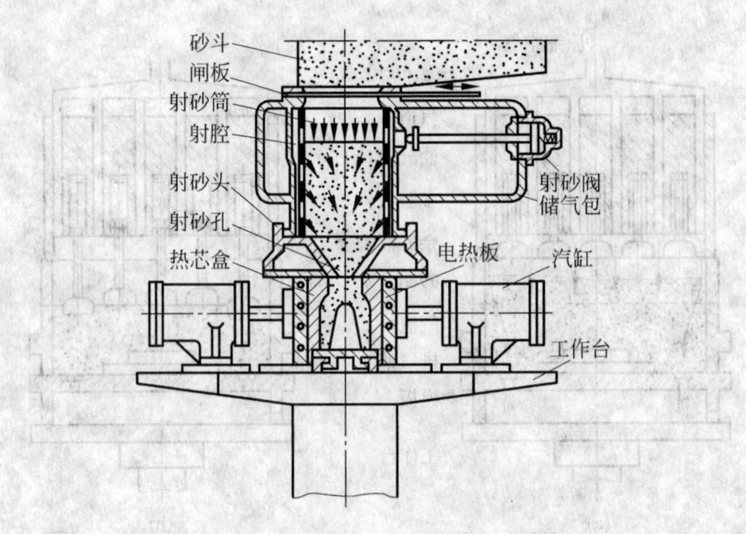

图 2.19　热芯盒射芯机示意图

器、净化装置以及液压、电气控制系统等组成。其工作原理是由射芯机将芯砂吹入芯盒，然后由气体发生器将液态硬化剂蒸发成气态吹入芯盒，通过气态硬化剂与芯砂树脂膜之间的化学反应，使芯盒中的芯砂迅速硬化成所需形状和尺寸精度的砂芯，残留在砂芯中的有害气体则被干燥的压缩空气吹出，通过芯盒(或模板框)以及相连的软管和管道系统进入净化器进行中和净化处理，排到室外的气体将符合环保要求。

2.6　合金的熔炼

2.6.1　合金的熔炼

常用的铸造合金是铸铁、铸钢和铸造有色合金。合金熔炼的目的是最经济地获得温度和化学成分合格的金属液。

1. 铸铁的熔炼

铸铁件占铸件总量的70%～75%以上。为了生产高质量的铸件，首先要熔炼出优质铁水。铸铁的熔炼应符合下列要求：①铁水温度足够高；②铁水的化学成分符合要求；③熔化效率高，节约能源。

铸铁可用反射炉、电炉或冲天炉熔炼，目前以冲天炉应用多。冲天炉的结构简单、操作方便、熔化的效率较高，燃料获取方便，但用冲天炉熔化的铁水质量不及电炉，相对于冲天炉的耗能及由于修炉、停工等费用，总体来说，还是电炉效益好，又环保，只是电炉的一次性投资高。

1) 冲天炉的构造

冲天炉的构造如图 2.20 所示。

(1) 烟囱。从加料口下沿到炉顶为烟囱。烟囱顶部常带有火花罩。烟囱的作用是增大

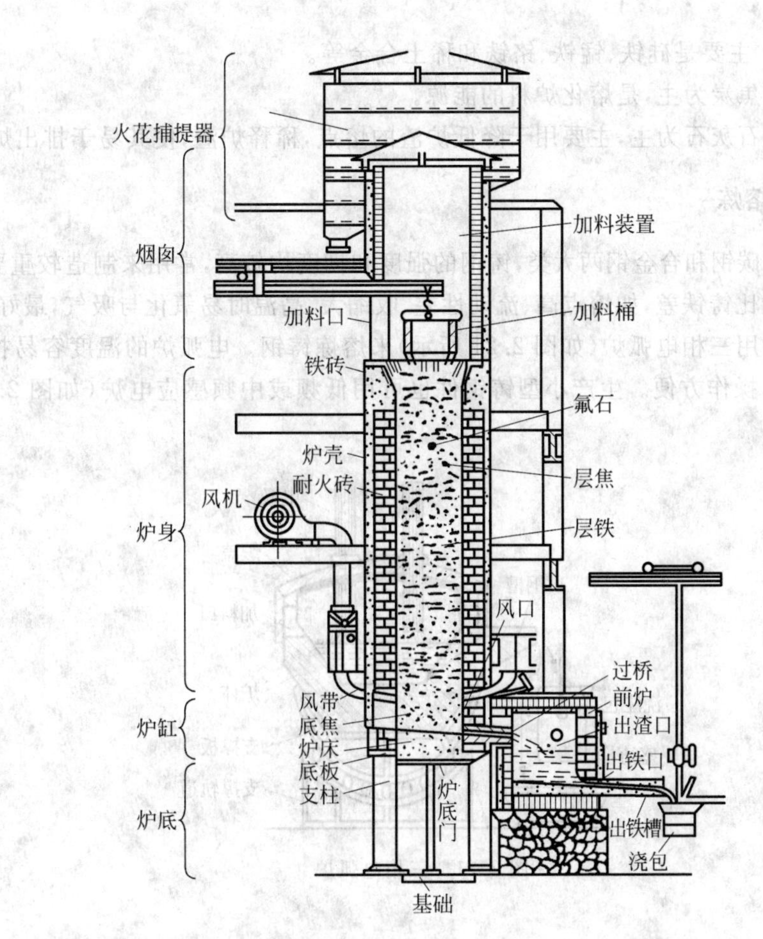

图 2.20　冲天炉的构造

炉内的抽风能力，并把烟气和火花引出车间。

(2) 炉身。从第一排风口至加料口下沿称为炉身，炉身的高度亦称有效高度。炉身的上部为预热区，其作用是使下移的炉料被逐渐预热到熔化温度，炉身的下部是熔化区和过热区。在过热区的炉壁四周配有 2～3 排风口(每排 5～6 个)，风口与其外面的风带相通，风机排出的高压风沿风管进入风带后经风口吹入炉膛，使焦炭燃烧。下落到熔化区的金属料在该区被熔化，而铁水在流经过热区时被加热到所需温度。

(3) 炉缸。从炉底至第一排风口为炉缸，熔化的铁水被过热区过热后经炉缸流入前炉。炉缸与前炉连接的部分称为过桥。

(4) 前炉。前炉的作用是存储铁水并使其成分、温度均匀化，以备浇注用。

冲天炉的大小以每小时熔化铁水的吨位表示。常用冲天炉的大小为 1.5～10t/h。

2) 炉料

炉料是熔炼铸铁所用的原材料的总称，其分类如下所述。

(1) 金属料主要有以下 4 种。

① 新生铁：也叫生铁锭，指高炉冶炼的铸造用生铁。

② 回炉料：包括浇冒口、废铸件等。

③ 废钢：各种废钢件、下脚料等，用以降低铁水含碳量，提高铸件力学性能。

④ 铁合金：主要是硅铁、锰铁、铬铁和稀土合金等。

(2) 燃料以焦炭为主，是熔化炉料的能源。

(3) 熔剂以石灰石为主，主要用于降低炉渣的熔点，稀释炉渣，使其易于排出炉外。

2. 铸钢的熔炼

铸钢主要分碳钢和合金钢两大类，铸钢的强度和韧度均较高，常用来制造较重要的铸件。铸钢的铸造性能比铸铁差，如熔点高、流动性差、收缩大、高温时易氧化与吸气，最好采用电炉熔化。生产中常用三相电弧炉(如图 2.21 所示)来熔炼铸钢。电弧炉的温度容易控制，熔炼速度快，质量好，操作方便。生产小型铸钢件也可用低频或中频感应电炉(如图 2.22 所示)熔炼。

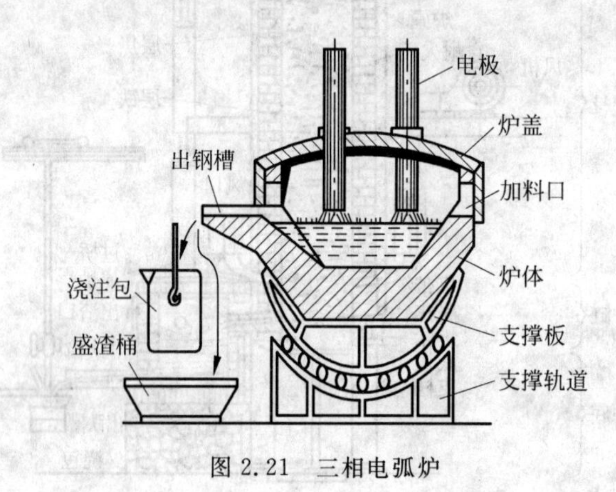

图 2.21 三相电弧炉

3. 铸造有色合金的熔炼

铸造有色合金包括铜、铝、镁及锌合金等。它们大多熔点低、易吸气和易氧化，故多用坩埚炉(如图 2.23 所示)熔炼。坩埚炉是最简单的一种熔炉，其优点是金属液不受炉气污染，纯净度较高，成分易控制，烧损率低，一般用于批量不大的有色合金铸件的熔炼。

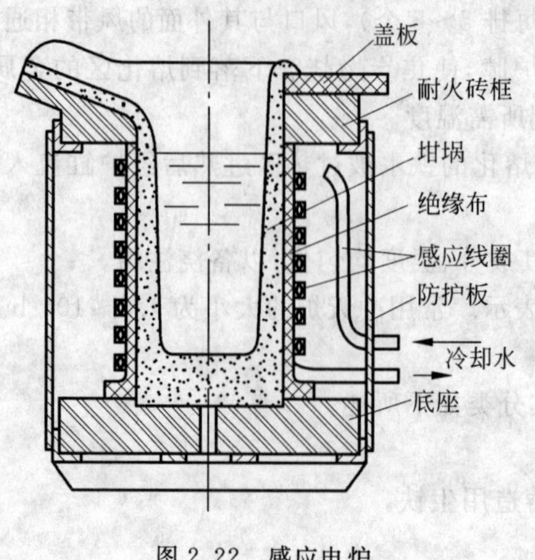

图 2.22 感应电炉

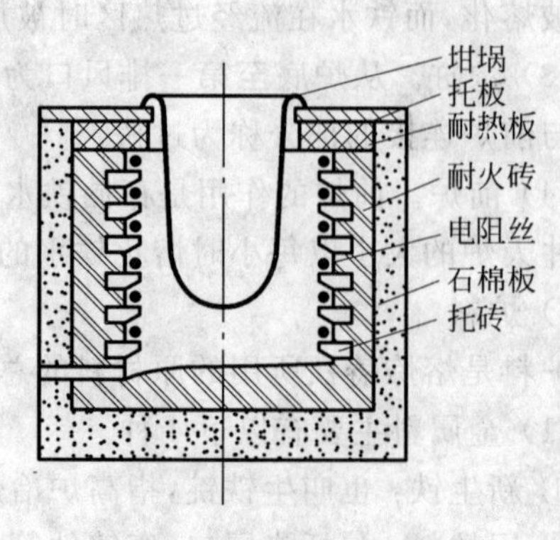

图 2.23 坩锅炉示意图

2.6.2 铸型浇注

将熔融金属从浇包注入铸型的操作即为浇注。浇注是铸造生产中的重要工序，若操作不当将会造成铁豆、冷隔、气孔、缩孔、夹渣和浇不足等缺陷。

1. 准备工作

(1) 根据待浇铸件的大小准备好端包、抬包等各类浇包并烘干、预热，以免导致金属液飞溅和急剧降温。

(2) 去掉盖在铸型浇口杯上的护盖并清除周围的散砂，以免落入型腔中。

(3) 应明了待浇铸件的大小、形状和浇注系统类型等，以便正确控制金属液的流量并保证在整个浇注过程中不断流。

(4) 浇注场地应畅通。如地面潮湿有积水，用干砂覆盖，以免造成金属液飞溅伤人。

2. 浇注方法

(1) 在浇包的铁水表面撒上草灰用以保温和聚渣。

(2) 浇注时应用挡渣钩在浇包口挡渣。用燃烧的木棍在铸型四周将铸型内逸出的气体引燃，以防止铸件产生气孔和污染车间空气。现在，许多企业流行在浇口处安置陶瓷挡渣网方式，实践证明挡渣效果很好。

(3) 控制浇注温度和浇注速度。对形状复杂的薄壁件，浇注温度宜高些；反之，则应低些。浇注温度一般在1280～1350℃。浇注速度要适宜，浇注开始时液流细且平稳，以免金属液洒落在浇口外伤人和将散砂冲入型腔内。浇注中期要快，以利于充型；浇注后期应慢，以减少金属液的抬箱力，并有利于补缩。浇注中不能断流，以免产生冷隔。如C616普通车床床身质量为560kg，其浇注时间仅限定15s。

2.7 铸件清理和常见缺陷分析

2.7.1 铸件的落砂和清理

1. 落砂

落砂指用手工或机械方法使铸件与型(芯)砂分离的操作。要注意控制落砂温度，落砂过早，温度过高，铸件易产生白口、变形、裂纹。落砂过晚，影响生产率。一般铸件的落砂温度在400～500℃之间。单件小批用手工落砂，大量生产时采用落砂机，如惯性振动落砂机，它是把铸型直接放到落砂机上，靠栅床振动而把铸型抛起，当铸型下落时与栅床相撞完成落砂。

2. 清理

落砂后从铸件上清除表面粘砂、型砂及多余金属等的过程称为清理，清理工作包括：

(1) 去除浇冒口，铸铁件可用铁锤敲掉浇冒口，铸钢件要用气割切除，有色合金铸件用锯削切除。

(2) 清除砂芯，从铸件中去除芯砂和芯骨。可用手工、振动或水力清砂装置进行。

(3) 清砂，除去铸件表面的粘砂，获得表面光洁的铸件。常用的清砂设备有履带式抛丸清理机(如图 2.24 所示)，用于清除中小铸件上的粘砂、细小飞翅及氧化皮等缺陷。

对于板件、易碰坏的薄壁件及大铸件可使用抛丸清理转台(如图 2.25 所示)进行清砂。

(4) 修整，磨掉分型面或芯头处产生的飞翅、毛刺和残留的浇冒口痕迹。一般采用砂轮、手凿及风铲等工具修整。

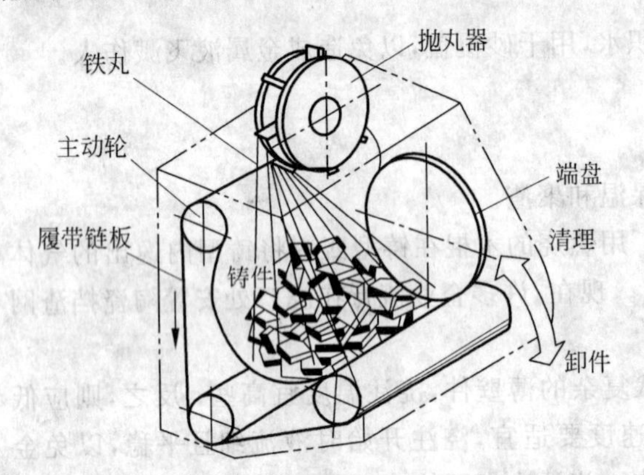

图 2.24 履带式抛丸清理机示意图

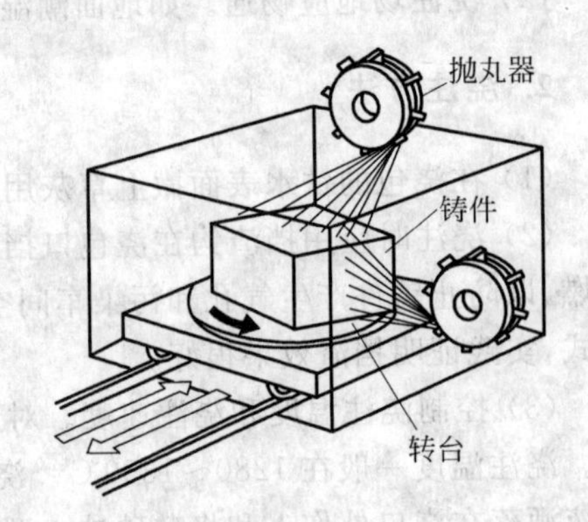

图 2.25 抛丸清理转台示意图

2.7.2 铸件常见缺陷分析

了解铸件缺陷的目的是找出其产生原因，以便采取措施加以防止。表 2.3 列出了常见铸造缺陷特征及其产生原因。

表 2.3 铸造缺陷的分类

缺陷分类	缺陷名称	图示及特征	产生原因
孔洞	气孔	铸件内部和表面的圆形或梨型孔洞，气孔内壁光滑	1. 砂舂得太紧或铸型透气性差 2. 型砂太湿，起模、修型时刷水过多 3. 型芯通气孔堵塞或型芯未烘干 4. 铁水温度太低或浇注速度太快，气体排不出去

续表

缺陷分类	缺陷名称	图示及特征	产生原因
孔洞	缩孔	铸件厚壁处形状不规则的孔洞，孔内表面粗糙 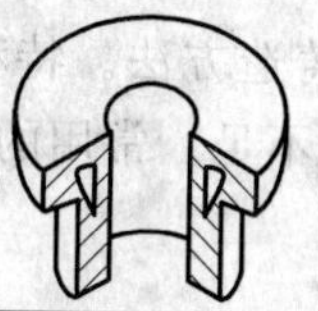	1. 冒口设置不对或冒口太小，或冷铁位置不对 2. 铁水成分不合格，收缩过大 3. 浇注温度过高 4. 铸件设计不合理，无法进行补缩
	砂眼	铸件内部或表面上形状不规则的孔眼，孔内充塞砂粒 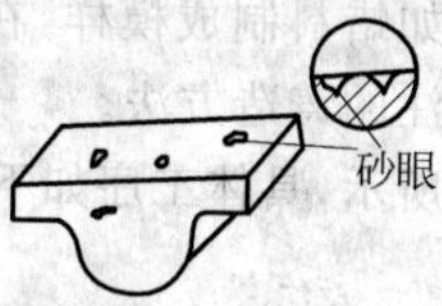 砂眼	1. 型砂强度不够或局部没舂紧、掉砂 2. 型腔、浇口内散砂未吹净 3. 合箱时铸型局部被挤坏，掉砂 4. 浇注系统不合理，冲坏铸型(芯)
	渣(气)孔	铸件浇注后的上表面充满熔渣的孔洞，常与气孔并存，大小不一，成群集结。注意区分孔内是渣，不是砂 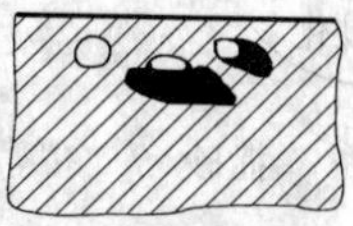	1. 浇注系统挡渣效果不好 2. 浇注中没做挡渣工作
表面缺陷	冷隔	铸件有未完全熔合的缝隙，交接处是圆滑凹坑 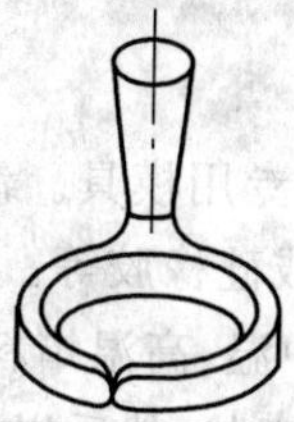	1. 浇注温度太低 2. 浇注时断流或浇注速度太慢 3. 浇口位置不当或浇口太小
形状尺寸不合格	浇不足	铸件形状不完整 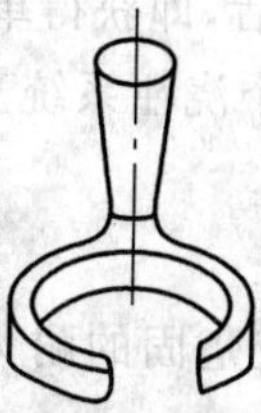	1. 浇注温度太低 2. 浇口太小或未开出气孔 3. 铸件太薄 4. 浇注时断流或浇注速度太慢
裂纹	裂纹	热裂：铸件开裂，裂纹处表面氧化，呈蓝色 冷裂：裂纹处表面不氧化，并发亮  裂纹	1. 铸件设计不合理，薄厚差别大 2. 铁水化学成分不当，收缩大 3. 铸型(芯)舂得太紧，退让性差而阻碍铸件收缩 4. 浇注系统开设不当，使铸件各部分冷却及收缩不均匀，造成过大的内应力 5. 铸件清理及去除浇冒口时操作不当

2.8 特种铸造方法

特种铸造是指与砂型铸造不同的其他铸造方法。特种铸造方法很多，各有其特点和适用范围，从各个不同的侧面弥补砂型铸造的不足。常用的特种铸造有以下几种。

2.8.1 熔模铸造

熔模铸造又称失蜡铸造，用易熔材料如蜡料制成模样，在模样上包覆若干层耐火涂料，制成型壳，熔出模样后经高温焙烧即可浇注的铸造方法。

熔模铸造的基本工艺过程如图 2.26 所示，具体工序如下所述。

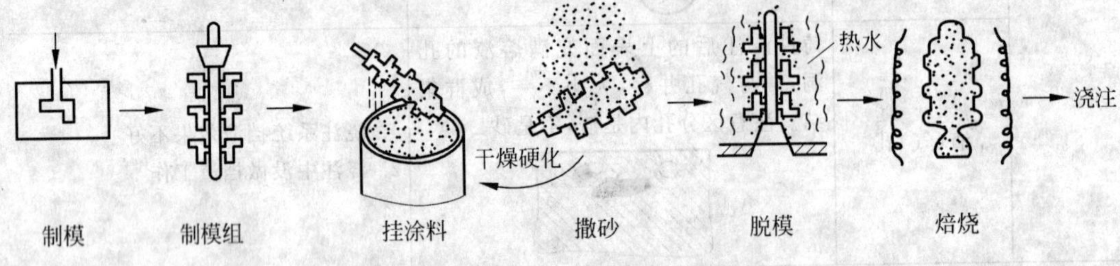

图 2.26 熔模铸造工艺过程示意图

1. 蜡模制造

(1) 制造压型。压型是用于压制蜡模的专用模具。制造压型的材料有金属材料、易熔合金和适用于单件小批量生产的石膏、塑料或硅橡胶等。

(2) 压制蜡模。蜡料按温度分为低温、中温、高温蜡料。常用蜡料的成分为50%的石蜡和50%的硬脂酸。制蜡模时，先将蜡料熔为糊状，然后以 0.2～0.4MPa(2～4 大气压)将蜡料压入压型内，待蜡料凝固后取出，修剪毛刺后，即获得单个蜡模。

(3) 装配蜡模组。将多个蜡模焊合在一个浇注系统上，组成蜡模组。

2. 结壳

它是在蜡模上涂挂耐火材料层，以制成较坚固的耐火型壳，结壳要经几次浸挂涂料、撒砂、硬化、干燥等工序。

3. 脱蜡

将结壳后的蜡模组置于蒸汽、热水或电加热脱蜡箱中，使蜡料熔化，上浮而脱出，便得到中空型壳。

4. 熔化和浇注

将型壳装入 800～950℃的加热炉中进行焙烧，以彻底去除型壳中的水分、残余蜡料和硬化剂等。然后从焙烧炉中出炉后,即可浇注成形。

熔模铸造的特点和适用范围:

(1) 铸件的精度高,表面粗糙度低(IT12~10、Ra12.5~1.6μm)。

(2) 可铸出形状复杂的薄壁铸件,如铸件上的凹槽(宽>3mm),小孔(直径>2.5mm)均可直接铸出。

(3) 铸件合金种类不受限制,钢、铸铁和有色合金均可。

(4) 生产工序复杂,生产周期长。

(5) 原材料价格贵,铸件成本高。

(6) 铸件不能太大、太长,否则蜡模易变形。

熔模铸造是一种少无切削的先进的精密铸造工艺。它最适合25kg以下的高熔点、难以切削加工合金铸件的成批大量生产,广泛应用于航天、飞机、汽轮机、燃汽轮机叶片、泵轮、复杂刀具、汽车、拖拉机和机床上的小型铸件生产。

2.8.2 压力铸造

压力铸造(简称压铸)是指熔融金属在高压下高速充型,并在压力下凝固的铸造方法。压铸用的压力(压射比压)一般为30~70MPa(300~700大气压),充型速度可达5~100m/s,充型时间为0.05~0.2s,最短时间只有千分之几秒。高压、高速是压铸时液态金属充型的两大特点,也是与其他铸造方法最根本的区别。

压力铸造是在压铸机上进行的,冷压室式压铸机的工作过程如图2.27所示。

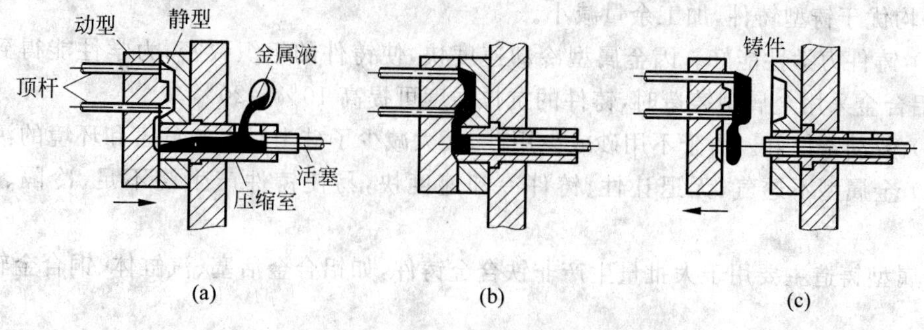

图2.27 压力铸造的特点和适用范围

(a) 合型,浇入金属液;(b) 高压射入,凝固;(c) 开型,顶出铸件

压力铸造的特点和适用范围:

(1) 生产效率高,每小时可压铸50~100次,最高可达500次,且便于实现自动化、半自动化。

(2) 铸件的精度高,表面粗糙度低(IT13~11,Ra3.2~0.8μm),并可直接铸出极薄铸件或带有小孔、螺纹的铸件。

(3) 铸件冷却快,又是在压力下结晶,故晶粒细小,表层紧实,铸件的强度、硬度高。

(4) 便于采用嵌铸(又称镶铸法)。嵌铸是将各种金属或非金属的零件嵌放在压铸型中,在压铸时与压铸件铸合成一体。

(5) 压铸机费用高,压铸模具制造成本高,工艺准备周期长,不适用单件小批量生产。

(6) 由于压铸模的寿命原因,目前压铸不适合钢、铸铁等高熔点合金的铸造。

(7) 由于压铸的金属液注入和凝固速度过快,型腔气体难以及时完全排出,壁厚处难以进行补缩,故铸件内部易存有气孔、缩孔和缩松等铸造缺陷。所以,压铸件应尽量避免机械加工,以防止内部缺陷外露。

压铸工艺特别适用于低熔点的有色金属(如锌、铝、镁等合金)的小型、薄壁、形状复杂的铸件大批量生产。

2.8.3 金属型铸造

在重力作用下将熔融金属浇入金属型而获得铸件的方法称为金属型铸造。由于金属型可重复使用,故又称永久型铸造。

常用的金属型如图 2.28 所示,金属型铸造的过程是:先使两个半型合紧,进行金属液浇注,凝固后利用简单的机构再使两半型分离,取出铸件。若需铸出内腔,可使用金属型芯或砂芯形成。

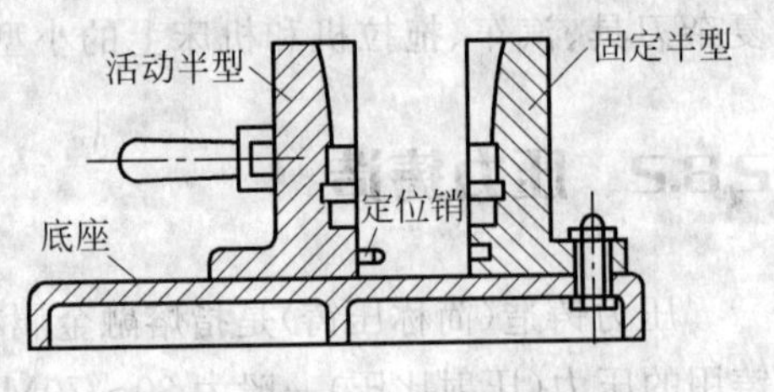

图 2.28 金属型

金属型铸造工艺的特点和适用范围:

(1) 生产率中等。金属型可"一型多铸",省去了铸型铸造中的配砂、造型、落砂等许多工序,节省了大量的造型材料和生产场地,易于实现机械化和自动化生产。

(2) 铸件精度和表面质量高。铸件尺寸精度和表面粗糙度(IT14～12,*Ra*12.5～6.3μm)均优于铸型铸件,加工余量减小。

(3) 铸件力学性能好。因金属型冷却速度快,使铸件的组织致密,力学性能得到提高。如铜、铝合金采用金属型铸造时,铸件的抗拉强度可提高 10%～20%。

(4) 劳动条件好。由于不用砂或少用砂,大大减少了硅尘对人的危害和环境的污染。

(5) 金属型不透气、无退让性、铸件冷却速度快,易使铸件产生浇不足、冷隔、白口等缺陷。

金属型铸造主要用于大批量生产非铁合金铸件,如铝合金活塞、汽缸体、铜合金轴瓦等。

2.8.4 离心铸造

将金属液浇入绕水平、倾斜或立轴旋转的铸型,在离心作用下凝固成铸件的铸造方法。

离心铸造的铸型可用金属型,亦可用铸型、壳型、熔模样壳,甚至耐热橡胶型(低熔点合金离心铸造时应用)等。当铸型绕垂直轴线回转时,浇注入铸型中的熔融金属的自由表面呈抛物线形状,称为立式离心铸造,如图 2.29(a)、(b)所示,不易铸造轴向长度较大的铸件。当铸型绕水平轴回转时,浇注入铸型中的熔触金属的自由表面呈圆柱形,称为卧式离心铸造,如图 2.29(c) 所示,常用于铸造要求均匀壁厚的中空铸件。

离心铸造的特点和适用范围:

(1) 用离心铸造生产空心旋转铸件时,可以省去型芯、浇注系统和冒口。

(2) 在离心力作用下,密度大的金属液被推往外壁。而密度小的气体、熔渣向自由表面

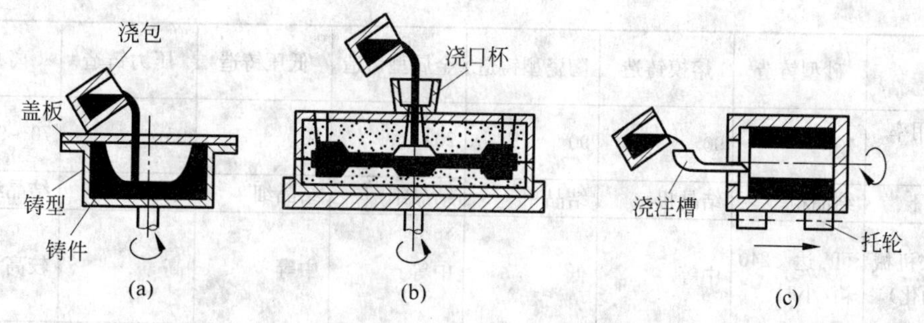

图 2.29 离心铸造示意图

(a) 短套类铸件；(b) 成形铸件；(c) 长管类铸件

移动，形成自外向内的顺序凝固，补缩条件好，使铸件致密，力学性能好。

(3) 便于浇注"双金属轴套和轴瓦"。

(4) 铸件内孔自由表面粗糙，尺寸误差大，质量差。

(5) 不适合比重偏析大的合金及铝、镁等轻合金。

离心铸造适用于大批量生产管、筒类铸件，如铁管、筒套、缸套、双金属钢背铜套，轮盘类铸件，如泵轮、电机转子等。

2.8.5 其他特种铸造方法

特种铸造方法还有陶瓷型铸造、低压铸造、挤压铸造、真空吸铸等。随着技术的发展，新的铸造方法还在不断出现。常用铸造方法与砂型铸造方法的比较见表 2.4。在决定采用何种铸造方法时，必须综合考虑铸件的合金性质、铸件的结构和生产批量等因素，才能达到优质、高产、低成本的目的。

表 2.4 各种铸造方法的比较

	砂型铸造	熔模铸造	陶瓷型铸造	金属型铸造	低压铸造	压力铸造	离心铸造
适用合金的范围	不限制	以碳钢和合金钢为主	以高熔点合金为主	以有色合金为主	以有色合金为主	用于有色合金	多用于黑色金属、铜合金
适用铸件的大小及重量范围	不限制	一般小于25kg	大中型件，最大达数吨	中小件，铸钢可达数吨	中小件，最重可达数百公斤	一般中小型铸件	中小件
能达到的尺寸精度(CT)	9	4	—	6	6	4	—
适用铸件的最小壁厚范围/mm	灰铸铁件3，铸钢件5，有色合金3	通常0.7，孔ϕ1.5～2.0	通常大于1，孔>ϕ2	铝合金2～3，铸铁>4，铸钢>5	通常壁厚2～5，最小壁厚0.7	铜合金<2，其他0.5～1，孔ϕ0.7	最小内孔为ϕ7
表面粗糙度 Ra/μm	粗糙	12.5～1.6	12.5～3.2	12.5～6.3	12.5～1.6	3.2～0.8	—
尺寸公差/mm	100±1.0	100±0.3	100±0.35	100±0.4	100±0.4	100±0.3	—

续表

	砂型铸造	熔模铸造	陶瓷型铸造	金属型铸造	低压铸造	压力铸造	离心铸造
金属利用率/%	70	90	90	70	80	95	70～90
内部质量	结晶粗	结晶粗	结晶粗	结晶细	结晶细	结晶细	结晶细
生产率(机械化、自动化)	可达 240 箱/小时	中等	低	中等	中等	高	较高
应用举例	各类铸件	刀具、机械叶片、测量仪表壳体等	各类模具、工具为主,兼铸复杂零件	发动机、汽车、飞机、拖拉机铸件等	发动机、壳体、箱体等	汽车、电器仪表、国防工业铸件等	各种套、环、筒、辊等

2.8.6 铸造技术的发展趋势

随着科学技术的进步和国民经济的发展,对铸造提出优质、低耗、高效、少污染的要求。铸造技术向以下几方面发展:

(1) 机械化、自动化技术的发展。随着汽车工业等大批大量制造的要求,各种新的造型方法(如高压造型、射压造型、气冲造型、消失模造型等)和制芯方法进一步开发和推广。铸造数控设备,柔性制造系统(FMC 和 FMS)正逐步得到应用。

(2) 特种铸造工艺的发展。随着现代工业对铸件的比强度、比模量的要求增加,以及近净成形、近终成形的发展,特种铸造工艺向大型铸件方向发展。铸造柔性加工系统逐步推广,逐步适应多品种少批量的产品升级换代需求。复合铸造技术(如挤压铸造和熔模真空吸铸)和一些全新的工艺方法(如快速凝固成形技术、半固态铸造、悬浮铸造、定向凝固技术、压力下结晶技术、超级合金等离子滴铸工艺等)逐步进入应用。

(3) 特殊性能合金进入应用。球墨铸铁、合金钢、铝合金、钛合金等高比强度、比模量的材料逐步进入应用。新型铸造功能材料如铸造复合材料、阻尼材料和具有特殊磁学、电学、热学性能和耐辐射材料进入铸造成形领域。

(4) 微电子技术进入使用。铸造生产的各个环节已开始使用微电子技术。如铸造工艺及模具的 CAD 及 CAM,凝固过程数值模拟,铸造过程自动检测、监测与控制,铸造工程 MIS,各种数据库及专家系统,机器人的应用等。

(5) 新的造型材料的开发和应用。

【安全技术】

铸造生产工序繁多,时常与高温熔融金属相接触;车间环境一般较差(高温、高粉尘、高噪声、高劳动强度),安全隐患较多,既有人员安全问题,又有设备、产品的安全问题。因此,铸造的安全生产问题尤为突出。主要的安全技术有:

(1) 进入车间后,应时刻注意头上吊车,脚下工件与铸型,防止碰伤、撞伤及烧伤等事故。

(2) 使用混砂机时,不得用手扒料和清理碾轮,更不准伸手到机盆内添加黏结剂等附加物。

(3) 注意保管和摆放好自己的工具,防止被埋入砂中踩坏,或被起模针和通气针扎伤手脚。

(4) 工作结束后,要认真清理工具和场地,砂箱要安放稳固,防止倒塌伤人毁物。

(5) 铸造熔炼与浇注现场不得有积水。

(6) 注意浇包及所有与铁水接触的物体都必须烘干、烘热后使用,否则会引起爆炸。

(7) 浇包中的金属液不能盛得太满,抬包时两人动作要协调,万一铁水泼出,烫伤手脚,应招呼搭档同时放包,切不可单独丢下抬杆,以免翻包,酿成大祸。

(8) 浇注时,人不可站在浇包正面,否则易造成意外的烧伤事故。

(9) 对破碎、筛分、落砂、混辗和清理设备等,应尽量密闭,以减少车间的粉尘。同时应规范车间通风、除尘及个人劳动保护等防护措施。

(10) 铸造合金熔炼过程中产生的有害气体,如冲天炉排放的含有一氧化碳的多种废气,铝合金精炼时排放的有害气体等,应有相应的技术处理措施。现场人员也应加强防护。

思 考 题

1. 为什么铸造方法在生产中应用广泛?
2. 型砂透气性不好可能产生什么铸造缺陷?
3. 型芯的作用是什么? 芯头有哪些作用?
4. 冲天炉应如何进行操作? 为保证熔炼正常进行应注意哪些方面?
5. 浇注系统由哪几部分组成? 各部分的作用是什么?
6. 挖砂造型时对修分型面有何要求?
7. 常见的铸造缺陷有哪些类型? 如何鉴别气孔和缩孔?
8. 请分析教室里的暖气片的构造,试拟定铸造工艺。
9. 请归纳手工造型种类、方法、特点及适用范围。
10. 列举生活中的实物来说明各种铸造方法的应用。

锻 压

3.1 概 述

锻压是对坯料施加外力，使其产生塑性变形，改变尺寸、形状及改善性能，用以制造机械零件、工件或毛坯的成形加工方法。它是锻压与冲压的总称。与其他加工方法比，锻压作为一类成形工艺有以下特点：

(1) 工件组织致密，力学性能高；

(2) 除自由锻以外，其余锻压加工生产率较高；

(3) 节约金属材料。

据统计，全世界 75%的钢材需经塑性成形，在汽车生产中，70%以上的零部件是利用金属塑性加工而成的。

回顾 20 世纪，塑性成形技术的发展取得辉煌的成绩。主要体现在：

(1) 塑性成形的理论基础已基本形成，包括位错理论、Tresca 屈服准则、Mises 屈服准则、滑移线理论、主应力法、上限元法以及大变形弹塑性和刚塑性有限元理论等。

(2) 以有限元为核心的塑性成形数值仿真技术日趋成熟，使人们认识金属塑性成形过程的本质有了新途径，为实现塑性成形领域的虚拟制造提供了有力的支持。

(3) 计算机辅助技术(CAD/CAE/CAM，计算机辅助设计/计算机辅助工程/计算机辅助制造)和逆向工程在塑性成形领域的应用不断深入，不仅使工件尤其是模具的质量提高了，且制造成本和周期大幅下降。

(4) 新的锻压技术不断形成并应用于生产，如超塑成形、爆炸成形等。

(5) 精确锻压工艺广泛应用在汽车等工业中。如用精确锻造技术生产凸轮轴等零件，铝合金薄板复杂工件的连续加工工艺 AVT(aluminum vehicle technology)、反压力液压成形、铸锻工艺(压铸和锻造工艺相结合)、同步成形工艺、动态液压技术、变压力液压胀形技术、回归热处理工艺(RHT)、半固态塑性成形、多向模锻等。

21 世纪以来，塑性成形技术与科学发展的总趋势则是交叉(综合化)、数字(智能化)、清洁(高效化)和柔性(集成化)。它一方面，在材料科学、信息科学、生命科学等学科的交叉中得到发展；另一方面，它将在解决塑性成形实际的关键问题中不断得到完善。遵循“信息化带动工业化”的战略目标，数字化将是塑性成形技术的核心。从制造业的角度看，就是要实现产品设计数字化、制造数字化、管理数字化、服务咨询数字化等。

3.2 金属的加热和锻件的冷却

3.2.1 加热的目的和加热规范

锻造时加热的目的是提高金属的塑性，降低变形抗力，即提高金属的锻造性能。

开始锻造时坯料的温度称为始锻温度；坯料加热温度若超过始锻温度会造成加热缺陷，甚至使坯料报废。坯料经过锻造成形，在停锻时锻件的瞬时温度称为终锻温度。锻件由始锻温度到终锻温度的温度区间称为锻造温度范围。如果在终锻温度下继续锻造，不仅变形困难，而且可能造成坯料开裂或模具、设备损坏。常用金属材料的锻造温度范围见表 3.1 所示。

表 3.1 常用金属材料的锻造温度范围

金属种类	牌号举例	始锻温度/℃	终锻温度/℃
普通非合金钢	Q195、Q235、Q235A、Q255	1280	700
优质非合金钢	40、45、60	1200	800
非合金工具钢	T7、T8、T9、T10	1100	770
合金结构钢	30CrMnSiA、18CrMn、18CrNi4WA	1180	800
合金工具钢	Cr12MoV	1050	800
	5CrMnMo、5CrNiMo	1180	850
高速工具钢	W18Gr4V、W9CrV2	1150	900
不锈钢	1Cr13、2Cr13、1Cr18Ni9	1150	850

实际生产中坯料的温度可通过仪表来测定，一般都由锻工用观察金属坯料火色的方法来确定，即火色鉴别法。表 3.2 为碳钢火色与加热温度的对应关系。

表 3.2 非合金钢的温度与火色的关系

温度/℃	1300	1200	1100	1000	900	800	700	600 以下
火色	黄白色	淡黄	深黄	橘黄	淡红	樱红	暗红	暗褐

3.2.2 加热缺陷及其预防

在坯料加热过程中，由于加热时间、炉内温度及气氛、加热方式等选择不当，坯料可能会产生各种加热缺陷，影响锻件质量。非合金钢常见的加热缺陷及防止措施见表 3.3。

表 3.3 非合金钢常见的加热缺陷及防止措施

缺陷名称	缺陷现象	产生原因	防止方法
氧化	钢料表层生成 FeO、Fe_3O_4、Fe_2O_3 等氧化物	钢料表层的铁和炉气中的氧化性气体发生化学反应	1. 控制好加热温度，缩短加热时间
脱碳	钢料表层含碳量减少	钢料表层的碳与氧化性气体发生化学反应	2. 在中性或还原性炉气中加热，或在真空中加热

续表

缺陷名称	缺陷现象	产生原因	防止方法
过热	坯料的晶粒组织粗大	坯料被加热温度过高或在高温下停留时间过长	1. 控制加热温度和加热时间，避免过热 2. 多次锻造或锻后采用热处理（正火、调质），使过热的钢材晶粒细化
过烧	金属坯料失去可锻性	坯料加热到接近熔点温度、晶粒间的低熔点物质开始部分熔化，炉气中的氧化性气体，渗入到晶粒边界，在晶界上形成氧化层，破坏晶粒之间的联系	1. 严格控制加热温度和加热时间，控制炉气成分 2. 钢料加热温度至少应低于熔点100℃
裂纹	金属坯料内部产生裂纹	金属坯料加热速度过快，装炉温度过高，坯料内外温差很大，产生的热应力大于坯料本身的强度极限	严格遵守加热规范

3.2.3 加热方法与加热设备

金属坯料的加热，按所采用的热源不同，可分为火焰加热和电加热两类。

1. 火焰加热

火焰加热是利用燃料（如煤、焦炭、重油、柴油、煤气和天然气等）燃烧产生的火焰来加热坯料的方法。常用的加热设备有手锻炉、室式炉、反射炉等。

手锻炉是把固体燃料放在炉膛内燃烧，坯料置于其中加热的炉子，也称明火炉，如图3.1所示。这种炉加热温度不均匀，加热时要经常反转坯料，生产率低，但结构简单、操作方便。手锻炉一般供手工锻造，加热小件用，也是目前锻造实习操作中经常采用的加热设备之一。

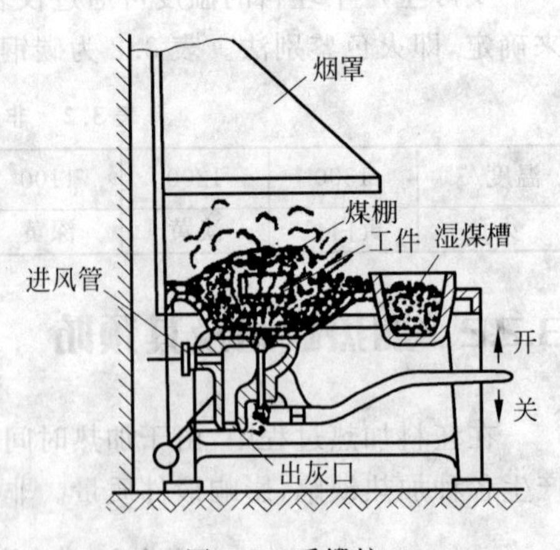

图3.1 手锻炉

室式炉是用喷嘴将重油或煤气与压缩空气混合后直接喷射（呈雾状）到炉膛中燃烧的一种火焰加热炉。由于它的炉膛由六面体耐火材料组成，其中一面有门，所以称室式炉，也叫箱式炉，如图3.2所示。常用的设备有重油炉和煤气炉，两者的结构基本相同，主要的区别在于喷嘴的结构不同。

反射炉是燃料在燃烧室燃烧，生成的火焰靠炉顶反射到加热室加热坯料的炉子，如图3.3所示。这种炉子的炉膛面积较大，加热温度高且均匀，但因燃煤而对环境有严重污染，限制使用并逐步被淘汰。

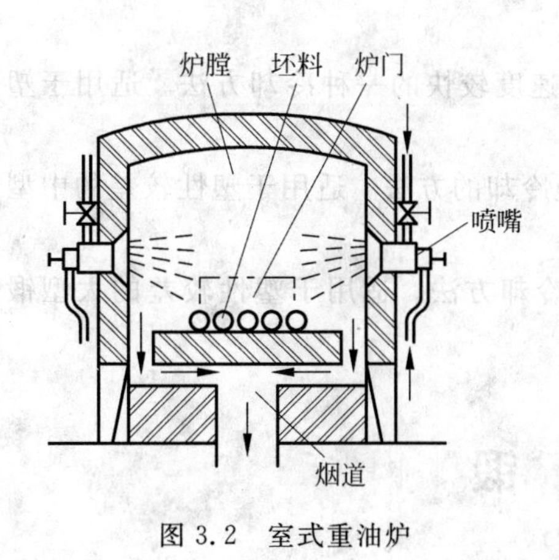

图 3.2 室式重油炉

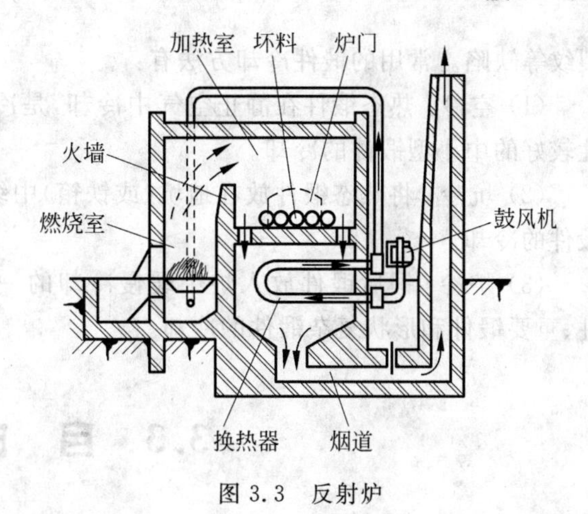

图 3.3 反射炉

2. 电加热

电加热是以电为能源加热坯料的方法。它包括间接电加热(电阻炉和盐浴炉等)和直接电加热(感应加热、接触加热)。

电阻炉是利用电流通过电热体放出热能以辐射方式加热坯料的设备。电阻炉通常做成箱形(如图 3.4 所示),特点是结构简单、炉内气氛容易控制、升温慢、温度控制准确,主要用于有色金属、耐热高合金钢的加热。

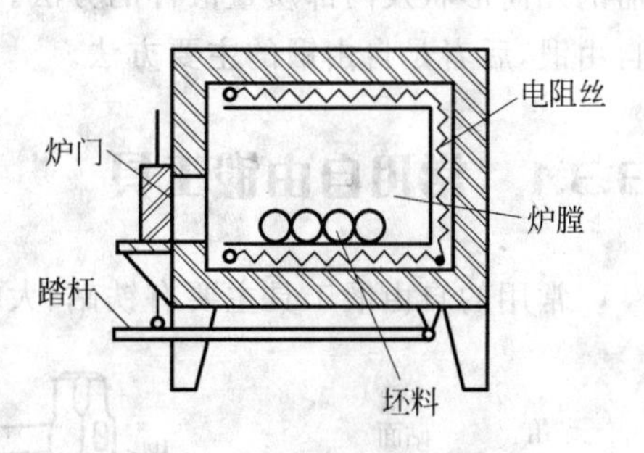

图 3.4 箱式电阻炉示意图

感应加热炉(图 3.5 所示为直接电加热原理)是把锻造用坯料放入电磁线圈内,由感应电流产生的交变磁场,使坯料内部产生交变涡流而升温加热的设备。感应加热炉设备复杂,但加热速度快,加热质量好,金属损耗率低,常用于大、中批量生产及自动化生产场合。

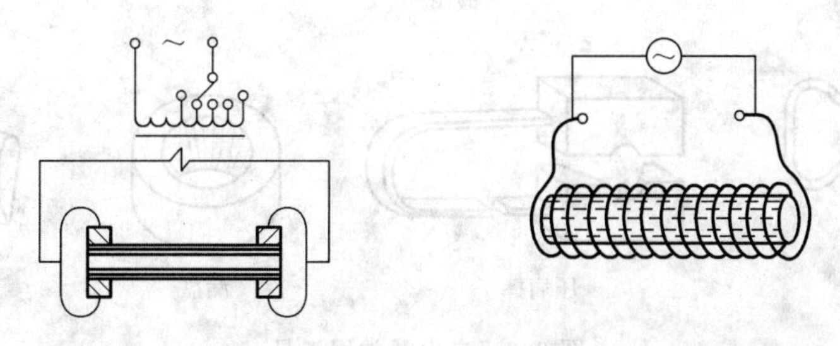

图 3.5 直接电加热原理

接触加热是利用变压器产生的大电流通过金属坯料产生电阻热进行加热。其优点是加热速度快、氧化脱碳少、耗电少、加热温度不受限制,适用于棒料加热。

3.2.4 锻件的冷却

锻件的冷却是指锻后从终锻温度冷却到室温。如果冷却不当会使锻件发生翘曲变形和裂纹等缺陷。常用的锻件冷却方法有：

(1) 空冷：热态锻件在静止空气中冷却，是冷却速度较快的一种冷却方法。适用于塑性较好的中小型锻件的冷却。

(2) 坑冷：将热态锻件放在地坑(或铁箱)中缓慢冷却的方法。适用于塑性较差的中型锻件的冷却。

(3) 炉冷：锻后锻件放入炉中缓慢冷却的一种冷却方法。适用于塑性较差的大型锻件、重要锻件和形状复杂锻件的冷却。

3.3 自 由 锻

自由锻是只用简单的通用性工具，或在锻造设备的上、下砧间直接使坯料变形而获得所需的几何形状及内部质量锻件的方法。自由锻按所使用的工具设备又分手工自由锻和机器自由锻，后者是自由锻的主要方法。

3.3.1 常用自由锻工具

常用的自由锻工具主要有铁砧、大锤、手锤、夹钳、摔子、剁刀、漏盘等，如图 3.6 所示。

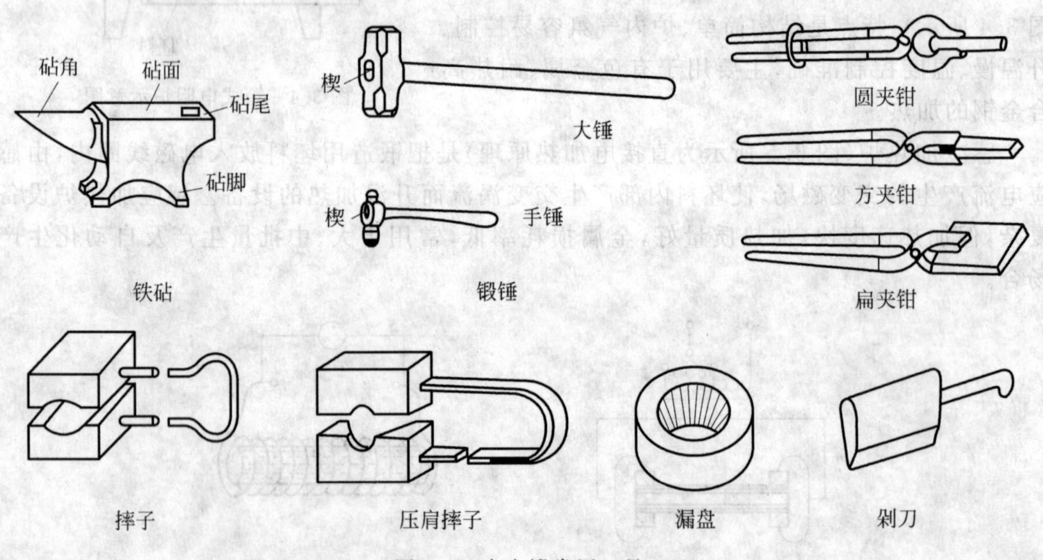

图 3.6 自由锻常用工具

3.3.2 自由锻设备

自由锻设备主要有空气锤、蒸汽-空气锤及水压机。一般中小型锻件常用空气锤和蒸汽-空气锤，大型锻件主要采用水压机锻造。

1. 空气锤

空气锤是锻造小型锻件的通用设备，其外形结构及工作原理如图3.7所示。空气锤的吨位（规格）以落下部分（包括工作活塞、锤杆、上砧铁）的质量表示。我国空气锤的吨位为65～750kg，锻锤产生的冲击力，一般可达到落下部分质量的10000倍，可以锻造小于50kg的锻件，在现实生产中已逐渐减少应用。

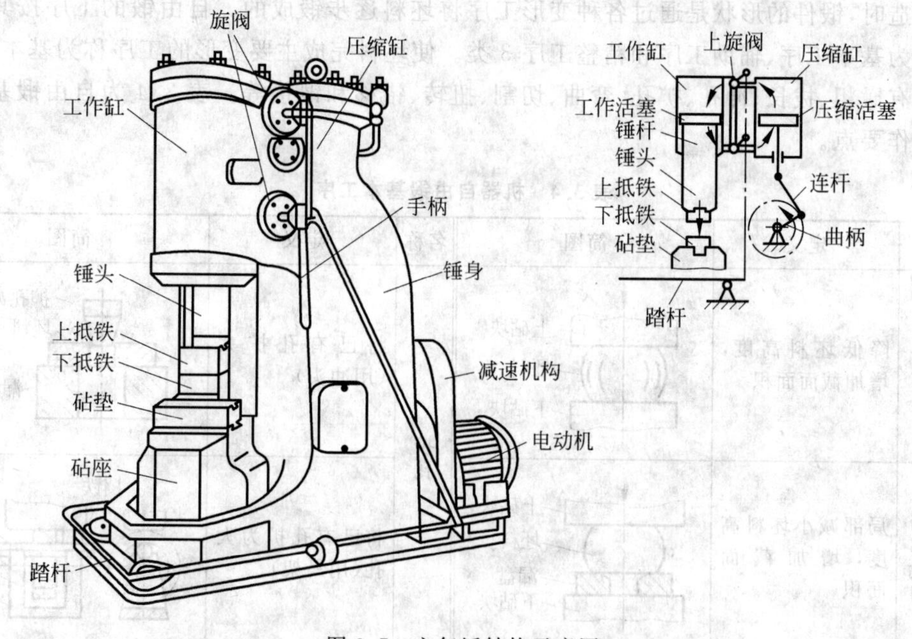

图3.7 空气锤结构示意图

空气锤工作原理是由电动机驱动，通过减速机构和曲柄、连杆带动压缩缸中的压缩活塞上下往复运动，将压缩空气经旋阀送入工作缸的上腔或下腔，驱使上砧铁（锤头）上下运动进行打击。通过脚踏杆操纵旋阀可使锻锤空转、上悬、下压、连续打击或单次打击等。

2. 蒸汽-空气锤

蒸汽-空气自由锻锤是利用蒸汽（或压缩空气）作为工作介质，驱动锤头上下运动进行打击，并适应自由锻工艺需要的锻锤。常用的有双柱拱式蒸汽-空气锤。蒸汽-空气自由锻锤的吨位用落下部分的质量表示，吨位一般为1～5t，适用于中小型锻件的生产。

3. 水压机

水压机是以静压力作用在坯料上，工作时振动小，易将锻件锻透，变形速度慢，有利于金属的再结晶，可以提高锻件塑性，工作效率高。但设备庞大，造价高。水压机的规格用其产生的最大压力来表示，一般为5～150MN，主要用于大型锻件和高合金钢锻件的锻造，可锻钢锭的质量1～300t。我国一重自行研发制造的150MN（1.5万t）全数字操控水压机可锻件质量达600t，为世界第一。

3.4 自由锻的基本工序

3.4.1 自由锻基本工序

锻造时,锻件的形状是通过各种变形工序将坯料逐步锻成的。自由锻的工序按其作用不同分为基本工序、辅助工序和精整工序3类。使坯料完成主要变形的工序称为基本工序,常用的有镦粗、拔长、冲孔、扩孔、弯曲、切割、扭转、错移和锻接等。表3.4为自由锻基本工序及操作要点。

表3.4 机器自由锻基本工序

名称		定义	简图	名称	定义	简图
镦粗	完全镦粗	降低坯料高度,增加截面面积		扩孔	将已有孔扩大(用冲头)	
镦粗	局部镦粗	局部减小坯料高度,增加截面面积		扩孔	将已有孔扩为大孔(用马架)	
拔长(延伸)		减小坯料截面面积,增加长度		切割	用切刀等将坯料上的一部分局部分离或全部切离	
冲孔		在坯料上锻制出通孔		弯曲	改变坯料轴线形状	

3.4.2 自由锻工艺规程

(1) 自由锻工艺规程的主要内容:自由锻件工艺规程的拟定过程,一般是首先根据零件的形状、尺寸、技术要求及生产条件,绘制锻件图;然后计算坯料的质量和尺寸;确定变形工序及工具;选择设备;确定加热和冷却规范;确定热处理规范;提出锻件的技术条件和检验要求;确定劳动组织和工时;最后填写工艺卡片。

(2) 典型自由锻齿轮坯锻造工艺卡如表3.5所示。

表 3.5 齿轮坯锻造工艺卡

锻件名称	齿轮坯	锻件图
锻件材料	45 钢	
坯料质量	19.5kg	
锻件质量	18.5kg	
坯料尺寸	ϕ120×221	
始锻温度	1200℃	
终锻温度	800℃	
加热火次	1	
锻造设备	75kg 空气锤	

序号	工序名称	变形过程简图	工具	操作要点
1	下料 加热		弓锯床 手锻炉 或反射炉	下料后坯料两端面要平行且垂直轴线 控制始锻温度，防止过热、过烧
2	镦粗 局部镦粗	镦粗　局部镦粗	火钳 普通漏盘	控制镦粗后高度 68mm
3	冲孔扩孔	冲孔　扩孔	冲子 冲孔漏盘 扩孔芯轴 火钳	注意冲子对准，采用双面冲孔；冲正面凹孔时，局部镦粗漏盘不取下。扩孔内径不大于 130mm
4	修整	修整	火钳 冲子 镦粗漏盘	修整外圆时，边轻打边旋转锻件，使外圆消除鼓形并达到 ϕ300±3。修整平面时，及时消除氧化皮。轻打，使锻件厚度达到 62±3

3.5 模　　锻

模锻是利用模具使毛坯变形而获得锻件的锻造方法。模锻按使用的设备不同分为锤上模锻、曲柄压力机上模锻、平锻机上模锻及摩擦压力机上模锻等，其中锤上模锻是常用的模锻方法。

3.5.1 锤上模锻

锤上模锻与自由锻相比，具有生产率高，锻件形状较复杂，尺寸精度高，机械加工余量小，材料利用率高，操作简单及模具费用高等特点。锤上模锻多适用于中小型锻件的大批量生产。常用设备为蒸汽-空气模锻锤，如图 3.8 所示。其工作原理和自由锻锤相同，仅是模锻的机架直接安装在砧座上形成封闭结构，导轨长且和锤头之间的间隙较小。所以锤头上下运动精确，上下模能对准，可以保证锻件的精度。同时机架与砧座相连，以提高打击效率。

模锻锤的吨位也是以落下部分质量表示的，一般为 0.5～30t，常用的是 1～10t。

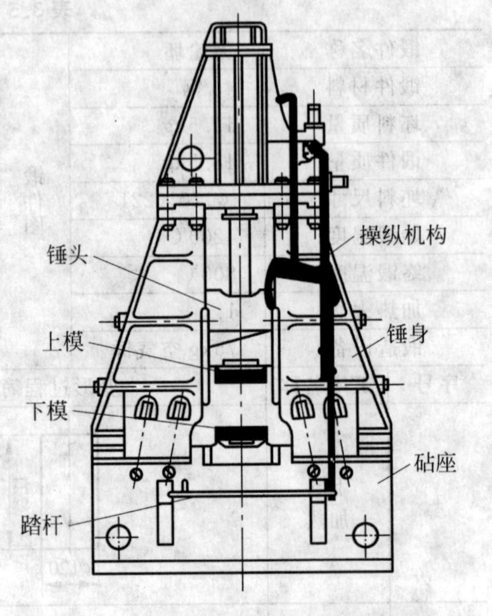

图 3.8 蒸汽-空气模锻锤结构示意图

3.5.2 胎模锻

胎模锻是自由锻设备上使用可移动模具生产模锻件的一种锻造方法（介于自由锻和模锻之间的锻造方法）。胎模不固定在锤头或砧座上，只是在用时才放上去。胎模锻具有不需要模锻设备，锻模较简单，加工成本低，工艺灵活，适应性强等优点。但是胎模的缺点是要人工搬运，劳动强度大，生产率较低。故适用于小型锻件中小批量的生产。常用的胎模种类及用途见表 3.6。

表 3.6 常用的胎模种类及用途

名称	图例	结构及用途	名称	图例	结构及用途
扣模		扣模由上扣和下扣组成，主要用来对毛坯进行局部或全部扣形。锻造时，毛坯不转动。用于制造长杆等非回转体锻件	合模		通常由上、下两部分组成，上、下模用导柱和导销定位，用于制造形状复杂的非回转体锻件
摔模		摔模由上摔和下摔以及摔把组成，用于制造回转体锻件，如轴等	弯曲模		弯模由上、下模组成，用于吊钩、吊环等弯杆类锻件的成形和制坯
套模		套模为圆筒状，分为开式、闭式两种，通常由上模、下模、模套组成，用于制造齿轮、法兰盘等	冲切模		冲切模由冲头和凹模组成，用于锻件锻后冲孔和切边

3.6 冲压设备与工艺

使板料经分离或成形而得到制件的工艺统称为冲压。用于冲压的原材料通常是板料、带料、条料等，为了进行冲压，特别是制造中空杯状零件时，必须具有足够的塑性，所以通常用低碳钢、不锈钢、高塑性合金钢、铜、镁、铝及其合金等金属材料，非金属材料如胶木、云母、纤维板、皮革等也可以广泛地采用冲压。冲压的特点是生产率高、废料较少、节省金属，冲压件质量小，有较好的强度和刚度，有足够的精度且表面光洁，一般不再进行切削，操作简单，易于实现机械化和自动化生产。但因冲压模具制造复杂、周期长、费用较高，只有在大批量生产时冲压件成本才较低。

3.6.1 剪板机、压力机与冲模

冲压设备主要有剪板机和压力机两类。

1. 剪板机

剪板机是用剪切方法使板料分离的机器。按传动形式分为机械剪板机和液压剪板机。如图 3.9 所示为机械剪板机，工作时，电动机通过减速器、离合器、曲柄连杆机构，使带有上刀架的滑块上下运动，与装在工作台上的下刀架相互配合，进行剪切。

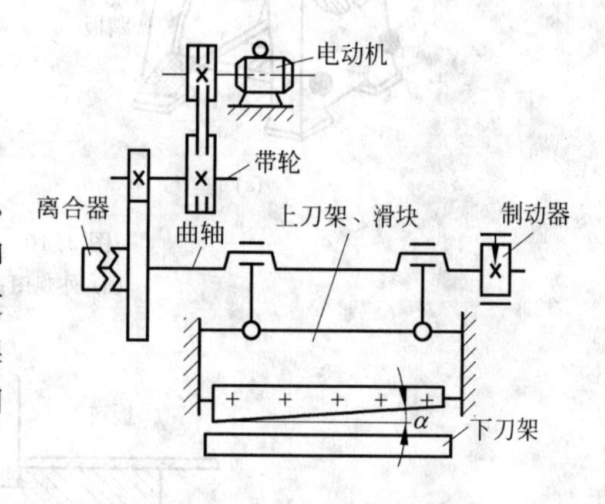

图 3.9 剪板机原理示意图

2. 压力机

压力机是一种能使滑块作往复运动，并按所需方向给模具施加压力的机器，是冲压的基本设备。按其床身结构不同有开式和闭式两种压力机。图 3.10 所示为开式压力机。这种压力机可在它的前、左、右 3 个方向装卸模具和操作，使用方便，但吨位较小。工作时，电动机通过带传动使飞轮转动，踩下踏板，离合器使曲轴与飞轮结合，曲轴转动再通过连杆带动装有上模的滑块，作上下往复运动，从而实现冲压动作。松开踏板，离合器使曲轴与飞轮脱开，此时飞轮空转。制动器可使曲轴迅速停止转动，滑块和上模便停在最高位置。若脚不抬起，则滑块连续上下运动，进行连续打击。

压力机的公称压力以产生的冲压力表示，也称冲床（压力机）的吨位。常用的开式压力机的公称压力为 6.3～200kN，闭式压力机的公称压力为 100～500kN。

3. 冲模

冲模是冲压的专用模具，按工序组合可分为单工序模（简单模）、复合模和连续模（级进模）。单工序模是一次行程中完成一道工序的模具，如图 3.11 所示。复合模是一次行程中，在模具的同一位置上完成两道或两道以上工序的模具，如图 3.12 所示。连续模是在压力机一次行程中，在模具的不同部位上同时完成数道冲压工序的模具，如图 3.13 所示。

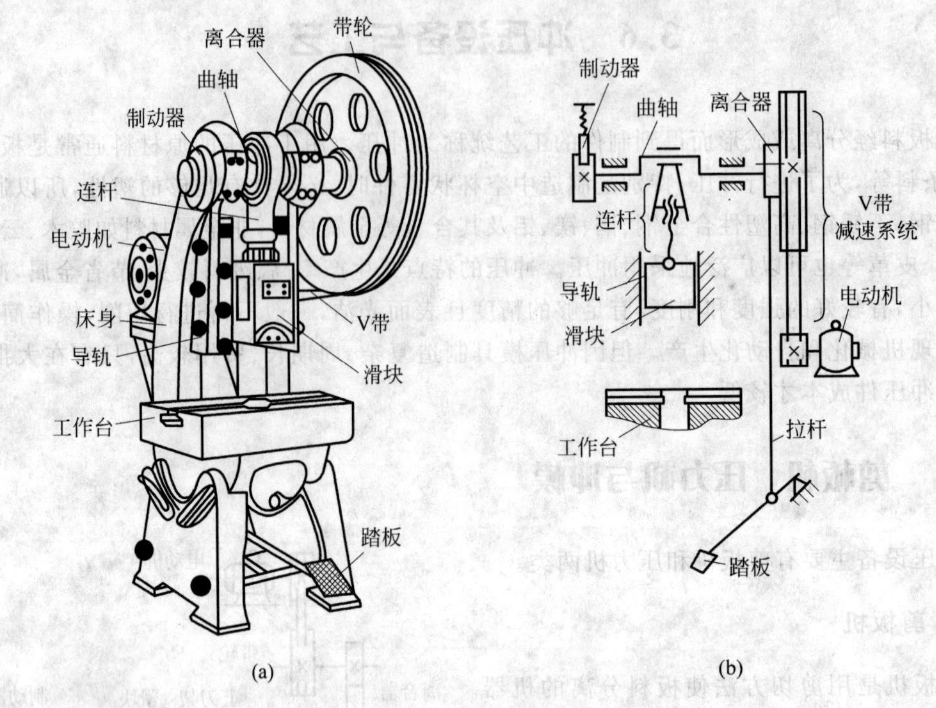

图 3.10 开式压力机

(a) 外观图；(b) 传动简图

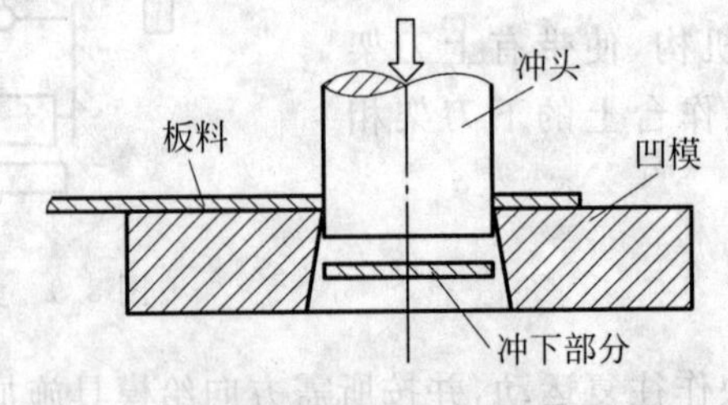

图 3.11 简单模

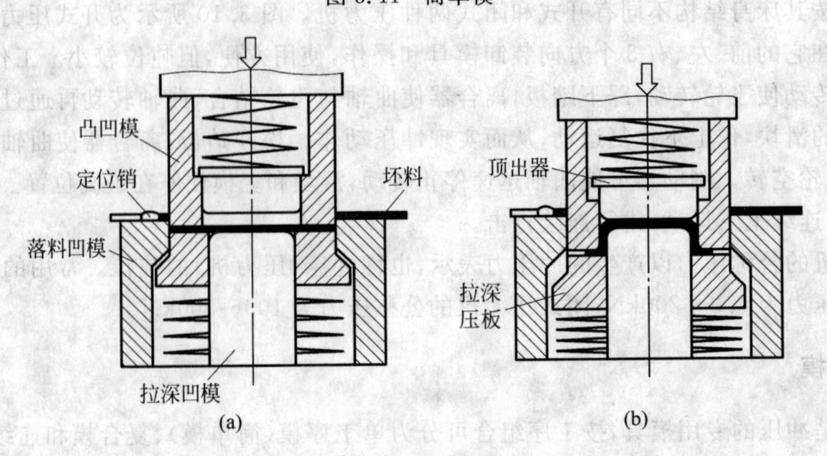

图 3.12 复合模

(a) 落料；(b) 拉深

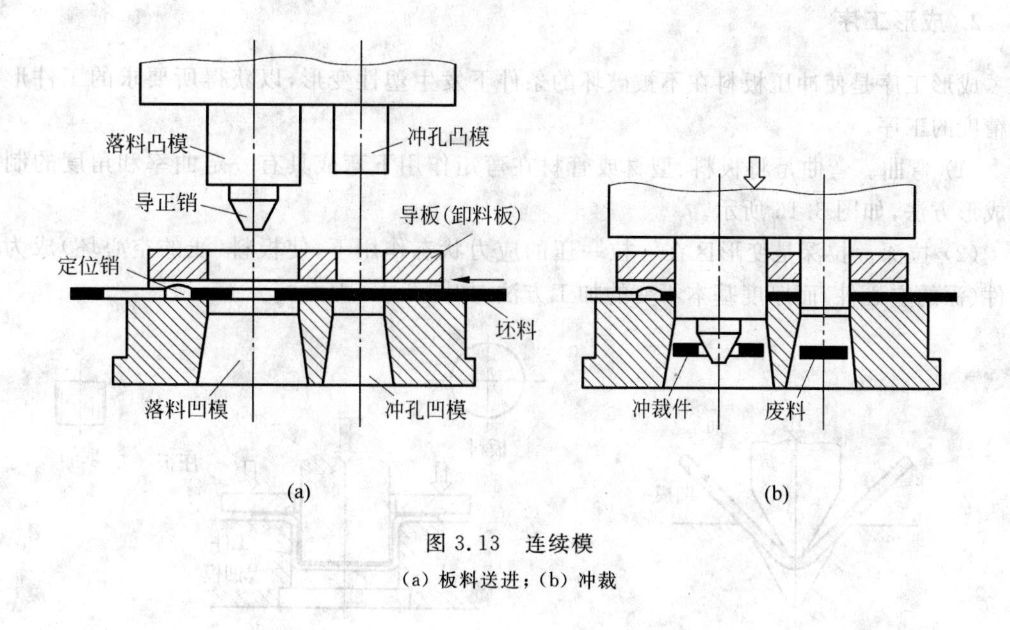

图 3.13 连续模
(a) 板料送进；(b) 冲裁

3.6.2 冲压基本工序

冲压的基本工序可为分离工序和成形工序。

1. 分离工序

分离工序是使板料的一部分与另一部分相互分离的工序。

(1) 切断。切断是将材料沿不封闭的曲线分离的一种冲压方法，用剪床或冲模将板料切成条料或平板零件。

(2) 冲裁。冲裁是利用冲模将板料以封闭的轮廓与坯料分离的冲压方法，它包括落料和冲孔。落料是利用冲裁取得一定外形的制件或坯料，如图 3.14 所示；冲孔是将冲压坯内的材料以封闭的轮廓分离开来，得到带孔制件，其冲落部分为废料，如图 3.15 所示。落料、冲孔的变形过程和模具结构均相同，但“冲孔要孔，落料要料”。

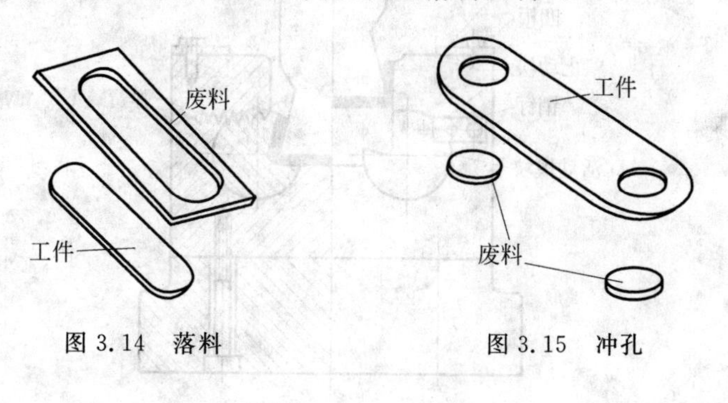

图 3.14 落料　　图 3.15 冲孔

2. 成形工序

成形工序是使冲压板料在不被破坏的条件下发生塑性变形，以获得所要求的工件形状和精度的工序。

(1) 弯曲。弯曲是将板料、型材或管材在弯矩作用下弯成具有一定曲率和角度的制件的成形方法，如图 3.16 所示。

(2) 拉深。拉深是变形区在一拉一压的应力状态作用下，使板料(浅的空心坯)成为空心件(深的空心件)而厚度基本不变的加工方法，如图 3.17 所示。

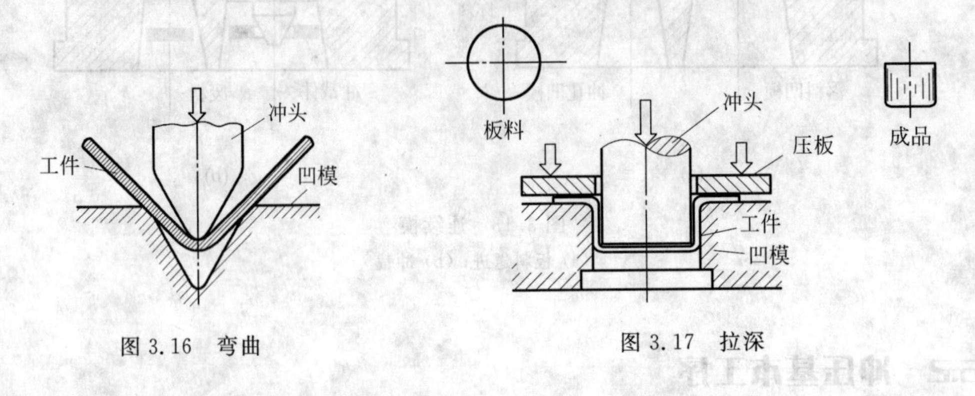

图 3.16 弯曲

图 3.17 拉深

3.6.3 典型冲压件生产过程示例

冲压件变形工序的选择是根据冲压件的形状、尺寸和每个变形工步所允许的变形程度确定的。图 3.18 所示为采用闭角弯曲模弯制小于 90°的双角弯曲件的实例；表 3.7 所示为滤水容器生产过程；表 3.8 为易拉罐生产过程。

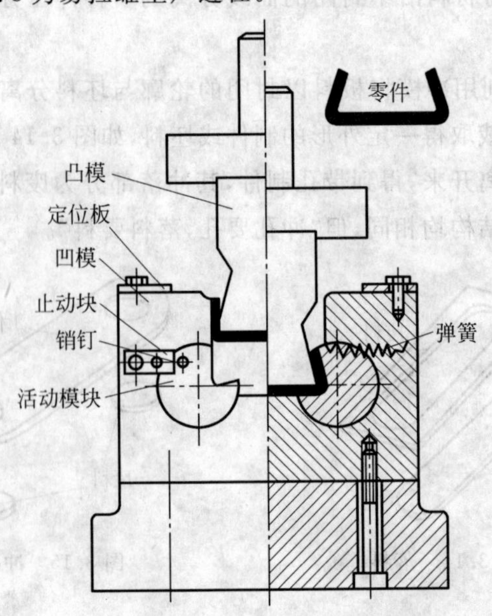

图 3.18 闭角弯曲模弯制小于 90°的双角弯曲件

表 3.7 滤水容器生产过程

序号	名称	简图及说明	序号	名称	简图及说明
1	落料	落料同时冲好滤水孔	4	卷边	压杆 产品 模型 顶柱 此工序可用冲模完成，也可如图示用旋压法完成
2	拉深				
3	外翻边				

表 3.8 易拉罐生产过程

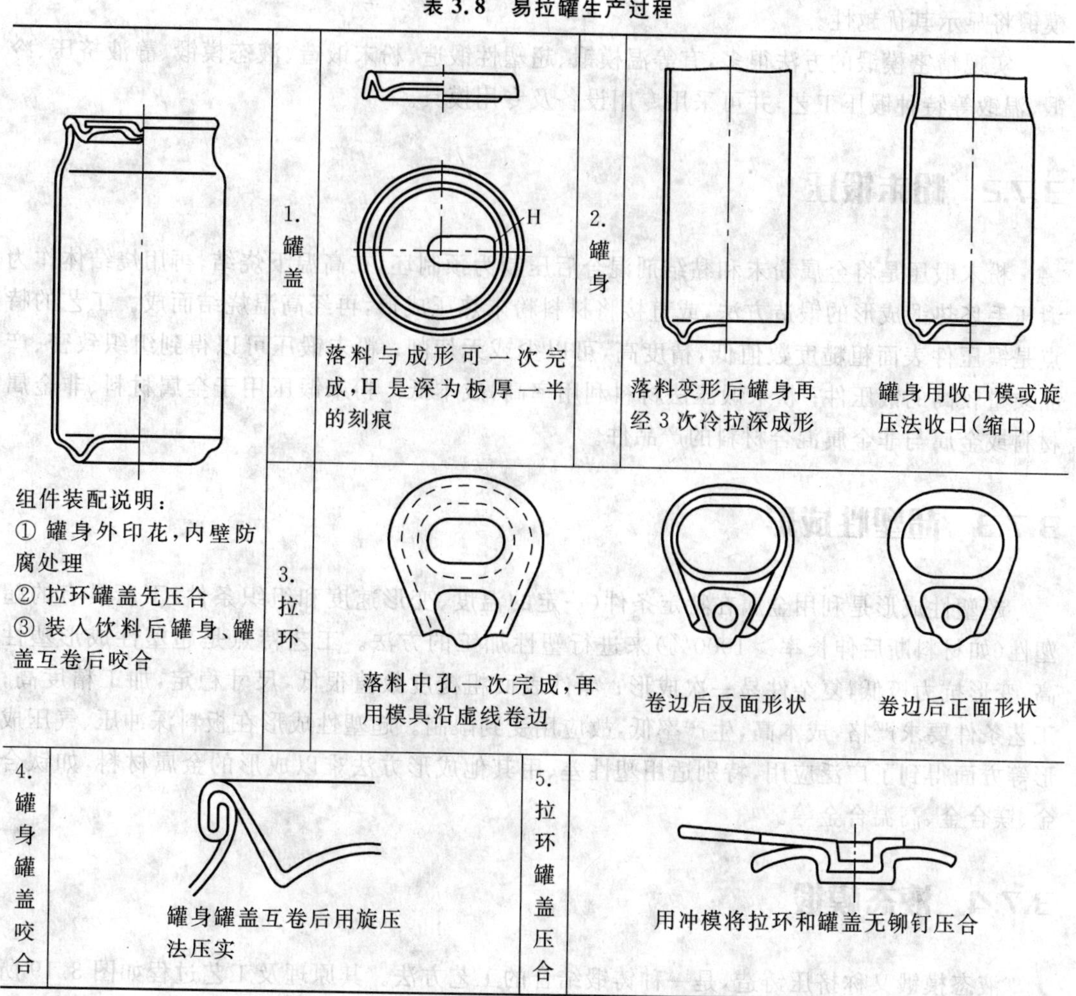

工序	简图及说明	工序	简图及说明
1. 罐盖	H 落料与成形可一次完成，H是深为板厚一半的刻痕	2. 罐身	落料变形后罐身再经3次冷拉深成形 罐身用收口模或旋压法收口（缩口）
3. 拉环	落料中孔一次完成，再用模具沿虚线卷边 卷边后反面形状 卷边后正面形状		
4. 罐身罐盖咬合	罐身罐盖互卷后用旋压法压实	5. 拉环罐盖压合	用冲模将拉环和罐盖无铆钉压合

组件装配说明：

① 罐身外印花，内壁防腐处理

② 拉环罐盖先压合

③ 装入饮料后罐身、罐盖互卷后咬合

3.7 锻压新工艺简介

3.7.1 精密模锻

精密模锻是在普通模锻基础上发展起来的一种少、无切削锻造新工艺。在一般情况下，精密模锻的公差约为普通模锻的1/3左右，其表面粗糙度值：钢件$Ra<5\mu m$，有色金属件约为$Ra0.63\sim2.5\mu m$。精密模锻件可节约大量金属材料；节省大量机械加工工时；生产效率高，尤其对于某些形状复杂和难以用机械加工方法成批生产的零件(如齿轮、叶片、高肋薄腹板零件等)，采用精密模锻更显示了其优越性；金属流线能沿零件外形合理分布而不被切断，有利于提高零件的疲劳性能及抗应力腐蚀能力。

精密模锻是锻压技术发展的一个重要方向。如在某些新型飞机的结构中，采用的精密模锻件已占总锻件数的50%以上。根据技术经济分析，零件的批量在2000件以上时，精密模锻将显示其优越性。

实现精密模锻的方法很多，有等温模锻、超塑性锻造、粉末锻造、液态模锻、静液挤压、冷锻、温锻等特种锻压工艺，并可采用专用设备及专用模具。

3.7.2 粉末锻压

粉末锻压是将金属粉末和黏结剂混合后压制为预制坯，在高温下烧结，再用烧结体作为锻压毛坯热锻成形的锻造方法，或直接将材料粉末热压成形，再经高温烧结而成。工艺的特点是锻压件表面粗糙度数值低，精度高，可以少或无切削；粉末锻压可以得到组织致密、产品质量较高的锻压件；粉末锻压法材料利用率高，成本低。粉末锻压用于金属材料、非金属材料或金属与非金属混合材料的产品件。

3.7.3 超塑性成形

超塑性成形是利用金属在特定条件(一定的温度、变形速度和组织条件)下所具有的超塑性(如材料断后伸长率>1000%)来进行塑性加工的方法。工艺特点是超塑性成形塑性高，变形抗力极低，复杂件易一次成形；零件表面粗糙度数值很低，尺寸稳定，加工精度高；工艺条件要求严格，成本高，生产率低，故应用受到限制。超塑性成形在板料深冲压、气压成形等方面得到了广泛应用，特别适用塑性差、用其他成形方法难以成形的金属材料，如钛合金、镁合金、高温合金等。

3.7.4 液态模锻

液态模锻又称挤压铸造，是一种铸锻结合的工艺方法。其原理及工艺过程如图3.19所示，是将精炼熔融金属用定量浇勺浇入模锻模膛内，随后利用加压方式，使液态或半固态的金属在模具中充型,结晶凝固,由于是将压铸工艺与锻造工艺相结合的先进成形方法,从而可获得形状复杂程度接近纯铸件、力学性能接近纯锻件的液态模锻件。所以,液态模锻适于生产形状复杂、性能和尺寸有较高要求的制件,如汽车轮圈、炮弹壳体、柴油机活塞仪器仪表外壳等,是一种很有发展前途的新工艺。

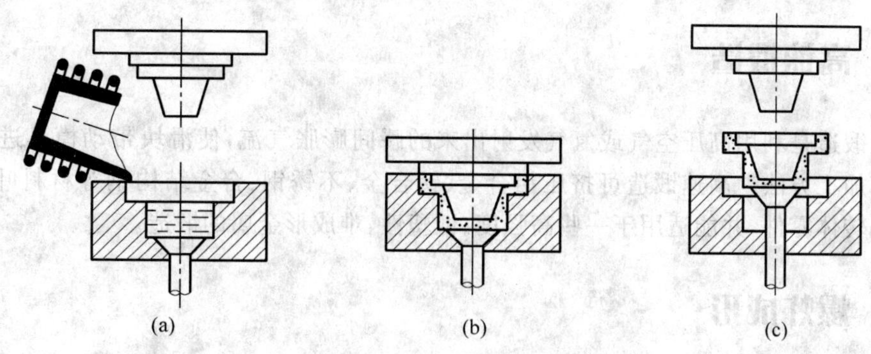

图 3.19 液态模锻工艺过程示意图

(a) 浇注;(b) 加压、凝固、塑性变形;(c) 脱模

液态模锻主要工艺参数有模具温度、浇注温度、加压时间、单位压力、保压时间、润滑方式等。其工艺流程为原材料配制—熔炼—浇注—合模和加压—开模和顶出锻件—灰坑冷却锻件—锻件热处理—检验入库。

3.7.5 半固态模锻

半固态成形的科学含义是利用金属材料从固态向液态,或从液态向固态的转变过程中,金属具有半固态的特性所实现的成形。对于大多数常用金属和合金,在通常的凝固条件下由于成分过冷,多以树枝状结晶,而不是粒状结晶,因此普通凝固条件下得不到具有粒状组织结构的半固态金属。树枝晶阻碍金属液流动和枝晶间的相对运动,即使在固-液共存状态下也不具有粒状晶半固态金属的特性。

因此要采取一定方法制备半固态材料。方法一:对液态金属进行机械的、电磁的和振动的处理,使凝固的枝晶被打碎,成为球状的粗晶,如图 3.20 所示;方法二:利用控制金属凝固速度,或加入某种添加剂细化晶粒,阻止枝晶生成,形成等轴晶;方法三:利用固态塑性变形及再结晶(SIMA 法)、粉末冶金(喷射沉积)、形变热处理等。半固态金属加工的特点是充型平稳、无湍流和喷溅、加工温度低而且释放了部分结晶潜热,减轻了对成形装置尤其是模具的热冲击,使其寿命大幅度提高;成形件表面平整光滑,内部组织致密、气孔和偏析等缺陷少、晶粒细小,力学性能高,可接近或达到锻件的性能;凝固收缩小,尺寸精度高,可以极大地减少机械加工,达到净形或近净形;成形速度比固态模锻高,且可成形很复杂的锻件,大大缩短生产周期,降低成本,如美国阿卢马克斯工程金属工艺公司应用半固态锻造铝合金汽车制动总泵

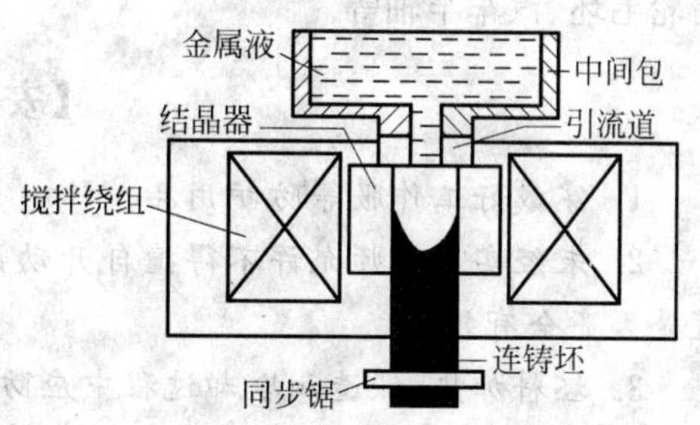

图 3.20 半固态浆料制备示意图

体，每小时成形150件，而利用金属型铸造同样的制件，每小时仅24件；变形力显著降低，耗能少，节约能源；半固态模锻车间不需要处理液态金属，操作安全，减少环境污染。

半固态加工技术于20世纪70年代首先在美国研究开发，现已成熟地应用于汽车零件的批量生产。我国的研究起步于20世纪90年代。

3.7.6 高速锻造

高速锻造是利用高压空气或氮气发射出来的瞬间膨胀气流，使滑块带动模具进行锻造或挤压的加工方法。高速锻造可挤压铝合金、钛合金、不锈钢、合金结构钢等材料叶片；精锻各种回转体零件，并能适用于一些高强度、低塑性、难成形金属的锻造。

3.7.7 爆炸成形

爆炸成形是利用具有化学能的火药或爆炸气体在爆炸瞬间时释放出的剧烈能量作为能源，通过传能介质产生冲击波作用在坯料上使其急速变形的方法。一般冲压需要一对模具，而爆炸成形通常只有凹模，模具费用低、制造周期短、适应性强、制品质量高，广泛应用于小批量大型件的生产，如柴油机罩子、扩压管等。

3.7.8 摆动辗压

摆动辗压（简称摆辗）是指上模的轴线与被辗压工件（放在下模）的轴线倾斜一个角度，模具一面绕轴心旋转，一面对坯料进行压缩（每一瞬时仅压缩坯料横截面的一部分）的加工方法。摆动辗压时，摆头的母线在表面不断地滚动，瞬时变形是在坯料上的一个小面积里产生的，由于连续辗压，使坯料逐渐变形。这种方法可以用较小的设备辗压出大锻件，且有噪声小、振动小、成品质量高，可实现少、无切削等特点。主要用于制造回转体的轮盘锻件，如齿轮毛坯、汽车半轴等。

【安全技术】

1. 穿戴好工作服等防护用品。

2. 未经实习教师允许不得擅自开动设备，开启前必须检查设备是否完好，安全防护装置是否齐全有效。

3. 坯料加热、锻造和冷却过程中应防止烫伤。

4. 火钳钳口的形状和尺寸必须与坯料的截面相适应，以便夹牢工件。严禁将夹钳对准人体，不要将手指放在两钳柄之间，以免夹伤。

5. 手锻时，严禁戴手套打大锤。打锤者应站在与掌钳者成90°角的位置，抡锤前应观察周围有无障碍或行人。切割操作快要切断时应轻打。

6. 不要在锻造时易飞出冲头、毛刺、料头、火星等物的危险区停留。严禁将手伸入锻锤与砧座之间，砧座上的氧化皮应用长柄扫帚清理。

7. 锤头应做到“三不打”，即砧上无锻坯不打，工件未夹牢不打，过烧或已经冷却的坯料不打。

8. 冲压操作时，手不得伸入上、下模之间的工作区间。从冲模内取出卡住的制件及废料时，要用工具，严禁用手抠，而且要把脚从脚踏板上移开。必要时，应在飞轮停止后再进行。

思 考 题

1. 锻压加工常用的方法有哪些？简述锻压加工的一般生产过程。
2. 锻造前，金属坯料加热的作用是什么？加热温度是不是越高越好？为什么？
3. 常见的加热方法有哪些？常见的加热缺陷是什么？
4. 过热和过烧对锻件质量有何影响？如何防止过热和过烧？
5. 空气锤的组成及各部分的作用是什么？锻锤吨位指的是什么？
6. 空气锤锤头如何实现上悬、下压、连续打击等动作？这些动作的作用是什么？
7. 自由锻有哪些基本工序？各有何用途？
8. 锤上模锻与自由锻相比有哪些特点？
9. 根据你在实习中的观察和操作体会，试总结镦粗、拔长和冲孔等基本工序的操作要点和必须遵守的一些规则。
10. 冲压的主要特点是什么？试举出几种冲压制成的零件实例。
11. 试述冲模的种类、一般结构和用途。各工序冲模结构、尺寸有哪些特点？

连　接

4.1 概　述

连接成形在现代工业中正显示出越来越重要的地位和作用，连接成形技术的应用已遍及航空航天、核能利用、微电子产品、船舶、车辆、桥梁、建筑、石油化工、压力容器、海洋结构等工业部门及国民经济的其他各个领域。常见的连接成形工艺主要有机械连接、焊接和黏结 3 大类。机械连接包括螺纹连接、销钉连接、键连接、过盈配合和铆接等，除部分过盈配合和铆接外，其余均为可拆卸连接。机械连接所用的连接件一般为标准件，具有良好的互换性和可靠性，其技术与工艺已相当成熟和完善。焊接和黏结都是通过物理化学过程而形成的不可拆卸连接，与机械连接相比，它们具有密封性好、接头质量轻及节约材料等优点。

以下主要介绍焊接、黏结和铆接。

4.1.1 焊接方法及其分类

焊接是指通过加热或加压，或者两者并用，并且用或不用填充材料，使工件达到结合的一种方法。

焊接方法灵活多样，可用简便的工艺方法，连接成各种复杂结构的零件或毛坯；焊接成形能化大为小，以小拼大，特别适于制造大型的金属结构和机器零件；焊接与铸造、锻造等工艺相结合，可使复杂零件的成形工艺得以简化；焊接接头具有良好的力学性能、密封性、导电性等；焊接生产便于实现机械化和自动化。除金属材料之外，焊接还可用于连接某些非金属材料（如陶瓷、塑料等）。但焊接也存在一些不足之处，如焊接结构是不可拆卸的，不便于零、部件的更换和修理；焊接结构易产生应力和变形，在焊接接头处会产生裂纹、气孔等焊接缺陷而影响焊件的形状与尺寸精度以及使用性能等。

焊接方法可根据焊接中材质熔化或不熔化分为熔焊、压焊和钎焊 3 大类。

熔焊、压焊和钎焊中的每一类又可根据所用热源、保护方式和焊接设备等的不同而进一步分成多种焊接方法。常用的焊接方法分类如图 4.1 所示。

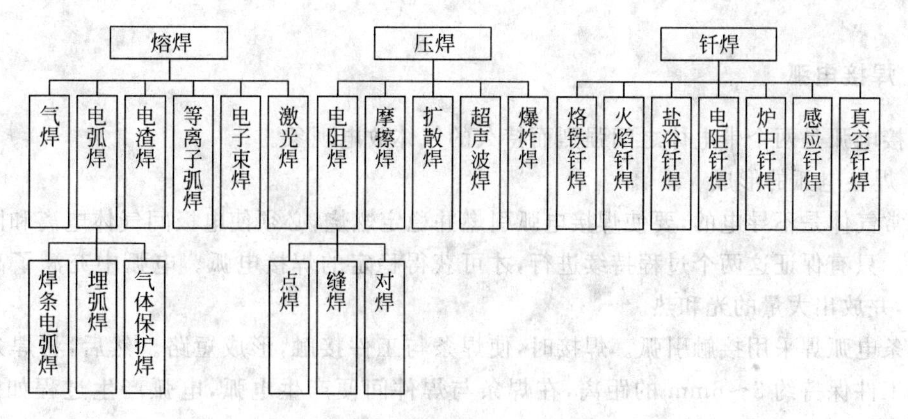

图 4.1 常用焊接方法分类

4.1.2 黏结(胶接)

黏结也称胶接,它是利用黏结剂对固体的黏合力而使分离的物体实现牢固的永久性连结的成形方法。一般来讲黏结没有原子间的相互渗透或扩散。

4.1.3 铆接

铆接是指借助铆钉形成的不可拆卸的连接。铆接同焊接相比,传力可靠,连接部位的塑性、冲击韧性较好,工艺简单,连接强度稳定可靠,不会出现应力松弛现象,能适应较复杂的结构和难熔化焊接的金属及金属与非金属材料、复合材料与其他材料之间的连接。

4.2 焊条电弧焊

4.2.1 焊条电弧焊的基本知识

焊条电弧焊是用手工操纵焊条进行的电弧焊方法。

1. 焊条电弧焊的过程及特点

焊条电弧焊的焊接过程如图 4.2 所示。焊接时,电弧在焊条与被焊工件之间燃烧,使被焊工件和焊条芯熔化形成熔池。同时,焊条药皮也被熔化,并发生化学反应,形成熔渣和气体,对焊条端部、熔滴、熔池及高温的焊缝金属起保护作用。焊条电弧焊质量虽不够稳定,生产率低、劳动条件较差,但设备简单,操作灵活方便,不受接头形式、焊缝形状和位置的限制,可在室内外、高空和各种方位施焊,生产中应用极广泛。

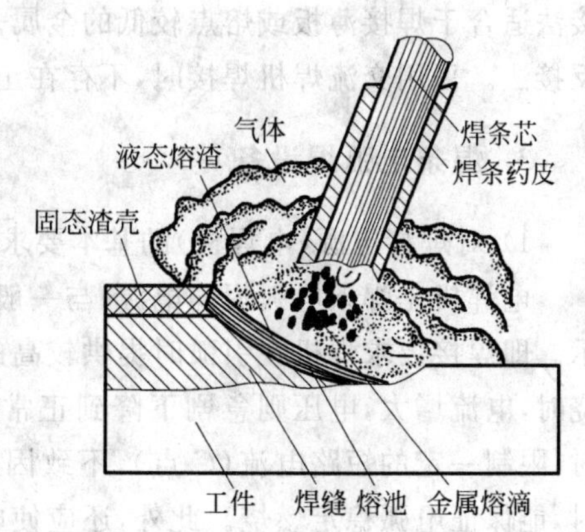

图 4.2 焊条电弧焊的焊接过程

2. 焊接电弧

焊接电弧是两个带电体之间强烈而持久的气体放电现象。

1）焊接电弧的形成

通常气体是不导电的，要使焊接电弧引燃并稳定燃烧，必须使电极间气体电离和阴极发射电子。只有保证这两个过程持续进行，才可获得稳定的焊接电弧。电弧中充满了高温电离气体，并放出大量的光和热。

焊条电弧焊采用接触引弧。焊接时，使焊条与工件接触，形成短路。然后，将焊条略微提起与工件保持约 3～6mm 的距离，在焊条与焊件间便产生电弧，电弧产生过程如图 4.3 所示。

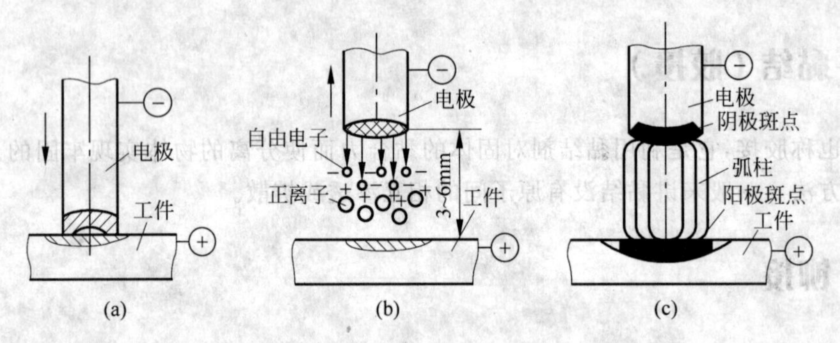

图 4.3 焊接电弧产生过程示意图

(a) 两电极相接触；(b) 电极拉开；(c) 电弧形成

2）焊接电弧的构造

电弧由阴极区、阳极区和弧柱区 3 部分组成，如图 4.3(c)所示。阳极区和阴极区的宽度很窄，分别约为 10^{-4}～10^{-3}cm 和 10^{-6}～10^{-5}cm。

由于电弧三个区域所进行的物理过程和采用的电极材料不同，各区域的温度分布有所不同。当采用钢焊条焊接时，阳极区的温度约 2600K，阴极区的温度约 2400K，弧柱区温度可达 6000～8000K。又因阳、阴极区的温度不同，采用直流弧焊机焊接时，焊件接电源正极，焊丝或焊条接负极称为正接法；反之为反接法。正接法适合于焊接厚板和高熔点金属；反接法适合于焊接薄板或熔点较低的金属。使用碱性焊条焊接时，为保证电弧稳定，也应采用反接法。采用交流焊机焊接时，不存在正、反接法的问题。

3. 焊条电弧焊设备

1）对焊接电源（电焊机）的基本要求

电焊机是焊条电弧焊的电源，与一般电源不同之处在于应具有陡降的特性，如图 4.4 所示。即焊接要求焊机在引弧时提供较高的空载电压（A 点），以满足引弧要求。电弧稳定燃烧时，电流增大，电压则急剧下降到正常工作时所需的电压（B 点）。焊接过程中发生短路时，限制一定的短路电流（C 点），不致因焊接电流过大而烧毁电源。同时在电弧长度变化时，能保证电弧稳定燃烧。此外，还应使电流有较大的调节范围，以满足不同材料、不同厚度焊件的焊接要求。

2）常用焊条电弧焊机

(1) 交流弧焊机，又称弧焊变压器，是一种特殊的降压变压器。这种焊机结构简单、价格便宜、使用可靠、维修方便，但稳弧性能较差。图 4.5 所示为 BX1-250 型焊机，型号中 B 表示弧焊变压器，X 为下降外特性电源（电源输出端电压与输出电流的关系称为电源的外特性），1 为系列品种序号，250 表示额定焊接电流为 250A。

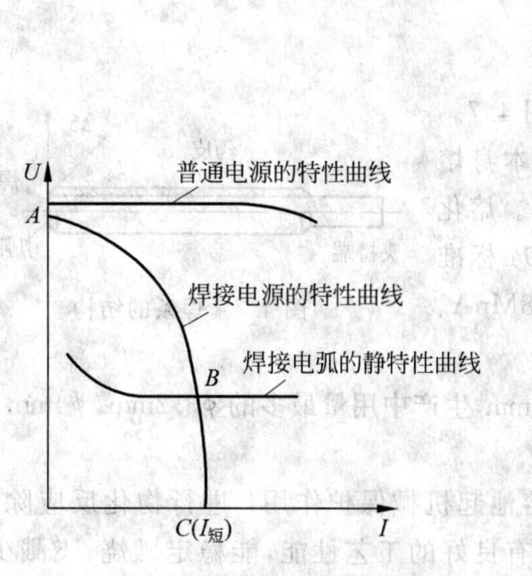

图 4.4 焊接电源的特性

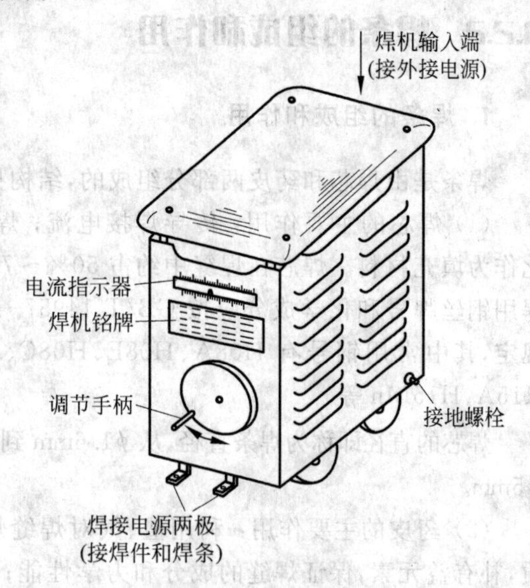

图 4.5 交流弧焊机

(2) 直流弧焊机，生产中常用的直流弧焊机有整流式直流弧焊机和逆变式直流弧焊机等。

① 整流式直流弧焊机（简称整流弧焊机）。整流弧焊机是电弧焊专用的整流器，故又称为弧焊整流器。它把网络交流电经降压和整流后变为直流电。

整流弧焊机弥补了交流弧焊机电弧稳定性较差的缺点，且焊机结构较简单、制造方便、空载损失小、噪声小，但价格比交流弧焊机高。图 4.6 所示是一种常用的整流弧焊机的外形，其型号为 ZXG-300。型号中 Z 表示弧焊整流器；X 表示下降外特性；G 表示该整流弧焊机采用硅整流元件，300 表示整流弧焊机的额定焊接电流为 300A。

② 逆变式直流弧焊机（简称逆变弧焊机），又称为弧焊逆变器。逆变弧焊机属直流焊机，通过改变频率来控制电流、电压。逆变弧焊机具有整流焊机的优点，同时空载损耗少；有多种自保护功能（过流、过热、欠压、过压、偏磁、缺相保护），避免了焊机的意外损坏；动态品质好、静态精度高、引弧容易、燃烧稳定、重复引燃可靠、便于操作；小电流稳定、大电流飞溅少、噪声低，又在连续施焊过程中，焊接电流漂移小于±1%，为获得优质接头提供了可靠保证；电流调节简单，既可预置焊接电流，可在施焊中随意调节，适应性强，利于全位置焊接。这种新型焊机还可一机两用，在短

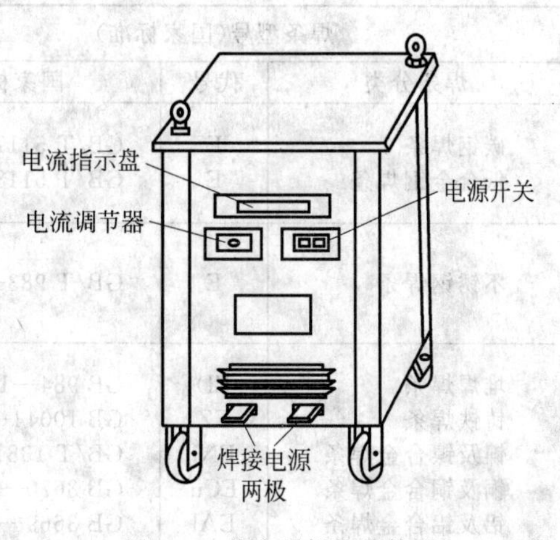

图 4.6 整流弧焊机的外形

路状态下,可作为工件预热电源;它具有高效节能、质量轻、体积小、调节速度快和良好的弧焊工艺性能等优点,预计在未来的弧焊电源中将占据主导地位,这是焊机历史上的一个很大进步。

逆变式弧焊机可以根据焊接工艺需要调节到所希望的外特性,因而能够取代传统的各种弧焊电源,如能实现节能又省钱,其应用将越来越广。

4.2.2 焊条的组成和作用

1. 焊条的组成和作用

焊条是由焊芯和药皮两部分组成的,结构见图 4.7。

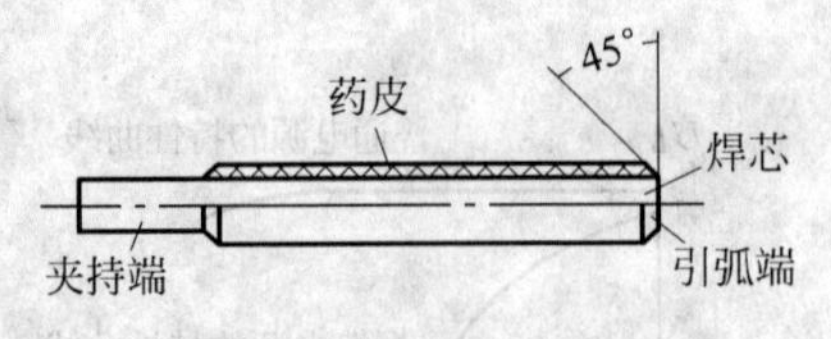

图 4.7 焊条的结构

(1) 焊芯的主要作用:传导焊接电流;焊芯本身熔化作为填充材料。焊芯在焊缝中约占 50%～70%。熔化焊用钢丝牌号和化学成分应按 GB/T 14957—1994 标准规定,其中常用钢号有 H08A、H08E、H08C、H08MnA、H15A、H15Mn 等。

焊芯的直径即称为焊条直径,从 ϕ1.6mm 到 ϕ8mm,生产中用量最多的 ϕ3.2mm、ϕ4mm 和 ϕ5mm。

(2) 药皮的主要作用:利用渣、气对焊缝焊熔池起机械保护作用;进行物化反应除杂质,补有益元素,保证焊缝的成分和力学性能;具有良好的工艺性能,能稳定燃烧、飞溅少、焊缝成形好、易脱渣等。

由药皮组成物在焊接中的作用可分为稳弧剂、造气剂、造渣剂、脱氧剂、合金剂、增塑剂、黏结剂和成形剂等。将药皮分为若干类型,如钛钙型,低氢钠型、低氢钾型等。

2. 焊条的分类

焊条种类繁多,可按用途或熔渣的酸碱度划分。按用途划分见表 4.1 所示,按酸碱度划分为酸性焊条和碱性焊条。

表 4.1 焊条按用途分类表

焊条型号(国家标准)			焊条牌号(焊接材料产品样本)	
焊条分类	代号	国家标准	焊条牌号	代号
碳钢焊条 低合金钢焊条	E E	GB/T 5117—1995 GB/T 5118—1995	结构钢焊条. 钼及铬钼耐热钢焊条 低温钢焊条	结(J) 热(R) 温(W)
不锈钢焊条	E	GB/T 983—1995	不锈钢焊条 ① 铬不锈钢焊条 ② 铬镍不锈钢焊条	铬(G) 奥(A)
堆焊焊条 铸铁焊条 镍及镍合金焊条 铜及铜合金焊条 铝及铝合金焊条	ED EZ ENi ECu EAl	GB 984—1985 GB 10044—1988 GB/T 13814—1992 GB 3670—1983 GB 3669—1983	堆焊焊条 铸铁焊条 镍及镍合金焊条 铜及铜合金焊条 铝及铝合金焊条 特殊用途焊条	堆(D) 铸(Z) 镍(Ni) 铜(T) 铝(L) 特(TS)

（1）酸性焊条。药皮熔化后形成的熔渣以酸性氧化物为主的焊条称为酸性焊条。酸性焊条焊接工艺性好、电弧稳定、可交直流两用、飞溅小、脱渣性能好、焊缝外表美观，但氧化性强、焊缝金属塑性和韧性较低，常用于焊接一般钢结构。

（2）碱性（低氢型）焊条。药皮熔化后形成的熔渣以碱性氧化物为主的焊条称为碱性焊条。碱性焊条熔渣脱硫能力强，焊缝金属中氧、氢和硫的含量低，抗裂性好。但电弧稳定性差，应采用直流反接。一般用于较重要的焊接结构或承受动载的结构。

3. 焊条的型号和牌号

焊条型号按国家标准规定，牌号见原机械工业部编制的《焊接材料产品样本》，型号和牌号是对应的。下面举例说明结构钢焊条型号和牌号表示方法。

1）焊条的型号（如 E5015）

按国家标准规定，焊条型号表示：焊条类别、焊条特点、药皮类型和焊接电源。

碳钢焊条型号举例：

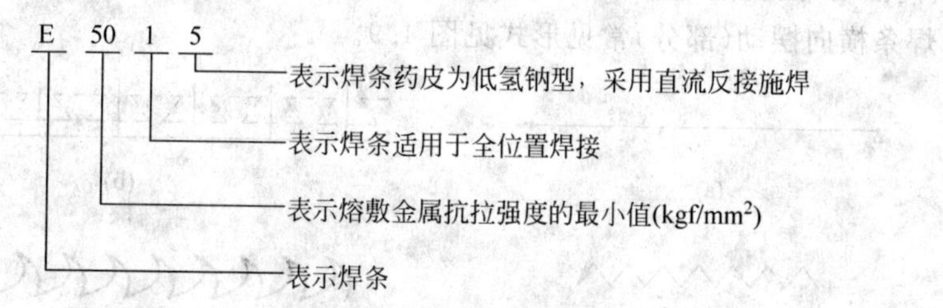

2）焊条的牌号

焊条牌号是按焊条的主要用途、性能特点对焊条产品的具体命名。通常用汉语拼音字母（或汉字）与三位数字表示。拼音字母（或汉字）表示焊条各大类，后面的三位数字中，前两位数字表示焊缝金属的最低抗拉强度值，第三位数字表示药皮类型及焊接电源种类，其中1～5 为酸性焊条，6、7 为碱性焊条，1～6 可采用交流或直流电源焊接，7 只能用直流电源。

如 J422（结 422）焊条：其中 J（结）表示结构钢焊条，42 表示焊缝金属的最低抗拉强度值为 420MPa，2 表示药皮类型为钛钙型（酸性焊条），采用交直流电源均可。J507 表示最低抗拉强度为 500MPa 的碱性结构钢焊条，采用直流电源。

4. 焊条的选用原则

（1）等强度：低碳钢、低合金钢焊接时，应选用与工件抗拉强度级别相同的焊条。

（2）同成分：焊耐热钢、不锈钢等金属材料，应选用与工件化学成分相适应的焊条。

（3）抗裂性：焊接刚性大、结构复杂或承受动载构件，应选用抗裂性好的碱性焊条。

（4）低成本：在满足使用的要求条件下，优先选用工艺性能好、成本低的酸性焊条。

4.2.3 焊条电弧焊操作技能

1. 引弧

引弧方法有撞击法、划擦法两种。

(1) 撞击法：又称直击法，操作过程是先将焊条引弧端撞击焊件表面，与焊件形成短路，然后迅速将焊条提起2～4mm即引燃了电弧，见图4.8(a)。

(2) 划擦法：将焊条引弧端与焊件表面像划火柴一样划擦，即可引燃电弧，见图4.8(b)。这种方法对初学者容易掌握，但同时会划伤焊件表面，所以，对焊件有表面不得划伤要求的结构，应采用撞击法。

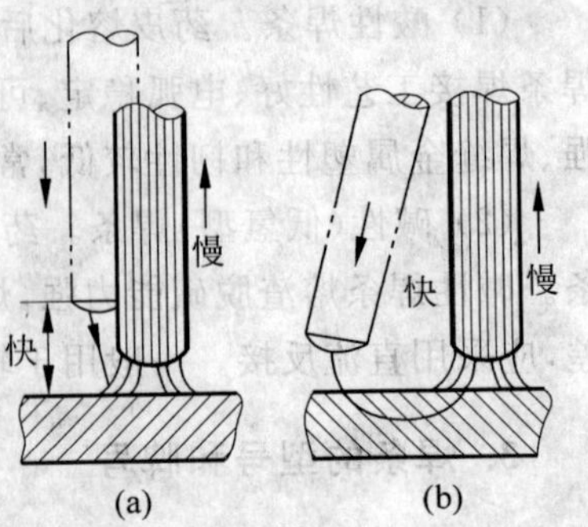

图 4.8 引弧方法

(a) 撞击法；(b) 划擦法

2. 运条

为保证焊缝的良好成形，焊接时焊条应作三个方向的基本运动，分别是：

(1) 焊条以等同熔化焊条的速度向熔池方向送进，始终保持电弧的长度。

(2) 横向摆动，摆动范围应符合焊缝宽度的要求，横向摆动利于减缓熔池结晶，有利于除渣排气，焊条横向摆动(部分)常见形式见图4.9。

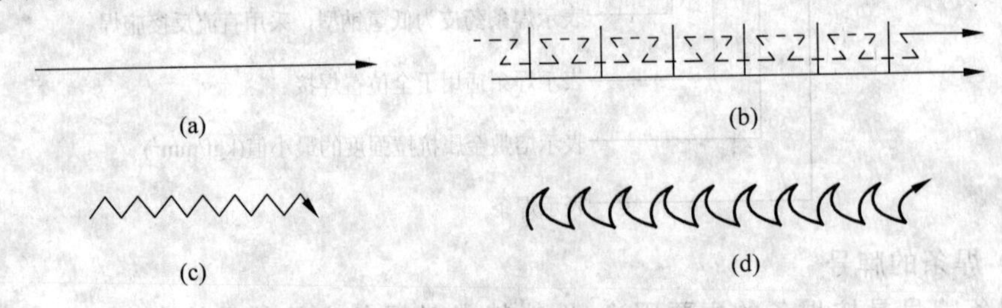

图 4.9 焊条横向摆动形式

(a) 直线运条；(b) 直线往复运条；(c) 锯齿形运条；(d) 月牙形运条

(3) 焊条沿着焊接方向的移动速度应根据焊件的厚度、焊接电流的大小、焊缝尺寸的要求、焊接位置等来确定。

3. 焊缝接头的连接

焊接结构中的焊缝有长有短，一根焊条难以完成一整条焊缝的焊接。因此有焊缝接头的连接问题，具体连接形式与焊缝设计要求、焊后工件变形限制及工件复杂程度都有关，限于篇幅，不再赘述。

4. 焊缝的收弧

焊缝焊完后应将弧坑填满，否则在弧坑的部位会出现应力集中产生弧坑裂纹。常见的收弧动作见图4.10。

(1) 划圈收弧法：在焊缝末端，电弧在弧坑位置作圆周运动，直到填满弧坑为止，此法适用厚板，见图4.10(a)。

(2) 焊条后移收弧法：在焊缝末端，电弧对准弧坑，将焊条焊接时摆放的75°位置后移到图示的75°位置，见图4.10(b)，此法适用厚板。

(3) 反复断弧收弧法：在焊缝末端，电弧在弧坑位置进行反复熄弧，直到弧坑填满，见

图 4.10(c),此法适用于厚板、薄板、大电流酸性焊条的收弧。

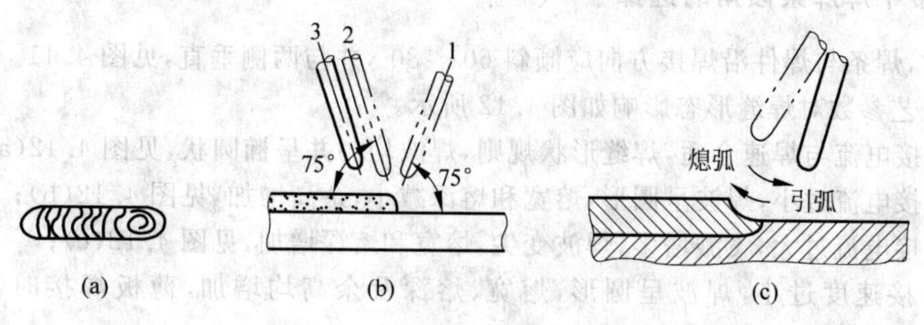

图 4.10 电弧的 3 种收弧法

(a) 划圈收弧法;(b) 焊条后移收弧法;(c) 反复断弧收弧法

4.2.4 焊接规范

焊条电弧焊的焊接规范是指焊条直径、焊接电流和焊接速度等。

1. 焊条直径的选择

选用焊条主要根据焊件的厚度,此外与焊缝位置和焊接层数等因素有关。如焊件厚 3mm,直径可选 2.5~3.2mm 的焊条;焊件厚 4~7mm,直径可选 3.2~4mm 的焊条等。

2. 焊接电流的选择

选用焊接电流的大小主要依据焊条直径和焊件厚度,其次与接头形式、焊接位置、药皮类型及环境温度等有关。焊低碳钢,可根据以下经验公式选择焊接电流:

$$I=(30\sim50)d \tag{4-1}$$

式中,I—焊接电流(A);d—焊条直径(mm)。

常用的酸性焊条直径与使用焊接电流范围关系为 ϕ2.5mm,选用 70~90A;ϕ3.2mm,选用 90~130A;ϕ4.0mm,选用 160~210A;ϕ5.0mm,选用 220~270A。焊接电流的选择主要取决于焊条直径。电流过大,焊条易过热导致药皮脱落;过小,电弧稳定性差。如非平焊位置或薄件等,焊接电流应减小 10%~15%。

3. 焊接层数的选择

对于厚度较大的焊件,一般都应采取多层焊。

4. 焊接速度的掌握

焊条电弧焊的焊接速度由操作者在焊接中根据具体情况灵活掌握。一般而言,薄板焊接或采用大电流焊接,应选择较高的焊接速度;反之,选用较低的焊接速度。选用大电流、高焊速可提高生产率。

5. 对接平焊焊条倾角的选择

平焊时，焊条与焊件沿焊接方向应倾斜 60°～80°，并与两侧垂直，见图 4.11。

焊接工艺参数对焊缝形态影响如图 4.12 所示。

(1) 焊接电流与焊速合适，焊缝形状规则，焊波均匀并呈椭圆状，见图 4.12(a)；

(2) 焊接电流过小，焊波呈圆形，熔宽和熔深减小，余高增加，见图 4.12(b)；

(3) 焊接电流过大，飞溅增多，焊波变尖，熔宽和熔深增加，见图 4.12(c)；

(4) 焊接速度过小，焊波呈圆形，熔宽、熔深及余高均增加，薄板焊接时易烧穿，见图 4.12(d)；

(5) 焊接速度过大，焊波变尖，焊缝形状不规则，熔宽、熔深及余高均减小，见图 4.12(e)。

(6) 焊接电弧太长，焊缝形状极不规则，熔宽过大，熔深及余高均减小，见图 4.12(f)。

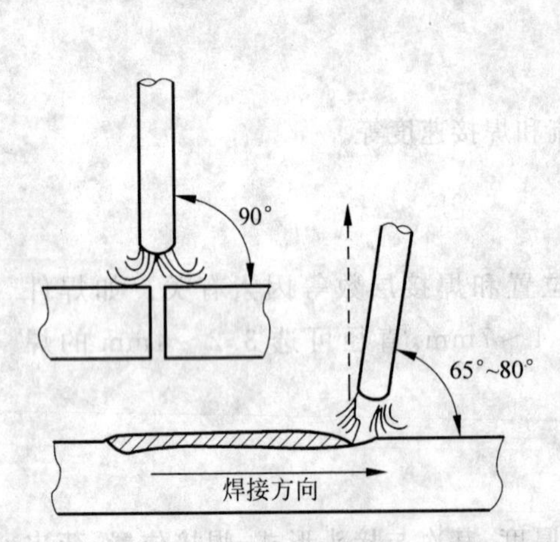

图 4.11 对接平焊焊条倾角示意图

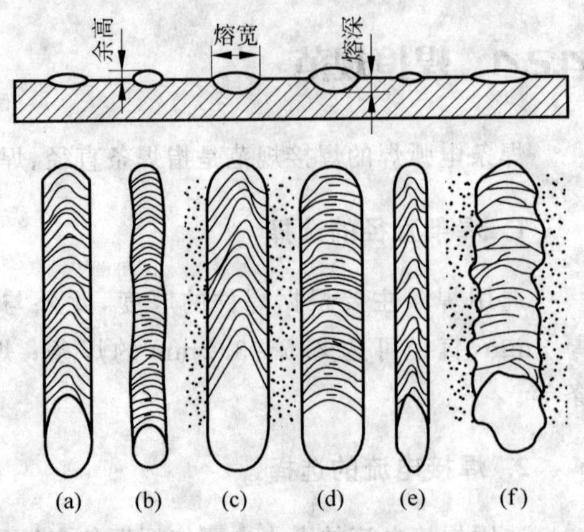

图 4.12 焊接电流、焊速、弧长堆焊缝形状的影响

(a) 电流焊速合适；(b) 电流太小；(c) 电流太大；(d) 焊速太慢；(e) 焊速太快；(f) 电弧太长

6. 焊接接头与坡口形式的选择

(1) 接头形式。GB/T 3375—1994 规定，非合金钢和低合金钢焊接接头的基本形式有对接、搭接、角接和 T 形接头，如图 4.13 所示。接头形式的选择主要根据焊件的结构形式、强度要求、焊接材料和工件厚度等。

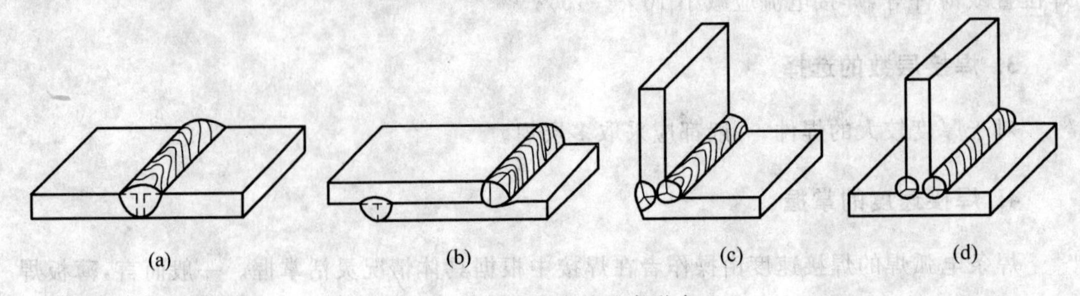

图 4.13 焊接接头的基本形式

(a) 对接；(b) 搭接；(c) 角接；(d) T 形接

(2) 坡口形式。焊件较厚时,为保证焊透,根据设计或需要,焊前需将焊件的待焊部位加工并装配成一定几何形状的沟槽,称为坡口。坡口开设可以应用机械、火焰或电弧等方式。一般焊条电弧焊对接接头,焊件厚度大于 6mm 需开坡口,重要结构厚度大于 3mm 就应开坡口。图 4.14 是对接接头常见的坡口形式。

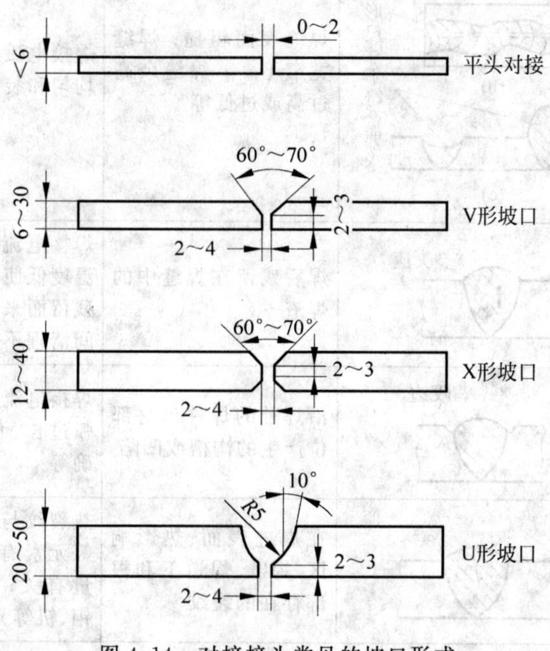

图 4.14 对接接头常见的坡口形式

7. 焊缝的空间位置

焊缝所处的空间位置分为平焊、立焊、横焊和仰焊位置,如图 4.15 所示。平焊操作方便,效率高,劳动条件好,焊缝质量易保证,立焊和横焊需多练,仰焊位置操作最困难。

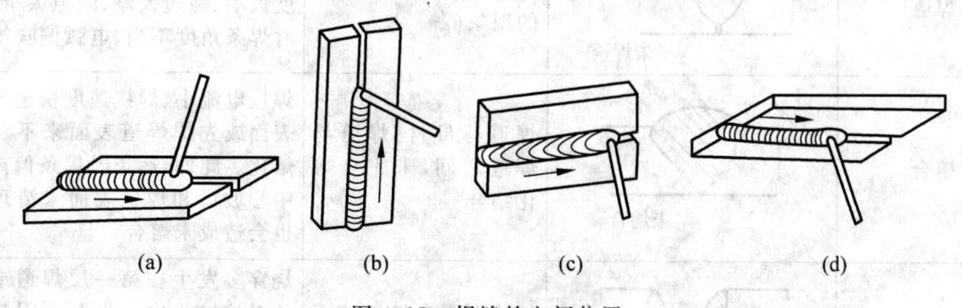

图 4.15 焊缝的空间位置

(a) 平焊;(b) 立焊;(c) 横焊;(d) 仰焊

4.2.5 焊接缺陷及分析

常见的焊接缺陷特征及原因见表 4.2。

表 4.2 焊接缺陷及分析

缺陷名称	缺陷形状	特征	产生原因
焊缝外形尺寸缺陷	焊缝外形尺寸不符合要求 (a) (b) (c)	焊缝表面粗糙；焊缝宽窄不一；焊缝余高过高或过低等	焊接电弧过大或过小、运条速度不均匀和装配间隙不均匀等
夹渣	夹渣	焊后残留在焊缝中的焊渣	焊接电流小，焊接速度过快，熔池温度低使熔渣流动性差，且使熔渣残留而来不及浮出。多层焊时层间清理不彻底等
咬边	咬边	沿焊趾的焊件母材部位产生的沟槽或凹陷	焊接电流过大运条不合适、焊接电弧过长、角焊缝时焊条角度不正确等
裂纹	裂纹	在焊缝表面、热影响区、焊趾、焊道下和根部存在的裂纹	热裂纹与材料含碳、硫、锰、硅、镍等元素有关；冷裂纹与母材碳当量有关；再热裂纹与母材的铬、钼、钒等元素含量有关
气孔	气孔	残留在焊缝中的气孔	焊件焊接位置上有油污、锈渍、水分；焊条药皮受潮；电弧过长溶入了气体等，焊接中受热分解，熔池中溶入了较多的气体，凝固时这些气体未来得及逸出
未焊透	未焊透	接头根部未完全熔透的现象	焊接电流小、焊接速度快，坡口角度太小、钝边太厚、间隙太窄，操作时焊条角度不当、电弧偏吹等
未熔合	未熔合	焊道与母材、焊道与焊道之间，未完全熔化结合	焊接电流小、焊接速度快造成坡口表面或先焊焊道表面来不及全部熔化。此外，运条时焊条偏离焊缝中心坡口和焊道表面未清理干净也会造成未熔合
烧穿	烧穿	熔化金属自坡口背面流出，形成穿孔的现象	烧穿多发生在第一层焊道或薄板的对接接头中。主要原因是焊接电流太大，钝边太小、间隙太宽，焊接速度太低或电弧停留时间太长等
焊瘤	焊瘤	熔化金属流淌到焊缝之外未熔化的母材上所形成的金属瘤	焊工操作不熟练、运条角度不当、焊接电流和电弧电压过大或过小等

4.2.6 焊接质量检验

焊缝质量检验可分为破坏检验和无损检测。破坏检验包括力学性能检验、金相检验、化学成分检验等。常用的无损检验方法及特点见表4.3。

表4.3 焊缝无损检测方法及特点

检验方法	检验部位	工　具	特　点
外观检验	焊缝外表面气孔、咬边、焊瘤及表面裂纹	用肉眼或低倍放大镜	方法简单、直观、效率高
焊缝尺寸检验	按图样或技术要求	直角尺或专用检验尺	
射线探伤	焊缝内部缺陷	X射线或γ射线探伤仪	能检验焊缝内部缺陷,X射线透照时间短,显示缺陷的灵敏度高,设备复杂;γ射线探伤仪设备轻,可穿透300mm厚的钢板和照射球形容器。射线对人身有害
超声波探伤	材料或焊缝内部缺陷的大小、性质和位置	超声波探伤仪	灵敏度高,能准确地判断缺陷的位置、形状、性质和不同尺寸的缺陷,结果快,成本低
致密性检验	容器有无漏水、漏气和渗油	采用压缩空气、氨渗透、载水和煤油等	
磁粉探伤	铁磁性材料的表面及近表面缺陷	磁粉探伤仪和磁粉	能很好显露出一定深度和大小的未焊透和焊缝母材表面的裂纹,难以发现气孔和夹渣

4.3 气焊与气割

4.3.1 气焊

气焊是利用气体火焰作热源的一种焊接方法。由于气焊的焊接变形大,生产率低的原因,除用于无电源场合、维修和1～2mm的薄钢板结构的焊接,现在已经不常用。

1. 气焊用材料

(1) 氧气(O_2)。氧气是一种无色、无味、无毒气体,氧气不自燃,但它是一种活泼的助燃剂。气焊、气割正是利用可燃气体与氧气燃烧所放出的热量作为热源的。

(2) 乙炔(C_2H_2)。目前用于可燃气体的有乙炔、氢气、甲烷(天然气)、丙烷、煤气等。气焊中乙炔应用最广,其原因是它具有低热值高(即$1m^3$ 气体的最低发热量)、火焰温度高(3100～3200℃)、火焰对金属无有害的化学作用,制取方便等。

(3) 气焊丝。常用气焊丝有非合金钢焊丝、合金结构钢焊丝、有色金属焊丝、铸铁气焊丝及不锈钢焊丝等。其中焊接低、中碳钢可选用 H08A 或 H08E。

(4) 气焊熔剂。气焊熔剂是氧-乙炔气焊时的助熔剂。其作用是驱除熔池中的高熔点氧化物夹杂,形成熔渣覆盖在熔池表面,使熔池与空气隔离,防止熔池金属的氧化,改善焊接工艺性等。

2. 气焊火焰

气焊火焰的性质按氧气和乙炔混合比的不同有 3 种(见图 4.16)。

(1) 中性焰:在一次燃烧区内既无过量氧气又无游离碳的火焰。火焰温度最高在离焰心末端 2～4mm 处,高达 3150℃,是合适的焊接焰区。

(2) 氧化焰:火焰中有过多的氧存在。在尖形焰芯外面形成一个有氧化性的富氧区。火焰呈紫蓝色,最高温度达 3100～3300℃。

(3) 碳化焰(还原焰):火焰中含有游离碳,有较强的还原作用,也有一定渗碳作用的火焰。焰心呈蓝白色,内焰呈淡白色,外焰呈橙黄色,温度约为 2700～3000℃。

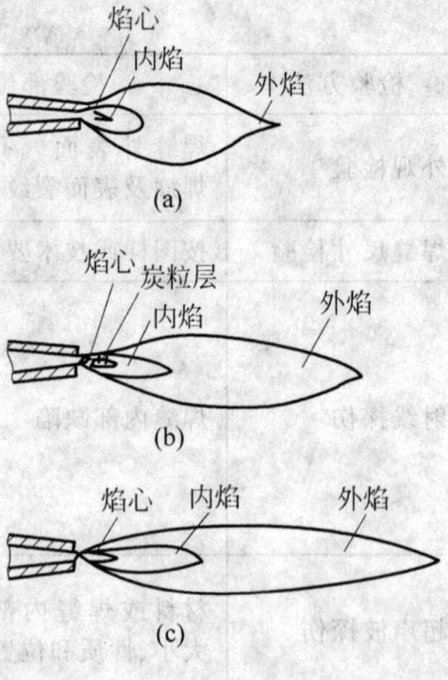

图 4.16 氧-乙炔气焰的构造和形状

(a) 中性焰;(b) 氧化焰;(c) 碳化焰

常用金属材料焊接时气焊火焰的选择,见表 4.4。

表 4.4 常用金属材料焊接时气焊火焰的选择

火焰性质	适用的金属
中性焰	低、中碳钢,低合金结构钢,紫铜,铝及铝合金,铅,锡,不锈钢,镍,青铜
氧化焰	黄铜,铬镍钢,锰钢,镀锌铁板
碳化焰	高速钢,硬质合金,高碳钢,铸铁,镍

4.3.2 气割

氧气切割基本原理:氧气切割是利用气体火焰的热能将工件切割处预热到一定温度后,喷出高速切割氧流,使其燃烧并放出热量实现切割的办法。

金属的氧气切割条件:

(1) 金属的燃点必须低于熔点。如铝、铜、铸铁材料的燃点高于熔点,气割较困难。

(2) 金属氧化物的熔点应低于金属本身熔点,且流动性好,否则,氧化物渣不会被吹走,使气割发生困难。

(3) 在氧气切割中燃烧应是放热反应,放出的热量维持切割进行。

(4) 金属的导热性能要低。

4.3.3 气焊、气割用工具

气焊工作过程及所用设备见图 4.17。气焊、气割中主要工具有氧气瓶，乙炔瓶，减压阀，焊炬、割炬，氧管、乙炔管等。

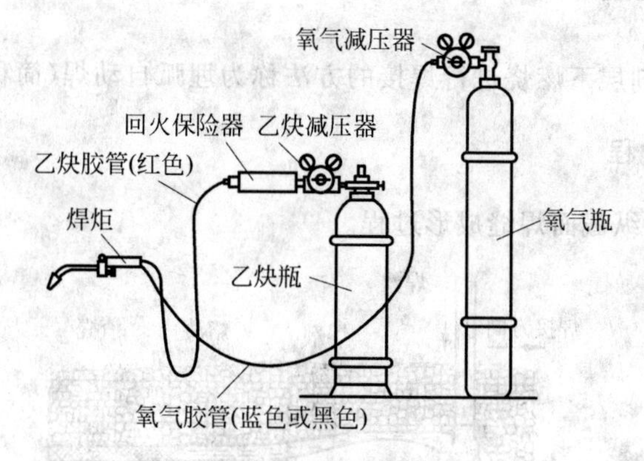

图 4.17 气焊设备及其连接

气焊炬又称焊枪(图 4.18)，是气焊主要工具之一，通过焊炬将氧气和乙炔气按比例均匀混合，然后从焊嘴喷出，点火后形成氧-乙炔火焰。按气体混合方式的不同，焊炬分为射吸式和等压式两种。

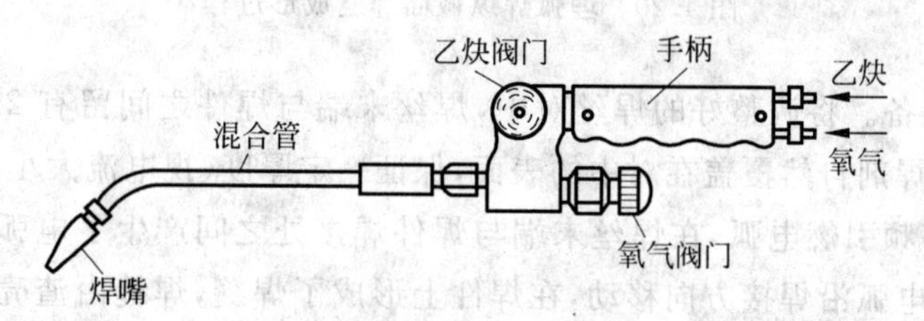

图 4.18 射吸式焊炬

割炬有射吸式和等压式两种。图 4.19 为常用的射吸式手工割炬构造。相对焊炬，其增加了输出切割氧的管路和阀门。气割时先旋开乙炔手轮，再微开预热氧气轮并立即点火，调整到中性火焰对工件进行预热至燃点，金属形成氧化物渣，打开切割氧吹除氧化物渣，割炬不断移动形成割缝。

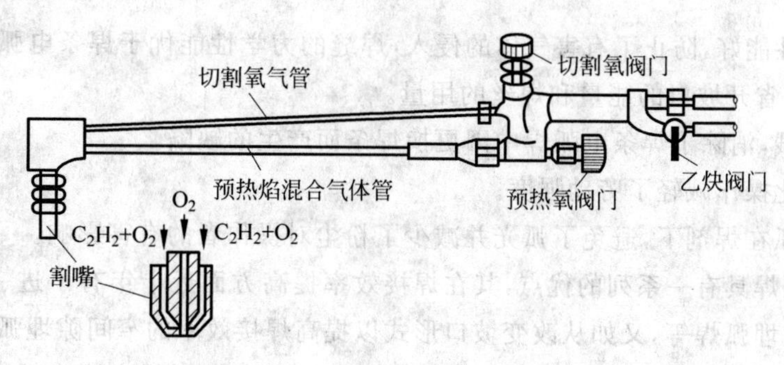

图 4.19 射吸式手工割炬

4.4 其他焊接方法

4.4.1 埋弧自动焊

焊接中电弧在焊剂层下燃烧进行焊接的方法称为埋弧自动焊(简称埋弧焊)。

1. 埋弧焊焊接过程

图 4.20 是埋弧焊纵截面焊缝成形过程。

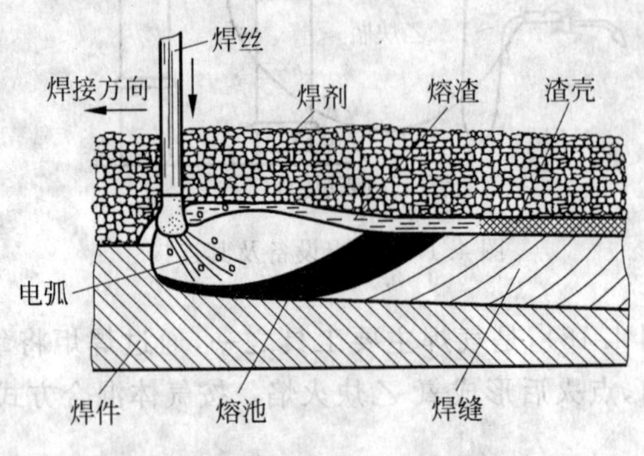

图 4.20 埋弧焊纵截面焊缝成形过程

(1) 引弧前准备。将调整好的焊丝对中,焊丝末端与焊件之间留有 2mm 左右的间隙,将筛选、预热好的焊剂自然覆盖在对中的表面,保证一定厚度(视电流大小而定)。

(2) 焊接。高频引燃电弧,在焊丝末端与焊件焊接处之间产生了电弧,形成了熔池、继而形成焊缝,随着电弧沿焊接方向移动,在焊件上形成了焊缝,焊缝由渣壳和未熔化的焊剂所覆盖。

(3) 清理。待焊缝冷却后,清除焊缝表面的渣壳,将未熔化的焊剂回收重新使用。

2. 埋弧焊的特点

(1) 允许使用的焊接电流大,焊速和熔深明显提高,14mm 以下的焊件可一次焊透,效率较高。

(2) 保护性能好,防止了有害气体的侵入,焊缝的力学性能优于焊条电弧焊;埋弧焊焊接熔深大,可节省开坡口的能量和焊丝的用量。

(3) 无飞溅,消除了焊条电弧焊中因更换焊条而产生的缺陷。

(4) 机械化操作减轻了劳动强度。

(5) 因电弧在焊剂下,避免了弧光并减少了粉尘对操作者的有害影响。

总之,埋弧焊具有一系列的优点,其在焊接效率提高方面近十年有了进一步发展,如多丝埋弧焊、热丝埋弧焊等,又如从改变坡口形式以提高焊接效率的窄间隙埋弧焊方法。在焊接大厚度压力容器和锅炉筒体、集装箱的中窄间隙等方面,埋弧焊应用有效而广泛,大有取代电渣焊的趋势。

3. 埋弧焊用焊接材料

1）焊剂牌号表示

如 HJ×××。其中 HJ 表示熔炼焊剂；第一位数字×和第二位数字×表示含义见表 4.5；第三位数字×为同一类型的不同牌号。如常用焊剂 HJ431 为高锰高硅低氟焊剂。

表 4.5　焊剂牌号表示含义

焊剂牌号	焊剂类型	焊剂牌号	焊剂类型	焊剂牌号	焊剂类型
HJ1××	无锰	HJ×1×	低硅低氟	HJ×5×	中硅中氟
HJ2××	低锰	HJ×2×	中硅低氟	HJ×6×	高硅中氟
HJ3××	中锰	HJ×3×	高硅低氟	HJ×7×	低硅高氟
HJ4××	高锰	HJ×4×	低硅中氟	HJ×8×	中硅高氟

2）焊丝

埋弧焊焊丝的要求与焊条的钢芯基本相同。常用焊丝直径有 2、3、4、5 和 6mm。焊丝表面要求无氧化皮、铁锈和油污。

4.4.2 氩弧焊

1. 钨极氩弧焊

氩弧焊分为钨极氩弧焊和熔化极氩弧焊。钨极氩弧焊用高熔点的钨作为电极材料，焊接中不熔化，在焊接中主要起产生电弧及加热熔化焊件和焊丝的作用，并形成焊缝，钨极氩弧焊焊接过程见图 4.21。在英语文献中钨极氩弧焊简称为 TIG 焊接法或 GTAW 焊接法。它是用氩气作为保护气体，气体从喷嘴中送出氩气流，在电弧周围形成保护区，将空气与电极、熔滴和熔池隔离开来，从而保证焊接的正常进行。

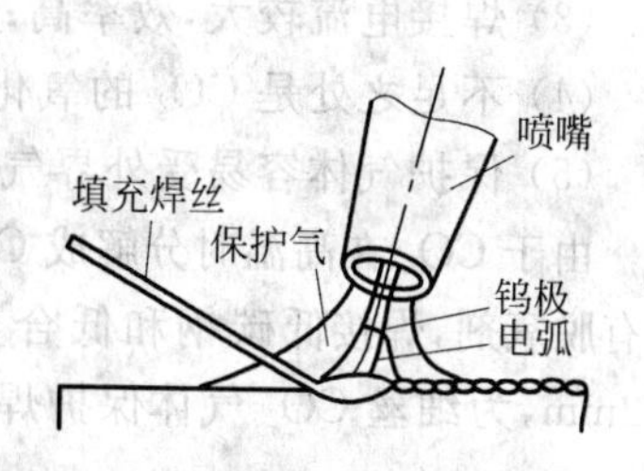

图 4.21　钨极氩弧焊过程

2. 钨极氩弧焊的特点

(1) 氩弧焊保护性好焊缝质量高，电弧稳定，飞溅小，表面无焊渣，成形美观。

(2) 采用明弧便于操作，现已实现自动化；电弧热量集中，熔池小，热影响区（HAZ）较窄，焊件变形小。

(3) 由于氩气有冷却作用，可进行全位置焊接。

(4) 适用于各类金属材料的焊接，由于氩气价格较贵，目前氩弧焊主要用于铝、铜、镁、钛及其合金和稀有金属的焊接。

4.4.3 二氧化碳气体保护焊

二氧化碳气体保护焊分为自动焊和半自动焊，它是以 CO_2 为保护气体的电弧焊，焊接中焊丝与焊件一同熔化形成焊缝。图 4.22 为 CO_2 气体保护焊焊接过程，焊丝通过送丝机构导电嘴送入焊接区，CO_2 气体从喷嘴内以一定流量在焊丝周围喷出，在电弧周围形成保护区，防止空气侵入，从而保证焊接的正常进行。

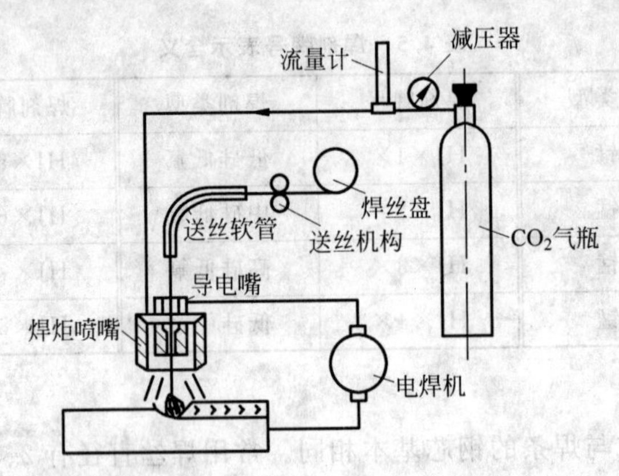

图 4.22 CO_2 气体保护焊焊接过程示意图

CO_2 焊的特点：

(1) CO_2 气体对铁锈的敏感性低。

(2) 气体对电弧有冷却作用，使电弧热较集中，焊后 HAZ 和变形都较小。

(3) 焊接电流较大，效率高；气体保护为明弧，便于观察，易于控制，成本低。

(4) 不足之处是 CO_2 的氧化作用，使熔滴飞溅较为严重，焊缝成形差。

(5) 保护气体容易受外界气流干扰，不易在户外使用。

由于 CO_2 在高温时分解成 CO 和 O_2 而具有较强的氧化作用，所以，CO_2 焊使用的焊丝中含有脱氧剂，焊接低碳钢和低合金结构钢时，常用的焊丝为 H08Mn2SiA。焊丝直径 0.5～1.2mm，为细丝 CO_2 气体保护焊；直径 1.6～5mm，为粗丝 CO_2 气体保护焊。

4.4.4 电阻焊

电阻焊是将工件组合后，通过电极施加压力，利用电流通过接头的接触面及邻近区域产生的电阻热进行焊接的方法。

电阻焊方法常用的有点焊、缝焊和对焊等，见图 4.23。

1. 电阻点焊

电阻点焊是焊件装配成搭接接头，并压紧在两电极之间，利用电阻热熔化母材金属，形成焊点的电阻焊方法。

按一次形成的焊点数，点焊可分为单点焊和多点焊。点焊适用于制造板厚小于 8mm 以下的薄板、冲压结构及钢筋结构件，在家用电器、汽车、拖拉机、机车车厢、蒙皮结构、金属

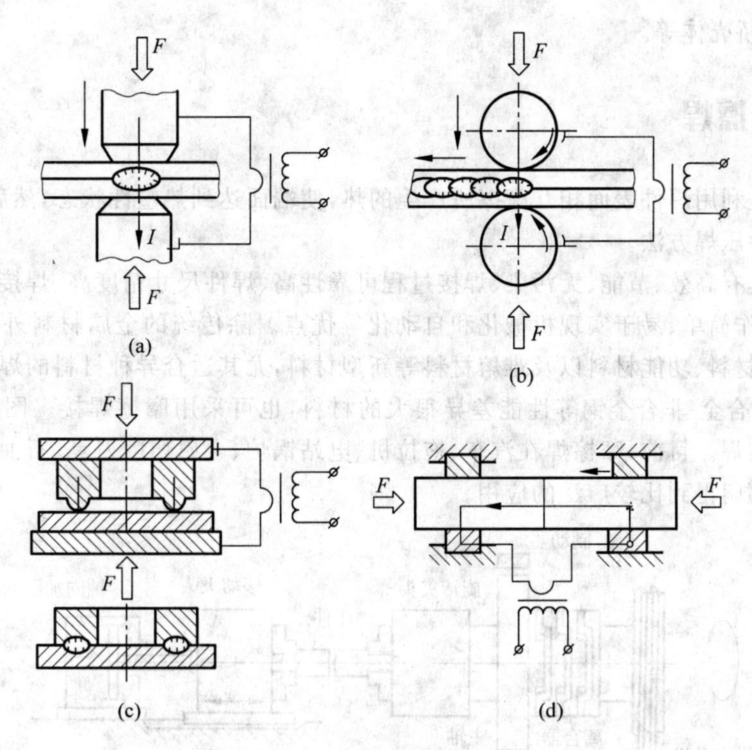

图 4.23 常用电阻焊方法
(a) 点焊；(b) 缝焊；(c) 凸焊；(d) 对焊

网、飞机制造等部门中得到广泛应用。有时点焊的工件厚度小到 10μm(精密电子器件)及大至 30mm(钢梁、框架等)。

2. 缝焊

缝焊是将焊件装配成搭接接头或对接头并置于两滚轮电极之间，滚轮加压工件并转动，连续或断续送电，形成一条连续焊缝的电阻焊方法。

缝焊适合焊接要求密封性好，壁厚在 3mm 以下的容器，如油箱、管道等。

3. 对焊

将两个焊件端面相互接触，利用焊接电流加热，然后加压完成焊接的电阻焊方法。对焊分为电阻对焊和闪光对焊两种。

1) 电阻对焊

将焊件装配成对接接头，使其端面紧密接触，利用电阻热加热至塑性状态，然后迅速施加顶锻力完成焊接的方法。

2) 闪光对焊

焊件装配成对接接头，接通电源，并使其端面逐渐移近达到局部接触，利用电阻热加热这些接触点(产生闪光)，使端面金属熔化，直至端部在一定深度范围内达到预定温度时，迅速施加顶锻力完成焊接的方法。闪光对焊又分连续闪光焊和预热闪光焊。

对焊生产率高，易于实现自动化，广泛用于刀具、管子、铁路钢轨、船用锚链、万向轴壳、连杆、汽车后桥壳体等。

4.4.5 摩擦焊

摩擦焊是利用焊件表面相互摩擦所产生的热，使端面达到热塑性状态，然后迅速顶锻完成焊接的一种压焊方法。

摩擦焊具有高效、节能、无污染、焊接过程可靠性高、焊件尺寸精度高、焊接质量好、工艺适应性强、操作简单、易于实现机械化和自动化等优点。除传统的金属材料外，还可焊接粉末合金、复合材料、功能材料以及难熔材料等新型材料，尤其适合异种材料的焊接，甚至如陶瓷-金属、硬质合金-非合金钢等性能差异很大的材料，也可采用摩擦焊接。图 4.24 所示为连续驱动摩擦焊。目前，摩擦焊在汽车、拖拉机、电站锅炉、金属切削刀具、石油、电力电器和纺织等工业部门得到比较广泛的应用。

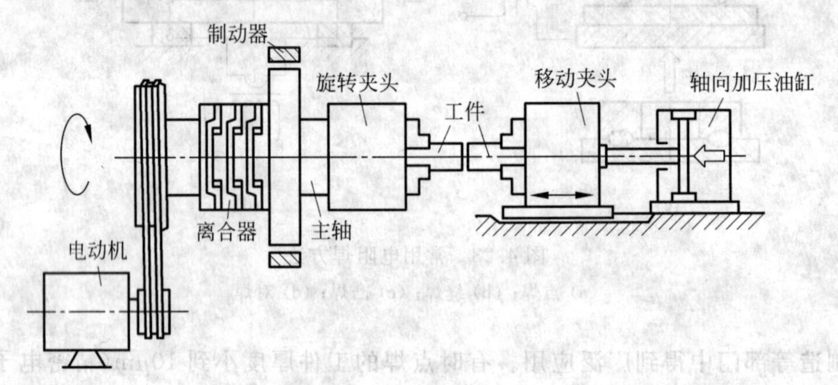

图 4.24 连续驱动摩擦焊示意图

4.4.6 钎焊

采用比母材熔点低的金属材料作钎料，将焊件和钎料加热到高于钎料熔点，低于母材熔化温度，利用液态钎料润湿母材，填充间隙并与母材相互扩散实现连接焊件的方法。

根据钎料熔点的不同，钎焊可分为硬钎焊与软钎焊。

钎料熔点在 450℃以上，接头强度在 200MPa 以上的称硬钎焊，属于这类的钎料有铜基、银基和镍基等钎料；钎料熔点在 450℃以下，接头强度一般不超过 70MPa 的称为软钎焊，属于这类的钎料有锡、铅等。

钎焊主要用于制造电器部件、异种金属构件、硬质合金刀具等。

4.4.7 等离子弧焊接与切割

1. 等离子弧的形成和特点

等离子弧是一种被压缩的钨极氩弧。等离子弧的压缩是借助水冷喷嘴对电弧的拘束作用实现的。

等离子弧通过水冷铜喷嘴时，受到机械、热和电磁 3 种压缩作用，具有很高的能量密度、温度及刚直度，见图 4.25。等离子弧与普通电弧相比温度高(可达 24000～50000K)、能量密度大(可达 10^5～10^6 W/cm^2)、熔透力强(一次可达 8～10mm 不锈钢板)，弧长对加热面积影响很小，电流可在很大范围内调节，可焊接微型精密零件等。

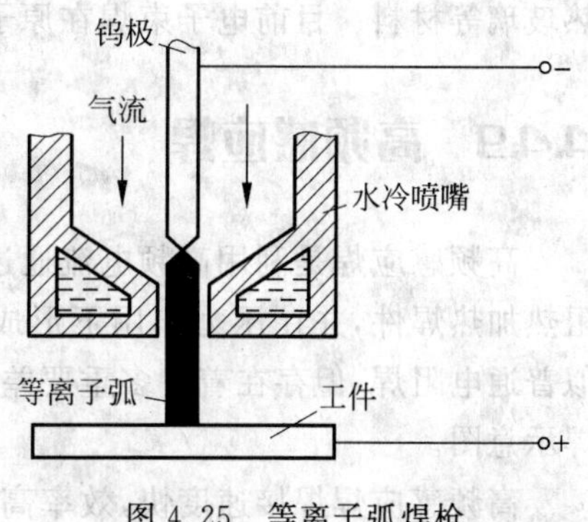

图 4.25　等离子弧焊枪

2. 等离子弧焊接

等离子弧焊接是一种较先进的焊接工艺，其焊接生产率高、焊缝尺寸稳定、加热面积小，可焊接各种电弧焊难以焊接的材料。电流在 0.1A 左右时等离子弧也能稳定性燃烧，因而可焊接超薄板等。等离子弧焊接有穿孔型焊接法、熔入型焊接法和微束等离子弧焊 3 种方法。

(1) 穿孔型焊接方法一般不需要填加焊丝，2～8mm 厚的合金钢板，不需要开坡口，背面不用衬垫，可一次焊成。

(2) 熔透型焊接法是指只熔透焊件而不产生小孔，一般焊接电流在 15～100A，离子气流较小。

(3) 微束等离子弧焊接是指焊接电流在 15A 以下的熔入型等离子弧焊接，主要用来焊接板厚为 0.01～2mm 的板材及金属网。为了保证电弧的稳定性，微束等离子弧焊接采用联合型电弧，两个电源分别供给两个电弧。采用的气体有纯氩、氩气加氢气或氩气加氦气。

3. 等离子弧切割与碳弧气刨

以等离子弧为热源进行切割的方法称为等离子弧切割。其切割是以高温、高速、高冲击力，将金属熔化的同时吹走而形成窄缝。等离子切割的工作气体叫离子气，常用的离子气为氮气、氩气、空气等。等离子弧切割与氧乙炔切割比较，具有温度高、能量集中、冲击力大的特点，可切割氧乙炔难以切割的材料，如铝、铜、钛、不锈钢、铸铁和非金属材料等。

在焊接生产中，在对于焊缝缺陷铲除背面清根及刨槽等场合多应用碳弧气刨。所谓碳弧气刨是使用碳棒或石墨棒作电极，与工件间产生电弧，将金属熔化，并用压缩空气将熔化金属吹除的一种表面加工沟槽的方法。

4.4.8　电子束焊

利用加速和聚焦的电子束轰击置于真空或非真空中的焊件所产生的热能进行焊接的方法。

电子束焊的优点：

(1) 能量密度大(高达 10^3～10^5 kW/cm^2)，动能有 96%转化为焊接需要的热能；

(2) 电子束流很小、线能量较低，热影响区小，焊接变形小；

(3) 焊缝深度比可达 20∶1 以上，对于不开坡口的单道焊缝十分有利；

(4) 在真空室内焊接的电子束，无电极污染问题，所以焊缝质量高；

(5) 焊接工艺参数调节范围广，适应性强。

电子束焊接适宜焊难熔金属和某些非金属，如钛、锆、钽、钨、氧化铍耐火材料、高硼酸耐热玻璃等材料。目前电子束焊在原子能、火箭、航空、机械工业等方面得到广泛的应用。

4.4.9 高频感应焊

高频感应焊是利用高频电流通过焊件结合面所产生的电阻热加热焊件，并在压力作用下形成焊接接头的方法。它类似普通电阻焊，但存在着许多重要差别。图 4.26 为高频感应焊示意图。

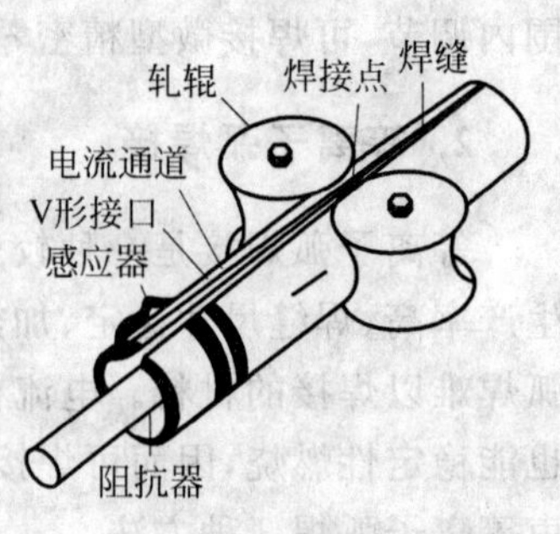

图 4.26 高频感应焊示意图

高频感应焊焊接速度快，效率高；焊接热影响区窄，甚至不会引起管坯表面镀层擦伤。焊管变形小、表面光滑，特别是焊道内表面较平整，焊接质量高；适于成形流水线，如钢管焊接流水线。

4.4.10 激光焊接

激光可以用来焊接、打孔、切割等。激光焊接是以聚焦的激光束作为能源轰击焊件所产生的热量进行焊接的方法。与普通焊接方法相比，激光焊能量密度高(高达 10^{13} W/cm^2)，加热面范围很小，热影响区窄，焊接变形小。可焊接难焊的金属、非金属以及物理性能差别很大的异种金属材料。此外，激光焊不需要真空保护和 X 射线防护，也不受磁场影响。

4.5 焊接结构与工艺实例

图 4.27 所示的液化石油气钢瓶，壁厚 3mm，设计压力为 1.6MPa，充装质量 50kg，批量生产。

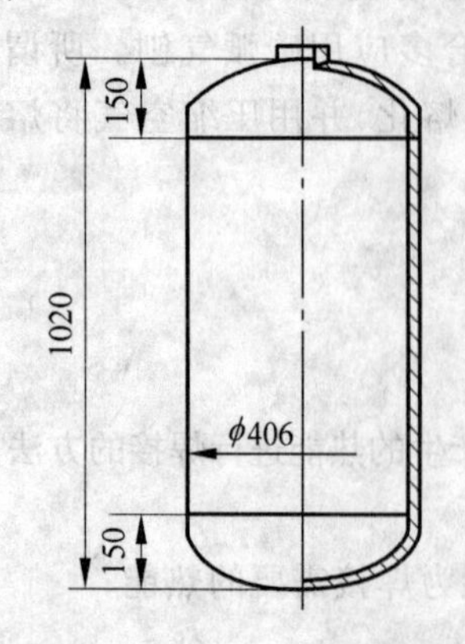

图 4.27 液化石油气钢瓶

1. 选择钢瓶材料

瓶体和瓶嘴分别选用塑性和焊接性好的 16MnHp 钢(Hp 表示液化石油气钢瓶专用钢板)和 20 钢。瓶体用 3mm 厚钢板，冲压后焊接而成。瓶嘴用圆钢切削成形后，焊到瓶体上。

2. 确定焊缝位置

瓶体的焊缝布置有两种方案，如图 4.28 所示。方案Ⅰ(图 4.28(a))，瓶体的上、下两部分经冲压成形，装配后焊在一起，瓶体上只有一条环形焊缝，焊接工作量小。但由于瓶体较长，冲压成形难度大。方案Ⅱ(图 4.28(b))，瓶体由上、下封头与筒身 3 部分组成，上、下封头冲压成形，筒身由钢板卷圆后焊好，再将上、下封头与筒身焊在一起，瓶体共有 3 条焊缝(两条环形焊缝和一条纵向焊缝)，虽然焊接工作量较大，但上、下封头易冲压成形。经分析比较后选用方案Ⅱ。

3. 焊接接头设计

瓶嘴与瓶体的焊缝,用不开坡口的角焊缝。因是压力容器,为保证焊接质量,筒身的纵向焊缝,采用I形坡口单面焊。上、下封头与筒身的环形焊缝,接头形式采用衬环对接或缩口对接焊。图 4.29 为液化石油气钢瓶的焊接结构工艺图。

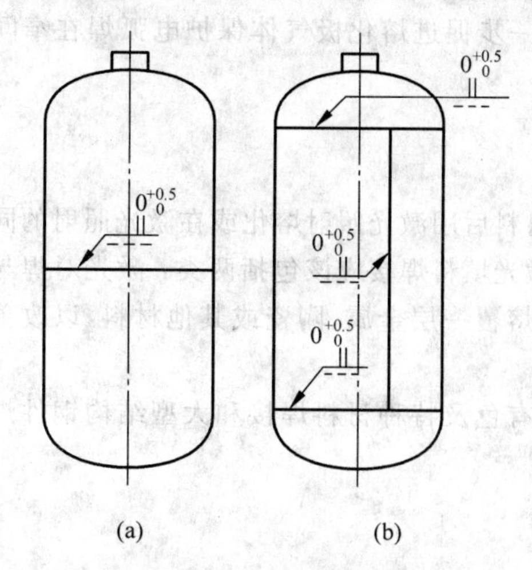

图 4.28 瓶体焊缝布置

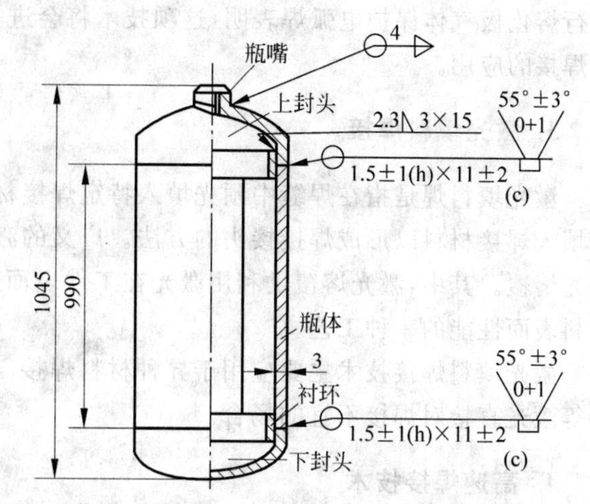

图 4.29 液化石油气钢瓶焊接结构工艺图

4. 焊接方法和焊接材料的选择

瓶嘴与瓶体的焊接,因焊缝直径较小,故采用焊条电弧焊,焊条为J507。瓶体环形焊缝和纵向焊缝的焊接,可采用焊条电弧焊、埋弧焊、CO_2 焊、氩弧焊等方法进行。考虑到此产品为批量生产,又是压力容器,为保证焊接质量,选用埋弧自动焊。焊丝可用 H08A、H08MnA 或 H08Mn2,焊剂为 HJ430。

5. 主要工艺过程

主要工艺包括下料、筒身卷圆及纵缝焊接、封头拉深成形及焊接瓶嘴、封头与筒身组装及环缝焊接、射线探伤、去应力退火、水压试验、气密性试验等。

4.6 焊接新技术及其发展

焊接技术也随着科学的发展在不断地向优质、高效率、低能耗的方向发展。对当前应用于生产实际中的许多焊接新技术、新工艺,本教材稍做采撷,以飨读者。

1. 真空电弧焊接技术

真空电弧焊主要用于对不锈钢、钛合金和高温合金等金属进行熔化焊及对小试件进行快速高效的局部加热钎焊的最新技术。该技术由俄罗斯科学家发明,并迅速应用在航空发动机的焊接中。使用真空电弧进行涡轮叶片的修复、钛合金气瓶的焊接,可以有效地解决材料氧化、软化、热裂、抗氧化性能降低等问题。

2. 窄间隙熔化极气体保护电弧焊技术

窄间隙熔化极气体保护电弧焊有比其他窄间隙焊接工艺更多的优势，在任意位置都能得到高质量的焊缝，而且节能、成本低、效率高、适用范围广等特点。利用表面张力过渡技术进行熔化极气体保护电弧焊表明，这项技术将会进一步促进熔化极气体保护电弧焊在窄间隙焊接的应用。

3. 激光填料焊接

激光填料焊是指在焊缝中预先填入特定焊接材料后用激光照射熔化或在激光照射的同时填入焊接材料以形成焊接接头的方法。广义的激光填料焊接应该包括两类：激光对焊与激光熔覆。其中，激光熔覆是利用激光在工件表面熔覆一层金属、陶瓷或其他材料，以改善材料表面性能的一种工艺。

激光填料焊接技术主要应用于异种材料焊接、有色及特种材料焊接和大型结构钢件焊接等激光直接对焊接不宜的场合。

4. 高速焊接技术

高速焊接本技术采用的焊接电流大，熔深大，一般不会产生未焊透和熔合不良等缺陷，焊缝成形良好，焊缝金属与母材过渡平滑，有利于提高疲劳强度，高速焊接技术包括快速电弧技术和快速熔化技术，它使焊接生产率成倍增长。

5. 搅拌摩擦焊

搅拌摩擦焊(FSW)主要是在搅拌头的摩擦热和机械挤压的联合作用下形成接头，其主要原理和特点是焊接时旋转的搅拌头缓缓进入焊缝，在与工件表面接触时通过摩擦生热使周围的一层金属塑性化。同时，搅拌头沿焊接方向移动形成焊缝。

1991 年 FSW 技术由英国焊接研究所发明，作为一种固相连接手段，FSW 除了可以焊接用普通熔焊方法难以焊接的材料外(例如，可以实现用熔焊难以保证质量的裂纹敏感性强的 7000、2000 系列铝合金的高质量连接)，还具有温度低、变形小、接头力学性能好(包括疲劳、拉伸、弯曲)、不产生类似熔焊接头的铸造组织缺陷、其组织由于塑性流动而细化、焊接变形小、焊前及焊后处理简单、能够进行全位置的焊接、适应性好、效率高、操作简单、环境保护好等优点，被誉为继激光焊后又一革命性的焊接技术。

应指出的是，搅拌摩擦焊具有适合于自动化和机器人操作的优点，诸如：不需要填丝、保护气(对于铝合金)；可以允许有薄的氧化膜；对于批量生产，不需要进行打磨、刮擦之类的表面处理非损耗的工具头，一个典型的工具头就可以用来焊接 6000 系列(以镁和硅为主要合元，并以 Mg_2Si 相为强化相的铝合金)的铝合金达 1000m 等。

6. 激光-电弧复合热源焊接

激光焊可形成深而窄的焊缝，焊速高、热输入低，但投资高，对工件制备精度要求高，对铝等材料的适应性差。MAG 成本低，使用填丝，适用性强，缺点是熔深浅、焊速低、工件承受热载荷大。激光-电弧复合主要是激光与TIG、Plasma(等离子弧)以及MAG结合。通过激光与电弧的相互影响,可克服每一种方法自身的不足,进而产生良好的复合效应。复合焊接时,激光产生的等离子体有利于电弧的稳定;复合焊接可提高加工效率;可提高焊接性差的材料诸如铝合金、双相钢等的焊接性;可增加焊接的稳定性和可靠性;通常,激光加丝焊是很敏感的,通过与电弧的复合,则变得容易而可靠。Laser-MAG的复合效应表现在电弧增加了对间隙的桥接性,其原因有二:一是填充焊丝;二是电弧加热范围较宽。电弧功率决定焊缝顶部宽度;激光产生的等离子体减小了电弧引燃和维持的阻力,使电弧更稳定;激光功率决定了焊缝的深度。更进一步讲,复合导致了效率增加以及焊接适应性的增强。激光电弧复合对焊接效率的提高十分显著,这主要基于两种效应:一是较高的能量密度导致了较高的焊接速度,工件对流损失减小;二是两热源相互作用的叠加效应。焊接钢时,激光等离子体使电弧更稳定,同时,电弧也进入熔池小孔,减小了能量的损失;焊接铝时,由于叠加效应几乎与激光波长无关,其物理机制和特性尚待进一步研究。

激光-电弧复合热源焊接在1970年就已提出,然而,稳定的加工直至近几年才出现,原因是激光技术以及弧焊设备的发展,尤其是激光功率和电流控制技术的提高。

7. 水射流切割

水射流切割是一种新的切割技术,实际上就是在高压水条件下进行切割。水射流切割最早出现在加拿大。水射流切割的速度是普通切割的20倍,而切割成本则是一般工具切割的五分之一。水射流切割的喷嘴直径通常只有0.076mm至0.635mm,高压水流速度达1000m/s以上,喷射时压强为200～400MPa,喷水量可达80L/min。因此,水射流切割可以轻松自如地切割各种材料,能把几厘米厚的钢板切开,也可以锯出各种带曲线的图案和带花纹的原件,以及精密度要求很高的各种零部件。可以切割金属、玻璃、陶瓷、塑料等几乎所有的材料。

水射流切割没有热变形、割缝整洁、割缝和割缝附近的材料不会因受热而产生缺陷和组织变化。水射流切割的零件精度高,可直接投入装配,节省大量后续工时和能源。

4.7 其他材料的焊接

4.7.1 塑料的焊接

根据向焊缝导入热的方法的不同可以将现有的塑料焊接技术分为以下3类。

1. 通过机械运动产生热

1) 直线性振动

待连接的两部分在压力作用下互相接触,由往复运动而产生的摩擦热使界面的塑料熔化,而后将熔化的两部分对中并固定直到焊缝凝固。大部分热塑性材料可以用这种技术焊接,这种技术被广泛地应用在汽车部件的连接上。

2）旋转运动

塑料焊接的旋转运动类似摩擦焊。焊缝区的形状总是圆形的，并使其旋转运动。

3）超声波

利用高频机械能软化或熔化接缝处的热塑性塑料。被连接部分在压力作用下固定在一起，然后再经过频率通常为 20kHz 或 40kHz 的超声波振动。超声波焊接过程很快，焊接时间不到 1s，并且很容易实现自动化，在汽车、医疗器械、电子产品和包装行业的部件制造中很受欢迎。

2. 使用外加热源

1）电热板

将待连接的两部分的端部紧贴在电热台面上加热，直到端面塑料充分熔化。然后移出电热板，将待连接的两部分压在一起。焊后需保持足够的冷却时间以增强焊缝的强度。

2）热棒和脉冲

将两层薄膜紧压在热金属棒上，软化后连接在一起。主要用于连接厚度小于 0.5mm 的塑料薄膜，焊接速度非常快。

3）热气焊

热气流直接吹向接缝区，使接缝区和与母材同材质的填充焊丝熔化，通过填充材料与被焊塑料熔化在一起而形成焊缝。所以焊板厚通常在 30mm 以内，并开 V 形或 T 形坡口。

3. 利用电磁性

1）电阻性插销

在通过电流产生电阻热之前，在两个被焊件之间放置一个导电的插销，当插销被加热时，其周围的热塑性塑料软化，继而熔化，再施加压力，使熔化的焊件表面熔合在一起形成焊缝。

2）高频

利用被焊塑料在快速交变电场中产生热量来实现连接。

4.7.2 陶瓷的焊接

不论陶瓷与金属焊接，还是用金属填充材料焊接陶瓷与陶瓷时都存在陶瓷/金属界面的结合问题。由于陶瓷与金属在电子结对、晶体结构、力学性能、热物理性能以及化学性能等方面存在明显的差别，因此要实现陶瓷/金属界面的冶金结合是非常困难的，用常规的焊接材料和工艺几乎无法获得可靠的连接，现有的较成功的焊接方法都是在陶瓷不熔化的条件下进行的，如固相扩散焊和钎焊较适合于陶瓷的焊接，并且得到了应用。

目前陶瓷焊接研究的主要问题为：

（1）为充分发挥陶瓷耐高温的特性，必须解决接头的高温性能。

（2）大面积和复杂零件的焊接时，陶瓷开裂和低应力破坏是一个严重问题，必须进一步研究降低内应力的办法。

（3）目前的陶瓷焊接主要都在真空中进行，效率低、成本高，必须研究非真空的高效低成本焊接方法。

4.8　黏　结

4.8.1　概述

黏结也称胶接，它是利用黏结剂对固体的黏合力而使分离的物体实现牢固的永久性连接的成形方法。黏结技术的使用已有几千年的历史，但长期以来一直采用天然胶黏剂，因而其应用范围受到很大的限制。直到20世纪30年代出现了合成黏结剂，才使黏结技术得以广泛应用，并获得迅速发展，同焊接、机械连接统称为三大连接技术。黏结在汽车、航空航天和其他工业中有重要作用。一架军用飞机所用的黏结剂可多达几百公斤。

与焊接相比，黏结有如下特点：

(1) 能连接各种材料，特别是异种材料连接，不受连接件形状、大小、厚薄的限制。

(2) 接头具有良好的绝缘性，黏结后接缝处没有热影响区，应力分布均匀，耐疲劳性能好，没有变形等现象。

(3) 黏结件表面光滑美观、密封性优良并防腐蚀。

(4) 黏结可获得某些特殊性能，如导电、绝缘、绝热、导热、导磁、抗震等。

(5) 工艺温度低，操作方便容易，设备简单，成本低。

黏结也有一些不足，主要表现在有机胶接接头一般耐温性不高(<350℃)；无机胶黏剂可耐1000℃高温；陶瓷胶黏剂耐温达2000℃以上，但性脆；黏结的剥离强度很低，不适合在冷热交变、冲击、湿热的环境中使用；黏结质量目前尚无可靠的检测方法。

4.8.2　黏结剂

黏结剂亦称黏合剂或胶黏剂，俗称“胶”。凡是能形成一薄膜层，并通过这层薄膜将一物体与另一物体的表面紧密连接起来，起着传递应力的作用，而且满足一定的物理、化学性能要求的非金属物质都称为黏结剂。

常用的基料有环氧树脂、酚醛树脂、有机硅树脂、氯丁橡胶、丁腈橡胶等。常用的添加剂有固化剂、稀释剂等。黏结剂的形态有液体、糊状、固态。

常用黏结剂的性能和用途参见表4.6。

表4.6　常用的黏结剂的性能和用途

牌　号	主要成分	特　性	用　途
101	线型聚酯、异氰酸酯	室温固化	可黏结金属、塑料、陶瓷、木材等
501、502(瞬干胶)	α-氰基丙烯、酸酯单体	室温下接触水气瞬间固化，胶膜不耐水	快速黏结各种材料
914(一般结构胶)	环氧树脂等	室温3h固化	适用各种材料的黏结、修补

续表

牌　号	主要成分	特　性	用　途
SW-2(一般结构胶)	环氧树脂等	室温 24h 固化	适用各种材料的黏结、修补
J-03(高强度结构胶)	酚醛树脂、丁腈橡胶等	固化条件：165℃、2h	可黏结各种材料
J-09(高温胶)	酚醛树脂、聚硼有机硅氧烷	可在 450℃短时间工作	可黏结不锈钢、陶瓷等
Y-150(厌氧胶)	甲基丙烯酸环氧酯	胶液填入空隙后隔绝空气 1～3h 可固化	用于防止螺丝松动，接头密封、防漏

4.8.3 黏结接头设计

1. 黏结接头的设计

一个黏结接头在实际的使用中，不会只受到一个方向的力，而是一个或几个力的集合。要避免过多的应力集中，减少剥离力、弯曲力的产生；合理增大黏结面积，以提高黏结接头承载能力；对层压制品的黏结要防止层间剥离。

2. 黏结接头的基本形式

常用的黏结接头如图 4.30 所示，有搭接接头(图(a))、槽接接头(图(b))、对接接头(图(c))、斜接接头(图(d))、角接接头(图(e))、套接接头(图(f))等类型。原则上应少用对接，尽量采用搭接或槽接，以增大黏结面积，提高接头的承载能力。

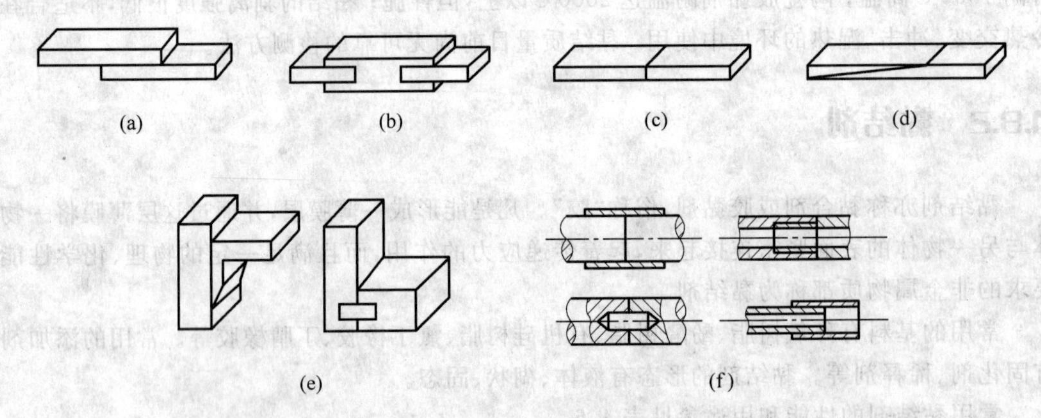

图 4.30　常用的黏结接头类型

(a) 搭接接头；(b) 槽接接头；(c) 对接接头；(d) 斜接接头；(e) 角接接头；(f) 套接接头

4.8.4 黏结工艺

黏结工艺包括黏结前的准备、接头设计、配制胶黏剂、涂敷、合拢、固化和质量检测等。

1. 黏结前的准备

胶黏剂对被黏材料黏结强度的大小，主要取决于胶黏剂与被黏材料之间的机械联接、分子间的物理吸附、相互扩散及形成化学键等因素综合作用的结果。被黏材料表面的结构状态对黏结接头强度有着直接的影响。

黏结材料在加工、运输、存储过程中，表面会存在氧化、油污、灰尘及其他杂物等。在黏结前必须清除干净。常用的表面清除方法有脱脂处理法、机械处理法和化学处理法。

2. 胶黏剂的配制与涂敷

1）胶黏剂的配制

胶黏剂配制性能的好坏将直接影响黏结接头的实用性能，因此配制胶黏剂要科学合理。配制要按合理的顺序进行。

配制胶黏剂要根据用量而定。用量小可采用手工搅拌；用量较大时，应选用电动搅拌器进行搅拌。搅拌中各组分一定要均匀一致。对一些相容性差、填料多、存放时间长的胶黏剂，在使用前要重新进行搅拌。对黏度变大的还需加入溶剂稀释后搅拌。

2）胶黏剂的涂敷

涂敷就是采用适当的方法和工具将胶黏剂涂敷在黏结部位表面。涂敷方法有刷涂、浸涂、喷涂、刮涂等。

根据胶黏剂使用目的、胶黏剂的黏度、被黏物的性质可选用不同的涂胶方法。

对于不含溶剂的热固性胶黏剂，涂敷后要立即黏合，避免长时间放置吸收空气中的水分，或使固化剂（如环氧胶黏剂的脂肪胺类固化剂）挥发。

3）胶黏剂的固化

所谓固化就是胶黏剂通过溶剂挥发、熔体冷却、乳液凝聚、缩聚、加聚、交联等物化作用使其胶层变为固体的过程。

黏结件合拢后，为了获得硬化后所希望的连接强度，必须准确掌握固化过程中压力、温度、时间等工艺及参数。

（1）加压。加压有利于胶黏剂对表面的充分浸润，排出胶层内的溶剂或低分子挥发物，控制胶层厚度，防止因收缩引起的被黏物之间的接触不良，提高胶黏剂的流动性等。

（2）温度和时间。固化温度主要根据胶黏剂的成分来决定。固化温度高低均会降低接头的黏结强度。对一些可在室温下固化的胶黏剂，通过加温可适当加速胶连反应，并使固化更充分、更完全，从而缩短固化时间。

固化温度与固化时间是相辅相成的，固化温度越高，固化时间即可短一些；固化温度越低，固化时间应长一些。

4.8.5 黏结的应用举例

黏结技术在工业领域中的应用正越来越广泛。在航空航天工业和地面交通工具的生产中，黏结已成为一种重要的连接方法，尤其被大量用于各种板料零件和蜂窝结构的连接。如我国自行研制的歼 8 飞机上采用的黏结蜂窝结构具有较高的比强度和比刚度，而且表面平滑、密封、隔热、隔音，其耐疲劳性比铆接提高 5～10 倍。在电子工业中，从集成电路芯片，电子元件到家用电器和大型电气设备的制造，都广泛地应用了黏结技术，例如，微型线圈成形固定、电冰箱隔热材料与壳体的黏结、音响设备中扬声器的黏结等。在机械制造中，黏结可用于修复有缺陷的铸件和使用中发生磨损或破损的轴、孔、导轨等零件,可用于装配连接各种刀具、模具和量具等。例如,通过黏结代替焊接实现刀片与刀体的连接,不仅操作方便,而且能节省刀具材料,提高刀具的使用寿命。而在冲模的导柱、导套与固定板的连接中,采用黏结取代传统的过盈配合,可降低加工精度、减少成本、提高生产率。

4.9 铆 接

4.9.1 概述

铆接是借助铆钉形成的不可拆卸的连接。

铆接同焊接相比,传力可靠,连接部位的塑性、韧性较好,工艺简单,连接强度稳定可靠。铆接在建筑、飞机制造、军工、桥梁、现代装饰、锅炉等结构中的一些部件应用较普遍。但是,铆接孔的存在降低了基体性能的连续性和结构的强度,增加了变形量;手工铆接质量差,生产率低,浪费钢材,制造费时费工。

4.9.2 铆钉

铆钉是铆接结构的紧固件。常用的铆钉由铆钉头和铆钉杆两部分组成,铆钉按铆钉头形状分为半圆头、平圆头、平锥头、沉头、半沉头、平头、扁平头和圆平头等。表 4.7 为常用铆钉种类及一般用途。按材料不同,铆钉可分为钢质、铜质和铝质 3 类。

表 4.7 常用铆钉种类及一般用途

名 称	形 状	国家标准	钉杆尺寸/mm		一般用途
			直径	长度	
半圆头铆钉		GB 863.1—1986 (粗制) GB 867—1986	12~36	20~200	用于承受较大横向载荷的铆缝,如金属结构中的桥梁、桁架等,应用最广
小半圆头铆钉		GB 863.2—1986	0.6~16	1~110	
平锥头铆钉		GB 864—1986 (粗制)	12~36	20~200	由于铆钉头大,能耐腐蚀,常用于船壳、锅炉水箱等腐蚀强烈的场合
		GB 868—1986	2~20	3~110	
沉头铆钉		GB 865—1986 (粗制)	12~36	20~200	用于平滑表面,且承载不大的场合
		GB 869—1986	1~16	2~100	
半沉头铆钉		GB 866—1986 (粗制)	12~36	20~200	用于平滑表面,且承载不大的场合
		GB 870—1986	1~16	2~100	

续表

名 称	形 状	国家标准	钉杆尺寸/mm		一般用途
			直径	长度	
扁平头铆钉	D H L d	GB 872—1986	1.2～10	1. 5～50	用于金属薄板或皮革、帆布、木材、塑料等的铆接

4.9.3 铆接工具

手工铆接一般使用圆头锤子，锤子的大小应按铆钉直径的大小来选定，其中较多使用0.2～0.5kg的小锤。

压紧冲头如图4.31(a)所示，当铆钉插入孔内后，用它使被铆的板料互相压紧。

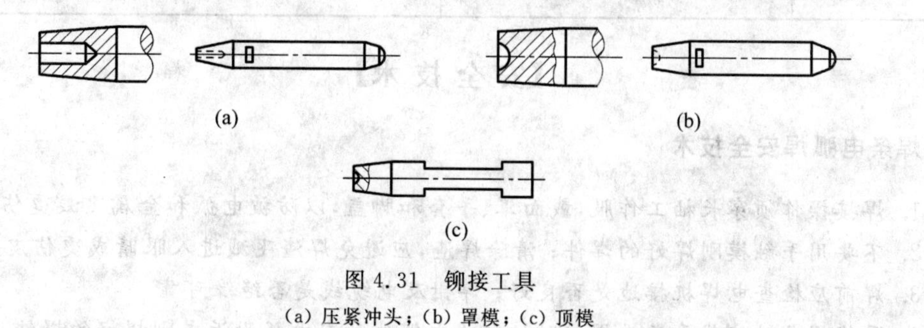

图4.31 铆接工具

(a) 压紧冲头；(b) 罩模；(c) 顶模

4.9.4 铆接工艺

铆接工艺过程的类型与铆钉的种类、装配方法、铆缝的密封方法有关。表4.8是沉头非密封铆缝的铆接基本工艺过程。

表 4.8 沉头非密封铆缝的铆接基本工艺过程

工序	示 意 图	内 容
制孔	钻头 s 铆接夹层 d_0	用钻削或冲压法按铆钉直径制孔
锪窝	锪孔专用工具 h	用大钻头或专用工具锪出沉头窝

续表

工序	示 意 图	内 容
插入铆钉	铆钉	用机械将铆钉放入孔中
压铆	顶铁 铆枪冲头	用压铆或锤铆法形成具有一定高度的镦头
清除多余材料	端面铣刀	用机械方法除去多余材料

【安全技术】

焊条电弧焊安全技术

1. 焊接操作须穿长袖工作服，戴面罩、手套和脚盖，以防被电弧和金属飞溅烫伤。
2. 不要用手触摸刚焊好的焊件；清除焊渣，应避免焊渣飞溅进入眼睛或烫伤皮肤。
3. 焊前应检查电焊机接地是否良好；焊钳及电缆线是否绝缘可靠。
4. 更换焊条时应戴手套。焊接时切勿将电缆线放在电弧附近或刚焊好的焊件上。
5. 焊接场地应有良好的通风设备，以保证焊接车间有良好的工作环境。
6. 焊接场地附近，禁止放置木材、油漆及其他易燃、易爆物品。

气焊气割安全技术

1. 一个氧气减压器和乙炔减压器只允许接一把焊炬或割炬。
2. 操作前应先检查焊炬或割炬、氧气和乙炔导管是否漏气。
3. 点火时应使用专用点火枪，禁止用香烟蒂点火，以免烧伤手指。
4. 焊接操作时，须穿工作服，戴手套、脚盖和专用墨镜。
5. 发现火焰突然回缩并听到“嘘”声，即为回火现象，应立即关闭乙炔及氧气阀门。

思 考 题

1. 熔焊、压焊和钎焊接头质量的主要区别？
2. 螺纹连接有几种形式及用途？
3. 电弧引燃有哪几个步骤？
4. 直流电焊接有哪两种接法？怎样正确选择接法？
5. 对于厚板在焊接时一般都要开坡口，开坡口的目的、间隙和钝边的作用是什么？

6. 按空间位置，焊缝可分为几类？
7. 焊接结构中，表示焊缝的符号由几部分组成？
8. 电焊机型号 BX-300，ZXG-300 各表示的含义？
9. 怎样正确选择正接法和负接法。
10. E4303、E5015 表示的含义？
11. 引弧、收弧各有几种？焊接如何正确使用？
12. 焊条选择的原则？
13. 焊接规范选择的主要依据？
14. 焊接缺陷产生的原因及防止的措施？
15. 按氧气和乙炔混合比的不同气焊有几种火焰性质？
16. 试述气焊所用的设备和工具有哪些？
17. 金属的切割条件是什么？
18. 在切割薄板、厚板时，怎样选择割嘴与工件间的倾角？
19. 气焊、气割的安全操作有哪些？
20. 埋弧焊的特点有哪些？
21. 氩弧焊的特点有哪些？
22. 简述黏结原理？
23. 黏结工艺包括哪些基本工序？
24. 黏结剂中有哪些组成物？
25. 铆接有几种基本形式？
26. 铆接时，铆钉的加热温度高低对铆接质量有何影响？

切削基础知识

5.1 切削的概念

在各种类型的机器制造中，为了获得较高的精度和低的表面粗糙度，绝大多数零件都要进行切削成形。切削就是利用切削工具从工件上切去多余的材料的加工方法。它可分为机械加工和钳工两部分。

机械加工是利用机械力对各种工件进行加工的方法，如机床加工，常见的机床加工方法如图 5.1 所示。所用的机床有车床、钻床、刨床、铣床、磨床等。

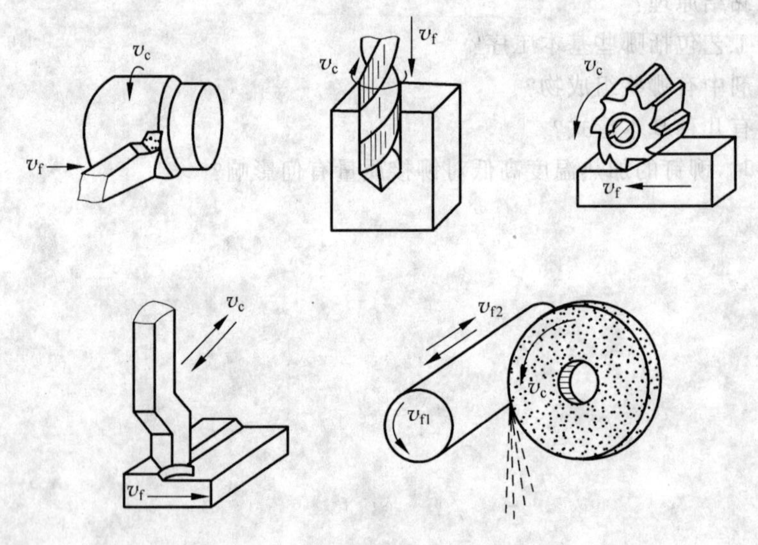

图 5.1 切削成形的基本方法

钳工一般是指在钳工台上以手工工具为主，对工件进行的各种加工方法。为了减轻劳动强度，提高生产率，钳工操作也逐渐向机械化发展。由于手工操作灵活方便，使用的工具简单，在零件的制造、修理和装配中是不可缺少的加工方法。

5.1.1 切削运动

从图 5.1 中可以看出，切削时，刀具与工件之间必须有一定的相对运动，即切削运动。它包括主运动(图中 v_c)和进给运动(图中 v_f)。

(1) 主运动：切下切屑所需的最基本的运动。它的特点是在切削运动中速度最高、消耗机床动力最多。一般只有一个主运动，如车削时工件的旋转，牛头刨床刨削时刨刀的直线运动。

(2) 进给运动：使多余材料不断被投入切削，从而加工出完整表面所需的运动。进给运动在切削运动中可能是一个或几个。例如，车削时车刀的纵向或横向移动；磨削外圆时工件的旋转和工作台带动工件的纵向移动。

5.1.2 切削用量

切削用量用来表示机械加工中所需工艺参数的大小。例如，在车削时，要确定车床的转速、车刀切入工件的深度和送进的快慢等。切削用量包括切削速度 v_c、进给量 f 和背吃刀量(旧标准称切削深度) a_p，称为切削用量三要素。

现以车外圆(图 5.2)为例来说明其计算方法及单位。

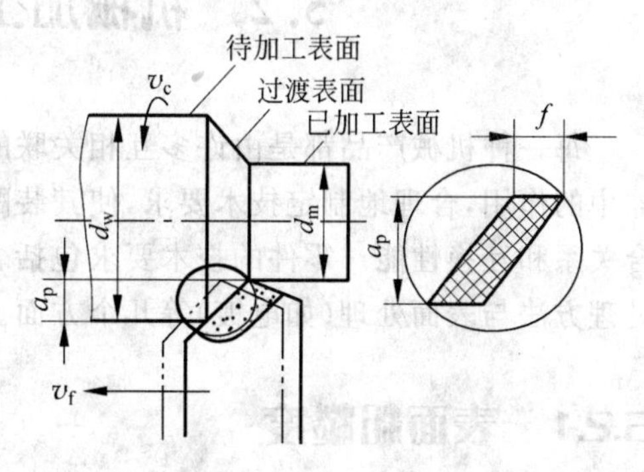

图 5.2 切削用量

(1) 切削速度 v_c：在单位时间内，工件与刀具沿主运动方向的相对位移量，单位为 m/s。即

$$v_c = \frac{\pi d_w n}{1000 \times 60} \tag{5-1}$$

式中，d_w—工件待加工表面直径(mm)；n—工件转速(r/min)。

(2) 进给量 f：主运动单位循环下(如车床工件每转一周)，刀具与工件之间沿进给运动方向的相对位移量，单位为 mm/r。

(3) 背吃刀量(切削深度) a_p：待加工表面与已加工表面间的垂直距离，单位为 mm。即

$$a_p = \frac{d_w - d_m}{2} \tag{5-2}$$

式中，d_w—工件待加工表面直径(mm)；d_m—工件已加工表面直径(mm)。

切削用量是切削前调整机床所必须使用的参数，其选择的合理与否，将直接关系到加工质量和生产效率。

5.1.3 切削用量选择的一般原则

实际生产中，切削速度 v_c、进给量 f 和背吃刀量 a_p 受加工质量、刀具耐用度、机床动力、机床和工件的刚度等因素的限制，不可能任意选取。合理选择切削用量，归根到底是选择切削速度 v_c、进给量 f 和背吃刀量 a_p 数值的最佳组合，使之在一定的生产条件下获得合格的加工质量、最高的生产率和最低的生产成本。

粗加工时，应尽快地切去工件上多余的金属，同时还要保证规定的刀具耐用度。实践表明，对刀具耐用度影响最大的是切削速度 v_c，而影响最小的是背吃刀量 a_p。因此，粗加工应尽可能选取较大的背吃刀量 a_p，使余量在一次或少数几次走刀中切除。待加工工件表层有

硬皮的铸、锻件或切削不锈钢等加工硬化较严重的材料时，应尽量使背吃刀量 a_p 越过硬皮或硬化层深度。其次，根据机床—刀具—夹具—工件工艺系统的刚度，尽可能选择大的进给量 f。最后，根据工件的材料和刀具的材料确定切削速度 v_c，粗加工的切削速度 v_c 一般选用中等或更低的数值。

精加工时，首先应保证零件的加工精度和表面质量，同时也要考虑刀具耐用度和获得较高的生产率。精加工往往采用逐渐减小切深的方法来逐步提高加工精度。进给量的大小主要依据表面粗糙度的要求来选取。选择切速要避开积屑瘤产生的切速区域，硬质合金刀具多采用较高的切削速度 v_c；高速钢刀具则采用较低的切速。一般情况下，精加工常选用较小的切深、进给量和较高的切速，这样既可保证加工质量，又可提高生产率。

5.2 机械加工零件的技术要求

每一种机械产品都是由许多互相关联的零件装配而成的。设计时，根据各个零件在机器中的作用，合理地制定技术要求，使其装配后能达到规定的性能要求并满足零件之间的配合关系和互换性能。零件的技术要求包括表面粗糙度、尺寸精度、形状精度、位置精度和热处理方法与表面处理（如电镀）等几个方面。

5.2.1 表面粗糙度

机械加工后的工件表面，总会遗留下切削刃或磨料的加工痕迹。再光滑的表面，放大观察也会发现它们是高低不平的。零件加工表面上具有的较小间距和峰谷所组成的微观几何形状特性称为表面粗糙度。表面粗糙度直接影响零件的精度、耐磨性、配合性质以及抗腐蚀等性能，从而影响产品的使用性能和寿命。

国家标准 GB/T 1031—1995、GB/T 131—1993 规定了表面粗糙度的代号、标注、各种参数及其数值等。常用轮廓算术平均偏差 Ra 值来表示表面粗糙度，单位为 μm。如图 5.3 中所示，Ra 值越小，表面越光滑。

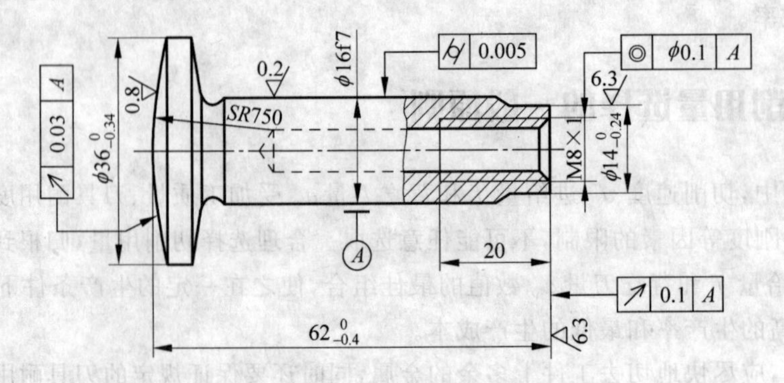

图 5.3 零件技术要求的部分标注示例

5.2.2 尺寸精度

任何加工方法都不可能也没有必要将零件的尺寸做得绝对准确，即切削总是有误差的。对于需要加以控制的尺寸，应给出加工所允许的误差范围（即公差），如果加工后零件的尺寸误差在其要求的公差范围之内，零件就是合格品。如加工 $\phi 40^{+0.015}_{-0.010}$ mm 的外圆时，若尺寸在 $\phi 39.99 \sim \phi 40.015$mm 范围之内，零件就为合格品。

公差值的大小，决定了同一尺寸段的零件的精确程度，即尺寸精度。公差值越小，则其尺寸精度越高。

国家标准 GB 1800—1979 规定，标准公差分成 20 个等级，即 IT01、IT0、IT1 至 IT18。IT(ISO Tolerance)表示国际公差，对于同一基本尺寸的零件，从 IT01 至 IT18 相应的公差数值依次加大，精度依次降低。

5.2.3 形状精度

为了使机器零件能正确装配，有时单靠尺寸精度来控制零件的几何形状是不够的，还要对零件的表面形状和相互位置提出要求。以图 5.4 所示的轴为例，虽然同样保持在尺寸公差范围内，却可能加工成 8 种不同形状，用这 8 种不同形状的轴装配在精密机器上，效果显然会有差别。

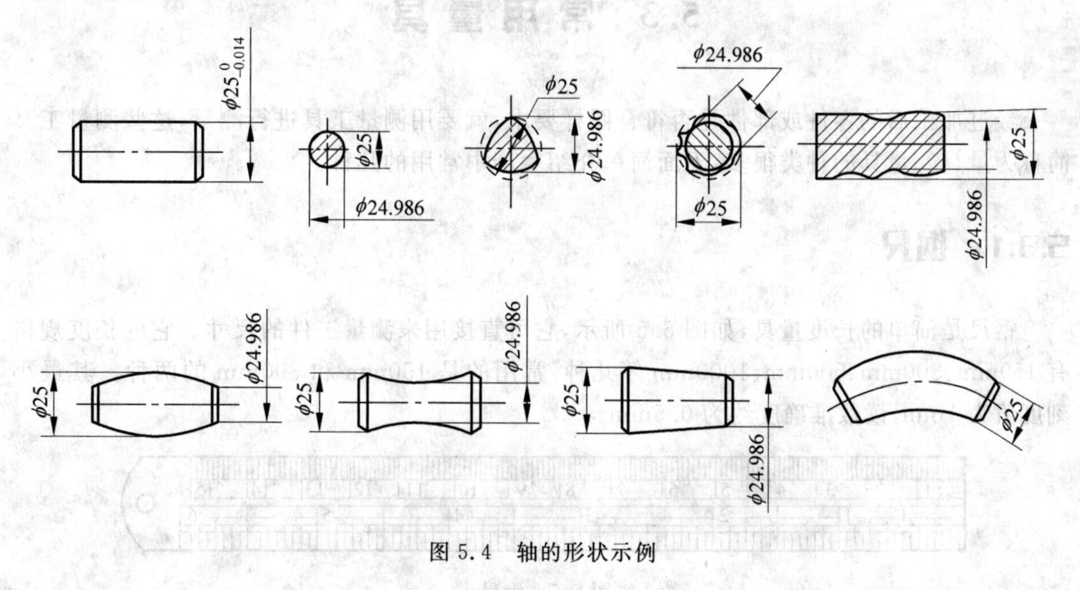

图 5.4 轴的形状示例

形状精度是指零件上的线、面要素的实际形状相对于理想形状的准确程度，形状精度是用形状公差来控制的。为了适应各种不同的情况，国标 GB 1182—1980 至 GB 1184—1980 规定了表 5.1 所列的 6 项形状公差。

表 5.1 形状公差的名称及其符号

项　目	直线度	平面度	圆　度	圆柱度	线轮廓度	面轮廓度
符　号	—	▱	○	⌭	⌒	⌓

5.2.4 位置精度

位置精度是指零件上的点、线、面要素的实际位置相对于理想位置的准确程度。位置精度是用位置公差来控制的。国标 GB 1182—1980 至 GB 1184—1980 规定了表 5.2 所列的 8 项位置公差。

表 5.2 位置公差的名称及其符号

项　目	平行度	垂直度	倾斜度	位置度	同轴度	对称度	圆跳动	全跳动
符　号	//	⊥	∠	⌖	◎	⌯	↗	⌰

5.3 常用量具

经过加工后的零件或部件是否符合图样要求，就要用测量工具进行测量，这些测量工具简称为量具。量具的种类很多，下面简单介绍生产中常用的几种。

5.3.1 钢尺

钢尺是简单的长度量具，如图 5.5 所示，它可直接用来测量工件的尺寸。它的长度规格有 150mm、300mm、500mm、1000mm 等几种，常用的是 150mm 和 300mm 的两种。其最小刻度值为 1mm，读数准确度约为 0.5mm。

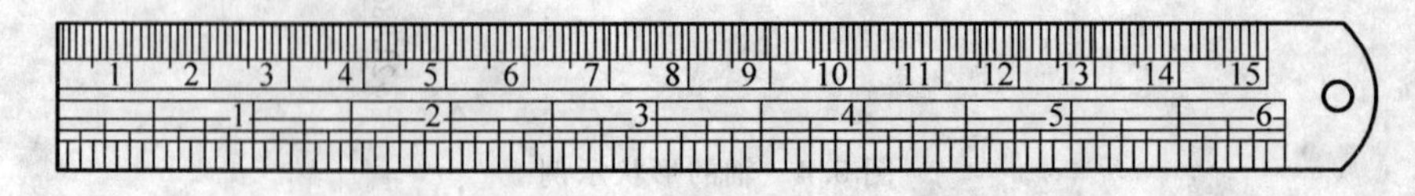

图 5.5 钢尺

5.3.2 卡钳

卡钳是一种间接量具，它不能直接测量出工件的尺寸，在使用时需与钢尺或其他刻线量具配合。用卡钳和钢尺测量长度尺寸时，测量精度为 0.5～1mm。

卡钳分内卡钳和外卡钳两种。图 5.6 所示为用外卡钳测量外部尺寸(轴径)的方法;图 5.7 所示为用内卡钳测量内部尺寸(孔径)的方法。

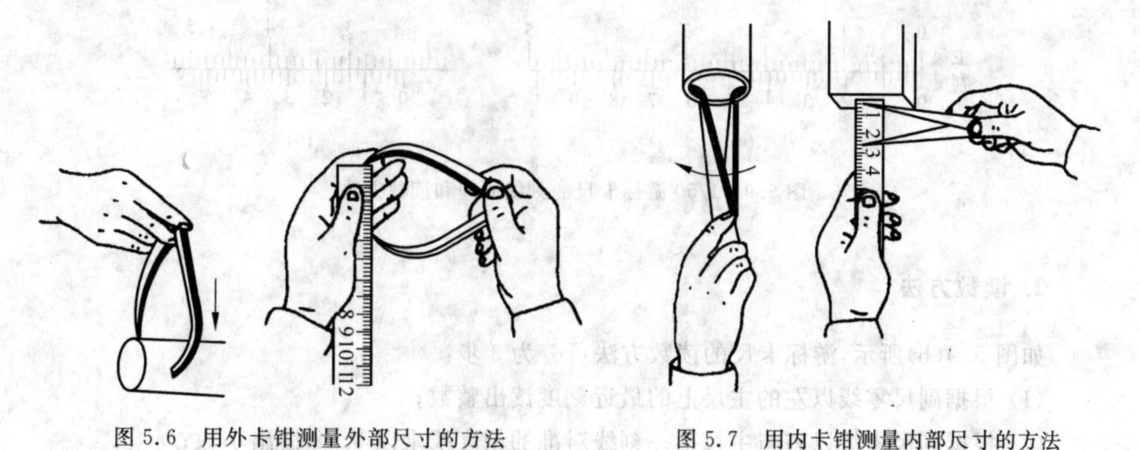

图 5.6 用外卡钳测量外部尺寸的方法　　图 5.7 用内卡钳测量内部尺寸的方法

5.3.3 游标卡尺

游标卡尺是一种精度较高的量具,如图 5.8 所示。其结构简单,使用方便,可直接测出工件的内径、外径、宽度和深度,在生产中使用广泛。按游标卡尺的读数的精确度有 0.1mm、0.05mm、0.02mm 3 种,其测量范围有多种规格,如 0～125mm、0～200mm、0～300mm 等。

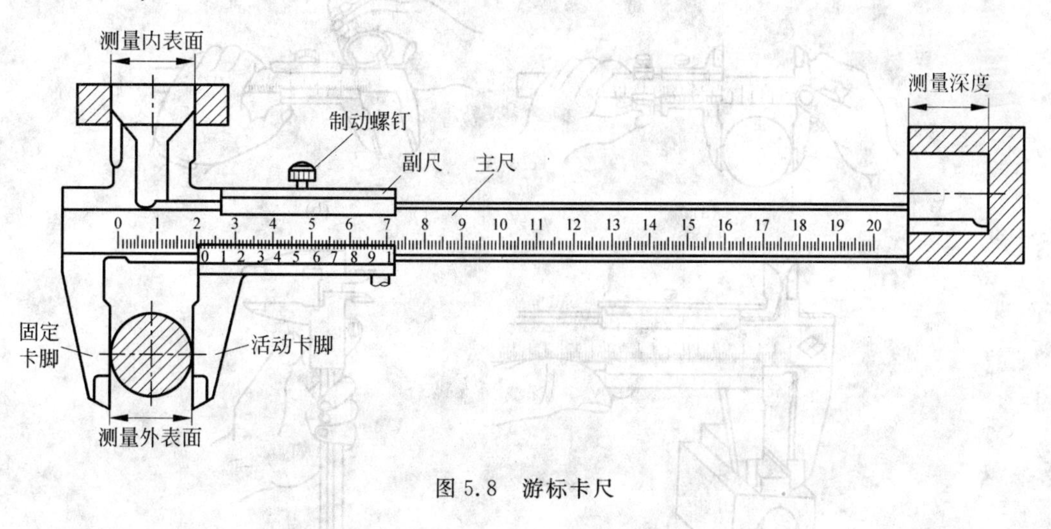

图 5.8 游标卡尺

1. 刻线原理

如图 5.9(a)所示,当主尺和副尺(游标)的卡脚贴合时,在主、副尺上刻一上下对准的零线,主尺按每小格为 1mm 刻线,在副尺与主尺相对应的 49mm 长度上等分 50 小格,则

副尺每小格长度=49mm/50mm=0.98mm;

主、副尺每小格之差＝1mm－0.98mm＝0.02mm；

0.02mm 就是该游标卡尺的读数精度。

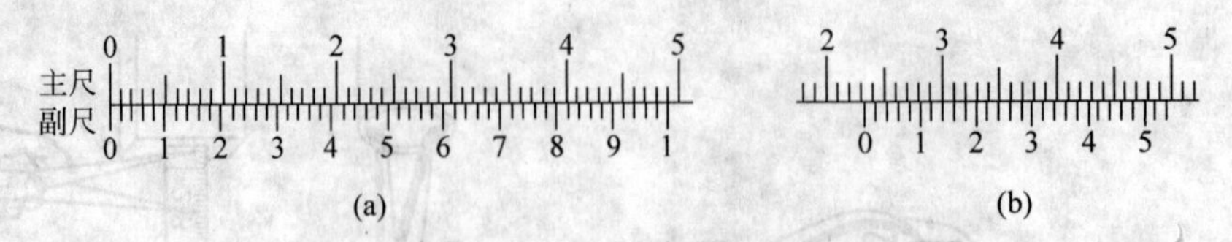

图 5.9　1/50 游标卡尺的刻线原理和读数方法

2. 读数方法

如图 5.9(b)所示，游标卡尺的读数方法可分为 3 步：

(1) 根据副尺零线以左的主尺上的最近刻度读出整数；

(2) 根据副尺零线以右与主尺某一刻线对准的刻度线乘以 0.02 读出小数；

(3) 将以上的整数和小数两部分尺寸相加即为总尺寸。

如图 5～9(b)中的读数为 23mm＋14×0.02mm＝23.28mm。

3. 使用方法

游标卡尺的使用方法如图 5.10 所示，其中图(a)为测量工件外径的方法；图(b)为测量工件内径的方法；图(c)为测量工件宽度的方法；图(d)为测量工件深度的方法。

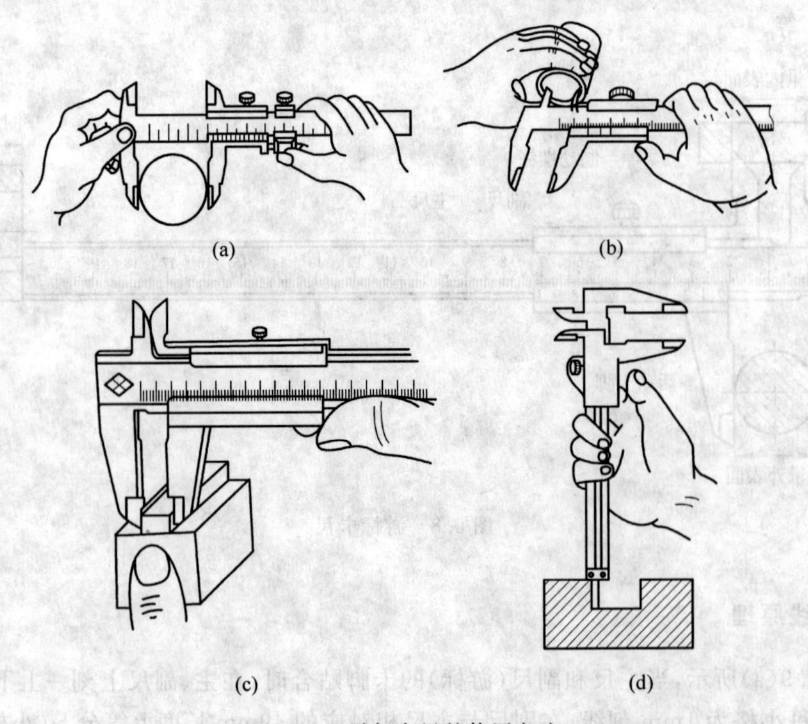

图 5.10　游标卡尺的使用方法

图5.11是专用于测量深度和高度的深度游标尺和高度游标尺。高度游标尺除用于测量工件的高度以外,还用于钳工精密划线。

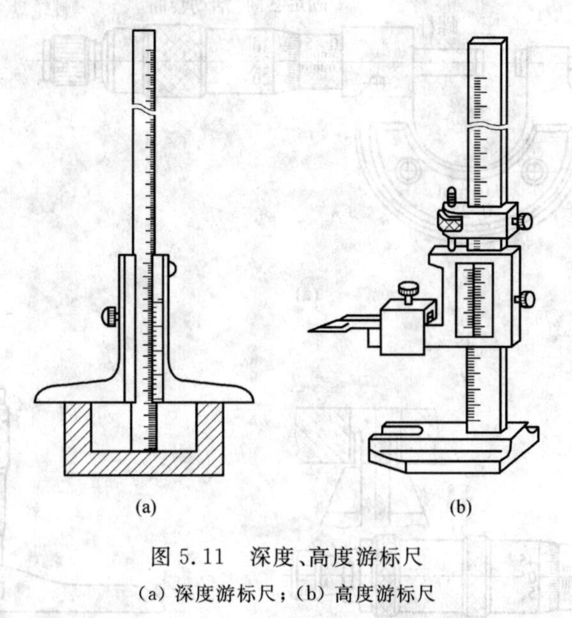

图 5.11 深度、高度游标尺
(a) 深度游标尺；(b) 高度游标尺

4. 注意事项

使用游标卡尺时应注意如下事项：

(1) 使用前,先擦净卡脚,然后合拢两卡脚使之闭合,检查主、副尺的零线是否重合。若未重合,应在测量后根据原始误差修正读数。

(2) 测量时,右手拇指轻轻推着活动卡脚,使之逐渐与工件表面靠近；推动接触工件表面时,就可读出读数。如需要取下读数,则应将制动螺钉拧紧,再取出卡尺。

(3) 游标卡尺仅用于测量加工过的光滑表面。表面粗糙的工件和正在运动的工件都不宜用它测量,以免卡脚过快磨损。

要注意游标卡尺必须放正,切忌歪斜,以免测量不准。

5.3.4 千分尺

千分尺又称分厘卡尺,是一种精密的量具。生产中应用较普遍的千分尺的准确度为0.01mm。千分尺也有内径、外径和深度千分尺3种类型,如图5.12所示。

图5.12(a)所示为测量范围0～25mm的外径千分尺。弓架左端装有砧座,右端的固定套筒沿轴线刻有间距为0.5mm的刻线,即主尺。活动套筒沿圆周刻有50刻度,即副尺。当活动套筒转动一周,螺杆和活动套筒沿轴向移动0.5mm。因此,活动套筒每转过1格,螺杆沿轴向移动的距离为0.01mm。

测量工件尺寸的读数＝副尺所指的主尺上的整数(应为0.5mm的整倍数)

＋主尺基线所指副尺的格数×0.01

图 5.13 为千分尺的几种读数，图 5.14 为千分尺的使用方法。

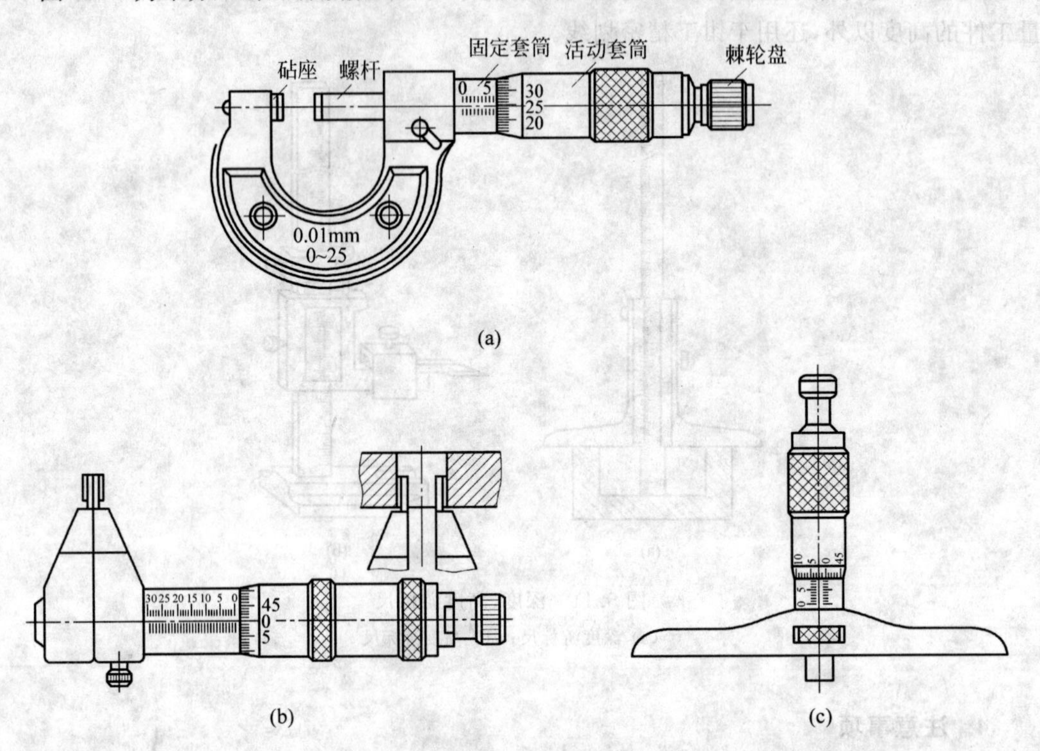

图 5.12 千分尺

(a) 外径千分尺；(b) 内径千分尺；(c) 深度千分尺

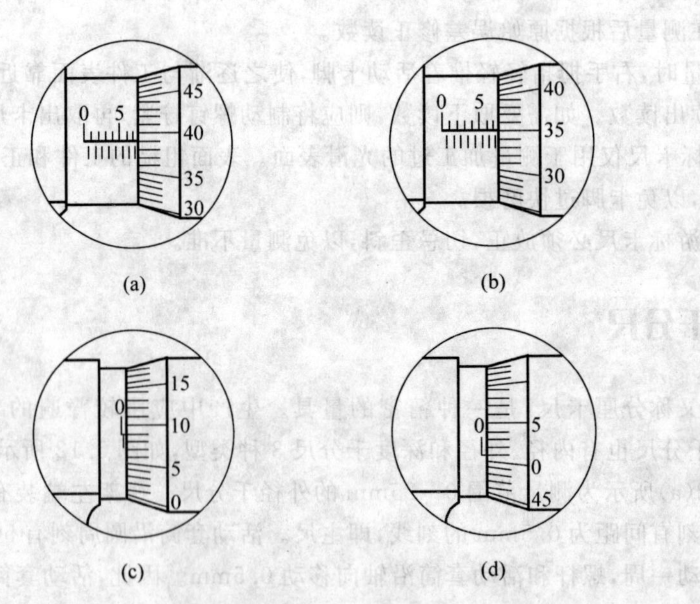

图 5.13 千分尺的读数

(a) 读 7.89；(b) 读 7.35；(c) 读 0.59；(d) 读 0.01

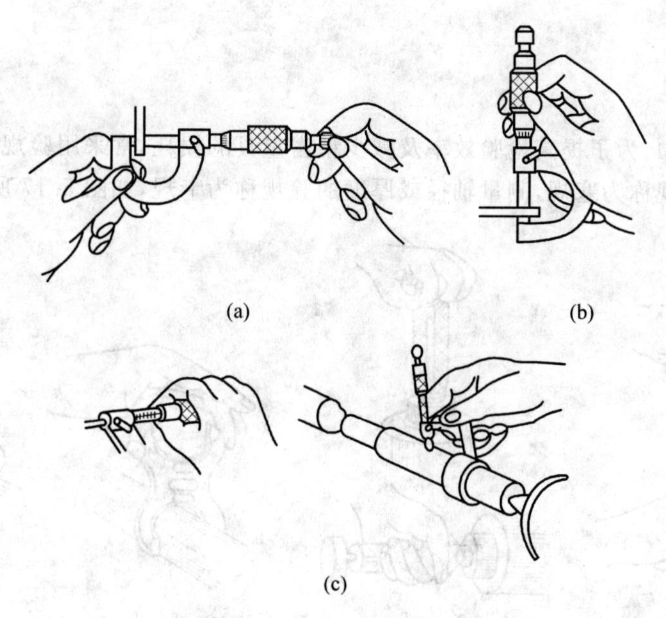

图 5.14 外径千分尺的使用

(a) 双手量法；(b) 单手量法；(c) 错误量法

5.3.5 百分表

百分表是一种应用广泛，精度较高的比较量具，如图 5.15 所示，其工作原理是将测量杆的直线移动，通过齿轮传动转变为角位移，百分表的刻度盘可以转动，供测量时大指针对零用。

百分表使用时常安装在专用的百分表架上。它只能测出相对数值，不能测出绝对数值。

百分表的准确度为 0.01mm，它常用于检验工件的径向和端面跳动、同轴度和平面度等，主要用于比较测量，也常用于工件的精密找正。百分表的应用如图 5.16 所示。

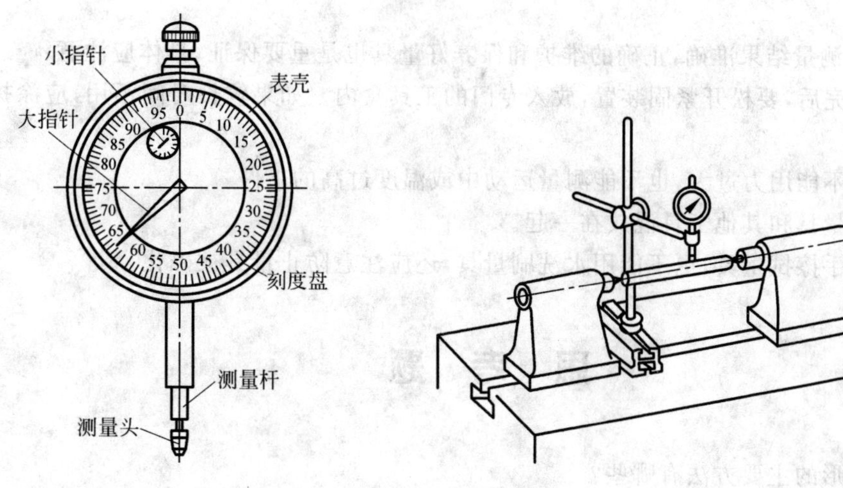

图 5.15 百分表

图 5.16 用百分表检验工件径向跳动

5.3.6 验规

在成批生产中,为了提高检验效率及减少精密量具的损耗,常采用验规进行检验。测量孔径或槽宽的验规称为塞规,测量轴径或厚度的验规称为卡规,如图 5.17 所示。

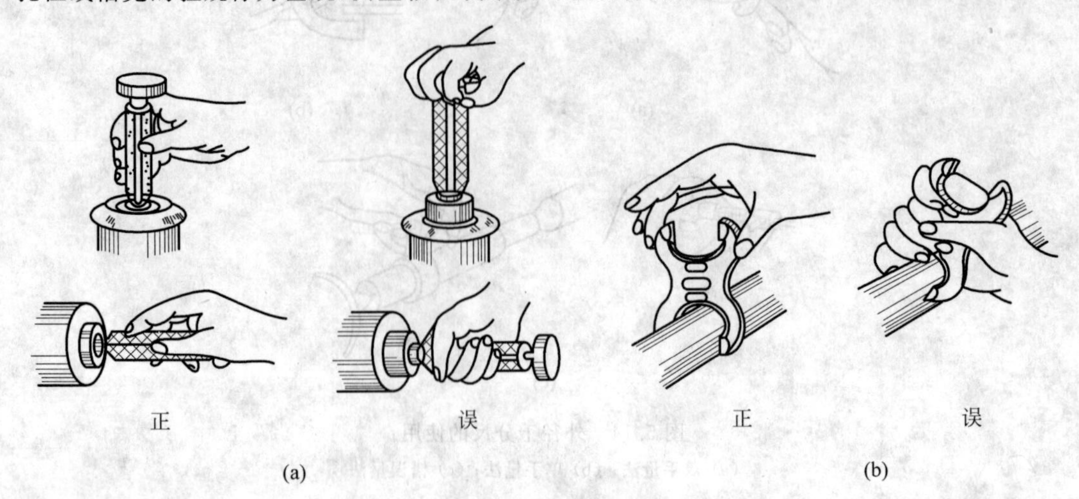

图 5.17 验规及其使用

(a) 塞规及其使用;(b) 卡规及其使用

验规有两个测量面,其尺寸分别按零件的最大极限尺寸和最小极限尺寸制造,称为过端(过规)和不过端(不过规)。检验时,工件的实际尺寸只要过端能通过,不过端通不过就为合格,否则就不合格。用验规检验工件很方便。

机器制造中量具的选用对测量结果有很大影响,正确的选用原则是:

(1) 量具的精度与工件的加工精度相适应。低精度的量具测量不出高精度工件的准确尺寸,高精度量具测量低精度工件时,既无必要又容易造成量具损坏。

(2) 测量范围要符合零件尺寸要求。大尺寸选用测量范围大的量具,小尺寸选用测量范围小的量具。

此外,要使测量结果准确,正确的维护和保养好量具也是重要保证,具体应注意:

① 量具用完后,要松开紧固装置,放入专门的工具盒内。如果较长时间不用,应涂抹防锈油后存放。

② 测量时不能用力过大,也不能测量运动中或温度过高的工件。

③ 不能将量具和其他工具混放在一起。

④ 不能用手擦拭量具,更不能用水洗刷量具,还应注意防止量具被磁化。

思 考 题

1. 切削成形的主要方法有哪些?

2. 试分析车削、刨削、钻削及磨削加工方法的主运动和进给运动的运动主体(工件或刀具)及运动形式(旋转运动或直线运动)。

3. 什么是切削用量三要素？选择切削用量的原则是什么？

4. 什么是表面粗糙度？如何表示？对机械零件使用性能有何影响？

5. 形状公差和位置公差包括哪些项目？各用什么符号表示？

6. 常用量具有哪些？如何正确选择和使用量具？

7. 游标卡尺和千分尺的测量精度如何？能否用游标卡尺和千分尺测量铸件的尺寸？

8. 量具在使用前为什么要先校零？如有误差,应如何修正？

9. 怎样正确使用量具和保养量具？

钳　工

6.1 概　述

6.1.1 钳工概述

钳工一般是指在钳工台上以手工工具为主,对工件进行的各种加工方法。由于钳工工具简单,操作灵活方便,可以完成机械加工不方便或难以完成的某些工作,同时又能加工出比较精密的机械零件。因此,尽管钳工生产率低,劳动强度大,但在机械制造和修配中仍占有重要地位,是切削不可缺少的一个组成部分。随着切削技术的迅速发展,钳工工具和操作工艺也在不断改进和发展,并逐渐实现机械化及半机械化。

钳工的种类很多,一般分为普通钳工、装配钳工和修理钳工等。钳工的基本操作主要有:划线、锯削、锉削、刮削、孔加工与研磨等,还包括对机器的装配和修理。

钳工应用主要有:

(1) 单件、小批生产机械加工前的准备工作,如清理毛坯表面,在工件上划线等。

(2) 零件装配前的钻孔、铰孔、攻螺纹和套螺纹及装配时对零件的修整等。

(3) 加工精密零件,如锉样板,刮削或研磨零件的配合表面及夹具、量具的精加工等。

(4) 产品的组装、调整、试车以及对设备的维修等。

6.1.2 钳工基本设备

钳工的操作大多是在虎钳或钳工工作台(图 6.1)上进行的。

钳工工作台一般是木制的坚实的桌子,桌面一般用铁皮包裹,也有用铸铁件制成的,要求牢固和平稳,台面高度为 800～900mm,其上装有防护网,如图 6.1 所示。工作台是用来安装虎钳、放置工具和工件的,其长度和宽度随工作需要而定。

虎钳是夹持工件的主要工具。虎钳有固定式和回转式两种,回转式应用较为广泛,如图 6.1 所示。虎钳的大小以钳口宽度表示,常用的有 100mm、125mm、150mm 等规格,钳口有斜形齿纹。

安装和使用虎钳时,应注意以下事项:

(1) 虎钳必须牢固安装在钳工台上,必须使钳口工作面处于钳工台边缘之外。

(2) 工件应尽量夹在虎钳钳口中部,以使钳口受力均匀。

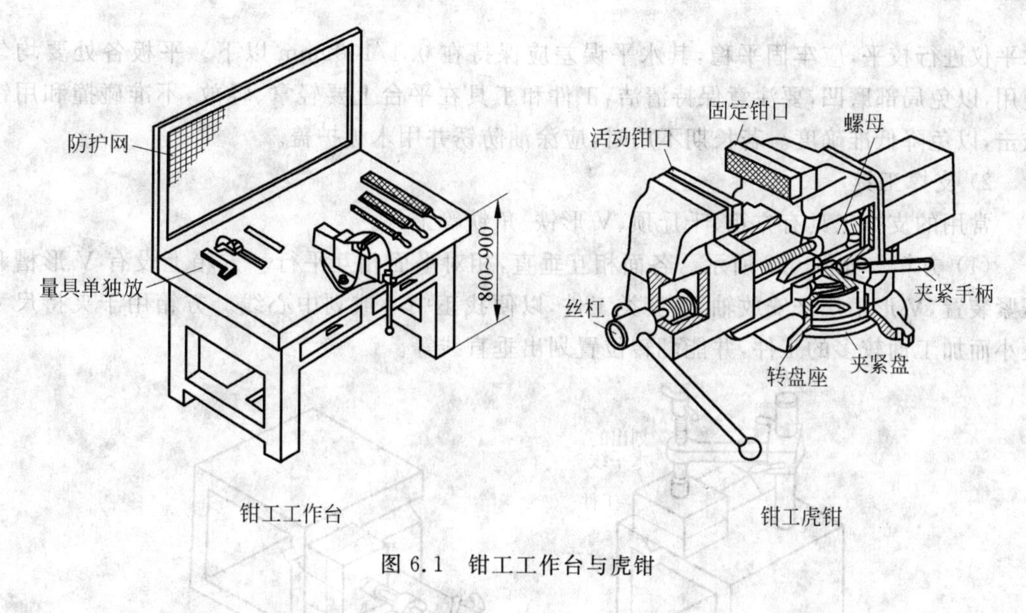

图 6.1 钳工工作台与虎钳

(3) 当夹紧工件时,只能用手扳紧手柄,不允许套上套管或用手锤敲击手柄。

(4) 在进行强力作业时,应尽量使作用力朝向固定钳身,以免造成螺纹的损坏。

6.2 划 线

6.2.1 概述

1. 划线

划线是在毛坯或工件上,用划线工具划出待加工部位的轮廓线或作为基准点线。划线除了要求划出的线条均匀清晰之外,重要的是要保证尺寸准确。划线发生错误或精度太低时,都可能造成错误而使工件报废,关系着产品质量的好坏和效率的高低。

划线的作用是:

(1) 确定加工余量和各孔、槽等相互间的坐标位置,明确进一步加工的尺寸界线。

(2) 划线能够及时发现和处理不合格毛坯,避免多余的加工。

(3) 划线可使误差不大的毛坯得到补救,使加工后的零件仍能符合要求。

划线按工件形状不同,可以分为以下两种:

(1) 平面划线,只在工件的一个表面上划线。

(2) 立体划线,同时在工件几个呈不同角度(通常是互相垂直)的表面上划线。

2. 划线工具

在划线时,为保证划线尺寸的准确性和较高的效率,要合理选用划线工具。常用的划线工具有基准工具、支撑工具、划针与圆规等。

1) 基准工具

划线的基准工具是划线平板(平台),是经过精刨或刮削的铸铁平板。平板安装时要用水平仪进行校平，应牢固平稳，其水平误差应保持在 0.1/1000mm 以下。平板各处要均匀使用，以免局部磨凹，要注意保持清洁，工件和工具在平台上要轻拿、轻放，不准碰撞和用锤敲击，以免降低准确度。若长期不用时，应涂油防锈并用木板护盖。

2）支撑工具

常用的支撑工具有方箱、千斤顶、V 形铁、角铁等工具。

(1) 方箱。如图 6.2 所示。各面相互垂直，相对平面相互平行。方箱上设有 V 形槽和压紧装置，V 形槽用来安放轴、盘套类工件，以便找正中心或划中心线。方箱用于夹持尺寸较小而加工面较多的工件，并能翻转位置划出垂直线等。

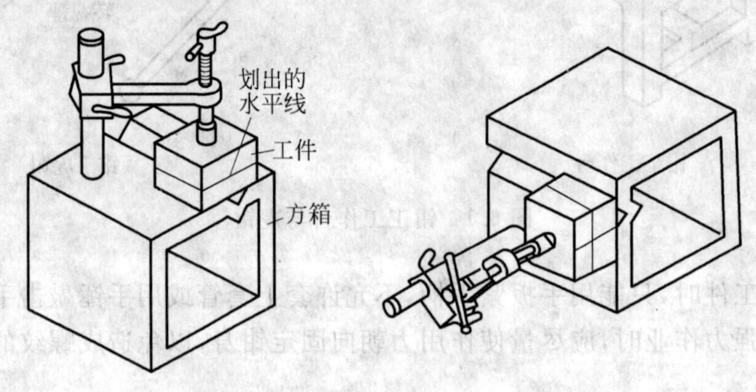

图 6.2 方箱

(2) 千斤顶。又称划线千斤，其高度可以调节，以便找正工件位置，如图 6.3(a)所示。通常 3 个千斤顶为一组，一般用于垫平和调整不规则的工件。

(3) V 形铁。又称三角铁，在划线工作中主要用来支撑圆柱形或半圆形工件（如轴、套筒、管子、圆盘和扇形等），它能使工件轴线与平板平行，以便找中心与划中心线。一般 V 形铁每组为（同样规格）两块。如图 6.3(b)所示。

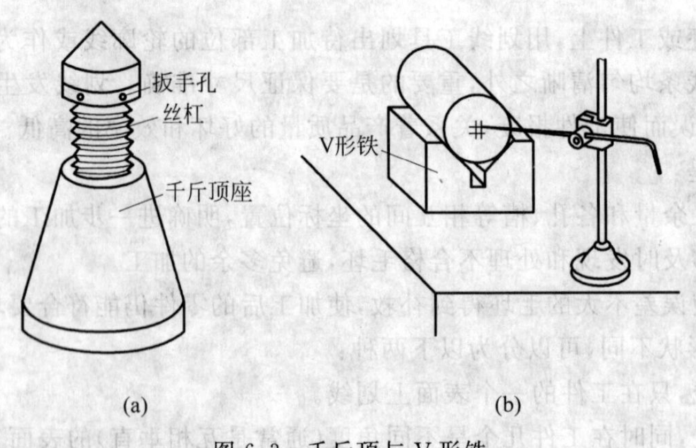

图 6.3 千斤顶与 V 形铁

(a) 千斤顶；(b) 用 V 形铁支撑工件

3）划针与划针盘

常用的划针与划针盘有如下几种。

(1) 划针与划针盘。划针是用来在工件表面上刻划线条的，常用弹簧钢丝或高速钢制成。它的一端是针尖状，另一端可有弯钩，用来检查平面是否平整，如图 6.4 所示。

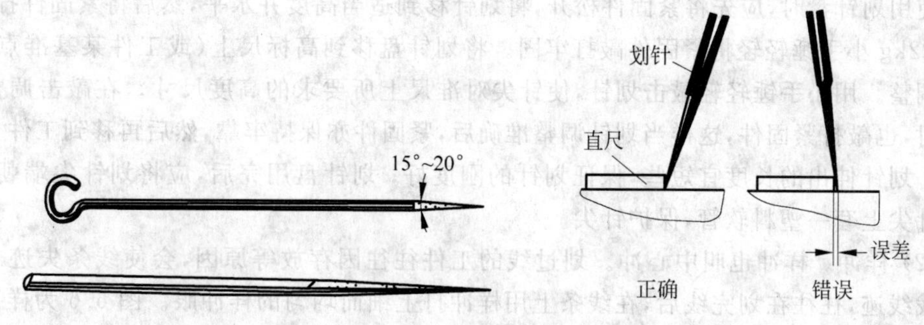

图 6.4 划针及其使用

在平面划线中，划线是靠着平尺、角尺、样板在工件表面上划出线来的。划针的使用方法正确与否对划线的准确性有直接的影响。

用划针时，划针的握持方法与用铅笔划线时相似。左手要压紧导向工具，防止其滑动而影响其划线的准确性，划针尖要紧靠导向工具边缘，上部向外侧倾斜约 15°～20°，沿划线前进方向约倾斜 45°～75°。用划针划线要做到一次划成，不要重复地划同一条线，否则线条变粗或不重合，反而模糊不清。

划针盘用于立体划线和找平。在平板上移动划针盘，即可在工件上划出与平板平行的线来（如图 6.5 所示）。

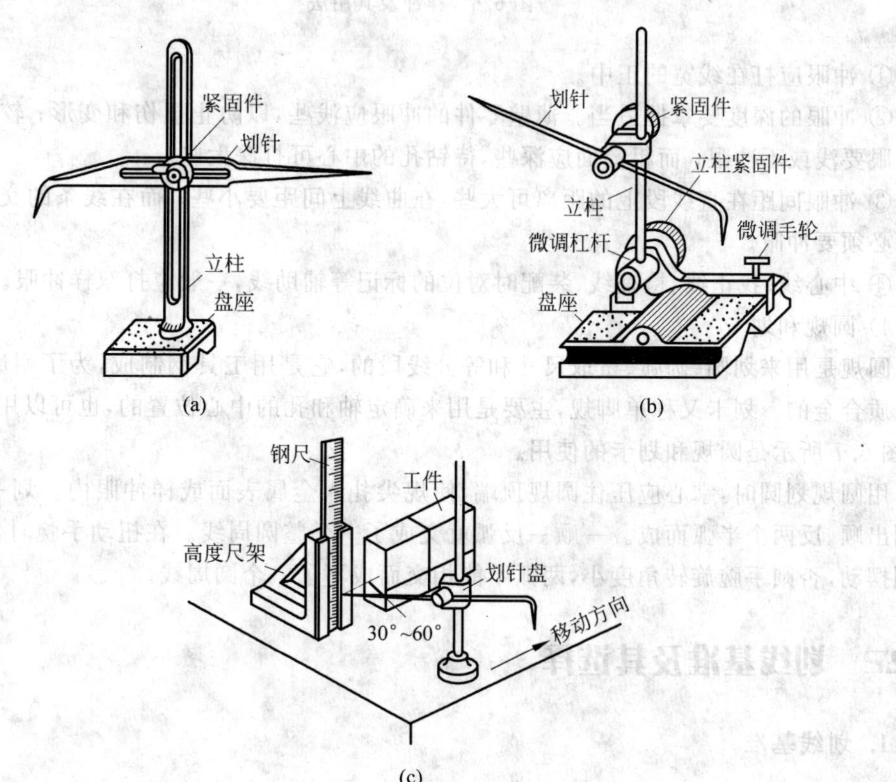

图 6.5 划针盘及其使用

(a) 普通划针盘；(b) 可微调划针盘；(c) 用划针盘划线

使用划针盘时，应先将紧固件松开，将划针移到适当高度并水平，然后将紧固件拧紧，并用0.22kg小手锤轻轻将紧固件敲打牢固。将划针盘移到高标尺上(或工件某基准点)进行精确调整。用小手锤轻轻敲击划针，使针尖对准尺上所要求的高度尺寸。在敲击调整划针的同时，也敲打紧固件，这样当划针调整准确后，紧固件亦保持牢靠，然后再移到工件上进行划线。划针伸出的长度宜短些，保证划针的刚度好；划针盘用完后，应将划针尖端朝下，或在划针尖上套一塑料软管，保护针尖。

(2) 样冲。样冲也叫中心冲。划过线的工件往往因存放等原因，会使线条失迹。为便于寻找线迹，往往在划完线后，在线条上用样冲打上细而均匀的样冲眼。图6.6为样冲的用法。开始时样冲向外倾斜(图上点划线位置)，使样冲尖对正线中，然后将样冲摆正，用小锤轻打样冲顶部。用样冲打眼时，应注意：

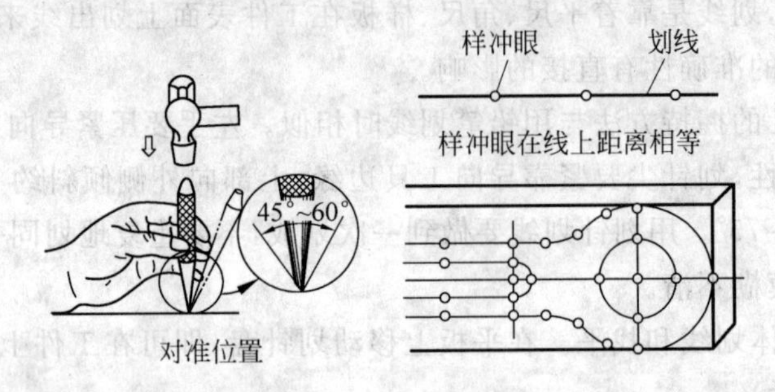

图6.6 样冲及其用法

① 冲眼应打在线宽的正中。

② 冲眼的深度要掌握适当。薄壁零件的冲眼应浅些，以防止损伤和变形；较光滑的表面冲眼要浅或不冲眼；而粗糙面应深些，待钻孔的中心可打深大些。

③ 冲眼间距在直线段上的距离可大些，在曲线上间距要小些；而在线条的交叉和转折处则必须要冲眼。

④ 中心线、找正线、检查线、装配时对位的标记等辅助线，一般应打双样冲眼。

4) 圆规和划卡

圆规是用来划圆、圆弧、量取尺寸和等分线段的，它是用工具钢制成，为了耐磨，脚尖有焊硬质合金的。划卡又称单脚规，主要是用来确定轴和孔的中心位置的，也可以用来划平行线，图6.7所示是圆规和划卡的使用。

用圆规划圆时，掌心应压住圆规顶端，使规尖扎入金属表面或样冲眼内。划一圆周时，由划出顺、反两个半弧而成。一顺一反弧就交成了一个整圆周线。在扭动手腕时，两肩膀要协同摆动，否则手腕旋转角度小，两弧不能相交而成不了一个圆周线。

6.2.2 划线基准及其选择

1. 划线基准

在工件上划线时，用来确定加工对象上几何要素间的几何关系所依据的那些点、线、面叫基准，并以此为基准划出具体的尺寸线。

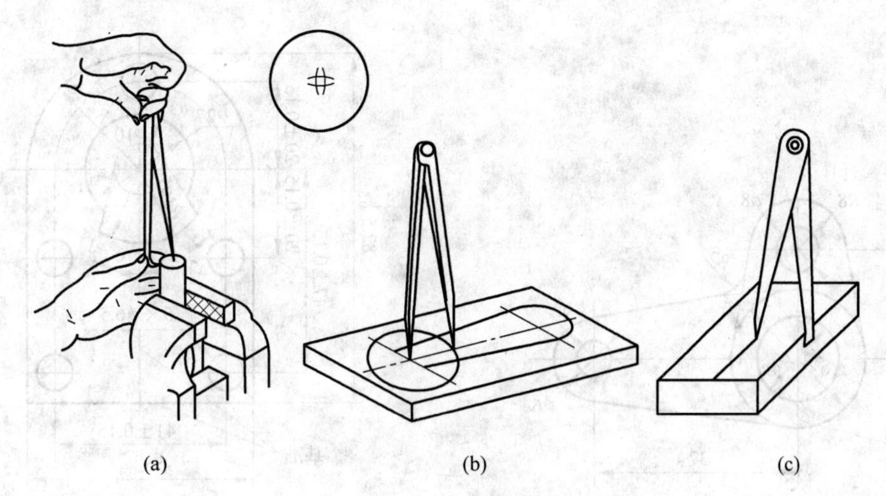

图 6.7 圆规和划卡的使用

(a) 用划卡定中心；(b) 用圆规划圆；(c) 用划卡划直线

2. 选择划线基准的原则

选择划线基准时，应根据图纸上标注的尺寸、工件的形状和已加工的情况等来确定，尽量与设计基准重合，以便直接按图纸量取划线尺寸，简化换算，提高划线效率和保证划线精度。选重要孔的中心线为划线基准；应以加工过的平面为划线基准。但要检查各部分是否都能加工起来，否则，要另选划线基准或做一些"修正"。现举例如下：

(1) 以两个互相垂直的平面为基准：如图 6.8 所示，划线前，先把这两个外表面加工平，使它们互相垂直，然后其他尺寸都以这两个平面为基准，划出加工线。

(2) 以中心线为基准：如图 6.9 所示，划线前，首先找出工件相对的两个位置，划出两条中心线，再依据中心线划出其他加工线。

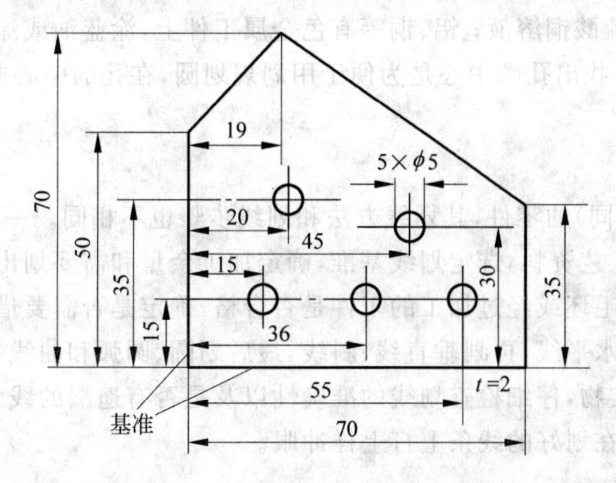

图 6.8 以两个互相垂直的平面为基准

(3) 以一个平面和一条中心线为基准：如图 6.10 所示，在划线前，首先加工底平面，然后划出中心线，再划出其他的加工线。

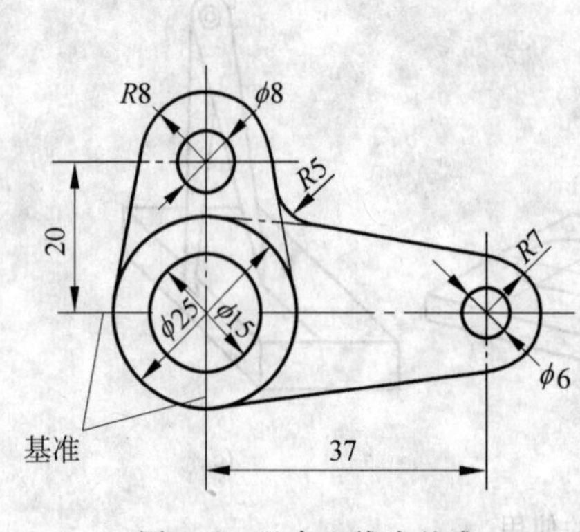

图 6.9 以中心线为基准

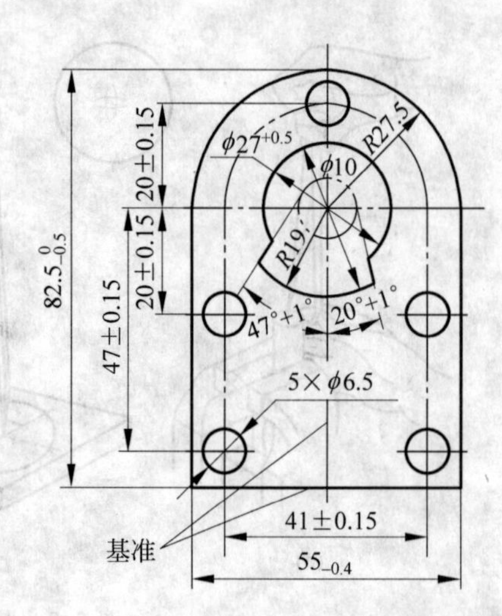

图 6.10 以一个平面和一条中心线为基准

划线时，在零件的每一个方向上都要选择一个基准。因此，平面划线时一般选择两个划线基准；而立体划线时一般要选择三个划线基准。

6.2.3 划线步骤和示例

1. 准备工作

为得到准确、清晰而细的线条，必须做好准备工作。

(1) 工具准备：划线前，合理地选择所需要的各种工具，并进行检查和校验。

(2) 工件准备：首先将工件清理干净，再详细地检查毛坯有无缺陷。

(3) 工件涂色：为使划线清晰、明显，要在工件划线部位的表面上涂色。钢、铸铁工件上，多涂蓝油，也可用硫酸铜溶液；铝、铜等有色金属工件上，涂蓝油或涂墨汁。

(4) 找孔的中心：找出孔的中心是为便于用划规划圆，在孔的中心要填中心塞块。

2. 划线步骤

根据形状不同(相同)的零件，其划线方法和划线步骤也不相同。一般步骤为：

(1) 分析图纸和工艺资料，选定划线基准，确定加工余量和需要划出哪些线。

(2) 划线前，检查毛坯或经过加工的工件是否合格，确定是否需要借料。

(3) 划线时，先划水平线，再划垂直线、斜线，最后划圆、圆弧和曲线等。

(4) 对照图纸和实物，仔细检查划线的准确性以及是否有遗漏的线？

(5) 检查无误后，在划好的线条上打上样冲眼。

3. 示例

1) 平面划线

图 6.11(a)是摇杆臂的零件图，划线是在钢板上进行的，其步骤如下：

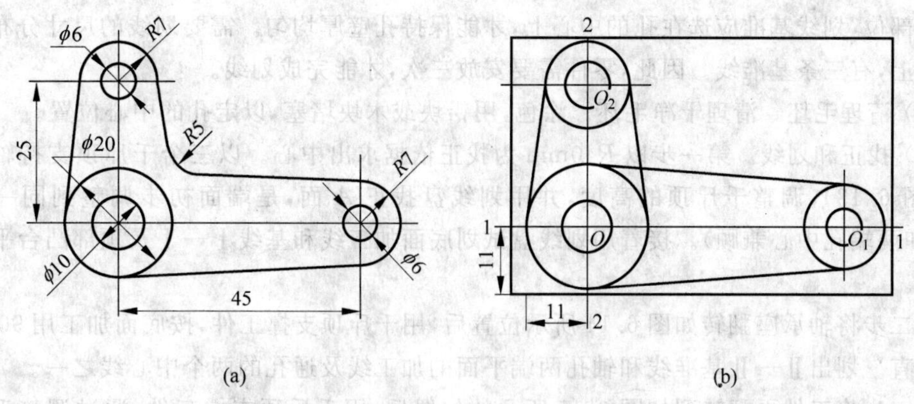

图 6.11 平面划线

(a) 摇杆臂零件图；(b) 平面划线图

(1) 将钢板清理干净，涂色。

(2) 自料边缘向两侧分别量取 11mm，划出水平基准线 1—1 和垂直基准线 2—2 及圆点 O。

(3) 分别量取 $OO_1=45\text{mm}$、$OO_2=25\text{mm}$、以 1—1 和 2—2 线为基准划出中心线。

(4) 以 O、O_1、O_2 为圆心，划出 6mm、10mm、20mm 及 R7mm 圆。

(5) 分别自 O、O_1 两圆和 O、O_2 两圆划切线，再划出圆弧 R5mm 切于两切线。

(6) 由零件图，检查所划尺寸线的正确性。

(7) 打样冲眼。

2) 立体划线

用直接翻转法对毛坯件进行立体划线，它的优点是能够对零件进行全面检查，并能在任意平面上划线，其缺点是工作效率低，劳动强度大，调整找正困难。现以图 6.12 所示轴承座为例说明立体划线的一般步骤：

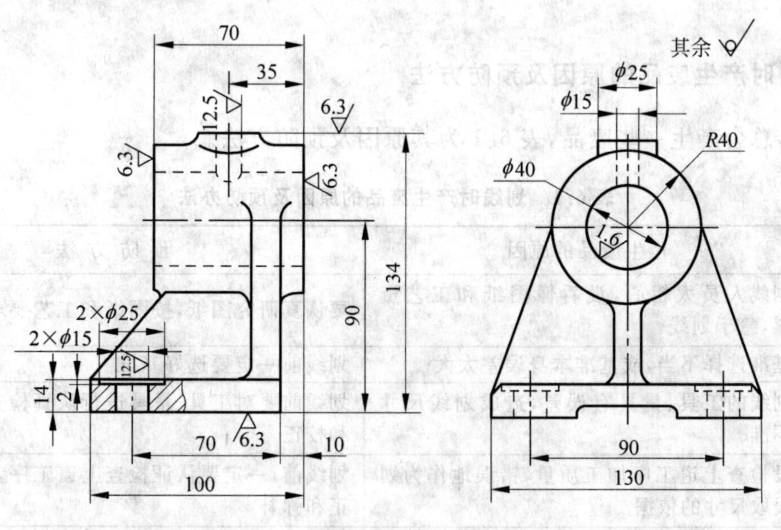

图 6.12 轴承座

(1) 确定划线基准。首先研究图纸、检查毛坯是否合格，确定划线基准和安装方法。

该轴承座需划线部位有两个端面、底面、$\phi 40$ 的内孔和两个 $\phi 15$ 的通孔。轴承座内孔是重要部位，划线基准应选在孔的中心上，才能保持孔壁厚均匀。需要划线的尺寸分布在三个方向上，有三条基准线。因此，零件需要安放三次，才能完成划线。

(2) 清理毛坯。清理干净毛坯。涂色，用铅块或木块堵塞，以定孔的中心位置。

(3) 找正和划线。第一步以 $R40$mm 为找正依据求出中心。以三个千斤顶支持轴承座底面（图 6.13），调整千斤顶的高度，并用划线盘找正 A 面，是端面初步调整到同一高度（A 面和两端孔中心兼顾）。接着用划线盘试划底面加工线和基线Ⅰ—Ⅰ及顶部凸台平面的加工线。

第二步将轴承座翻转如图 6.14 所示位置后，用千斤顶支撑工件，按底面加工用 90°角尺找正垂直。划出Ⅱ—Ⅱ基准线和轴孔两端平面的加工线及通孔的两个中心线之一。

第三步将工件再翻转到如图 6.15 所示的位置后，用千斤顶支撑工件，通过调整千斤顶使轴承孔的前后中心等高，并按底面加工线用 90°角尺找正，接着划出Ⅲ—Ⅲ基准线和两个通孔的又一中心线。至此，该工件立体划线的三个方向尺寸都已划完。

(4) 检查划线与打样冲眼。检查无误后，在划好的线条上打上样冲眼。

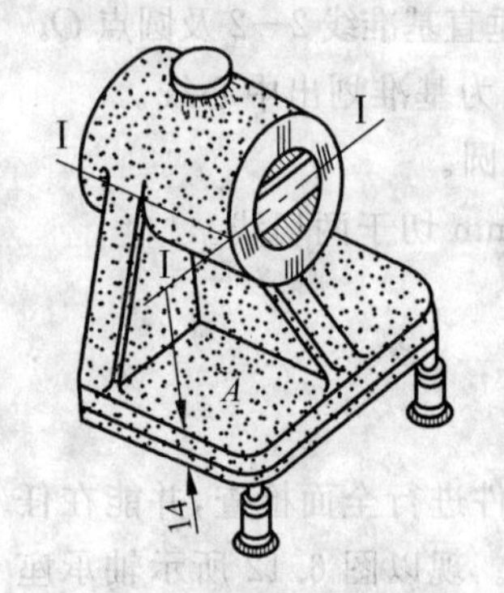

图 6.13　轴承座底面支承位

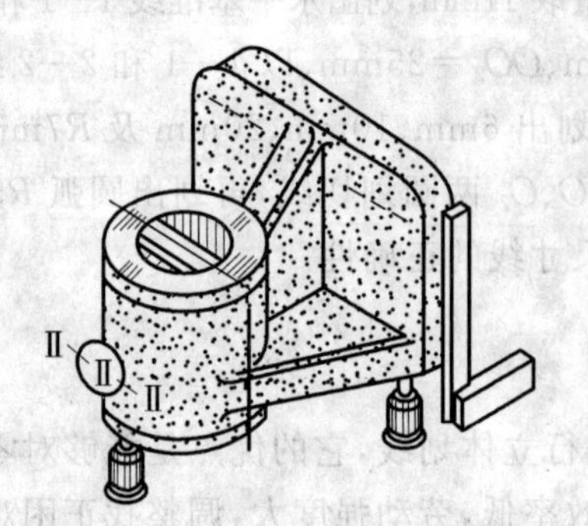

图 6.14　轴承座右平面支承位

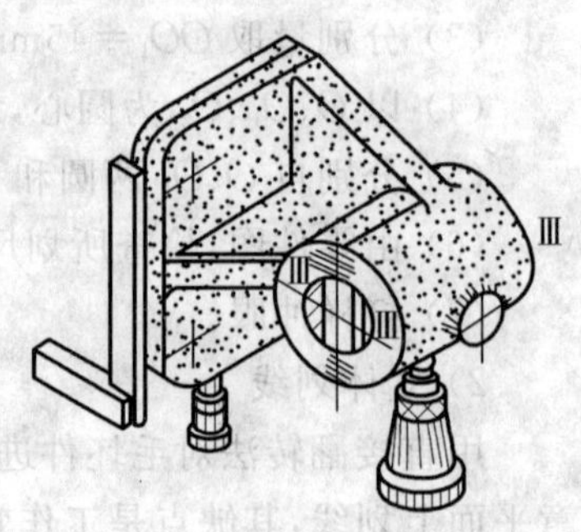

图 6.15　轴承座右侧面支承位

4. 划线时产生废品的原因及预防方法

划线时，总会产生一些废品，表 6.1 为其原因及预防方法。

表 6.1　划线时产生废品的原因及预防办法

序号	产生废品的原因	预 防 方 法
1	划线人员太粗心，没看懂图纸和工艺资料，急于划线	要认真研究图纸，按图纸和工艺要求认真划线
2	基准选择不当，或基准本身误差太大	划线前一定要选好基准
3	划线的工具、量具有误差，造成划线尺寸不准	划线前要对工具、量具进行认真检查，及时修理和校正
4	没检查上道工序加工质量，错误地作为划线取尺寸的依据	划线前，一定要认证检查上道工序，及时进行纠正和弥补
5	划完线后，没有从多方面进行检查和校核，便进行加工	划完线后，一定要认真进行检查和校核
6	划线人员缺乏工作经验和操作不得法，量错或算错尺寸	划线人员要不断提高操作水平

6.3 锯 削

锯削是用锯将材料或工件进行切断或切槽等的加工方法。锯削分为手工锯削和机械锯削两种。

6.3.1 手锯构造

手锯主要是由锯弓和锯条两部分组成的。结构简单,使用方便。

1. 锯弓

锯弓是用来安装和张紧锯条的工具,它有固定式和可调式两种形式,如图 6.16 所示。

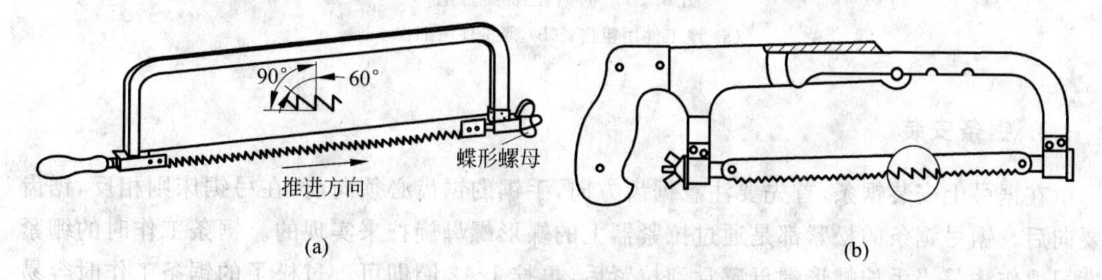

图 6.16 锯弓

(a) 固定式;(b) 可调式

固定式锯弓只能安装一种长度规格的锯条,可调式锯弓的弓架分成两段,前段可沿后端的套内移动,可安装几种长度规格的锯条,使用广泛。

2. 锯条

锯条是多刃切削工具,齿锋利,但性脆易断。常用的锯条长度有 250mm 和 300mm 等多种,宽度有 10.7mm、12.7mm,厚度为 0.65mm 的单面齿型(A 型)和双面齿型(B 型)。

为了减少锯条切削时两侧面的摩擦,避免夹紧在锯缝中锯条被咬住,锯齿应有规律地向左右两面倾斜,形成交错式或波浪式排列,形成锯路(如图 6.17)。

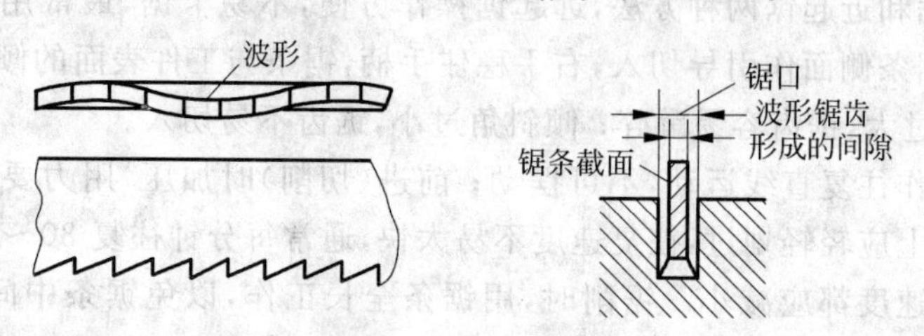

图 6.17 锯齿波形排列

不同的齿距/锯路宽(p/h)用于不同的工作。锯齿按齿距 p 的大小可分为粗齿、中齿及细齿等多种。锯条的使用应根据加工材料的硬度和厚薄来进行选择。粗齿锯条,其容屑空间较大，适用于锯铜、铝等软金属及厚的工件。细齿锯条适用于锯中碳钢、板料及薄壁管件等。加工低碳钢、铸铁及中等厚度的工件多用中齿锯条。锯薄料若选用粗齿锯条，则锯削量往往集中在1～2个齿上，锯齿就会崩裂。在锯割时，一般至少要有3个齿同时工作。图6.18所示为锯齿粗细对锯削的影响。注意在锯割厚度为3mm以下的薄板时，还应使锯条对工件倾斜一定的角度，以免使锯齿崩断。

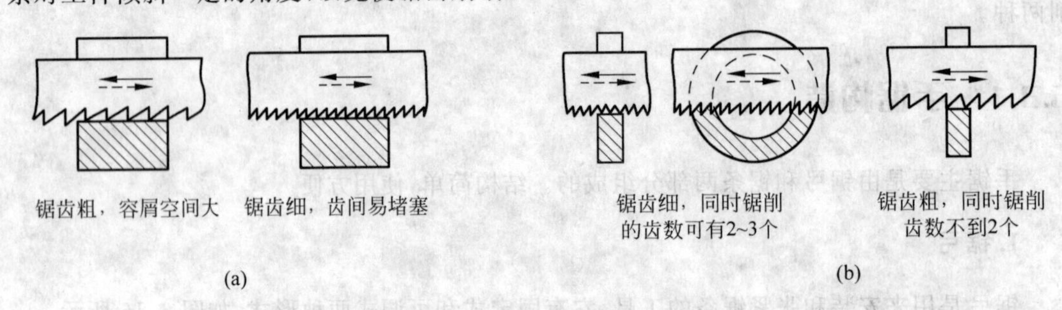

图6.18 锯齿粗细要合适

(a) 厚工件用粗齿；(b) 薄工件用细齿

3. 锯条安装

在锯弓上安装锯条，首先要注意锯齿方向，手锯的锯齿必须向前，在弓锯床则相反，锯齿要向后。锯弓锯条的松紧都是通过拉紧器上的蝶形螺母旋拧来实现的。锯条工作时的绷紧度习惯作法是当手拧蝶形螺母感觉到拉紧后，再拧1～2圈即可。过松了的锯条工作时容易跑偏，折断锯条，过紧了会失去弹性也容易折断。

6.3.2 锯削方法和示例

1. 锯削方法

锯削操作步骤分为起锯、锯切和结束3个阶段。

正常情况下，总是用双手一前一后握锯，右手握锯柄，左手轻扶弓架前端，锯弓在锯削时，主要靠右手掌握锯削情况，而左手则起配合辅助作用。锯削时要掌握好起锯、锯削压力、速度和往复长度，如图6.19所示。

起锯分远起锯和近起锯两种方法，远起锯操作方便，不易卡锯，最常用。要点是起锯时以左手拇指靠住锯条侧面作引导切入，右手稳住手柄，锯条与工件表面的倾斜角α应稍小于15°。如果倾斜角过大，锯齿容易蹦碎；倾斜角过小，锯齿不易切入。

锯削时，锯弓作往复直线运动，不可摆动；前进(切削)时加压，用力要均匀，返回(不切削)时锯条从工件上应轻轻划过，往复速度不易太快，通常每分钟往复30～60次。锯削的开始和终了，压力和速度都应减小。锯削时，用锯条全长工作，以免锯条中间部分迅速磨钝。快锯断时，用力应轻，以免碰伤手臂。锯缝如果歪斜，不可强扭，应将工件翻过90°重新起锯。锯削的工件应夹牢，用虎钳夹持工件时，锯缝尽量靠近钳口并与钳口垂直。较小的工件既要夹紧又要防止变形。

锯削粗硬材料时，压力应大些，往返速度应适当慢些；锯削细软材料时，压力应小些，速

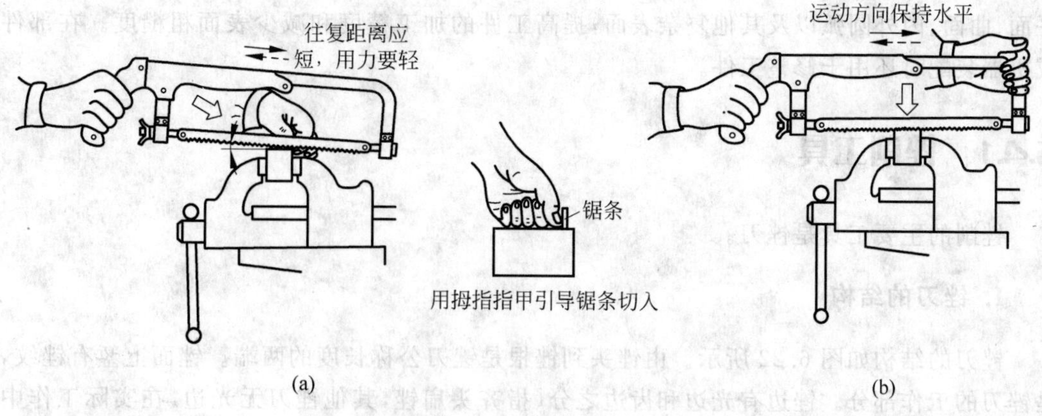

图 6.19 锯削方法

(a) 起锯姿势和起锯角度；(b) 锯割

度应适当加快。为延长锯条的使用寿命，锯钢料时可加些乳化液、机油等切削液。

2. 锯削示例

(1) 锯扁钢：锯扁钢应从其角的宽面下锯，这样锯缝浅，容易整齐，锯条不致卡住，如图 6.20 所示。

(2)锯削较长板料：锯削较长板料时，为了节省纠正锯路偏些的时间，可按图 6.21 所示方法进行。用两块直角钢钳口，将工件按锯削线留出加工余量卡好，将锯条横装载锯弓上，以钳口作靠板锯削。锯出的锯口较直，给下道工序创造条件。

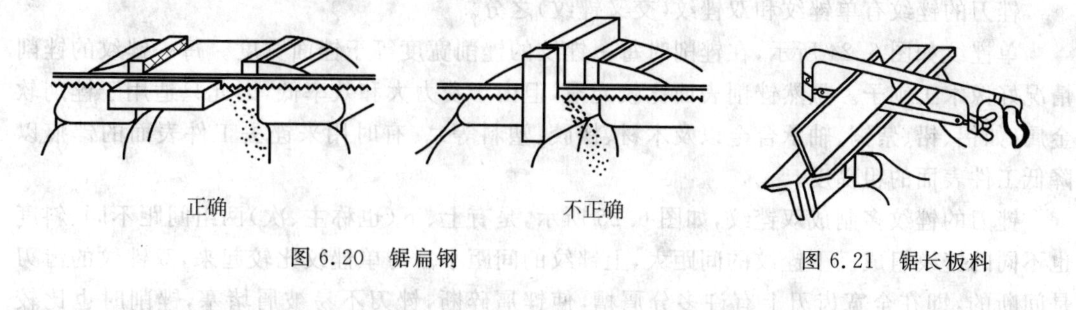

图 6.20 锯扁钢　　图 6.21 锯长板料

6.3.3 其他锯削方法

钳工使用手锯对工件进行锯削劳动强度大，生产效率低，为改善工人的劳动条件和提高生产率，目前已广泛使用型材切割机、电动刀锯、自动切割机、电动自爬式锯管机等设备对工件进行锯切。

6.4 锉 削

锉削是用锉刀对工件进行切削的方法。

锉削工艺具有高度的机动性、灵活性，而且很方便，因此得到广泛的应用。锉削可加工平面、曲面、内外圆弧以及其他复杂表面，提高工件的加工精度和减少表面粗糙度。在部件或机器装配时还用于修整工件。

6.4.1 锉削工具

锉削的主要工具是锉刀。

1. 锉刀的结构

锉刀的结构如图 6.22 所示。由锉头到锉根是锉刀公称长度的两端。锉面上錾有锉纹，是锉刀的工作部分。锉边有光边和齿边之分(指齐头扁锉，其他锉刀无光边，在实际工作中有时磨出一个光边)。锉尾主要用于安装锉把，以便于提高锉削效果。锉刀多用碳素工具钢制造，其锉齿多是在剁锉机上剁出，然后经过热处理，其形状如图 6.23 所示，便于断屑和排屑，也能使切削时省力。

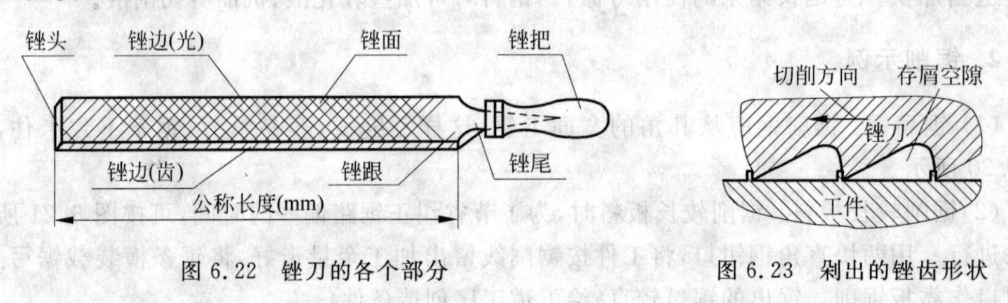

图 6.22 锉刀的各个部分　　图 6.23 剁出的锉齿形状

锉刀的锉纹有单锉纹和双锉纹(交叉锉纹)之分。

单锉纹如图 6.24 所示，在锉削时每一锉纹的锉削宽度等于锉面宽度。每一锉纹的锉削情况好像木工刨子。虽然锉削表面比较光滑，但由于费力大和效率低，因此只适用于锉削软金属(如铝、铅、紫铜、轴承合金以及木材、橡胶、塑料等)。有时用来锉去工件表面的锉痕以降低工件表面的粗糙度。

锉刀的锉纹多制成双锉纹，如图 6.25 所示，是有上、下(也称主、次)两组间距不同、斜度也不同的锉纹组成。下锉纹的间距大，上锉纹的间距小。与单锉纹比较起来，双锉纹的齿刃是间断的，即在全宽齿刃上有许多分屑槽，使锉屑碎断，锉刀不易被屑堵塞，锉削时也比较省力。

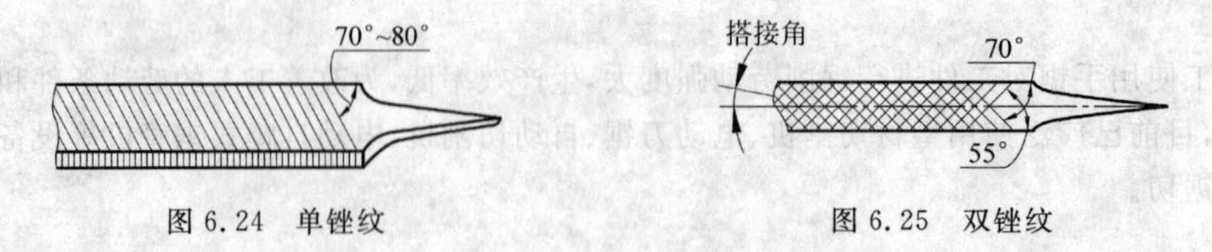

图 6.24 单锉纹　　图 6.25 双锉纹

2. 锉刀的种类和规格

常用的锉刀按用途不同分为普通锉刀、整形锉刀(什锦锉)和其他锉刀(如电镀金刚石什锦锉)等多类。普通锉刀根据截面形状的不同，可分为平锉(或称板锉)、方锉、三角锉、半圆锉及圆锉等。

锉刀的规格是以工作部分的长度来表示的，有 100、150、200、250、300、350、400 等多种规格。锉刀的粗细是以每 10mm 长度锉面上锉齿的齿数来划分的，按锉齿的大小分为粗锉、细锉和油光锉。粗锉刀(4～12 齿)，齿间大，不易堵塞，适用于粗加工或锉铜、铝等软金属；细锉刀(13～24 齿)，适于锉钢和铸铁等；油光锉刀(30～60 齿)只用于最后修光表面。锉刀越细，锉出的工件表面越精细，但生产率越低。

根据工件表面粗糙度要求和锉削余量的不同，适当地选用不同规格的锉刀，对提高工效和保证质量很重要。锉削时，选择哪一种形状的锉刀，决定于加工表面的形状；选择哪一级锉刀则决定于工件的加工余量、精度以及材料的性质。

3. 锉刀的使用规则

合理使用和保养锉刀，可延长锉刀的使用期限，否则将过早的损坏。锉刀使用和保养时应注意以下几点：

(1) 新锉刀要先就一面使用，只有在该面磨钝后，或必须用锐利的锉齿加工时再用另一面。每次锉削时，应首先用钝面将工件表面锉出新茬后，再用锐面进行锉削。

(2) 锉削时要经常用钢丝刷清除锉齿上残留的切屑，以免加快锉刀锈蚀。

(3) 使用后的锉刀不可重叠以免相互摩擦损坏锉齿，亦不可与其他工具堆放在一起。

(4) 锉刀要避免沾水、沾油或其他脏物。

(5) 细锉刀不允许锉软金属。

6.4.2 锉削方法和示例

1. 锉削姿势

锉削时身体中心应放在左脚上，右腿伸直，左腿随锉削运动而往复屈伸，如图 6.26 所示。刚刚开始锉削时，身体约向前倾斜 10°左右，左肘弯曲向前，右肘弯曲向后，如图 6.26(a)所示；当锉刀推到三分之一时，身体向前倾斜约 15°，使左腿稍微弯曲，左肘稍直，右臂向前推进如图 6.26(b)所示；锉刀继续推到三分之二时，身体逐渐倾斜约 18°，左腿继续弯曲，左肘渐渐伸直，右臂向前推进如图 6.26(c)所示；锉刀继续向前推，当把锉刀全长推完，身体随着锉刀的反作用推到 15°左右的位置如图 6.26(d)所示，推到终止时，两手按住锉刀，身体恢复到原

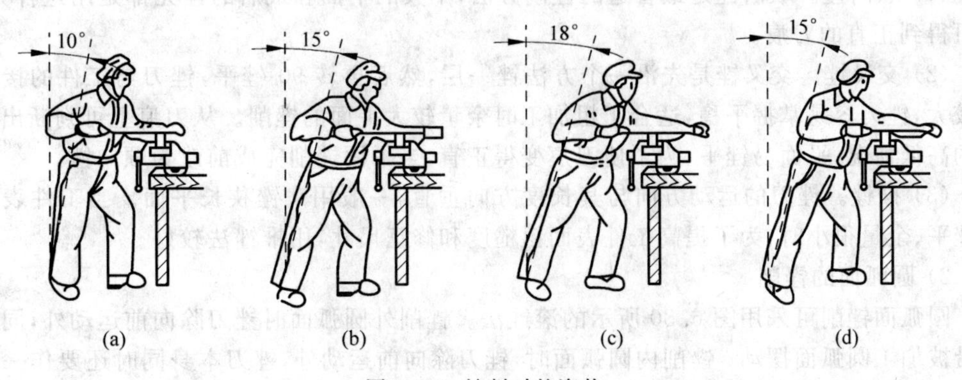

图 6.26 锉削时的姿势

来的位置，锉刀稍微提高拉回，完成一次锉削动作。然后重复上述动作继续锉削。

2. 锉削方法

1）平面锉削

锉平面时，必须正确掌握锉刀的握法和施力的变化。一般是右手握锉柄，左手压锉。根据锉刀大小和使用场合，有不同的姿势，如图6.27所示。

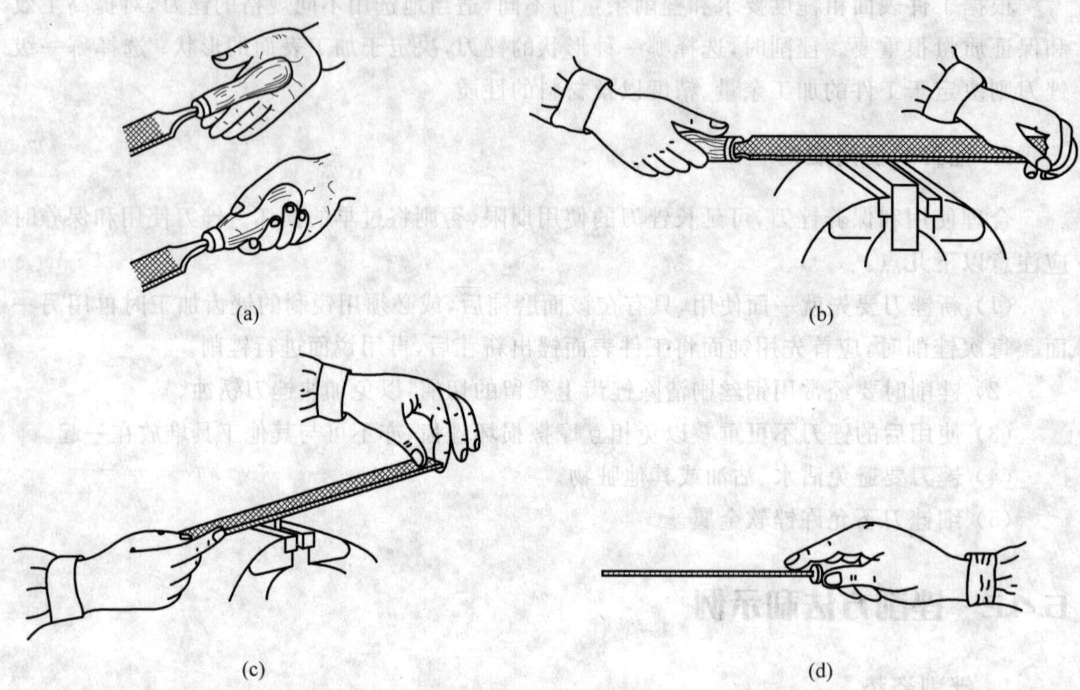

图6.27 锉刀的握法

(a) 右手握法；(b) 大锉刀两手握法；(c) 中锉刀两手握法；(d) 小锉刀握法

锉刀推进时，应保持在水平面内运动，两手施力的变化如图6.28所示。返回时，不加压力，以减少齿面磨损。如果两手施力不变，则开始时刀柄会下偏，而在锉削终了时，前端又会下垂，结果锉成两端低、中间凸的鼓形表面。

锉削平面的基本方法有顺向锉、交叉锉和推锉3种，如图6.29所示。

(1) 顺向锉。顺向锉是最普通的锉削方法，不大的平面和最后的锉光都是用这种方法，它可得到正直的刀痕。

(2) 交叉锉。交叉锉是先沿一个方法锉一层，然后再转90°锉平，锉刀与工件的接触面积较大，锉刀容易掌握平稳，适合于粗加工时余量较大平面的锉削。从刀痕上可判断出锉削面的高低情况，平面易锉平，为了使刀痕变得正直，当平面锉削完成前改为顺向锉。

(3) 推锉。锉刀的运动方向与其长度方向垂直，一般用来锉狭长平面。当工件表面基本锉平、余量很小时，为了提高工件表面粗糙度和修正尺寸，用推锉法较好。

2）圆弧面的锉削

圆弧面锉削可采用图6.30所示的滚锉法。锉削外圆弧面时锉刀除向前运动外，同时还要沿被加工圆弧面摆动；锉削内圆弧面时，锉刀除向前运动外，锉刀本身同时还要作一定的旋转和向左或向右的移动。

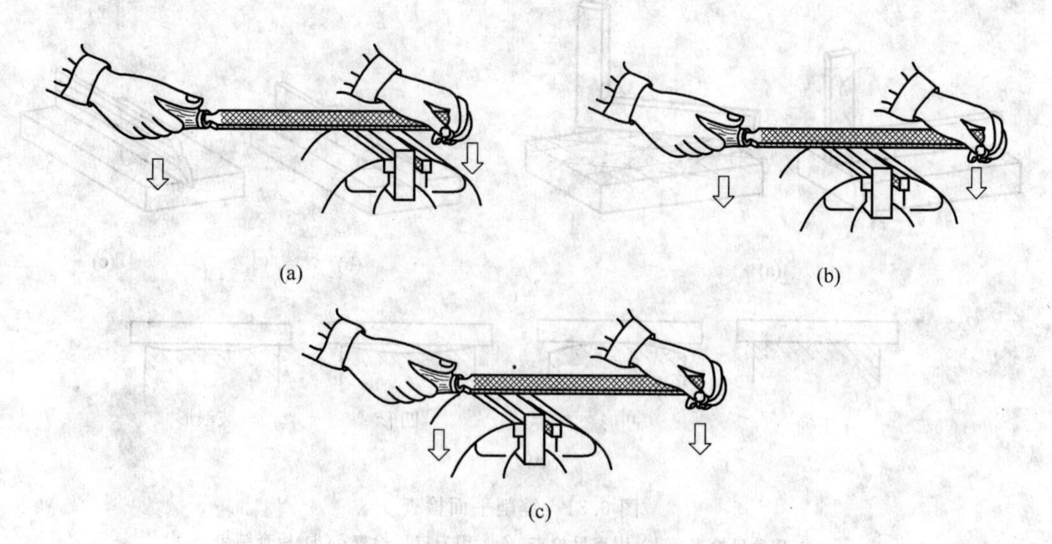

图 6.28 锉削施力变化

(a) 起始位置；(b) 中间位置；(c) 终了位置

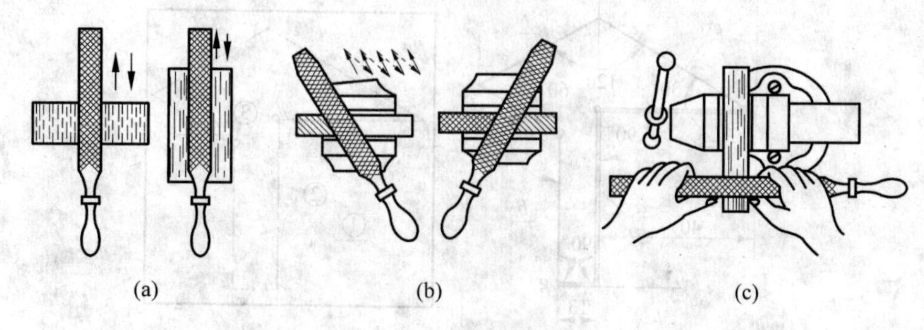

图 6.29 平面锉削方法

(a) 顺向锉；(b) 交叉锉；(c) 推锉

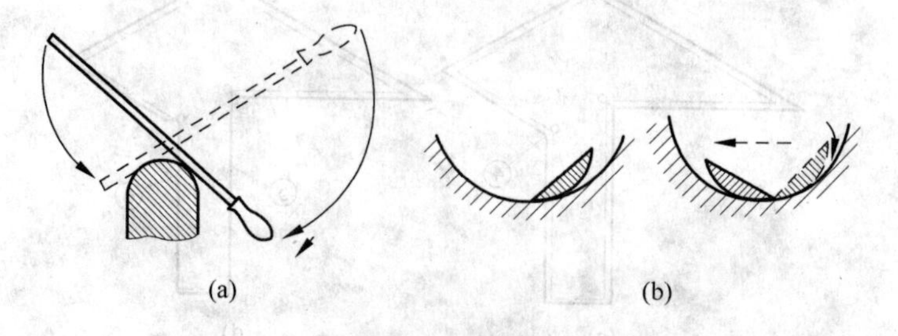

图 6.30 滚锉法

(a) 锉削外圆弧面；(b) 锉削内圆弧面

3）锉削检验

工件锉平后可用各种量具检查尺寸和形状精度，如图 6.31 所示为刀口尺检查平面度的情况。

3. 锉削示例

按图 6.32(a)的要求，做一把六方尺，料厚为 1.5～2mm。锉削顺序是：

(1) 将毛坯调平后，按图 6.32 所示方法固定于靠板上，先锉平两平面(见图 6.32(b))。

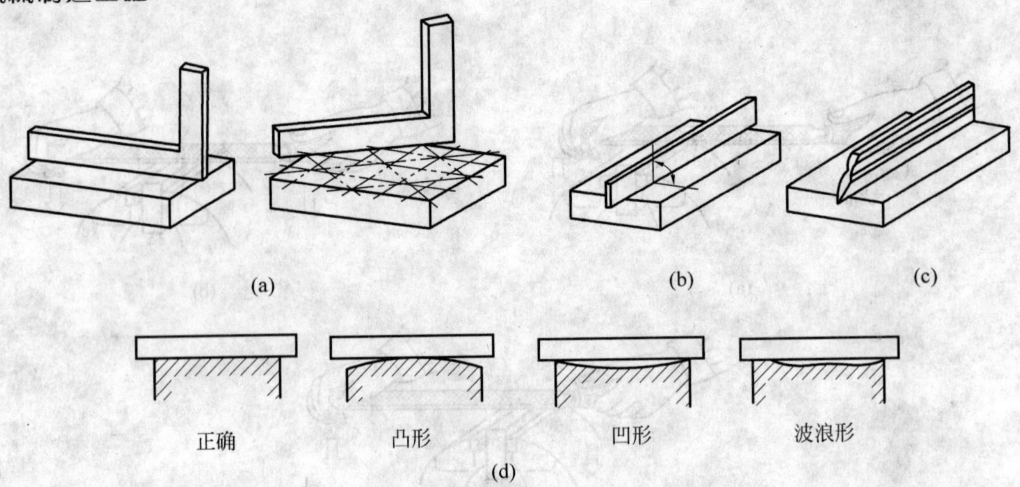

图 6.31 锉削平面检查

(a) 用角尺检查；(b) 用直尺检查；(c) 用刀口尺检查；(d) 检查结果

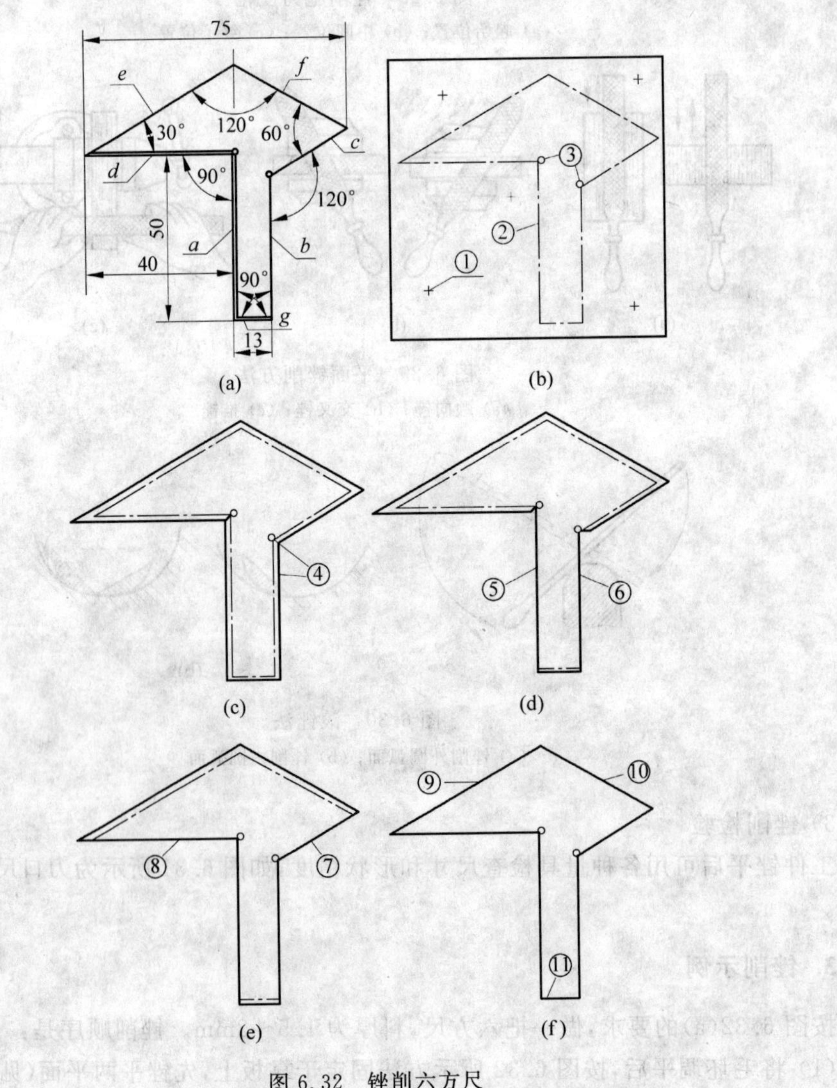

图 6.32 锉削六方尺

(2) 按图 6.32(a)要求划出工件轮廓线,图 6.32(b)所示。

(3) 在工件两个拐角处分别钻一个小孔,图 6.32(b)所示。

(4) 距工件轮廓线 1～2mm,锯出工件的粗轮廓,将小孔与外部锯通,图 6.32(c)所示。

(5) 与平面成直角,按轮廓线锉出工件的 a 边,图 6.32(d)所示。

(6) 锉削 b 边,用卡尺测量 a 与 b 两边的平行度和尺寸,保证符合要求,图 6.32(d)。

(7) 用量角器校验,以 b 边为基准,锉出 c 边,然后再以 a 边为基准,校核与 c 边的角度。如果以 a、b 两边分别为基准对 c 边进行测量,所得的结果都符合 120°,这说明 a、b 两边是平行的,也证明量具本身和测量都准确。否则其中必有一项(甚至多项)存在误差。应当设法找出误差所在,并做到消除为止,否则工作不能继续进行。

(8) 运用上述校验方法锉出与 a 边成 90°的 d 边。

(9) 以 d 边为准,用量角器校验,锉出 e 边。然后用延长 e 边和 c 边的方法,用卡尺或卡钳测量 c 边与 e 边的平行度。如果两边平行,说明以前各边间角度都准确,否则其中必有一项或多项存在误差,应当重新测定和修正。

(10) 以 e 边为准,用量角器检验,锉出 f 边,然后再以 c 边为准,用量角器校核与 f 边是否成 60°。

(11) 以 a、b 两边为准,对照用角尺校验,锉平 g 边。

(12) 在锉削各边时,除应保证各边相互连接的角度外,还应保证各边与平面的垂直。

用这种相互校核的测量方法,不仅能及时地发现问题,从而可以得到及时纠正,同时即便是量具本身稍有误差,经过反复对照,也可以得到抵消。这是一种"通观全局,互相约束"式测量方法。

6.4.3 锉削质量分析

锉削时产生废品的形式和主要原因如表 6.2 所示。

表 6.2 锉削时产生废品的形式和主要原因

类型	产生废品的形式	原　　因
工件尺寸	已加工表面被钳口夹出伤痕	钳口未加保护衬垫,或有衬垫因工件较软,夹紧力大,而夹伤已加工表面
	工件被夹变形	夹紧力太大,或直接用虎口钳夹紧而变形
尺寸和形状不准	预留加工余量太小	划线不准,锉削时测量有误差,锉削量过大而不测量
	平面中凹	操作技术不熟练或采用中凹再生锉刀
	角度面不对	锉削时锉坏了相邻面
表面不光滑	表面粗糙度太大	锉刀粗细选择不当;锉削时刀痕太深,以至精锉时无法去除铁屑遣在锉纹中未及时清除而把工件表面拉毛

6.5 孔和螺纹加工

钳工使用各种钻床和孔加工工具进行钻、扩、锪孔及绞孔等加工。钳工中的螺纹加工主要指攻螺纹和套螺纹。

6.5.1 钻床种类及用途

钻床是一种孔加工机床，其种类、形式很多。常见的钻床有台式钻床、立式钻床和摇臂钻床等。

1. 台式钻床

台钻是小型钻床(图 6.33)，是钳工装配和修理中的常用设备。它是由主轴架、主轴、立柱和机座等部分组成，用于加工小型零件上 ϕ12mm 以下的孔。台钻的主轴转速钻小孔时每分钟可高达万转。主轴的运动是由电动机经塔轮和带传动的，改变传动带在塔轮上的位置，即可调节主轴的转速，以满足不同钻孔直径的需要。扳动进给手柄，通过其中的齿轮和齿条的啮合，可使主轴实现进给运动。

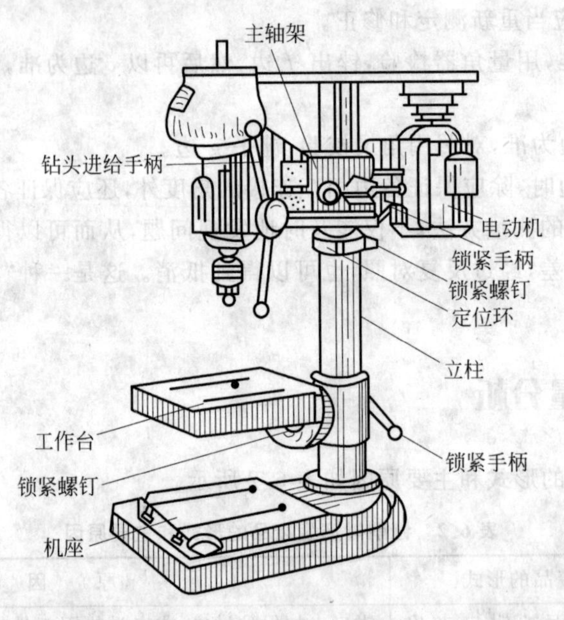

图 6.33 普通的台式钻床

一般普通台钻自动化程度低，主轴是用手动进给的，工人劳动强度大。

新系列台钻对老式台钻作了改进，有直径为 12mm 和 16mm 两种规格，采用了液压千斤顶式的主轴箱升降系统，不但能使主轴上、下升降，而且可绕主轴回转，操作灵活、轻便、安全。并对主轴进刀定深机构、传动带松紧机构等作了非常适用的改进。

2. 立式钻床

立式钻床(图 6.34)有不同的型号、规格，适用于机修车间、工具车间和金属加工的小批生产中。在主轴上装上各种不同的刀具，可以进行钻、锪等各种孔的加工。

立式钻床主要由主轴、主轴变速箱、进给箱、立柱、工作台、电动机和机座组成。钻床主轴在主轴套筒内作旋转运动，即主动运动；同时通过进给箱中的传动机构，使主轴随着主轴套筒按需要的进给量作直线移动，即进给运动。

3. 摇臂钻床

摇臂钻床(图 6.35)有一个能绕立柱旋转的摇臂,它的自动化程度较高,使用范围较广,适用于较大工件和多孔工件的孔加工。

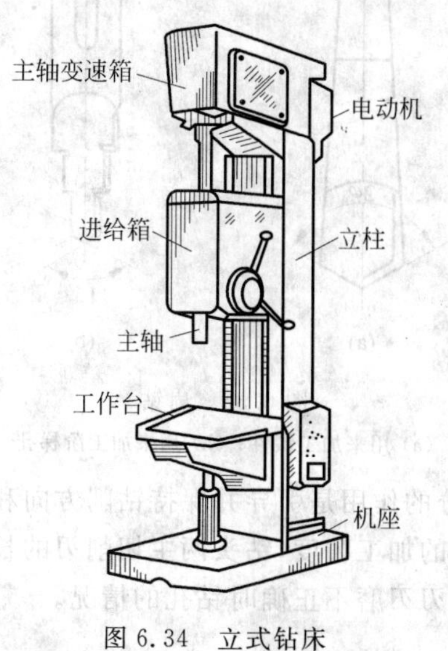

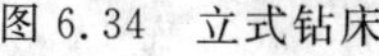
图 6.34 立式钻床

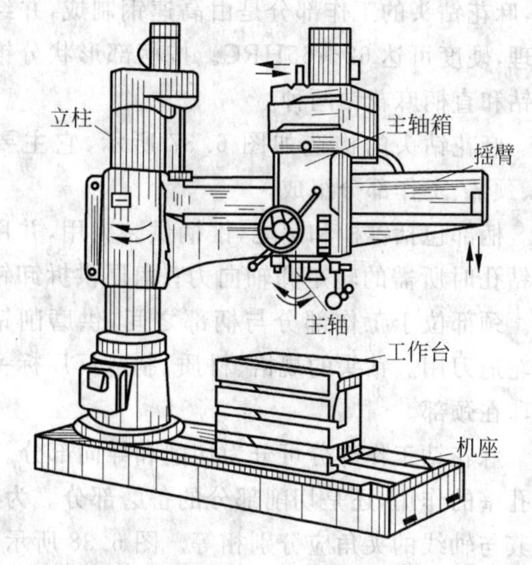

图 6.35 摇臂钻床

摇臂钻床的主轴箱可在横臂上移动,横臂可绕立轴线转动和沿立柱上下滑动,横臂的位置由制动装置固定。因此,在横臂长度允许的范围内,可以把主轴对准工件的任何位置。刀具位置调整方便,易于对准被加工孔的中心,不需要移动工件来进行加工。

6.5.2 钻孔、扩孔、铰孔和锪孔

1. 钻孔

用钻头在实体材料上加工孔的方法叫钻孔,它是一种最基本的孔加工方法。

钻孔时,由于麻花钻头结构上存在着一些缺陷(主要是刚性差),因而影响了加工质量。钻出孔的精度比较低,表面粗糙度较大,容易产生孔径扩大、轴线歪斜等缺陷。因此,对于精度要求高的孔,经钻孔后还需要扩孔和铰孔。因钻削时切削热较多,且切削液难以注入切削部位,造成切削温度高,限制了切削速度的提高,使钻孔的效率低。

钻孔除钻床外,也可用车床、铣床、镗床等机床钻孔。在安装和检修现场,若工件笨重且精度要求又不高,或钻孔部位受到限制时,也可用手电钻、风钻、板钻等钻孔。

1) 钻头

钻头是一种双刃或多刃刀具,由碳素工具钢或高速钢制成。钻头的种类很多,如中心钻、扁钻和麻花钻等等。他们的几何形状虽不相同,但切削原理是一样的,都有对称排列的切削刃,使得切削时产生的力保持平衡。

(1) 扁钻。扁钻是一种结构比较简单的钻头,一般用高速钢锻出,经车削、热处理、刃磨

而成。图6.36(a)用来加工锻件；图6.36(b)用来加工阶梯孔。它的导向性差，不易排屑，一般只是在没有麻花钻的情况下才使用。

(2) 麻花钻。麻花钻是孔加工应用最广的刀具，麻花钻头的工作部分是由高速钢制成，并经过热处理，硬度可达62～65HRC。按柄部形状分锥柄麻花钻和直柄麻花钻两种。

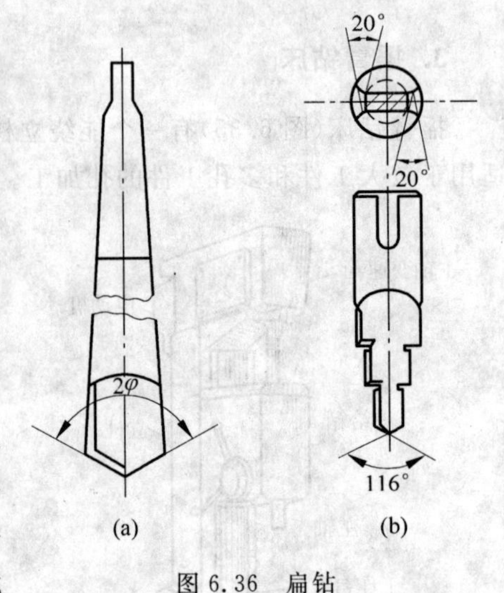

图 6.36 扁钻

(a) 用来加工锻件；(b) 用来加工阶梯孔

麻花钻头的构造如图6.37所示，它主要由柄部、颈部、工作部分组成。

柄部包括锥柄和扁尾，锥柄供装夹用，并用来传递钻孔时所需的转矩和轴向力；扁尾供拆卸钻头时用。颈部位于工作部分与柄部之间，供磨削钻头时砂轮退刀用。钻头的规格、材质、制造厂厂标一般都刻印在颈部。

麻花钻工作部分可分为切削和导向部分。导向部分的作用是引导并保持钻削方向和修光孔壁的作用，还是切削部分的备磨部分。为了保持孔的加工精度，钻头两主切削刃的长度及其与轴线的夹角应分别相等。图6.38所示为两切削刃刃磨不正确时钻孔的情况。

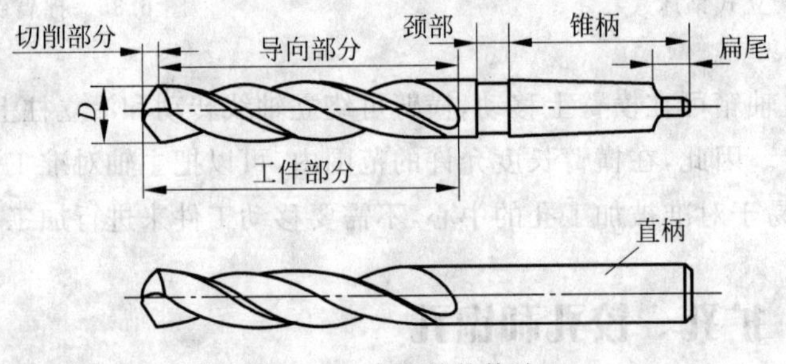

图 6.37 麻花钻的构造

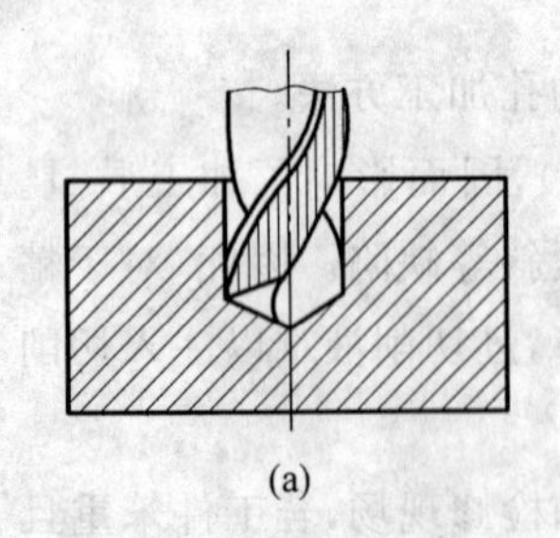

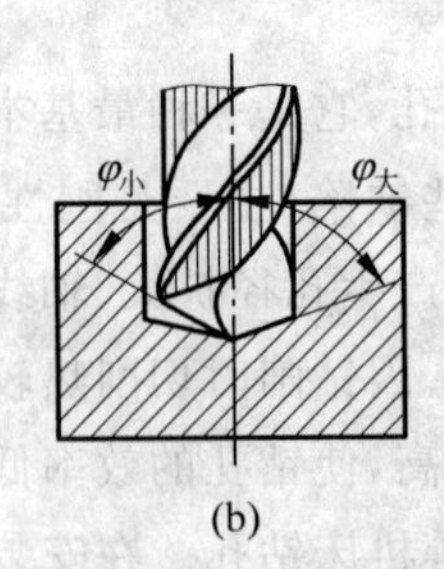

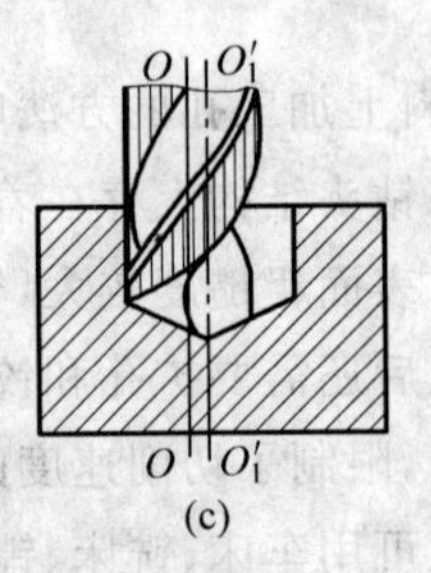

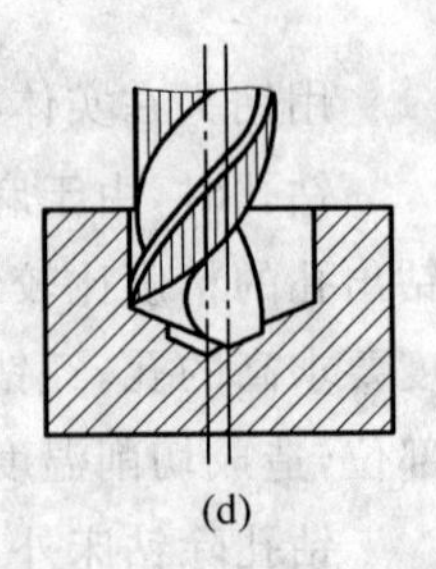

图 6.38 切削刃不正确时的钻孔情况

(a) 刃磨正确；(b) 顶角不对称；(c) 刀刃长度不等；(d) 顶角和刀刃长度都不对称

(3) 群钻。群钻是倪志福在长期的生产实践和科学实验中，不断总结经验，改变钻头切削刃的几何形状和性能而创造出来的一种新型钻头(图6.39)。该钻头的特点是：主切削刃分为三段(外刃、内刃、圆弧刃)；横刃变短、变尖；在一边外刃上磨出分屑槽。这种钻头的扭转力和轴向力较小，散热性好，能自行断屑，排屑容易，并且切削变形小，能提高切削用量，改善了切削条件。因此,提高了效率和孔的加工质量,同时也提高了钻头的使用寿命。

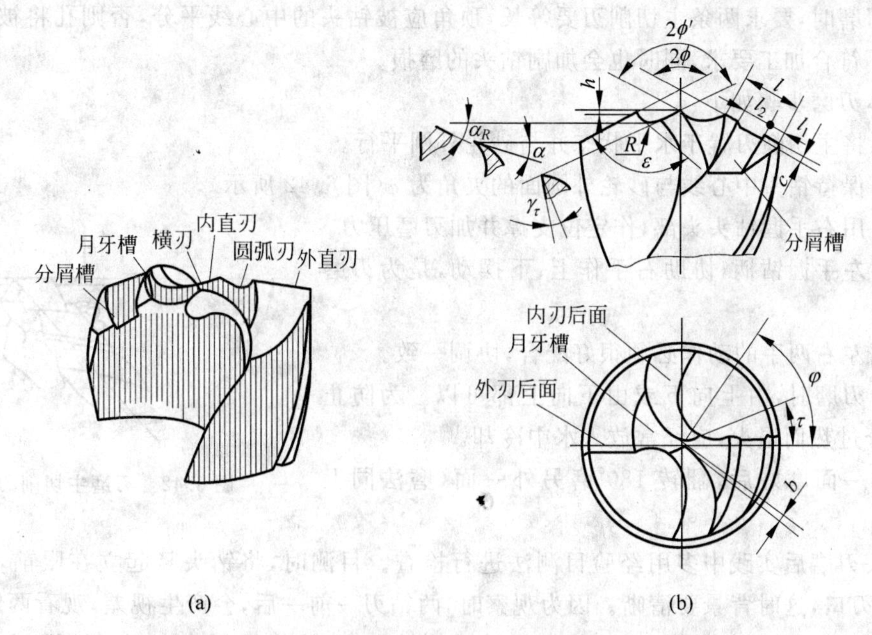

图 6.39 基本型群钻及其几何参数

(a) 基本型群钻;(b) 基本型群钻几何参数

将标准麻花钻的螺旋排屑槽改为抛物线排屑槽,可以改善钻削时的排屑性能等。

2) 硬质合金建工钻、木工刀具

(1) 硬质合金建工钻。旋转和旋转冲击式硬质合金建工钻适用于在砖、砌块及轻质墙上等钻孔。其钻头硬质合金刀片按 JB/T 8369 的规定制造,柄部热处理硬度不低于 35HRC,冲击钻刀体和刀柄材料用 45 钢等碳素结构钢制造。冲击钻头的形式如图 6.40 所示。

(2) 木工刀具主要有木工钻和苏家木工刀具,分别如下。

① 木工钻是木材加工的刀具,按柄的长短分为短柄和长柄两种。短柄木工钻柄尾是 1∶6 的方锥体,安装在弓摇钻等机械上操作,长柄钻要装执手,用于手工操作。

② 苏家木工刀具是以硬质合金镶齿为主,消化吸收国外先进技术,其刀体采用 40Cr 或 45 钢,经调质或正火处理,刀片有 K30、K20 等硬质合金。

苏家木工刀具加工精度高,加工表面光滑,耐用度比高速钢刀具提高数倍,因而广泛应用于建筑、家具、车辆等加工。其结构如图 6.41 所示。

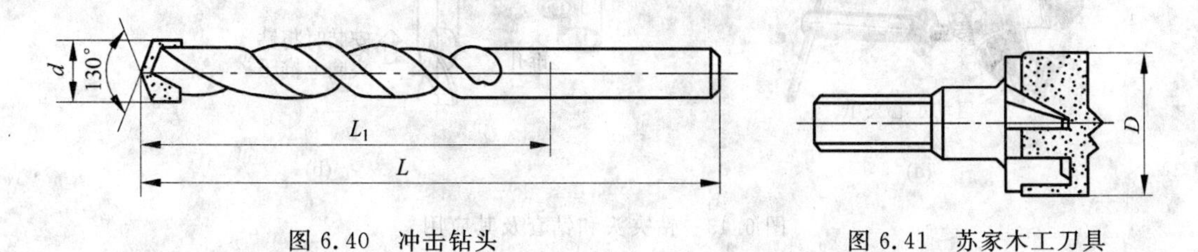

图 6.40 冲击钻头　　　图 6.41 苏家木工刀具

3) 钻头的刃磨

由于加工材料的不同或为了使钻头有锋利的刃口,钻头经常需要刃磨。手工刃磨钻头是在砂轮上进行的，因此选用粒度适当的(46＃～80＃)中级软砂轮，同时，砂轮旋转时跳动要小。刃磨时，要求两条主切削刃要等长，顶角应被钻头的中心线平分，否则孔将被扩大或歪斜而不符合加工要求，同时也会加剧钻头的磨损。

具体刃磨步骤如下：

(1) 将主切削刃置于水平状态并与砂轮外圆平行。

(2) 保持钻头中心线与砂轮外圆面的夹角为φ(图 6.42 所示)。

(3) 用右手握钻头头部，作定位支撑并加刃磨压力。

(4) 左手握钻柄，协助右手作上、下摆动，是为刃磨后角。

(5) 左右两手的动作必须很好配合，协调一致。

(6) 刃磨时，由上向下或由下向上都可以。为防止切削部分过热而退火，应经常放入水中冷却。

(7) 一面磨好后，翻转 180°磨另外一面(磨法同上所述)。

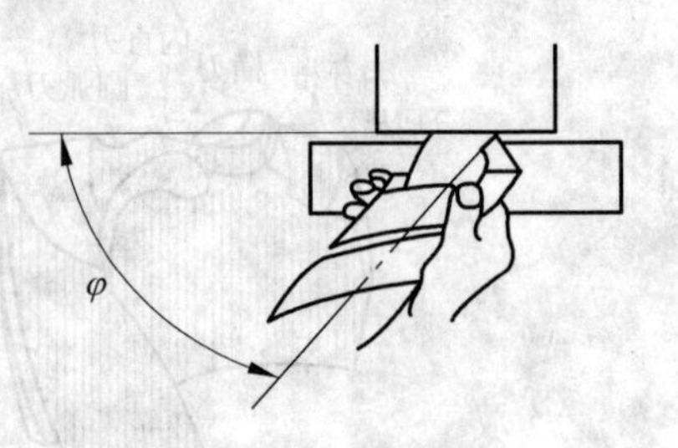

图 6.42 刃磨主切削刃

钻头刃磨后实践中多用经验目测法进行检查。目测时，将钻头竖起立在眼前，两眼平视，观看刃口，这时背景要清晰。因为观察时，两钻刃一前一后，会产生视差，观看两钻刃时，往往感到左刃(前刃)高。这时将钻心绕轴线旋转 180°，这样反复几次，如果看到的结果一样，就证明对称了。也可应用样板进行检查。

4) 钻孔用夹具

钻孔用夹具包括钻头夹具和装夹工件的夹具。

常用装夹钻头的夹具有钻夹头和钻套(图 6.43)，直柄钻头安装在钻夹头上。安装时松开自动定心夹爪，将钻柄插入后用紧固扳手旋紧即可。锥柄钻头可直接装入钻床主轴孔内。若钻柄尺寸小于钻床主轴锥孔，可采用过渡套筒，如图 6.43 所示安装。

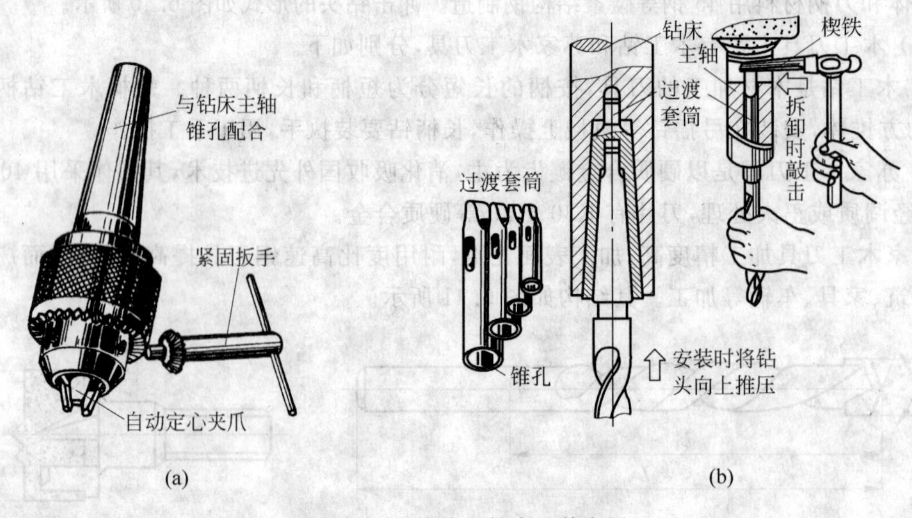

图 6.43 钻夹头和钻套及其应用

根据工件的大小不同，选用合适的装夹方式(图 6.44)，可用手虎钳、平口钳、台虎钳装夹。在圆柱面上钻孔，应放在 V 形铁上进行。较大工件可用压板螺钉直接装夹在机床工作台上。

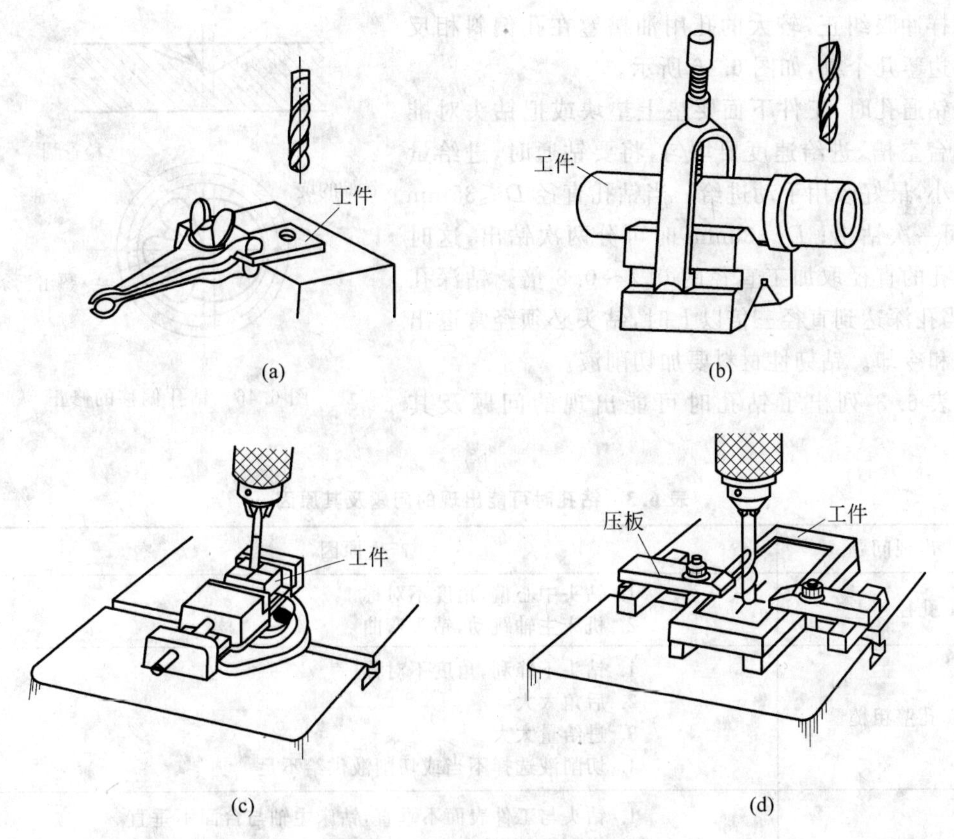

图 6.44 钻孔工件的装夹方式

(a) 用手虎钳装夹；(b) 用 V 形铁装夹；(c) 用平口钳装夹；(d) 用压板螺栓装夹

5）钻孔方法

钻孔前，将工件按图样要求划线，打样冲眼。样冲眼应打得大些，使钻头不易偏离中心。在工件孔的位置划出孔径圆和检查圆，并在孔径圆和中心冲出小坑，如图 6.45 所示。

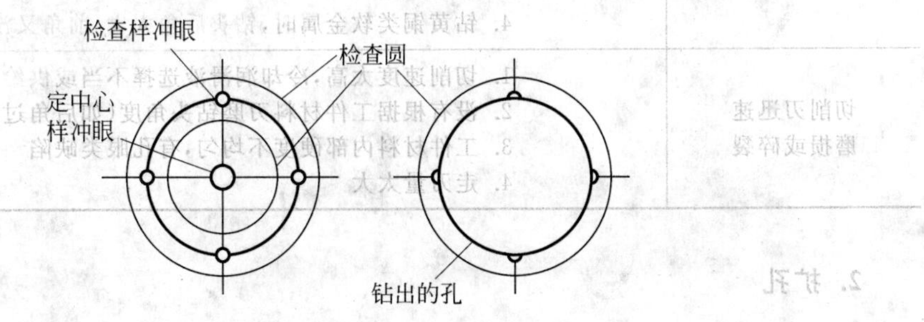

图 6.45 钻孔前准备

根据工件孔径大小选择合适的钻头。调整钻床主轴位置，选定主轴转速和进给量，准备好所需要的切削液。钻大孔时，转速应低些，以免钻头很快磨钝。钻小孔时，转速应高些，但进给可慢些，以免钻头折断。钻硬材料转速应低些，反之应高些。

钻孔时，先对准样冲眼试钻一浅坑，如果钻孔产生偏斜应及时纠正，方法是：较小的孔可用样冲眼纠正，较大的孔用油槽錾在孔偏斜相反的一边錾几个槽，如图 6.46 所示。

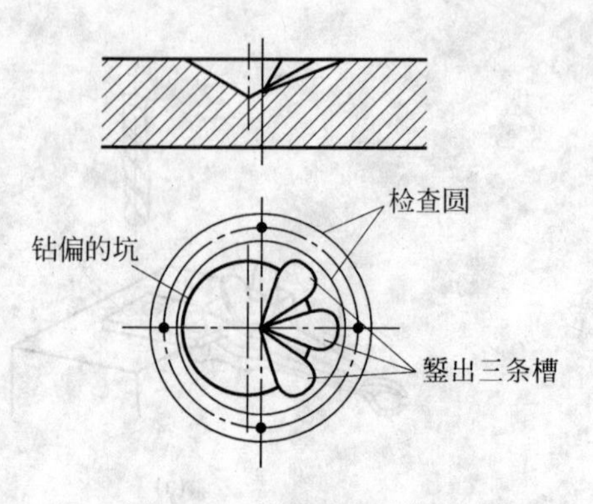

图 6.46 钻孔偏移的修正

钻通孔时，工件下面要垫上垫块或把钻头对准工作台空槽，进给速度要均匀，将要钻通时，进给量要减小，最好改用手动进给。当钻孔直径 $D\leqslant35$mm 时，可一次钻出；$D>35$mm 时可分两次钻出，这时预钻孔的直径取加工直径的 0.7～0.8 倍。钻深孔时，当孔深达到直径三倍以上时，钻头必须经常退出排屑和冷却。钻韧性材料要加切削液。

表 6.3 列出了钻孔时可能出现的问题及其原因。

表 6.3 钻孔时可能出现的问题及其原因

出现问题	产生原因
孔径超差	1. 钻头中心偏，角度不对称 2. 机床主轴跳动，钻头弯曲
孔壁粗糙	1. 钻头不锋利，角度不对称 2. 后角太大 3. 进给量太大 4. 切削液选择不当或切削液供给不足
钻孔歪斜	1. 钻头与工件表面不垂直，钻床主轴与台面不垂直 2. 横刃太长，轴向力过大造成钻头变形 3. 钻头弯曲 4. 进给量过大，致使小直径钻头弯曲 5. 工件内部组织不均匀有孔眼类缺陷
钻头工作部分折断	1. 钻头磨钝，可是仍然继续钻孔 2. 钻头螺旋槽被切屑堵塞，没有及时排屑 3. 孔快钻通时，没有减小走刀量 4. 钻黄铜类软金属时，钻头后角太大，前角又没修磨
切削刃迅速磨损或碎裂	1. 切削速度太高，冷却润滑液选择不当或供给不足 2. 没有根据工件材料刃磨钻头角度(如后角过大) 3. 工件材料内部硬度不均匀，有孔眼类缺陷 4. 走刀量太大

2. 扩孔

扩孔是用扩孔工具扩大孔径的加工方法。它可以校正孔的轴线偏差，并使其获得较正确的几何形状与较低的表面粗糙度。扩孔精度一般为 IT10～IT9，表面粗糙度一般为 $Ra6.3\sim3.2\mu$m。

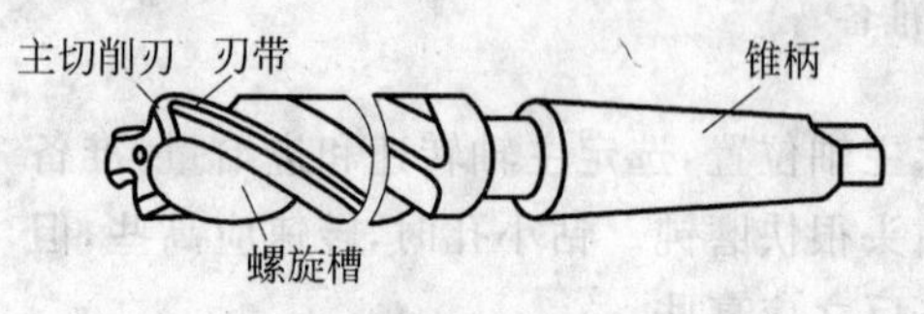

图 6.47 扩孔钻

扩孔钻由切削部分、导向部分及柄部等组成，如图 6.47 所示。扩孔钻的形状与麻花钻相似，但切削刃较多，有 3～4 个，导向性好，切削平稳。切削部分的顶端是平的，螺旋槽较浅，钻体粗大结实，切削时不易变形，可获得较高的尺寸精度和表面质量。

常用的扩孔钻有整体式和套装式两种。直径在 10～32mm 的扩孔钻多做成整体结构，直径在 25～80mm 的扩孔钻则制成套装结构。做终加工使用时，其直径等于扩孔后孔的基本尺寸。作为半精加工使用时，其直径等于孔的基本尺寸减去精加工工序余量。

3. 铰孔

铰孔是用铰刀从工件的孔壁上切除微量金属层，以提高其尺寸精度和表面质量的方法，是孔的精加工方法。铰削余量较少，一般只有 0.05～0.25mm。铰削后的公差等级可达 IT6～IT5，其表面粗糙度可达 $Ra1.6 \sim 0.4\mu m$。

1）铰刀

铰刀是铰孔所用刀具。铰刀的切削刃多(6～12)，制造精度高，心部直径大，刚性及导向性好，铰孔余量小，切削平稳。

铰刀按使用方法可以分为手用铰刀和机用铰刀两种，如图 6.48 所示。手用铰刀的特点是：只有一段倒锥校准部分，而没有圆柱校准部分；切削部分一般比较长；锋角小，一般 $\varphi=30' \sim 1°30'$；定心作用好，轴向力小，工作省力。机用铰刀的特点是：工作部分最前段倒角较大，一般为 45°，易于放入孔中，保护切削刃；机用铰刀分圆柱校准和倒锥校准两段；切削部分一般较短。

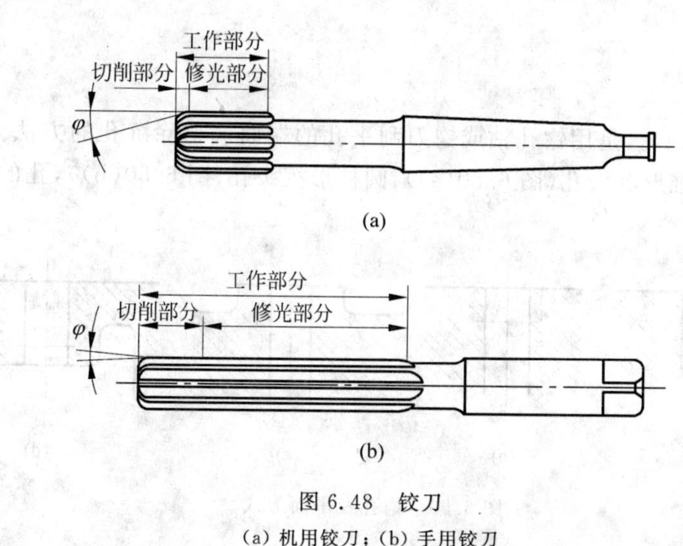

图 6.48 铰刀

(a) 机用铰刀；(b) 手用铰刀

2）铰孔的方法

铰圆柱孔分手工铰和机铰。手工铰孔时，两手用力要均匀，只准顺时针方向转动，每分钟约 20～30 转，施于铰刀上的压力不能太大，要使进给量适当、均匀。铰孔时不能倒转，否则会挤出切屑，使刀刃崩裂或损坏，影响加工质量。

机铰时，应在工件一次装好后，连续钻孔、扩孔或铰孔，可保证刀具轴心的位置不变。当不便采取连续加工时，可采用浮动夹头，减少铰孔后孔径扩大的现象。在铰削中，输入的切削液要充分；铰完孔后，应不停车退出铰刀，否则会在孔壁上留下刀痕。

3) 单刃铰刀

目前，在数控加工中往往将铰削与车、钻、镗削等同时进行，而普通铰刀的铰削速度和加工质量严重阻碍了其他加工方法生产效率的发挥。单刃铰刀(图 6.49)是将切削与导向分离开，用一个切削刃进行切削，利用切削刃上的径向力和切向力，使位置分布恰当的两块硬质合金导向块既起导向、支撑作用，又起挤光作用，因而提高了孔的加工质量(公差等级 IT7～IT6，$Ra1.6\sim0.4\mu m$)，并且能通过改变主偏角 K_r，增大导向块宽度，改变冷却液的注入方式，使铰削速度达 150m/min 来实现高速铰削。

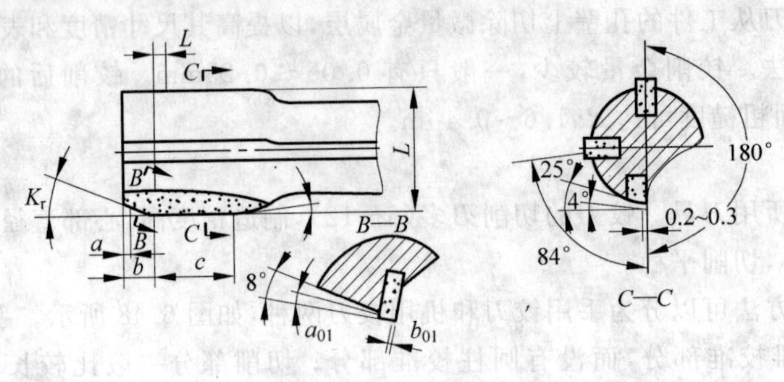

图 6.49 单刃铰刀

此外，钻、铰工艺的发展主要还有：通过机夹可转位硬质合金钻头、可转位硬质合金铰刀实现高速钻削、铰削。

4. 锪孔

锪孔通常称为锪窝，是用锪孔钻或锪刀刮平孔的端面或切除沉孔的方法。锪孔及锪平面的形式有 3 种：锥形沉头孔(图 6.50(a))、圆柱形沉头孔(图 6.50(b))，孔的上、下端平面(图 6.50(c)、(d))。

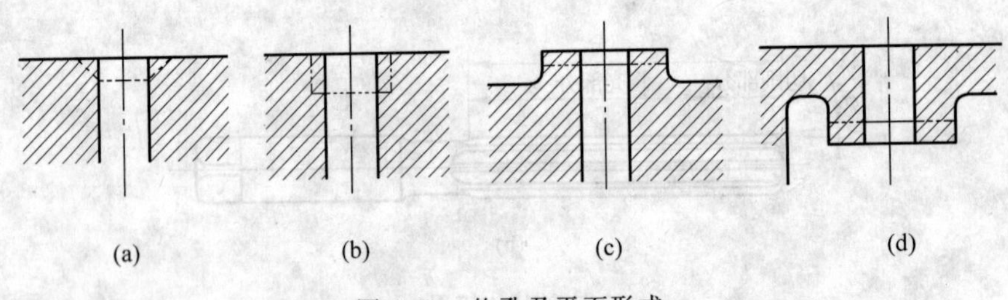

图 6.50 锪孔及平面形式

锪钻是锪孔用的工具，锪钻可由麻花钻头改制而成，但一般都有专用锪钻。锪钻按其切削部分的形状可分为 3 种：圆锥形埋头锪钻、圆柱形埋头锪钻和端面锪钻。

5. 孔加工复合刀具

目前流行使用的孔加工复合刀具主要具有以下特点：

(1) 加工范围广，可钻同轴或形面孔，又可扩孔、镗孔、铰孔、锪端面及锪沉头孔等。

(2) 生产效率高，复合刀具一次进刀可同时或顺次加工几个表面。

(3) 加工成本低，工序集中，减少机床工位数或台数，节约了投资。

(4) 加工质量高,复合刀具的结构保证了加工零件的位置精度,减少安装次数,从而降低工件定位误差,使加工余量均匀分布。

虽然复合刀具具有以上优点,但是其强度、刚度差,排屑困难,制造和刃磨较复杂,刀具成本高,仅适用于大批量生产。孔加工复合刀具的类型,见表 6.4

表 6.4 孔加工复合刀具的类型

类 型	名 称	简 图
同类刀具复合	复合钻	
	复合扩孔钻	120° 15°
	多孔复合铰	
	复合镗	D_2 D_1 D_3
	单孔复合铰	
不同类刀具复合	钻-扩复合刀具	
	扩-铰复合刀具	
	钻-扩-铰复合刀具	
	钻-铰复合刀具	
	扩-攻螺纹复合刀具	

6.5.3 攻螺纹和套螺纹

用丝锥加工工件内螺纹的操作称为攻螺纹；用板牙或螺纹切刀加工工件的外螺纹的操作称为套螺纹。

1. 攻螺纹

1）丝锥和绞杠

丝锥是在孔内攻内螺纹的一种刀具，又叫螺丝攻，它多由工具钢制成。丝锥的结构如图 6.51 所示，它由工作部分和柄部组成，工作部分是一段开槽的外螺纹，它又分为切削部分和校准部分。

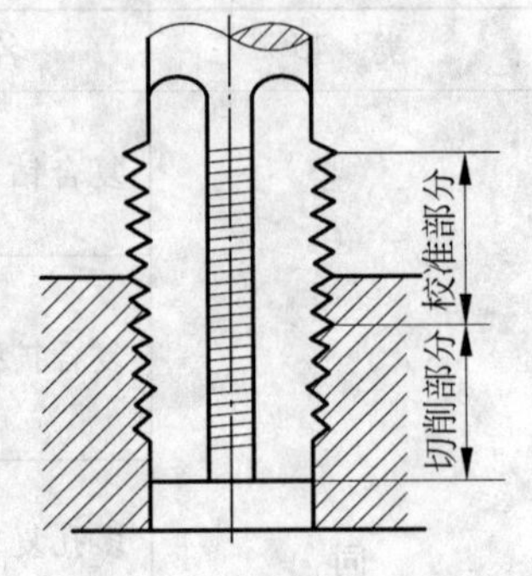

图 6.51 丝锥的结构

切削部分在丝锥的前端，磨成圆锥形，有锋利的切削刃，切削工作主要靠这部分来完成，切削载荷被分配在几个刀齿上。校准部分具有完整的齿形，用以校准和修光切出的螺纹，并引导丝锥沿轴向运动。丝锥有 3～4 条容屑槽，便于容屑和排屑。丝锥的柄部有方头，用来把丝锥安放在扳手上，并起传递扭矩的作用。

丝锥按照使用方法不同，可以分为手用丝锥、机用丝锥和管螺纹丝锥 3 种。

绞杠是夹持丝锥的工具，分为普通绞杠（图 6.52）和丁字绞杠（图 6.53）两类。

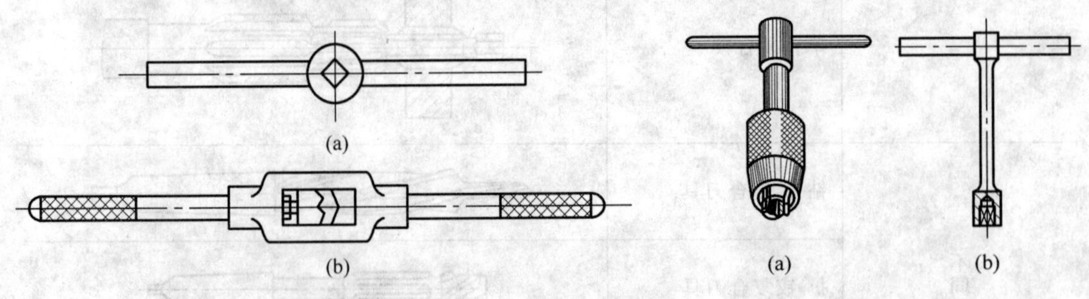

图 6.52 手用丝锥的普通绞杠

(a) 固定式；(b) 可调式

图 6.53 手用丝锥的丁字绞杠

(a) 可调式；(b) 固定式

普通绞杠中又分为固定绞杠（死绞杠）（图 6.52(a)）和可调绞杠（活绞杠）（图 6.52(b)）两种。用固定绞杠丝锥受力较为合理，不易折断。一般攻 M5 以下的螺纹孔均用固定绞杠。可调绞杠可调节方孔尺寸，使用范围较大。

攻高台阶边的或箱体内部的螺纹孔，要用丁字绞杠。小丁字绞杠的方孔可以调节，它是一个带爪的活动夹头（图 6.53(a)），用于夹持 M6 以下的丝锥。一般的丁字绞杠的方孔尺寸是固定的（图 6.53(b)），其高度根据螺孔在工件上的位置确定，所以它往往是专用的。

2）攻螺纹的操作方法

（1）钻底孔。攻螺纹前必须钻孔（底孔）。攻螺纹时除了切削金属以外，还有挤压作用，被挤压出来的材料嵌到丝锥的牙间（图 6.54），甚至接触到丝锥内径把丝锥挤住。攻韧性材料，此现象较为明显。钻孔直径要大于螺孔规定的内径尺寸。

底孔的钻头直径可按经验公式计算取出，螺纹螺距 $p \leqslant 1.5\text{mm}$ 时，钻头直径 $d_2 \approx$ 螺纹直径 $d-$ 螺距 p；螺纹螺距 $p>1.5\text{mm}$ 时，钻头直径 $d_2 \approx d-(1.04 \sim 1.08)p$。

在盲孔里攻螺纹时，由于丝锥起切削作用的部分，不能切制出完整的螺纹，所以钻孔深度要大于螺纹长度，其公式按下式计算：

$$钻孔的深度=要求的螺纹长度+0.7d_0（螺纹外径）$$

(2) 用头锥攻螺纹。攻螺纹时，必须将丝锥铅垂地放入工件孔内(可用直角尺在互相垂直的两个方向检查)，左手握住手柄，右手握住绞杠中间，适当加些压力，食指和中指夹住丝锥，并沿顺时针方向转动，待切入工件 1～2 圈后，再用目测或直尺校准垂直，然后继续转动，当丝锥的切削部分全部切入工件，即可用两手平稳地转动绞杠，不加压。为了避免切削过长而缠住丝锥，每转 1～1.5 周后要轻轻地倒转 1/4 周，以便断屑和排屑，如图 6.55 所示。

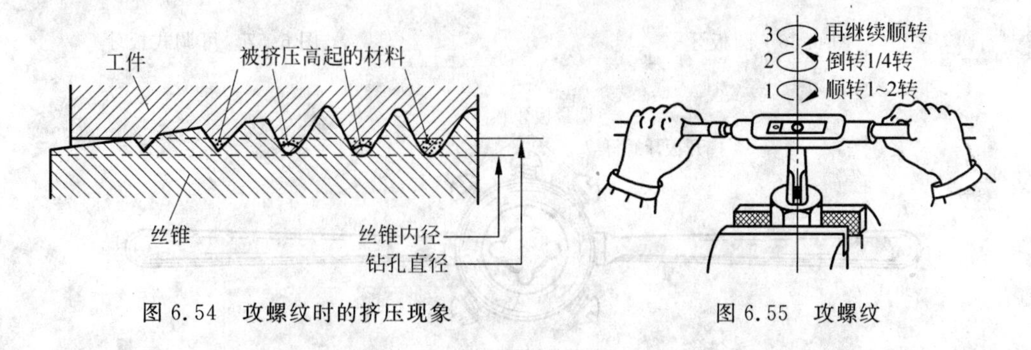

图 6.54 攻螺纹时的挤压现象

图 6.55 攻螺纹

(3) 二攻和三攻。先把丝锥放入孔内，旋入几扣后，用绞杠转动时不需加压。

(4) 攻螺纹时，使用润滑油以减少摩擦，降低粗糙度，延长丝锥的寿命。钢料攻螺纹加浓乳化液或机油，铸铁件仅在螺纹表面粗糙度要求较严格时，加煤油润滑。

2. 套螺纹

1) 板牙和板牙架

(1) 板牙是加工外螺纹的一种刀具，种类很多，常用的有圆板牙和可调式板牙两种。

圆板牙形状和圆螺母相似，只是靠近螺纹外径处开设排屑孔，形成切削刃，如图 6.56 所示。圆板牙的外圆上有 4 个顶丝尖坑和一条 V 形槽。下面的两个用于将板牙夹持在板牙架内，以传递扭矩，带动圆板牙旋转。另外两个对板牙中心有些偏斜，当板牙校准部分因磨损而使螺纹尺寸变大以致超出公差范围时，可沿板身 V 形槽锯开，用上面两个尖坑，靠板牙架上的两个顶丝将圆板牙尺寸缩小，以补偿尺寸磨损，调节范围为 0.1～0.25mm。板牙两端带有 2φ 锥角的部分是切削部分，中间一段是校准和导向部分。

可调式板牙由两个半块组成，相对地装在板牙架上，用螺钉来调节两块板牙间的距离。规格一般为 $d=3\sim20\text{mm}$，分为粗牙和细牙两种。这种板牙，每副有两排刀刃，如图 6.57 所示。

(2) 板牙架的外形结构如图 6.58 所示。板牙安装在架子的圆孔内，四周有固定螺钉和调整螺钉。为了减少板牙架的数目，在一定的螺纹直径范围内，板牙的外径相等。

2) 套螺纹的操作方法

套螺纹前，应先确定圆杆直径，直径太大难以套入，直径太小套出的螺纹牙形不完整。圆杆直径应稍小于螺纹外径，可用经验公式计算：

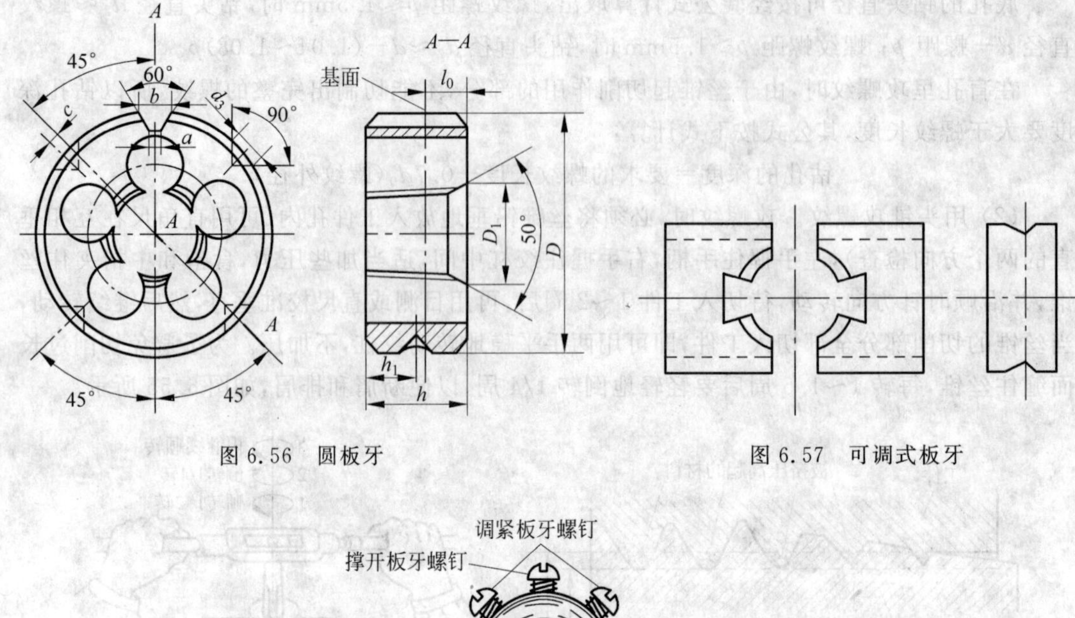

图 6.56 圆板牙　　　　图 6.57 可调式板牙

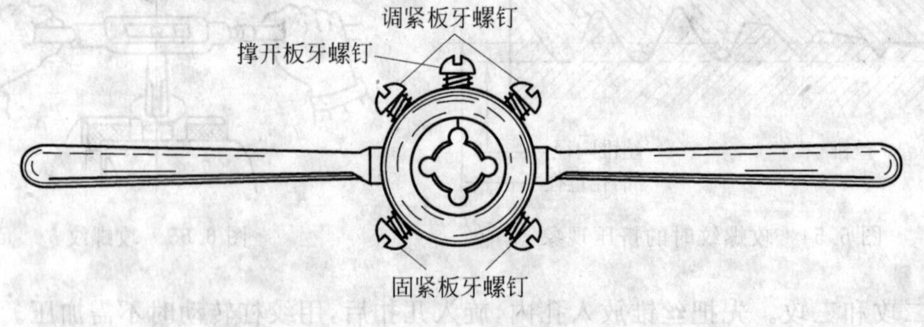

图 6.58 板牙架

$$圆杆直径＝螺纹外径－0.13p（p 为螺距）$$

要套螺纹的圆杆端部应有 15°～45°的倒角，使板牙容易对准工件中心，同时也容易切入。套螺纹时，板牙端面应与圆杆轴线垂直，如图 6.59 所示。开始转动板牙架时，可用手掌稍微施加压力按住板牙中心，当板牙已切入圆杆 1～2 圈后，目测检查、校正板牙位置，在切入 3～4 圈后，就不再施加压力，只要均匀旋转即可。与攻螺纹一样，为了断屑，需要时常反转。在钢料上套螺纹时，应加润滑油，以提高工件质量和延长板牙使用寿命。

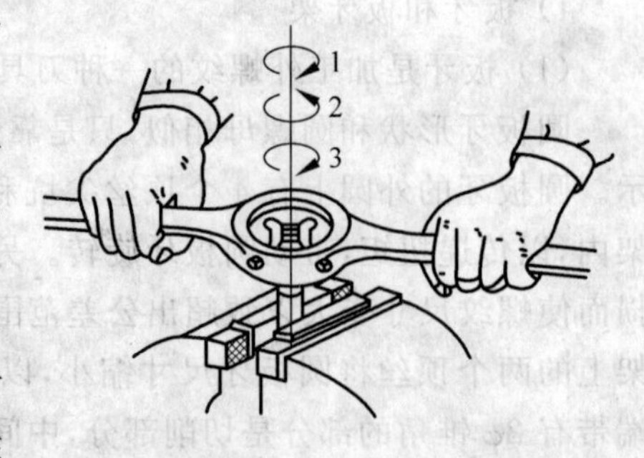

图 6.59 套螺纹

3）螺纹加工的发展

随着机器向大功率、轻量化和高速化的发展，对螺纹加工和螺纹刀具提出了更高的要求，基于塑性变形原理的无屑加工已成为螺纹加工的主要方法。无屑加工主要有搓丝、滚丝、挤压螺纹等。旋风高速铣削螺纹和挤压丝锥是近年发展较好的螺纹加工方法。

（1）梳形螺纹铣刀是在专用螺纹铣床上高速铣削螺纹用的刀具，其结构如图 6.60 所示，为环形扣，可看成是若干个螺纹盘形铣刀叠合而成，刀齿呈环状，无切削锥部，各刀齿负荷均匀。加工时，铣刀与工件轴线平行，工件只需转一周，同时铣刀（或工件）沿工件轴线移动一个螺距就可以铣削出全部螺纹。这是一种先进高效的加工螺纹方法。

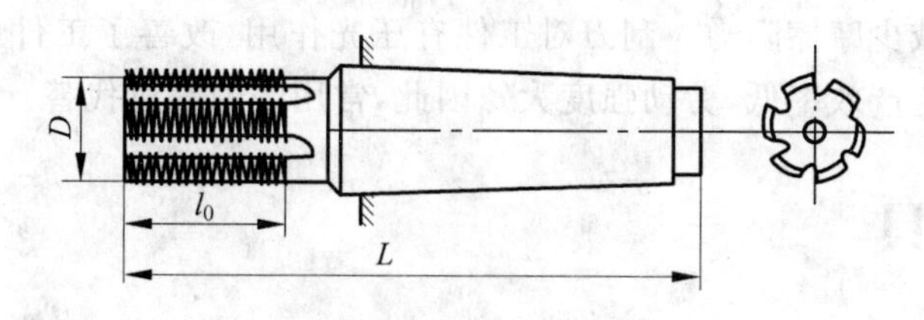

图 6.60 梳形螺纹铣刀

(2) 无槽挤压丝锥(图 6.61)是利用塑性变形的原理来加工螺纹,其端面呈多棱形,可减少挤压接触面,降低攻螺纹转矩。挤压丝锥因具有生产效率高、可高速攻螺纹,加工螺纹尺寸精度高、形位误差和表面粗糙度小,使用寿命长等特点,而广泛应用于加工高精度螺纹,以及对难加工韧性材料、高强度塑性材料的加工,也可应用于有碍清除切屑的自动线上。

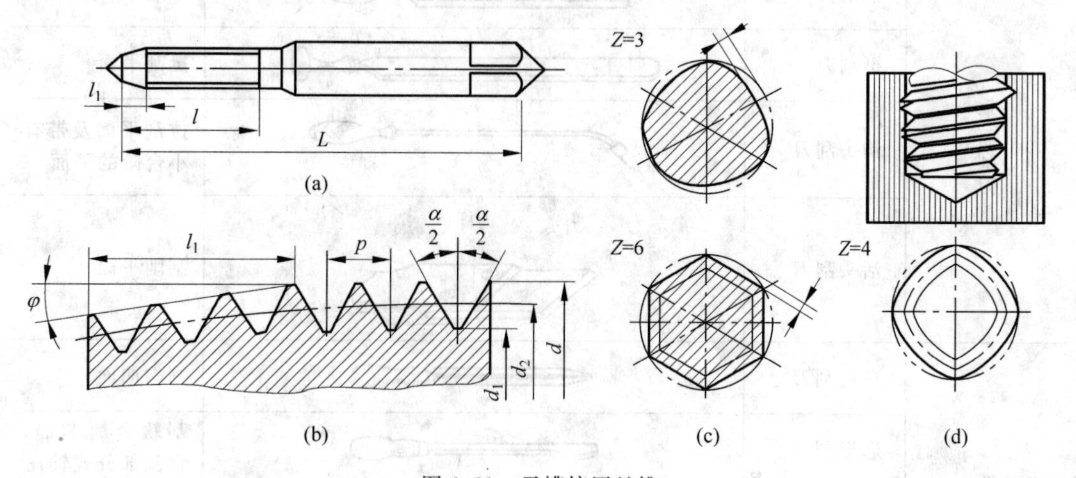

图 6.61 无槽挤压丝锥

(a) 挤压丝锥的结构;(b) 挤压丝锥的齿形;(c) 工作部分的截面形状;(d) 挤压丝锥的应用

6.6 刮 削

6.6.1 概述

刮削是用刮刀刮除工件表面薄层的加工方法,它是一种精加工。在机器制造业、工具制造中,尤其是在高精度修理工作中,刮削更是一种重要的方法。

刮削工艺过程是将工件与校准工具或其他与其相配的工件之间涂上一层显示剂,经过对研,使工件上较高的部位显示出来,然后用刮刀进行微量刮削,刮去较高的金属层。

刮削的同时,刮刀对工件还有推挤和压光的作用,这样反复地显示和刮削,就能使工件的加工精度达到预定的要求。

刮削的特点和作用:刮削具有切削量小、切削力大、装夹变形小、产生热量小等特点。通过刮削清除了加工表面的凹凸不平和扭曲的微观不平度;刮削能提高工件间的配合精度，形成存油空隙，减少摩擦阻力。刮刀对工件有压光作用，改善了工件的表面质量和耐磨性。刮削的缺点是生产效率低，劳动强度大。因此，常用磨削等所代替。

6.6.2 刮削工具

刮刀是刮削的主要工具，一般用碳素工具钢或轴承钢制成。刮刀的刀头应有一定的弹性。根据不同的刮削表面，刮刀可分为平面刮刀和曲面刮刀两大类。

常用的刮刀，如表 6.5 所示。

表 6.5 常用的刮刀

类型		简图	应用
平面刮刀	推刮刀		粗刮平面
	挺刮刀		挺刮平面
	钩头刮刀		拉刮平面及带有小台阶的平面
	活头刮刀	刀头 刀杆	刮削平面
曲面刮刀	三角刮刀		刮内曲面
	匙形刮刀		刮软金属曲面，宜刮部分式轴瓦
	蛇头刮刀		刮内曲面
	半圆头刮刀		刮大直径内曲面
	柳叶刮刀		刮对合轴承及钢套

6.6.3 刮削方法

1. 刮削步骤和注意事项

(1) 检查工件刮前状况，除污锈等。

(2) 调整好工件的位置，以利刮削。

(3) 准备好刮削工具和显示剂。

(4) 根据要求确定刮削方式。

(5) 进行精度检查。

2. 刮削示例

平面刮削是用刮削方法加工工件的平面。它适用于各种互相配合的平面和滑动平面的刮削，如机床导轨的滑动面等。平面刮削可以分 4 个步骤。

(1) 粗刮：先沿前工序刀纹或工件纵向成 45°的方向刮一遍，再转 90°方向刮一遍；然后涂色显示，使刀花明显，以避免重刀或漏刀。

(2) 细刮：在粗刮基础上进一步细刮不平现象。

(3) 精刮：用精刮刀采用点刮法刮削，精刮时，注意落刀要轻，起刀要迅速挑起。每个研点上只刮一刀，不应重复，并始终交叉地进行刮削。

(4) 刮花：在已刮好的平面上，在经过有规律地刮削后，使其形成各种花纹，增加刮削面的美观，又使滑动件之间形成良好的润滑条件。将来还可根据花纹消失多少来判断平面磨损的程度。常见的花纹如图 6.62 所示。

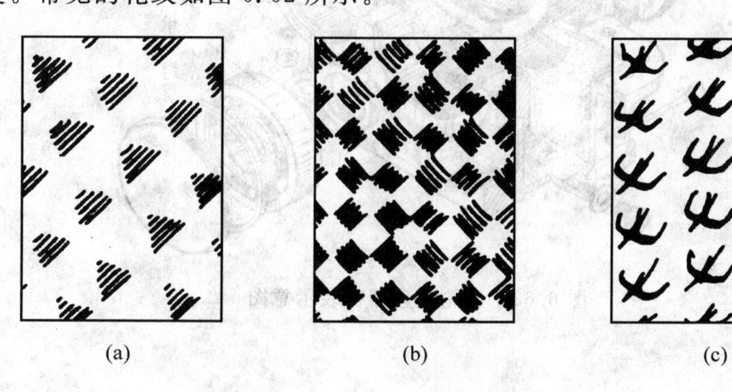

图 6.62 刮花的花纹

(a) 斜花纹；(b) 方块花；(c) 燕子花

6.7 装 配

6.7.1 装配概述

按照规定的技术要求，将零件或零、部件进行配合和连接，使之成为半成品的工艺过程，称为装配。图 6.63 为安装示意图。

装配包括部装和总装，部装是将零件装成部件的过程，而总装是将零件、部件装配成最终产品的过程。

装配时零件相互连接的性质直接影响产品装配的顺序和装配方法。因而在装配前要仔细研究机器零件的连接方式。装配中零件连接可分为固定连接和活动连接两种。

(1) 固定连接：装配以后零件间的相互位置不再变动(没有相对运动)的连接。

(2) 活动连接：装配后零件在工作中能按规定要求作相对运动的连接。

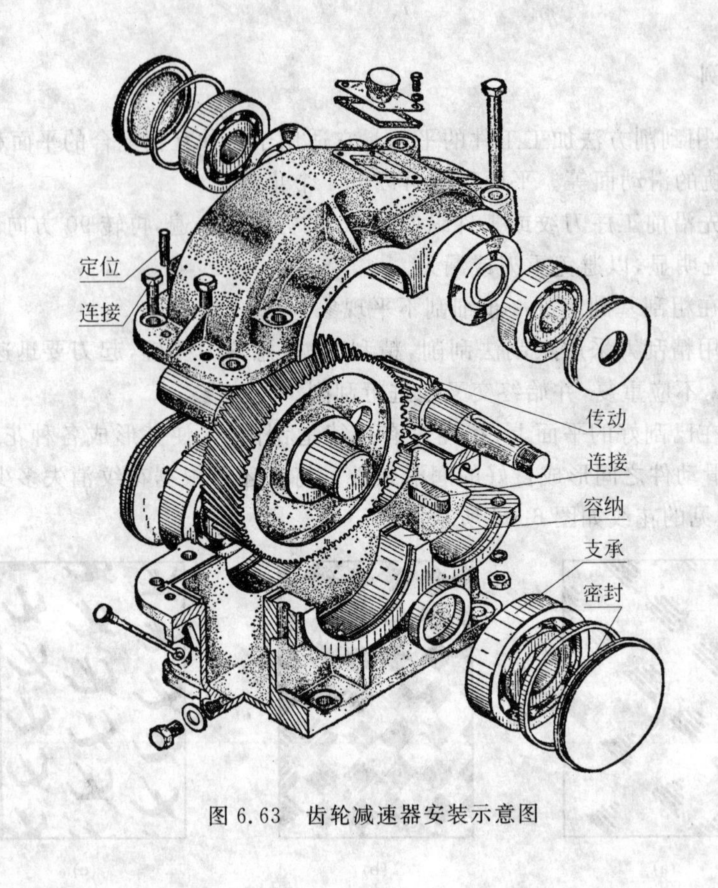

图 6.63 齿轮减速器安装示意图

6.7.2 装配方法

装配的常用方法主要有：

(1) 互换装配法。在装配时各零件不经修理、选择或调整即可达到装配精度的方法。这种方法的特点是：装配操作简单，效率高，对组织协作、组织装配流水线生产以及解决易损件的制备都有好处。但是零件加工精度要求高、制造费用大，适用于环节少、精度要求不高的场合或大批量生产。

(2) 分组装配法。在成批或大量生产中，将产品各配合的零件按实测尺寸分组，装配时按组进行互换装配以达到装配精度的方法。用此法利于提高装配精度，便于提高工作效率。但增加了测量分组的工作量，且零件的储备要多些，管理要求细。

(3) 修理装配法。在装配时修去指定零件上预期留修配置以达装配精度的方法。它的特点是：装配精度高；装配中工作量大，不宜于流水线作业；质量取决于操作水平。适用于单件、小批量生产装配精度要求较高的情况，如机床制造中。

(4) 调整装配法。在装配时，用改变产品中可调整零件的相对位置或选用合适的调整件以达到装配精度的方法。比修配法方便，装配精度很高，使用中易于维护和修理，适合大批和单件生产。当采用尺寸调整工件时，操作较方便，利于流水作业。但增加调整件或调整机构，有时使配合副的刚度受到影响。装配质量取决于操作水平。

6.7.3 装配工艺过程

产品的装配工艺过程主要由以下 4 部分组成。

1. 装配前的准备工作

(1) 研究和熟悉装配图、工艺文件及技术要求，了解产品的结构、各零部件的作用和相互关系以及连接方法，并对配套件的品种及其数量进行检查。

(2) 确定装配的方法、程序，并准备所需要的工具、量具、吊架及检测仪器。

(3) 领取和清洗零件。将装配所需要的零件备齐并整理至要求。

2. 装配工作

按照组件装配→部件装配→总装配的次序依次进行装配。

3. 调整和试验

装配完成后，按技术要求，逐项进行调整工作，精度检查，并进行试车。

4. 装配后的整理和修饰工作

装配时应注意的事项如下：

(1) 应检查零件与装配规定的形状和尺寸精度是否合格，有无差异等。

(2) 各种运动部件的接触面，保证良好的润滑，油路必须畅通。

(3) 各密封件在装配后不得有渗漏现象。

(4) 固定连接的零部件要牢固，活动连接的零件能灵活地按规定方向运动。

(5) 试车时，先开慢车，再逐渐加速，根据试车情况，进行必要的调整。

6.7.4 组件装配示例

如图 6.64 所示为减速箱大轴组件，它的装配顺序如下：

(1) 将键配好，轻轻敲击装在轴上。

(2) 压装齿轮。

(3) 放上垫套，压装右轴承。

(4) 压装左轴承。

(5) 将毡圈放人透盖槽中，并套在轴上。

6.7.5 拆卸的基本要求

机器进行检查和修理时要对机器进行拆卸，拆卸机器时的基本要求是：

(1) 拆前要熟悉图纸，掌握机器部件的结构，确定拆卸方法，不能乱敲、乱拆。

(2) 拆卸工作应按照与装配相反的顺序进行，一般按先上后下、先外后内的顺序拆卸。

(3) 应使用专用工具，如图 6.65 所示。敲击零件时，只能用铜锤或木锤敲击。

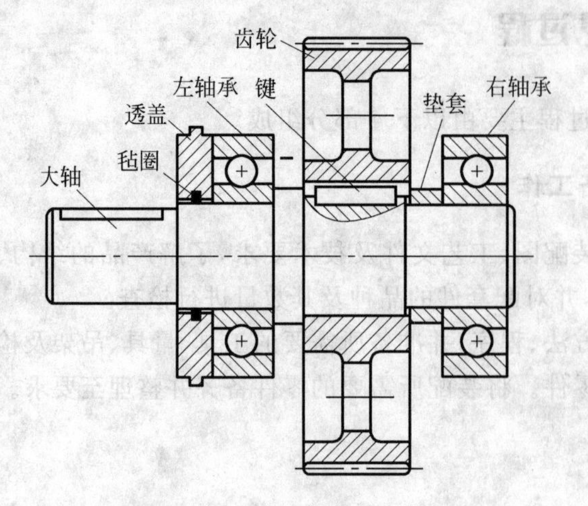

图 6.64 减速箱大轴组件

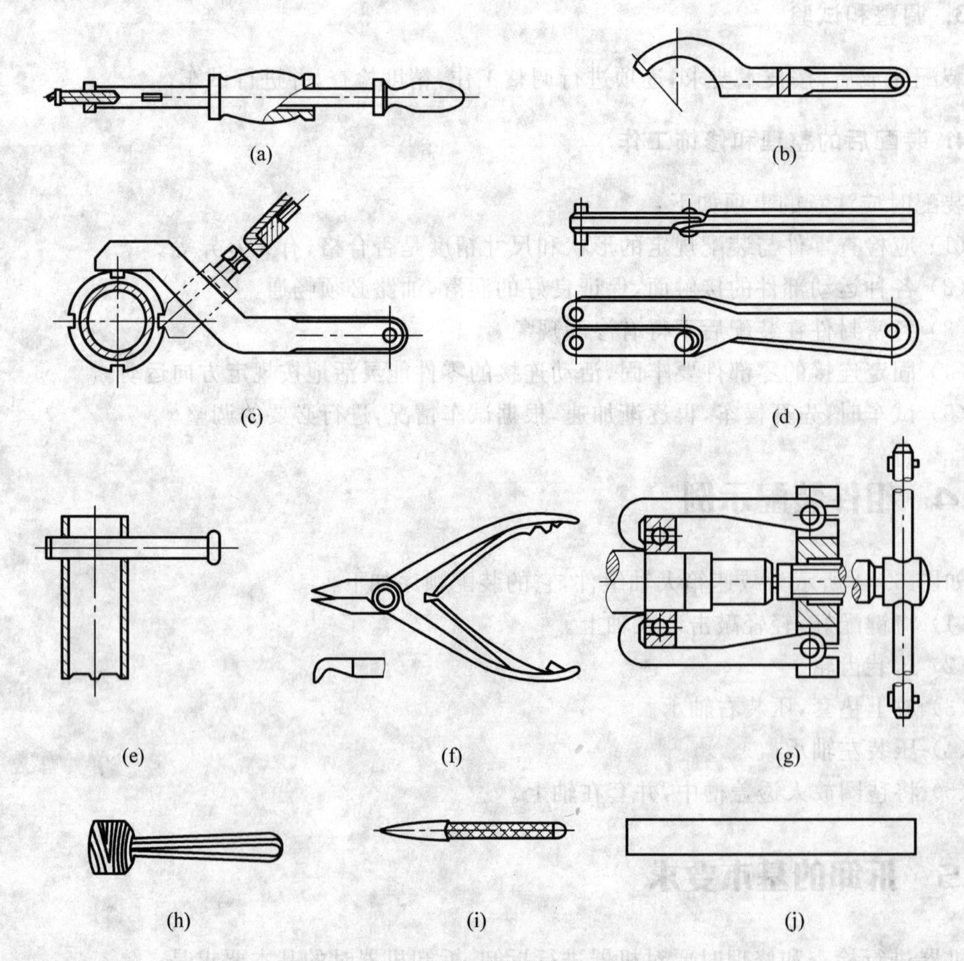

图 6.65 常用的拆卸工具

(a) 拔销器；(b) 单头钩形扳手；(c) 可调式钩形扳手；(d) 双叉销扳手；(e) 管子圆螺母扳手；(f) 弹性卡环钳；(g) 拉出器；(h) 木锤；(i) 销子冲头；(j) 铜棒

(4) 对不能互换或成套加工的零件拆卸时,应作好标记,以防装配时装错。零件拆卸后,应按次序放置整齐,尽可能按原来的结构套在一起。

(5) 拆卸螺纹联接的零件时,辨别清楚螺纹旋向十分重要。

6.7.6 装配新工艺

传统的流水线装配主要依靠人工或人工与机械结合进行装配。随着计算机技术与自动化技术的高速发展,装配工艺也有了很大的发展。在大批量生产中,广泛采用装配流水线。

装配流水线,按节拍特性不同,可分为柔性装配线和刚性装配线;按产品对象不同,又可分为带式装配线、板式装配线、车式装配线等类型。

柔性装配就是可编程装配,柔性装配线主要依靠先进的计算机技术和自动化技术的结合。它具有质量稳定、生产率高等优点,又有通用性、灵活性的特点,适合于多品种、中小批量生产。在汽车、家电等产品的装配中获得了成功应用,也用于自动化、无人化的生产。

刚性装配线是按一定的产品类型设计的,主要依靠机械、气压、液压及电气自动化等得以实现。该方法具有质量稳定、生产率高、节拍稳定、人工参与少等优点,但缺乏灵活性。在汽车发动机、柴油机等外形、性能变化均不大的产品的装配中,得到较为广泛的应用。

6.8 典型钳工件示例

6.8.1 斩口锤的制作

图 6.66 为斩口锤头与锤柄的零件图,其制作步骤如表 6.6 所示。

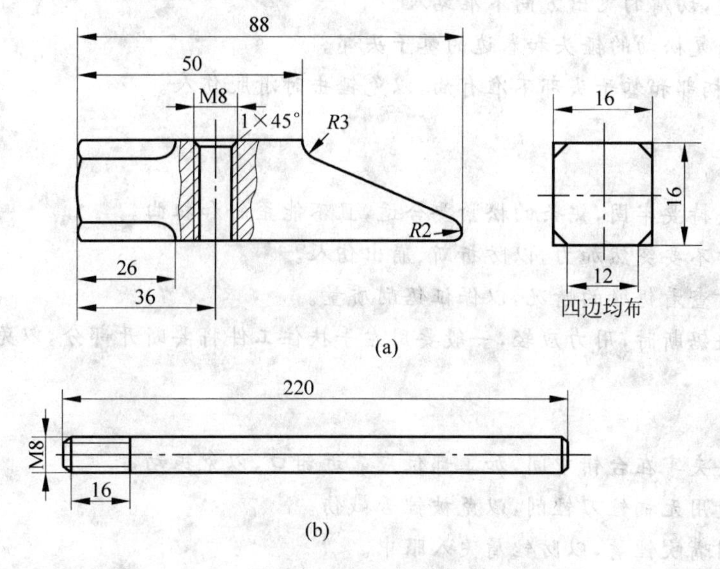

图 6.66 斩口锤零件图

(a) 锄头;(b) 锄头柄

表 6.6 斩口锤制作步骤

序号	操作内容
1	下料,锯 16mm×16mm 方料 90mm 长; ϕ8mm×220mm 棒料
2	在上平面 50mm 右侧錾切 2~2.5mm 深槽
3	锉四周平面及端面,注意保证各面平直、相邻面的垂直和相对面的平行
4	划各加工线
5	锉圆弧面 $R3$
6	锯割 37mm 长斜面
7	锉斜面及圆弧 $R2$
8	锉四边倒角和端面圆弧,并锉铆头柄两端倒角
9	锪 1×45°锥坑,钻 M8 螺纹孔
10	攻 M8 内螺纹
11	套 M8×16mm 的螺杆(铆头柄)
12	装配,将铆头柄旋入铆头的螺纹孔中
13	检验

【安全技术】

1. 划线

(1) 在划线前毛坯应去除残留的型砂及氧化皮、毛刺、飞边等。

(2) 工件支撑要稳固,正确使用划线工具。

2. 錾削

(1) 工件装夹必须稳固,伸出宽度一般离钳口 10~15mm 为宜。

(2) 錾削时,切屑的飞出方向不准站人。

(3) 及时修复松动的锤头和卷边的錾子头部。

(4) 锤头、柄部和錾子头部不准有油,以免锤击时滑脱伤人。

3. 锯削

(1) 工件夹持要牢固,锯条的松紧要合适,且不能歪斜和扭曲。

(2) 锯削时不要突然加力,以防折断、崩出伤人。

(3) 要随时查看锯缝的情况,以保证锯削质量。

(4) 工件快锯断时,用力应轻,一般要用左手扶住工件将要断开部分,以免落下伤脚。

4. 锉削

(1) 工件要夹牢在台钳中间,加工部位应靠近钳口,以免振动。

(2) 不准使用无柄锉刀锉削,以免被锉舌戳伤。

(3) 不准用嘴吹锉屑,以防锉屑飞入眼中。

(4) 锉刀不能粘油、水,以防锈蚀与打滑。同理,锉削时不要用手触摸锉削的表面,以防再锉时打滑。

(5) 锉刀放置不要露出钳台外面,也不要与其他工具重叠放置。

(6) 刀齿面塞积切屑后,应用钢丝刷顺着锉纹方向刷去锉屑。

(7) 不能用锉刀锉毛坯硬皮、氧化皮、硬度高的工件,毛坯表面要用侧刃锉削。

(8) 禁用锉刀作拆卸工具。

5. 钻削

(1) 严禁戴手套或手抓麻花钻头操作,长发应装入帽内。

(2) 工件必须牢固夹紧,钻床应停车后变速和更换钻头。

(3) 不准用手拉或嘴吹钻屑,以防铁屑伤手或伤眼,要在停车后用钩子或刷子清除。

(4) 使用电钻时应注意用电安全。

6. 拆装

(1) 钳台应放在光线充足、便于工作的地方。

(2) 工作场地要保持整洁,毛坯、零件要摆放整齐、稳当,便于取放,并避免碰伤已加工好的零件表面。

(3) 工具的摆放应按一定的顺序排列整齐地摆放在钳台上,不能伸出钳台边。

(4) 拆卸零件、部件时要扶好、托稳或夹牢。

(5) 量具不能与工具或工件混放在一起,常用的工具和量具应摆放在工作位置附近,不用时应放入工具箱内。

思 考 题

1. 钳工的定义及特点是什么?
2. 划线的作用是什么?如何选择划线基准?
3. 装锯条时,为什么不能太紧或太松?
4. 锯切圆棒、圆管、扁钢和长板料的方法及注意事项是什么?
5. 试述锉削平面与曲面的方法是什么?
6. 常用钻床有哪几种?型号及其含义是什么?各自的适用范围是什么?
7. 钻头、扩孔钻及铰刀的主要区别是什么?手工铰孔的注意事项是什么?
8. 攻螺纹、套螺纹所用工具有哪些?底孔直径与圆杆直径的经验确定公式是什么?
9. 攻螺纹、套螺纹的方法及注意事项是什么?
10. 刮削平面的方法及步骤是什么?
11. 何谓刮花?常见花纹有哪些?
12. 常用装配方法有哪几种?适用什么场合?
13. 装配工艺过程与注意事项是什么?
14. 拆卸的基本要求是什么?

车工

7.1 概述

车工是切削成形中最常用的一个工种，各类车床约占金属切削机床总数的一半左右。无论批量生产、维修生产中，车削都占很重要的地位。图7.1表示车床上能完成的工作。

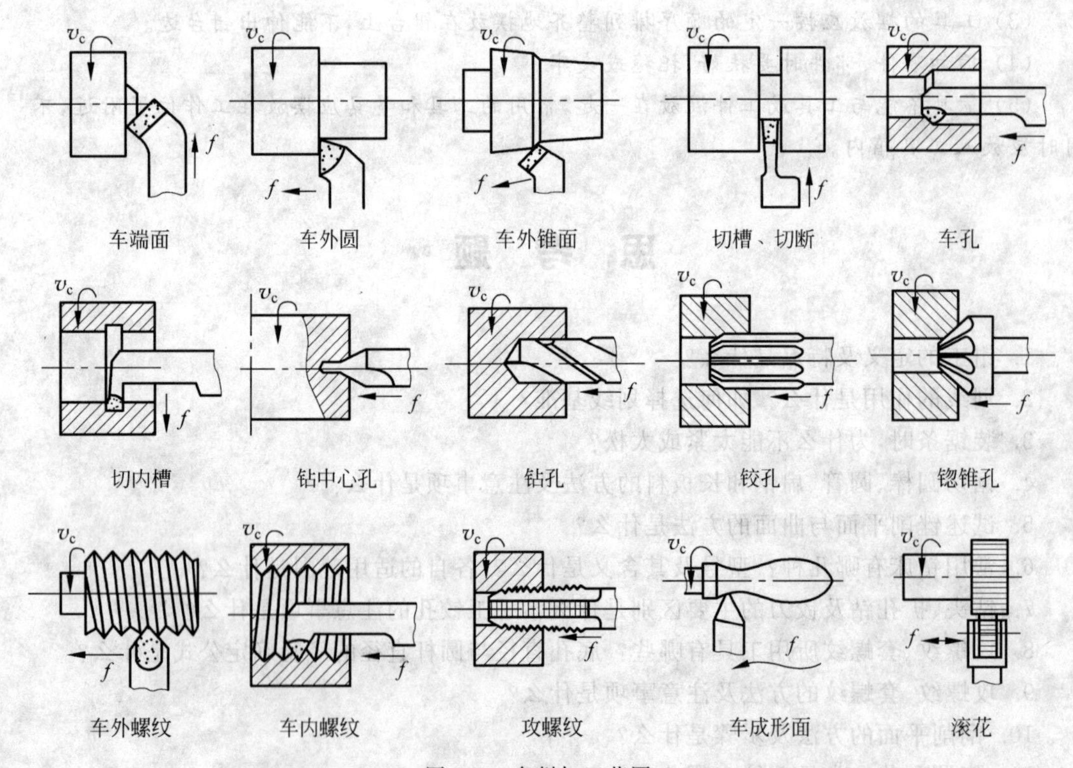

图7.1 车削加工范围

车床的种类很多，主要有普通车床、六角车床、立式车床、多刀车床、自动及半自动车床、仪表车床、数控车床等。车床主要用于加工回转体表面，由于车削过程连续平稳，一般车削可达尺寸精度为IT9～IT7，表面粗糙度$Ra6.3\sim1.6\mu m$。随着电子和计算机等技术的发展，高效率、自动化和高精度的车床不断涌现。

7.2 车 床

7.2.1 车床型号

根据 GB/T 15375—1994《金属切削机床型号编制方法》规定，普通车床型号举例如下：

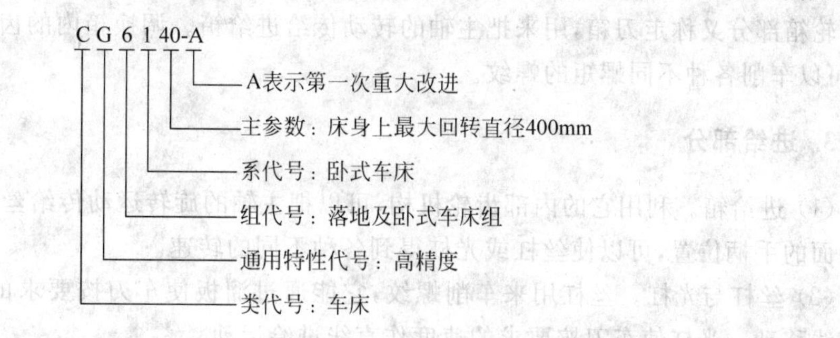

企业中正在使用的一些车床型号，如 C616，CA6140 等是按 1959 年“GB”或 1985 年以前机械工业部“部标”规定编制的，在新 GB 中还规定允许使用“厂标”表示，如：CX5112A/WF，为瓦房店机床厂生产的最大车削直径为 1250mm，经第一次重大改进的数显单柱立式车床。

7.2.2 车床的结构

常见卧式车床的型式及主要部分如图 7.2 所示。

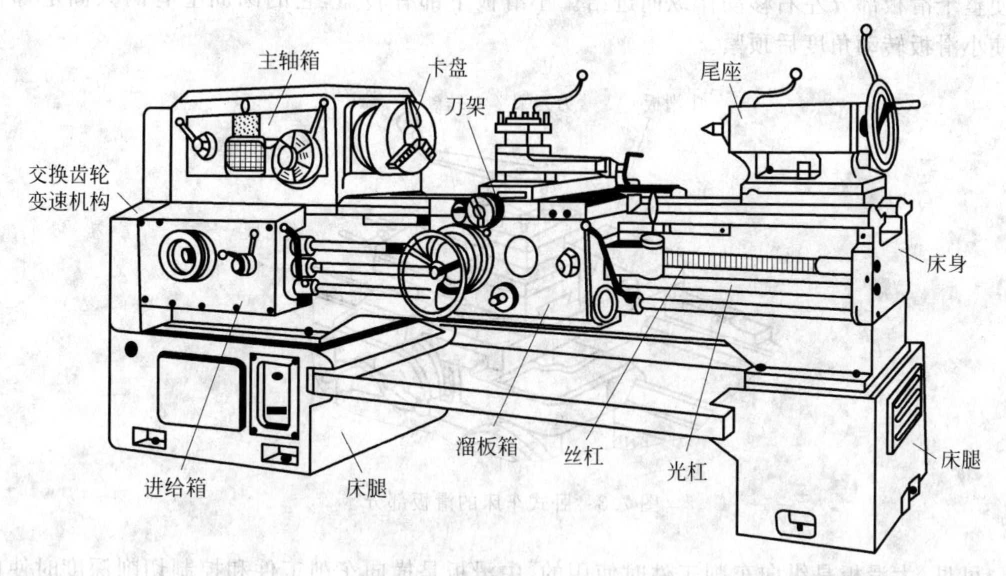

图 7.2 卧式车床外观图

1. 床头部分

(1) 主轴箱：用来带动车床主轴及卡盘转动。变换箱外的手柄位置，可以使主轴得到各种不同的转速。

(2) 卡盘：用来夹持工件，并带动工件一起转动。

2. 轮箱部分

轮箱部分又称走刀箱，用来把主轴的转动传给进给箱。调换箱内的齿轮，并与进给箱配合，可以车削各种不同螺矩的螺纹。

3. 进给部分

(1) 进给箱。利用它的内部齿轮机构，可以把主轴的旋转运动传给丝杠或光杠，变速箱体外面的手柄位置，可以使丝杠或光杠得到各种不同的转速。

(2) 丝杠与光杠。丝杠用来车削螺纹，它能通过溜板使车刀按要求的传动比作很精确的直线移动。光杠使车刀按要求的速度作直线进给运动。

4. 滑板部分

(1) 滑板箱：又称溜、拖板箱，把丝杠或光杠的转动传给溜板，变换箱外的手柄位置，经溜板使车刀作纵向或横向进给。

(2) 滑板：又称溜板，滑板包括大、中、小 3 层滑板，如图 7.3 所示，小滑板手柄跟小滑板内部的丝杠连接。摇动手柄时，小滑板就会纵向进刀或退刀。中滑板手柄装在中滑板内部的丝杠上，摇动手柄、中滑板，就会横向进刀或退刀。大滑板跟床面导轨配合，摇动手柄，可以使整个滑板部分左右移动作纵向进给。小滑板下部有转盘，它的圆周上有两只固定螺钉可使小滑板转动角度后顶紧。

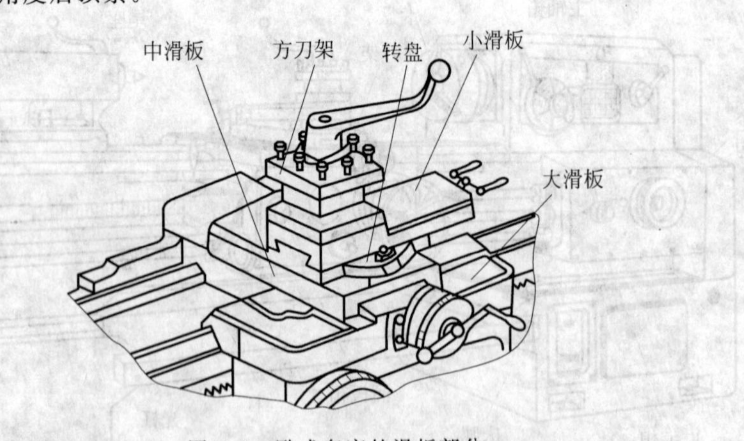

图 7.3　卧式车床的滑板部分

可见，大滑板是纵向车削工件时使用的，中滑板是横向车削工件和控制切削深度时使用的，小滑板是纵向车削较短的工件或圆锥面时使用的。

(3) 刀架：小溜板上有刀架，可用来装夹刀具。

5. 尾座部分

尾座是由尾座体、底座、套筒等组成的。

顶尖装在尾座套筒的锥孔里，该套筒用来支顶较长的工件，还可以装夹各种切削刀具，如钻头、中心钻、铰刀等。底座连同尾座体可沿床身导轨移动，可根据工作的需要调整床头与尾座之间的距离。

6. 床身部分

床身是车床的基础零件，用来支持和安装车床的各个部件，使主轴箱、进给箱、溜板箱、溜板和尾座之间有正确的相对位置。

7. 附件

(1) 中心架：车削较长工件时用来支承工件。

(2) 冷却系统：切削时用来浇注冷却润滑液。

7.2.3 车床的传动路线

车床的传动路线指从电动机到机床主轴或刀架之间的运动传动的路线。图 7.4 为 C6136 车床的传动系统，电动机的旋转运动通过皮带轮、齿轮、丝杠、螺母或齿轮、齿条等构件逐级传至机床的主轴或刀架。图 7.5 为其传动路线示意框图。

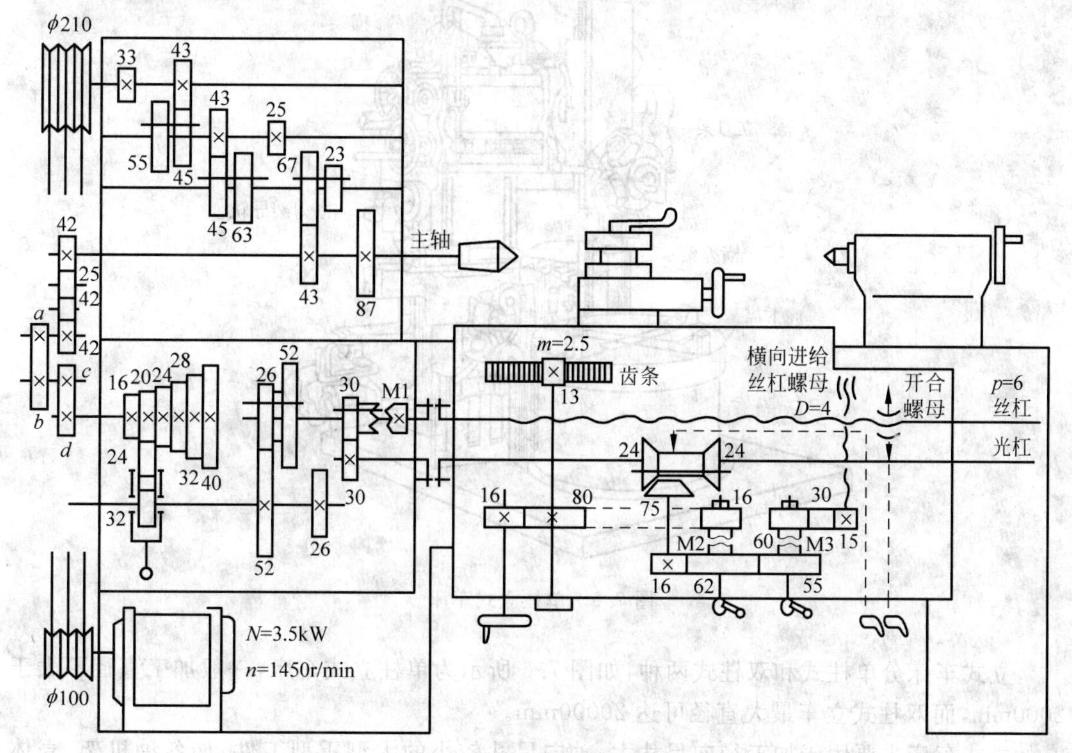

图 7.4 卧式车床传动系统

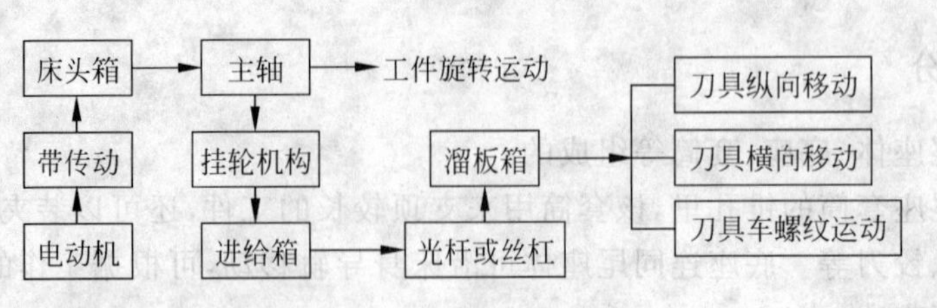

图 7.5 传动路线示意框图

7.2.4 其他类型车床

为了适应不同的加工要求，车床有卧式车床、转塔车床、立式车床、仪表车床、半自动和自动车床等，十大组计近百个系列，他们有各种不同外形与结构，但工作原理还是相同的，使用普遍的有以下几种。

1. 立式车床

较大工件在落地车床上加工时，工件的装夹和找正都很费时间。厚度大、直径大的工件不易装夹得稳固可靠。此外主轴前轴承载负荷大、磨损快，车床不易长期保持工作精度。

立式车床(图 7.6)的主轴轴心线处于竖直位置(立式)，而工作台台面处于水平面内，使工件的装夹和找正比较方便，特别适用于短而粗大的工件安装和加工。由于工件和工作台的质量均匀地作用在工作台底座的导轨推力轴承上，能长期保持其工作精度。

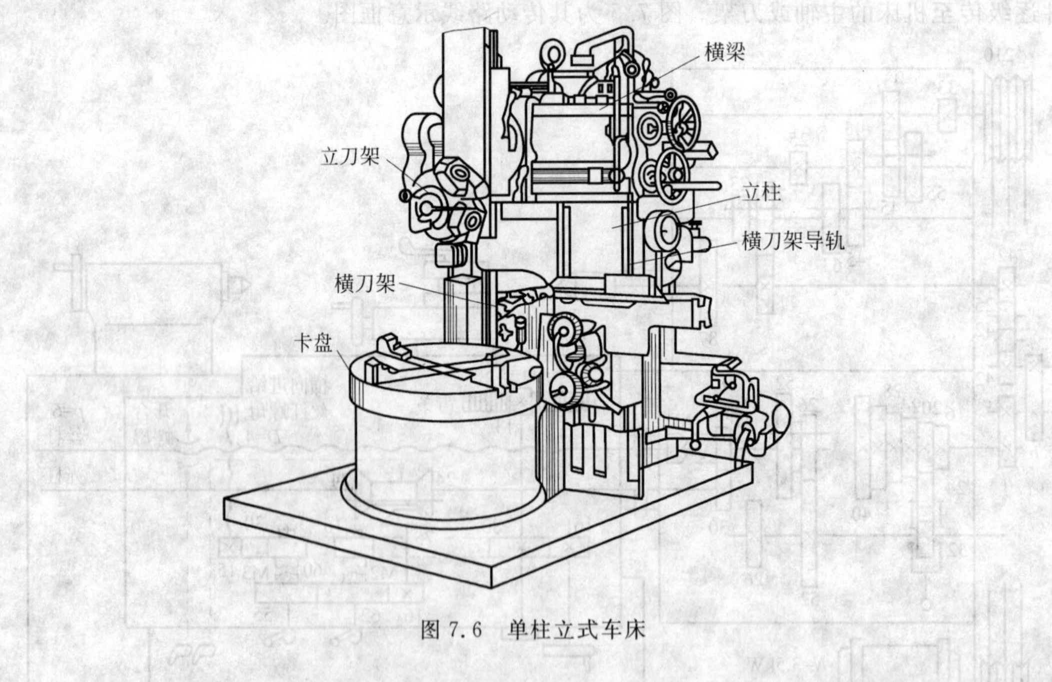

图 7.6 单柱立式车床

立式车床分单柱式和双柱式两种，如图 7.6 所示为单柱立式车床，一般加工直径不大于 2000mm，而双柱式立车最大直径可达 20000mm。

立式车床主要用于加工径向尺寸大、轴向尺寸较小的大型重型工件，如各种机架、壳体等，是汽轮机、重型电动机、矿山冶金等重型机械制造厂不可缺少的加工设备。

2. 转塔车床和回轮车床

由于普通车床装刀位置少,往往不能利用多刀同时进行加工。当加工形状比较复杂的工件时,需要使用多把刀具顺利地切削工件,普通卧式车床便显得有些捉襟见肘,影响生产效率。转塔车床(图 7.7)和回轮车床就显示出优越性。转塔车床有多种型号,一般结构是设有 6 工位转塔刀架,转塔刀架轴线垂直于机床主轴,可沿导轨作纵向移动。转塔刀架各刀具均按加工顺序预调好,切削一次后,刀架退回并转位,再用另一把刀切削,故可在工件一次装夹中完成较复杂的加工。如通过电气步进控制、液压驱动实现半自动循环或自动循环,加工效率比一般卧式车床高 2～3 倍。

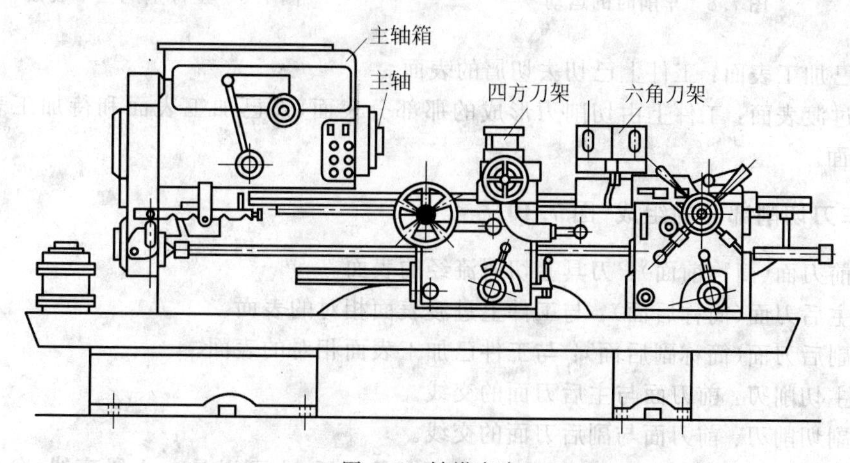

图 7.7 转塔车床

回轮车床是具有回转轴线与主轴轴线平行的回轮刀架,并可顺序转位车削工件的车床,回轮端面上设有 12～16 个工位,当刀具孔转到最上位置时,与主轴中心同轴,刀架可沿床身导轨作纵向进给运动,能在一次装夹中完成较复杂的形面加工。

回轮车床便是一种半自动车床,主要用于形状复杂的盘套类零件的粗加工和半精加工,适用于成批和大量生产。

7.3 车　　刀

7.3.1 车刀的组成及其几何角度

1. 车削时的运动(图 7.8)

(1) 主运动：由机床提供的主要运动,在车床上指主轴旋转。
(2) 进给运动：使刀具和工件之间产生附加的相对运动,这里指车刀。

2. 车削时工件的表面(图 7.9)

(1) 待加工表面：工件上即将切去切屑的表面。

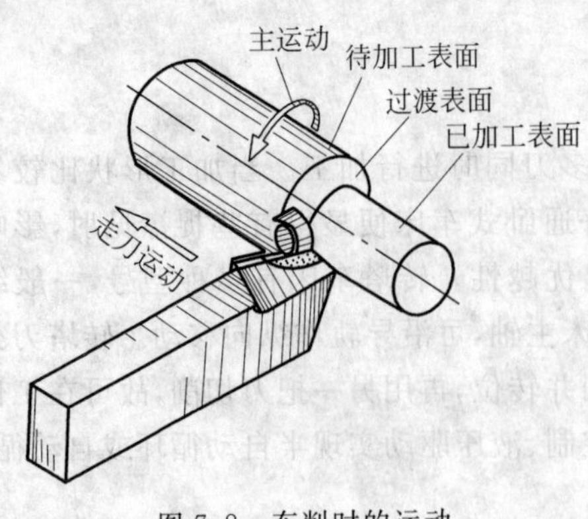

图 7.8 车削时的运动

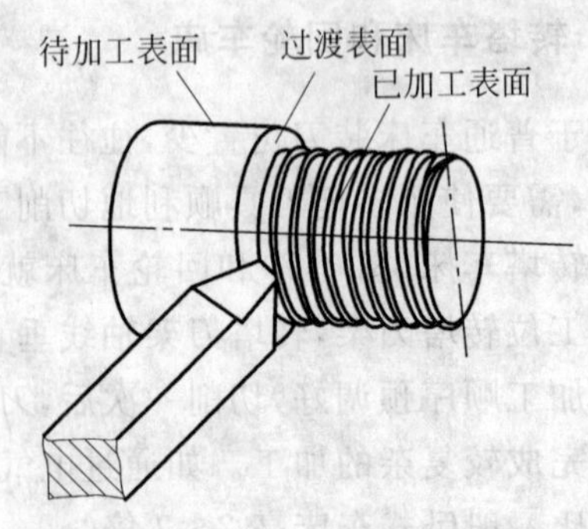

图 7.9 工件上的三个表面

（2）已加工表面：工件上已切去切屑的表面。

（3）过渡表面：工件上由切削刃形成的那部分表面，即已加工表面和待加工表面之间的过渡表面。

3. 车刀切削部分的组成（图 7.10）

（1）前刀面（简称前面）：刀具上切屑流经的表面。

（2）主后刀面（简称后面）：与工件上过渡表面相对的表面。

（3）副后刀面（简称副后面）：与工件已加工表面相对的表面。

（4）主切削刃：前刀面与主后刀面的交线。

（5）副切削刃：前刀面与副后刀面的交线。

（6）刀尖：主、副切削刃汇交的部位，它可以是圆弧，也可以是一小段直线，分别称为修圆刀尖或倒角刀尖。

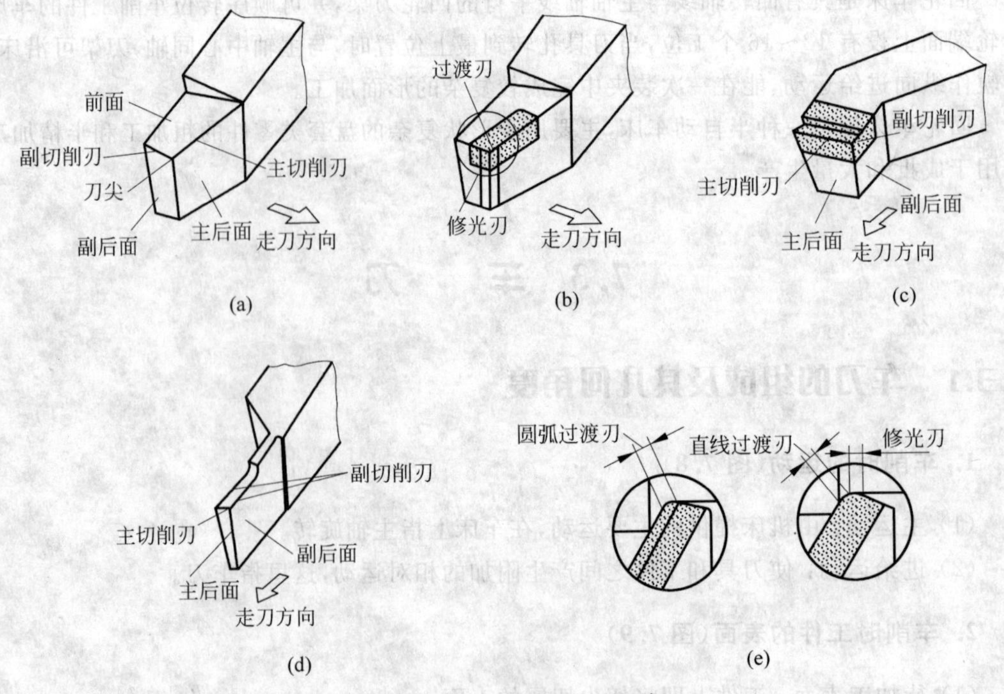

图 7.10 车刀切削部分的组成

4. 车刀角度参考系

刀具角度是确定车刀各部分几何形状的重要参数，用于定义和规定刀具角度的各基准坐标平面称为参考系。参考系有两类：一类称为刀具静止参考系，又称标注参考系，它是刀具设计时标注、刃磨和测量的基准，用此定义的刀具角度称为刀具标注角度；另一类是刀具工作参考系，又称为动态参考系。

组成刀具静止参考系的平面，如图 7.11 所示，由以下几个平面组成：

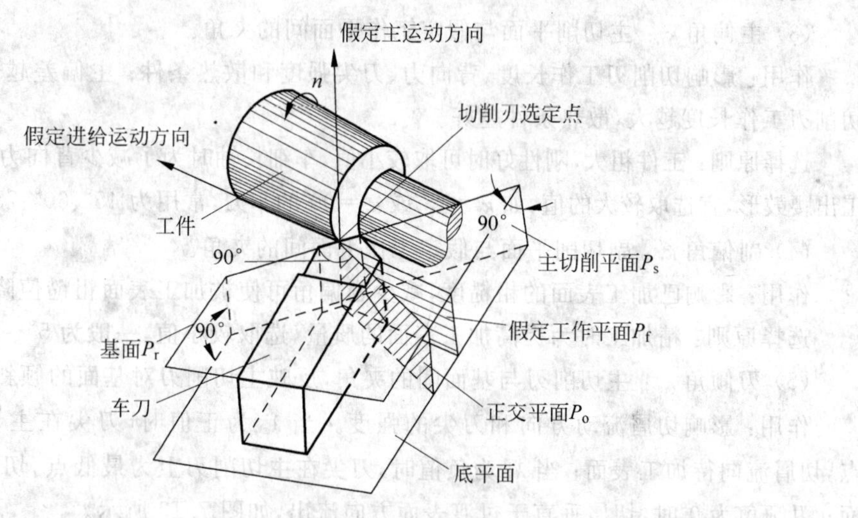

图 7.11 刀具静止参考系的平面

(1) 基面 P_r：过切削刃选定点并垂直于假定主运动方向的平面。车刀的基面可理解为平行于刀具底面(水平面)的平面。

(2) 切削平面 P_s：过切削刃上选定点与切削刃相切并垂直于基面的平面(主切削平面以 P_s 表示，副切削平面以 P_s'表示)。

(3) 正交平面 P_o：过切削刃上选定点，并同时垂直于基面和切削平面的平面。

(4) 假定工作平面 P_f：过切削刃选定点，垂直于基面并平行于假定进给运动方向的平面。

5. 车刀的几何角度及其作用

由于刀具的参考系在切削刃上各点是变化的，因此角度的定义也应指明选定点。在未指明时，一般是指切削刃的基点或刀尖。在正交平面内测量的标注角度见图 7.12。

(1) 前角 γ_o：前刀面与基面间的夹角。

作用：影响切削刃锋利程度及强度，增加前角可使刀刃锋利，切削力减少，切削温度降低；但过大的前角会使刃口强度降低，容易造成刃口损坏。

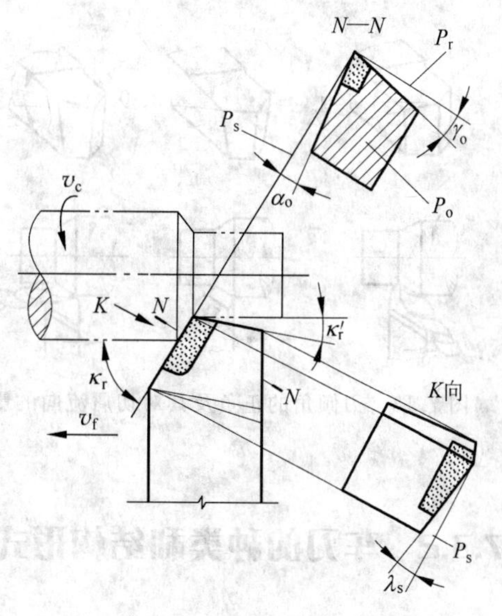

图 7.12 车刀的主要标注角度

选择原则：前角的数值大小与刀具切削部分的材料、被加工材料、工作条件等都有关系。刀具切削部分材料性脆、强度低时，前角应取小值；工件材料强度和硬度低时，可选取较大前角；在重切削和有冲击的工作条件时，前角只能取较小值，有时甚至取负值。一般是在保证刀具刃口强度的条件下，尽量选用大前角。

(2) 后角 α_o：主后刀面与切削平面之间的夹角。

作用：减小后刀面与工件之间的摩擦，它也和前角一样影响刃口的强度和锋利程度。

选择原则：与前角相似，一般后角值为 6°～8°。

(3) 主偏角 κ_r：主切削平面与假定工作平面间的夹角。

作用：影响切削刃工作长度、背向力、刀尖强度和散热条件；主偏差越小，背向力越大，切削刃工作长度越大，散热条件越好。

选择原则：工件粗大，刚性好时可取较小值，车细长轴时为了减少背向力以免工件弯曲加工出腰鼓形，宜选取较大的值，如 $\kappa_r=75°$ 或 $\kappa_r=90°$ 的车刀，常用为 45°、60°、75°、90°等几种。

(4) 副偏角 κ_r'：副切削平面与假定工作平面间的夹角。

作用：影响已加工表面的粗糙度，减少副偏角可使被加工表面粗糙值降低。

选择原则：精加工时为提高加工表面的质量，选取较小值，一般为 5°～10°。

(5) 刃倾角 λ_s：主切削刃与基面间的夹角，反映主切削刃对基面的倾斜程度。

作用：影响切屑流动方向和刀尖的强度。当 λ_s 为正值时，刀尖在主切削刃上的最高点，切屑流向待加工表面；当 λ_s 为负值时，刀尖在主切削刃上为最低点，切屑流向已加工表面；刃倾角为 0°时，切屑垂直于过渡表面方向流出，如图 7.13 所示。

图 7.14 表示刃倾角对刀头强度的影响，在 λ_s 为正值时切屑对刀具的压力使刀头及刃口部分容易损坏，表现出刀头强度较差；反之则表示刀头强度较好。

选择原则：精加工时取正值，粗加工时或有冲击时取负值，一般情况下为 0°～5°。

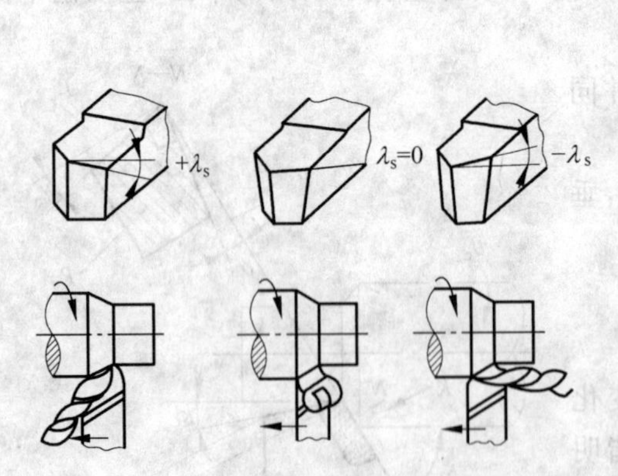

图 7.13 刃倾角的正负及其对切屑流向的影响

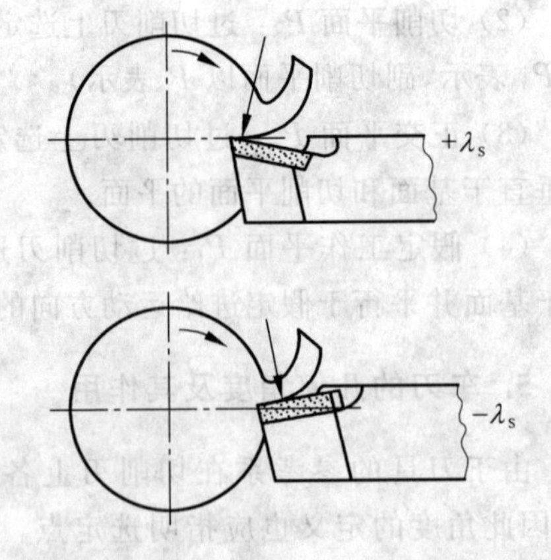

图 7.14 车刀刃倾角对刀头强度的影响

7.3.2 车刀的种类和结构形式

车刀种类很多，可以不同角度分类，下面介绍几种常见分类。

1. 按结构形式分类

(1) 机械夹固式及可转位式车刀：按是否重磨又分机夹不重磨式和机夹重磨式两种。其中机夹不重磨式，一刀刃用钝后不需重磨，如图 7.15(d)所示，只需将夹紧螺钉稍松，将刀片再转过一刃即可使用(可转位式)。而机夹重磨式，类似焊接车刀，用钝后可重磨。

(2) 焊接式车刀：切削部分与刀杆不同材料，刀杆为中碳钢锻造，而切削部分为硬质合金类刀片，运用硬钎焊连接而成，方便灵活，尤其小刀具运用多。如图 7.15(b)所示。

(3) 整体式车刀：其切削部分与刀杆为同一种材料，如高速钢车刀(俗称：白钢刀)，在有色金属加工中应用较多。如图 7.15(a)所示。

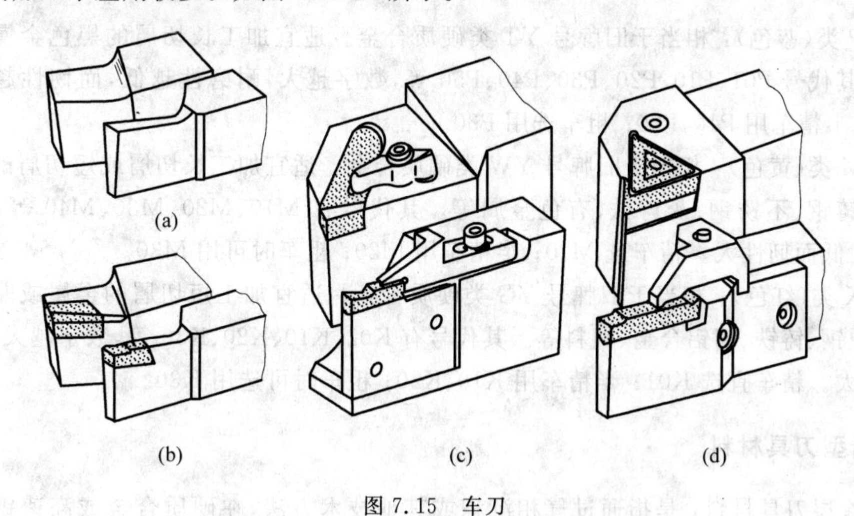

图 7.15 车刀

(a) 整体式；(b) 焊接式；(c) 机械夹固式；(d) 可转位式

2. 按用途分类

按工件加工要求不同有外圆车刀、端面车刀、镗孔刀、切断刀、螺纹车刀、成形车刀等。

3. 按刀头形状特征分类

可分为直头刀、弯头刀、尖刀、圆弧车刀、左偏刀、右偏刀等。

7.3.3 车刀切削部分材料

1. 刀具材料应具备的性能

切削过程中，刀具的切削部分要承受很大的压力、摩擦、冲击和很高的温度，因此，刀具切削部分的材料应具备以下性能：

(1) 高的硬度：一般认为刀具材料的硬度应在 60HRC 以上。

(2) 足够的强度和韧性：又称坚韧性，以承受切削中的冲击力和振动，减少刀具脆性断裂和崩刃。

(3) 耐磨性好：即抵抗磨损的能力，使刀具使用耐久。

(4) 高的耐热性：是指刀具在高温下仍能保持硬度、强度、韧性和耐磨性等。

(5) 工艺性能要好：为了便于刀具本身的制造，刀具材料还应具有一定的工艺性能，如切削性能、磨削性能、焊接性能及热处理性能等。

2. 刀具材料的种类

车刀常用切削部分材料有工具钢(含高速钢)、硬质合金、陶瓷和超硬刀具材料等。

目前硬质合金应用较多，根据 GB/T 2075—1998 规定，按被加工材料分了三个大(类)组，分别用字母 P、M、K 表示(这些字母完全是习惯性，本身无其他含义)，相应识别颜色为蓝、黄或红。

(1) P 类(蓝色)：相当于旧牌号 YT 类硬质合金。适宜加工长切屑的黑色金属，如钢、铸钢等。其代号 P01、P10、P20、P30、P40、P50 等，数字越大，耐磨性越低，而韧性越高。精车用 P01，半精车用 P10，P20；粗车选用 P30。

(2) M 类(黄色)：相当于旧牌号 YW 类硬质合金。适宜加工长切屑或短切屑的金属材料，如钢、铸钢、不锈钢、灰铸铁、有色金属等。其代号有 M10、M20、M30、M40 等，数字越大，耐磨性低而韧性大。精车选 M10；半精车用 M20；粗车时可用 M30。

(3) K 类(红色)：相当于旧牌号 YG 类硬质合金。适宜加工短切屑的金属或非金属材料，如淬硬钢、铸铁、铜铝合金、塑料等。其代号有 K01、K10、K20、K30 等，数字越大，耐磨性低而韧性大。精车宜选 K01；半精车用 K10、K20；粗车时可选用 K30。

3. 新型刀具材料

(1) 涂层刀具材料：是指通过气相沉积或其他技术方法，在硬质合金或高速钢的基体上涂覆一薄层高硬耐磨的难熔金属或非金属化合物而构成的刀具材料。如在硬质合金表面上涂厚 4～9μm 的涂层时，表面硬度可达 2500～4200HV，是实现刀具要求“面硬而心韧”的有效方法之一。

常用的涂层材料有 TiC、TiN、Al_2O_3 等，硬质合金涂层刀具寿命可比原来提高 1～3 倍，高速钢涂层后寿命提高 2～10 倍，世界各国对涂层刀具运用很广泛。处于领先地位的瑞典，在车削中使用涂层硬质合金刀片已达 70%～80%。

(2) 陶瓷刀具材料：按化学成分主要分为 Al_2O_3 基和 Si_3N_4 基两类。陶瓷刀具硬度高而耐磨，允许切削速度达到 12.5m/s，耐热性度可达 1200～1450℃，其效率比硬质合金提高了 1～4 倍，可制成刀片，主要用于半精加工和精加工高硬度、高强度钢及冷硬铸铁等材料，缺点抗弯强度低，冲击韧性差。

(3) 超硬刀具材料：包括人造聚晶金刚石和立方氮化硼等人造聚晶金刚石，刀具硬度极高(5000HV 以上)，耐磨性极好，可切削硬的材料而长时间保持尺寸的稳定(不宜加工铁族金属，为什么?)，其刀具寿命比硬质合金高几十倍至上百倍，适宜精细加工。

立方氮化硼(CBN)的显微硬度达 8000～9000HV，仅次于天然金刚石(10000HV)，耐磨性很好，其耐热性达 1500℃，且与铁族材料亲和作用小，适于加工高硬、难切材料。

要注意各种刀具材料的使用性能，工艺性能和价格不同，各种车削条件对刀具要求也各异，因此应综合考虑，合理地选用刀具材料。

7.3.4 车刀的刃磨与安装

焊接式车刀和整体式车刀用钝了，就得进行刃磨，以达到规定的角度要求，保持锋利，以利高效车削生产。通常车刀刃磨使用砂轮机。一要选择砂轮；二讲刃磨步骤。

1. 砂轮的选择

车刀刃磨常用砂轮有两种：一种是白刚玉(WA)砂轮，用来磨削硬度较高的刀具材料，如高速钢等(选用 46＃～60＃)；另一种是绿碳化硅(GC)砂轮，用于磨削硬质合金、陶瓷等(选用 46＃～60＃)。

2. 刃磨步骤

刃磨外圆车刀的一般步骤如图 7.16 所示。

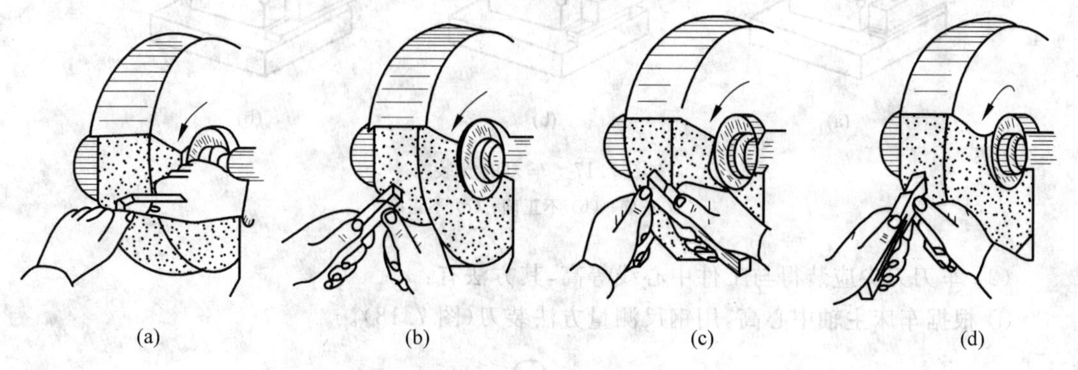

图 7.16 刃磨外圆车刀的一般步骤

(a) 磨前刀面；(b) 磨主后刀面；(c) 磨副后刀面；(d) 磨刀尖圆弧

(1) 磨前刀面：目的是磨出车刀的前角 γ_o 和刃倾角 λ_s；

(2) 磨主后刀面：目的是磨出车刀的主偏角 κ_r 和后角 α_o；

(3) 磨副后刀面：目的是磨出车刀的副偏角 κ_r' 和副后角 α_o'；

(4) 磨刀尖圆弧：在主切削刃与副切削刃之间磨刀尖圆弧。

对于车削较硬材料的车刀，也可以在过渡刃上磨出负倒棱。对于大进给量车刀，可用相同方法在副刀刃上磨出修光刃。

刃磨时，人要站在砂轮侧面，双手要拿稳车刀，用力要均匀，倾斜角度要合适，要在砂轮圆周表面中间部位磨，并左右移动。磨高速钢车刀时，刀头发热，应放入水中冷却，以免刀具因温升过高而软化；磨硬质合金车刀时，刀头发热，可将刀柄置于水中冷却，避免硬质合金刀片过热沾水急冷而产生裂纹。

刃磨后的刀刃一般不够平滑光洁，刃口呈锯齿形。切削时，会影响工件表面粗糙度。所以手工刃磨后的车刀，应使用油石进行研磨，可消除刃磨后的残留痕迹，从而提高车刀的耐用度和工件加工表面的质量。

3. 车刀的安装

车刀安装的是否正确,直接影响切削的顺利进行和工件的加工质量,即使刀具的角度刃磨得非常合理,如安装不正确,也会改变车刀的实际工作角度。所以在安装车刀时,应注意以下几点。

(1) 车刀在刀架上正确安装(图 7.17(a)),其伸出长度正确(一般不超过刀杆厚度的 2 倍),车刀下面的垫片平整,数量少,并与刀架对齐,压紧牢固;相反(图 7.17(b),(c))车刀伸出过长而且垫片也没对齐,为安装不正确。

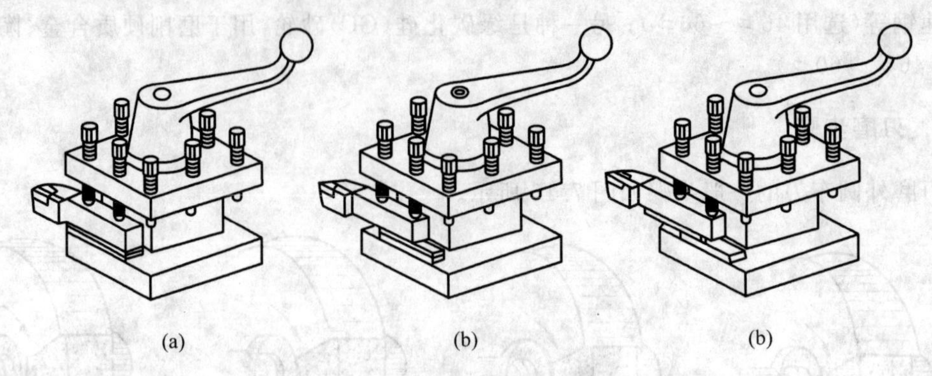

图 7.17 车刀的安装

(a) 正确;(b) 不正确;(c) 不正确

(2) 车刀刀尖应装得与工件中心线等高,其方法有:

① 根据车床主轴中心高,用钢尺测量方法装刀(图 7.18)。

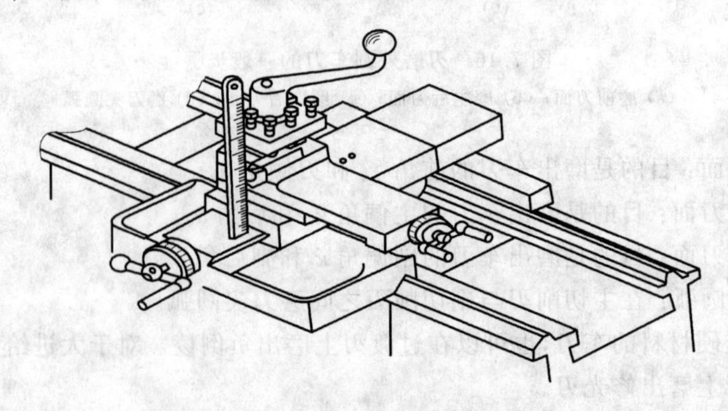

图 7.18 用钢尺测量中心高对刀

② 根据尾座顶尖的高度装刀(图 7.19)。

③ 把车刀靠近工件端面用目测估计车刀的高低,然后紧固车刀将工件端面车一刀,再根据工件端面中心装准车刀(图 7.20)。

(3) 安装车刀时,刀杆轴线应与走刀方向垂直,否则会使主偏角和副偏角的动态角度值发生变化(图 7.21)。

(4) 车刀至少要用两个螺钉压紧在刀架上。

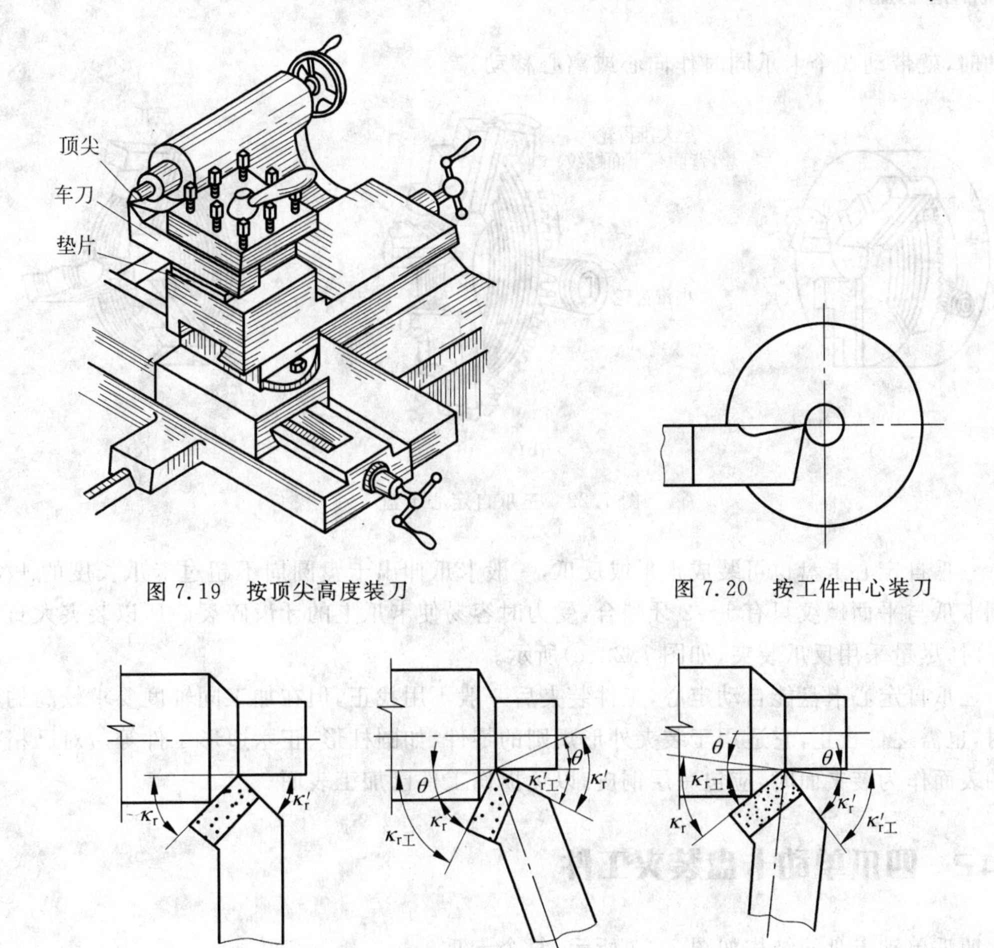

图 7.19 按顶尖高度装刀

图 7.20 按工件中心装刀

图 7.21 装刀歪斜对车刀偏角的影响

(a) 对正 κ_r、κ_r' 都不变；(b) 偏右 $\kappa_{r工}$ 增大；$\kappa_{r工}'$ 减小；(c) 偏左 $\kappa_{r工}$ 增大；$\kappa_{r工}'$ 增大

7.4 工件的安装及所用附件

为顺利加工达到预期质量，在车床上安装工件时，要定位准确，夹紧可靠，承受切削力，保证工作时安全，车床上常用的装夹工卡具有：三爪自定心卡盘、四爪单动卡盘、顶尖、中心架，跟刀架、心轴、花盘和弯板等机床附件。

7.4.1 三爪自定心卡盘装夹工件

三爪自定心卡盘是车床上应用最广泛的通用夹具，其结构如图 7.22 所示，卡盘上的三个卡爪是同步运动的。当扳手方榫插入小锥齿轮的方孔转动时，小锥齿轮就带动大锥齿轮转动，大锥齿轮的背面是平面螺纹，3 个卡爪背面的螺纹与平面螺纹啮合，因此当平面螺纹转动时，就带动 3 个卡爪同时作向心或离心移动。

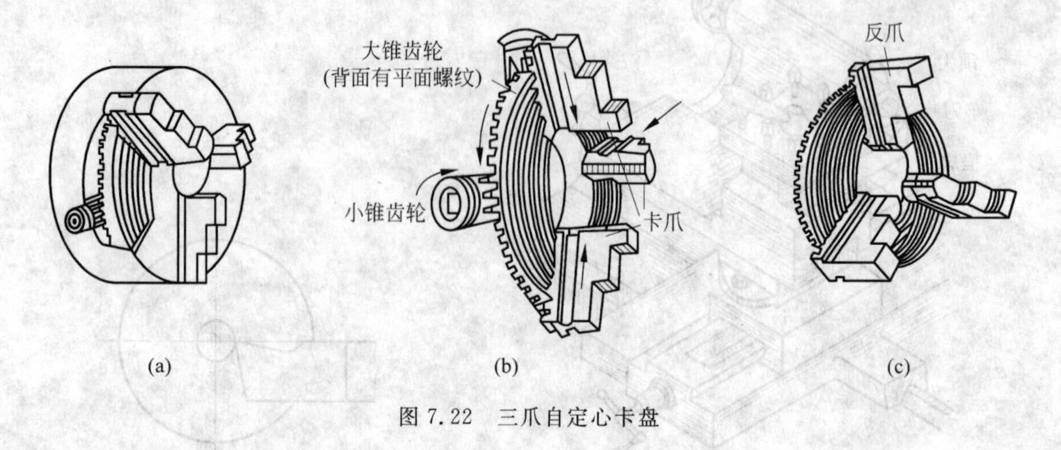

图 7.22 三爪自定心卡盘

三爪自定心卡盘也可装成正爪或反爪，一般卡爪伸出卡盘圆周不超过卡爪长度的 1/3，否则卡爪与平面螺纹只有 1～2 牙啮合，受力时容易使卡爪上的牙齿碎裂。所以装夹大直径工件时，尽量采用反爪装夹，如图 7.22(c)所示。

三爪自定心卡盘能自动定心，工件装夹后一般不用找正，但在加工同轴度要求较高的工件时，也需逐件校正，它适用于装夹外形规则的零件，如圆柱形、正六边形工件等。对已精加工的表面作为装夹面时，应包一层铜皮，以免损伤工件已加工表面。

7.4.2 四爪单动卡盘装夹工件

四爪单动卡盘的结构如图 7.23 所示，每个卡爪后面有半瓣内螺纹，转动螺杆时，卡爪可沿槽移动。由于 4 个卡爪是用扳手分别调整，因此工件装夹时必须将加工部分的旋转轴线找正到与车床主轴线重合后才可车削。

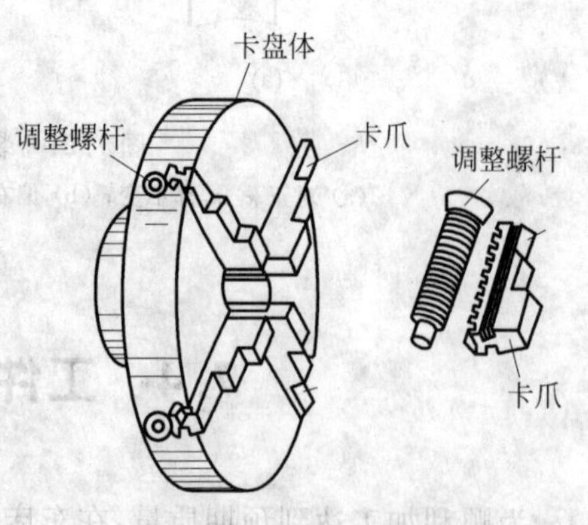

图 7.23 四爪单动卡盘

四爪单动卡盘的优点是夹紧力大，因此适用于装夹大型或形状不规则的工件。卡爪可装成正爪使用。装夹毛坯面进行粗加工时，一般用划针盘找正工件，如图 7.24 所示。四爪单动卡盘调整工件时应采取防止工件掉落到导轨上，损伤机床的措施(如垫木板)。

在四爪单动卡盘上找正精度较高工件时，可用百分表来代替划针盘(图 7.24)。

7.4.3 用两顶尖装夹工件

对于较长的或必须经过多次装夹才能完成的工件，或工序较多，在车削后还要进行磨削的工件，为了使每次装夹都能保持其安装精度(保证同轴度)，常使用两顶尖装夹工件。用两顶尖装夹很方便，不需校正，安装精度高。但必须先在工件两端钻出中心孔。

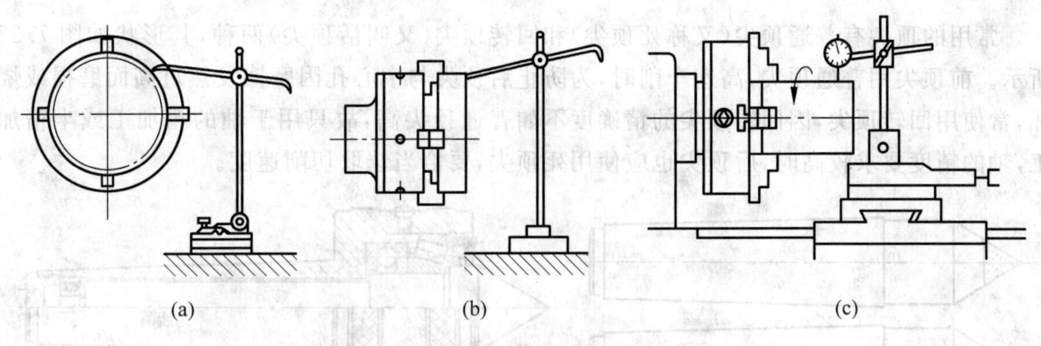

图 7.24　在四爪单动卡盘上校正工件

(a) 找正外圆；(b) 找正平面；(c) 用百分表找正工件

打中心孔，要使用的中心钻如图 7.25 所示，分 A 型（不带护锥中心钻）、B 型（带护锥中心钻）和 R 型 3 种。

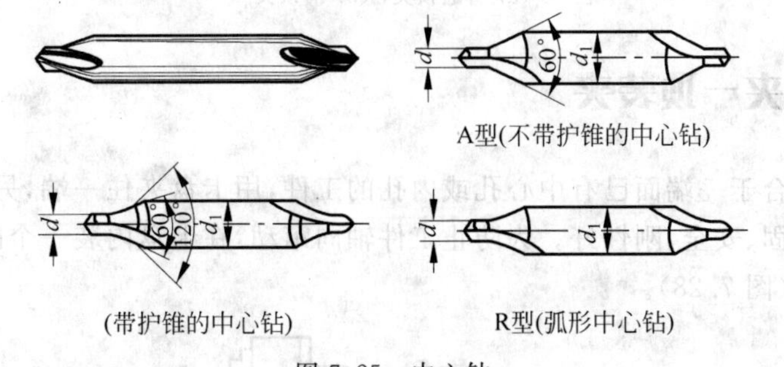

图 7.25　中心钻

中心孔的锥面（60°）是和顶尖（也是 60°）相配合的，前面的小圆孔是为了保证顶尖与锥面能紧密接触，还可以保存少量的润滑油。双锥面的 120°锥面又叫保护锥面，是防止 60°的锥面被碰坏而不能与顶尖紧密地接触。另外，也便于在顶尖上加工轴的端面。

中心孔须在车床或专用机床上加工，但加工之前须将轴的端面车平。

用两顶尖装夹工件如图 7.26 所示，将待加工工件装在前后两个顶尖上，前顶尖装在主轴的锥孔内，后顶尖装在尾架套筒内，用弯头（图 7.26(a)）夹头或直尾（图 7.26(b)）夹头装夹后通过拔盘带动工件旋转。

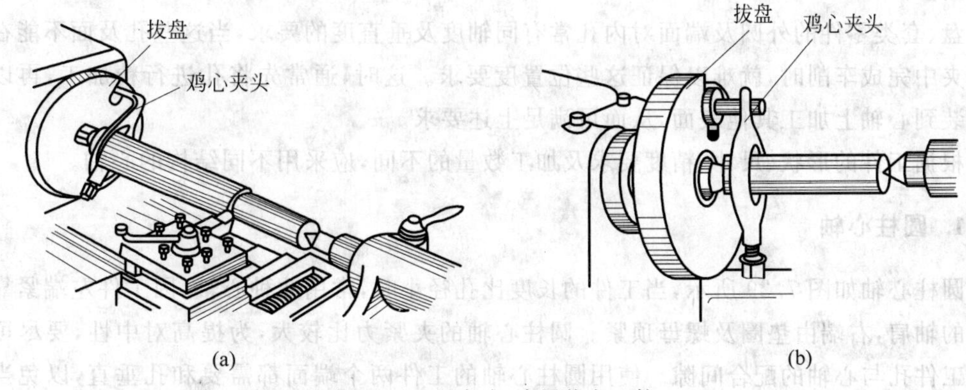

图 7.26　用弯头、直尾装夹工件

(a) 弯头；(b) 直尾

常用的顶尖有普通顶尖(又称死顶尖)和回转顶尖(又叫活顶尖)两种,其形状如图7.27所示。前顶尖用普通顶尖,高速车削时,为防止后顶尖与中心孔因摩擦发热过高而磨损或烧坏,常使用回转顶尖,因回转顶尖的精确度不如普通顶尖高,故只用于轴的粗加工或半精加工,轴的精度要求较高时,后顶尖也应使用死顶尖,要恰当选取切削速度。

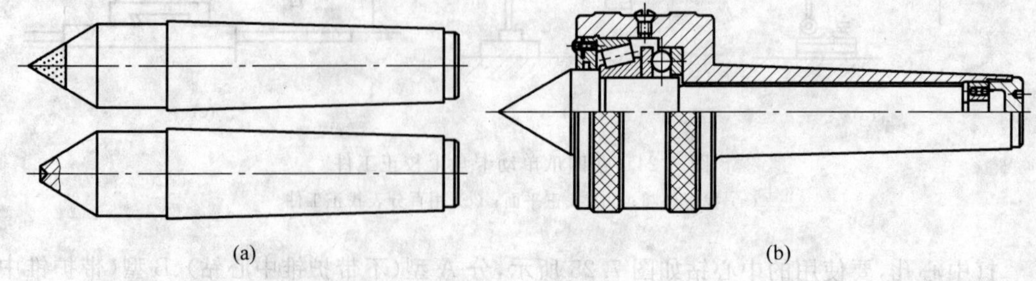

图7.27 顶尖

(a) 普通顶尖;(b) 活顶尖

7.4.4 用一夹一顶装夹

这种方式适合于一端面已有中心孔或内孔的工件,用卡盘夹住一端,另一端用后顶尖顶住。如此装夹牢固、安全、刚性好。为防止工件轴向窜动,在卡盘内装一个限位支承,或用工件台阶进行限位(图7.28)。

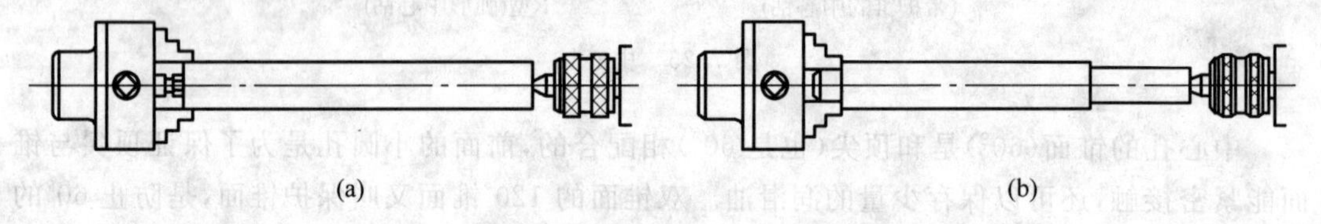

图7.28 一夹一顶安装工件

(a) 用限位支承限位;(b) 用工件台阶限位

7.4.5 用心轴装夹工件

盘、套类零件的外圆及端面对内孔常有同轴度及垂直度的要求,当这些孔及面不能在一次装夹中完成车削时,就难以保证这些位置度要求。这时,通常先将孔进行精加工,再以孔定位装到心轴上加工其他表面,从而可满足上述要求。

根据工件的形状、尺寸、精度要求及加工数量的不同,应采用不同结构的心轴。

1. 圆柱心轴

圆柱心轴如图7.29所示,当工件的长度比孔径小时,常用此种心轴,因工件左端紧靠在心轴的轴肩,右端由垫圈及螺母顶紧。圆柱心轴的夹紧力比较大,为提高对中性,要尽可能减小工件孔与心轴的配合间隙。使用圆柱心轴的工件两个端面都需要和孔垂直,以免当螺帽拧紧时,心轴弯曲变形。

2. 锥度心轴

锥度心轴如图 7.30 所示，其锥度为(1∶2000)～(1∶5000)。工件压入后靠摩擦力与心轴固紧，盘套类零件外圆和端面精车，可采用此种心轴。其优点是对中准确、装卸方便，缺点是背吃刀量不宜过大。

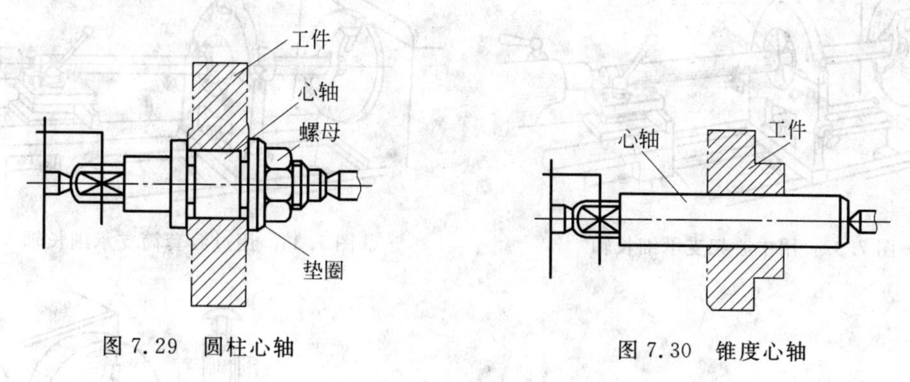

图 7.29 圆柱心轴　　图 7.30 锥度心轴

3. 可胀心轴

图 7.31 是可胀心轴(弹簧心轴)，它通过调整螺母 1，使锥套沿心轴锥体向左移动而形成径向扩张，而将工件胀紧的一种可快速装卸的心轴，适于装夹中、小型零件。

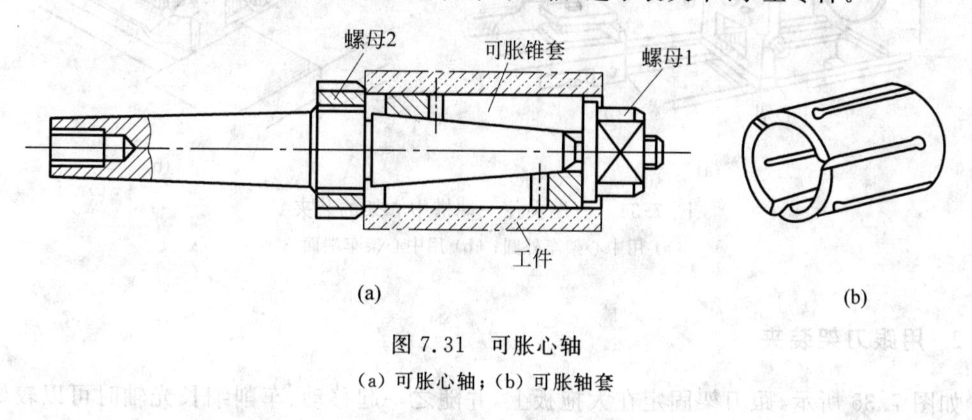

图 7.31 可胀心轴

(a) 可胀心轴；(b) 可胀轴套

7.4.6 中心架和跟刀架装夹工件

加工细长轴时，由于其刚性差，在切削背向力作用下易引起振动及车刀顶弯工件而使工件车成腰鼓形，往往需要用中心架或跟刀架作为辅助支承。

1. 中心架装夹

(1) 中心架直接支承在工件预先加工好的外圆上(图 7.32)，可起改善细长轴的刚性作用。车削时，卡爪与工件接触处应不断加润滑油，减少摩擦以防止爪、件间过度磨损。

(2) 用过渡套筒支承工件(图 7.33)。由于在细长轴中间车削一条沟槽比较麻烦，为了解决这一问题，可采用过渡套筒装夹细长轴，使爪卡不直接与毛坯接触，而使卡爪与过渡套筒的外表面接触，过渡套筒的两端各装有 4 个螺钉，用这些螺钉夹住毛坯工作，但过渡套筒的外圆必须安正。

(3) 一端用卡盘夹住，另一端用中心架支承来加工轴的端面结构，如图 7.34 所示。

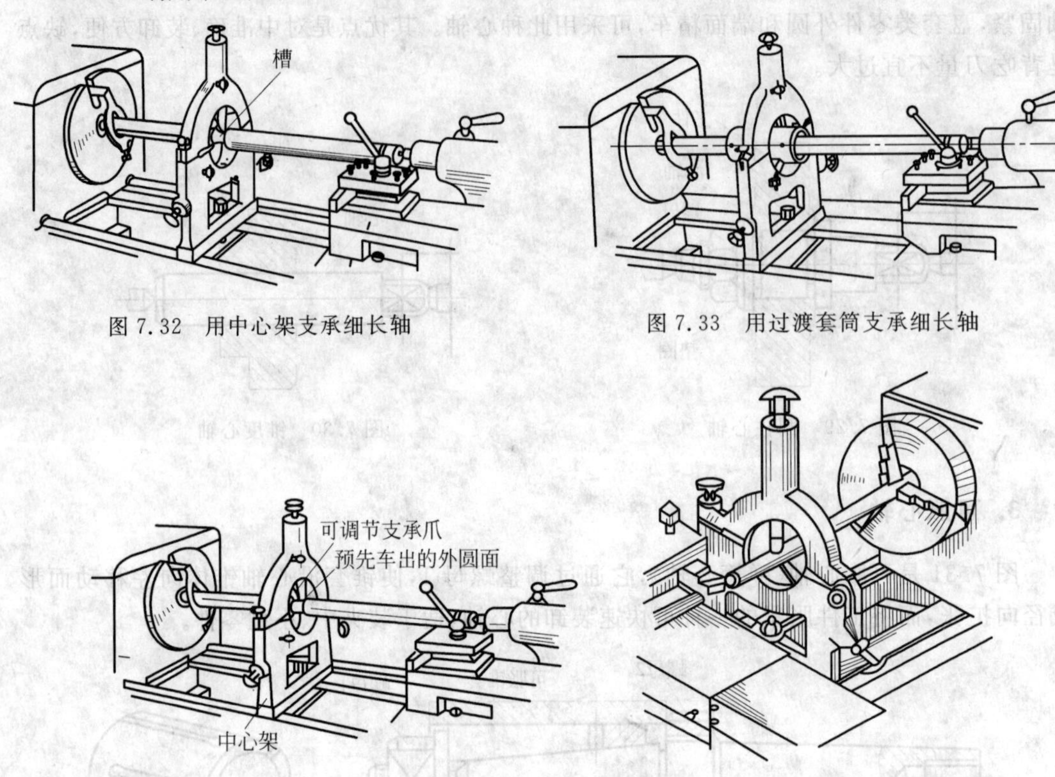

图 7.32 用中心架支承细长轴

图 7.33 用过渡套筒支承细长轴

图 7.34 一端夹住一端搭中心架的装夹

(a) 用中心架车外圆；(b) 用中心架车端面

2. 用跟刀架装夹

如图 7.35 所示，跟刀架固定在大拖板上，并随之一起移动、车削细长光轴时可以较好地增加工件车削处的刚度和抗振性，如使用 3 个卡爪的跟刀架(图 7.36)效果更好。

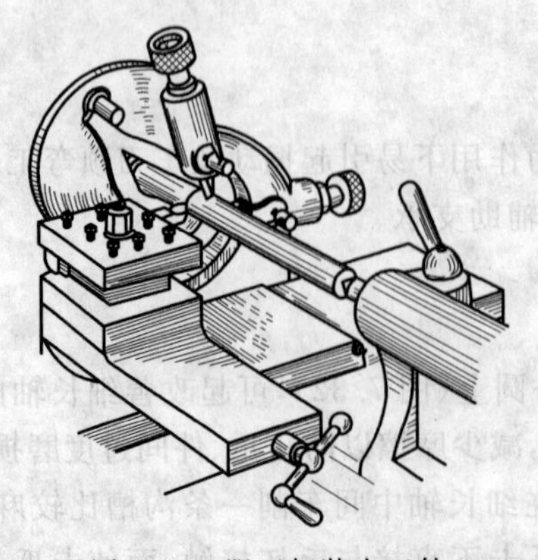

图 7.35 跟刀架装夹工件

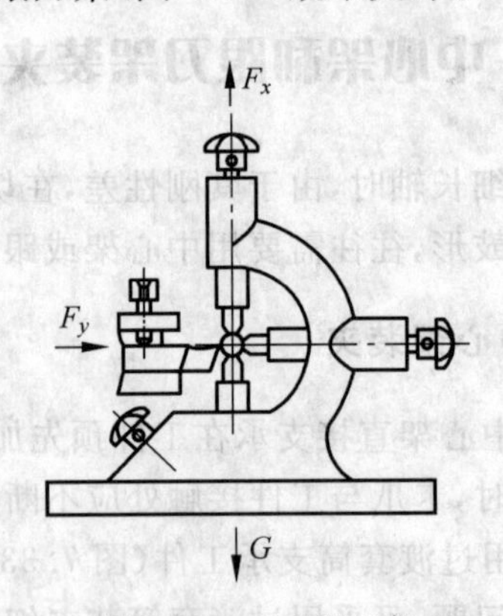

图 7.36 三爪跟刀架

7.4.7 用花盘、压板及角铁装夹工件

当需车削大而扁且形状不规则的零件,或要求零件的一个面与安装面平行或要求孔、外圆的轴线与安装面垂直时,可以把工件直接压在花盘上加工。花盘是安装在车床主轴上的一个铸铁圆盘,其端面上分布许多长 T 形槽用以穿压紧螺栓,如图 7.37 所示。

当待车孔或外圆与装夹基准面平行时,配以弯板装夹即可加工(图 7.38),用花盘或花盘加弯板装夹工件时,应调整平衡铁进行平衡,以防止加工时因工件及弯板重心偏离旋转中心而引起振动。同时,转速不能选得太高。

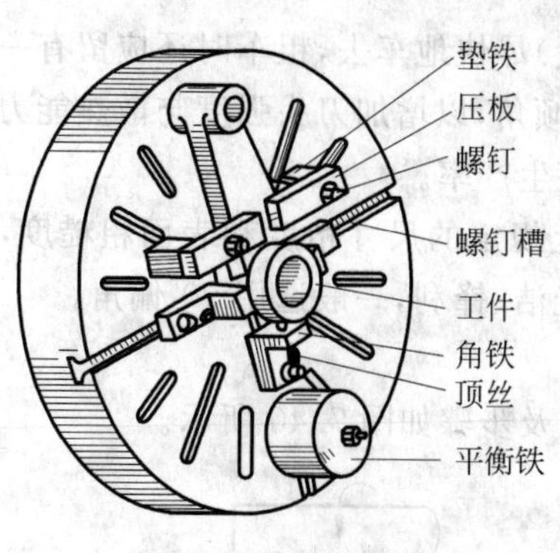

图 7.37 在花盘上安装零件

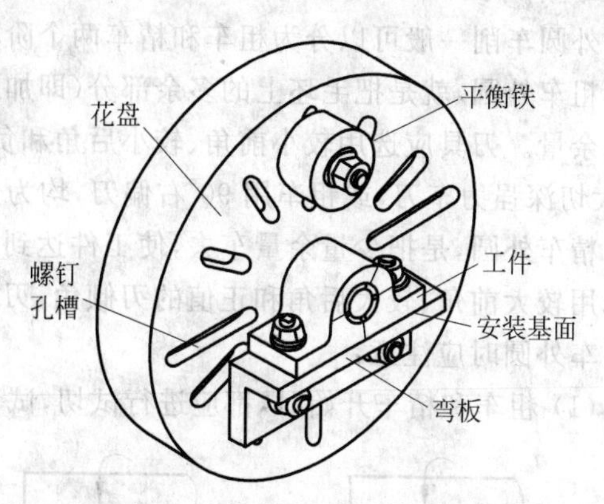

图 7.38 在花盘弯板上安装零件

7.5 基本车削方法

7.5.1 车端面、外圆及台阶

1. 车端面

图 7.39 所示为常见的端面车刀及车端面的方法。

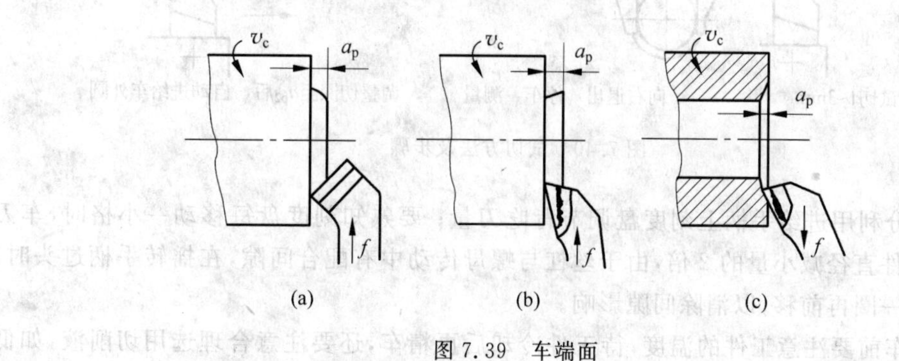

图 7.39 车端面

(a) 弯头车刀车端面;(b) 偏刀向中心走刀车端面;(c) 偏刀向外走刀车端面

车端面时应注意以下事项：

(1) 车刀尖应对准工件旋转中心，防止车出的端面中心留下凸台或崩碎刀尖，这时用弯头车刀效果好些；

(2) 车端面时，为了获得较小的表面粗糙度值，工件转速可以比车外圆时高些；

(3) 较大直径端面车削时，若出现凹心或凸肚时，应检查车刀和方刀架是否锁紧，以及大拖板的松紧程度或紧固大拖板于床身上，用小刀架调整背吃刀量。

2. 车外圆与台阶

1) 车外圆

外圆车削一般可以分为粗车和精车两个阶段。

粗车外圆，就是把毛坯上的多余部分(即加工余量)尽快地车去，粗车时还应留有一定的精车余量。刀具应选用较小前角、较小后角和负值刃倾角，以增加刀头强度与散热能力。如75°大切深强力车刀，或粗车用90°右偏刀，均为保证高生产率。

精车外圆，是把少量余量车去，使工件达到工艺上规定的尺寸精度和表面粗糙度，刀具要选用较大前角、较大后角和正值的刃倾角，刃口应光洁、锋利，一般选用90°偏角。

车外圆时应注意：

(1) 粗车和精车开始时，都应进行试切，试切方法及步骤如图7.40所示。

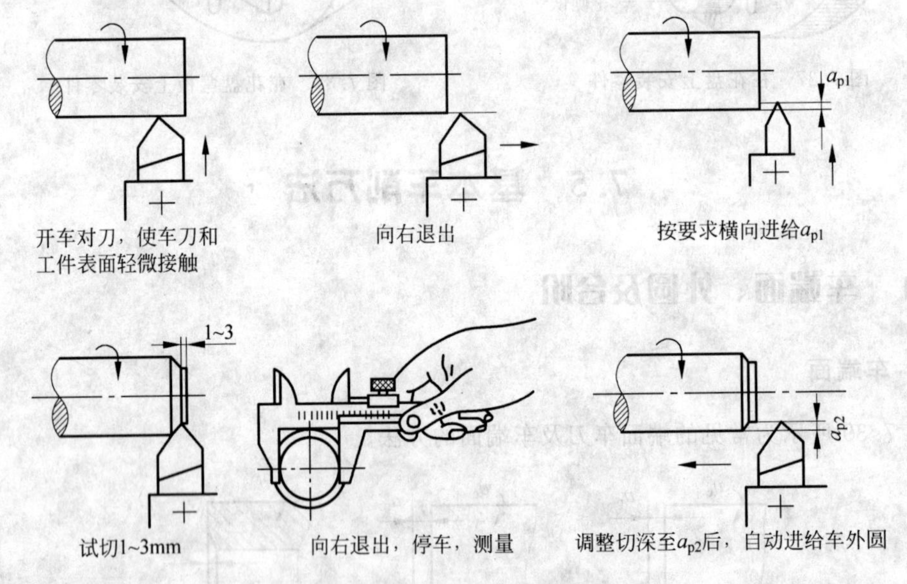

图7.40 试切方法及步骤

(2) 充分利用进给手柄上刻度盘调节背吃刀量；要熟知刻度盘每移动一小格时，车刀移动量为工件直径减小量的2倍，由于丝杠与螺母传动中有配合间隙，在摇转手柄过头时，应反向多退一圈再前移，以消除间隙影响。

(3) 精车前要注意工件的温度，待工件冷却后再精车，还要注意合理选用切削液，如低速精车钢制工件应用乳化液润滑，低速精车铸铁件时，使用煤油润滑，是为获得理想的表面粗糙度值。

(4) 精车时要准确地测量出工件的外径,应正确使用外径千分尺。

2) 车台阶

车削台阶实际上是车外圆与端面的组合加工,其关键是准确掌握台阶的长度尺寸,具体控制方法如下。

(1) 用大滑板刻度盘控制(图 7.41)

先将大滑板摇至车刀刀尖刚好接触工件端面时,调整大滑板刻度盘的零线,然后可根据台阶长度摇动大滑板计数。

(2) 刻线痕方法(图 7.42)

可先用钢尺、深度游标卡尺或量规量出台阶长度,再用刀尖在台阶的位置处刻出细线为痕界,但此长度应比台阶长度略短为宜。

图 7.41 用大滑板刻度盘控制台阶长度

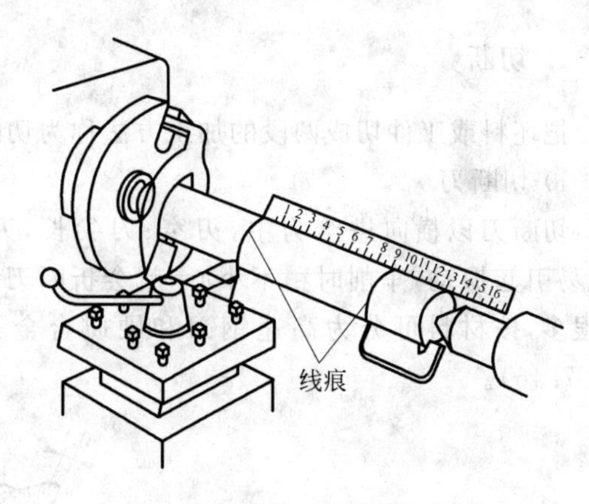

图 7.42 刻线痕确定台阶位置

(3) 用挡铁定位方法

在固定在床身导轨某一位置上(相应主轴锥孔内也应限位),设置等于工件长度尺寸的活动挡块若干,当车削完成相应规定尺寸时,调换挡块。此法在批量生产中采用较多。

(4) 台阶长度的测量方法

可用钢板尺、深度游标卡尺或量规(图 7.43 和图 7.44)。还有用圆盘式多位挡铁等方法。

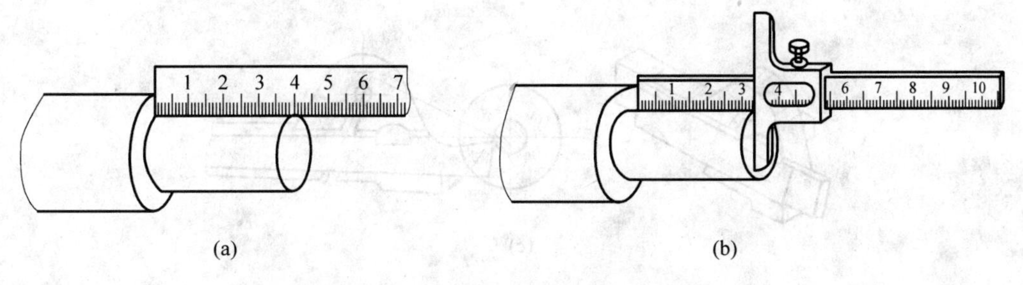

图 7.43 台阶长度测量

(a) 钢板尺;(b) 深度游标卡尺

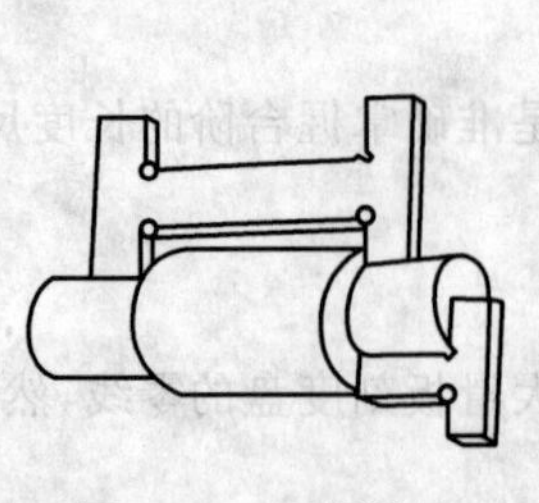

图 7.44 量规测量

图 7.45 切断

7.5.2 切断与切槽

1. 切断

把坯料或工件切成两段的加工方法称为切断，如图 7.45 所示。

1）切断刀

切断刀以横向进给为主，刃窄、刀尖长，刀头要伸进工件内部，散热条件差、排屑困难、易引起振动，车削时稍不小心，就会折断刀头，因此合理选择切断刀很重要，切断刀种类很多，按材料可分为高速钢刀和硬质合金刀，按结构分为焊接式、整体式、机夹式等（图 7.46）。

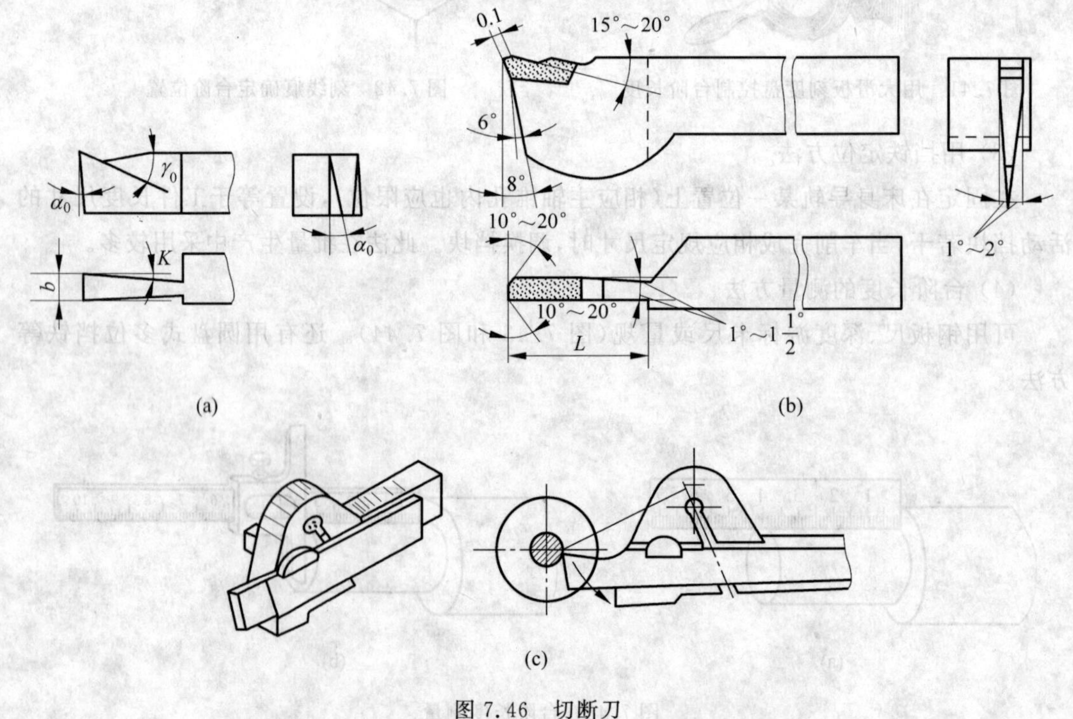

图 7.46 切断刀

(a) 高速钢切断刀；(b) 硬质合金切断刀；(c) 弹性机夹式切断刀

2）切断时注意事项

（1）切断毛坯表面时，最好先用外圆车刀把工件先车圆，或开始时尽量减少进给量，以免造成"扎刀"现象。

（2）用卡盘装夹工件时，切断位置尽可能靠近卡盘，以避免振动。

（3）手动进给切断时，摇动手柄应连续、均匀，切钢料要加注润滑液，即将切断时，进给速度要更慢些，以免折断刀头。如不得不中途停车时，应先把车刀退出再停车。

（4）切断由一夹一顶装夹时，工件不应完全切断，应在卸下工件后再折断；对空心工件切断，断前用铁钩候好工件内孔，以便断时接住。

2. 切槽

在工件表面上车削沟槽的方法称为切槽，按沟槽所处位置，可分为外槽、内槽与端面槽。一般外槽的切槽刀的角度和形状基本与切断刀相同，在车窄外槽时，切槽刀的主切削刃宽应与槽宽相等，刀头长度应尽可能短一些。

1）车外圆沟槽

可用切槽刀直接车出。

2）车端面直槽

在端面上切直槽时，切槽刀的一个刀尖 a 相等于车削内孔，因此刀 a 处的副后面必须按端面槽圆弧的大小刃磨圆弧形 R（图 7.47），并磨有一定后角才行。

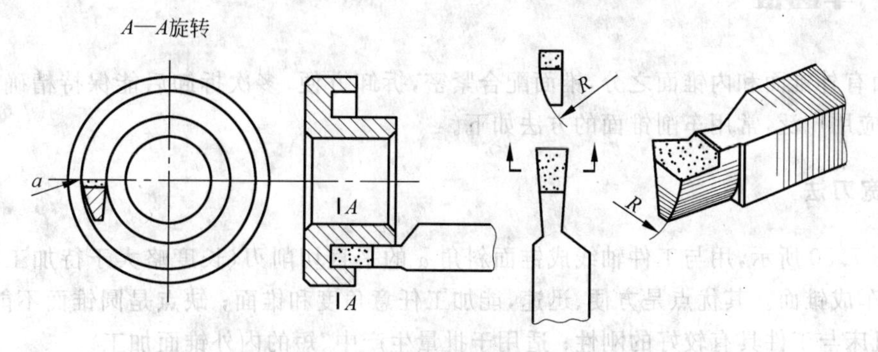

图 7.47　车端面直槽

3）车 45°外沟槽

45°外沟槽车刀与一般端面沟槽车刀相同（图 7.48），刀具 a 处的副后面应磨成相应的圆弧 R，车削时，可把滑板转过 45°，用小滑板进给车削成形。同样，车圆弧沟槽或外圆端面沟槽关键也要求磨好刀的形状与工件要求的槽形一致。

4）车 T 形槽

车削 T 形槽，必须使用三种车刀，分三步才能完成，如图 7.49 所示，即先切深，再切宽的顺序。注意弯头刀，要磨出 R 弧。

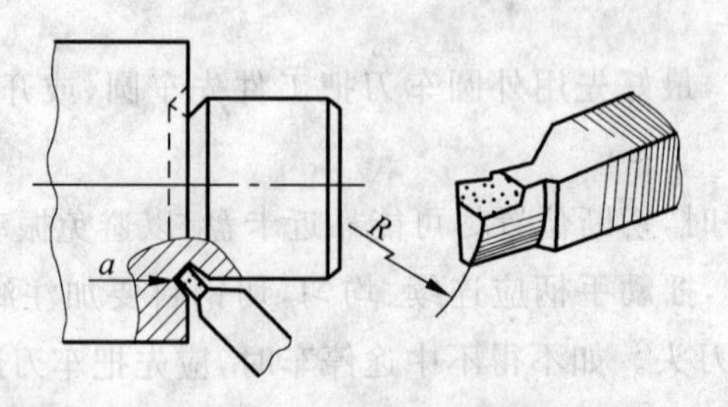

图 7.48 车 45°外沟槽

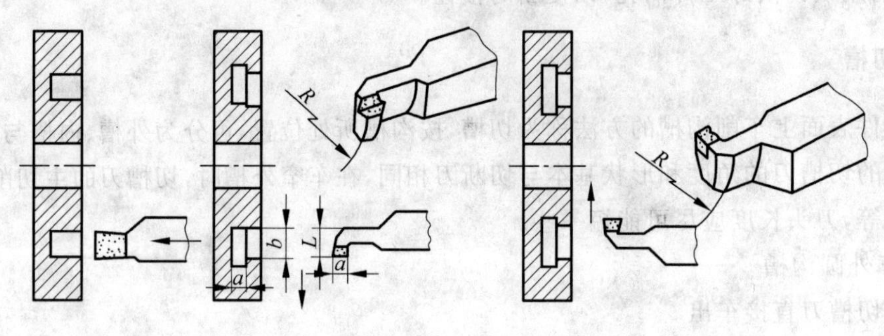

图 7.49 车 T 形槽

7.5.3 车圆锥

锥面有外锥面和内锥面之分，锥面配合紧密，拆卸方便，多次拆卸后能保持精确的对中性，因此应用广泛，常用车削锥面的方法如下。

1. 宽刀法

如图 7.50 所示，用与工件轴线成锥面斜角 α 的平直切削刃（长度略大于待加工锥面长度）直接车成锥面。其优点是方便、迅速，能加工任意角度和锥面；缺点是圆锥面不能太长，且要求机床与工件具有较好的刚性；适用于批量生产中、短的内外锥面加工。

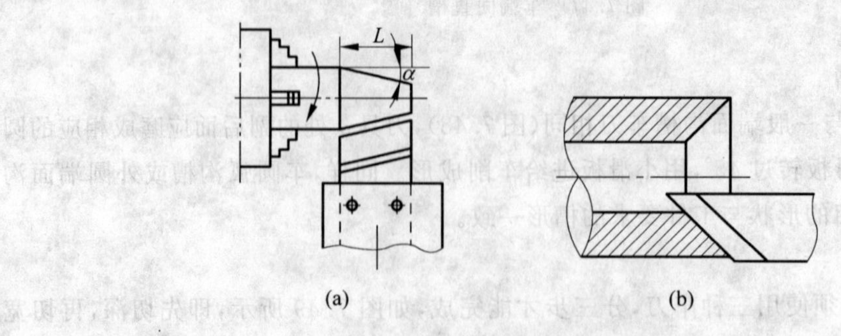

图 7.50 宽刀法车削圆锥

(a) 外圆锥；(b) 内圆锥

2. 转动小滑板法

如图 7.51，根据零件锥角 α 将小滑板转 $\alpha/2$ 角(中溜板上有刻度)，车削时，转动小滑板手柄，车刀就沿圆锥的母线移动，车出锥面，此法方便，不受锥角大小限制，且能保证精度。但加工长度受小滑板行程的限制，且只能手动进给，锥面粗糙度值较高，单件小批量生产中常用。

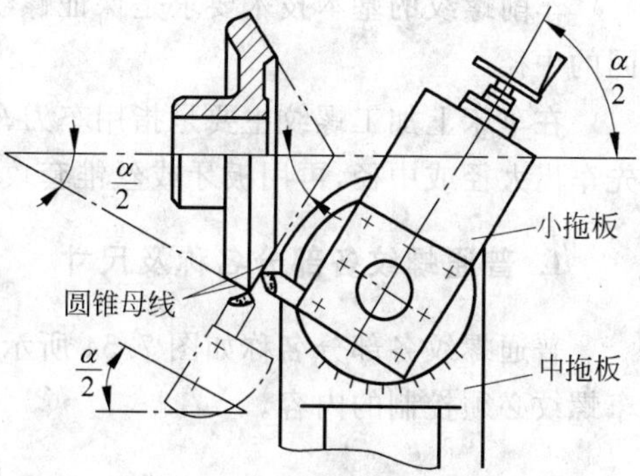

图 7.51 转动小滑板法车圆锥

3. 偏移尾座法

对于小锥度长锥体用此法。如图 7.52 所示，将尾座偏移一个距离 S，使安装在两顶尖间的工件锥面的母线平行于纵向进刀方向，车刀作纵向进给即可车出圆锥面。

尾座偏移量 $$S=L\times\alpha/2=L\times(D-d)/2l=L\tan(\alpha/2) \tag{7-1}$$

式中，L—工件长度(mm)；α—圆锥的锥角；D—圆锥大端直径(mm)；d—圆锥的小端直径(mm)；l—圆锥长度(mm)。

4. 机械靠模法

这种方法用于圆锥角度小，精度要求高，尺寸相同和数量较多的圆锥体时采用(图 7.53)。此法调整方便、准确，可以采用自动进刀车削圆锥体和圆锥孔，质量较高，要使用专用靠模工具，但靠模装置的角度调节范围较小，一般在 12°以下。

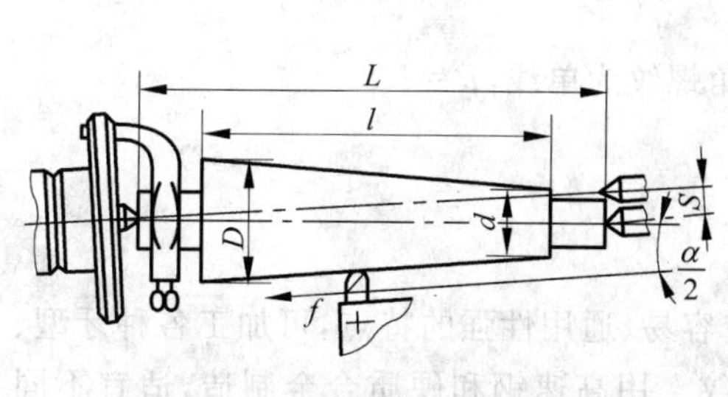

图 7.52 偏移尾座法车圆锥

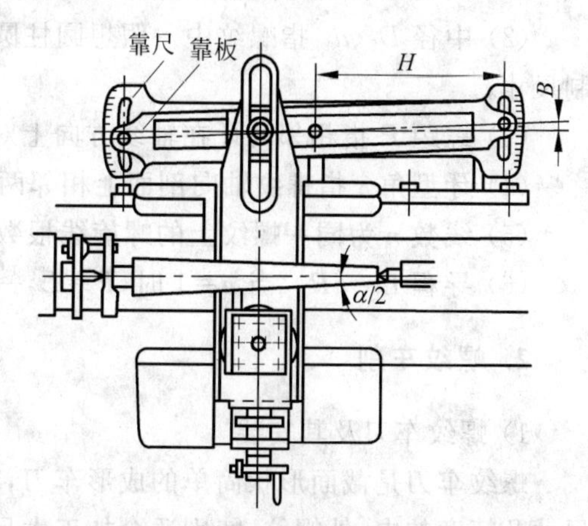

图 7.53 机械靠模法车圆锥

7.5.4 车螺纹

螺纹是零件上常见表面之一，按用途的不同，可分为连接螺纹和传动螺纹两类。前者主要用于零件的固定连接，常用有普通螺纹和管螺纹，螺纹牙型多为三角形。传动螺纹用于传递动力、运动或位移，其牙型多为梯形或锯齿形。

车削螺纹的基本技术要求是保证螺纹的牙型和螺距的精度，并使相配合的螺纹具有相同的中径。

在车床上加工螺纹主要是指用车刀车削各种螺纹，对于直径较小的螺纹，也可在车床上先车出大径或中径，再用板牙或丝锥套攻螺纹。

1. 普通螺纹各部分名称及尺寸

普通螺纹各部分名称如图 7.54 所示，其中大径、螺距、中径、牙型角为最基本要素，亦是车螺纹必须控制的内容。

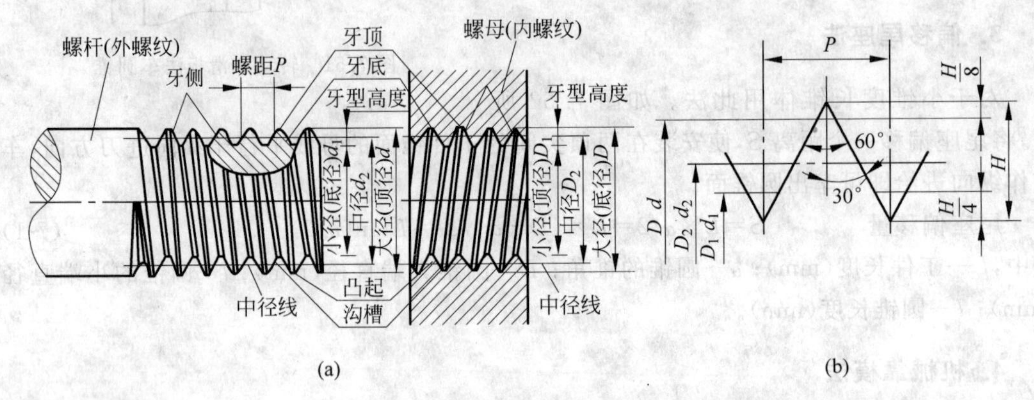

图 7.54 普通螺纹名称符号和要素

(a) 螺纹名称；(b) 螺纹要素

(1) 大径 D、d(公称直径)为螺纹主要尺寸，D 为内螺纹底径，d 为外螺纹外径。

(2) 中径 D_2、d_2 指螺纹中一假想圆柱圆直径，此处螺纹牙与槽宽相等，是检验的主要控制尺寸。

(3) 螺距 P 指相邻两牙在轴线方向上对应两点间的距离。

(4) 牙型角 α 指螺纹轴向剖面上相邻两牙侧之间的夹角，公制为 60°，英制为 55°。

(5) 线数 n 为同一螺纹上的螺旋线根数。

(6) 导程 $L=nP$。当 $n=1$ 时，$P=L$，一般三角螺纹为单线，$P=L$。

2. 螺纹车削

1) 螺纹车刀及其安装

螺纹车刀是截面形状简单的成形车刀，有制造容易、通用性强的特点，可加工各种牙型、尺寸及精度的内、外螺纹，特别适合加工大尺寸螺纹。用高速钢和硬质合金制造，适宜不同生产类型。由于螺纹牙型角 α 要靠螺纹车刀的正确形状来保证，因此，三角螺纹车刀刀尖及刀刃的交角应为 60°，而且精车时车刀的前角应等于零。

螺纹车刀安装要求是：刀尖中心与车床主轴线严格等高，刀尖角的等分线垂直主轴轴线，使螺纹两牙型半角相等。可用图 7.55 所示的样板对刀。

2) 车螺纹时车床运动的调整

在车床上车螺纹时，为获得正确的螺距，必须用丝杠带动刀架进给，使工件每转一周，刀具移动的距离等于工件的螺距或导程，主轴至刀架的传动简图如图 7.56 所示，通常在具体操作时可按车床进给箱标牌上表示的数值及交换齿轮齿数及欲加工工件的螺距值，调整相应的进给周速手柄，便可满足车螺纹需要。

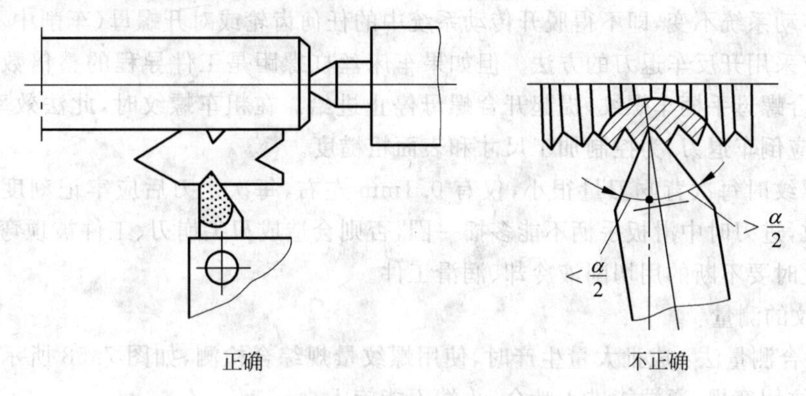

图 7.55 螺纹车刀的安装

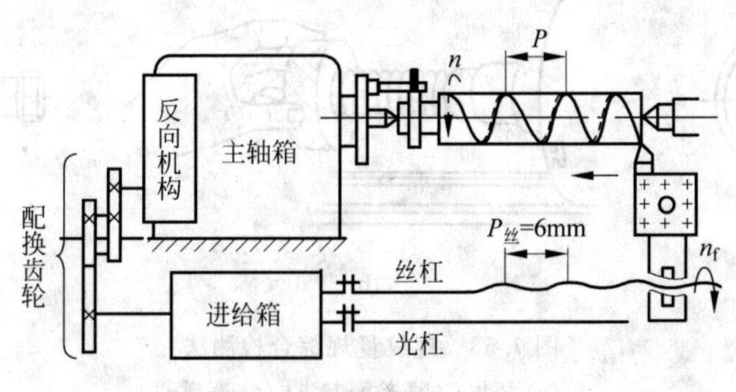

图 7.56 车螺纹传动简图

3）螺纹车削的注意事项

螺纹的牙型是经过多次走刀才形成的，如图 7.57 所示，一般每次走刀都采用一侧刀刃进行切削，这种方法适用于较大螺纹的粗加工，称斜进刀法。有时为了保证螺纹两侧都同样

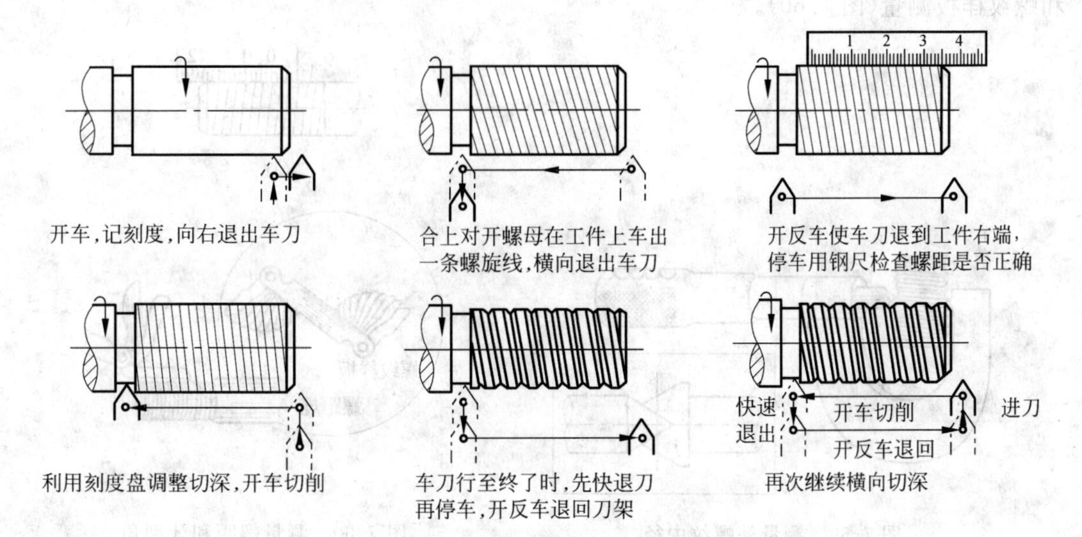

图 7.57 螺纹车削的操作过程

光滑，可采用左右切削法，采用此法加工时可利用小刀架先作左或右的少量进给。

为了避免车刀与螺纹槽对不上而产生“乱扣”，在车削过程中和退刀时，始终应保持主轴至刀架的传动系统不变，即不得脱开传动系统中的任何齿轮或对开螺母（车削中不能提起开合螺母），应采用开反车退刀的方法。但如果车床丝杠螺距是工件导程的整倍数，可在正车时，按下开合螺母手柄车螺纹，提起开合螺母停止进给。在粗车螺纹时，此法效率高。精车螺纹时，还应倒车退刀，为控制加工尺寸和表面粗糙度。

车削螺纹时每次背吃刀量很小，仅有 0.1mm 左右，每次走刀后应牢记刻度，作为下次进刀的基数，进刀时中滑板手柄不能多摇一圈，否则会造成刃尖崩刃、工件被顶弯等。

车螺纹时要不断的用切削液冷却、润滑工件。

4）螺纹的测量

（1）综合测量法：成批大量生产时，使用螺纹量规综合检测，如图 7.58 所示，外螺纹用环规，内螺纹用塞规，通端能进入啮合，止端不能旋入。

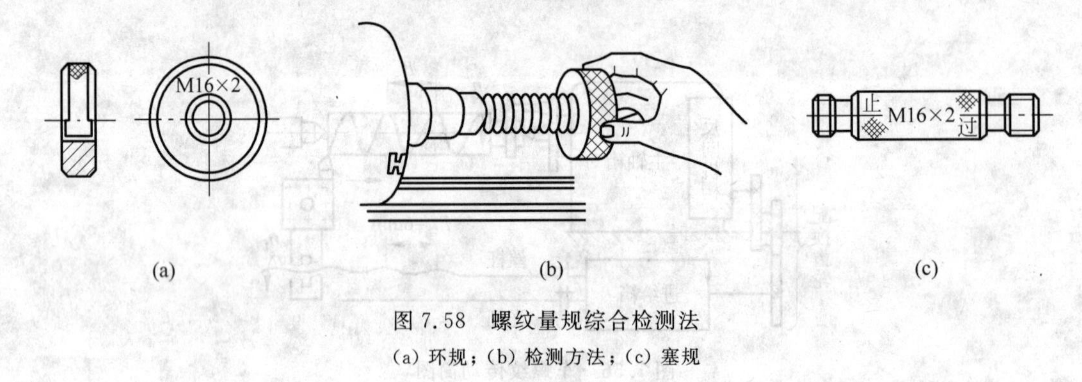

图 7.58 螺纹量规综合检测法

(a) 环规；(b) 检测方法；(c) 塞规

（2）中径测量法：用螺纹千分尺测量外螺纹中径，如图 7.59 所示。螺纹千分尺的两个测量头正好卡在牙型面上作滑动接触，读数就是中径的尺寸，一般多用于测量三角螺纹。

（3）测量螺距和牙型角：在试车一刀后可用钢板尺测量螺距；对不明螺纹，可用螺距规和螺纹样板测量（图 7.60）。

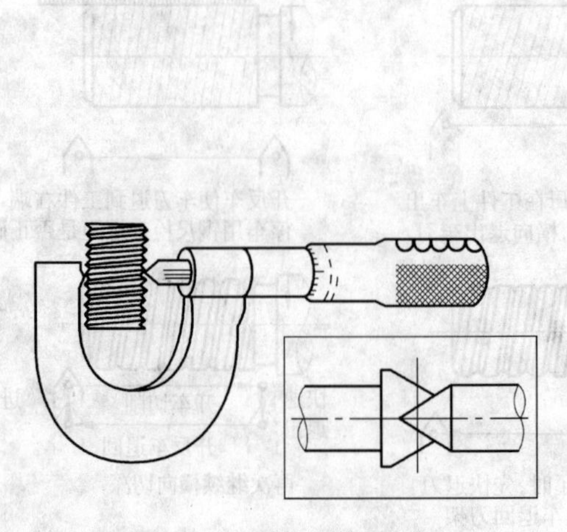

图 7.59 测量外螺纹中径

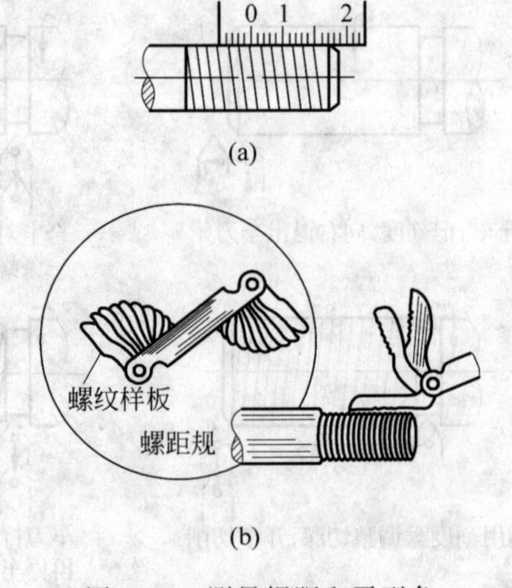

图 7.60 测量螺距和牙型角

(a) 用钢尺测量；(b) 用螺距规测量

7.5.5 孔加工

在车床上可利用麻花钻、扩孔钻、铰刀和镗刀等刀具进行孔加工。

1. 钻孔

在车床上钻孔时，工件的旋转为主运动，钻头的移动为进给运动，如图 7.61 所示，钻孔时，钻头装在尾座的套筒里，用手转动手轮使套筒带着钻头实现进给运动。钻孔的尺寸精度靠钻头直径保证，一般低于 IT10 级。

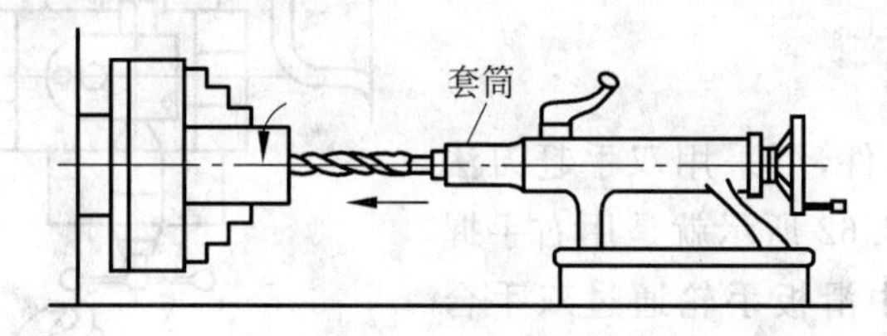

图 7.61 在车床上钻孔

在车床上钻孔，一般不需划线，易保证孔与外圆的同轴度及与端面的垂直度。

车床上钻孔的注意事项有：

(1) 为便于钻头定心，防止钻偏，要先将工件端面车平，预钻定心小坑。

(2) 装夹钻头，选钻头工作部分略长于孔深，钻不通孔时，可利用尾座套筒上的刻度或在钻头上用粉笔作标记，以控制孔深。也可用量具测量。

(3) 钻孔时因孔内散热、排屑困难、麻花钻刚度差，送进要缓慢，在钢件上钻孔要用切削液冷却钻头。要及时退钻排屑，快钻透时，速度要控制，钻透后要退出钻头再停车。

(4) 孔径小于 $\phi30$ 的直接在实体工件上钻出，如孔径大于 $\phi30$ 的，应先钻后扩。

麻花钻钻孔为孔的粗加工，是扩孔、铰孔或镗孔的预加工工序。

2. 镗孔

镗孔是指用镗削方法扩大工件的孔。按精度要求可分为粗镗、半精镗和精镗。镗孔可提高孔的尺寸精度、降低孔表面粗糙度值，还可纠正原有孔的轴线偏斜，提高孔的位置精度。

由于镗刀刀杆尺寸受待加工孔径和孔深限制而较为细长，刚性较差，易于产生“让刀”现象，使加工出的孔形成“喇叭口”。因此加工时背吃刀量和进给量选择宜小，需多次走刀，效率不高。但加工适应性很强，孔径不限，且尤其适用单件、小批量生产。

车床上镗孔的注意事项有：

(1) 镗刀杆应粗壮。安装刀具时，伸出刀架尽量少，刀尖装的要略高于主轴中心，这样可减少颤动和扎刀现象。此外，如刀尖低于工件中心，也容易使镗刀下部碰坏孔壁。

(2) 开车床前先使镗刀在孔内手动试走一遍，确认镗刀不与孔干涉后，再开车床镗孔。

(3) 对镗孔深度的控制要求不高时，可以在刀杆上作粉笔记号。对精度要求较高的孔，应用千分尺或内径百分表测量。大批量生产，可用塞规测量。

7.5.6 其他车削工艺

在车床上还可车削多种零件表面,如成形面、球面、偏心件、绕弹簧、滚花等。

1. 车成形面

有些机器零件如手轮、手柄、圆球、凸轮等表面,称为成形面(也称特形面)。对这类零件的加工,应结合零件特点、要求及批量大小,分别采用不同方法进行加工。

1) 用双手赶刀法

对数量少或单个零件,可采用双手赶刀法加工成形面零件,如图7.62所示就是用右手握小滑板手柄,左手控制中滑板手轮通过双手合成运动。车削成形面,车削关键是双手配合恰当,不需要其他特殊工具,只要求操作技术熟练,但效率低。

车削完,要用锉刀或砂布修整、抛光。

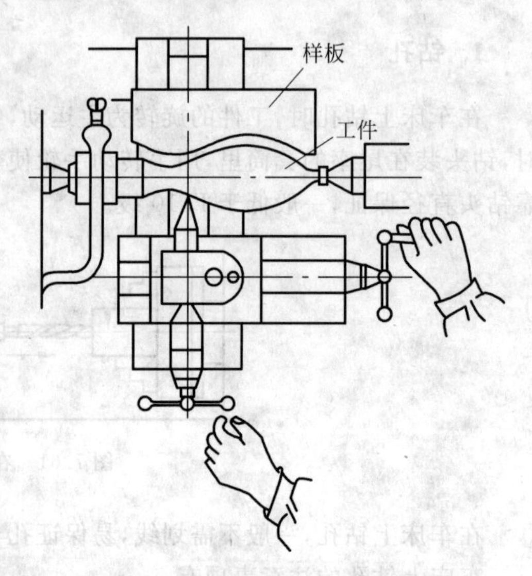

图7.62 双手赶刀法车成形面

2) 用成形车刀法

将车刀刃磨成工件特形面的形状,从径向或轴向进给将特形面加工成形的方法。具体有普通成形刀法(图7.63)、棱形成形刀法、圆形成形刀法、分段切削成形刀法等。

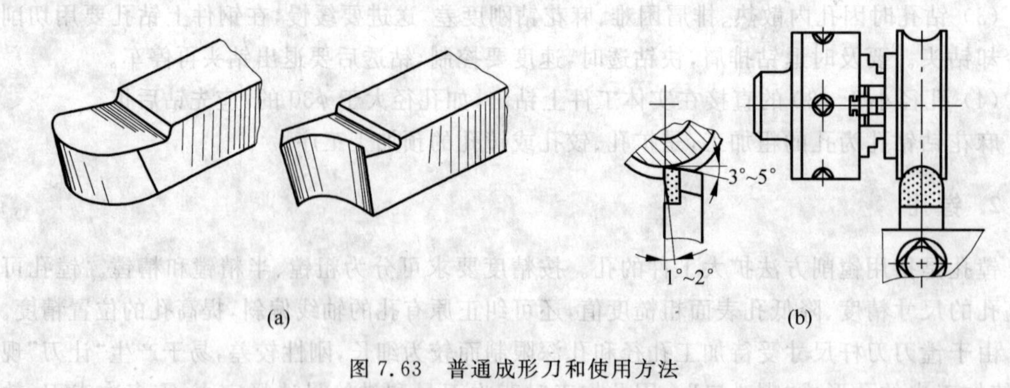

图7.63 普通成形刀和使用方法
(a) 体成形车刀; (b) 成形车刀使用方法

车形车刀法的特点是操作简便、生产率高,但刀具制造与刃磨困难,只适宜成批生产中轴向尺寸较小的工件。在大批量生产的自动车上常用。

3) 靠模法

在车床上用靠模板的方法车削成形面,实际上和靠模车圆锥的方法基本上相同。将锥度靠模板换上一个带有成形面的靠模板即可。此法生产率高,可自动进给,能获得较高的精度和较小的粗糙度,工件互换性好。但制造靠模增加了成本,故主要用于成批生产中,尤其是轴向尺寸较大,曲率不大的成形面。

图 7.64 是将靠模安装在床身后面。车床中滑板需与其丝杠脱开。图 7.65 是利用尾座装靠模方式车成形面。还有用横向靠模方法车削成形面等。

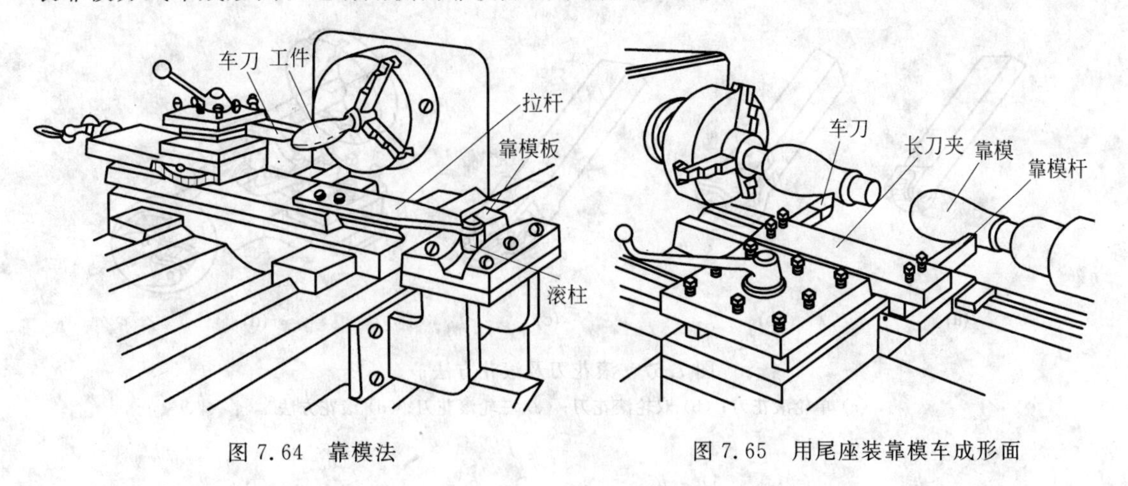

图 7.64 靠模法　　　图 7.65 用尾座装靠模车成形面

4）数控法

数控法是在数控车床上编制程序，使车刀按特形面母线轨迹移动，车削成形面的方法。此法不仅加工质量好，效率高，且对工件形状限制少。

2. 车球面

在车床上加工球面的原理是一个旋转的刀具沿着一个旋转的物体运动，两轴线相交，但又不重合，那么刀尖在物体上形成的轨迹则为一球面。车削时，工件中心线与刀具中心线要在同一平面上。具体方法是将车床的小滑板拆卸下来，在滑板上安装能进行回转运动的专用工具，来车削内、外圆弧和球面(图 7.66)。或可采用手动或自动车削。

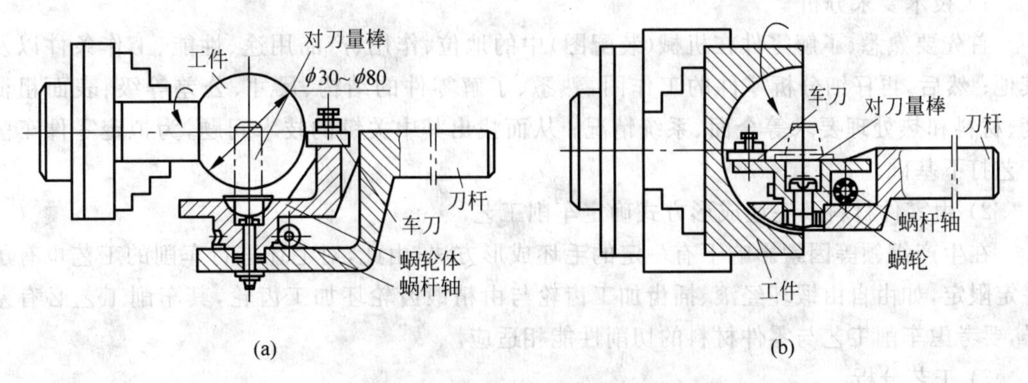

图 7.66 车球面

(a) 车外球面工具；(b) 车内球面工具

3. 滚花

有些工具或机械零件的手握部位，为了防止打滑、便于持握、美观，采取在表面上滚出各种不同花纹，如手表把、百分尺的套筒、丝锥扳手、圆扳牙架等，这些花纹均可在车床上用滚花刀滚压而成。

滚花刀按花纹分有直纹和网纹两类；按花纹的粗细分又有多种；按滚轮的数量又分为单轮、双轮和三轮等(图7.67)。

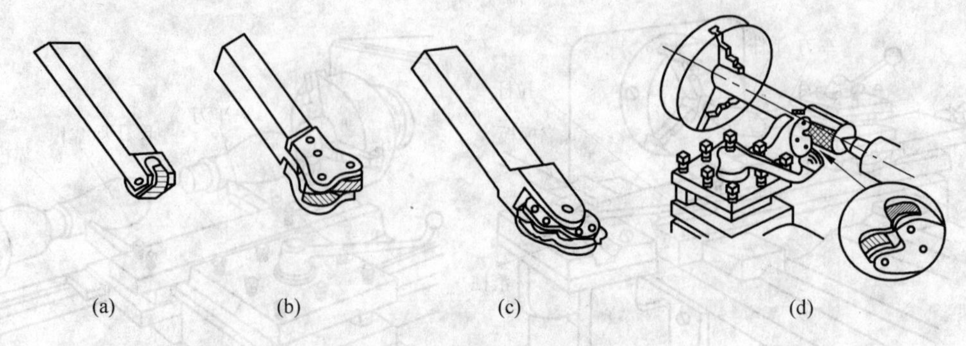

图7.67 滚花刀及滚花方法

(a) 单轮滚花刀；(b) 双轮滚花刀；(c) 三轮滚花刀；(d) 滚花方法

7.6 典型零件车削工艺示例

1. 零件加工工艺的制定

机械零件大多由各种表面(外圆、孔、平面、成形表面)所组成，多数都可以用车削方式完成。根据在保证加工质量的前提下使生产成本较低的基本原则，来决定各个零件车削工艺方案。

不同的零件具有不同的车削工艺，一般的步骤如下。

1) 技术要求分析

首先要熟悉、了解零件在机械(装配图)中的地位、作用、产品用途、性能、工作条件以及其他；然后，再仔细分析零件的工作图，熟悉、了解零件的结构、尺寸、公差等级、表面粗糙度、材料和热处理要求等全面、系统情况；从而找出其中关键的技术问题，为拟定零件车削工艺打下基础。

2) 由零件材料及毛坯成形方式确定车削工艺

在生产纲领等因素影响下有一定的毛坯成形方法，由此，对毛坯进行车削的工艺也有了一定限定，如由自由锻坯经滚、插齿加工齿轮与由精锻齿轮坯加工齿轮，其车削工艺必有差异，要考虑车削工艺与零件材料的切削性能相适应。

3) 工艺分析

分析的主要内容是确定主要加工表面的加工方法，确定主要精基准面，而精基准面对保证主要加工表面的精度和零件的加工顺序有决定性影响。

4) 拟定加工顺序

整个加工过程可划分为粗加工阶段、半精加工阶段、精加工阶段及光整加工阶段，同时要考虑辅助工序和热处理工序的合理安排。根据零件技术要求，这些划分可简可繁。

5) 确定工艺方法及加工余量

确定每一工序所选用的机床、工件装夹方法、加工方法、度量方法及加工尺寸。一般来说，对于单件小批生产，应尽量选用通用车床、通用工夹量具，以缩短准备时间和减少加工费用；对大批量生产，可选用高效专用机床和专用工夹量具。

2. 典型零件车削工艺示例

锤头柄是回转体，它几乎涵盖了车削的所有工艺，是车削工艺的典型零件，其技术要求如图 7.68 所示，具体车削工艺过程如表 7.1 所示。

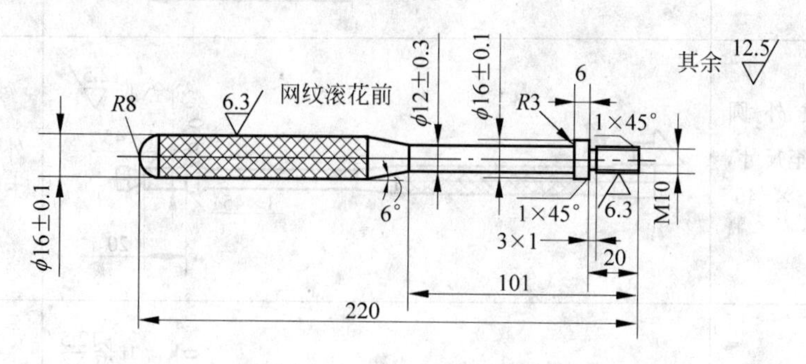

图 7.68 锤头柄零件图

表 7.1 锤头柄车削工艺过程

加工顺序	加工内容	加 工 简 图	使用工具
1	车端面见平，钻中心孔	12.5 12.5	端面车刀中心钻
2	车外圆保证总长 220，车 $\phi16\pm0.1$ 至尺寸，车 5×1 退刀槽	φ16±0.1　6.3　φ16±0.1　其余 12.5 5×1　101　220	外圆车刀切断刀 游标卡尺
3	滚花 $m0.5$	101 220	滚花刀
4	车 $\phi12\pm0.3$ 至尺寸，并倒 $R3$ 圆角	φ12±0.3　R3　全部 12.5 26　101	外圆车刀 圆弧车刀 游标卡尺

续表

加工顺序	加工内容	加工简图	使用工具
5	车锥度至尺寸	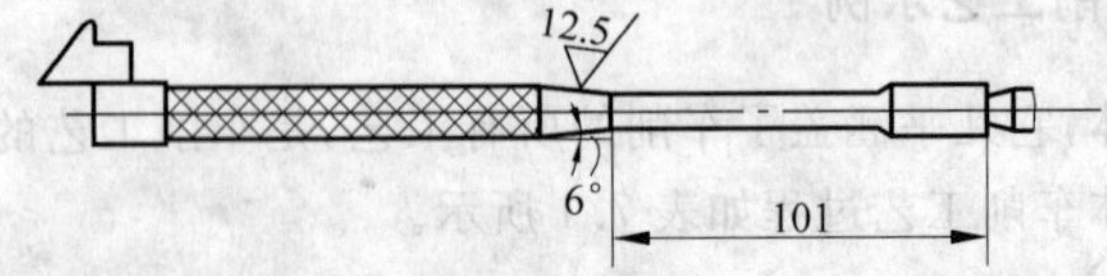	外圆车刀
6	车螺纹外圆 $\phi10_{-0.2}^{0}$ 至尺寸，倒角 1×45° 两个	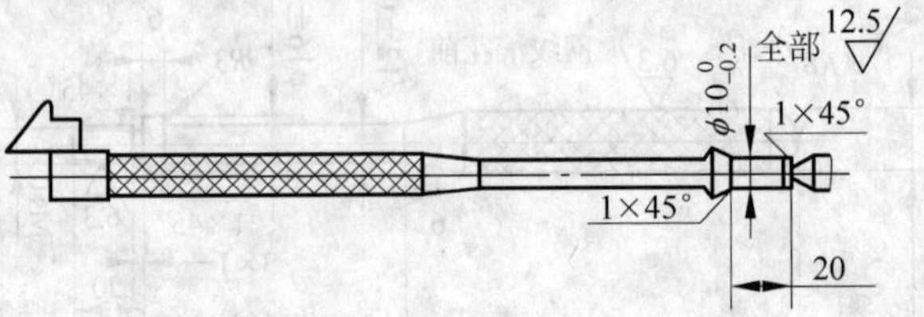	外圆车刀游标卡尺
7	车 3×1 退刀槽，挑螺纹 M10	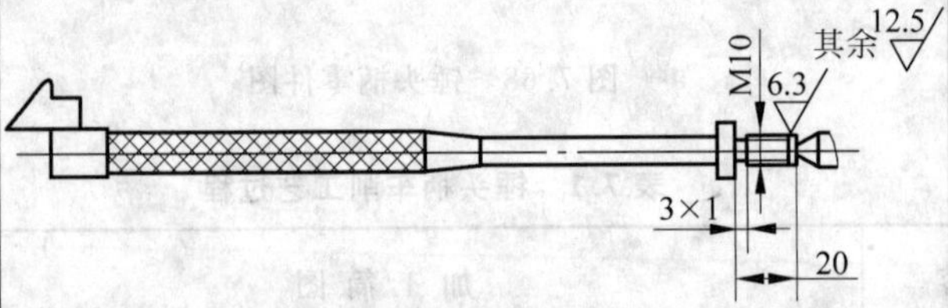	切断刀 螺纹车刀 游标卡尺
8	打磨 $\phi16\pm0.1$、$\phi12\pm0.3$ 及锥面，按总长 220 切断	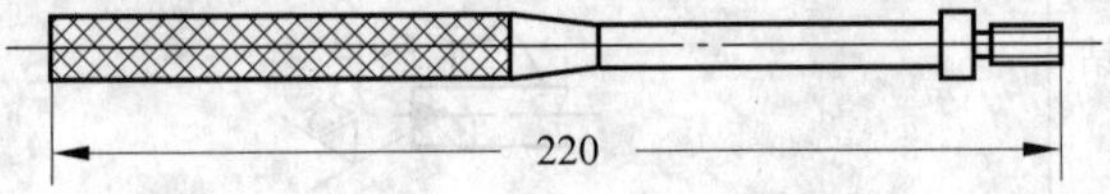	砂布 切断刀
9	调头、车 $R8$ 球面，并磨光	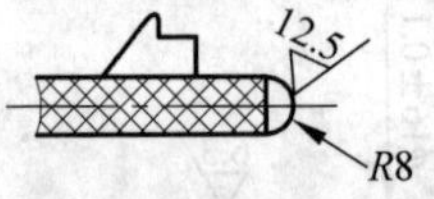	外圆车刀 样板 砂布

【安全技术】

1. 工作时应穿好工作服，长发要纳入帽内，不得戴手套操作。

2. 开车床前应检查各手柄的位置是否到位；工具、量具、刀具是否合适，安放是否合理，每个加油孔注入机油后，将小刀架调整到合适位置，开动车床慢速运转。

3. 装夹工件，车床须处于停车状态或传入主轴齿轮处于脱空位置，工件装夹牢固后，要及时取下卡盘扳手，否则不得开车床。不准用手去刹住转动着的卡盘。

4. 纵向或横向自动进给时，严禁大滑板或中滑板超过极限位置，以防滑板脱落或碰撞卡盘。

5. 开车床时，人不能与正在旋转的工件靠得太近，以防切屑飞入眼中，不能用手触摸工件，不能用手去清除切屑，应用刷子或钩子等，也不能用量具测量工件，操作过程中思想要集中，不得任意改变切削用量，不能离开机床，不做与实习无关的事。

6. 必须停止车床变速，以防损坏车床，发现机床运转有不正常现象，应立即停车，关闭电源，报告指导教师。

7. 几人共在一台车床上实习，只允许一人操作，严禁两人同时操作，以防意外。

8. 工作结束时，应关闭电源，清除切屑，擦拭机床、工具、量具等，机床导轨面上加注润滑油，清扫工作地面，保持良好的工作环境。

思 考 题

1. 卧式车床由哪几部分组成？各有何功能？
2. 车削可以加工哪些表面？精度及表面粗糙度能达到多少？
3. 粗车、精车目的是什么？精车为什么要试切？请叙述其操作步骤。
4. 在车床上钻孔与在钻床钻孔有何异同？还会产生“引偏”吗？
5. 车床的主轴转速是否是切削速度？车端面时，主轴转速不变，其切削速度是否变化？
6. 切槽刀和切断刀形状很相近，可否相互代替使用？
7. 归纳车锥面与车成形面的工艺方法、各自特点。并对比这两点。
8. 螺纹车刀的形状和外圆车刀有何区别？应如何安装？为什么？
9. 在车床上装夹工件主要有哪几种方法？各有何特点？适用什么场合？
10. 为什么说车削应用很广泛？

刨　工

8.1 概　述

刨削是用刨刀对工件作水平相对直线往复运动的切削方法，主要用来加工各种平面、沟槽和各种成形面等。刨削的加工范围如图 8.1 所示。刨削的主运动是直线往复运动，进给运动是直线间歇运动，如图 8.2 所示。

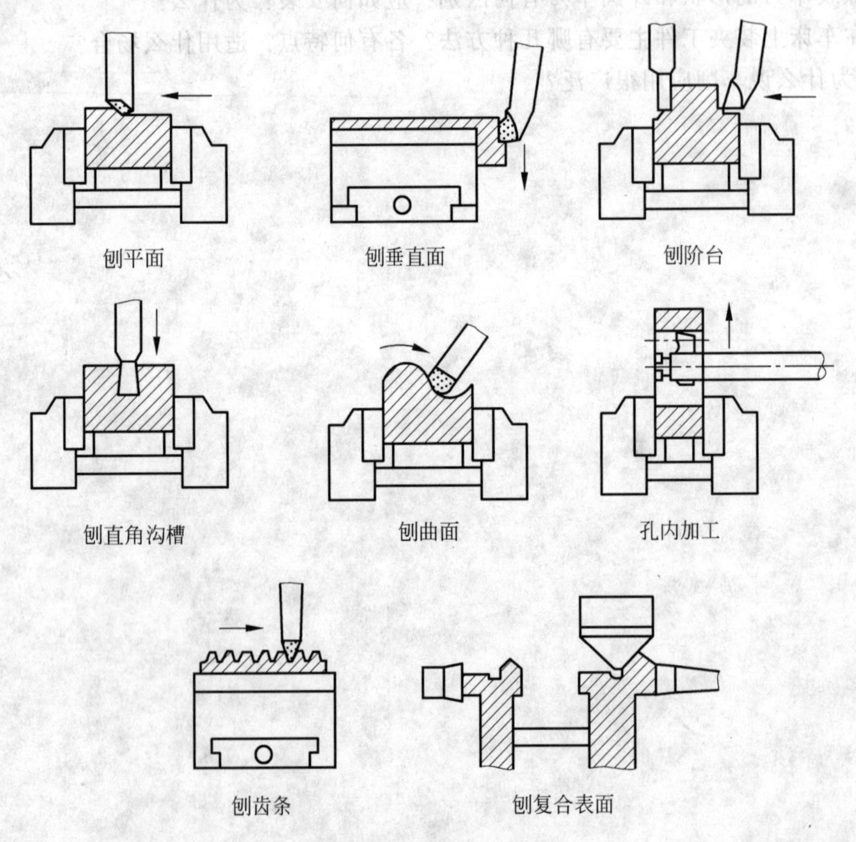

图 8.1　刨床的加工范围

刨削工作行程速度慢，切削时有冲击和振动现象，限制了刨削用量和切削速度的提高，回程不切削，增加了辅助时间，但工件和刀具能得到充分冷却，一般不需要使用切削液。由于刨刀是单刃刀具，表面加工往复多次，时间长，效率低。在对窄而长的工件加工中，刨削优

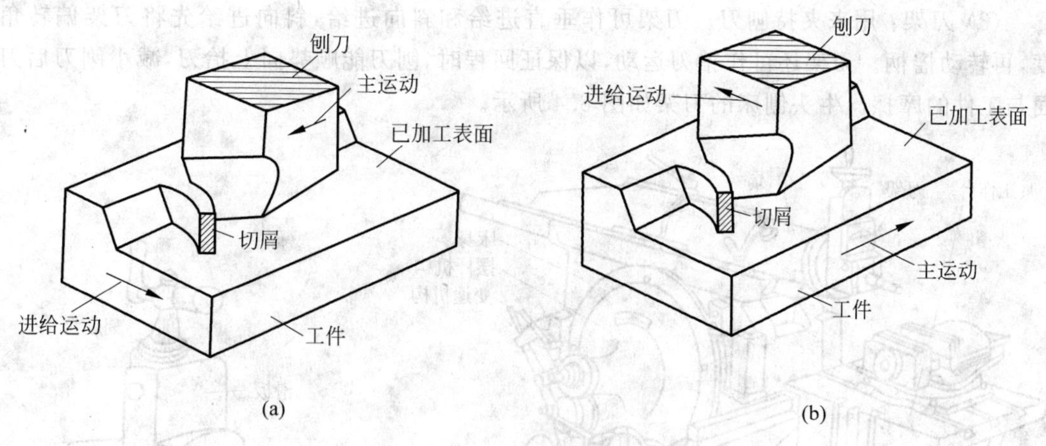

图 8.2 刨削运动
(a) 牛头刨床的刨削运动；(b) 龙门刨床的刨削运动

于铣削。刨削小工件时安装简便；刨削在维修、装配车间应用较广泛。

刨削的经济尺寸精度可达 IT9～IT8，表面粗糙度一般为 $Ra6.3\sim1.6\mu m$。

8.2 刨 床

按刨床的结构特征，刨床可分为牛头刨床、龙门刨床和插床 3 大类。

8.2.1 牛头刨床

牛头刨床主要应用于单件、小批量生产的中、小型零件加工，最大刨削长度不超过 1000mm，它是刨削类机床中应用最广泛的一种。

1. 牛头刨床的编号

按照国家标准规定，在编号 B6065 中，B 为分类代号，是刨床汉语拼音的第一个字母，代表刨床类机床；6 为组代号、0 为系代号，代表牛头刨床；65 为主参数，是最大刨削长度的 1/10，即最大刨削长度为 650mm。

2. 牛头刨床的组成部分

如图 8.3 所示为牛头刨床的示意图。

牛头刨床由以下几部分组成：

(1) 床身：用来连接、支承刨床的各部件。床身顶面导轨用来支承滑枕，供其作往复运动；侧面导轨用来供横梁和工作台作升降运动。

(2) 滑枕：其前端装有刀架，主要用来实现刨刀的直线往复运动，即主运动。滑枕的运动是由床身内部的一套摆杆机构来实现的，调节内部的丝杠螺母机构，可以改变滑枕的往复行程位置。

（3）刀架：用来夹持刨刀。刀架可作垂直进给和斜向进给，斜向进给先将刀架偏转角度，再转动摇柄。刀架还可作抬刀运动，以保证回程时，刨刀能顺势向上抬刀，减小刨刀后刀面与工件的摩擦。牛头刨床的刀架如图 8.4 所示。

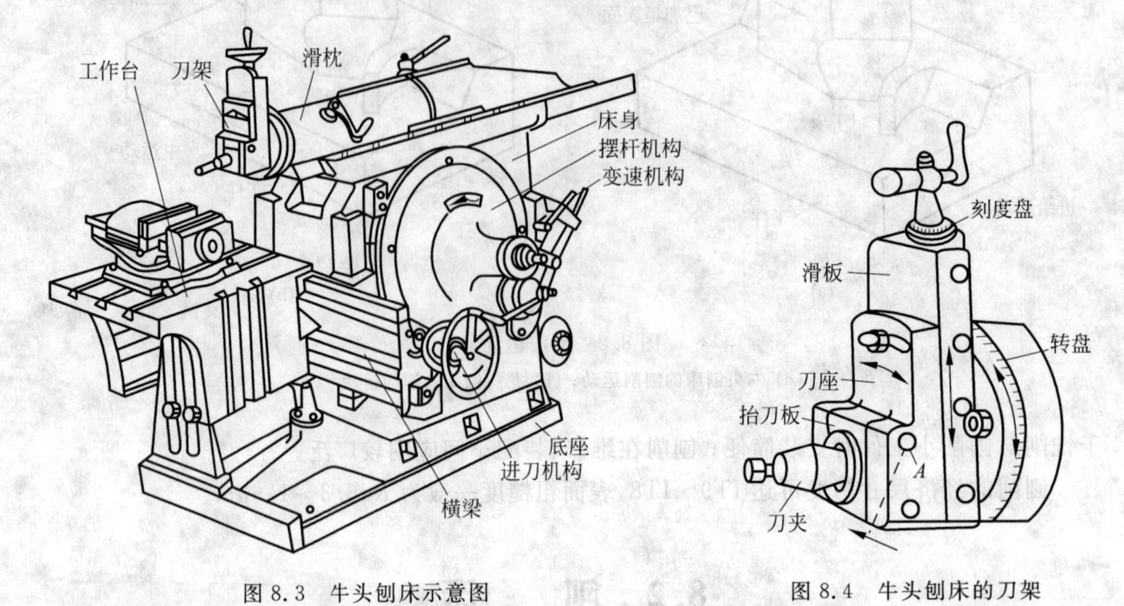

图 8.3 牛头刨床示意图

图 8.4 牛头刨床的刀架

（4）横梁：可沿床身导轨作升降运动。端部装有棘轮机构，可带动工作台横向进给。

（5）工作台：用来安装工件，可随横梁作上下调整，沿横梁作水平进给运动。

3. 牛头刨床的运动

刨削时，刨刀的往复直线运动为主运动，工件随工作台在垂直于主运动方向作间歇性的进给运动。刨刀主运动时速度慢，这是由于主运动摇杆机构中，滑块所经历的工作行程转角大于空行程转角所致。因而刨刀复位则是快速的，节约了时间、提高了效率。

4. 牛头刨床的调整

1）主运动调整

通过滑枕往复行程长度的调整，使刨刀行程与工件加工表面长度相适应，改变牛头刨床上偏心滑块相对于摆杆齿轮的偏心距，则可改变滑枕往复行程的长短；通过滑枕往复行程位置的调整，则可调整滑枕起始位置，以适应加工不同的工件；通过滑枕往复运动次数的调整，可得到不同的滑枕每分钟往复运动的次数。

2）进给量的调整

调整棘爪每次拨动棘轮的齿数，可调整横向进给量，每次拨动棘轮的齿数越少，进给量越小；反之，则进给量越大；将棘爪提起转动 180°，放回原来的棘轮齿槽中，则棘爪拨动棘轮的方向相反，进给运动方向也相反；工作台纵向进给量的调整，可由刀架垂直运动实现纵向进给，也可通过拨动进给运动的纵横向转换手柄，实现纵向进给。

8.2.2 插床和龙门刨床

1. 插床

与牛头刨床相比，插床的滑枕在垂直方向上作往复直线运动。可以把插床看作一种立式牛头刨床，其主运动为滑枕的上下往复直线运动，下滑板作横向进给运动，上滑板作纵向进给运动，圆形工作台带动工件作圆周方向的进给运动。上滑板、下滑板和圆形工作台组成了插床的工作台，如图 8.5 所示。

插床主要加工工件的内表面，如方孔、多边形孔和孔内键槽、花键槽等，还可加工各种外表面。插床的效率较低，多用于单件小批量生产和修配工作。

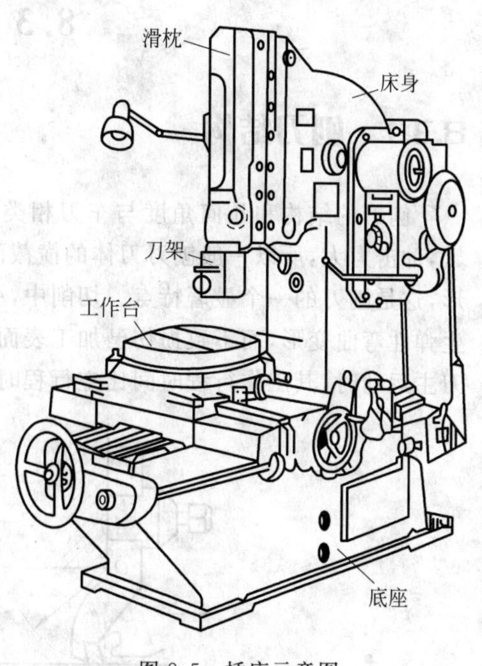

图 8.5 插床示意图

2. 龙门刨床

龙门刨床(如图 8.6)，因其框架呈“龙门”形状而称为龙门刨床，龙门刨床的主运动是刨床工作台(工件)的往复直线运动，进给运动是刀架(刀具)的横向或垂直运动。刨削时，工件装夹在工作台上，由工作台带动作往复直线运动，刀架带动刀具沿横梁导轨作横向进给运动，此时可以刨削水平面；立柱上的侧刀架带动刀具沿立柱导轨垂直移动，此时可以刨削垂直面；刀架还可以旋转一定的角度来刨削斜面。

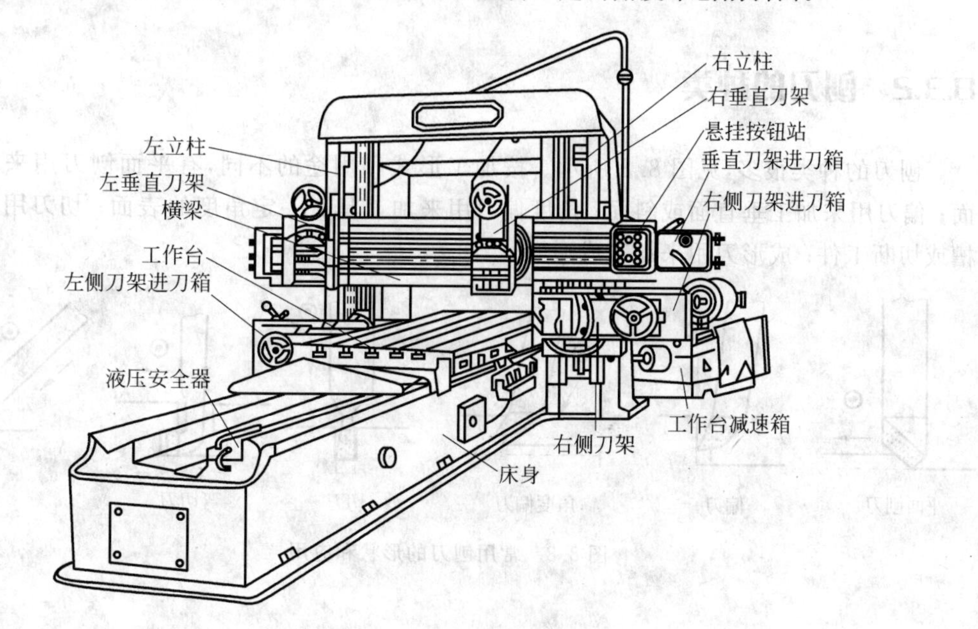

图 8.6 龙门刨床示意图

龙门刨床主要由床身、工作台、立柱、刀架、减速箱、刀架进刀箱等部分组成。

龙门刨床主要用来加工大型零件上长而窄的平面或大平面，如车身、机座、箱体等，也可同时加工多个中小型零件的小平面。

8.3 刨　刀

8.3.1 刨刀结构

刨刀的结构和几何角度与车刀相类似。但由于刨削属于断续切削，切入、切出工件频繁，冲击力大，所以一般刨刀刀体的横截面比车刀大 1.25～1.5 倍。刨刀的刀杆通常做成弓形，这是刨刀的一个显著特点。切削中，弓形刨刀受到较大的切削力时，刀杆可向后上方产生弹性弯曲变形，而不致损伤已加工表面。图 8.7 所示为弓形刨刀和直杆刨刀的比较。刨刀主运动时，其工作行程时间比空行程时间要长。

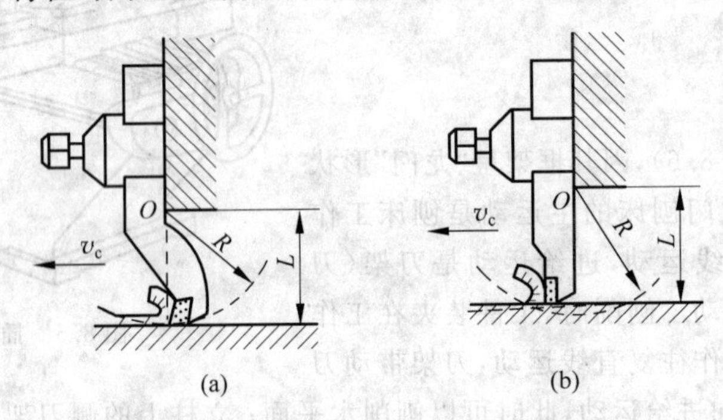

图 8.7　弓形刨刀与直杆刨刀的比较

8.3.2 刨刀的种类

刨刀的种类很多，见图 8.8 所示。按加工形式和用途的不同，有平面刨刀用来加工平面；偏刀用来加工垂直面或斜面；角度偏刀用来加工具有一定角度的表面；切刀用来加工槽或切断工件；成形刀用来加工成形面。

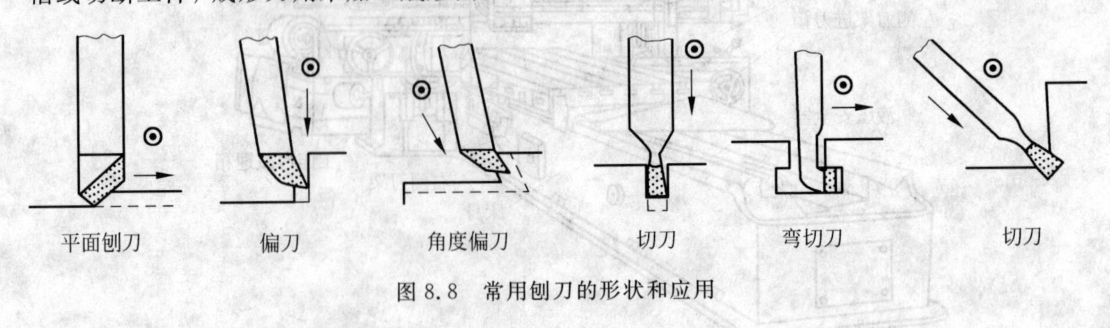

图 8.8　常用刨刀的形状和应用

8.3.3 刨刀的安装

刨刀安装时，调节转盘对准零线，以便准确地控制吃刀深度；再调节刀架，使刀架下端面与转盘底侧基本相对，以减少刨削时的冲击振动；增加刀架的刚度，以防止刨刀受力弯曲时损伤已加工表面。刨刀刀头不宜伸出过长，一般直刨刀的刀头伸出量是刀杆厚度(H)的 1.5～2 倍，如图 8.9 所示。

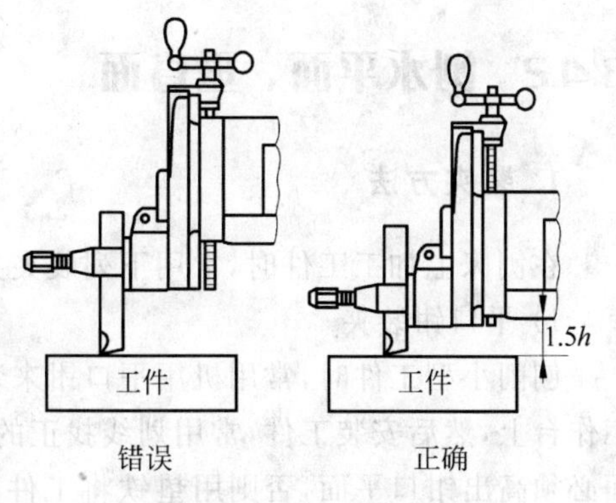

图 8.9 刨刀的安装

8.4 刨削工艺

8.4.1 刨削用量

如图 8.10 所示为牛头刨床刨削平面时的刨削运动和刨削用量。

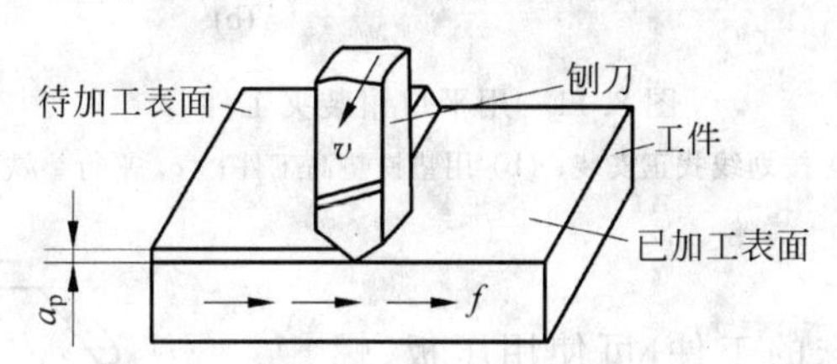

图 8.10 刨削平面时的刨削运动及刨削用量

1. 刨削速度

刨削速度 v 是刨刀切削刃选定点相对工件的主运动的相对速度，可按下式计算：

$$v = \frac{2Ln}{1000}(\mathrm{m/min}) \tag{8-1}$$

式中，L—刀具往复行程长度(mm)；n—滑枕每分钟的往复行程次数。

2. 进给量

进给量 f 是刨刀每往复运动一次，工件或刀具的横向移动距离。B6065 牛头刨床的进给量可以用下式计算：

$$f = \frac{k}{3}(\mathrm{mm/s}) \tag{8-2}$$

式中，k—刨刀每往复行程一次，棘轮被拨过的齿数。

3. 刨削深度

刨削深度 a_p 是指每次刨削进给中，已加工表面与待加工表面之间的垂直距离，单位为 mm。

8.4.2 刨水平面、垂直面

1. 装夹方法

在刨床上加工工件时，常用下列装夹方法。

1）平口钳装夹

刨削小型工件时，常用机用平口钳来装夹。使用平口钳时，先把钳口找正并固定在刨床工作台上，然后安装工件，常用划线找正的方法来安装。安装工件时要注意工件的被加工表面必须高出钳口平面，否则用垫铁将工件垫起，使其高于钳口平面（图 8.11），并且贴实，当夹持面为已加工表面时应垫贴软金属（如铜皮）。

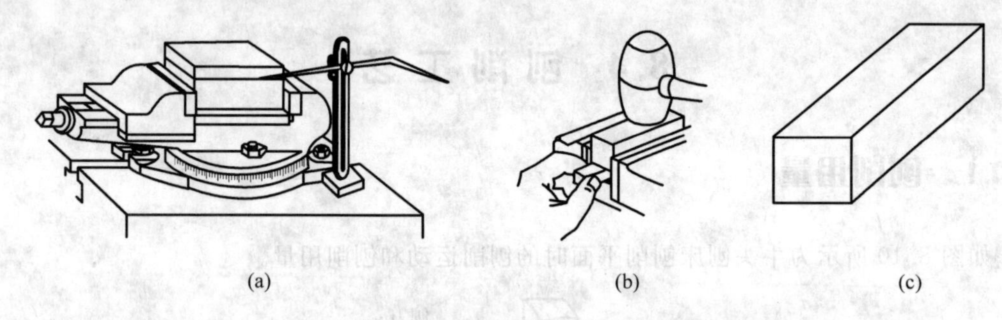

图 8.11 用平口钳装夹工件

(a) 按划线找正安装；(b) 用垫铁垫高工件；(c) 平行垫铁

2）压板、螺栓装夹

尺寸较大或形状特殊的工件，可使用压板、螺栓和垫铁的安装方法将工件装夹在工作台上，进行刨削，如图 8.12 所示。安装时压板必须压在垫铁处，以免工件受力变形或翘起，压板不能离切削面太远，压力也要大小适当，太大则易使工件受力变形，太小则起不到夹紧的作用；拧紧时要分批次逐渐拧紧各个螺母，使工件受力均匀；夹紧后的工件要用划针沿工件移动来检查工件是否和工作台平行，避免安装过程的变形和振动滑移。

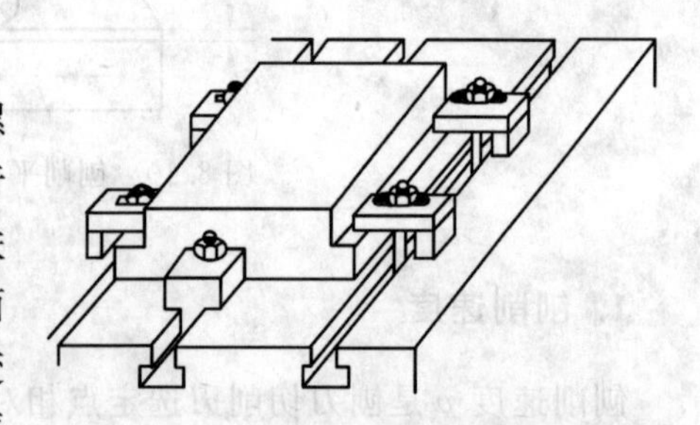

图 8.12 压板、螺栓装夹工件

3）专用夹具装夹

对于较大批量的工件或形状特殊的工件，可以使用专用夹具来装夹。其特点是装夹快捷准确、精度高，但是准备时间较长，成本费用较高。

2. 刨削水平面和垂直面

1）刨水平面

刨削水平面时，刀架和刀座均处于刨床中间的垂直位置上。调整滑枕的行程长度和位置，调节好滑枕的每分钟往复次数和进给量，然后开车，先用手动进给试切削，停车后测量工件加工尺寸，利用刀架上的刻度盘调节切削深度，最后自动进给切削。若工件表面质量要求较高,可按粗精加工分开的原则,先粗刨,后精刨,以获得较高的表面质量,并且有利于生产率的提高。粗刨时,用普通平面刨刀;精刨时,用窄的圆头(切削刃为 $R=6\sim15\text{mm}$ 的圆弧)精刨刀。在刨刀回程中,可以用手抬起位于刀座上的抬刀板,避免刀尖和已加工表面之间的摩擦,以便保持工件表面良好的粗糙度。

2) 刨垂直面

刨床是通过刀架作垂直进给运动来刨垂直面的,可用于加工较长工件的端面和台阶面。刨垂直面时须采用偏刀,安装偏刀时,刨刀伸出的长度应大于整个刨削面的高度,以加工完整的刨削面。刨削时,刀架转盘位置应对准零线,使滑板和刨刀能够准确地沿垂直方向移动。如图 8.13(b)所示。

此外,刀座上端必须偏转一定的角度,便于刨刀返回行程时可自由地离开工件表面,以减少刀具的磨损,增加寿命,也避免刀具擦伤已加工表面,提高表面质量。

安装工件时,要同时保证待加工的垂直表面与工作台垂直,并且与切削方向平行。可以按照已划线的位置来找正。如图 8.13(a)所示。

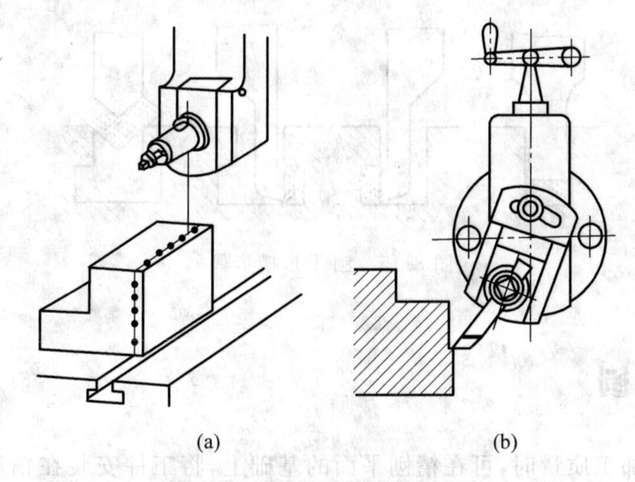

图 8.13 刨削垂直面时的安装

(a) 按划线找正;(b) 调整刀架垂直进给

8.4.3 刨斜面和 T 形槽

1. 刨斜面

斜面即和水平面成倾斜的平面。零件上的斜面可以分为内斜面和外斜面两种。在刨床上,刨斜面的方法通常与刨垂直面基本相同,只是刀架转盘须扳转一定角度,即刀架和刀座分别倾斜一定的角度,从上向下倾斜进给来进行刨削。

2. 刨 T 形槽

在刨床上可以加工各种沟槽,如直槽、燕尾槽、V 形槽、T 形槽等。T 形槽常用于各种机床的工作台上,在 T 形槽中放入方头螺栓,可以用来安装工件或夹具。如图 8.14 所示为加工 V 形槽、燕尾槽的示意图。

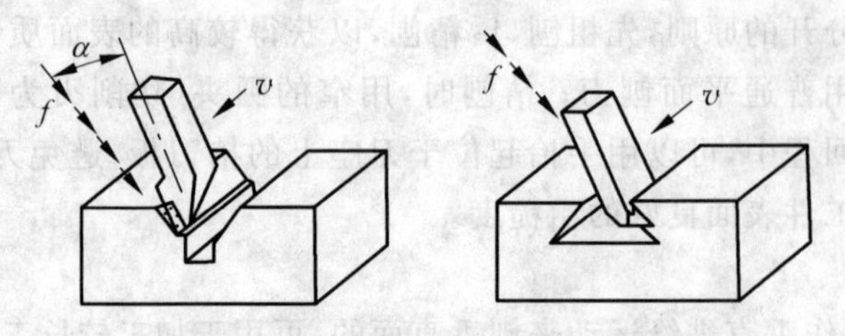

图 8.14 刨削 V 形槽和燕尾槽示意图

在加工 T 形槽时，先将各个关联平面刨削好，并在工件端面和上平面划线，以便于找正，然后装夹工件，并用划针沿工件纵横方向正确地找正，用切槽刀刨出直角槽，使其宽度和深度等于 T 形槽槽口的宽度和 T 形槽的深度，然后用右弯头切刀刨削右侧凹槽，若凹槽的深度大于刀具的深度，一刀刨削出来有困难，可以分几次进刀刨削，刨削完槽深后垂直进给将槽壁精刨一次，使槽壁平整，保证槽壁质量，再用左弯头切刀刨削左侧凹槽，最后换上 45°刨刀倒角。刨 T 形槽的步骤如图 8.15 所示。

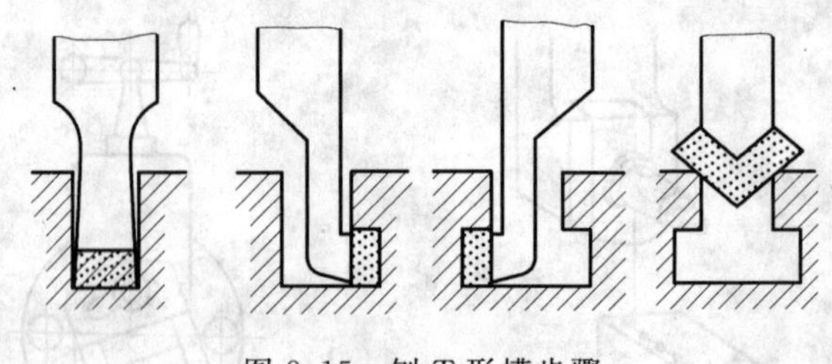

图 8.15 刨 T 形槽步骤

8.4.4 宽刃精刨

当需要更高的加工质量时，可在精刨平面的基础上，将工件安装在精度高、刚性好的龙门刨床上，利用宽刃细刨刀以极低的切削速度切下很薄的一层金属。由于切削力和切削热及工件变形都很小，因此可以获得理想的加工效果，此法便是宽刃精刨法。

8.5 拉削简介

拉削是在拉床上用拉刀来加工工件内外表面的加工方法。拉削不但可以加工各种型孔，还可以用来拉削平面、键槽、花键、半圆弧面及其他组合表面，拉削是一种高生产率的加工方法。图 8.16 所示为拉床的加工范围。

拉床的结构较简单，多采用液压传动，卧式拉床如图 8.17 所示。床身内装有液压传动系统，开机时，液压油在油泵的作用下推动油缸的活塞做直线移动，活塞杆带动拉刀移动，是拉削的主运动。拉削进给运动是由后一刀齿比前一刀齿高出的每齿升高量来完成的。拉刀的每一个刀齿，依次切削掉一层薄薄的金属层，一次拉削行程便可以切削掉全部的加工余量。图 8.18 为拉削过程示意图。

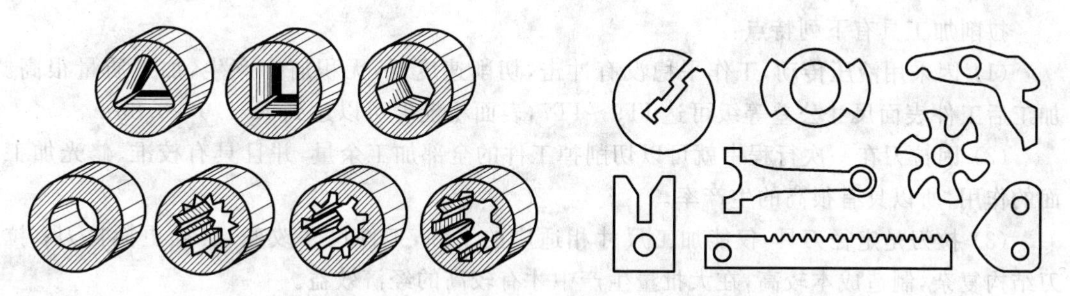

图 8.16 拉床能加工的孔和组合面类型

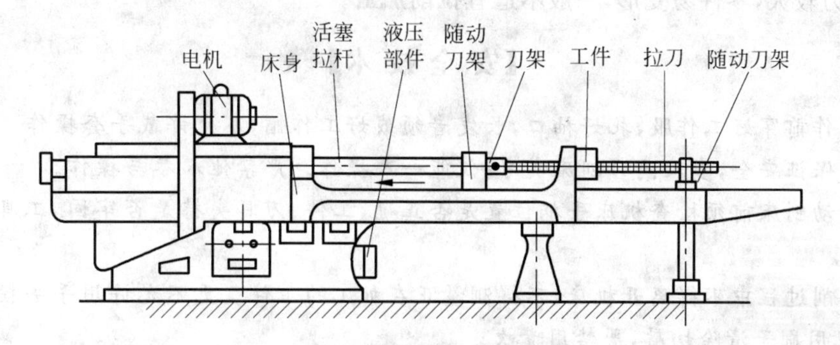

图 8.17 卧式拉床示意图

拉削从切削性质上看近似于刨削加工,拉刀可以看作一种变化的组合式刨刀,拉刀的柄部是夹持拉刀的部位;前导部分起引导作用,使拉刀正确拉削,防止歪斜;切削部分起主要的切削作用,又分为粗切和精切两部分,切削齿的齿升量由前向后逐齿递减;校准部分起到校正孔径、修光孔壁的作用;后导部分的作用在于拉削接近终了时,使拉刀的位置保持正确,防止因拉刀的离开下垂而损伤刀齿和已加工表面;尾部的作用是在加工结束后,便于从工件上取下拉刀。拉刀结构如图 8.19 所示。

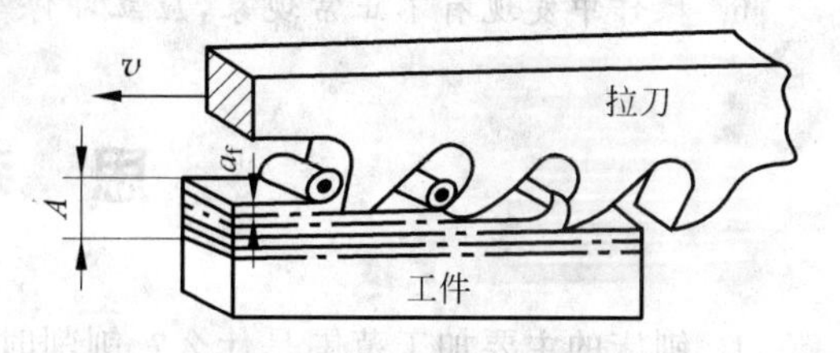

图 8.18 拉削过程示意图

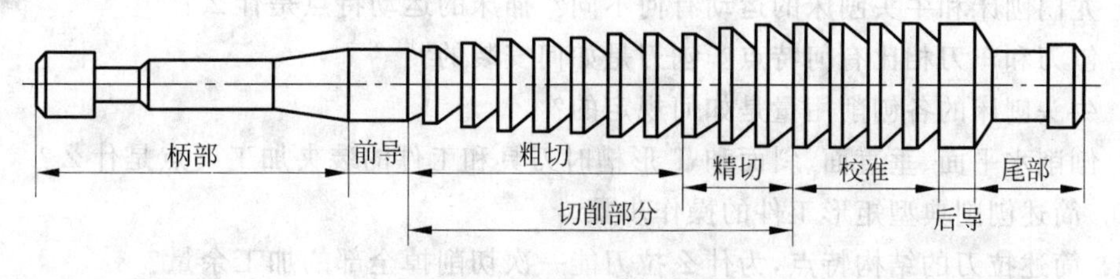

图 8.19 拉刀结构示意图

拉削时,同时参与切削的齿数越多,则拉削越平稳,加工质量较高,但是排屑较困难;若齿距增大,则拉削时同时参与切削的齿数减少,排屑情况会得到改善,但是会影响到加工质量。

拉削加工具有下列特点：

(1) 因采用液压传动，工作平稳没有冲击，切削速度低，无积屑瘤产生，加工质量很高。加工后工件表面尺寸公差等级可达IT9～IT7，表面粗糙度可以达到Ra1.6～0.8μm。

(2) 因拉刀在一次行程中就可以切削掉工件的全部加工余量，并且具有校准、修光加工面的作用，所以具有很高的生产率。

(3) 拉刀是定径刀具，仅能加工尺寸相适应的工件，工件尺寸改变，必须更换拉刀；拉刀结构复杂，制造成本较高，在大批量生产中才有较高的经济效益。

(4) 对于台阶孔、盲孔等，拉削不能进行加工，对壁较薄的零件或刚性较差的零件，因拉削时拉削力较大，零件易变形，一般不适宜拉削加工。

【安全技术】

1. 工作前穿好工作服，扎好袖口，长发者须戴好工作帽，不允许戴手套操作。

2. 为保证安全，多人同台刨床实习，仅能一人操作。严禁他人参与操作。

3. 开动刨床前须检查机床手柄位置是否正确，工件、刀具夹持是否牢固，工具摆放位置是否合适。

4. 刨削过程中不得离开机床，不得测量正在加工的工件。更不允许用手去摸工件或清除切屑，应用刷子清除切屑，严禁用嘴吹。

5. 为保护设备和操作者安全，刨床运转中不得变换转速。

6. 操作中发现有不正常现象，应立即停车，关闭电源并向实习教师报告。

思考题

1. 刨床的主要加工范围是什么？刨削时具有哪些特点？
2. 在刨削平面时，什么是牛头刨床的主运动和进给运动？
3. 在编号B6065中，字母和各数字分别代表什么意义？
4. 牛头刨床的各个组成部分是什么？各有什么作用？
5. 牛头刨床的主运动和进给运动是如何实现的？如何调整牛头刨床的各种运动？
6. 龙门刨床和牛头刨床的运动有何不同？插床的运动特点是什么？
7. 刨刀和车刀相比有何特点？刨刀是如何安装的？
8. 牛头刨床的各刨削用量是如何规定的？
9. 刨削水平面、垂直面、斜面和T形槽时刀具和工件的装夹加工要点是什么？
10. 简述刨削典型矩形工件的操作步骤。
11. 简述拉刀的结构特点，为什么拉刀能一次切削掉全部的加工余量？
12. 拉削加工有何特点？拉孔时要注意什么？

铣　工

9.1　概　　述

铣削是铣刀旋转作主运动，工件或铣刀作进给运动的切削成形方法。铣削的主要工作如图 9.1 所示，有平面、台阶、沟槽、成形面、齿面加工及切断，还可以加工孔。

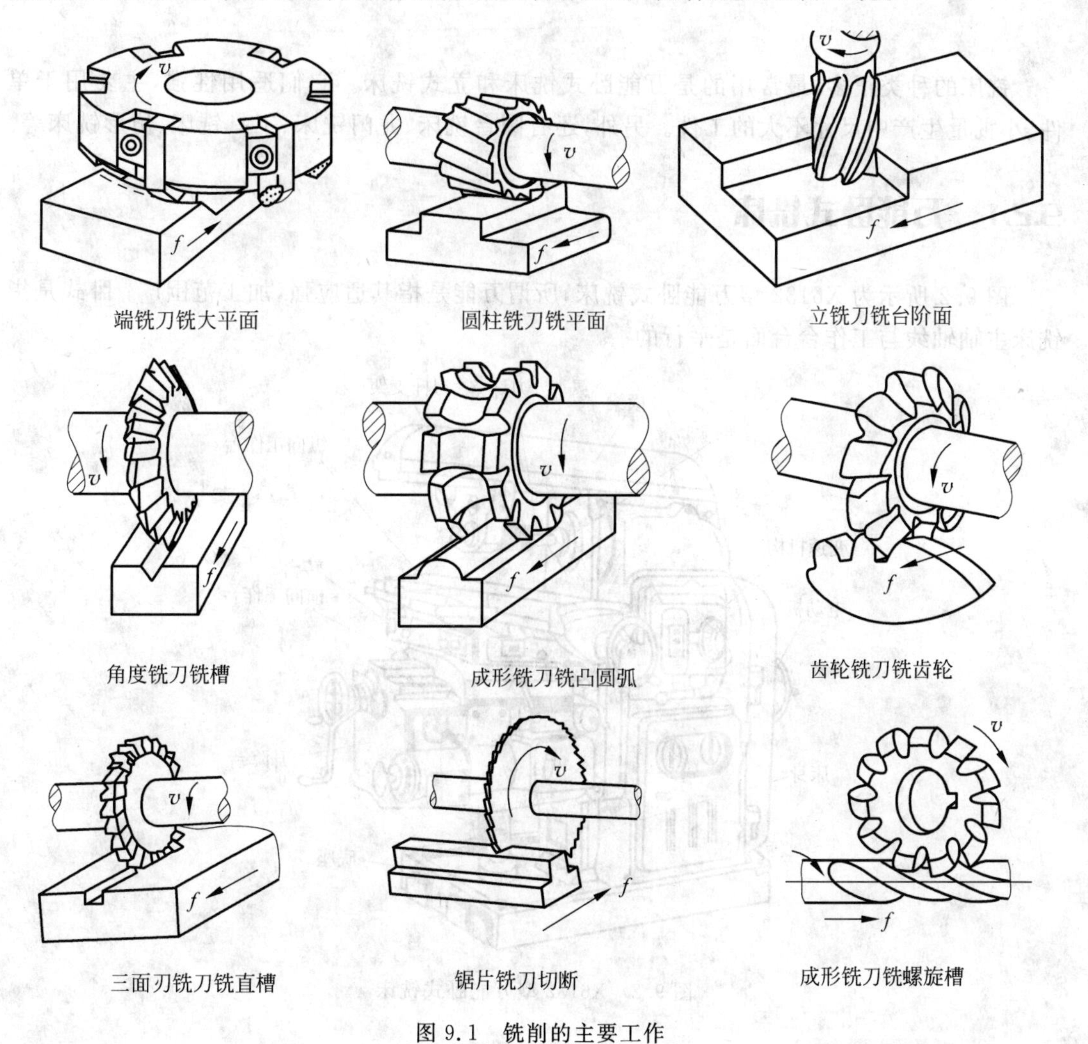

图 9.1　铣削的主要工作

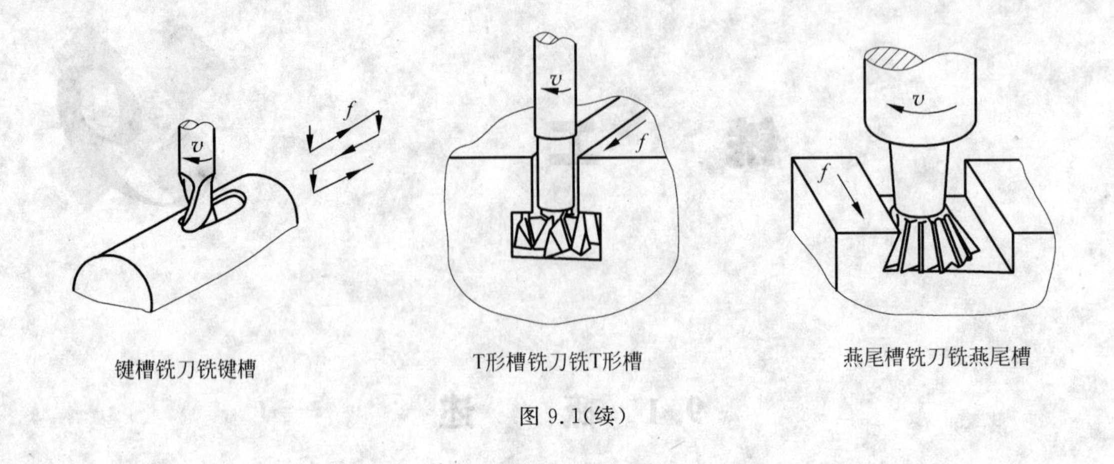

图 9.1(续)

9.2 铣　床

铣床的种类很多,最常用的是万能卧式铣床和立式铣床。它们适用性强,主要用于单件、小批量生产中尺寸不大的工件。另外,还有圆台铣床、龙门铣床、工具铣床、仿形铣床等。

9.2.1 万能卧式铣床

图 9.2 所示为 X6132 型万能卧式铣床,所谓万能是指其适应强,加工范围广;卧式是指铣床主轴轴线与工作台台面是平行的。

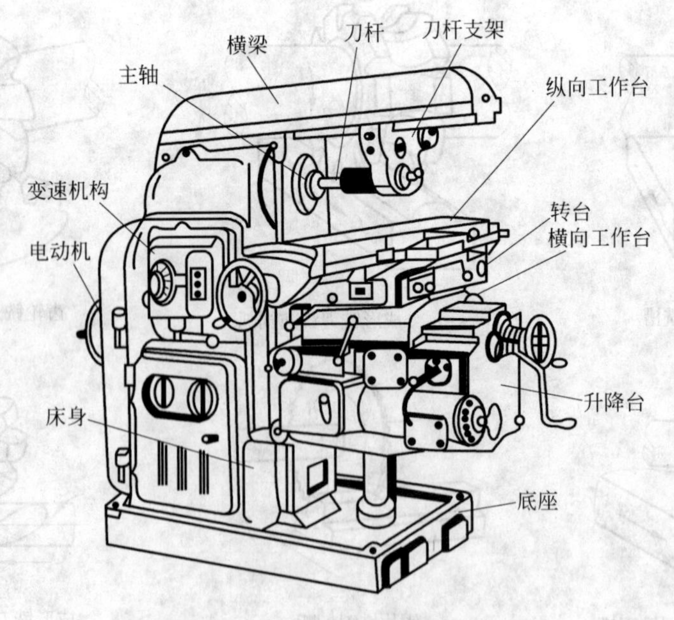

图 9.2　X6132 型万能卧式铣床

1. 铣床的编号

根据 GB/T 15375—1994《金属切削机床型号编制方法》的规定，作为通用机床的一个类型，铣床型号与车床型号编制方法相同，也由类、组、系和主参数等组成。如“X6132”中的类别号用“X”表示，读作“铣”；6 是组代号，代表卧式铣床组；1 是系代号，代表万能升降台铣床系；32 是主参数，代表工作台宽度为 320mm。

2. 主要组成部分

(1) 主轴：主轴是空心的，前部是锥孔，孔内可用以安装刀轴或刀具并带动其旋转。

(2) 工作台：由纵向、横向和转台 3 部分组成，用以安装工件。

(3) 升降台：沿着床身前的垂直导轨上下移动，支承工作台调节工件与刀具之间的距离。

(4) 横梁：用以支承铣刀刀杆，强化刀杆的刚度。

(5) 底座：床身与升降台的基座，内装切削液。

9.2.2 立式铣床

如图 9.3 所示的立式铣床，其刀具旋转轴线与工作台相垂直。根据加工需要，可将立铣的主轴偏转一定的角度。立铣工作台与万能卧式铣床基本相同，但没有转台，故工作台不能旋转。

立铣的刚度好、抗震性好，可以采用较大的铣削用量，加工时观察、调整铣刀位置方便，又便于装夹硬质合金端铣刀进行高速铣削。立式铣床可以加工平面、各类沟槽等，应用广泛。

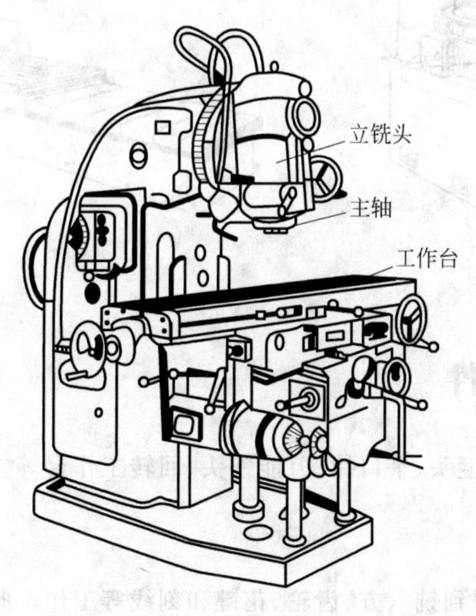

图 9.3 立式铣床

9.2.3 其他铣床

1. 圆台铣床

图 9.4 所示是圆台铣床的外观图,它主要由底座、滑座、圆工作台和主轴箱等组成。铣床的主运动是主轴旋转(一般有两个主轴),进给运动是圆工作台连续缓慢的转动。对于中小型零件的加工(通过夹具的装夹)可以连续进行。装卸工件的辅助时间与切削时间重合,所以效率很高,适用大批量生产中铣削中小零件。

2. 龙门铣床

图 9.5 是龙门铣床的外观图,龙门铣床是一种大型机床。在其"龙门"框架上装置有 4 个独立电机带动的铣头,可以同时加工几个平面,生产效率较高,主要用于加工大型零件和中小型零件的成批加工。

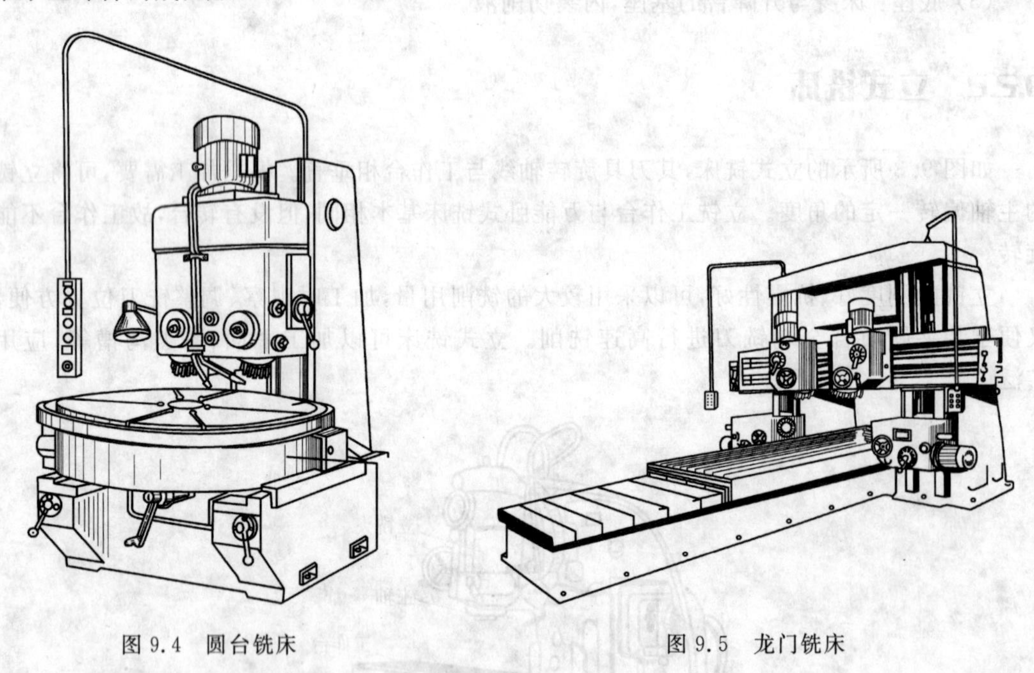

图 9.4 圆台铣床　　图 9.5 龙门铣床

9.2.4 铣床常用附件

铣床的常用附件有分度头、平口钳、万能铣头、回转工作台等。

1. 分度头

在铣削工作中,常会遇到铣六方、齿轮、花键和刻线等工作。此时的工件,每铣过一个面或一个槽后,要按要求转过一定角度,铣下一个面或槽等。这种工作叫作分度,分度头就是对工件进行分度的重要铣床附件。

图 9.6 为常见分度头的构造，在基座上装置有回转体，分度头的主轴可以随回转体在垂直平面内转动。主轴的前端常装上三爪自定心卡盘或顶尖。分度头的侧面有分度盘和分度手柄，分度时摇动分度手柄，通过蜗轮蜗杆带动分度头主轴旋转进行分度。图 9.7 为分度头的传动示意图。

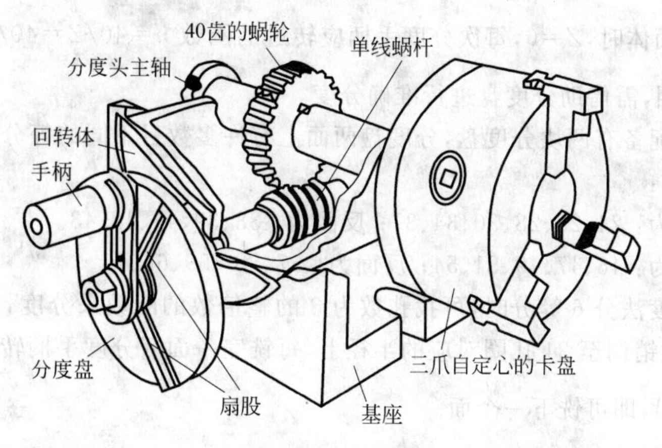

图 9.6 分度头的构造

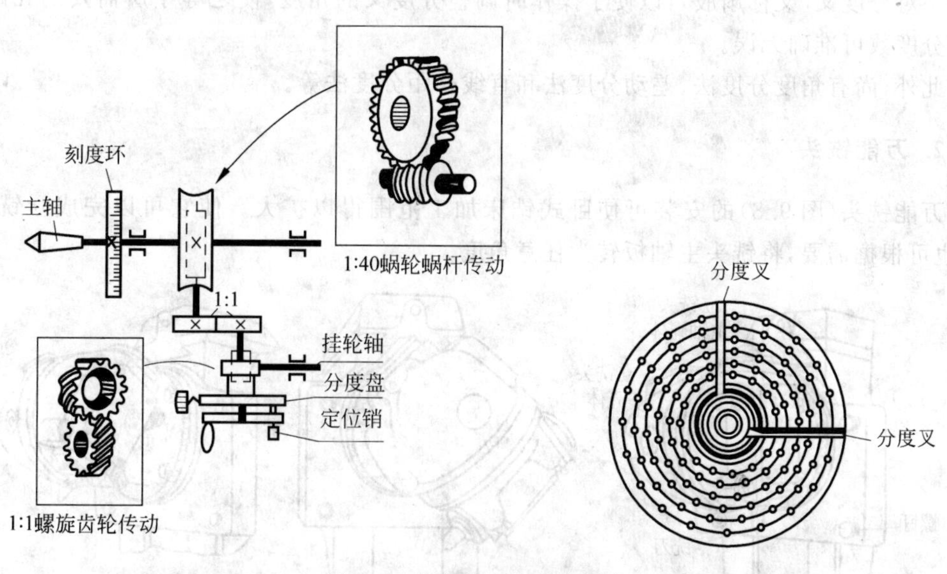

图 9.7 分度头的传动示意图

由图 9.7 所示可知，分度头的蜗轮蜗杆传动比为 1∶40，即当与蜗杆同轴的手柄转过一圈时，单头蜗杆前进一个齿距，与其啮合的蜗轮转过一个轮齿。只有当手柄转动 40 圈时，蜗轮才转过一整转，也就是要使工件 Z 等分分度，每分一次，工件(主轴)应转过 $1/Z$ 转，或分度头手柄转数 n，即

$$n \times \frac{1}{40} = \frac{1}{Z}$$

或

$$n = 40/Z$$

这种分度方法称为简单分度。

例：现要求铣一八面体工件，试求每铣一面后分度手柄转动的圈数。

已知：$Z=8$，按上述公式手柄转过的圈数为

$$n = 40/8 = 5(\text{r})$$

即每铣完一面后手柄应转过 5 圈。

又如：铣六面体时，$Z=6$，每次分度手柄应转过的圈数 $n=40/Z=40/6=6\frac{2}{3}(\text{r})$，其中 2/3 圈为非整数圈，需借助分度盘进行准确分度。

一般分度头配备有两块分度盘，分度盘两面上有许多数目不同的等分孔，其孔距是相等的，其孔数依次为：

第一块正面为：24、25、28、30、34、37；反面为：38、39、41、42、43。

第二块正面为：46、47、49、51、54；反面为：57、58 、59、62、66。

当用简单分度法分 6 等分时，可找孔数为 3 的整倍数的圈数来分度，如选孔数为 24 的孔圈，则应将定位销调至 24 孔圈对应的半径上，每铣完一面后分度手柄转过 6 整圈又 16 个孔距$\left(6\frac{2}{3}=6\frac{16}{24}\right)$，即可铣下一个面。

为了避免每次分度要数一次孔数的麻烦，并且为了防止摇错了孔数，所以在孔盘上还附设了一对分度叉(又称扇股)，以便于操作时调整分度叉的角度，使之等于所需要的孔距数，这样分度数可准确无误。

此外，尚有角度分度法、差动分度法和直线移距分度法等。

2. 万能铣头

万能铣头(图 9.8)的安装可使卧式铣床加工范围得以扩大。使它可以完成立铣的工作，也可根据需要，将铣头主轴扳转为任意角度。

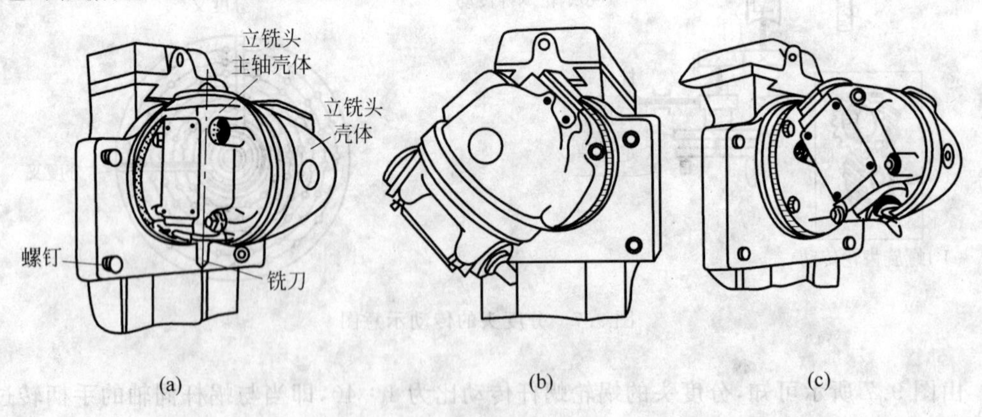

图 9.8 万能铣头

3. 回转工作台

回转工作台如图 9.9 所示，又称为转盘、平分盘、圆形工作台等。其内部装置一套蜗轮蜗杆，转台圆周有刻度，可以用来观察和确定转台位置，使用回转工作台可以分度及铣削带圆弧曲线的外表面和圆弧沟槽的工件(图 9.10)。

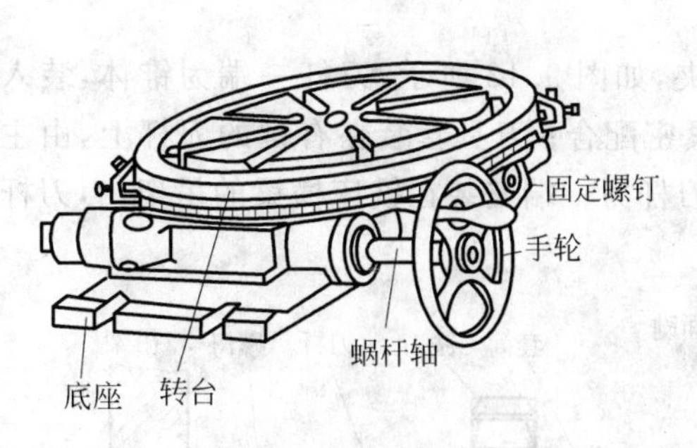

图 9.9 回转工作台

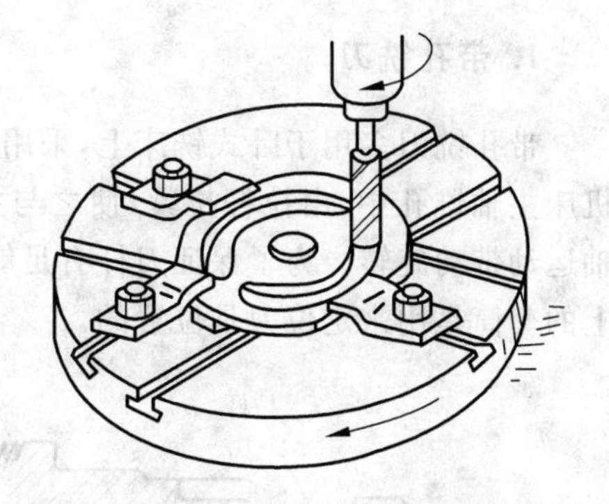

图 9.10 在回转工作台上铣圆弧沟槽工件

4. 平口钳

平口钳是一种通用的装夹工具,主要用来装夹较规则的小零件。

9.3 铣刀和工件安装

9.3.1 铣刀

铣刀是一种多刃回转刀具。在铣削时,每转一圈,铣刀上的每个刀刃只参加一次铣削。其余时间不铣削,使刀齿有充分的散热机会,提高了耐用度,加之多刀齿切削,铣削效率高。但因多刀齿的不断切入切出,引起铣削力变化,造成振动现象,使铣削过程不平稳。

铣刀的种类很多,大多数已标准化。其分类方法按加工工件分类有加工平面用铣刀、加工沟槽及台阶面的铣刀、成形铣刀;按铣刀安装方式不同分类有带孔铣刀(图 9.11)和带柄铣刀。各种铣刀的用途如图 9.1 所示。

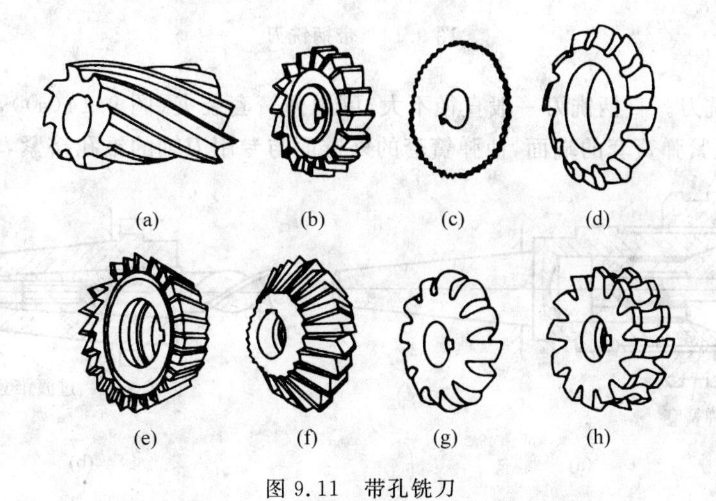

图 9.11 带孔铣刀

1. 带孔铣刀

带孔铣刀多用于卧式铣床上，采用长刀杆装夹，如图 9.12 所示，刀杆一端为锥体，装入机床主轴锥孔中，由拉杆拉紧，使之与主轴锥孔紧密配合；刀具套装在有键的刀杆上，由主轴运动带动旋转。为了保证刀杆有足够的刚度，刀杆另一端安装在铣床横梁的吊架内，刀杆上的套筒是用来定位刀具位置的。

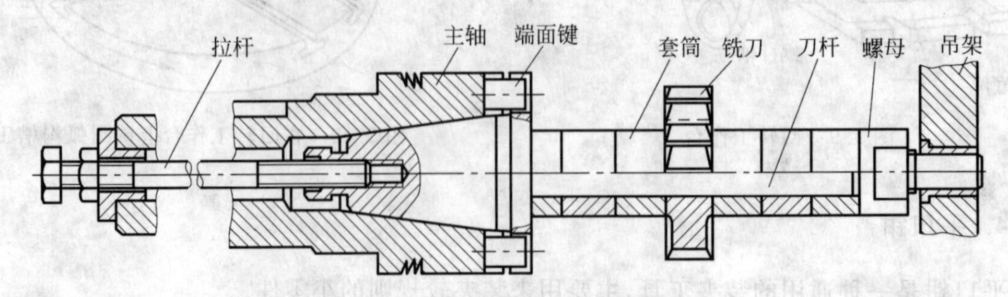

图 9.12 带孔铣刀的安装

2. 带柄铣刀

带柄铣刀(图 9.13)多用在立式铣床，按带柄形状的不同可分为直柄和锥柄。

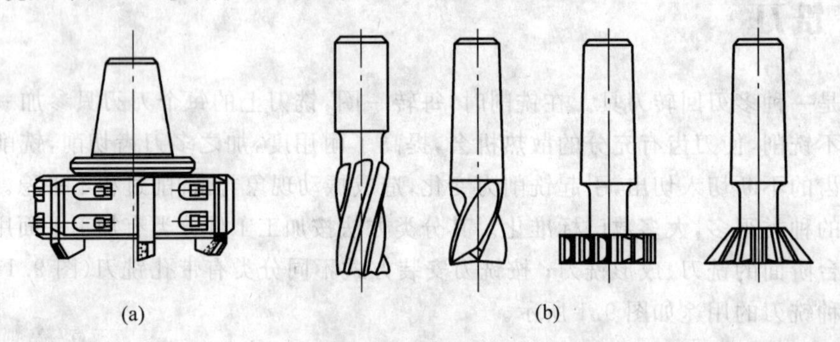

图 9.13 带柄铣刀

(1) 直柄铣刀。直柄铣刀一般直径不大，可用弹簧套装夹(图 9.14(a))，柄部插入弹簧套内，用螺母压紧弹簧套的端面，使弹簧套的外锥面与专用刀轴的锥孔挤紧，将铣刀夹紧。

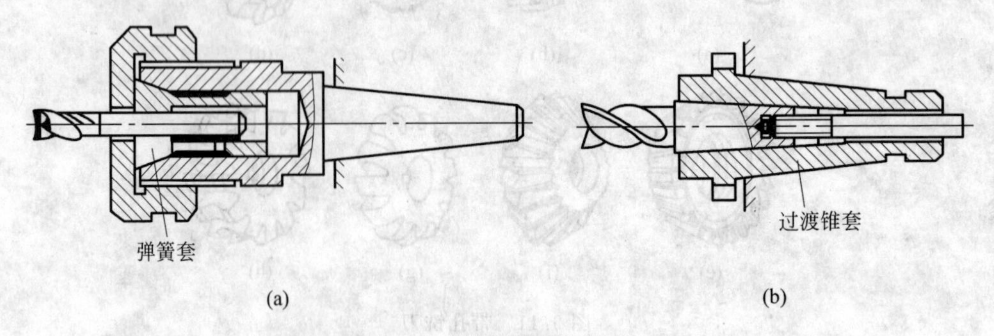

图 9.14 带柄铣刀的装夹

(2) 锥柄铣刀。先根据锥柄尺寸分别处理，如铣刀锥度与铣床主轴内锥孔相同，则可直接装入主轴中用拉紧螺杆拉紧铣刀；如铣刀的锥度与主轴锥度不同，则需利用中间的过渡锥套将铣刀装入主轴锥孔中(图 9.14(b))。

9.3.2 工件安装

铣床上常用的安装方法有用平口钳装夹工件(图 9.15(a))、用压板螺栓安装工件(图 9.15(b))、用 V 形铁装夹工件(图 9.15(c))、用分度头装夹工件(图 9.15(d)、(e)、(f))等。分度头常用于装夹有分度要求的工件。它既可以用分度头卡盘(或顶尖)与尾座顶尖一起使用来装夹轴类零件，也可以仅用分度头卡盘直接装夹工件。由于分度头的主轴可以随回转体在垂直平面内转动，故可利用分度头在水平、垂直及倾斜位置装夹工件。

当零件的生产批量大时，应用专用夹具或组合夹具来装夹工件，既保质又保量。

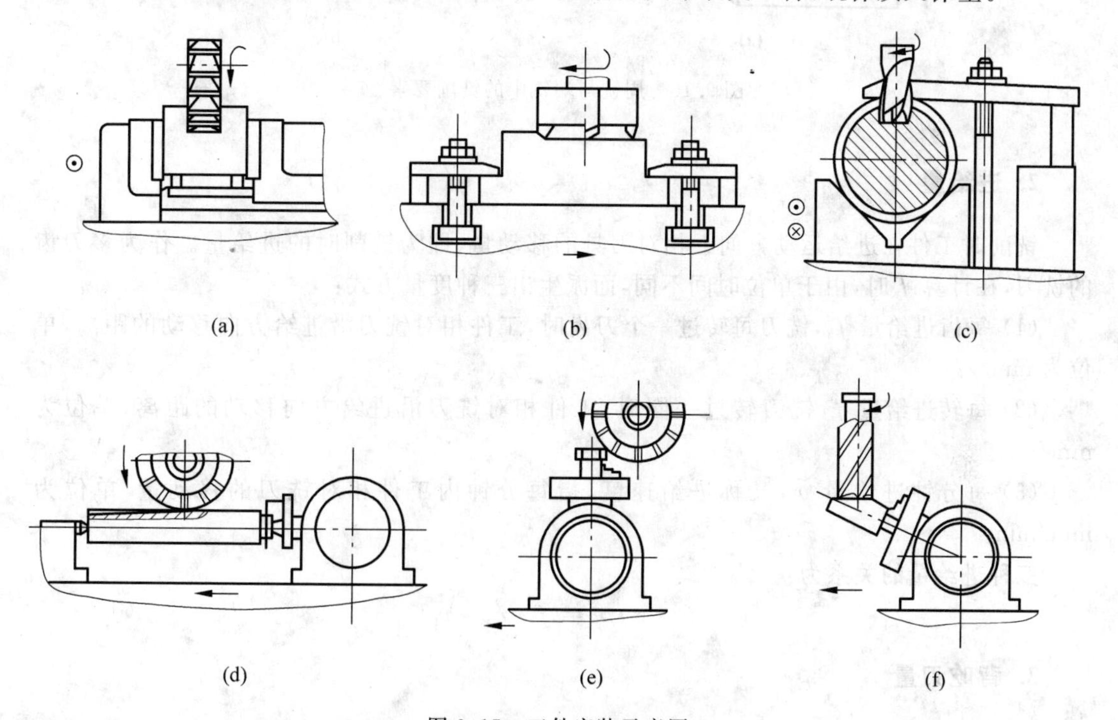

图 9.15 工件安装示意图
(a) 平口钳；(b) 压板螺钉；(c) V 形铁；(d) 分度头顶尖；(e) 分度头卡盘(直立)；(f) 分度头卡盘(倾斜)

9.4 铣削工艺

9.4.1 铣削用量

铣削时的铣削用量由铣削速度 v_c、进给量 f、背吃刀量 a_p 和侧吃刀量 a_e 四要素组成。

1. 铣削速度

铣削速度一般指铣刀最大直径处的线速度，如图 9.16 所示。计算式为

$$v_c = d_o \pi n / 1000 (\mathrm{m/min}) \tag{9-1}$$

式中，d_o—铣刀直径（mm）；n—铣刀（主轴）转速（r/min）。

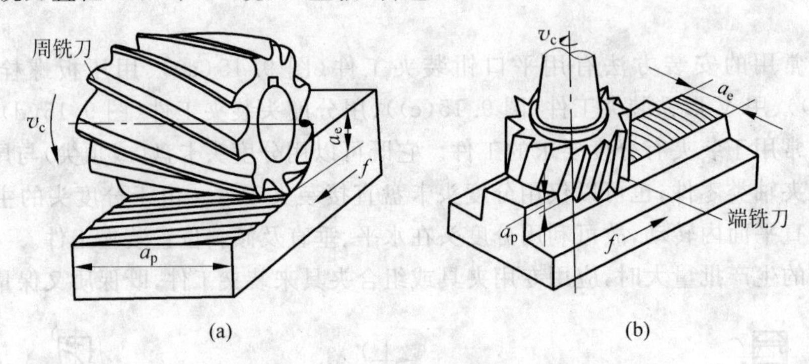

图 9.16 周铣与端铣中的铣削要素

2. 进给量

铣削时工件在进给运动方向上相对刀具的移动量，即为铣削时的进给量。作为多刀齿的铣刀，在计算 f 时，由于单位时间不同，而派生出三种度量方式：

（1）每齿进给量 f_z，铣刀每转过一个刀齿时，工件相对铣刀沿进给方向移动的距离，单位为 mm/z。

（2）每转进给量 f，铣刀转过一圈时，工件相对铣刀沿进给方向移动的距离，单位为 mm/r。

（3）每分钟进给量 v_f，又称进给速度，指每分钟内工件相对铣刀的移动量，单位为 mm/min。

三种进给量的关系为：

$$f_z \cdot z \cdot n = f \cdot n = v_f$$

3. 背吃刀量

背吃刀量，又称铣削深度，指平行于铣刀轴线方向测量的切削层尺寸，单位为 mm。

4. 侧吃刀量

侧吃刀量，又称铣削宽度，指垂直于铣刀轴线方向测量的切削层尺寸，单位为 mm。

背吃刀量 a_p 和侧吃刀量 a_e 在不同的铣削方式中测量。

9.4.2 铣削工作

1. 铣平面

可以在卧式铣床上用圆柱铣刀加工水平面，用端铣刀加工垂直平面，如图 9.17 所示。

也可以在立式铣床上用端铣刀加工水平面,用立铣刀加工垂直面,如图 9.18 所示。无论在卧式铣床还是立式铣床上,用端铣刀铣平面,由于端铣刀刀杆伸出较短,刚性好,同时参与切削的刀齿较多,切削力波动小,铣削中振动小。因而可用较大的切削量铣平面,提高了生产效率。

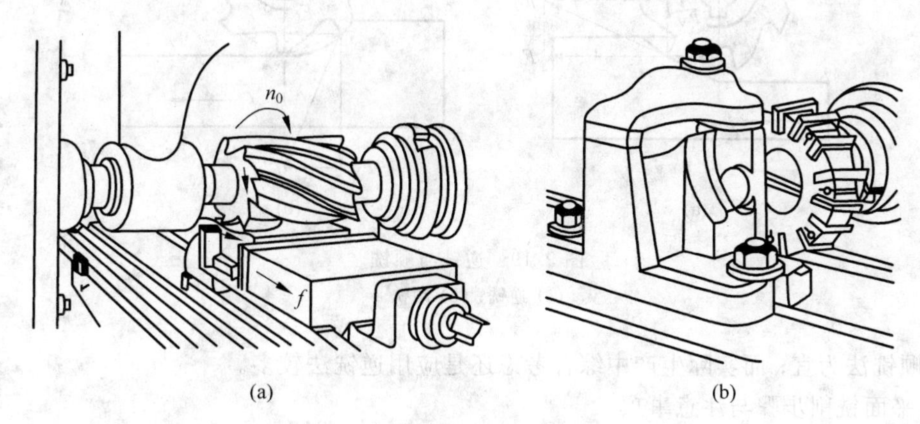

图 9.17 在卧式铣床上铣平面

(a) 使用圆柱铣刀加工水平面;(b) 使用端铣刀加工垂直面

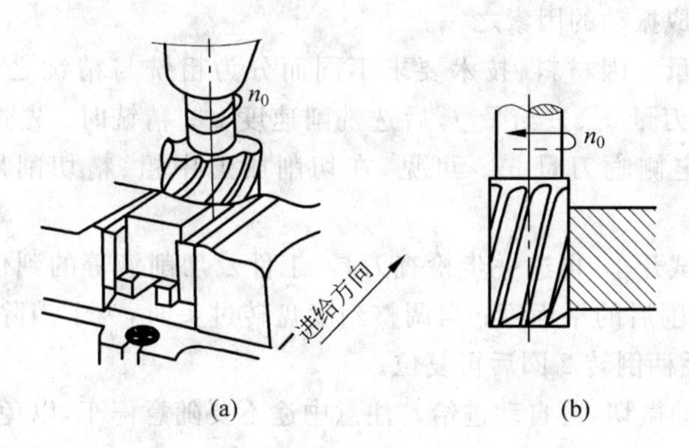

图 9.18 在立式铣床上加工平面

(a) 使用端铣刀加工水平面;(b) 使用立铣刀加工垂直面

1) 逆铣与顺铣

铣削平面,可用周铣法(用圆柱铣刀的圆周刀齿加工平面);也可用端铣法(用端铣刀的端面刀齿加工平面);同一铣削方法,又分不同的铣削方式,如周铣可分为顺铣和逆铣(图 9.19)。在切削部位刀齿的旋转方向和工件的进给方向相反时,为逆铣;相同时,为顺铣。

逆铣时,每个刀齿的切削层厚度是从零增大到最大值,且铣削力上抬工件,是造成振动的因素,工作中工作台丝杠始终压向螺母,不会造成工作台"窜动"。

顺铣时,每个刀齿的切削厚度由最大减至零,铣削力总是将工件压向工作台,不易生成振动。不过,在铣削水平分力 F_f 的作用下,由于工作台丝杠与螺母之间的间隙,会造成工作台"窜动",甚至造成"打刀"。

由上述分析对比可知,从提高刀具耐用度、工件表面质量、稳定工件减少振动等观点看:

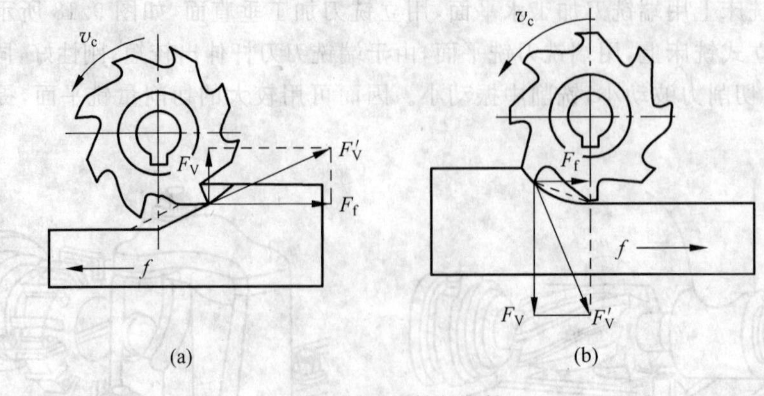

图 9.19 逆铣与顺铣

(a) 逆铣；(b) 顺铣

一般以顺铣法为宜；而实际生产中综合考虑还是应用逆铣法较多。

2) 平面铣削步骤与注意事项

(1) 选择铣刀。一般以小直径、螺旋齿铣刀切削平稳；轴向尺寸大于待加工面宽为宜。

(2) 装夹工件。因工件形状、加工部位而异，检查工件、刀具是否夹牢；检查刀具质量是防止平面铣削中造成振动的因素之一。

(3) 确定铣削用量。因材料、技术要求不同而分为粗铣与精铣之分。粗铣用量选择原则：先选较大侧吃刀量 a_e、进给量 f，后选铣削速度 v_c；精铣时：先选铣削速度 v_c，其次选进给量 f，最后确定侧吃刀量 a_e。可见，在切削成形中粗、精切削用量选择原则是相通的。

(4) 调整铣床。试开车，再进一步检查刀具、工件及切削液等的到位状况。调整不当，将会直接影响工件铣削后的平面度；当调整刻度盘转过头时，为了消除工作台丝杠与螺母之间的间隙，必须将手柄倒转 2 圈后再复位。

(5) 操作。先手动微切，再自动进给。注意中途不要随意停车，以免产生“深啃”缺陷。

2. 铣斜面

铣床铣斜面的方法有工件倾斜铣削、铣刀倾斜铣削和用角度铣刀铣削 3 种。

1) 工件倾斜铣斜面

(1) 用垫铁使工件倾斜铣斜面，如图 9.20(a)所示，在工件基准面下垫一块具有与斜面的角度 β 相同倾斜角 α 的垫铁($\alpha=\beta$)，即可铣出所需要的斜面，此法适应小批量生产。在大批量生产中，应用专用夹具来铣斜面，如图 9.20(b)所示。采用这种方法一次可加工两件或多件，效率高。

对角度很小的斜面，一般都采用按划线加工或在工件两端垫不同高度的垫铁来加工，但要计算垫铁高度值。

(2) 利用可倾斜夹具铣斜面，这包括利用分度头将工件调转至所要铣削的平面位置，如图 9.21 所示；用可倾斜虎钳或平口钳来铣削斜面，如图 9.22 所示。还可以将工件装夹在可倾斜工作台上铣斜面，如图 9.23 所示，可倾工作台和可倾虎钳一样，也能绕垂直轴和水平轴转到需要的任意位置，但可倾工作台能加工比较大的工件。

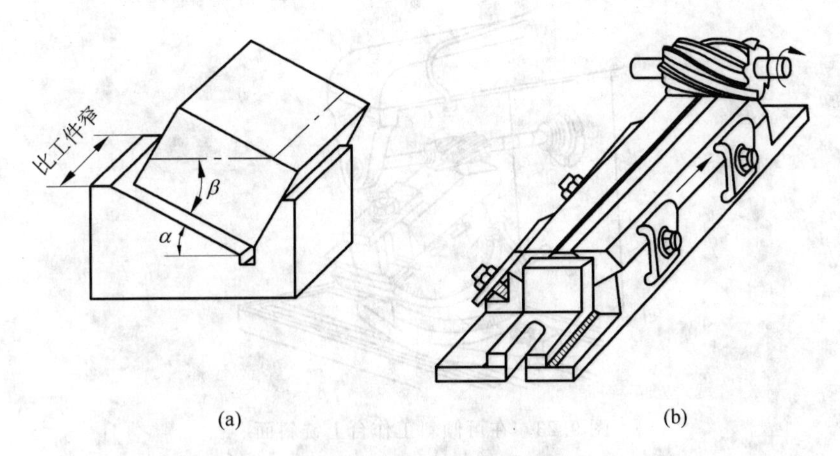

图 9.20 用斜垫铁铣斜面

(a) 专用垫铁铣斜面；(b) 专用夹具铣斜面

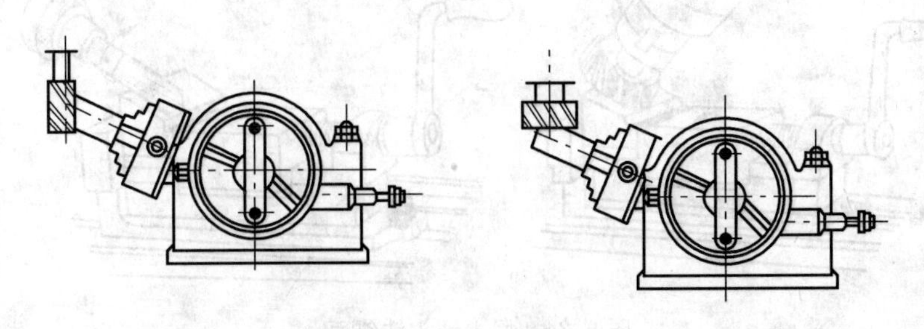

图 9.21 用分度头铣斜面

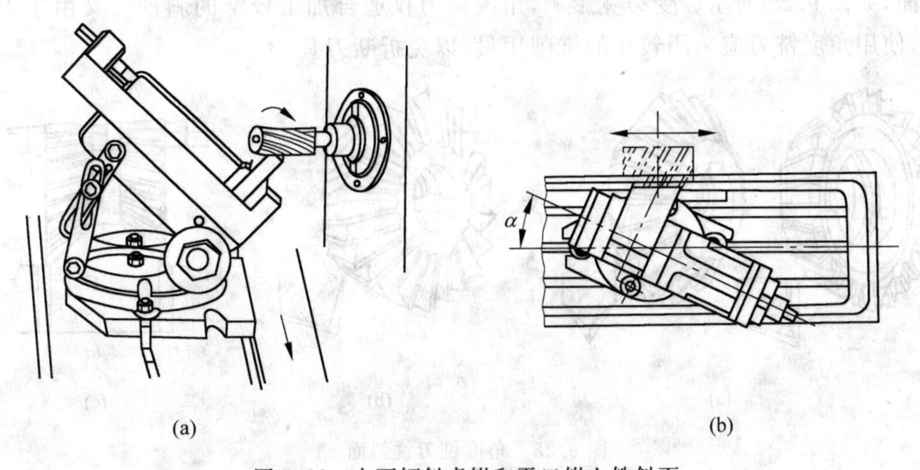

图 9.22 在可倾斜虎钳和平口钳上铣斜面

2）铣刀倾斜铣斜面

在立铣头能回转的立式铣床上或装有立铣头的卧式铣床上，将铣头连同铣刀偏转成所需要的角度铣斜面，如图 9.24 所示。

3）用角度铣刀铣斜面

角度铣刀就是切削刃与轴心线成某一角度的铣刀，因此可利用合适的角度铣刀铣出相

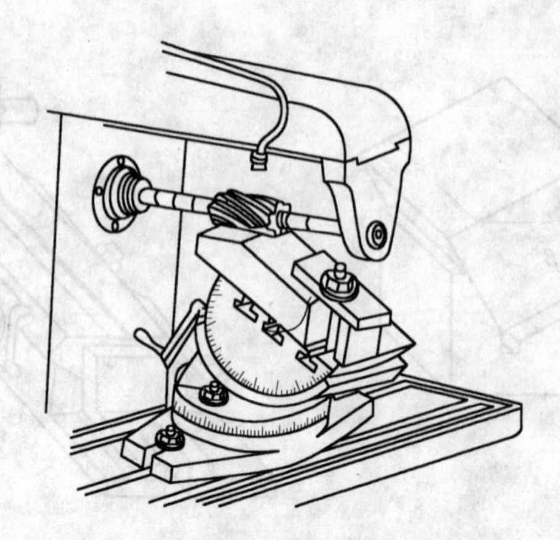

图 9.23 在可倾斜工作台上铣斜面

图 9.24 用立铣头铣斜面

应的斜面，如图 9.25 所示。受刃宽影响，角度铣刀仅适合加工较窄的斜面。又由于刀具刚度受限，使用角度铣刀应采用较小的铣削用量，以免折断刀具。

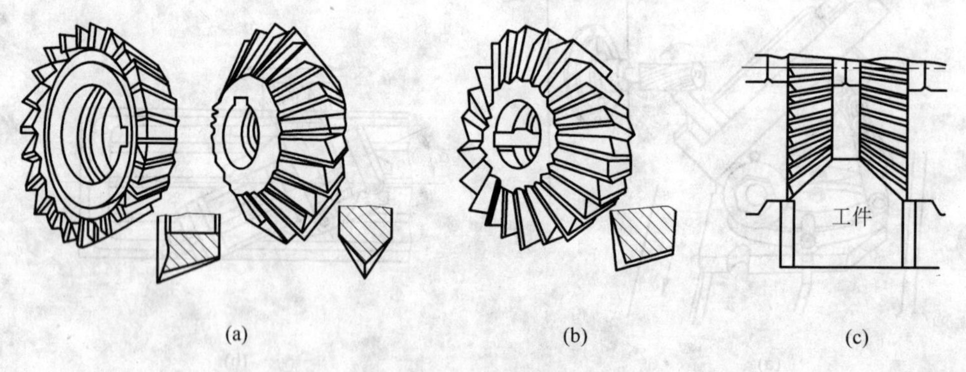

图 9.25 角度铣刀铣斜面
(a) 单角铣刀；(b) 双角铣刀；(c) 组合铣斜面

3. 铣台阶

台阶虽然也是由两个相互垂直的平面组成，但在工艺上有其特点：一是两个平面是用同一把铣刀的不同部位同时加工出来，加工一个平面必须涉及另一平面；二是两者用同一定位基准。具体方法有：

(1) 用三面刃铣刀铣台阶，如图 9.26(a)所示。对于零件两侧对称的台阶，用两把铣刀联合加工，对控制尺寸精度和提高效率有益。但工艺系统负荷倍增，变形会影响加工质量。

(2) 立铣刀铣台阶，如图 9.26(b)所示。此法适用加工垂直平面大于水平面的台阶。当台阶位于壳体内侧，其他铣刀无法伸入时，此法有独到之功。但立铣刀径向尺寸小、刚度小。铣削中受径向力作用易“让刀”。因此铣削用量不宜过大，否则影响工件加工质量。

(3) 用端铣刀铣台阶，这种方法适合于加工有较宽水平面的台阶，如图 9.26(c)所示。由于铣刀直径大、长度短，又是端铣，可用较大铣削量，效率高。

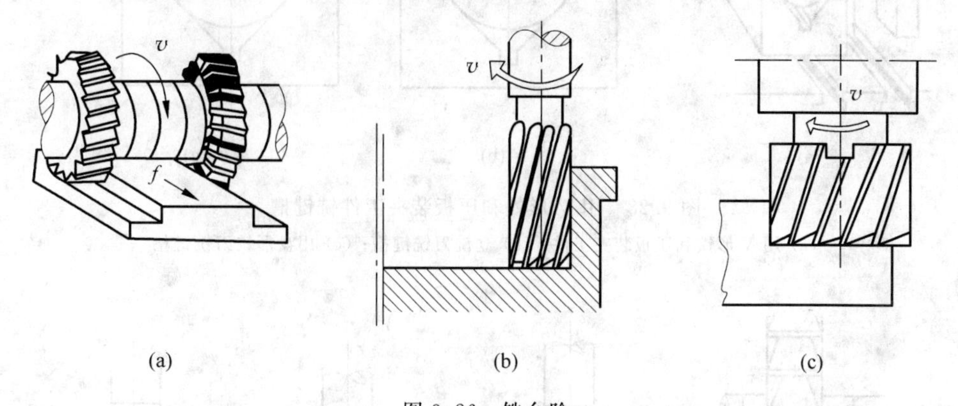

图 9.26 铣台阶

(a) 用三面刃铣刀铣台阶；(b) 用立铣刀铣台阶；(c) 用端铣刀铣台阶

4. 铣沟槽

在铣床上能加工的沟槽种类很多，如直角槽、V 形槽、燕尾槽、T 形槽、圆弧槽和各种键槽等。此外，花键、齿形离合器乃至齿轮，其工艺实质也是沟槽，只是除了铣刀的选用上更为严格外，还需要严格地做好分度工作。

1) 铣直槽和 T 形槽

(1) 直槽，又有通槽和不通槽之分，较宽的通槽用三面刃铣刀加工，窄的通槽用锯片铣刀或小直径的立铣刀加工。图 9.27 和图 9.28 为常见键槽加工方式。

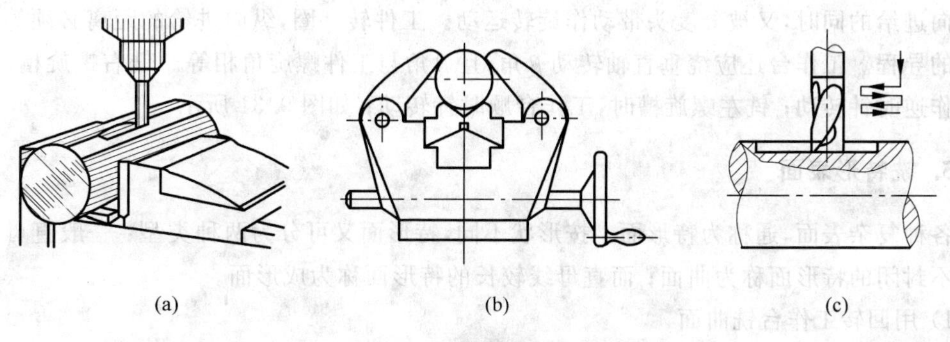

图 9.27 用平口钳和抱钳装夹铣键槽

(a) 用平口钳装夹；(b) 用抱钳装夹；(c) 铣削路径

(2) T 形槽铣削步骤：①面刃铣刀(立式铣床上用键槽铣刀)铣直角槽(图 9.29(a))；②用 T 形槽铣刀铣出轮廓(图 9.29(b))；③用倒角铣刀(图 9.29(c))。

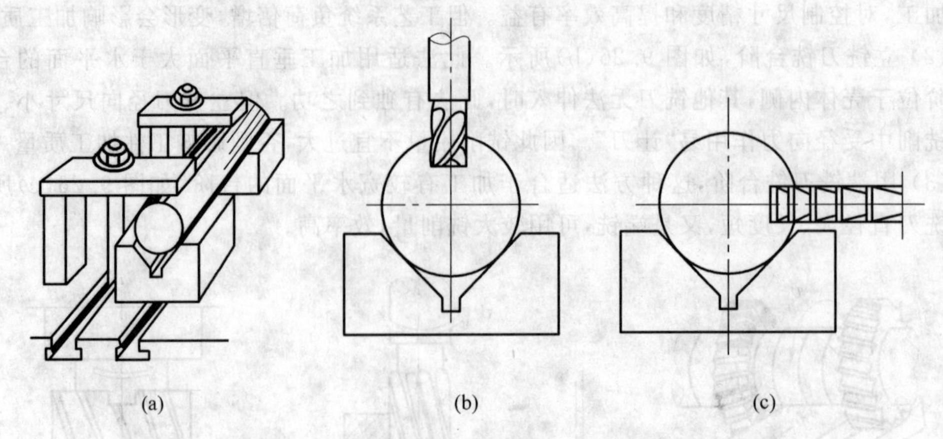

图 9.28 用 V 形铁和压板装夹工件铣键槽

(a) 用 V 形铁和压板装夹工件；(b) 立铣刀铣键槽；(c) 用盘形铣刀铣键槽

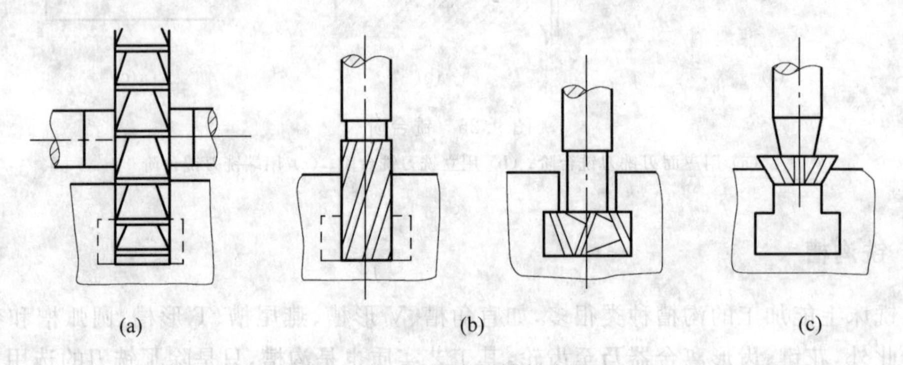

图 9.29 T 形槽的铣削步骤

(a) 铣直角槽；(b) 铣 T 形槽；(c) 倒角

2）铣螺旋槽

在万能铣床上，利用分度头可以加工螺旋槽，如图 9.30 所示。铣削时，工作台带动工件作纵向进给的同时，又被分度头带动作旋转运动。工件转一圈，纵向进给的距离必须等于螺旋槽的导程。工作台还应绕垂直轴转动 β 角，且 β 角与工件螺旋角相等。铣右螺旋槽时，工作台作逆时针转动；铣左螺旋槽时，工作台顺时针转动；如图 9.31 所示。

5. 铣特形表面

各种复杂表面，通称为特形面。按形状不同，特形面又可分为两种类型：一般直母线较短的不封闭的特形面称为曲面；而直母线较长的特形面称为成形面。

1）用回转工作台铣曲面

由于工件的曲面外形是由圆弧和直线或是半径不等的圆弧线所组成，在回转工作台上进行加工操作简单，图 9.32 为扇形板铣削实例。

2）仿形法铣曲面

在成批和大量生产中，使用回转工作台铣曲面，一是效率低；二是铣后工件表面易留进刀痕迹。此时应用仿形法铣曲面，优质高效又省力。

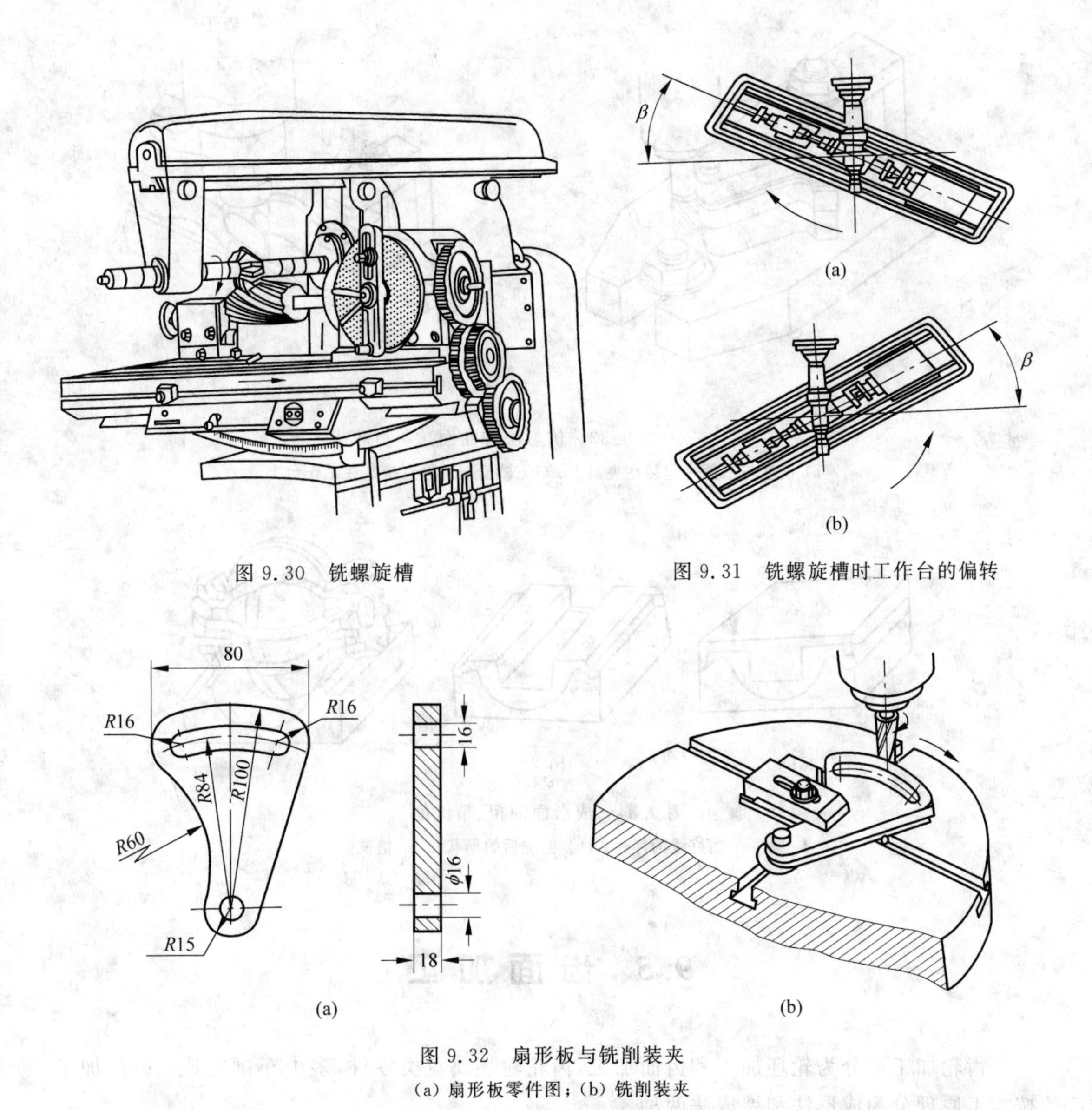

图 9.30　铣螺旋槽

图 9.31　铣螺旋槽时工作台的偏转

图 9.32　扇形板与铣削装夹

(a) 扇形板零件图；(b) 铣削装夹

仿形法就是制造一个与工件形状相同或近似的模型(靠模板)，依靠它使工件或铣刀沿着它的外形轮廓作进给运动，从而获得准确曲面，如图 9.33 所示。仿形法可在立式铣床或仿形铣床上进行。在立式铣床上可采用手动进给，也可采用机动进给。

3) 成形铣刀铣成形面

成形铣刀，俗称特形铣刀，其切削刃的形状要求与工件的特形表面完全一样。成形铣刀分整体式或组合式，后者一般用作较宽的特形表面。

铣成形面时，由于切削余量不够均匀、宽度较大和铣刀的工作条件较差。因此，当工件的余量较大时，应分成粗铣和精铣两步进行，如图 9.34 所示。

此外，在铣床上还可以进行铣球面、切断、镗孔、钻孔和铰孔等工作。

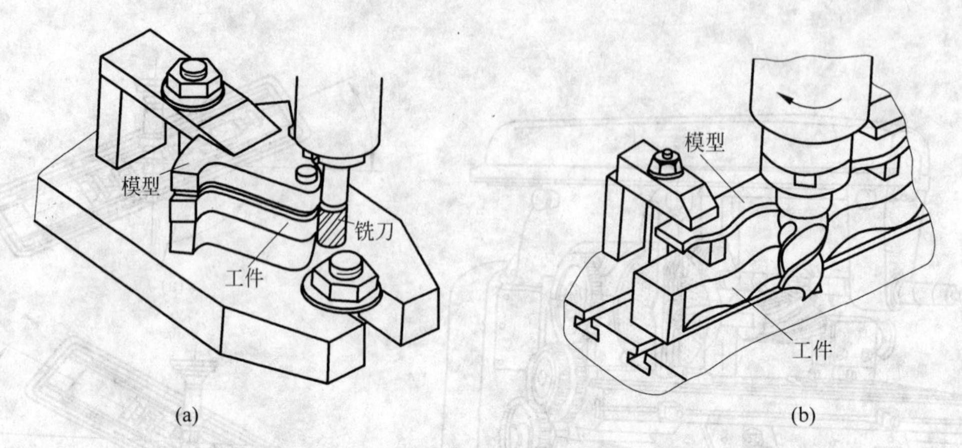

图 9.33 仿形法铣曲面

(a) 模型与工件一起装在夹具上；(b) 模型与工件直接装在工作台上

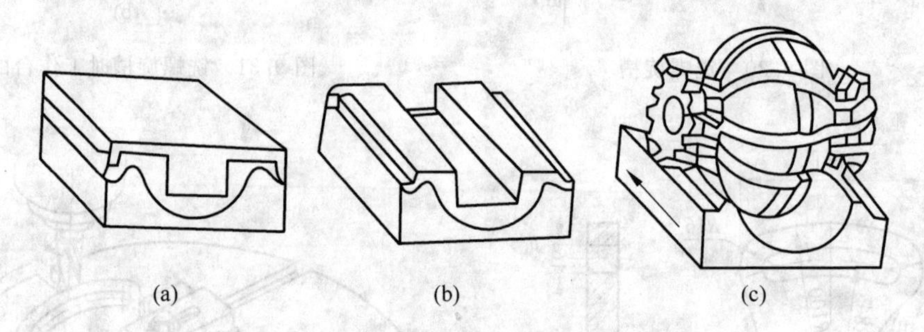

图 9.34 成形面的粗、精铣削

(a) 划好线的坯件；(b) 粗铣后的形状；(c) 精铣削

9.5 齿面加工

齿轮加工可分为轮坯加工和齿面加工，齿轮轮坯属盘类零件，多由车削完成；齿面加工按加工原理分为成形法和展成法两种。

9.5.1 成形法

成形法主要指铣齿，铣齿是用与被切齿轮轮齿槽形状相当接近的铣刀加工齿轮或齿条等的齿面过程。在卧式铣床上用模数圆盘铣刀或在立式铣床上用模数指状铣刀加工齿轮齿面均为成形法加工(图 9.35)。

成形法在铣床上可以加工直齿圆柱齿轮和斜齿圆柱齿轮，铣直齿齿面的方法步骤如下。

1. 选择和安装铣刀

(1) 由于常用渐开线形状与齿轮的模数 m、齿数 Z 和压力角 α 有关，因此从理论上说，

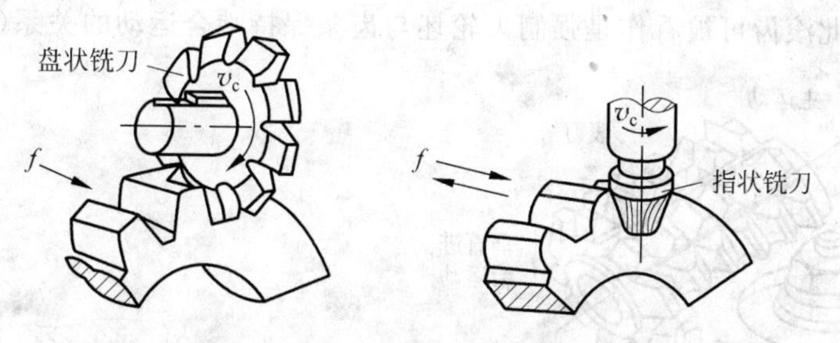

图 9.35 模数圆盘铣刀和模数指状铣刀加工齿轮齿面

模数和齿数不同,其齿面形状是不同的。故在加工一定模数和齿数的齿面时都需要一把相应的成形铣刀。但生产中每一模数和齿数都准备一把专用铣刀是非常不经济的,为了便于管理和制造,把齿数分成几个区段,每一区段一个号,制造一把铣刀即可,每个号的铣刀是按该区段中最少齿数的齿面曲线形状来制造的(当然,这种刀具加工的齿面形状误差较大,故仅适用加工精度较低的齿轮)。

最常用的是每套 8 件(或 15 件)的模数铣刀,表 9.1 是铣刀号与应用范围。

表 9.1 铣刀号与应用范围

刀号	1	2	3	4	5	6	7	8
加工齿数范围	12～13	14～16	17～20	21～25	26～34	35～54	55～134	135 以上至齿条

(2) 安装铣刀:使铣刀中心平面对准分度头顶尖中心,然后固定横向滑板。

2. 安装工件

先将工件装于心轴之上,再将心轴装在铣床分度头与尾座顶尖之间。

3. 利用分度头分度、铣齿

每铣完一齿,分一次度,直至铣完全部轮齿。

成形法铣齿的特点:

(1) 不需专用设备,刀具成本低;

(2) 每铣一齿分一次度,效率低,误差大;

(3) 铣齿仅适用修配或单件生产中低速和精度要求不高的齿轮。

9.5.2 展成法

利用齿轮刀具与被切齿轮的啮合运动而切出齿轮齿面的加工称展成法,滚齿和插齿都属于此法。

1. 滚齿

用齿轮滚刀按展成法加工齿轮、蜗轮等齿面为滚齿(图 9.36)。滚刀的形状与蜗杆相似,但要在垂直于螺旋线的方向上开出若干个槽,形成刀齿磨出切削刃,一排排的刀齿如同齿条的齿形，因此滚齿可被看作是强制齿轮坯与齿条保持啮合运动的关系(图 9.37)。

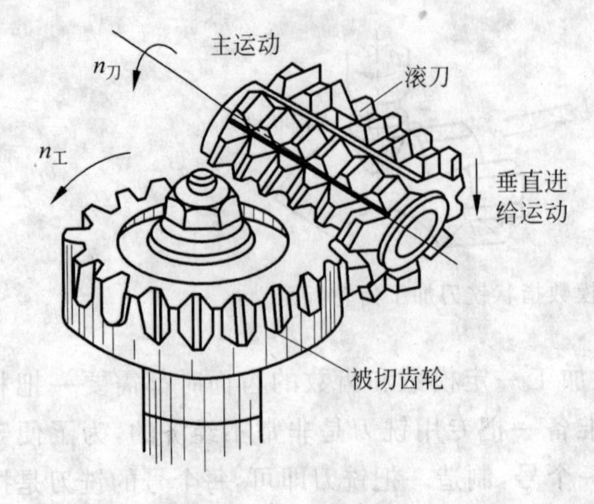

图 9.36 滚齿法

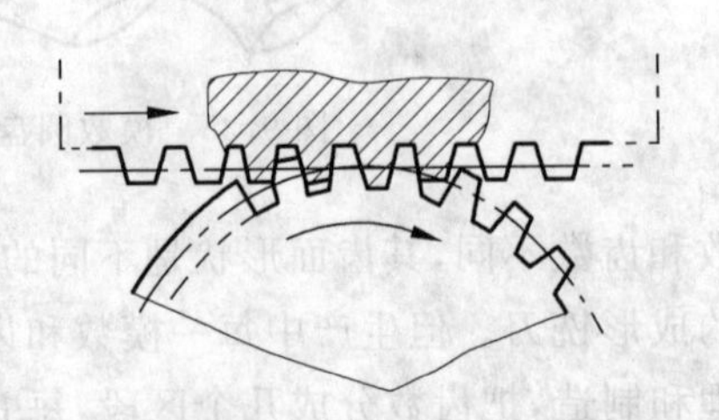

图 9.37 滚刀的法向剖面内为齿条齿形

滚齿时，滚刀的安装应偏转一个角度，使刀齿的旋转平面与齿轮的齿槽方向一致。滚齿机(图 9.38)加工齿面有 3 种运动：

(1) 主运动，滚刀的旋转；

(2) 分齿运动，滚刀与被切齿轮之间强制地保持着齿条齿轮的啮合关系；

(3) 垂直进给运动，滚刀沿轮坯轴线进给，以逐渐切出整个齿宽。

滚齿除用于加工直齿圆柱齿轮外，还可以加工斜齿轮、蜗轮和链轮。滚齿加工的齿面精度可达 IT8～IT7 级，表面粗糙度值可达 $Ra3.2\sim1.6\mu$m。

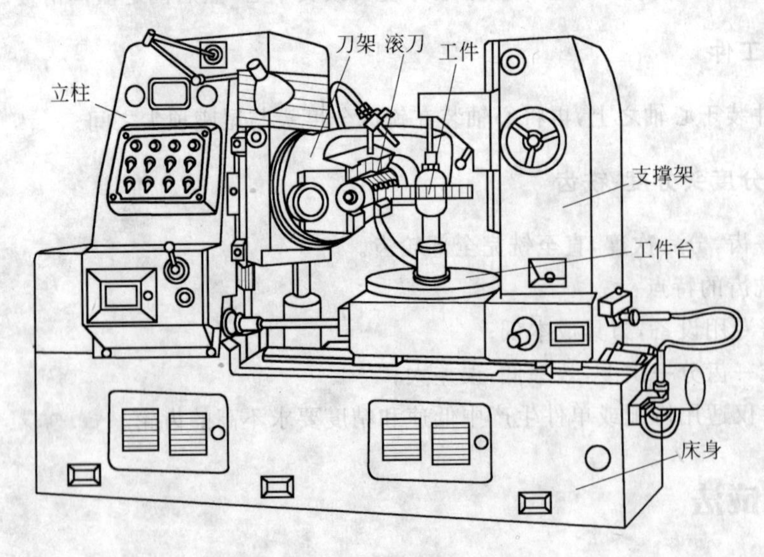

图 9.38 滚齿机

2. 插齿

插齿是指在插齿机上(图 9.39)用插齿刀按展成法或成形法加工内、外齿轮或齿条的齿面。

插齿刀形状类似圆柱齿轮，只是将轮齿都磨制成有前角、后角的切削刃。这特制的“齿

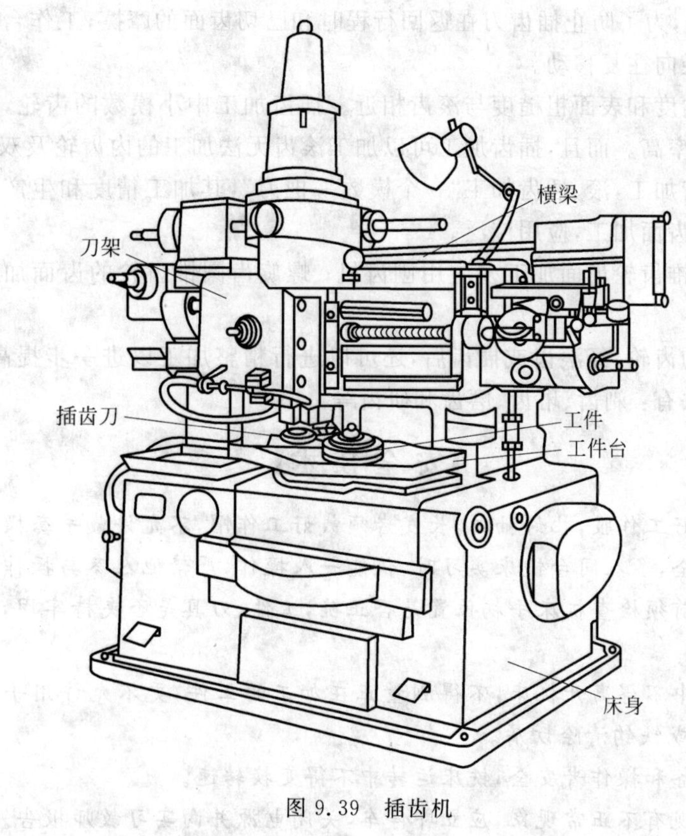

图 9.39 插齿机

轮"就是插齿刀。当插齿刀与相啮合的齿轮坯之间保持一定相对转动关系的同时，插齿刀作上下往复运动。插齿机插齿加工的运动形式有(图 9.40)：

(1) 主运动，插齿刀的上下往复直线运动；

(2) 分齿运动，插齿刀和齿轮坯之间强制的保持着一对齿轮的啮合关系；

(3) 圆周进给运动，插齿刀每往复一次在自身分度圆上所转过的弧长；

(4) 径向进给运动，插齿刀向工件径向进给以切出全齿深的运动；

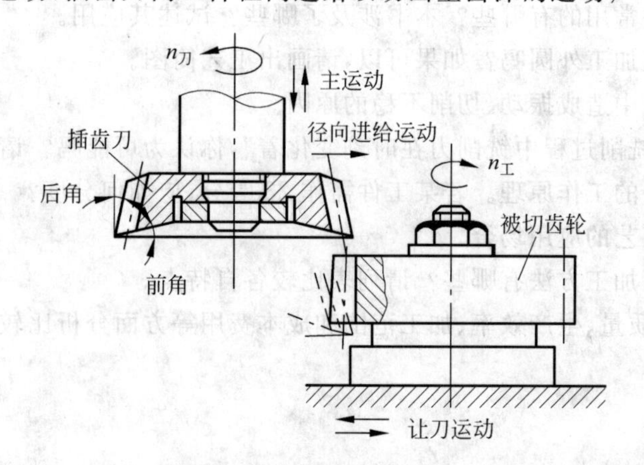

图 9.40 插齿时的运动

(5) 让刀运动，为了防止插齿刀在返回行程时和已切齿面的摩擦，工作台带着工件所作的退让和复位的径向往复移动。

插齿的加工精度和表面粗糙度与滚齿相近。插齿加工中小模数的齿轮，特别是加工宽度小的齿轮时，效率高。而且，插齿加工可以加工滚齿无法加工的内齿轮及双联齿轮或多联齿轮。相对于铣齿加工，滚、插齿加工"一个模数一把刀"，其加工精度和生产效率都比铣齿高，属中等精度的齿面加工，应用广泛。

另外，直齿圆锥齿轮齿面加工多应用刨齿机；螺旋齿圆锥齿轮的齿面加工可以选用专用铣床。

对于高精度的齿轮，经滚齿或插齿后，还可以进行精整加工以进一步提高齿轮的精度，常用的精加工方法有：剃齿、珩齿、磨齿和研齿等。

【安全技术】

1. 工作前穿好工作服，扎好袖口，长发者须戴好工作帽，不允许戴手套操作。

2. 为保证安全，多人同台铣床实习时，仅能一人操作，严禁他人参与操作。

3. 开动铣床前须检查机床手柄位置是否正确，工件、刀具是否夹持牢固，工具摆放位置合适与否。

4. 铣削过程中不得离开机床，不得测量正在加工的工件，更不允许用手去摸工件或清除切屑，应用刷子或铁钩清除切屑。

5. 为保护设备和操作者安全，铣床运转中不得变换转速。

6. 操作中发现有不正常现象，应立即停车，关闭电源并向实习教师报告。

思考题

1. 归纳铣削特点，说明什么是逆铣和顺铣？各有何特点？

2. 试将图 9.12、图 9.13 中各类铣刀的应用场合弄清并写出来。

3. 铣床的附件常用的有哪些？本书涉及了哪些？试述其应用。

4. 在铣床上能加工外圆吗？如果可以，请画出工艺简图。

5. 试分析铣削中造成振动、切削不稳的原因。

6. 有人说"在铣削过程中铣削力在时刻变化着"，你认为可能吗？请分析讨论一下。

7. 试述分度头的工作原理。若某工件需作 23 等分，应如何分度？

8. 综述铣削工艺的应用场合。

9. 常见的齿面加工方法有哪些？请列表比较各自特点。

10. 试从加工质量、生产效率、加工范围和成本费用等方面分析比较铣削与刨削加工的异同。

磨　工

10.1 概　述

磨工原是一种古老的加工工艺，早在远古时代，人类就开始用天然岩石作为磨具，以原始的手工操作方法刃磨猎具、刀具和铜镜等。

现代磨削的含义是用磨具以较高的线速度对工件表面进行加工的方法。

磨削不但可以对外圆面、内圆面和平面进行精加工，而且还能加工各种成形面及刃磨刀具等(图10.1)。随着磨削工艺的不断发展、成熟，磨削已能经济、高效地切削大量的金属，可以部分代替车削、铣削、刨削作粗加工和半精加工用，而且可以代替气割、锯削来切断钢锭以及清理铸、锻件的硬皮和飞边，作毛坯的荒加工。

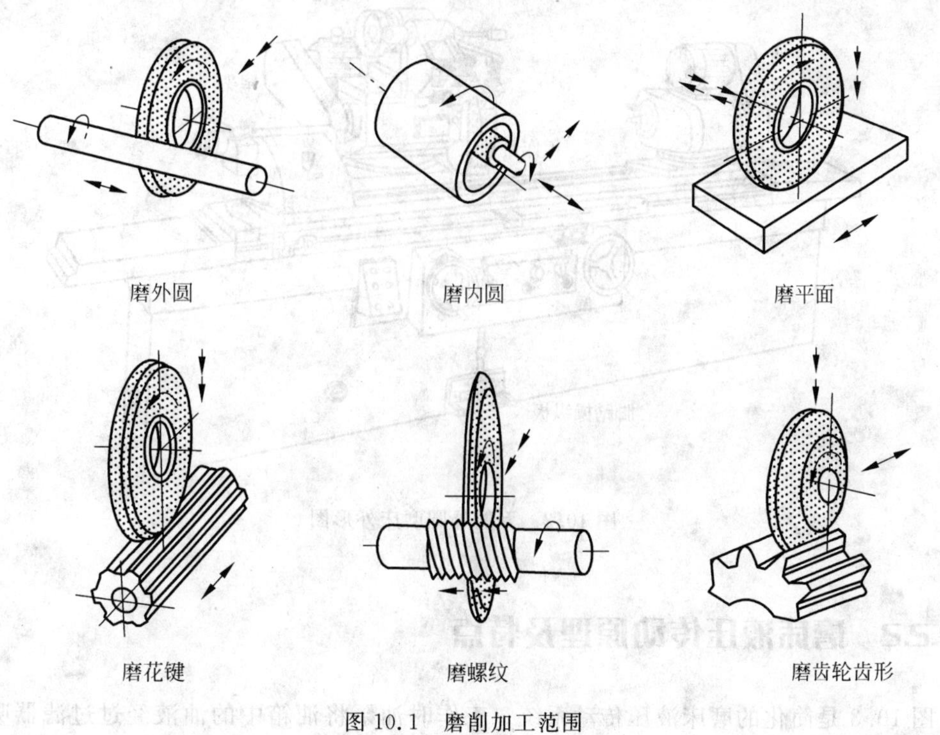

图10.1　磨削加工范围

10.2 磨 床

磨床的种类很多,常见的有外圆磨床、内圆磨床、平面磨床、齿轮磨床、导轨磨床、无心磨床、工具磨床等。

10.2.1 外圆磨床

图 10.2 为万能外圆磨床外形,其主要组成部分有:

(1) 床身。用以支承和连接磨床各个部件,内部装有液压传动装置及操纵机构。

(2) 工作台。由上下两部分组成,上工作台可相对于下工作台偏转一定角度,以便磨削锥面;下工作台可通过液压驱动工作台作往复运动。

(3) 砂轮架。其上安装砂轮,由单独电动机驱动,砂轮架安装在床身的横向导轨上,可通过手动或液压传动实现横向进给。

(4) 头架。头架用于安装工件,其主轴由电动机经变速机构带动作旋转运动,以实现周向进给。主轴前端可安装卡盘或顶尖。

(5) 尾架。它安装在工作台右端,尾架套筒内装有顶尖,可与主轴顶尖一起支承工件。

(6) 内圆磨头。用来磨削内圆柱面及锥度较大的内、外圆锥面。

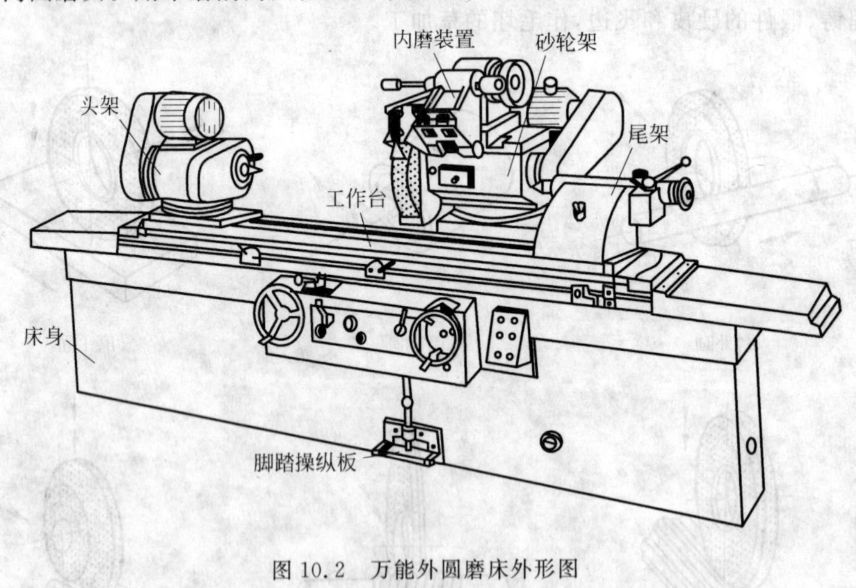

图 10.2 万能外圆磨床外形图

10.2.2 磨床液压传动原理及特点

图 10.3 是简化的磨床液压传动系统。工作时油泵将油箱中的油液经过过滤器吸入泵内,并将其转变为高压油,经过转阀、节流阀和换向阀,输入油缸的右腔。高压油推动活塞连

同工作台向左移动。油缸左腔的油液,经换向阀流回油箱。当工作台向左移动至终点时,固定在工作台左端的行程挡铁块自右向左推动换向杠杆,带动换向阀的阀杆,使换向阀的双活塞移至图示位置。这时,高压油就流入油缸的左腔,推动活塞连同工作台向右移动,油缸右腔的油液流回油箱。如此反复,从而实现了工作台的纵向往复运动。

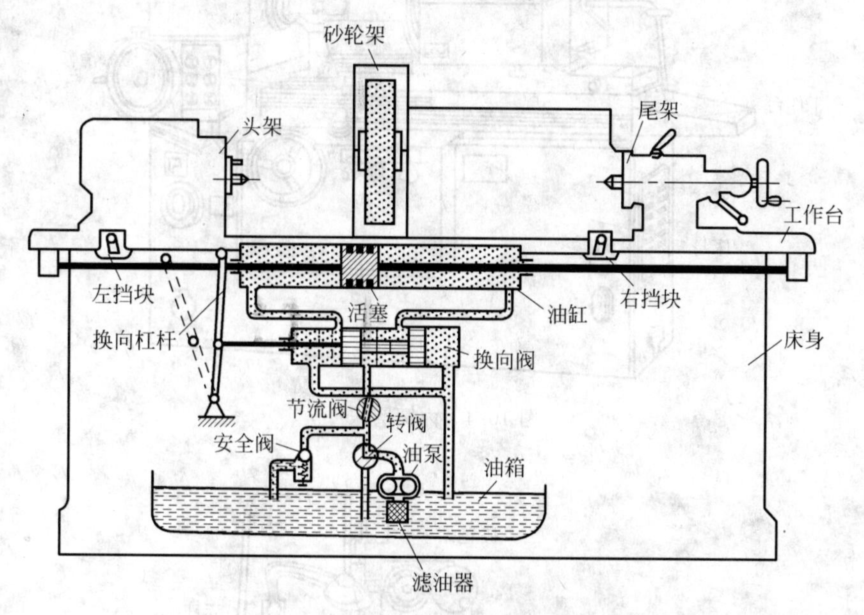

图 10.3 磨床液压传动简图

工作台的行程长度,是通过改变两个行程挡块之间的距离来控制的。

节流阀能控制进入液压系统的油量,从而调整工作台的运动速度。转阀是控制油路的总开关,图示转阀位置是油路接通时的工作状态;当把转阀顺时针转过 90°时,油泵打出的高压油经转阀直接流回油箱,油路断开,工作台停止运动。磨削时液压系统应维持一定的油压,当油压过高时,安全阀自动打开,多余的高压油进安全阀流回油箱。

液压传动在较大范围内实现无级变速;传动平稳,冲击小,便于实现频繁换向和防止过载;便于采用电液联合控制,实现自动化。液压传动广泛用于机床传动和控制。

10.2.3 内圆磨床

内圆磨床(图 10.4)的结构特点为砂轮主轴转速特别高,一般可达 10000～20000r/min,为适应磨削速度的要求,磨削时的运动与外圆磨削基本相同,但砂轮旋转方向与工件旋转方向相反。内圆磨床主要用于磨削内圆柱面、内圆锥面及端面等。

10.2.4 平面磨床

图 10.5 为卧轴矩台平面磨床结构外形图,与其他磨床不同的是工作台上安装有电磁吸盘,用以直接吸住工件。平面磨削的尺寸精度可达 IT6～IT5 级,表面粗糙度值一般达 $Ra0.4 \sim 0.2\mu m$,精密磨削时可达 $Ra0.1 \sim 0.01\mu m$。

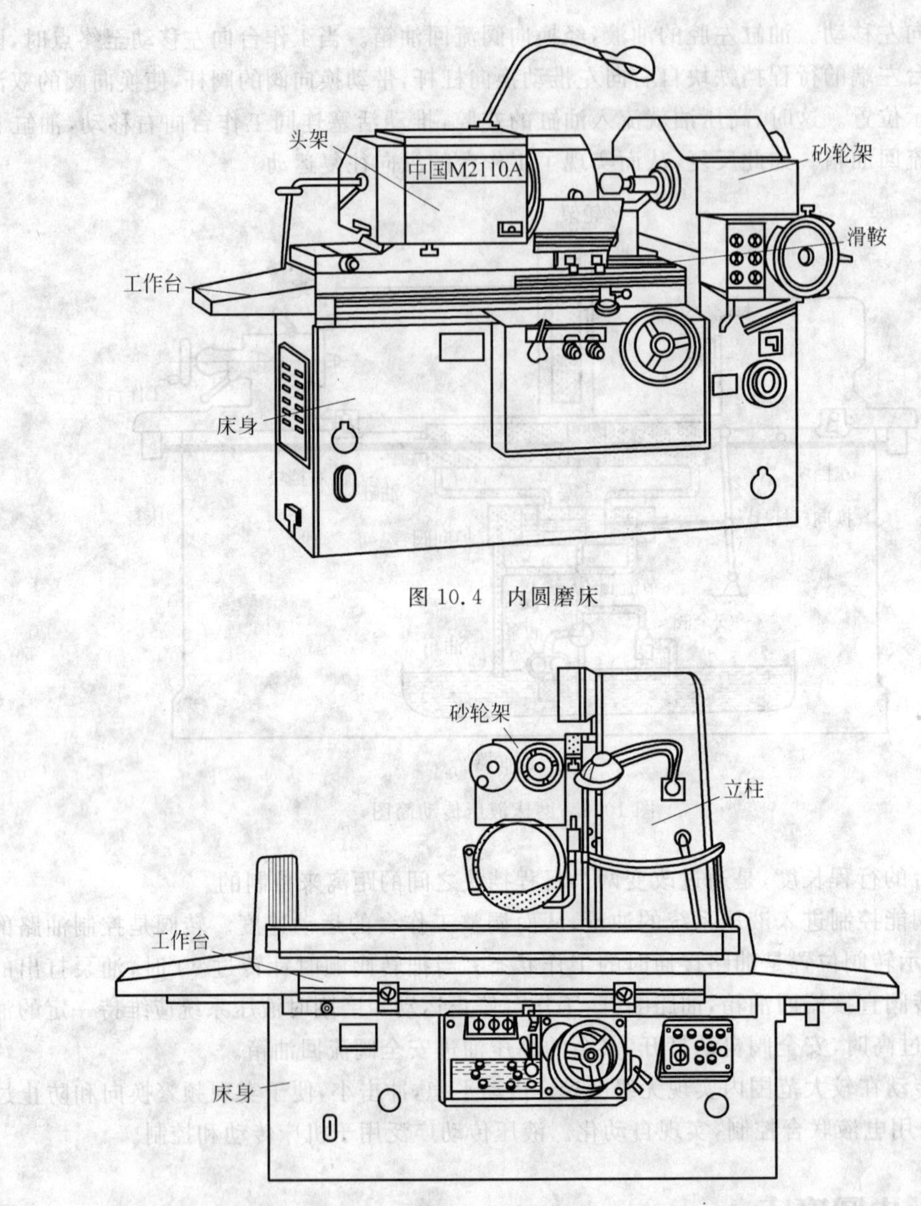

图 10.4 内圆磨床

图 10.5 平面磨床

10.3 砂 轮

砂轮是由许多坚硬的磨粒和结合剂用烧结的方法而制成的多孔的磨削刀具(图 10.6),砂轮表面上的每个磨粒都可以看作一个微小的刀齿。因此,砂轮可以看作是具有无数微小刀齿的铣刀。它由磨粒、结合剂和气孔所组成,亦称砂轮三要素。砂轮的性能由磨粒的种类和大小,结合剂的种类、硬度及组织等参数决定。

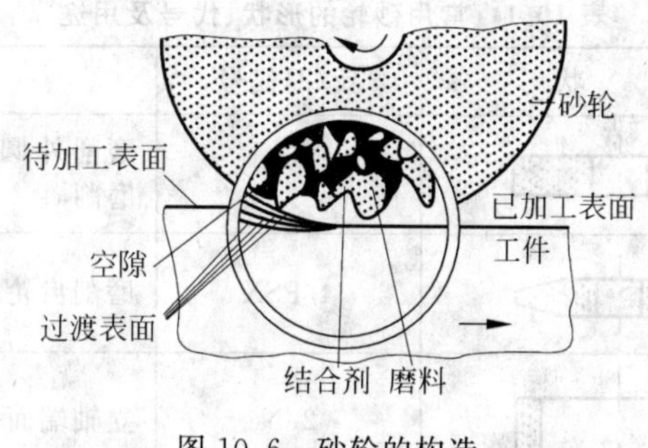

图 10.6　砂轮的构造

10.3.1　磨料的种类

砂轮按磨料种类不同可分为两大系，GB/T 2476—1994 规定了此两系的名称和代号。

1. 刚玉系

目前常用的有棕刚玉(A)，白刚玉(WA)。棕刚玉韧性大、耐压高、价格便宜，多用于加工硬度较低的塑性材料，如中、低碳钢等。白刚玉硬度较高，切削刃锐利，适合加工高碳钢、高速钢等。

2. 碳化物系

常用的有黑碳化硅(C)，硬度比刚玉类磨料高，性脆而锋利，适用于加工抗拉强度低的金属及非金属材料，如灰铸铁、黄铜、铝、岩石及皮革和硬橡胶等。绿碳化硅(GC)，硬度和脆性略高于黑碳化硅，适用于加工硬而脆的材料，如磨削硬质合金、玻璃和玛瑙等。

10.3.2　砂轮的特性及选用

为便于选用砂轮，在砂轮的非工作表面上印有特性代号，如：砂轮 1—300×50×75—A60L5V—35m/sGB 2485。

按砂轮技术条件标准号 GB/T 2484—1994 规定其标志含义为：外径 300mm，厚度 50mm，孔径 75mm，磨料为棕刚玉(代号 A)，粒度 60，硬度为 L，5 号组织，陶瓷结合剂(代号 V)，最高工作速度 35m/s 的平形砂轮(代号 1)，技术条件标准号为 GB/T 2485—1994。

1. 砂轮的形状

为适用于不同表面形状与尺寸的加工，按 GB/T 2484—1994 砂轮可分成不同形状，并用规定的代号表示，表 10.1 为常用砂轮的形状、代号及用途。

2. 粒度

粒度表示磨料颗粒的大小，粒度用筛选法分级，以每英寸筛网长度上筛孔的数目表示。粒度的大小对磨削生产率和表面粗糙度都有很大的影响。一般粗磨削用粗磨粒(粒度号数小)，精磨削时选用细磨粒(粒度号数较大)，微粉(号数前加字母 W)适用于研磨等加工。

表 10.1 常用砂轮的形状、代号及用途

砂轮名称	形状	新/旧代号	用途
平形砂轮		1/P	磨削外圆、内圆、平面,并用于无心磨削
双斜边砂轮		4/PSX	磨削齿轮的齿形和螺线
筒形砂轮		2/N	立轴端面平磨
杯形砂轮		6/B	磨削平面、内圆及刃磨刀具
碗形砂轮		11/BW	刃磨刀具,并用于导轨磨
碟形砂轮		12/D	磨削铣刀、铰刀、拉刀及齿轮的齿形
薄片砂轮		41/PB	切断和切槽

3. 结合剂

结合剂的主要作用是将磨粒固结在一起,使之具有一定的形状和强度,便于有效地进行磨削工作。在国标 GB/T 2484—1994 中规定了结合剂的名称及代号等内容,其中,陶瓷结合剂(代号 V)应用最广,除切断砂轮外,大多数砂轮都用它;树脂结合剂(代号 B)用于制造高速砂轮、薄砂轮等;还有橡胶结合剂(代号 R);菱苦土结合剂(代号 Mg)等。

4. 硬度

硬度是指砂轮表面上的磨粒在磨削力的作用下脱落的难易程度。磨粒容易脱落的,砂轮的硬度就低,称为软砂轮;磨粒难脱落的,砂轮的硬度就高,称为硬砂轮。为了适应各种不同加工需求,砂轮的硬度有软、中、硬不同级别。GB/T 2484—1994 规定由软至硬用字母顺序排列为:A,B,C,D,E,F,G,H,J,K,L,M,N,P,Q,R,S,T,Y 共 19 级。

5. 组织

砂轮的组织是指磨粒和结合剂的疏密程度,它反映了磨粒、结合剂、气体三者之间的比例关系。砂轮组织由 0,1,2,…,14 共 15 个号组成,号数越小,组织越紧密,普通磨床常用 4～7 号组织的砂轮。

10.3.3 砂轮的检查、平衡、安装和修整

1. 砂轮的检查

因砂轮在高速下工作,因此安装前必须经过外观检查和敲击的响声来检查砂轮是否有

裂纹,以防止高速旋转时砂轮破裂。

2. 砂轮的平衡

由于砂轮的几何形状不对称及各部分密度不均匀以及安装偏心等,都会引起砂轮的不平衡。不平衡的砂轮在高速旋转时所产生振动会影响机床精密度和工件加工质量,严重时会造成砂轮的破裂和损坏机床。通常,直径大于 250mm 的砂轮都要平衡后使用。砂轮的平衡有静平衡和动平衡两种。一般情况下,只需作静平衡,但在高速磨削(v>50m/s)和高精密磨削时,必须进行动平衡。

图 10.7 为砂轮静平衡装置。平衡时将砂轮装在心轴上,然后把装好心轴的砂轮平放到平衡架的平衡导轨上,砂轮会作来回摆动,直到摆动停止。平衡的砂轮可以在任意位置都静止不动。如果砂轮不平衡,则其较重部分总是转到下面。这时可移动平衡块的位置使其达到平衡。

3. 砂轮的安装

安装砂轮时,要求将砂轮不松不紧地套在轴上。在砂轮和法兰盘之间垫上 0.5～1mm 厚的弹性垫板(皮革或橡塑等),如图 10.8 所示,两法兰的直径必须相等,其尺寸一般为砂轮直径的一半。砂轮与砂轮轴或台阶法兰之间应有一定间隙,以免主轴受热膨胀而把砂轮胀裂。砂轮直径较小时,如内圆磨床砂轮,可以用氧化铜和磷酸做黏结剂,将砂轮黏结在磨轴上。

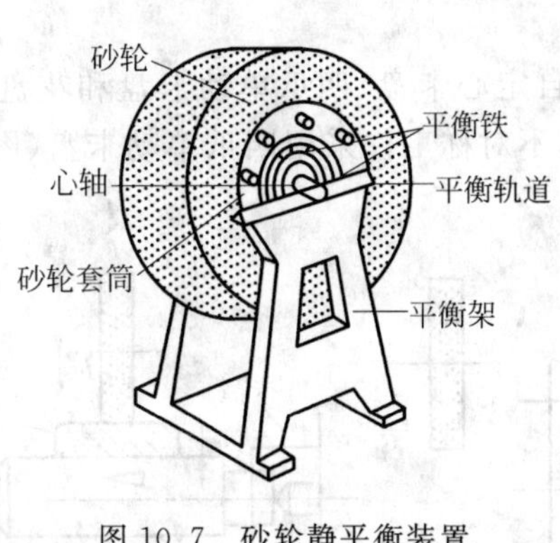

图 10.7　砂轮静平衡装置

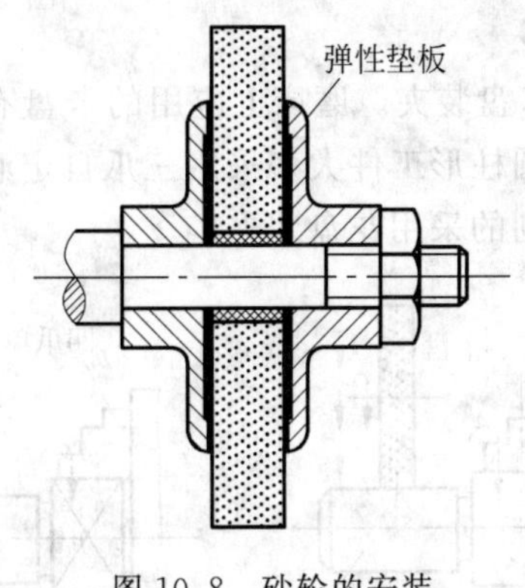

图 10.8　砂轮的安装

4. 砂轮的修整

在磨削时,砂轮上的磨粒逐渐变钝,作用在磨粒上的切削抗力就会增大,结果使变钝的磨粒破碎,一部分会脱落,余下的则露出锋利的刃口使磨削顺畅,这就是砂轮的自砺性。但砂轮不能完全自砺,而未能脱落的磨粒留在砂轮表面上使之变钝,磨削能力下降,也影响了微粒等高性和形状正确性,这就需要用到修整,生产中常用金刚石工具(金刚石片状修整器或金刚石笔)用车削法修整砂轮。修整时,应根据砂轮的尺寸选择修整工具,金刚石尖端应保持锋利并装夹牢固,避免产生振动;还要应用大量冷却液,防止金刚石因温度剧升而破裂。

10.4 磨削工艺

10.4.1 外圆磨削

磨削外圆与车外圆有许多共同之处，所不同的是以砂轮代替车刀进行切削。

1. 工件的装夹

(1) 顶尖装夹。常用于轴类零件，安装时，工件支持在两顶夹之间，如图 10.9 所示，装夹方法与车削中所用方法基本相同。但为保证磨削精度，减少顶尖加工带来的误差，磨床所用的顶尖是不随工件一起转动的。

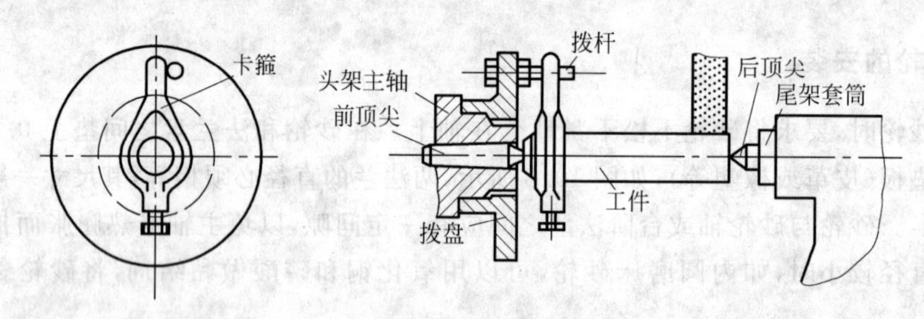

图 10.9 顶尖装夹

(2) 卡盘装夹。磨床上应用的卡盘有三爪自定心卡盘、四爪单动卡盘和花盘 3 种。无中心孔的圆柱形工件大多采用三爪自定心卡盘，不对称工件采用四爪单动卡盘(图 10.10)，形状不规则的采用花盘装夹。

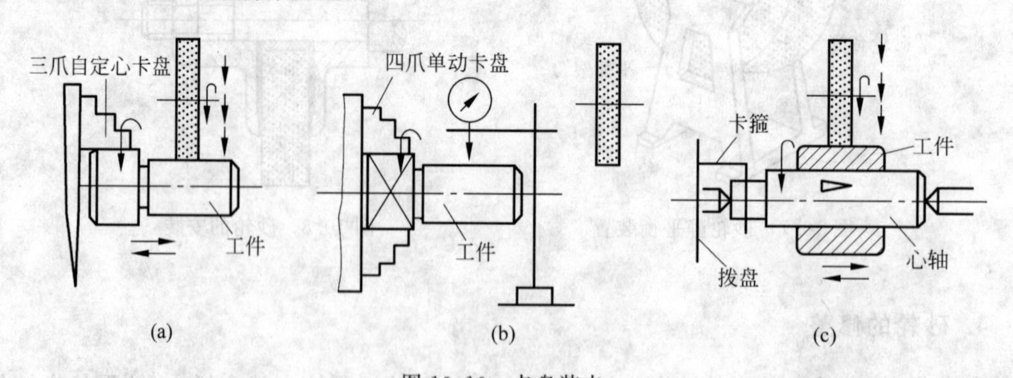

图 10.10 卡盘装夹

(a) 三爪自定心卡盘装夹；(b) 四爪单动卡盘装夹及其找正；(c) 锥度心轴装夹

(3) 心轴装夹。盘套类空心工件常以内孔定位磨削外圆，往往采用心轴来装夹工件。常用的心轴种类和车床类似。心轴必须和卡箍、拨盘等传动装置一起配合使用，其装夹方法与顶尖装夹相同。

2. 磨削运动

在外圆磨床上磨削外圆,需要下列几种运动:

(1) 主运动,砂轮高速旋转;

(2) 圆周进给运动,工件以本身的轴线定位进行旋转;

(3) 纵向进给运动,工件沿着本身的轴线作往复运动;

(4) 横向进给运动,砂轮向着工件作径向切入运动。它在磨削过程中一般是不进给的,而是在行程终了时周期地进给。

3. 磨削用量

(1) 砂轮圆周速度 $v_{轮}$ 是指砂轮外圆上任一点砂粒在单位时间内所走的距离。一般外圆磨削时,$v_{轮}=30\sim50$m/s。外圆磨床的新砂轮外径为 400mm,此时转速为 1660r/min,则此时 $v_{轮}$ 为 35m/s。高速磨削时 $v_{轮}$ 取 60～100m/s。

(2) 工件圆周速度 $v_{工}$,一般 $v_{工}=13\sim26$m/min。粗磨时 $v_{工}$ 取大值,精磨时 $v_{工}$ 取小值。注意:工件圆周速度 $v_{工}$ 与工件长短(刚度)有关。

(3) 纵向进给量 $f_{纵}$,一般 $f_{纵}=(0.2\sim0.8)B$。B 为砂轮宽度,粗磨时取大值,精磨时取小值。

(4) 横向进给量 $f_{横}$,磨削时一般横向进给量很小。一般 $f_{横}=(0.005\sim0.05)$mm。

4. 磨削方法

外圆磨床磨削外圆的方法主要有纵磨法和横磨法,而其中又以纵磨法用得最多。

(1) 纵磨法。如图 10.11 所示,磨削时工件转动(圆周进给)并与工作台一起作直线往复运动(纵向进给),当每一纵向行程或往复行程终了时,砂轮按规定的吃刀深度作一次横向进给运动,每次磨削深度很小。当工件加工到接近最终尺寸时(留下 0.005～0.01mm 左右),无横向进给地走几次至火花消失即可。纵磨法的特点是具有较好的适应性,可用同一砂轮磨削长度不同的工件,且加工质量好。在单件,小批量生产以及精磨时广泛应用。

(2) 横磨法如图 10.12 所示,又称径向磨削或切入磨削。磨削时工件无纵向进给运动,砂轮以慢速连续地或断续地向工件作横向进给运动,直到把磨削余量全部磨掉为止。

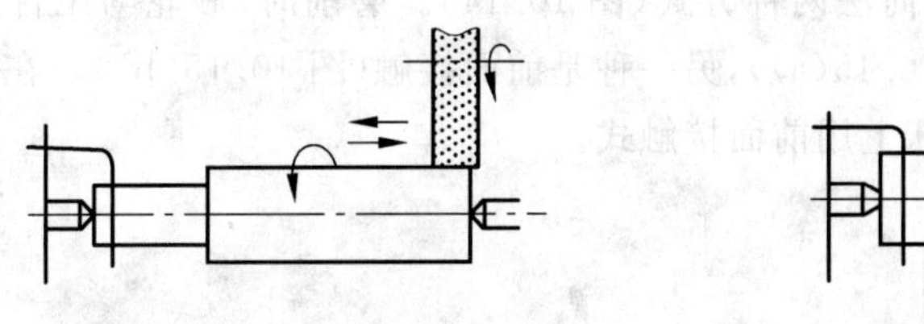

图 10.11 纵磨法磨外圆

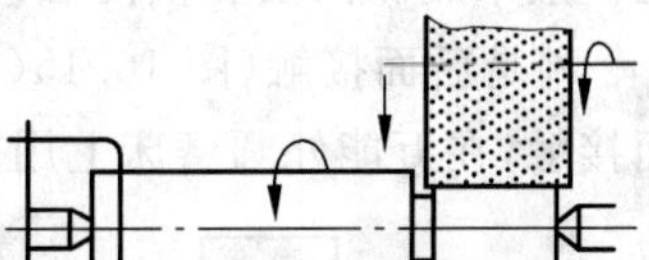

图 10.12 横磨法磨外圆

横向磨削法生产率高、质量稳定,适于批量生产中刚度较好、精度较低轴的磨削。

10.4.2 内圆磨削

内圆磨与外圆磨相比,因砂轮直径受工件孔径的限制,其直径较小,而悬伸长度又较大,刚性差,磨削用量不能高,所以效率较低;同时小直径砂轮的圆周速度也较低,加之冷却排屑条件不好,所以表面粗糙度达标困难。因此,磨削内圆时,为提高生产率和加工精度,砂轮和砂轮轴应尽可能选用较大直径、砂轮轴伸出长度应尽可能缩短。

作为孔的精加工,成批生产中常用铰孔,大量生产中材料硬度不大时,常用拉孔。由于磨孔具有万能性,不需要成套的刀具,故在小批量及单件生产中应用较多。特别是对于淬硬工件,磨孔仍是孔的主要精加工方法。

1. 工件的装夹

磨削内圆时,工件大多数是以外圆和端面为定位基准。常采用三爪自定心卡盘、四爪单动卡盘、花盘及弯板等夹具装夹工件。最常见的是用四爪单动卡盘通过找正装夹工件(图 10.13)。

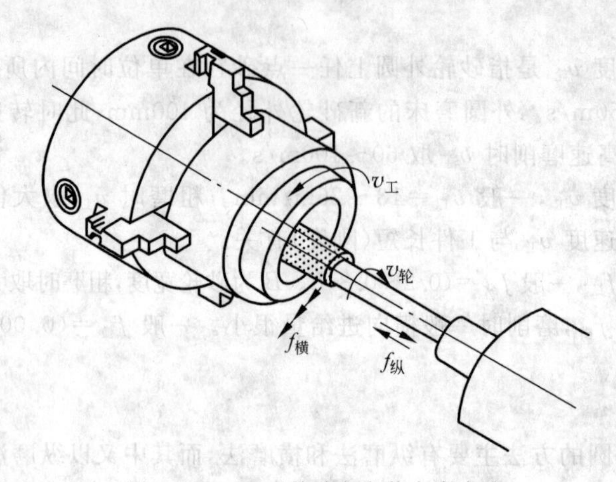

图 10.13 四爪单动卡盘装夹磨内孔

2. 磨削运动

磨削内圆的运动与磨削外圆基本相同,但砂轮的旋转方向与磨削外圆相反。

3. 磨削方法

磨内孔一般采用纵向法和横向法两种方式(图 10.14)。磨削时,砂轮与工件的接触方式有两种:一种是后面接触(图 10.15(a)),另一种是前面接触(图 10.15(b))。在内圆磨床上采用后面接触,在万能外圆磨床上用前面接触式。

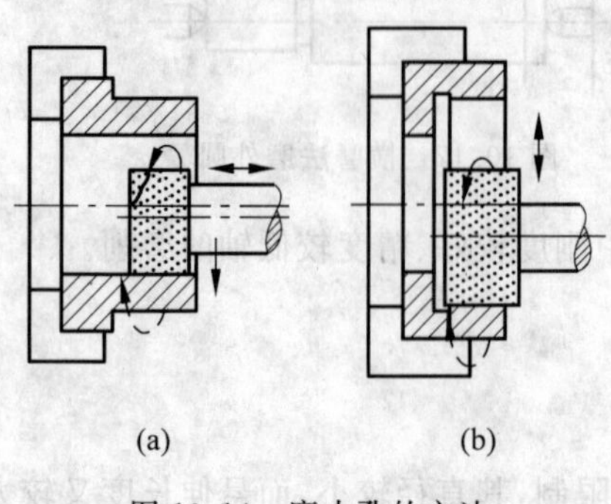

图 10.14 磨内孔的方法

(a) 纵向磨;(b) 横向磨

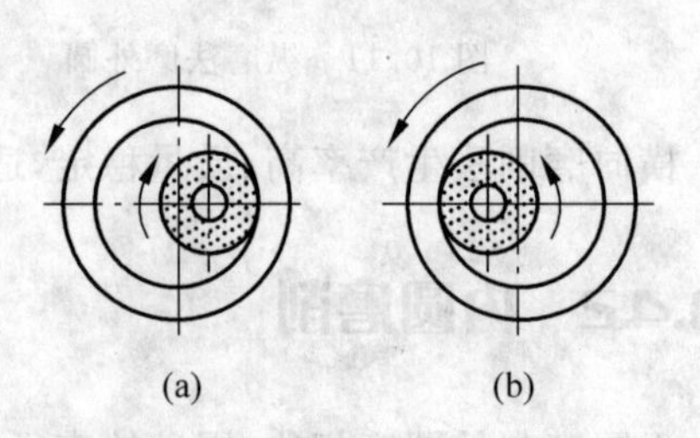

图 10.15 砂轮在工件孔中的磨削位置

(a) 后面接触;(b) 前面接触

10.4.3 圆锥面磨削

磨圆锥面时，工件装夹方法类同内外圆磨削的装夹方法。圆锥面的磨削方法有：

(1) 转动工作台法，这种方法适用锥度较小锥面较长的工件(图 10.16)。

(2) 转动头架法，此法适用于锥度较大的内、外锥面(图 10.17)。

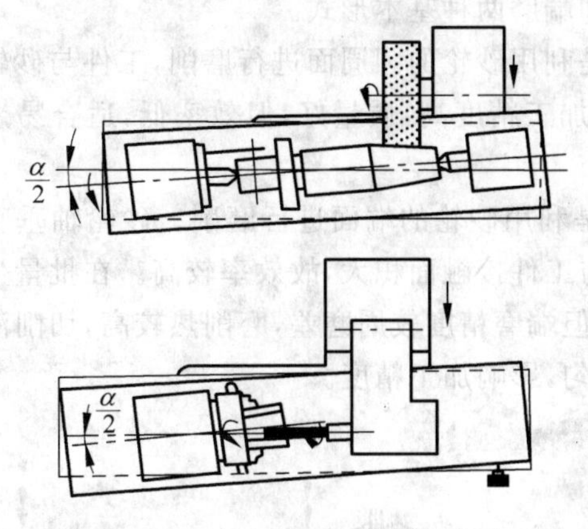

图 10.16 转动工作台法磨锥面

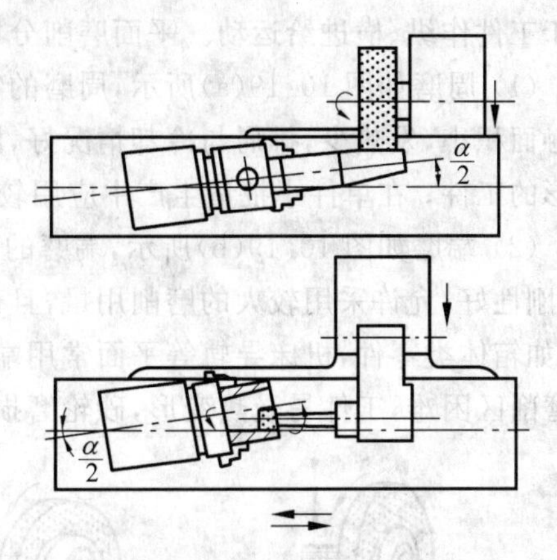

图 10.17 转动头架法磨锥面

10.4.4 平面磨削

1. 工件的装夹

平面磨削特适用于淬硬工件及具有平行表面的零件精加工，如滚动轴承环、活塞环等。平面磨削可达到的平面度一般为 5～6 级，表面粗糙度值可达 $Ra6.3～1.6\mu m$。

平面磨削利用电磁吸盘安装工件，操作简单且能很好地保证基准面与加工表面之间的平行度要求。如果互为基准磨削相对的两平面，则可进一步提高平行度。对于在电磁吸盘上没有合适的平面作为定位基准面的零件，可用图 10.18 所示的精密工具放在电磁吸盘上进行安装；对于非磁性的薄片形零件，可采用图 10.18(b)所示的真空吸盘进行安装。

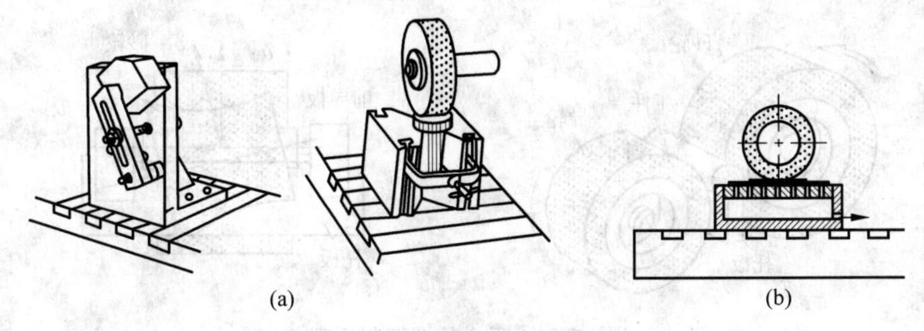

图 10.18 平面磨削零件的其他装夹方法

(a) 电磁吸盘与精磨工具配合；(b) 电磁吸盘上放真空吸盘

当磨削键、垫圈、薄壁套等尺寸小而壁较薄的零件时,因零件与工作台接触面积小,吸力弱,容易被磨削力甩弹出去,而造成事故。因此装夹这类零件时,需在工件四周或两端用挡铁围挡住,以免工件挪动。

2. 磨削方法

磨平面多在平面磨床上进行,工艺特点与磨外圆、内圆相同。砂轮旋转为主运动,并相对于工件作纵、横进给运动。平面磨削分周磨和端磨两种基本形式。

(1) 周磨如图 10.19(a)所示,周磨的特点是利用砂轮的圆周面进行磨削,工件与砂轮的接触面积小,发热少,排屑与冷却情况好,因此,加工精度高,质量好,但效率低,适合易翘曲变形的工件;在单件小批量生产中应用较广。

(2) 端磨如图 10.19(b)所示,端磨的特点是利用砂轮的端面进行磨削。砂轮轴垂直安装,刚性好,允许采用较大的磨削用量,且砂轮与工件接触面积大,故效率较高。在批量生产时,如箱体类零件,机床导轨等平面常用端磨。但端磨精度较周磨差,磨削热较高,切削液进入磨削区困难,工件易受热变形,砂轮磨损不均匀,影响加工精度。

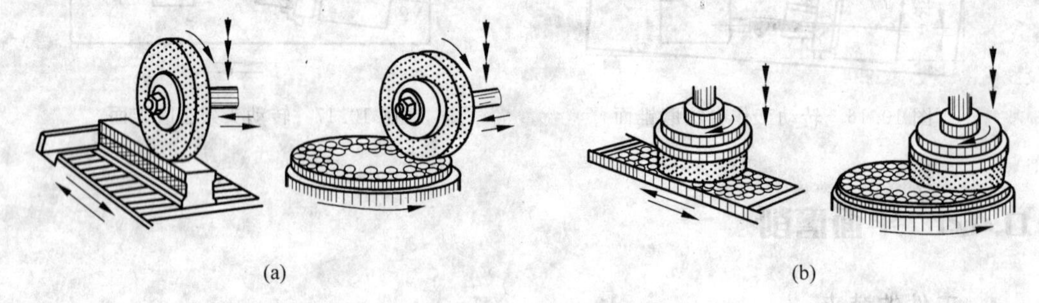

图 10.19 平面磨削

(a) 周磨法;(b) 端磨法

由图 10.19 所示,平面磨床的工作台有长方形(矩台)和圆形(圆台)两种。

10.4.5 无心外圆磨削

无心外圆磨削专用的无心外圆磨床,其结构工作原理如图 10.20 所示。

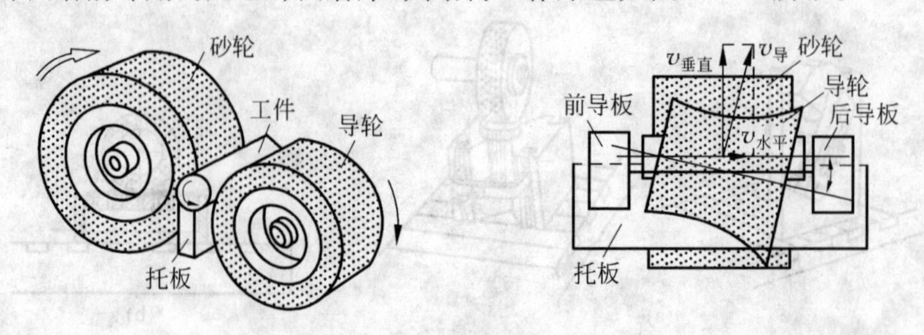

图 10.20 无心外圆磨削原理

磨削时,工件不需要装夹,而是放在砂轮和导轮之间,由托板支撑着(利用砂轮、托板、导轮三点成一圆的原理);工件轴线略高于砂轮与导轮轴线,工件的待加工表面就是定位基准。旋转砂轮产生的磨削力将工件推向导轮，由橡胶结合剂制成的导轮的轴线稍稍有些后倾，利用导轮和工件间的摩擦力，带动工件旋转并作轴向进给运动。

无心外圆磨削的生产率高，易于自动化控制，主要用于成批及大量生产中磨削细长轴和无中心孔的短轴。

10.4.6 典型磨削工艺

对套类零件(图 10.21 所示)的加工从经济角度分析，按其加工批量大小有两种磨削方法。单件小批量生产时，可按下列步骤进行：

(1) 在万能外圆磨床上，夹 $\phi130$ 外圆，用百分表校正 $\phi95$ 外圆和端面；

(2) 磨 $\phi95$ 外圆和 $\phi130$ 台阶端面，并精磨出 $\phi95$ 端面，作平面磨削的基面；

(3) 在平面磨床上，以 $\phi95$ 端面定位，磨 $\phi130$ 左端面；

(4) 在万能外圆磨床或内圆磨床上，夹 $\phi95$ 外圆，用百分表校正 $\phi95$ 外圆和 $\phi130$ 端面在 0.01mm 以内，磨 $\phi80$ 内孔和台阶端面至尺寸。

成批生产时，可先磨削内孔，然后采用心轴保证内外圆同轴度，这样生产效率较高。其步骤为：

(1) 在万能外圆磨床上，夹 $\phi95$ 外圆，校正 $\phi80$ 内孔和 $\phi130$ 端面；

(2) 磨 $\phi80$ 内孔、端面和 $\phi130$ 端面；

(3) 以 $\phi80$ 内孔定位，套专用台阶式心轴，磨 $\phi95$ 外圆和 $\phi130$ 台阶面至尺寸。

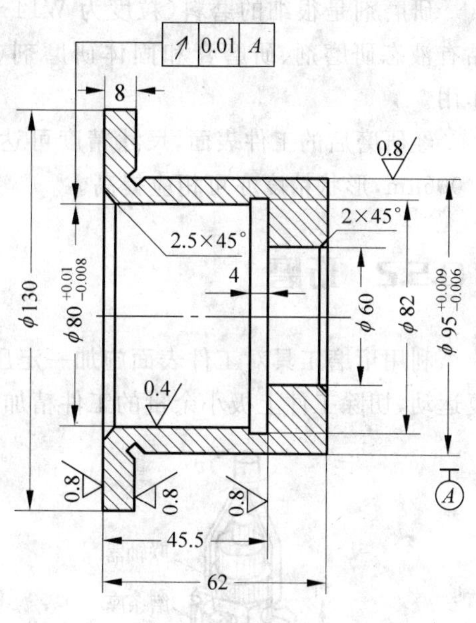

图 10.21 套筒零件

10.5 精整和光整加工

精整加工是生产中常用的精密加工，它是指在精加工之后从工件上切除很薄的材料层，以提高工件精度和减少表面粗糙度值为目的的加工方法，如研磨、珩磨等。

光整加工是指不切除或从工件上切除极薄的材料层，以降低表面粗糙度为目的的加工方法，如超精加工、抛光等。

10.5.1 研磨

研磨是用研磨工具和研磨剂，从工件上研去一层极薄表面层的精加工方法。采用不同的研磨工具(如研磨心棒、研磨套、研磨平板等)可对内圆、外圆和平面等进行研磨。图 10.22 是研磨外圆的工具。研磨套由夹套夹持，它的孔内有螺旋槽可存储研磨剂，其上还有一条内外相通的直槽，使其有一定胀缩性。

它与工具外圆配合的松紧程度可由调节螺钉来调节。为了磨料能嵌入研磨套的内表面，研磨套的材料应软些，常用的是铸铁。研磨时先在工具表面涂上一层均匀的研磨剂，将该工具套在工件上，并调节好配合的松紧程度，然后让工件旋转，手持研磨工具在轴向来回移动，直至达到研磨的要求为止。

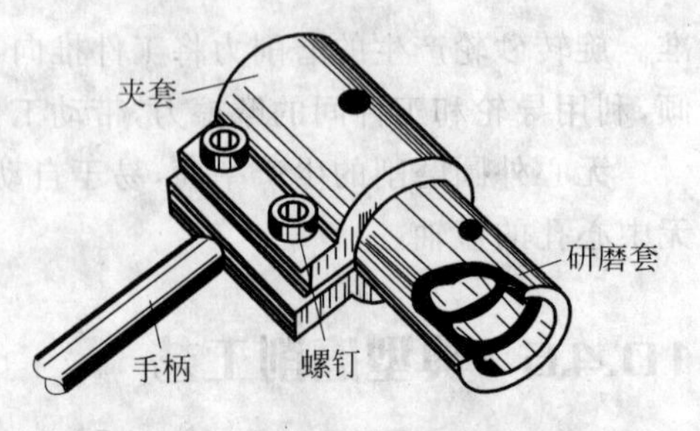

图 10.22 研磨外圆的工具

研磨剂是很细的磨料(粒度为 W14～W15)、研磨液和辅助材料的混合剂。常用的制品有液态研磨剂、研磨膏和固体研磨剂(研磨皂)3 种，主要起研磨、吸附、冷却和润滑等作用。

经研磨后的工件表面，尺寸精度可达 IT4～ IT1 级，表面粗糙度值可减小到 $Ra0.1$～$0.006\mu m$，形状精度亦可相应提高。

10.5.2 珩磨

利用珩磨工具对工件表面施加一定压力，珩磨工具同时作往复振动、相对旋转和直线往复运动，切除工件上极小余量的工件精加工方法，如图 10.23 所示。

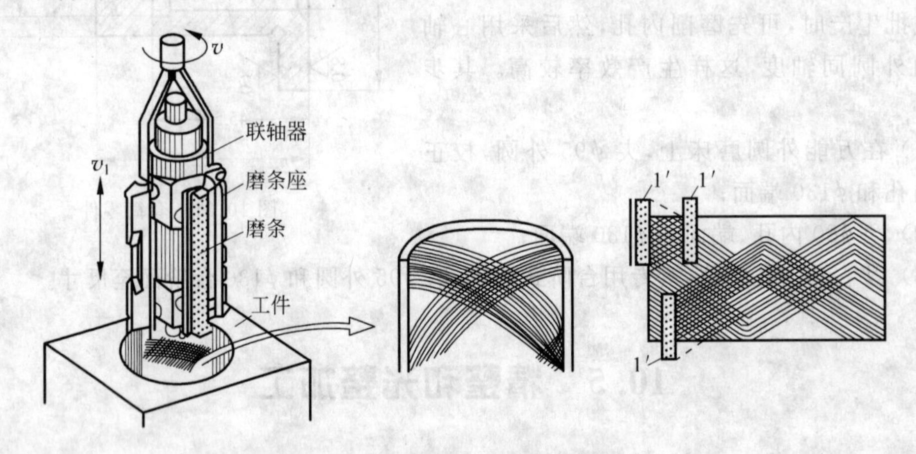

图 10.23 珩磨头及珩磨油石的切削轨迹

珩磨后可使工件的形状和尺寸精度提高一级，表面粗糙度值可达 $Ra0.2$～$0.025\mu m$。珩磨加工的工件表面质量特性好、加工精度和加工效率高，加工应用范围广、经济性好。

10.5.3 超精加工

用细粒度的磨具对工件施加一定压力，并作往复振动和慢速纵向进给运动，以实现微量磨削的一种光整加工方法，如图 10.24 所示。

磨具与工件之间的运动如下：

(1) 工件作低速旋转运动，$v_工=3$～$20m/min$；

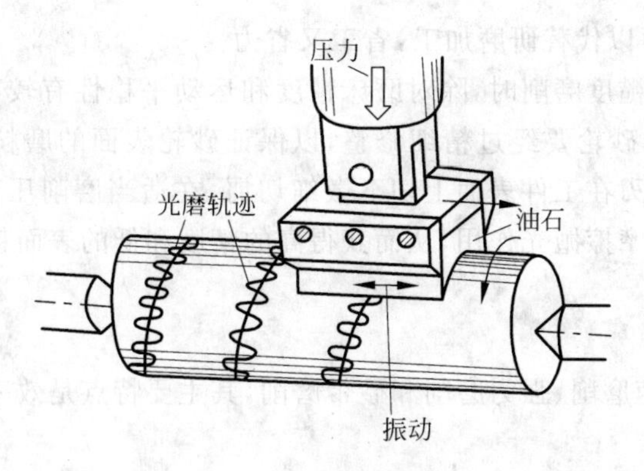

图 10.24 超精加工

(2) 石磨具作往复振动,每分钟振动 300～1200 次,振幅为 3～5mm;

(3) 磨具作纵向进给运动,进给量 $f_{纵}$ 为 0.1～0.15mm/r。

超精加工能加工钢、铸铁、铜合金、铝合金、陶瓷 、玻璃、硅和锗等各种金属与非金属,可以加工外圆、平面、内孔和各种曲面。尤其适用加工内燃机曲轴、凸轮轴、活塞、活塞销等的光整加工。

超精加工可在普通车床、外圆磨床上进行,对于批量较大的生产则宜在专用机床上进行。工作时应充分加润滑油,以便形成油膜和清洗极细的磨屑。

超精加工后的工件表面粗糙度值约在 $Ra0.1$～$0.006\mu m$ 之间。

10.5.4 抛光

抛光是利用机械、化学或电化学的作用,使工件获得光亮、平整表面的加工方法。抛光的主要工具有软轮和磨膏等。

软轮用皮革、毛毡、帆布等材料叠制而成,具有一定的弹性,以便抛光时能按工件形状而变形,增加抛光面积或加工曲面。磨膏由磨料和油脂(包括硬脂酸、煤油、石蜡等)配置而成。磨料的种类取决于工件材料,如:钢制零件抛光可选用氧化铁粉及刚玉;铸铁件抛光可选用氧化铁粉及碳化硅粉;有色合金抛光宜选用氧化铬及金刚砂。

抛光安排在工件精加工之后进行,抛光之后的工件,粗糙度值可达 $Ra0.1$～$0.012\mu m$,并能明显增加光亮度,但不能提高甚至不能保持原有的精度。

抛光可在抛光机或砂带磨床上进行。

10.6 先进磨削方法简介

随着科学技术的发展,近来磨削正朝着高精度和高效率的方向发展。

1. 高精度、低粗糙度磨削

它包括精密磨削($Ra0.10$～$0.05\mu m$)、超精磨削($Ra0.025$～$0.012\mu m$)和镜面磨削

(Ra0.008μm 以下)，可以代替研磨加工，省工又省力。

进行高精度、低粗糙度磨削时，除对磨床精度和运动平稳性有较高要求外，还要合理地选用工艺参数，对所用砂轮要经过精细修整，以保证砂轮表面的磨粒具有微刃和微刃等高性。磨削时，磨粒的微刃在工件表面上切下微细切屑，在适当磨削压力下，借助半钝状态的微刃，对工件表面产生摩擦抛光作用，从而获得高的精度和低的表面粗糙度。

2. 高效磨削

用得较多的有高速磨削、强力磨削和砂带磨削，其主要特点是效率高。

1) 高速磨削

高速磨削是指磨削速度 $v_{轮}\geqslant$50m/s 的磨削形式。即使维持与普通磨削相同的进给量，也会因相应的工件速度的提高而增加金属的切除率，使效率提高。又由于磨削速度高，单位时间内通过磨削区的磨粒数增多，每个磨粒的切削厚度变薄，切削负荷减小，砂轮的耐用度也提高，由于磨粒切削厚度小，工件表面残留面积的高度小，因此表面精细，粗糙度值也小。同时，磨削中的背向力 F_P 也变小，特别有利于保证刚度较差工件的加工精度。

2) 强力磨削

强力磨削是以大的磨削深度和小的纵向进给速度进行磨削，又称缓进深切磨削或深磨。适于加工各种成形面或沟槽，特别能有效的加工耐热合金等难切削材料。还可以从铸、锻毛坯件直接磨出合乎要求的零件，效率很高。

3) 砂带磨削

近年来，砂带磨削(图 10.25)应用广泛、发展很快，不仅在机械制造业中广泛应用，而且已广泛运用于建筑装饰业中。砂带磨削设备结构简单，制造方便。磨削时，砂轮回转为主运动，工件由输送带带动作进给运动(磨地板、砂带机移动)，工件经过支承板上方的磨削区即完成加工。砂带磨削效率高、综合成本低、加工质量好、磨削热少，具有“冷态磨削”之美称。它不但能加工金属材料，还可以加工皮革、木材、橡胶、塑料等非金属，特别对不锈钢、钛合金、镍合金等难加工材料更显示出其独特的优势。加工尺寸方面，砂带磨削也远远超出砂轮磨削，据资料介绍，当前砂轮磨削的最大宽度仅为 1m，而加工宽度达 4.9m 的砂带磨床已经投入使用。在加工复杂曲面(如发动机、汽轮机叶片、聚光镜、反射镜)方面，砂带磨削的优势也是其他加工方法无法比拟的。

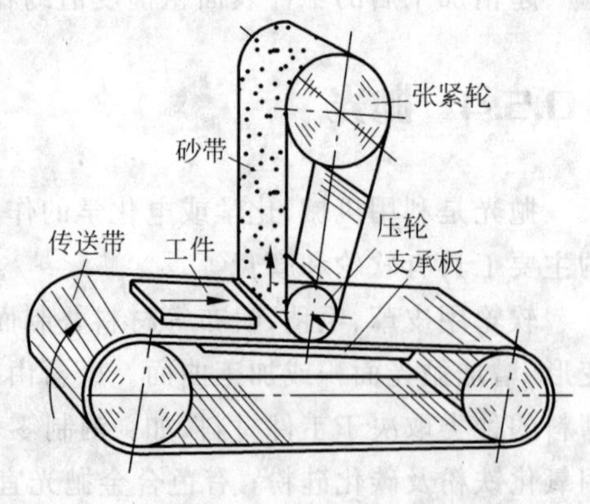

图 10.25 砂带磨削

【安全技术】

1. 实习前必须穿好工作服，扎紧袖口，长发者必须戴好工作帽，不准穿拖鞋、凉鞋和高跟鞋进入车间，操作磨床时不准戴手套。

2. 磨床开启前必须先检查手柄位置是否正确，用手操作移动各运动部件，检查旋转部分及机床周围有无妨碍或不正常状况，且应及时对机床加油润滑。

3. 砂轮使用前须经过外观检查和敲击的响声来判断有无问题，要查验工件、夹具、磨具都装夹牢固,才可开机。

4. 工件和砂轮转动时不能测量工件或用手去摸工件;不能用手除或嘴吹磨屑,应该用刷子进行清除。

5. 磨床变速、装卸工件、紧固螺钉、测量尺寸时,必须先停车。

6. 工作中发现磨床有不正常现象,应立即停车,关闭电源,报告实习教师。

7. 结束操作,应清理机床,并在导轨面上加注润滑油,并认真擦拭工卡量具,清扫工作环境,关闭电源。

思 考 题

1. 磨削的特点是什么?

2. 外圆磨床由哪几部分组成?各有何功能?

3. 磨削外圆时工件和砂轮须作哪些运动?

4. 磨削时磨削速度如何计算?在磨不同表面时,砂轮的转速必须变化吗?为什么?

5. 磨内圆与磨外圆相比有哪些特点?为什么?

6. 砂轮的硬度和磨料的硬度之间有什么区别?

7. 综合比较轴类外圆柱表面的几种磨削方法及其应用场合。

8. 磨床上常用液压传动来代替机械传动,用皮带传动来代替齿轮传动,试说出理由。

9. 试用尺寸精度和表面粗糙度大致的数值和精度等级来说明粗磨、精磨、超精加工、研磨、珩磨和抛光之间的区别。

10. 现有摩擦片(图 10.26),已知其材料:20Cr,热处理;渗碳淬硬 59HRC。请试简述其磨削工艺过程。

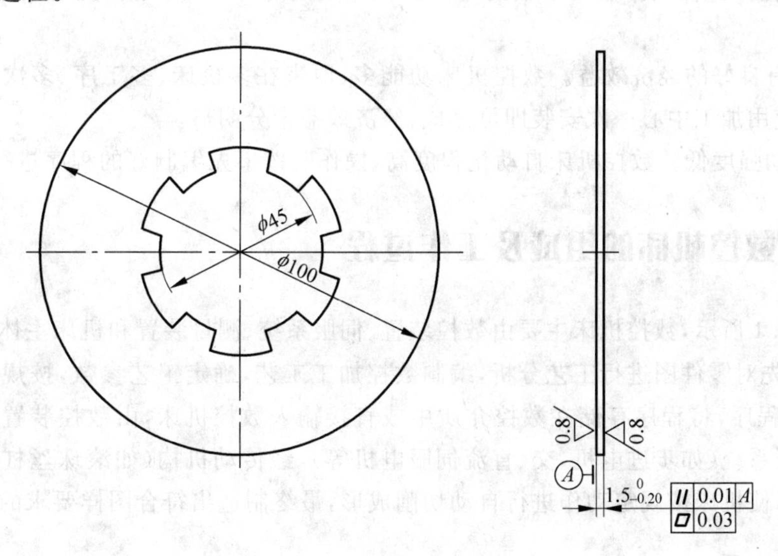

图 10.26 摩擦片

数控加工

11.1 概　　述

数控(numerical control,NC)机床是利用数控技术,准确地按事先编制的工艺流程,实现规定加工动作的金属切削机床;是利用数字化信息实现机床控制的机电一体化产品。

11.1.1 数控机床加工特点

(1) 加工精度高,质量稳定。采用了滚珠丝杆螺母副和软件精度补偿技术,减少了机械误差,提高了加工精度。按程序自动加工,不受人为因素影响,加工质量稳定。

(2) 适应性强,柔性好。适于多品种小批量和频繁改型的零件,还可加工形状复杂的零件。

(3) 准备周期短,效率高。对于新产品开发试制或复杂零件的加工,只需针对零件工艺编制程序,无需大量工装,缩短了辅助时间。机床刚度好,加工可用较大的切削用量,节省时间。

(4) 具有良好的经济效益。数控机床功能多,原来在多机床、多工序、多次装夹才能完成的内容,使用加工中心一次安装即可完成,经济效益十分明显。

(5) 劳动强度低。数控机床自动化程度高,操作时按事先编制好的程序进行自动加工。

11.1.2 数控机床的组成及工作过程

如图11.1所示,数控机床主要由数控装置、伺服系统、测量装置和机床主体等组成。其工作过程是先对零件图进行工艺分析,编制数控加工工艺,确定工艺参数,按规定的代码功能编制数控程序,将程序存储在数控介质中或直接输入数控机床,由数控装置发出脉冲信号,通过伺服系统(如步进电机,交、直流伺服电机等),经传动机构(如滚珠丝杠等),驱动机床运动部件,使机床按规定动作进行自动切削成形,最终制造出符合图样要求的零件。

1. 控制介质

它是人与机床进行沟通的媒介,又称信息载体,如磁带、磁盘等。控制介质上记载的信息通过输入装置传送给数控装置。对于用微机控制的数控机床,也可用操作面板上的按钮

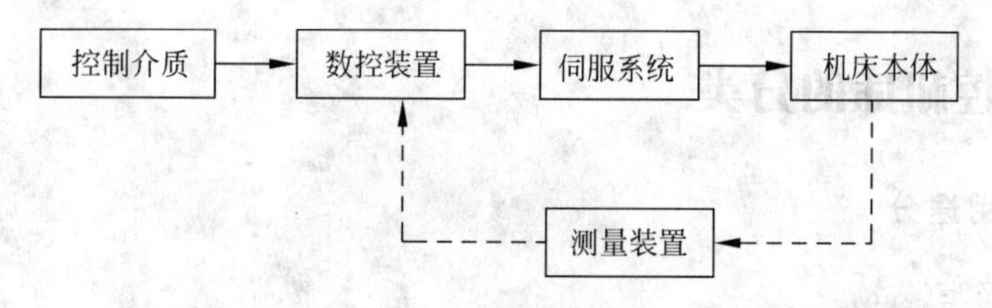

图 11.1 数控机床组成示意图

和键盘将加工程序直接用键盘输入，并在 CRT 显示器上显示。此外，还可利用 CAD/CAM 软件在计算机上编程，通过计算机与数控系统通信，将程序和数据直接传送给数控装置。

2. 数控装置

它是数控机床的中枢，由输入、输出、运算器、控制器、存储器等组成。功能是接受输入的加工信息，经过数控装置的系统软件或逻辑电路进行译码、运算，发出各种指令控制机床伺服系统或其他执行元件。

3. 伺服系统

伺服系统是数控系统的执行部分，将来自数控装置的运动指令转变成机床移动部件的运动，使运动部件按规定的轨迹移动或精确定位，加工出符合图样要求的工件。指令信息是以脉冲信息体现的，每个脉冲信号使机床移动部件移动的位移量，称为脉冲当量，用 δ 表示，常用脉冲当量有 0.01mm、0.005mm、0.001mm。伺服系统主要由驱动器、伺服电机和执行元件组成。

常用伺服电机有步进电机、直流伺服电机和交流伺服电机。例如，工作台或刀架上的伺服电机通过传动机构驱动工作台或刀架进行纵、横向进给运动。

4. 辅助控制装置

其作用是把计算送来的辅助控制指令经机床接口电路转换成强电信号，用来控制主轴电机的启动、停止、主轴转速调整、冷却泵启停以及转位换刀等。

5. 检测、反馈系统

其作用是将机床移动的实际位置、速度参数检测出来，转换成电信号，并反馈到计算机数控装置中，使计算机能随时纠正所产生的误差。并将加工过程中，通过各种传感器测出加工过程中的温度、转矩、振动、摩擦、切削力等因素的变化与最佳参数比较，若有误差及时补偿，以提高加工精度或生产率。

6. 机床主体

类似于普通机床，但具有更好的抗振性、刚度、灵敏度以及较小的热变形。

现代数控机床广泛采用高性能的主轴和伺服传动系统，使数控机床的传动链缩短，简化机床机械系统的结构。

11.1.3 数控机床的分类

1. 按工艺用途分

1）切削成形类

具有切削功能的数控机床，如数控车床、数控铣床、数控磨床、加工中心、数控齿轮加工机床、柔性制造单元(FMC)等数控机床。

2）成形类

具有通过物理方法改变工件形状功能的数控机床，如数控折弯机、数控弯管机等。

3）现代加工类

具有现代加工技术的数控机床，如数控线切割机、电火花加工机、激光加工机等。

2. 按数控机床的运动轨迹分

按其刀具与工件的相对运动轨迹可分为点位控制、点位直线控制和连续控制 3 大类。

1）点位控制

见图 11.2(a)，它只要求刀具实现精确定位，不考虑两点的路径，移动时不加工。使用这类控制系统的主要有数控镗床、数控钻床、数控冲床、数控弯管机等。

2）点位直线控制

见图 11.2(b)，它除了控制位移的起点和终点的位置，还能实现平行坐标轴的直线切削，并且还能设定直线切削的进给速度。使用这类控制系统的主要有数控车床、数控钻床、数控冲床、数控铣床等。

3）连续控制

又称轮廓控制，见图 11.2(c)。它能够对两个或两个以上的坐标轴同时进行控制，不仅能够控制机床移动部件的起点和终点的坐标值，而且还能控制整个加工过程中每一点的速度和位移量。应用这类控制系统的主要有数控车床、数控铣床、加工中心、数控齿轮加工机床等数控机床。

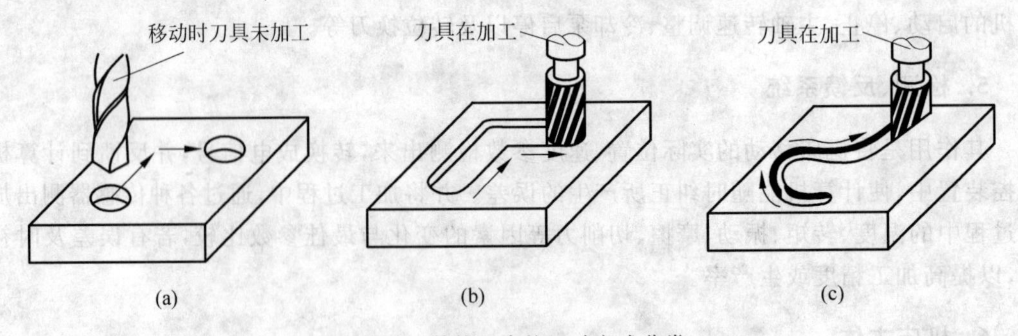

图 11.2　数控机床按运动方式分类

3. 按控制方式分

1）开环控制数控机床

见图 11.3 所示，其特点是命令单方向传输、结构简单、调试方便、容易维修、成本较低，是国内大力普及的数控机床，但它已不能满足数控机床日益提高的精度要求，主要用于要求不高的中小型数控机床。

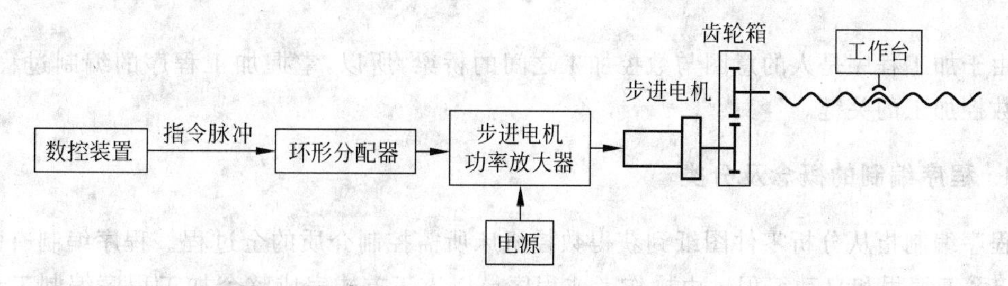

图 11.3　开环控制系统框图

2）半闭环控制数控机床

见图 11.4 所示，兼顾开环与闭环控制方式的特点，精度较高、稳定性好、成本较低、调试方便，因而在现代 CNC 机床中得到广泛应用。

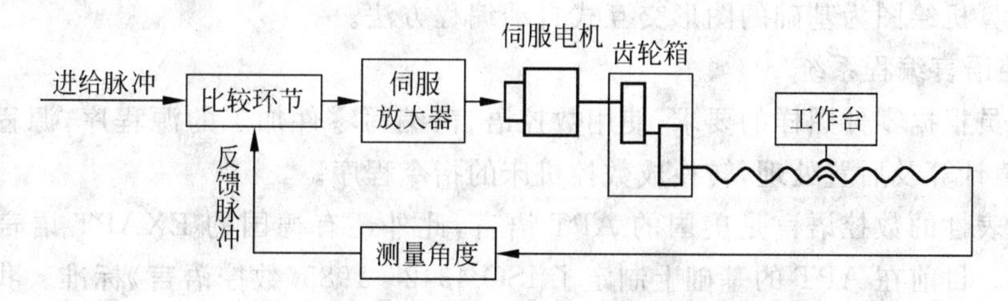

图 11.4　半闭环控制系统框图

3）闭环控制数控机床

见图 11.5 所示，特点是加工精度高、移动速度快、系统稳定性差、调试与维修比较复杂、价格昂贵。这类系统主要用于精度要求很高的数控镗铣床、超精车床、超精磨床以及大型的数控机床。

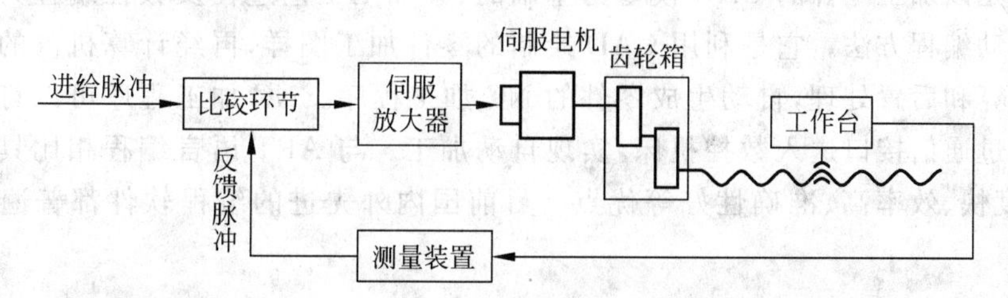

图 11.5　闭环控制系统框图

4. 按功能水平分

经济型数控机床：采用开环控制，脉冲当量 0.01～0.005mm，进给速度为 8～15m/min，最多可实现三轴联控，精度较低、功能较简单。多功能型数控机床：进给速度一般为 15～100m/min，脉冲当量 0.01～0.001mm，可实现四轴以上联控，广泛应用于加工形状复杂或精度要求高的工件。

11.1.4 数控编程

由于加工程序是人的意图与数控加工之间的桥梁，所以，掌握加工程序的编制过程，是整个数控加工的关键。

1. 程序编制的概念及分类

程序编制指从分析零件图纸到获得数控机床所需控制介质的全过程。程序编制有两种方法：手工编程和自动编程。由操作者或程序员以人工方式完成整个加工程序编制工作的方法，称为手工编程，对于形状简单的零件可采用手工编程。形状比较复杂的零件应采用自动编程，自动编程是主要由计算机及其外围设备组成的自动编程系统完成加工程序编制工作的方法。

根据输入计算机的编程信息及计算机的处理方式不同，分为以数控语言为基础的编程方法和以计算机绘图为基础的图形交互式自动编程方法。

1）数控语言编程系统

编程人员根据零件图样的要求，使用数控语言，编写零件加工的源程序，源程序输入计算机，经数值计算及后置处理，转换成数控机床的指令程序。

最具代表性的数控语言是美国的APT语言，此外还有德国的EXAPT语言和日本的FAPT语言。目前在APT的基础上制定了ISO 4342—1985《数控语言》标准。我国也准备在此基础上制定国家标准(GB)。

APT语言从其结构和语义上讲，可分为词汇式语言(APT)和符号式语言(FAPT)；前者用词汇描述零件图形和加工过程，源程序直观易懂，但程序较长，计算机处理复杂。后者用一些特定的符号描述图形和加工过程，源程序较短，针对性强，系统较简单。

2）图形交互式自动编程(又称CAD/CAM集成数控编程系统)

该系统是以加工零件的CAD模型为基础的、集加工工艺过程及数控编程为一体的图形交互式自动编程方法。它是利用CAD绘制的零件加工图样，再经计算机内的刀具轨迹数据进行计算和后置处理，自动生成零件的NC加工程序。NC加工程序可以打印成程序单或直接通过通信接口送入数控机床，实现自动加工。与APT语言编程相比具有直观形象、编程速度快、效率高、准确性好等优点。目前国内外先进的编程软件都普遍采用这种技术。

2. 图形交互式自动编程的基本步骤

(1) 图样分析：包括对零件轮廓形状、有关标注及材料等要求进行的分析。

(2) 辅助准备：包括建立编程坐标系、选择对刀方法、对刀点位置及机械间隙值等。

(3) 工艺处理：其内容包括刀具的选择、加工余量的分配、加工路线的确定等。

(4) 数学处理：包括尺寸分析与作图、选择处理方法、数值计算等。

(5) 填写加工程序单：按照数控系统规定的程序格式和要求填写零件的加工程序单。

(6) 制备控制介质：数控机床在自动输入加工程序时，必须有输入用的控制介质，如磁带、软盘等，有的也可以直接用键盘输入程序。

(7) 程序校验：可以通过模拟运行及首件试切来进行校验工作。

11.1.5 数控机床的坐标系

1. 标准坐标系的规定

在数控加工程序编制中，需要确定运动坐标轴控制符的名称和方向。为简化程序编制及保证互换性，国际上已统一了 ISO 的标准坐标系，并且在国内外的数控机床中广泛采用。

ISO 标准中规定数控机床的坐标系采用右手直角笛卡儿坐标系(即右手定则)。其直角坐标 X、Y、Z 三者的关系及其方向为：大拇指表示 X 轴的正方向，食指表示 Y 轴的正方向，中指表示 Z 轴的正方向，如图 11.6(a)所示。该标准同时还规定围绕 X、Y、Z 各轴回转运动的名称及方向，如图 11.6(b)和(c)所示。

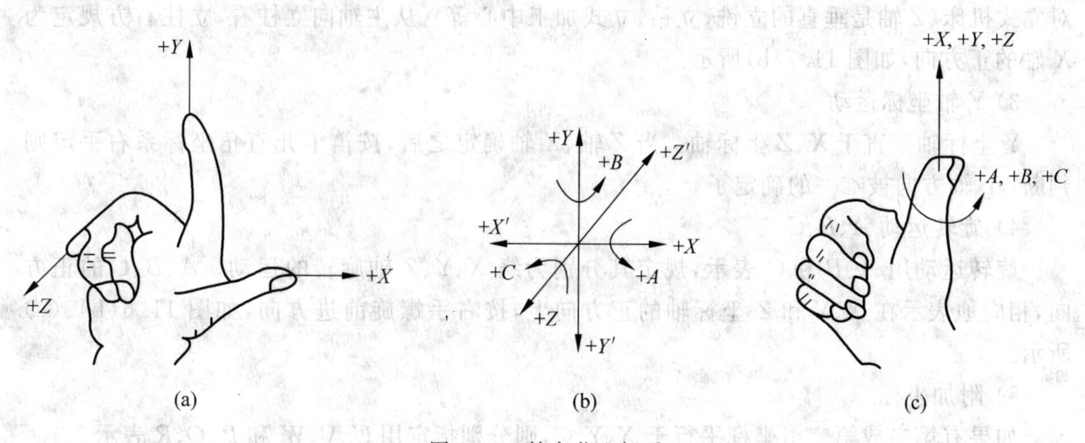

图 11.6 笛卡儿坐标系

2. 机床运动部件运动方向的规定

编制加工程序时，特规定以工件为基准，假定工件不动，刀具相对于静止的工件运动的原则，作为坐标及运动方向命名原则。

JB 3051—1982 中规定，增大工件与刀具之间距离的方向是机床运动的正方向。

1) Z 轴坐标运动

规定与机床主轴线平行的坐标轴为 Z 坐标(Z 轴)，并取刀具远离工件的方向为 Z 轴的正方向。无论是主轴带动工件旋转类的机床(车床、磨床)，还是主轴带动刀具旋转类的机床(铣床、钻床、镗床)，与主轴平行的坐标轴为 Z 轴，参见图 11.7。从这一规定可以得出这样一个结论：对于钻、镗类加工机床，钻入或镗入方向均是 $-Z$ 方向。

当机床有几根主轴时，则选取一个垂直于工件装夹表面的主轴为 Z 轴(如龙门铣床)。对于没有主轴的机床则规定垂直于工件表面的轴为 Z 轴(刨床)。

2) X 轴坐标运动

X 轴规定为在水平面内平行于工件装夹表面，是刀具或工件定位平面内运动的主要坐标。

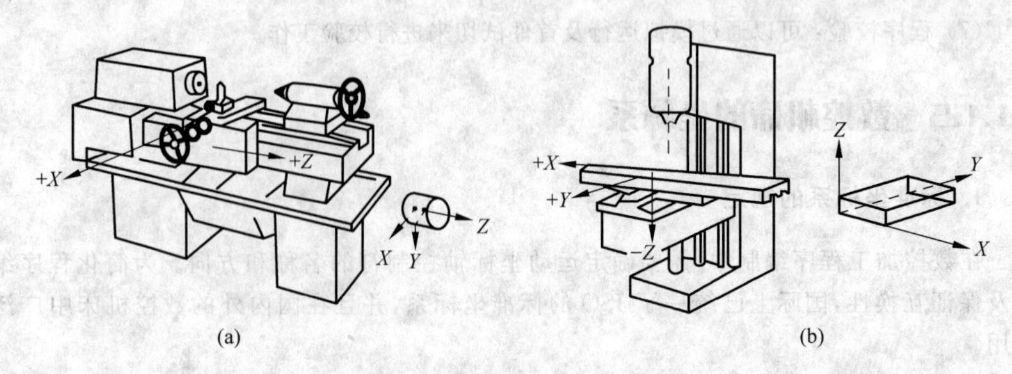

图 11.7 机床坐标方向示意图

对于工件旋转的机床(车床、磨床),取刀具横向离开工件旋转中心的方向为 X 轴的正方向,如图 11.7(a)所示。对于刀具旋转的机床(铣床、钻床、镗床),又有立、卧式机床之分。对立式机床(Z 轴是垂直的立铣、立钻、立式加工中心等),从主轴向立柱看,立柱右方规定为 X 轴的正方向,如图 11.7(b)所示。

3) Y 轴坐标运动

Y 坐标轴垂直于 X、Z 坐标轴。当 Z 轴、X 轴确定之后,按笛卡儿直角坐标系右手定则判断;Y 轴方向被唯一的确定了。

4) 旋转运动 A、B、C

旋转运动用 A、B 和 C 表示,规定其分别为绕 X、Y、Z 轴旋转的运动。A、B、C 的正方向,相应地表示在 X、Y 和 Z 坐标轴的正方向上,按右手螺旋前进方向,如图 11.6(b)、(c)所示。

5) 附加坐标

如果有第二或第三组坐标平行于 X、Y、Z,则分别指定用 U、V、W 和 P、Q、R 表示。

6) 工件运动类机床坐标表示的规定

JB 3051—1982 对工件运动而不是刀具运动的机床规定用带“′”的字母和箭头表示。如用 $+Z$ 表示刀具相对于工件的正向运动,$+Z'$ 则表示工件相对于刀具的正向运动。二者表示的运动方向正好相反,如图 11.8 所示。机床设计者要考虑的是带“′”的运动,编程人员在编程时只考虑不带“′”的运动。

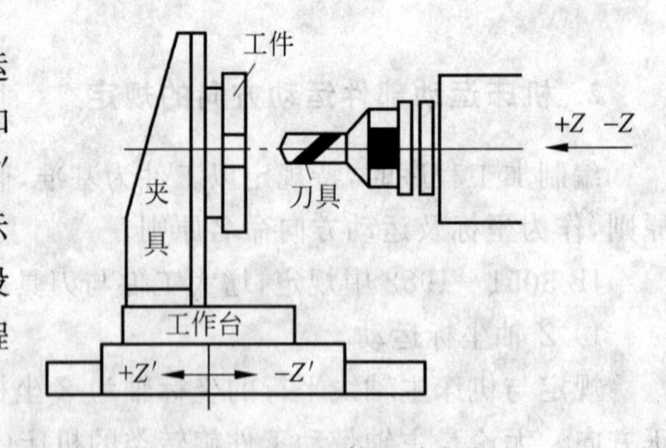

图 11.8 工件运动方向

3. 工件坐标系

为了编程方便,编程人员通常以工件设计尺寸为依据,在工件或工件以外选择一点作为原点所建立的坐标系称为工件坐标系。一般以工件坐标系原点作为编程零点。

4. 绝对坐标方式和增量坐标方式

绝对坐标方式是指在某一坐标系中,用与前一个位置无关的坐标值来表示位置的一种方式叫绝对坐标方式。即各点均以坐标原点为基准来表示坐标位置。

如图 11.9，从 A 点移动到 B 点，A 点的坐标表示为 $X60$，$Y50$；B 点的坐标表示为 $X25$，$Y20$。

增量坐标方式：在某一坐标系中每点位置坐标都是由前一点的位置坐标确定的，称为增量坐标方式。

如 B 点的坐标为 $\Delta X=25-60=-35$；$\Delta Y=20-50=-30$。

在程序中写成 $X-35$ $Y-30$ 或 $U-35$ $V-30$。

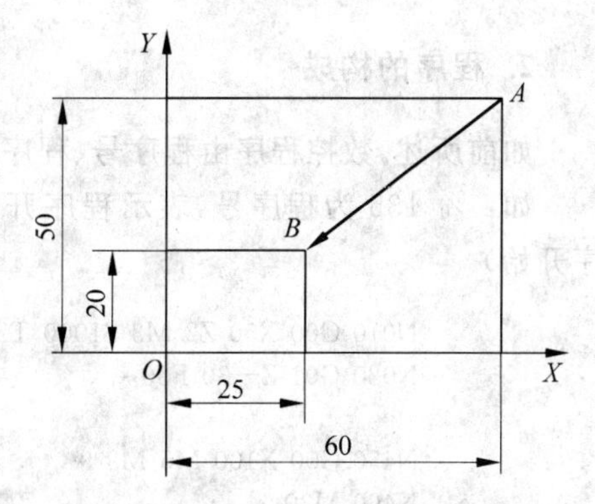

图 11.9 绝对坐标与增量坐标

可用绝对坐标方式编程，也可用增量值方式编程，还可同时用两种方式的混合编程。

11.2 数控程序结构和指令

11.2.1 数控程序结构

数控程序是由程序号和若干程序段组成。一个完整的程序要有程序号、程序内容和程序结束指令。

1. 程序段的结构

一个程序段由多个词(或字，有的称为语句)及程序段结束符组成。

一个词(或字)是由一个地址码及其后带或不带有正负号的数字串构成的。如程序段 N10，X+43.20(正号可省略)及 W-06 均是词，其中 N、X、W 为地址码。

ISO 标准中所用的地址代码由英文字母构成，表示尺寸字地址的字母有 X、Y、Z、U、V、W、I、J、K、P、Q、R、A、B、C、D、E、H 共 18 个字母；表示非尺寸字地址的字母有 N、G、F、S、T、M、L、O 共 8 个字母。常用的辅助字符有“%”(程序开始符，也有用“O”表示程序开始符)、“-”(表示负号)、“.”(表示小数点)、“/”(跳步符)及“LF”(程序段结束符)，也可以用符号“*”或“;”来表示程序段结束。

一个程序段要有程序段顺序号，程序段内容和程序段结束符号“LF”。其书写格式如下：

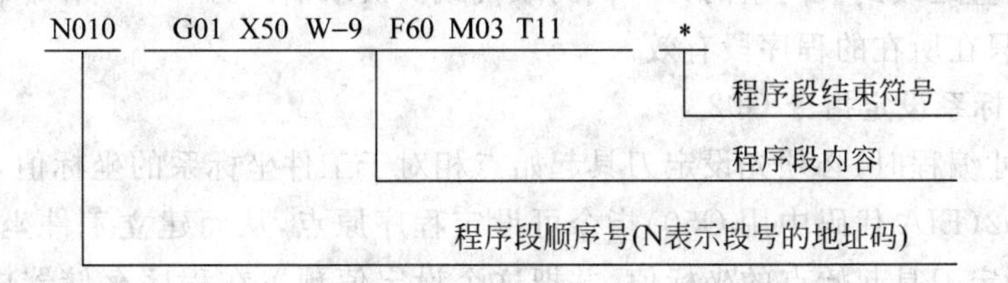

注：① 当输入程序段结束符号“LF”后，在屏幕上显示“*”号。

② 表示尺寸的地址码如 X，Y，Z，U，V，W 等其后的数可出现小数或负数，使用其他地址码时不允许出现小数或负数。

2. 程序的构成

如前所述,数控程序由程序号、程序内容及程序结束指令构成。

如:% 135 为程序号,表示程序开始("%"为程序号地址码,有的系统用"O"表示程序开始)

```
N010 G00 X50 Z2 M3 S1000 T22 *
N020 G01 Z-30 F50 *
        ⋮                        程序内容(由若干程序段组成)
N450 G00 X100 M5 M9  *           程序结束程序段(M30 是程序结束指令)
N460 M30  *
```

程序号一般由 1~4 位数字组成,最大的程序号为%9999。

程序段顺序号一般由 1~3 位数字组成,最大的程序段号为 N999,程序的最大长度为 999 个程序段(不同的机床,规定有所不同)。

3. 程序分类

程序分为主程序和子程序。通常数控机床是按主程序的指令进行工作,当程序中有调用子程序的指令时,数控机床就按子程序进行工作。

在程序中把某些固定顺序或重复出现的程序作为子程序进行编程,并预先存储在存储器中,需要时可直接调用,以简化主程序的设计。

子程序的结构与主程序一样,也有开始部分、内容部分和结束部分。但不同厂家生产的数控系统,子程序的格式与调用代码也不尽相同。

11.2.2 数控程序指令

在编程中,常用的程序指令有准备功能和辅助功能等。准备功能指令的作用是确定机床的运动方式。JB 3208—1983 规定了从 G00 至 G99 共 100 种 G 指令,见表 11.1。各数控系统对有些加工操作所用 G 指令不同。编程时要认真阅读机床使用说明书,正确使用 G 代码在本机中的指定功能。

1. 准备功能(G 指令)

表 11.1 第 2 栏中,标有字母的行对应的 G 代码为模态代码(具有续效功能),即它一旦被执行,则可一直延续到被同组的另一代码取代或其被取消。另一种叫作非模态代码(或一次性代码),它只在所在的程序段有效。

1) 工件坐标系设定指令 G92

用绝对尺寸编程时,必须先设定刀具起始点相对于工件坐标系的坐标值,即设定工件坐标系。通过 G92(EIA 代码中用 G50)指令可设定程序原点,从而建立工件坐标系。以工件原点为基准,确定刀具起始点的坐标值,并把这个设定值预置在程序存储器中,作为加工过程中各程序绝对尺寸的基准。

表 11.1 准备功能指令代码表

代 号 (1)	功能保持到被取消或被同样字母表示的程序指令所代替 (2)	功能仅在所出现的程序段内有作用 (3)	功 能 (4)	代 号 (1)	功能保持到被取消或被同样字母表示的程序指令所代替 (2)	功能仅在所出现的程序段内有作用 (3)	功 能 (4)
G00	a		点定位	G50	#(d)	#	刀具偏置 0/−
G01	a		直线插补	G51	#(d)	#	刀具偏置+/0
G02	a		顺时针方向圆弧插补	G52	#(d)	#	刀具偏置−/0
G03	a		逆时针方向圆弧插补	G53	f		直线偏移,注销
G04		*	暂停	G54	f		直线偏移 *X*
G05	#	#	不指定	G55	f		直线偏移 *Y*
G06	a		抛物线插补	G56	f		直线偏移 *Z*
G07	#	#	不指定	G57	f		直线偏移 *XY*
G08		*	加速	G58	f		直线偏移 *XZ*
G09		*	减速	G59	f		直线偏移 *YZ*
G10～G16	#	#	不指定	G60	h		准确定位 1(精)
G17	c		*XY* 平面选择	G61	h		准确定位 2(中)
G18	c		*ZX* 平面选择	G62	h		快速定位(粗)
G19	c		*YZ* 平面选择	G63		*	攻丝
G20～G32	#	#	不指定	G64～G67	#	#	不指定
G33	a		螺纹切削,等螺距	G68	#(d)	#	刀具偏置,内角
G34	a		螺纹切削,增螺距	G69	#(d)	#	刀具偏置,外角
G35	a		螺纹切削,减螺距	G70～G79	#	#	不指定
G36～G39	#	#	永不指定	G80	e		固定循环,注销
G40	d		刀具补偿注销/刀具偏置注销	G81～G89	e		固定循环
G41	d		刀具补偿(左)	G90	j		绝对尺寸
G42	d		刀具补偿(右)	G91	j		增量尺寸
G43	#(d)	#	刀具偏置(正)	G92		*	预置寄存
G44	#(d)	#	刀具偏置(负)	G93	k		时间倒数,进给率
G45	#(d)	#	刀具偏置+/+	G94	k		每分钟进给
G46	#(d)	#	刀具偏置+/−	G95	k		主轴每转进给
G47	#(d)	#	刀具偏置−/−	G96	i		恒线速度
G48	#(d)	#	刀具偏置−/+	G97	i		每分钟转数(主轴)
G49	#(d)	#	刀具偏置 0/+	G98～G99	#	#	不指定

注：① #号：如用作特殊用途，必须在程序格式说明中说明；

② 如在直线切削控制中没有刀具补偿，则 G43～G52 指定作其他用途；

③ 在表中左栏括号中的字母(d)表示：可以被同栏中没有括号的字母 d 所注销或代替，亦可被有括号的字母(d)所注销或代替；

④ G45～G52 的功能可用于机床上任意两个预定的坐标；

⑤ 控制机上没有 G53～G59、G63 功能时，可以指定作其他用途；

⑥"*"号表示功能仅在所出现的程序段内有效。

用 G92 指令建立工件坐标系的书写格式为：

G92 X ____ Y ____ Z ____；

如图 11.10，车削时，假设刀具初始位置在 P 点，其工件坐标系设定程序段为：G92　X300　Z250；

表示刀尖 P 在 XOZ 坐标系（$X300$，$Z250$）处（车削时 X 值常用直径表示），G92 为模态指令。G92 指令是一个非运动指令，只是设定一个坐标系并不产生运动。

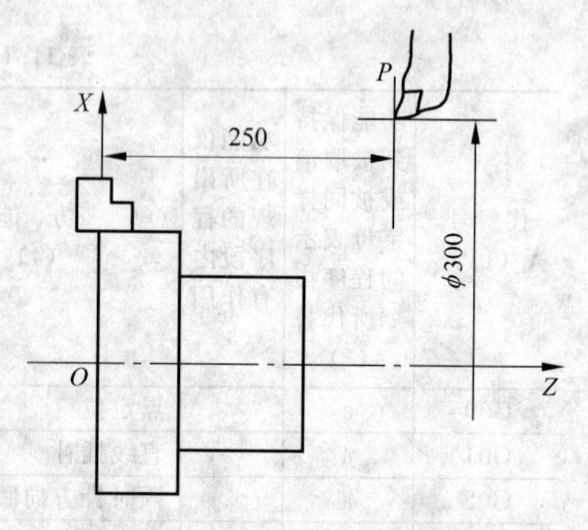

图 11.10　工件坐标系设定指令

2）坐标平面选择指令 G17、G18、G19

G17、G18、G19 分别指定被加工工件在 XY、ZX、YZ 平面上进行插补加工，即进行圆弧插补和刀具补偿时须用此指令，如图 11.11(a)所示。数控铣等常用这些指令指定机床在哪一平面内进行插补运动。

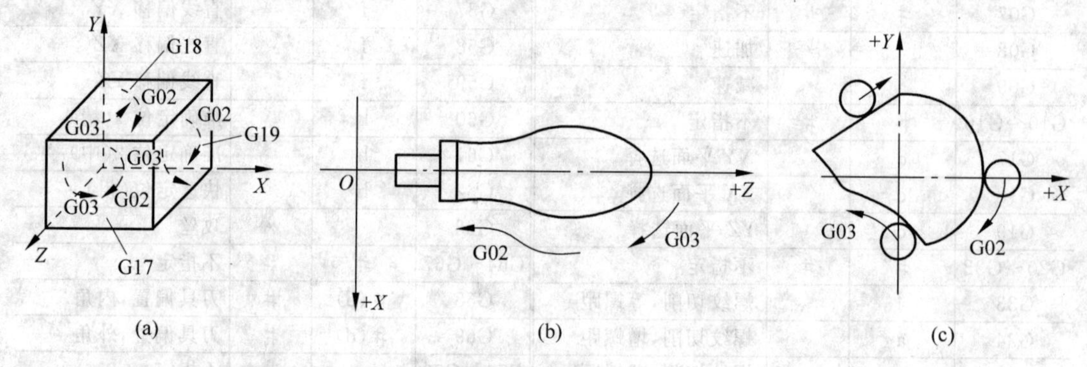

图 11.11　顺圆弧和逆圆弧

(a) 在不同平面上的顺、逆圆弧；(b) 数控车床上的顺、逆圆弧；(c) 数控铣床上的顺、逆圆弧

3）快速定位指令 G00

G00 命令刀具从当前位置点快速移动到下一个目标位置，它只是快速（进给速度由机床设定）定位而无运动轨迹要求。G00 为模态指令，在加工程序中如果指定了 G01、G02、G03 指令，则 G00 无效，只有重新设定 G00 时，G00 指令才有效。

书写格式为：G00　X ____ Y ____ Z ____。

4）直线插补指令 G01

G01 是直线运动指令，是模态指令。它用来指令刀具或工件以给定的进给速度移动到指定的位置，使机床的运动能在各坐标平面内切削任意斜率的直线，或在三轴联动的数控机床中沿任意空间直线运动并切削。

书写格式：G01　X ____ Y ____ Z ____。

5）圆弧插补指令 G02、G03

G02、G03 是圆弧运动指令，是模态指令。它是用来指令刀具在给定平面内以一定进给速度切削出圆弧轮廓。G02、G03 分别为顺时针和逆时针圆弧插补指令。圆弧的顺时针、逆时针方向按图 11.11 给定的方向判别，从垂直于圆弧所在平面的坐标轴正方向向负方向看，刀具的移动方向为顺时针方向用 G02 指令，逆时针用 G03 指令。顺时针和逆时针的方向判别是在假定工件不动，刀具运动的情况下确定的；如果机床上是刀具不动，工件运动，则方向正好相反。G02、G03 的书写格式为：

$$\begin{matrix}G17\\G18\\G19\end{matrix}\begin{Bmatrix}G02\\G03\end{Bmatrix}X\quad Y\quad Z\begin{Bmatrix}I\ J\ K\\R\end{Bmatrix}F\quad LF$$

其中，X、Y、Z 为圆弧终点坐标；I、J、K 为圆心相对于圆弧起点的坐标；R 为圆弧半径。

2. 辅助功能(M 指令)

M 指令是加工时按操作机床的需要而规定的工艺性指令，可以发出或接受多种信号，还是机床辅助动作及状态的指令代码。M 指令由地址码 M 及后面的数字组成，表 11.2 为部分 M 指令代码表。

表 11.2 M 功能一览表

代码	功能	代码	功能
M00	程序停止	M06	换刀
M01	选择停止	M08	切削液打开
M02	程序结束	M09	切削液关闭
M03	主轴顺时针方向起动	M30	程序结束并返回
M04	主轴逆时针方向起动	M98	调用子程序
M05	主轴停止起动	M99	子程序结束、返回主程序

M 代码的功能常因数控机床生产厂家及机床结构和规格的不同而有所区别。各数控机床可根据不同要求选取相应的辅助功能指令，因此编程人员必须熟悉各具体机床的 M 代码。

下面对常用的辅助功能指令作简要介绍。

(1) M00 为程序停止指令。本指令使程序暂时停止运行，以执行某手动操作，如手动变速、换刀、测量工件等。重新按下启动按钮可继续执行下面的程序。

(2) M01 指令与 M00 相类似，要使 M01 指令有效，必须按下操作面板上的“任选停机”按钮，否则系统仍然继续执行后续的程序段。该指令常用于关键尺寸的抽样检查，或需要临时停机时使用。

(3) M03、M04、M05 分别为主轴顺时针旋转、主轴逆时针旋转及主轴停止转动指令。例如，S800 M03 为主轴正转 800r/min，S800 M04 为主轴反转 800r/min。

(4) M06 为自动换刀指令。这条指令不包括刀具选择功能，如 M06T01 表示换成第 1 号刀具进行加工，T 为所换刀具的地址码，其后的数字为所换刀具的刀号。

(5) M02、M30 为程序结束指令。M02 指令编在最后一个程序段中，表示工件已加工完成，用于执行完程序内所有指令后，主轴停止转动、进给停止、冷却液关闭，并使机床复位。M30 也为程序结束(或穿孔纸带结束)指令，并自动返回到程序开头。

3. 进给速度指令(F指令)

它属模态指令,单位为mm/min或mm/r,如:F150表示进给速度为150mm/min。

4. 主轴转速指令(S指令)

S指令属模态指令,单位是r/min,如:S800表示主轴转速为800r/min。

5. 刀具功能指令(T指令)

T后两位数字,第1位数表示刀具号,第二位数表示刀具偏置号。如:T52第5号刀,其偏置号为2。

11.3 数控加工技术

11.3.1 数控车床编程

以经济型数控车床(CJK6132W)为例,介绍其常用代码及一般编程方法。

1. CJK6132W数控车床(采用KENT-10T数控系统)常用代码

1) G代码与M代码的功能及含义,见表11.3和表11.4。

表11.3 准备功能G代码

组别	G代码	功能及含义
A	G00	快速点定位
A	G01	直线插补
A	G02	顺时针圆弧插补
A	G03	逆时针圆弧插补
A	G32	等螺距螺纹加工
A	G90	外圆单一形状固定循环
A	G92	螺纹单一形状固定循环
A	G94	端面单一形状固定循环
A	G98	每分钟进给量编程
A	G99	每转进给量编程
B	G04	延时
B	G28	快速返回参考点
B	G72	螺纹复合固定循环
B	G82	多头螺纹复合固定循环

注:A组G代码为模态指令;B组G代码不是模态指令,只在本程序段起作用。

表11.4 辅助功能M代码

组别	M代码	功能及含义
A	M03	主轴正转
A	M04	主轴反转
A	M05	主轴停止
A	M08	冷却液开
A	M09	冷却液关
A	M41	主轴低速
A	M42	主轴高速
B	M00	程序停止
B	M02	程序结束
B	M30	程序结束
B	M99	子程序结束
B	M20	程序结束,转到第一个程序段循环执行程序
B	M98	子程序调用

注:A组为主轴及冷却液控制指令;B组为程序控制指令。

2) F代码(进给速度功能)

刀具进给速度用F代码表示。本系统对F代码可选择两种编程方法,即每分钟进给量编程和每转进给量编程,用G98和G99指令表示。

```
例 11.1 N020  G98  M03 S600;
        N030  G01  X30  F60;
        N040  Z-20;
        N050  U-3;
        N060  U1  W-1  F22
```

```
例 11.2 N020  G99  M03  S600;
        N030  G01  X30  F0.20;
        N040  Z-20;
        N050  U-3;
        N060  U1  W-1 F0.15;
```

例 11.1 中为每分钟进给量编程,F60 和 F22 分别表示为 60mm/min 和 22mm/min;例 11.2 中为每转进给量编程,F0.20 和 F0.15 分别表示为 0.2mm/r 和 0.15mm/r。

F 代码为模态指令,具有续效性。例 11.1 和例 11.2 中 N030 程序段中的进给速度 F60 和 F0.20,可以一直保持到程序段 N050 为止(如果程序中没有出现 G98 或 G99 指令,系统则默认为每分钟进给量编程)。

3) S 代码(主轴转速功能)

在通用型系统中 S 代码只在每转进给量编程中用来表示主轴的实际转速。如例 11.2 中,N020 程序段中的 S600 表示主轴实际转速为 600r/min。系统只根据主轴实际转速和程序段 N030 中的 F0.20 的量值计算刀架的进给速度。S 代码为模态指令。

4) T 代码(刀具功能)

T 代码为刀具功能。T 代码后面数字串中的第二位表示偏置号。偏置量对刀时确定,并事先输入系统。

以上对 KENT-10T 或 KENT-18T 数控系统常用指令代码简要介绍。在编程时要特别注意,如在同一程序段中,既有坐标移动指令,又有 M、T、S 指令,则先执行 M、T、S 指令,后移动坐标。

2. 数控车床编程举例

数控车床编程时的一个共同特点是 X 坐标采用直径编程。如 X50,表示 X 方向的直径为 $\phi50$,以增强程序的可读性。

1) 车外圆和端面编程

例 11.3 加工图 11.12 所示的外圆和端面。

假定外圆和端面均留有 0.5mm 的精车余量。坐标系选择如图示,选外圆车刀 T11,编程如下:

```
N010  G00  X45  Z5.0  M3
M41 T11;
N020  Z0;
N030  G01  X0  F50;
N040  X18;
N050  X20  Z-1; 倒角 1×45°
N060  Z-30;
N070  X28;
N080  X30  Z-31;
N090  Z-45;
N100  X45;
N110  G00  Z5.0;
N120  M02;
```

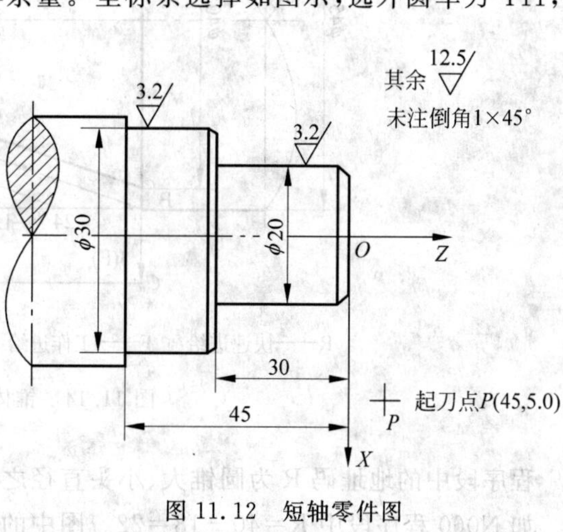

图 11.12 短轴零件图

2）车圆锥面编程

例 11.4 加工图 11.13 所示的圆锥面，毛坯为 ϕ45 棒料。假定圆锥面已粗车完，精车编程如下：

```
N010  G00  X50  Z6.0  M03  M41  T11;
N020  Z0;
N030  G01  X20;
N040  X40  Z−30;
N050  X50;
N060  G00  Z6.0
N070  M02;
```

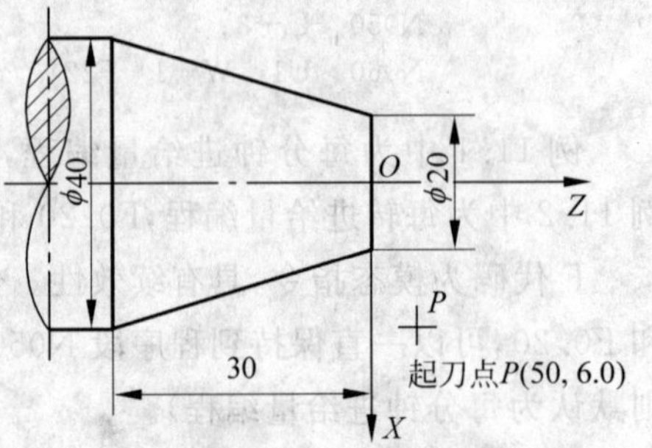

图 11.13 锥体零件图

N040 程序段用直线插补完成锥度车削。

直接用毛坯棒料车成外圆锥，可用 G90 指令锥度循环程序段编程加工，简化程序编制，提高编程效率。

将 ϕ45 直径的棒料车成如图 11.14 所示的圆锥。准备 5 次车削完成，前 4 次用等余量切削，每次吃刀深度 3mm(ϕ6mm)，最后一次吃刀深度 1.5mm(ϕ3mm)。

编程如下：

```
N010  G00  X60  Z3;                    刀具起点 P(X60,Z3)
N020  G90  X45  Z−6 R6  F150  T11;     进刀至 φ39
N030  X45  Z−15  R12;                  进刀至 φ33
N040  X45  Z−24  R18;                  进刀至 φ27
N050  X43  Z−30  R22;                  进刀至 φ21
N060  X40  Z−30  R22;                  进刀至 φ18
N70  M2;
```

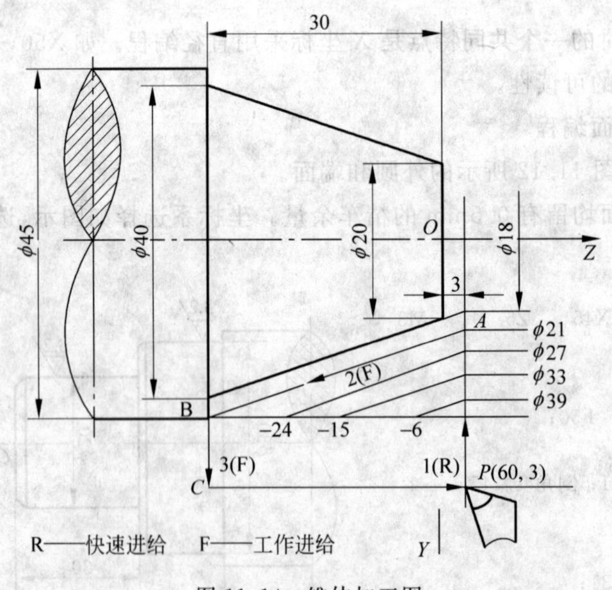

图 11.14 锥体加工图

程序段中的地址码 R 为圆锥大、小头直径之差。

如 N060 程序段中 R＝40－18＝22。图中的斜线表示每次车削锥面的走刀轨迹。每次循环车削可分为 4 段，如程序段 N050，第 1(R)段刀具从起点 P 快速进刀至 $\phi21$ 的 A 点；第 2(F)段，刀具从 A 点至 B 点工作进给车锥面；第 3(F)段从召点到 C 点工作进给退刀；第 4(R)段从 C 点快速进给返回到 P 点。每一次循环车削，起点和终点为同一点。

3）车削螺纹编程

例 11.5 如图 11.15 所示，车削长 30mm 的 M20×2 的螺纹。选择坐标原点为 O 点。螺纹车刀 122，刀具起点 Z 向距螺纹前端面 3mm，距原点 33mm，用 G32 指令按两种方式编程如下。

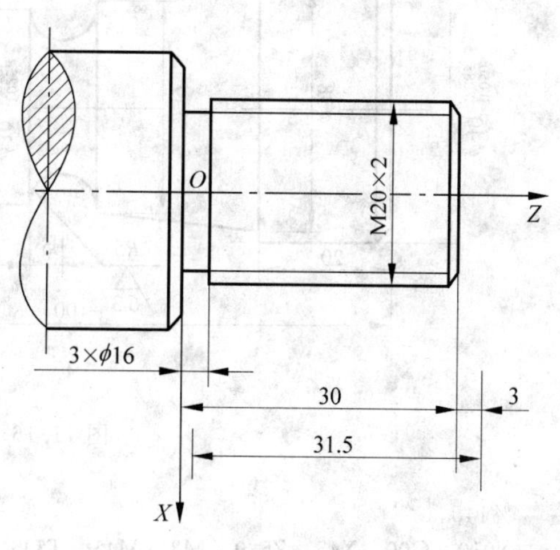

图 11.15 螺纹加工图

(1) 以绝对值方式编程

```
N030  ……;
N040  G32  Z1.5   F2 T22;
N050  ……;
```

(2) 以增量值方式编程

```
N030  ……;
N040  G32  W-31.5  F2  T22;
N050  ……;
```

G32 指令为模态指令。地址码 F 表示螺距（或导程），后面的数字串表示螺距（或导程）的具体值。如 F2，螺距为 2；又如 F2.309 中的 2.309 为英制螺纹经换算后的螺距值。

用 G32 编程，只车削了一次螺纹，因此完成一个螺纹加工需要多个 G32 程序段，而且还包括 X 向进刀、X 向退刀、Z 向退刀等快速进给程序段，非常繁琐。加工螺纹通常用 G72 螺纹复合固定循环程序段来编程。

用 G72 指令来编制车削 M20×2 的程序如下：

```
N060  G00  X100 Z3;
N070  G72  X17.8   Z1.5   L502.16   P0.10  F2  T22;
N080  ……;
```

N070 程序段中的地址码“L”的后面的数字串前两位数字表示循环切削次数，50 表示循环切削 5 次完成螺纹加工，2.16 则表示 X 向的总吃刀深度（为螺纹外径与螺纹底径之差）。地址码 P 后面的数值 0.10(mm) 为最后一刀车削螺纹的吃刀深度。当选定了车削螺纹的切削刀数，总吃刀深度和最后一刀的吃刀深度，系统会自动合理分配每一次切削的吃刀深度。

G72 螺纹复合固定程序段，刀具每次循环运行的路径也分为 4 个段，即①X 向进刀；②Z 向车螺纹；③X 向退刀；④Z 向退刀，返回起点。刀具的起点和终点为同一点。

4）综合训练编程

例 11.6 加工如图 11.16 所示的手柄零件，先粗加工，再精加工。毛坯为 $\phi42$ 的棒料，前端面留余量 3mm。选择 T11 外圆刀，T22 切槽刀，T33 尖刀，T44 螺纹刀，编写程序如下：

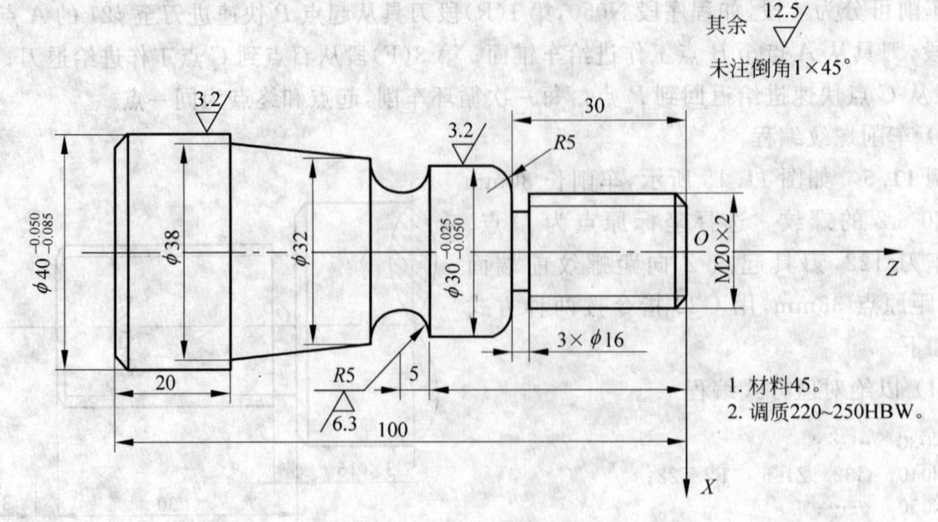

图 11.16 手柄零件图

```
%145                                        主程序号
N010  G00  X45  Z5.0  M3  M41  T11;         主轴正转，主轴低速，1号刀进至起始位置
```

以下 N020～N110 共 10 个程序段为循环，粗车 M20×2 外圆，留精车余量 2mm，为说明后面子程序的例题，假定每次吃刀深度较小，仅 1mm(直径 2mm)。

```
N020  G90  X40  Z-29.5  F100;               第一次循环粗车外圆
N030  X38  Z-29.5;
N040  X36  Z-29.5;
N050  X34  Z-29.5;
N060  X32  Z-29.5;
N070  X30  Z-29.5;
N080  X28  Z-29.5;
N090  X26  Z-29.5;
N100  X24  Z-29.5;
N110  X22  Z-29.5;                          第10次粗车外圆至φ22mm
粗车φ30外圆留精车余量2mm(3次循环车削完成)
N120  C01  X40  Z-25;
N130  G90  X38  Z-54;
N140  X34  Z-54;
N150  X32  Z-54;                            第3次车φ30外圆至φ32，留余量2mm
N160  G00  X45 Z-54;                        快进至工作点X45，Z-54处
N170  G90  X42  Z-80  R5;                   循环粗车圆锥
N180  X39  Z-80  R5;                        循环粗车圆锥
N190  G00  X100  Z5.0;                      快退至X100，Z5.0处，换3号刀T33
N200  X33  Z-45  T33;                       快进至X33，Z-45处
N210  G03  X32  Z-54  R5.0  F20;            粗车R圆弧
N220  G00  X100  Z5.0;                      换刀T11
N230  X45  Z5.0  T11;
N240  G94  X0  Z2  F50;                     循环粗车前端面，精车各部外形
N250  G00  Z0;                              快进至工作位置Z0点
N260  G01  X0;                              精车前端面
N270  X16;
```

```
N280  X19.8  Z－2；                            倒角 2×45°
N290  Z－30；                                  车 M20×2 外圆
N300  X19.96；
N310  G02  X29.96  Z－35  R5；                 顺圆弧插补 R5
N320  G01  Z－54；                             精车 φ30 外圆
N330  X32；
N340  X38  Z－80；                             精车外圆锥
N350  X39. 96；                                车圆锥大端端面
N360  Z－100；                                 精车 φ40 外圆
N370  G00  X100  Z5.0；                        退至坐标点 X100,Z5.0 处,换刀 T33
N380  X32  Z－45  T33；                        快进至 X32,Z－45 处
N390  G01  X30；                               进至工作位置
N400  G03  X30  Z－55  R5；                    精车 R5 圆弧
N410  G01  X32；                               精车圆锥小端端面
N420  G00  X100  Z5.0                          退至坐标点 X100,Z5.0 处,换刀 T22
N430  X32  Z－30  T22；                        快进至目标点准备切槽
N440  G01  X16；                               切槽 3× φ16
N450  G04  X1.0；                              延时 1.0s
N460  G01  X32；                               退刀至 X32
N470  G00  X100  Z5.0；                        快退至坐标点 X100,Z5.0 处,换刀 T44
N480  X45  T44；                               快进至工作点 X45,Z5.0 处
N490  G72  X17.8  Z－28  L502.16               复合固定循环车螺纹；
                                               M20×2(5 次车削完成)
      P0.10  F2；
N500  M2；                                     程序结束
```

例 11.7 子程序调用编程例题。将"例 11.6"的主程序中的"N020～N110"10 个程序段用程序调用程序段"N020 M98 L10 P32；"代替,代码 M98 表示子程序调用,地址码 L 后面的数字 10 表示子程序被调用 10 次,地址码 P 后面的数字 32 为子程序号。编写子程序如下(以下采用混合编程方式):

```
%     32                                       子程序号
N010  G90  U－2  Z－29.5；                     固定循环车外圆一次至 φ40
N020  G00  U－2；                              X 方向快进 2mm
N030  M99；                                    子程序结束,并返回主程序段 N020
```

每调用一次,N020 中的 L 后面的 10 递减 1,最后减至零,子程序调用结束。用子程序调用编程可提高编程效率。

11.3.2 数控铣床编程

不同数控铣床所用的数控系统不同,与数控车床一样所采用的指令代码功能不尽相同,但编程方法和步骤基本上是相同的。编程前先要选择工件坐标系,确定工件原点。工件原点应选在零件图的设计基准上或精度较高的表面上,以提高其加工精度,对于一般零件,原点应设在工件外轮廓的某一角上。

1. 以 FANUC 系统数控铣床为例,列出部分 G 指令的功能

例题中所用到的其他指令功能与前述相同,不再重复。

(1) G90—绝对坐标编程指令(为模态指令),书写格式：G90 G01 X30 Y－60 F100;

(2) G91—增量坐标编程指令(为模态指令),书写格式：G91 G01 X40 Y30 F150;与前面介绍的数控车床编程不同,前述编程中,绝对坐标编程直接用绝对坐标代码 X、Z 表示,增量坐标编程用增量坐标代码 U、W 表示,所以编程时一定要看机床使用说明书的规定;

(3) G41—左侧刀具半径补偿指令(模态指令),顺着刀具运动方向看,刀具在零件轮廓的左侧,铣削时用 G41。见图 11.17 铣刀圆心所在的 *A* 点所示。书写格式：G41 G01 X ____ Y ____ F ____;

(4) G42—右侧刀具半径补偿指令(模态指令),顺着刀具运动方向看,刀具在零件轮廓的右侧,见图 11.17 铣刀圆心所在的 *B* 点所示。书写格式：G42 G01 X ____ Y ____ F ____;

(5) G40—撤销刀具半径补偿指令。G40 必须与 G41 或 G42 成对使用。书写格式：G40 G01 X ____ Y ____ F ____;撤销刀补的程序段中必须用直线插补指令 G01 和编入数值以撤销刀补轨迹。

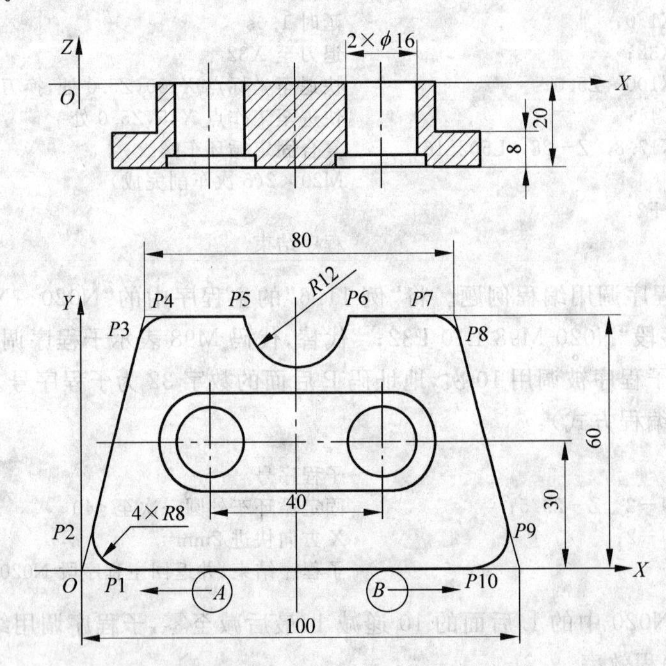

图 11.17 底盘零件图

2. 编程举例

例 11.8 铣削如图 11.17 所示的底盘零件。已知工件材料为 Q195,外轮廓面留有 2mm 的精加工余量,小批量生产,请编写精加工程序。

(1) 选择工件坐标系如上图,*O* 点为坐标原点。

(2) 选零件底面和2× ϕ16 孔为定位基准。作为小批量生产,可设计一简单夹具。根据六点定位原理,入两孔的定位销应设计成短销,其中一销为菱形销,凸台上表面用螺帽压板夹紧,用手工装卸。

(3) 选用 ϕ10mm 的立铣刀,刀号为 T01。

(4) 计算零件轮廓各基点(即相邻两几何要素的交点或切点)的坐标。由计算得:

*P*1 点(*X*9.44,*Y*0); *P*2 点(*X*1.55,*Y*9.31); *P*3 点(*X*8.89,*Y*53.34); *P*4 点(*X*16.78,*Y*60); *P*7 点(*X*83.22 *Y*60); *P*8 点(*X*91.11,*Y*53.34); *P*9 点(*X*98.45,*Y*9.39); *P*10 点(*X*90.56,*Y*0)

用 G90,G41 编程为:

```
N005  G92  X0  Y0  Z20;
N010  G90  G00  Z5  T01  S800  M03;
N020  G41  G01  X9.44  Y0  F300;
N030  Z-21;
N040  G02  X1.55  Y9.31 · R8;
N050  G01  X8.89  Y53.34;
N060  G02  X16.78  Y60  R8;
N070  G01  X38;
N080  G03  X62  Y60  I12  J0;
N090  G01  X83.22;
N100  G02  X91.11  Y53.34  R8;
N110  G01  X98.45  Y9.31
N120  G02  X90.56  Y0  R8;
N130  G01  X-5;
N140  G00  Z20;
N150  G40  G01  X0  Y0  F300;
N160  M05;
N170  M02;
```

例 11.9 在例 11.8 中,如果铣刀沿相反的方向运动,如图 11.17 所示在 *B* 点的铣刀的铣削方向与 *A* 点相反,则可用 G90,G42 编程:

```
N005  G92  X0  Y0  Z20;
N010  G90  G00  Z5  T01  S800  M03;
N020  G42  G01  X1.55  Y9.31  F300;
                 铣刀从 P2 点切入
N030  Z-21;
N040  G03  X9.44  Y0  R8;
N050  G01  X90.56;
N060  G03  X98.45  Y9.31  R8;
N070  G01  K91.11  Y53.34;
N080  G03  X83.22  Y60  R8;
N090  G01  X62;
N100  G02  X38  Y60  I-12  J0;
N110  C01  X16.78;
N120  G03  X8.89  Y53.34  R8;
N130  G01  X-2.5  Y-15;
N140  G00  Z20;
N150  G40  G01  X-2.5. Y-15;
N160  M05;
N170  M02;
```

要强调的是,在编制程序时利用具有刀补功能的数控机床用 G41 或 G42 编程的优点是显而易见的。将刀补值预先存入系统的存储器后,系统执行程序的同时自动计算出刀具中心的运动轨迹数据。适当改变刀补值,对零件的粗、精加工还可以使用同一个程序,非常方便。

上两例中所用顺、逆圆弧插补指令 G02、G03 的程序段的尺寸代码 R 表示半径,R8 表示半径为 8mm,大于 180°的圆弧半径应用负值表示。尺寸代码 I、J 表示 *XOY* 平面内圆弧圆心的坐标;圆心为空间点,则用 I、J、K 表示,一般用圆弧起点指向圆心矢量在 *X*、*Y*、*Z* 轴上的分矢量表示,与指定的 G90 无关。值的正负由分矢量的指向来判断,如例 11.9 的 N100 程序段中 I-12,其分矢量指向与 *X* 方向相反,取负值,在 *Y* 轴上的投影为 0,J 后面的数值为 0。

11.4 数控车床的训练操作

11.4.1 编程面板按键功能

一般数控车床的操作面板由数控系统操作面板和机床操作面板两部分组成。数控系统操作面板由显示器和 MDI 键盘两部分组成。显示器可以显示机床的各种参数和功能。如显示机床参考点坐标、刀具起始点坐标、输入数控系统的指令数据、报警信号和自诊断结果等。MDI 键盘上有数据输入键，可以输入字母、数字和其他符号。图 11.18 所示为 CJK6132 数控车床配置 KENT-10T 数控系统的编程面板。

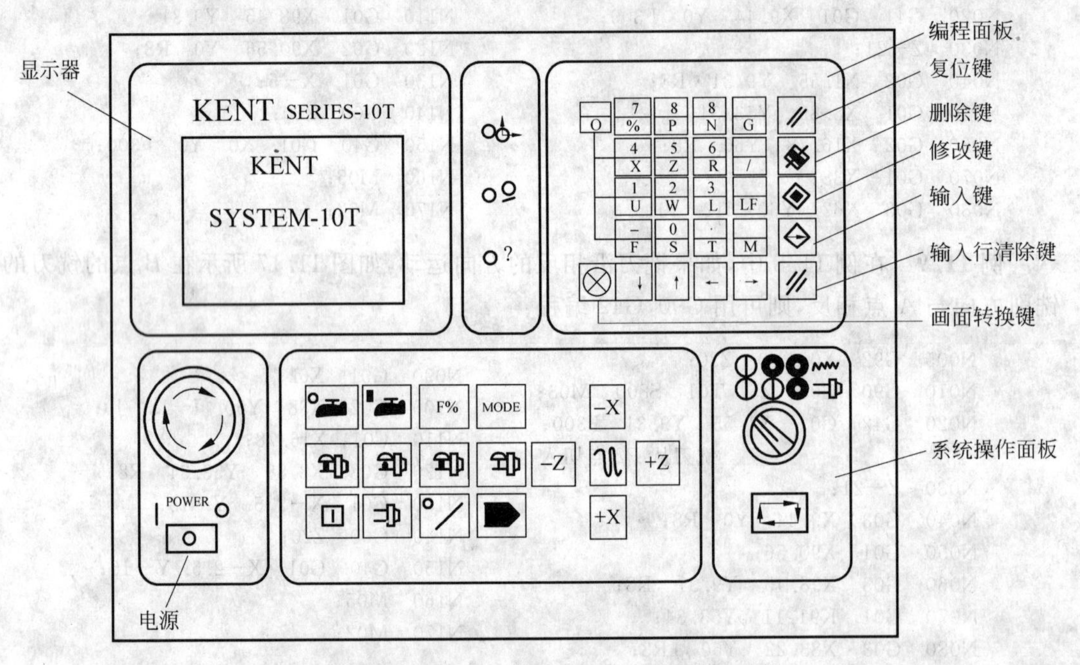

图 11.18 数控系统的编程面板

编程面板有几十个按键和一个下挡键指示灯。右边及下边的 10 个按键为编辑功能键。左上部 16 个按键是双功能的数字/字符键。在使用中，上、下扫键自动切换。

机床操作面板的主要功能是：程序启动、机床点动、冷却控制、机床工作方式控制、程序存储、主轴控制、报警显示、机床锁定等。

11.4.2 程序输入、检查和修改

1. 程序的输入

程序的输入方法有两种：一种是通过 MDI 键盘输入；另一种是通过纸带阅读机输入。

2. 程序的检查

对于已输入到存储器中的程序必须进行检查，并对检查中发现的程序指令错误、坐标值错误、几何图形错误进行修正。程序检查的方法是对工件图形进行模拟加工。在模拟加工中，逐段地执行程序，以便进行程序的检查。其操作过程如下：

(1) 进行手动返回机床参考点的操作。

(2) 在不装工件的情况下，使卡盘夹紧。

(3) 进入存储器工作方式。

(4) 锁定机床，使滑板不能移动，并打开单步运行开关。

(5) 按下程序检查开关，输入被检查程序的程序号，CRT显示存储的程序。

(6) 将光标移到程序段号下面，机床开始自动运行，同时指示灯亮。

(7) CRT显示正在运行的程序。

3. 程序的修改

对程序输入后或程序检查中发现的错误，必须进行修改。先进入程序编辑状态，输入需要修改的程序段的程序号，CRT显示该程序，移动光标到要编辑的位置，输入要更改的字符或删除多余的字符。

11.4.3 机床的运转

加工程序输入到数控系统后，经检查无误，且各刀具的位置补偿值和刀尖圆弧半径补偿值已输入到相应的存储器中，便可进行机床的空运行和实际切削。

1. 机床的空运行

数控机床的空运行是指在不装工件的情况下，自动运行加工程序。在机床空运行之前，刀具必须安装完毕，尾座体退回原位，并使套筒退回，卡盘夹紧。这时方可执行加工程序。

2. 机床的实际切削

当机床空运行完成，且由加工程序控制的机床加工过程正确，就可以进行机床的实际切削。经实际切削证明，工件加工程序正确，且加工出了符合零件图样要求的工件，便可连续执行程序，进行工件的正式加工。

【安全技术】

1. 按工艺要求选择工、夹具及刀具，工件和刀具必须安装牢固。

2. 开动机床前及在自动切削过程中，必须关好防护罩，防止意外。

3. 程序输入数控系统后，必须经过程序的试运行(如有模拟功能，先进行模拟加工)，试切削阶段。确保程序准确无误，工艺系统各环节无相互干涉(如碰刀)现象，方可正式负荷加工。

4. 手动操作时，刀架或工作台不能超越机床限位器规定的行程范围，若出现报警，应用手动将刀具移向安全的地方，然后按复位键解除报警。

5. 发现异常或事故，应立即停车断电。数控机床操作面板上设置有急停按钮，发生紧急情况时，按下此开关，系统自动停止一切动作。待分析原因，排除故障后，方可继续运行。

6. 在加工过程中，操作者不能离岗或远离机床。

思考题

1. 数控机床的主要特点是什么？
2. 数控机床是通过什么方法来代替人工操作机床完成零件加工的？
3. 数控机床主要由哪几部分组成？简述其工作过程。
4. 数控装置的作用是什么？它由哪些部分组成？
5. 什么是准备功能指令和辅助功能指令？它们的作用是什么？
6. 何谓模态指令？它和非模态指令有何区别？试举例说明。
7. M00、M02、M30 的区别是什么？
8. 试编写出用数控车床加工葫芦(图 11.19)的程序，毛坯为 ϕ20 棒料，材料 HPb59-1。

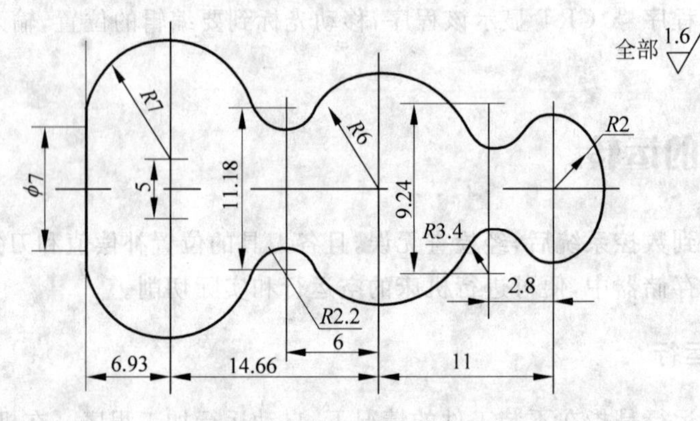

图 11.19　葫芦零件图

9. 按图 11.20 所示球锥柱零件，试编制精加工的加工程序。

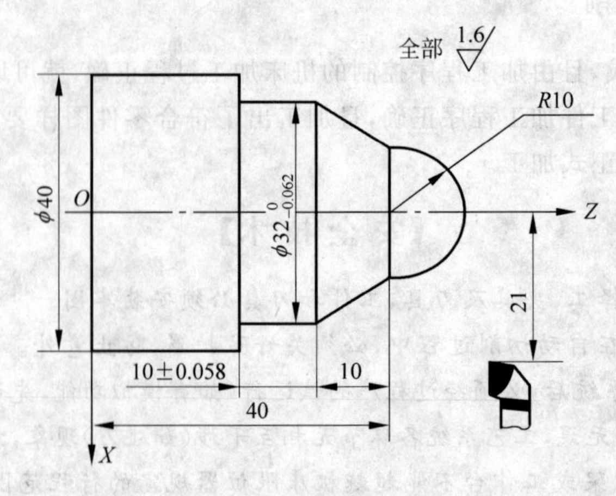

图 11.20　球锥柱零件图

现代加工工艺

12.1 概　　述

12.1.1 现代加工的产生与特点

1. 现代加工的产生

传统的切削加工已有很久的历史,它对人类的生产和物质文明起到了极大的推动作用。例如,18世纪70年代发明了蒸汽机,但由于难以制造出高精度的汽缸而无法推广应用,直到制造出汽缸镗床解决了汽缸的加工工艺,才使蒸汽机获得广泛的应用,引起了世界性的第一次产业革命。近年来随着科技的进步和生产的发展,出现了许多由坚硬而又难加工材料制成的、具有精密公差尺寸和低表面粗糙度的复杂零件的加工,导致了许多新的加工方法的产生。这些方法不同于以往的切削加工,称为现代加工方法或特种加工工艺。

2. 现代加工的特点

现代加工方法不仅用机械能而且更多的应用电能、化学能、声能、光能、磁能等进行加工。这些加工方法,在某种意义上说,不使用普通刀具来切削工件材料,而是直接利用能量进行加工。与传统的切削加工相比较,现代加工具有以下特点:

(1) 切除材料的能量不主要靠机械能,而是其他形式的能量。

(2) 以柔克刚,工具材料的硬度可低于工件材料的硬度。

(3) 加工过程中工具与工件间不存在显著的机械切削力,相应的切削物理现象不明显。

(4) 加工能量易于控制、转换,可复合成新的工艺技术,适应加工范围广。

12.1.2 现代加工方法的分类

现代加工方法已有50多年的发展史了,但在分类方法上并无明确规定,一般是按能量形式和切削机理进行划分。表12.1是现代加工方法的分类。

当然,在现代加工方法的发现过程中也形成了某些过渡性工艺,具有现代加工和传统机械加工的双重特点,如在切削过程中引入超声振动和低频振动切削;在切削过程中通以低电压大电流的导电切削;以及低温切削等。随着半导体大规模集成电路生产发展的需要,近年提出了超微量加工,所谓原子、分子单位的加工方法。

表 12.1 现代加工方法的分类

能量类型	金属切削机理	传递介质	能 源	方 法
机械能	腐蚀	高速粒子	风动/液压	磨料射流加工 超声波加工 水射流加工
	剪切	直接接触	切削工具	普通机械加工
电化学能	离子转移	电介质	大电流	电化学加工 电化学磨削
化学能	烧蚀定律	易反应的周围介质	腐蚀剂	化学加工
热电能	熔化	高温气体	游离材料	离子束加工 等离子电弧加工
		电子放射线	高压加强光	电火花加工 激光加工
	汽化	离子流	游离金属	等离子电弧加工

12.2 电火花加工

1870 年,英国科学家普里斯特利(Priestley)最早发现电火花对金属的腐蚀作用。直到 1934 年,前苏联科学家拉札连柯(Lazarenko)等把电火花的破坏作用利用起来,从而创造了一种可控的金属加工方法。该方法就是在加工过程中,使工具和工件之间不断产生脉冲性的火花放电,放电时局部瞬时产生的高温把金属蚀除下来,通常称为电火花加工。

12.2.1 基本原理

图 12.1 所示为电火花加工原理图。它由脉冲电源、自动进给调节装置、工作液循环系统、工具电极等组成。加工时,脉冲电源的一极接工具电极,另一极接工件电极。两极均浸

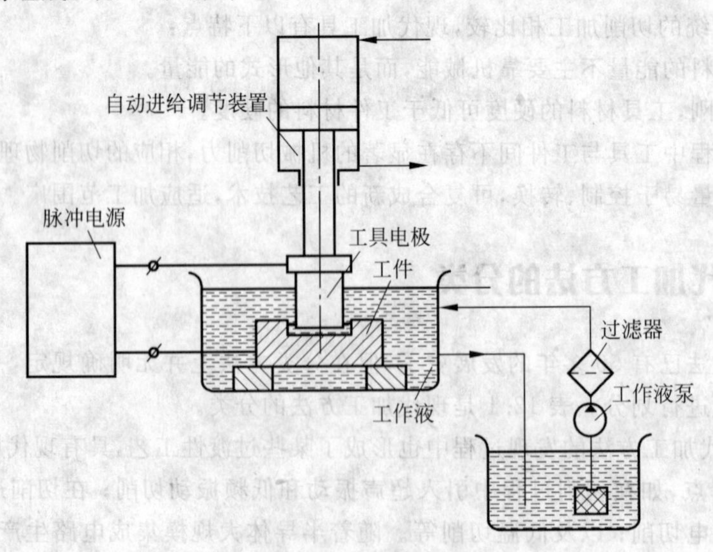

图 12.1 电火花加工原理图

入具有一定绝缘度的液体介质(常用煤油或矿物油)中。工具电极由自动进给调节装置控制,以保证工具与工件在正常加工时维持一很小的放电间隙(0.01～0.05mm)。将脉冲电压(100V 左右)加到两极之间,由于工具电极和工件之间的表面不是完全平滑的,而是存在着凹凸不平处,便将当时条件下极间最近点的液体介质击穿,形成放电通道。

由于通道的截面积很小,放电时间极短,致使能量高度集中(10^6～10^7 W/mm^2),放电区域产生的瞬间高温(5000℃)足以使材料熔化甚至汽化,以致形成一个小凹坑。第一次脉冲放电结束之后,间隔极短时间,第二个脉冲又在另一极间最近点击穿放电。如此周而复始高频率地循环下去,工具电极不断地向工件进给,它的形状最终就复制在工件上,形成所需要的加工表面。当然工具也有损耗。

12.2.2 电火花加工的特点与应用

1. 电火花加工的特点

(1) 可加工任何硬、脆、软、韧和高熔点的导电材料,如淬火钢、硬质合金、导电陶瓷、不锈钢、钛合金、工业纯铁、立方氮化硼和人造聚晶金刚石等,在一定条件下,还可加工半导体和非导体材料。

(2) 加工时,工具与工件不接触,"切削力"极小。故适合于低刚度工件和微细结构的加工。配以数控技术的运用,特别适合加工复杂截面的型孔和型腔,甚至可以使用简单的工具电极加工出复杂形状的零件。

(3) 虽然切削机理是用热效应来切除金属,但脉冲放电持续时间极短,对加工表面的影响极小,故可加工热敏感性很强的材料。

(4) 用电火花加工的表面,是由许多小的弧坑组成,有助于油薄形成,改善润滑。

(5) 若调整脉冲参数,可以在同一台机床上依次进行粗、精加工。

(6) 易于实现自动控制。

2. 电火花加工的应用

电火花加工在国防、民用和科学研究中的应用极为广泛,并且应用形式也正朝着多样化方向发展。归纳起来大体有:成形穿孔加工、磨削、线电极加工、展成加工、非金属电火花加工和表面强化等,示例如图 12.2。

1) 电火花成形加工

包括电火花型腔加工和穿孔加工两种。

(1) 电火花型腔加工包括三维型腔和型面加工,及电火花雕刻,具体应用于热锻模、压铸模、挤压模、塑料模和胶木模的型腔以及各类叶轮、叶片的曲面加工。

(2) 电火花穿孔加工主要用于型孔(圆孔、方孔、多边形孔、异形孔)、曲线孔(弯孔、螺旋孔)、小孔和微孔的加工。

直径小于 0.2mm 的孔称为细微孔,目前国外已加工出深径比为 5,直径为 ϕ0.015mm 的细微孔;我国能稳定地加工出深径比为 10,直径为 ϕ0.05mm 的细微孔。

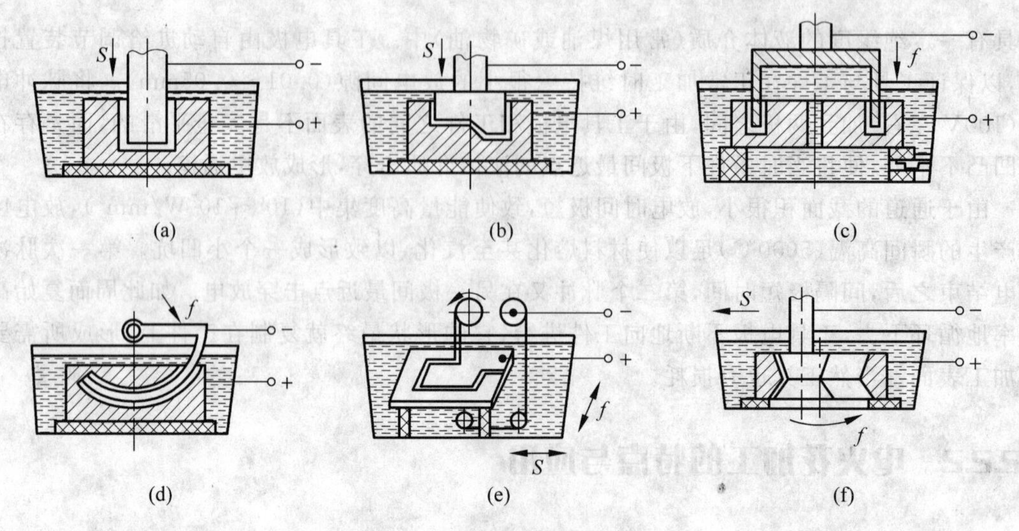

图 12.2 电火花加工示意图

(a) 加工通孔；(b) 加工模具型腔；(c) 加工环形内腔；(d) 加工弯孔；(e) 切割板料；(f) 磨拉丝模内表面

2）电火花线切割加工

电火花线切割加工利用移动的细金属丝作工具电极，按预定的轨迹脉冲放电切割。这时于 20 世纪 50 年代末最早在前苏联发展起来的一种工艺形式。按线电极移动速度的大小分为高速走丝线切割和低速走丝线切割。我国应用高速走丝线切割较多，近年正在发展低速走丝线切割。电火花线切割基本上实现了切割数控化。

电火花线切割广泛用于加工各种冲裁模样板以及形状复杂的型孔、型面和窄缝等。

3）电火花展成加工

使用插齿机、滚齿机加工齿轮齿形就是一种用强制啮合运动来形成齿轮的渐开线齿廓的展成加工。电火花展成加工正是利用了这一原理，利用工具电极相对工件进行成形运动而进行加工。由我国发明的电火花共轭回转加工就是展成加工中的突出例子。用共轭同步回转法加工出的内螺纹精度非常高，其螺纹中径误差可小于 4μm，而且还可以精密加工内外齿轮、回转圆弧面和锥面等。

12.3 电解加工

电解加工是电化学加工中的一种重要方法。我国于 20 世纪 50 年代末首先在军工领域进行电解加工炮管膛线的工艺研究，并很快取得成功而用于生产。不久便迅速推广到航空发动机叶片型面及锻模型面的加工，并形成了定形工艺，使电解加工的应用成为制造业中不可缺少的重要工艺手段。

12.3.1 基本原理

电解加工是利用金属在电解液中发生阳极溶解的原理，将零件加工成形的一种方法。电解加工的过程如图 12.3 所示。零件加工时，工件接直流电源的正极（阳极），按形状要求制成的工具接负极(阴极),两极间保持 0.1～1mm 的间隙,具有一定压力(0.5～2.5MPa)的电解液从两极间隙中高速(5～60m/s)流过。接通直流电源后,工具阴极的凸出部分与工件阳极的电极间隙最小,此处的电流密度最大,单位时间内消耗的电量最多。根据法拉第定律,金属阳极的溶解量与通过的电量成正比。因此工件上与工具阴极凸起部位的对应部位比其他地方溶解迅速,并随即被高速的电解液冲走。同时工具阴极以一定速度(0.5～3mm/min)向工件进给,达到预定的加工深度时,就获得所需要的加工形状。

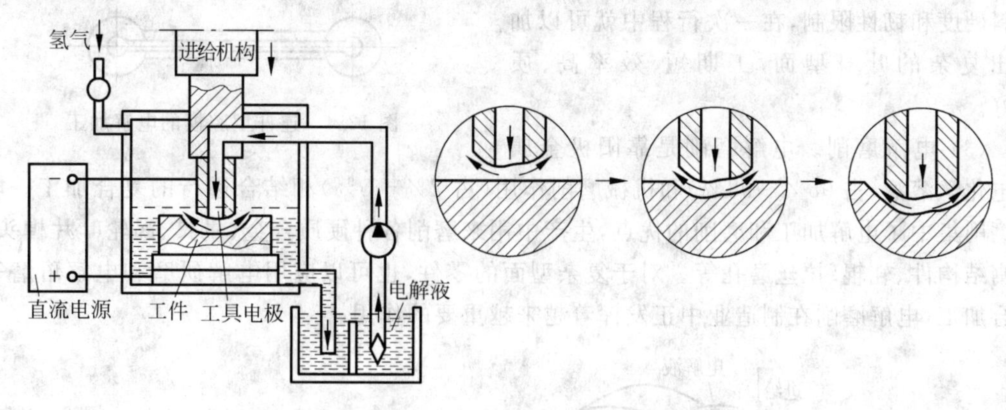

图 12.3 电解加工原理

12.3.2 电解加工的特点与应用

1. 电解加工的特点

(1) 加工范围广,不受材料硬度、强度的限制,可加工淬硬钢材、硬质合金、不锈钢、耐热合金等高硬、高强度及韧性的导电材料,并可加工叶片、锻模等各种复杂型面。

(2) 加工过程中不存在机械切削力和切削热的作用。工件不会产生残余应力、变形及加工变质层,也没有飞边毛刺。

(3) 加工后工件可以达到 0.1mm 的平均加工精度和 0.01mm 的最高加工精度;平均表面粗糙度值可达 $Ra0.8\mu$m,最小值可达 $Ra0.1\mu$m。

(4) 加工中,工具阴极只发生氢气和沉淀而无溶解作用,理论上无损耗,使用寿命长。

(5) 效率较高,可达电火花加工的 5～10 倍,有时甚至高于机械切削效率。

(6) 电解加工的附属设备多,造价高,占地面积大,加工稳定性不高。电解液有腐蚀性,电解产物有污染,也应引起重视。

2. 电解加工的应用

近年来电解加工工艺的应用研究有了很大发展,除了在加工炮管膛线外,在花键孔、深孔、内齿轮、链轮、叶片、异形零件及模具等方面获得广泛的应用。

(1) 型腔加工。由于电火花加工的生产率较高,因此对精度要求不太高的矿山机械、农机、拖拉机零件用锻模,正逐渐采用电解加工。图 12.4 为电解加工连杆、拨叉类锻模的示意图,阴极端面上开有两孔,孔间有一长槽贯通,电解液从孔及长槽中喷出。

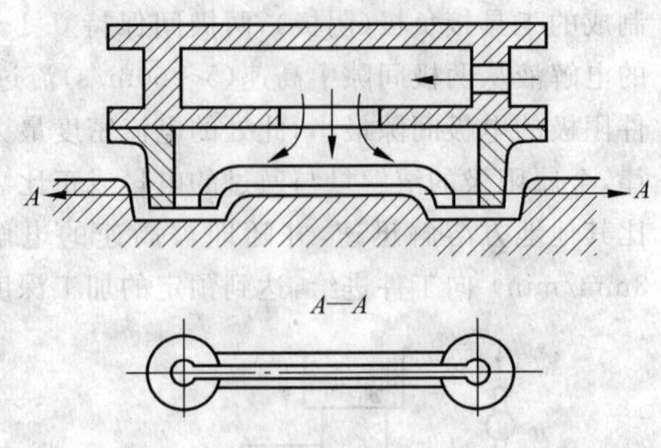

图 12.4 连杆型腔模的电解加工

(2) 电解整体叶轮，叶片是喷气发动机、汽轮机中的重要零件，叶身型面形状比较复杂，精度要求高，加工批量大，使用机械加工困难，效率低，加工周期长。而采用电解加工，只要把叶轮坯加工好后，直接在轮坯上加工叶片(无需拼镶、焊接)。如图 12.5 所示，不受叶片材料硬度和韧性限制，在一次行程中就可以加工出复杂的叶身型面，工期短、效率高、质量好。

(3) 电解磨削。电解磨削是靠阳极金属的电化学溶液(占 95%～98%)和机械磨削作用(占 2%～5%)相结合进行的复合加工。电解磨削集中了电解加工和磨削的优点，生产中用来磨削各种硬质合金、量具、涡轮叶片榫头、蜂窝结构件、轧辊、拉丝磨孔等。对于复杂型面的零件，也可以应用电解研磨和电解珩磨等复合加工，电解磨削在制造业中正发挥着越来越重要的作用。

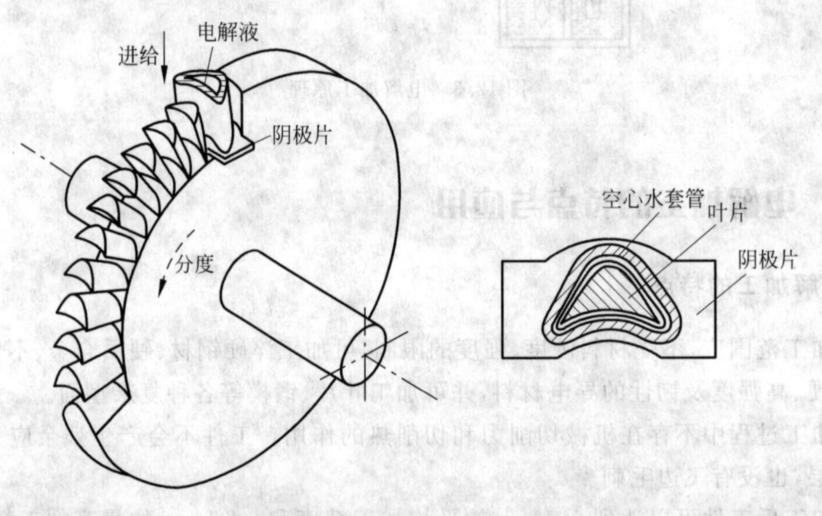

图 12.5 电解加工的整体叶轮

(4) 电解去毛刺。传统的零件毛刺去除是运用钳工操作，工作量大，遇有毛刺过硬或狭小空间，则很费工时。而采用电解加工，可以提高工效，节约费用。

利用电解加工，不仅可以完成上述重要的工艺过程，而且还可以应用于深孔的扩孔加工、型孔加工以及抛光等工艺过程中。

12.4 超声波加工

超声波加工又称超声加工，是利用超声振动为工具进行加工的。它不仅能加工硬质合金、淬火的钢材等导电材料，而且更适合于加工玻璃、陶瓷、半导体锗、硅片等非金属脆硬材料，同时可以应用于清洗、焊接、探伤、测量、冶金等其他方面。

12.4.1 基本原理

超声波加工原理如图 12.6 所示。在工件和工具间加入液体(水或煤油)和磨料混合的悬浮液,并使工具以很小的力轻轻压在工件上。超声波发生的超声频振荡,通过换能器转换成 16000Hz 以上的超声频纵向振动,借助于变幅杆把振幅放大到 0.05～0.1mm 左右。变幅杆驱动工具作超声振动,以工具端面迫使工作液中悬浮的磨粒以很大的速度不断撞击和研磨工件表面,把加工区域内的材料破碎成很细的微粒并打击下来。

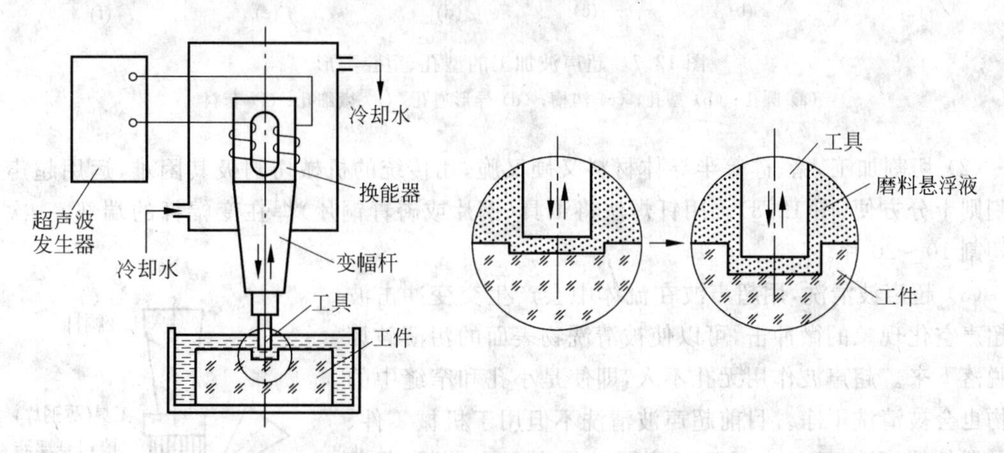

图 12.6 超声波加工原理

由于超声加工是基于局部的撞击作用,由此不难理解,越是硬脆的材料,受到的破坏越大,也就越好加工。反之,脆性和硬度不大的塑性材料,由于有缓冲作用而难加工。

12.4.2 超声波加工的特点与应用

1. 超声波加工的特点

(1) 由于工具可用相对较软的材料(如 45 钢)做成较复杂的形状,故工具和工件间无须复杂的相对运动,因此超声波机床的结构简单,操作、维修也方便。

(2) 由于加工过程中,工具对工件材料的宏观作用力小,热影响小,不致引起变形及烧伤,表面粗糙度也较低,其值可达 $Ra1 \sim 0.1\mu m$,加工精度可达 0.02～0.01mm,适合加工薄壁、窄缝、低刚度工件。

(3) 因为材料的去除是靠磨粒直接作用,故磨粒硬度一般应比被加工材料高,虽加工精度高,但工具磨损大,生产效率低。

超声波加工主要用于加工各种不导电的硬脆材料。对导电的硬质材料虽能加工,但效率低些。

2. 超声波加工的应用

超声波加工虽生产率低,但其加工精度、表面粗糙度都较理想,而且能加工半导体、非导体的硬脆材料，如石英、宝石、钨及钨合金、玛瑙等。

(1) 型孔与型腔加工，主要指对脆硬材料进行圆孔、型孔、型腔、套料、微细孔的加工，示例见图 12.7。

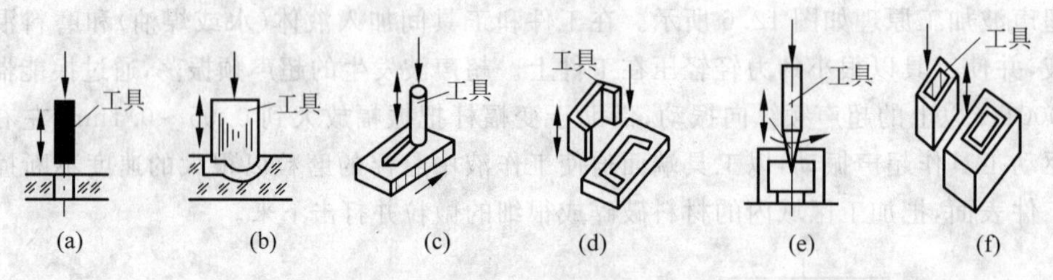

图 12.7 超声波加工的型孔、型腔类形

(a) 圆孔；(b) 型孔；(c) 沟槽；(d) 异形通孔；(e) 微细孔；(f) 套料

(2) 切割加工，锗、硅等半导体材料又硬又脆，用传统的机械切割极其困难，运用超声波切割则十分方便(图 12.8)。用钎焊法将工具(钢片或磷青铜片)焊在变幅杆的端部，一次可以切割 10～20 片。

(3) 超声波清洗，用超声波在流体中会产生交变冲击波和超声空化现象的微冲击，可以使被清洗物表面的污渍破坏并脱落下来。超声波作用无孔不入，即使是小孔和窄缝中的污物也会被清洗干净。目前超声波清洗不但用于机械零件、电子器件的清洗，而且也用于医疗器皿如生理盐水瓶、葡萄糖水瓶的清洗。已有利用超声波技术的超声波洗衣机。据报道，超声波牙刷，仅十几秒便可将牙刷干净。

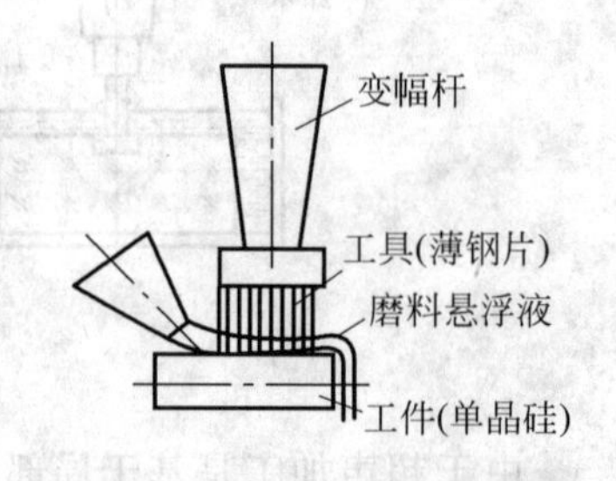

图 12.8 超声波切割单晶硅片

超声波的应用十分广泛，利用其定向发射、反射等特性，可以用于测距和无损检测，还可以利用超声振动制作医疗用的超声波手术刀。

12.5 激光加工

激光是 20 世纪 60 年代初出现的一种光源。激光(light amplification by stimulated emission of radiation，LASER)，意思是利用辐射受激得到的加强光。

相对于普通光，激光有强度高、单色性好、相干性好和方向性好的特性。根据这些特性将激光高度集中起来，聚焦成一个极小的光斑(直径<1/100mm^2)，从而获得极高的功率密度(100000kW/cm^2)，这就能提供足够的热量来熔化或汽化任何一种已知的高强度工程材料，故可以进行非接触加工及适合各种材料的微细加工。

12.5.1 基本原理

图 12.9 是固体激光器中激光的产生和工作原理图。当激光的工作物质钇铝石榴石受到光泵的激发后，吸收具有特定波长的光，在一定条件下可导致工作物质中的亚稳态粒子数

大于低能级粒子数，这种现象称为粒子数反转。此时一旦有少量激发粒子产生受激辐射跃迁，造成光放大，再通过谐振腔内的全反射镜和部分反射镜的反馈作用产生振荡，由谐振腔的一端就会输出激光。再通过透镜聚焦形成高能光束，照射在工件表面上，即可进行加工。

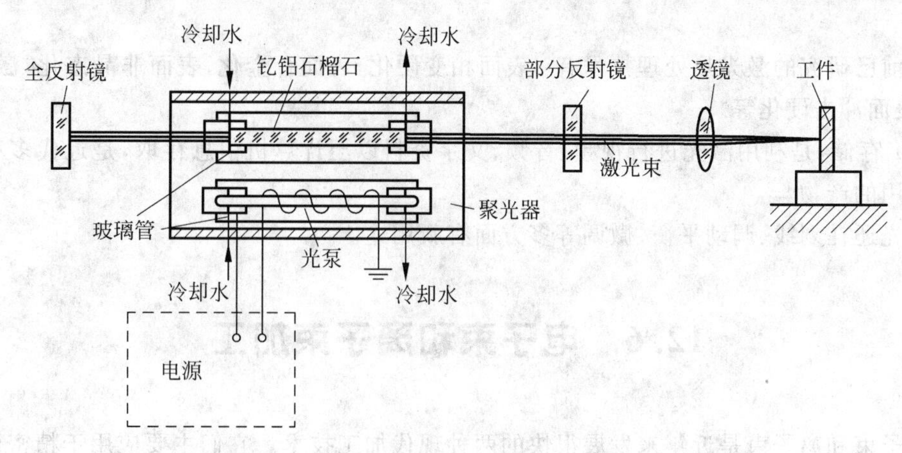

图 12.9　固体激光器中激光的产生与加工原理

12.5.2　激光加工的特点与应用

1. 激光加工的特点

(1) 激光加工属高能束流加工，其功率密度高，可以加工以往认为难加工的任何材料。

(2) 由于能将工件离开加工机床，以适当的距离进行非接触式加工，所以不会污染材料。加工速度快、热影响区小，变形也小，易于实现自动控制。

(3) 能通过透明体进行加工，如对真空管内部进行焊接等。

(4) 因为输出功率可调，所以可用于精密微细加工，加工速度极高，打一个孔只需 0.001s，加工精度可达 0.001mm，表面粗糙度值可达 $Ra0.4 \sim 0.1\mu m$。

(5) 作为非接触性加工，不需要工具，所以不存在工具损耗和更换等问题。

(6) 与电子束加工机相比，不需要真空，也不需要 X 射线进行防护。因此装置简单，工作性能良好。

2. 激光加工的应用

目前已把激光的上述特点用于下列领域：

(1) 打孔，应用于金刚石模具、钟表轴承、陶瓷、橡胶、塑料等非金属，以及硬质合金、不锈钢等金属材料，如硬质合金的喷丝头，一般要在 ϕ100mm 的部位打出 12000 多个直径为 60μm 的小孔。

(2) 激光切割，应用于金属、木材、纸、布料、皮革、陶瓷、塑料等。用激光切割半导体划片，可将 1cm^2 的硅片切割为几十个集成电路块或几百个晶体管管芯。

(3) 焊接，焊接过程迅速，效率高，热影响区极小，无焊渣，尤其能焊接不同材料，如以陶瓷为基体的集成电路。

(4) 热处理，将激光束扫射零件表面，其红外光能量被零件表面吸收而迅速形成极高的温度，使金属产生相变甚至熔融。随着激光束离开零件表面，零件表面的热量迅速向内部传递而形成极高的冷却速度，形成自淬火，不需冷却介质，不仅节省能源，并且工作环境也清洁。

目前已研究的激光热处理技术有：表面相变硬化，表面合金化，表面非晶态化，激光“上亮”和表面冲击硬化等。

(5) 存储，是利用激光进行视频、音频、文字资料以至计算机信息存取，是近代多种技术综合应用的产物。

激光还在划线、调动平衡、微调等多方面有新用途。

12.6 电子束和离子束加工

电子束和离子束是近年来发展很快的两种现代加工技术。它们主要应用于精密微细加工方面。

12.6.1 电子束加工

1. 基本原理

电子束加工的基本原理如图 12.10 所示。

真空条件下，由电子枪旁热阴极发射的电子，在高电压(80～200kV)作用下被加速到很高的速度(1/3～1/2 光速)，然后通过电子透镜聚焦形成高能量密度(10^6～10^9W/mm^2)的电子束。当电子束冲击到工件时，在极短的时间内使受冲击部位的温度升高到几千摄氏度以上，使材料瞬间熔化或汽化，从而达到去除材料的目的。由此可见，电子束是利用电子的高速运动的动能转换为热能对材料进行加工的。

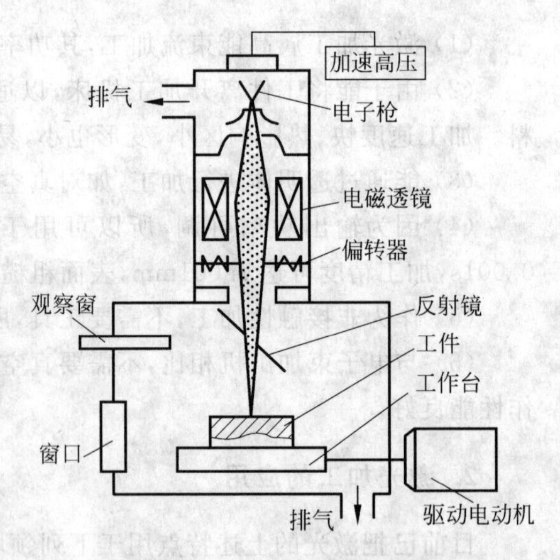

图 12.10 电子束加工原理

2. 电子束加工的特点

(1) 加工材料的范围广泛，且与材料的强度无关，对脆性、韧性、导体、非导体及半导体材料都可加工。

(2) 加工速度快，由于电子束能量密度高，配合自动控制加工过程，效率非常高。

(3) 电子束可实现极其微细的聚焦(可达 0.1μm)。能加工微孔、窄缝、半导体集成电路等，是一种精密微细的加工方法。

(4) 电子束加工主要靠瞬间热效应，非接触加工，不存在工具损耗问题，对工件无机械切削力作用，工件不易产生宏观应力和变形。

(5) 由于电子束加工是在真空中进行，因而污染少，加工表面在高温时也不易氧化，特别适用于加工易氧化的金属及合金材料，以及纯度要求极高的半导体材料。

(6) 可控制性能好，亦可采用计算机进行控制。

电子束加工设备价格高，又由于有一定局限性，因此除了特定需要，一般为激光加工所代替。

3. 电子束加工的应用

(1) 高速打孔。电子束打孔的孔径范围可达0.02mm。喷气发动机上的冷却孔和机翼吸附屏的孔，孔径微小，孔数多达百万个，适合采用电子束打孔。

(2) 加工型孔。为了使人造纤维的透气性好，更具松软和富有弹性，人造纤维的喷丝头型孔往往设计成各种异形截面，适合电子束加工。

(3) 加工弯孔和曲面。借助于偏转器磁场的变化，可以使电子束在工件内部偏转方向，以加工出弯孔和曲面。

此外，利用电子束加工还可进行焊接、切割、刻蚀和表面热处理。

12.6.2 离子束加工

1. 基本原理

离子束加工的原理和电子束加工基本类似，在真空条件下，将离子源产生的离子束经过加速聚焦，使之打到工件表面。不同的是离子带正电荷，其质量比电子大数千、数万倍，如氩离子的质量是电子的7.2万倍，一旦离子加速到较高速度时，离子束比电子束具有更大的撞击动能，它是靠微观的机械撞击能量而不是靠动能转化为热能来加工的。

2. 离子束加工的特点

(1) 可控性好，离子束加工是所有现代加工方法中最精密、最微细的加工方法，是当代纳米加工技术的基础。

(2) 离子束加工在高真空中进行，污染少，尤其适宜对易氧化的金属、合金材料和高纯度半导体材料的加工。

(3) 离子束加工的宏观压力小，加工中产生应力、变形也小，不但加工工件表面质量高，而且对材料适应性强。

(4) 设备成本高，加工效率低，应用范围受限。

3. 离子束加工的应用

离子束加工的应用范围正在不断扩大、创新。通过对离子束流密度和能量的控制，可以实现精密、微细及光整加工，尤其是亚微米至纳米级精度的加工，可将材料的原子一层层地铣削下来，使工件加工的精度、表面粗糙度的控制近乎极限。另外，由于离子可以在一定条件下注入工件表面内一定深度，使其物理化学性质发生变化。人们可以根据不同的目的选用不同的注入离子,如磷、硼、碳、氮等。可以较好地实现材料的表面改性处理,使用离子束还可以向工件表面进行离子溅射沉积和离子镀膜加工。离子束加工与电子束加工、激光加工等类似,一台设备,既可用于加工,又可用于蚀刻、熔化、热处理、焊接等。

12.7 电铸加工

12.7.1 基本原理

电铸加工的基本原理如图 12.11 所示,电铸材料为阳极,可导电的原模作阴极,用电铸材料的金属盐溶液作电铸镀液,在直流电源的作用下,阳极上的金属原子以金属离子进入镀液,在阴极上获得电子成为金属原子而沉积镀覆在阴极原模表面,阳极金属源源不断成为金属离子补充溶解进入电铸镀液,保持浓度基本不变,阴极原模上电铸层逐渐加厚,当达到预定厚度时即可取出,设法与原模分离,即可获得与原模样面凹凸相反的电铸件。

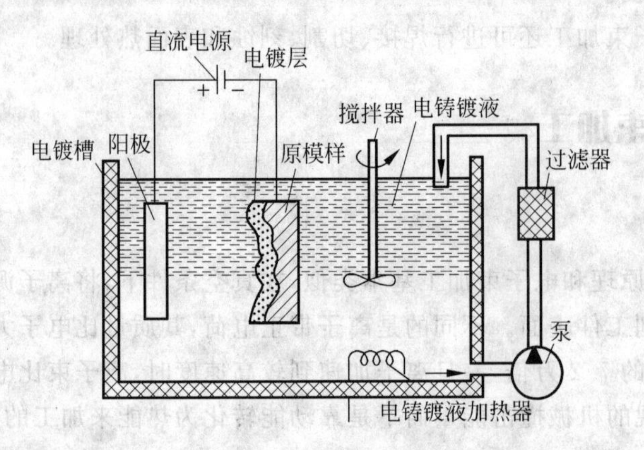

图 12.11 电铸原理图

12.7.2 电铸加工的特点与应用

1. 电铸加工的特点

(1) 能准确、精密地复制复杂型面和细微纹路。

(2) 不仅可以获得高纯度的金属制品,还可获取多层结构的构件,并能把多种金属、非金属拼铸成一个整体。

(3) 能获得尺寸精度高、表面粗糙度值低于 $Ra0.1\mu m$ 的复制品,同一原模生产的电铸件一致性极好。

(4) 借助石膏、石蜡、环氧树脂等作为原模材料,可把复杂零件的内表面复制为外表面,外表面复制为内表面,然后再电铸复制,适应性广泛。

(5) 电铸加工生产周期长,凸尖,凹洼处铸层不够均匀,原模样上有伤疵也会“如实”复制。

2. 电铸加工的应用

(1) 复制精细的表面轮廓花纹,如唱片模、工艺品模、纸币、证券、邮票的印刷板。

(2) 复制注塑用的模具、电火花型腔加工用的电极工具等。

(3) 制造复杂、高精度的空心零件和薄壁零件,如波导管等。

(4) 制造表面粗糙度标准样块,反光镜、表盘、异型孔喷嘴等特殊零件。

12.8 先进制造技术简介

随着机械制造工艺及其理论的不断发展,现存的任何一项单一技术优势都不能保证企业赢得竞争。只有通过人、组织和技术三者的良好结合,并通过计算机网络将它们集成在一起,才能充分发挥出企业的最佳整体效益。先进制造技术(advanced manufacturing technology,AMT)就是在传统制造技术的基础上,吸收机械、电子、信息、能源、材料和环保等领域的新技术,综合现代管理方法,应用于产品的设计、制造、检验、销售及服务等环节,从新产品订货开始,以最短的时间、最好的质量、合理的价格和良好的售后服务出现在市场上。

12.8.1 先进制造技术体系内容

1. 制造系统的新形模式

(1) 计算机集成制造系统(CIMS),是在信息、自动化、计算机及制造技术的基础上,综合制造企业生产活动——市场信息、设计制造和经营管理,及与整个生产过程有关的物料流、信息流等生产要素,实现高度统一、有机集成、优化完整的生产系统,快速、优质、高产、低耗满足目标要求,提高企业对市场的竞争能力和应变力。

(2) 智能制造系统(IMS),是指在制造工业的各个环节,以高度柔性和高度集成的方式,通过计算机模拟人类专家大脑的智能活动,进行分析、推理、构思、判断和决策。并由此为基础,借助计算机及其网络技术,综合运用制造、信息、自动化、并行工程和系统工程技术等各相关子系统分别智能化,成为网络集成的高度自动化系统。

(3) 成组技术(GT),其基本原理是将企业全部产品中结构尺寸和加工工艺相似的零件分类编组,对各零件制定统一的工艺方案,配备相应的工艺装备,采用合理的机床布置,组织成组加工,从而达到扩大批量、提高效率、降低成本、增加效益的目的。

(4) 精良生产(LP),最早由美国麻省理工学院提出概念,德国亚琛大学的 W. Eversheim 教授描述:"精良生产是为由准时制生产、成组技术和全面质量管理为三个支柱,并行工程为基础的一座建筑物。"

(5) 敏捷制造(AM),是一种直接面向用户的不断变更的个性化需求,完全按订单生产的可重新编程、重新组合、连续更换的,新的、信息密集的制造系统。这种系统对用户需求的变更有敏捷的响应能力,并且在产品的整个生命周期内使用户满意。生产系统的敏捷性是通过技术、管理和人这三种资源集成为一个协调的、相互关联的系统来实现的。

2. 工程设计领域的先进技术

(1) 计算机辅助设计(CAD),是指在计算机硬件与软件的支撑下,通过对产品的描述、造形、系统分析、优化、仿真和图形处理的研究,使设计人员完成产品的全部设计过程,最后输出满意的设计结果和产品图形。

(2) 计算机辅助工艺设计(CAPP),是应用计算机快速处理信息功能和具有各种决策功能的软件来自动生成进行零件的工装设计、制造和决定零件加工方法与加工路线的工艺文件的设计过程。

(3) 计算机辅助制造(CAM),是应用计算机进行制造信息处理的全部工作,具体有:编制制造工艺规程和数控加工指令;控制机床、机器人设备;安排生产计划和进度;进行车间工段控制和质量控制等。

工程设计领域的先进技术还包括计算机辅助检测(CAT)、计算机辅助工程(CAE)、反求工程(RE)等。

3. 面向物流的先进制造技术

面向物流的先进制造技术包括数控加工技术(CNC)、柔性制造技术(FM)、快速原形加工(RPM)、工业机器人技术等。

12.8.2 先进制造技术的本质特征

先进制造技术超越了传统意义上的制造技术的界限,强调智能为特点,以人为本。其本质是信息技术,是先进制造技术及现代经营管理诸方面的有机集成。作为工业创新的旗帜,先进制造技术的水平反映了一个国家制造业的水平。

【安全技术】

电火花成形加工训练除了必须遵守一般操作安全技术规范外,还应注意以下几点:

(1) 加工时不能擅自离开机床,要随时观察运行情况。

(2) 切勿将非导电物体,包括锈蚀的工件或电极,装在机床上进行加工,否则会损坏电源。

(3) 电火花成形加工时,应开启液温、液面、火花监视器,注意防火措施。

(4) 加工时不要用手或其他物体去触摸工件或电极。

(5) 机床使用后,必须清理擦拭干净,以免零部件的锈蚀。

思 考 题

1. 现代加工工艺,又叫特种加工工艺,请问“现代”在何处?“特”在何处?

2. 通过学习本章内容,如遇有一工件用传统工艺能加工,也可使用现代加工工艺去完成,请问你如何抉择?

3. 读完本章内容，你有什么体会？能否将你平时关于加工方面的一些“奇异”之想和同学们交流一下？

4. 你想过没有：可否将传统加工工艺与现代加工工艺结合起来？如果有，能向你的教师、同学叙述一下吗？也许它是一项伟大发明的萌芽！

5. 试用表格形式，将各种现代加工工艺方法的特点，适用范围作一归纳。

6. 列举几例日常生活用品中必须用现代加工工艺制造的物品，试述具体工艺种类选定依据。

7. 学习了现代加工工艺，对材料切削性有何认识？

8. 现代加工工艺技术的广泛应用，对零件设计、制造有无影响？请举例说明之。

9. 必须在真空的环境中加工的现代加工工艺有哪些？为什么？有何意义？

10. 超声波加工为什么特别适合加工各种硬脆材料？

11. 你能说出什么叫先进制造技术，它有哪些特征，包括哪些内容吗？

塑料制品的成形与加工

13.1 概　述

任何一种材料的使用价值不仅与其固有的优良使用性有关，而且在很大程度上也依赖于这种材料可采用的成形技术。塑料的广泛应用及其对现代社会的深远影响，不仅与其具有多方面的优异使用性能有关，而且与其能方便而高效地成形加工成各种生产和生活用品有密切关系。塑料最大优点是成形容易，不但大多数在加工条件下塑性好、易成形，而且一次成形即可得到形状复杂的生活用品，或尺寸精度高、表面质量好的机器零件。

历经近百年来的移植、改造与创新，到目前塑料成形加工已拥有近百种可供采用的技术，将这众多技术分类研究，可便于人们从不同角度认识塑料成形加工技术。塑料成形的实际分类方法很多，按各种成形技术在塑料制品生产中所属成形阶段不同，可将其进行如下划分。

1. 一次成形技术

一次成形技术是指能将塑料原材料转变成有一定形状和尺寸的制品或半制品的工艺操作方法。如挤塑、注塑、压延、压制、浇铸、真空成形、吹形和涂覆等成形技术均属一次成形技术。

2. 二次成形技术

二次成形技术是指既能改变一次成形的塑料半制品(如型材和坯件等)的形状和尺寸，又不会使其整体性受到破坏的各种工艺操作方法，如：双轴拉伸成形、中空吹塑成形和热成形等。

3. 二次加工技术

二次加工技术是一类在保持一次成形或二次成形产物硬固状态不变的条件下，为改变形状、尺寸和表面状态所进行的各种工艺操作方法。具体方法有：机械加工、连接、表面加工。

对塑料成形加工还可按聚合物在成形加工过程中的变化划分，按成形加工的操作方式划分等多种方式，限于篇幅，故不赘述。

13.2 塑料的一次成形

塑料的各种一次成形技术有两个共同的特点，一是对塑料原材料造形，二是利用物料流动或其塑性实现成形。作为大多数一次成形技术，先要将其加热至熔融状态，再通过流动而获得制件，最后冷却凝固使制件定形。

13.2.1 挤塑

挤塑又称为挤出成形或挤压模塑，在塑料成形加工业中占有相当重要的地位，是最早的成形方法之一，其制品约占总量的三分之一以上。其基本过程是将颗粒状塑料原料加入料筒内，经加热，再借助柱塞或螺杆的挤压作用，使塑状的成形物料强制通过具有一定形状的空道，成为截面与机头口模形状相仿的连续体(挤出成形)，经适当(如冷却等)处理使连续体失去塑性而成为固定截面的塑料型材。

挤出成形可加工绝大多数热塑性塑料(能反复加热软化和冷却硬化的塑料)和少数热固性塑料(指受热后能固化为不熔的塑料)，其加工所得制品主要是决定两维尺寸的连续产品，如薄膜、管、板、片、棒、丝、带、网、电线电缆以及异型材等。配以其他设备，亦可生产中空容器、复合材料等。

图 13.1 是管材挤出成形工艺示意图，挤出成形设备常由挤出机、挤出机头(模具)、挤出辅助装置组成。

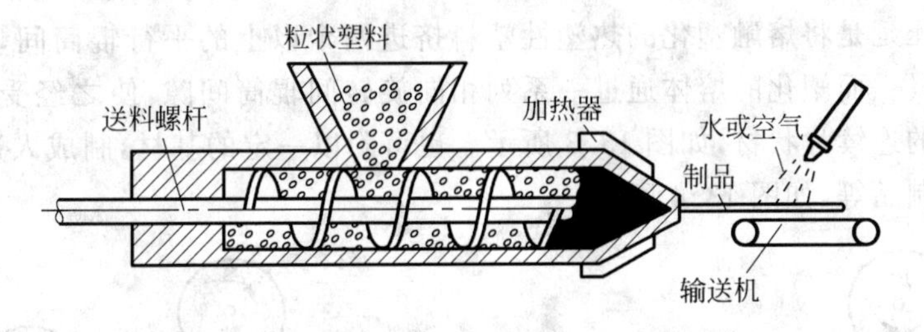

图 13.1 管材挤出成形

挤出成形生产率高，操作简单，产品质量均匀；设备可大可小，可简可精，制造容易，便于投产；可一机多用或进行综合性生产。挤出造型机还可用于混合、塑化、脱水、喂料等不同工艺目的。

为扩大可成形材料范围和增加挤塑制品的类型，传统的挤塑技术又有一些新发展，其中已为生产应用的有：共挤出、挤出复合、发泡挤出和交联挤出等。

13.2.2 注塑

注塑又称注射模塑或注射成形，其工艺过程为：借助柱塞或螺杆的推力，将已塑化好的塑料熔体射入闭合的模腔内，经冷却固化定形后开模可得制品。图 13.2 所示为注射成形机

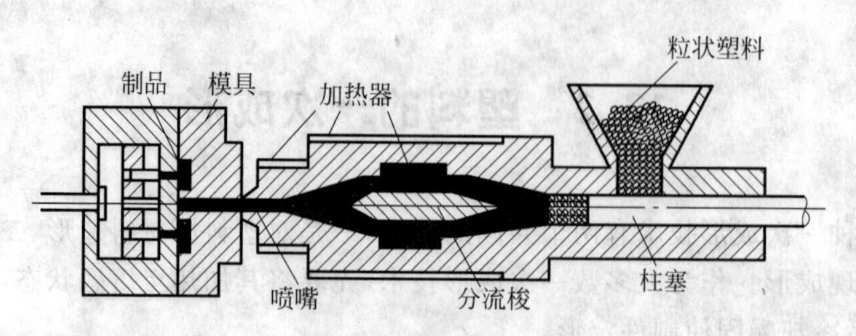

图 13.2 注射成形机示意图

示意图。

注塑成形适用于全部热塑性塑料和部分热固性塑料，其成形周期短，花色品种多，形状可由简到繁，尺寸可由小到大，制品尺寸准确，产品易更新换代，可带有各种金属嵌件。用注塑可成形产品的品种之多和花样之繁是其他任何塑料成形技术都无法比拟的。注塑成形可以实现生产自动化，高速化，具有很高的经济效益。

为了进一步扩大注塑技术制造各类产品的范围，还开发了许多新的注塑技术，以满足特殊结构的制品或有特殊使用要求的制品，如高尺寸精度制品的精密注塑，复合色彩制品的多色注塑，内外由不同物料构成的夹芯注塑，光学透明制品的注射压缩成形，及制造塑料发泡制品的发泡注塑等。

13.2.3 压延

压延成形是热塑性塑料主要成形方式之一，它与挤塑、注塑成形合称为热塑性塑料的三大成形方式。压延是将熔融塑化的热塑性塑料挤进两个以上的平行辊筒间，每对辊筒成为旋转的成形模具。而塑化的熔体通过一系列相向旋转间辊筒间隙，使之经受挤压与延展作用成为平面状的连续片状材，如图 13.3 所示。也可附以一定的基材，制成人造革、塑料墙壁纸和其他涂层制品等，如图 13.4 所示。

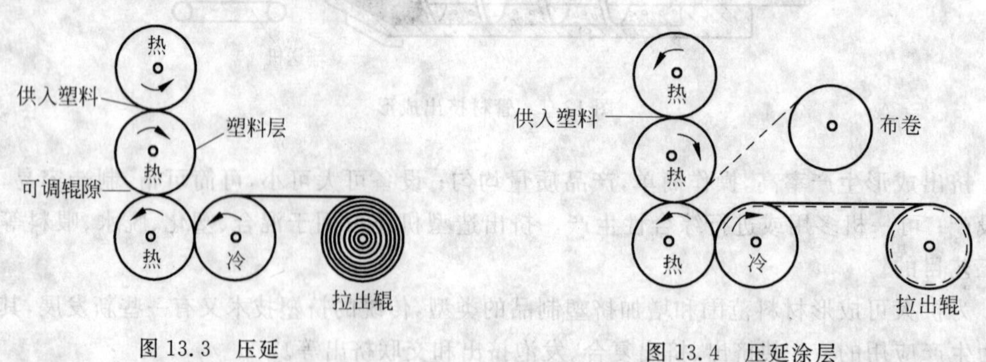

图 13.3 压延　　图 13.4 压延涂层

压延成形生产能力大，效率高，产品质量好，可制得带有各种花纹与图案的制品和多种类型的薄膜层合制品。压延成形过程容易实现连续化和自动化，但生产流程长，工艺控制复杂，所用设备数量多，一次投资高，不适宜小批量制品生产。

13.2.4 模压成形

模压成形又称压制成形，包括压缩模塑和层压成形，是指主要依靠外压的压缩作用实现成形物料的造形，原理如图 13.5 所示，是一种比较古老的成形方法。模压成形在技术上相当成熟，尤其在热固性塑料成形中仍然是应用广而又占有重要地位的成形方式。

1. 压缩模塑

压缩模塑是将松散的固态成形物料直接放入成形温度下的模具内腔中，然后合模加压，而使其成形并固化的方法。可用于热固性塑料和热塑性塑料，但主要用于热固性塑料，如图 13.6 所示。

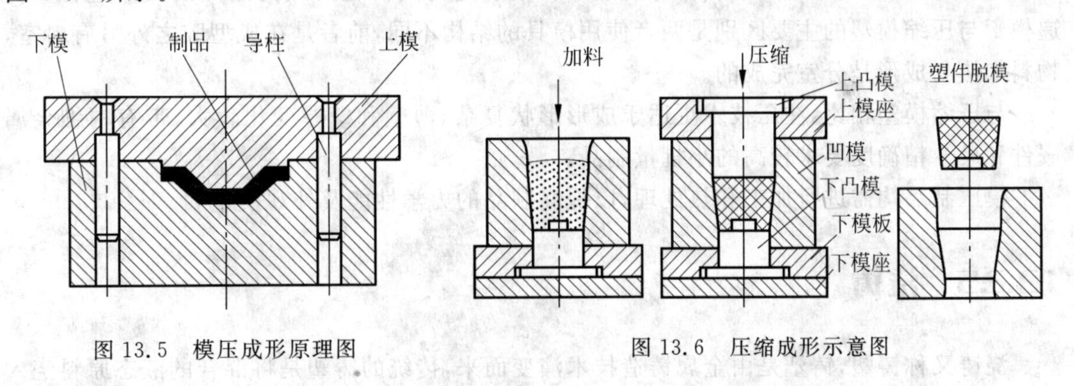

图 13.5 模压成形原理图

图 13.6 压缩成形示意图

2. 层压成形

层压成形简称层压，是指借助加压与加热作用将多层相同或不同的片状物通过树脂的黏结或熔合，制成材质的结构近于均匀的整体制品过程，原理如图 13.7 所示。

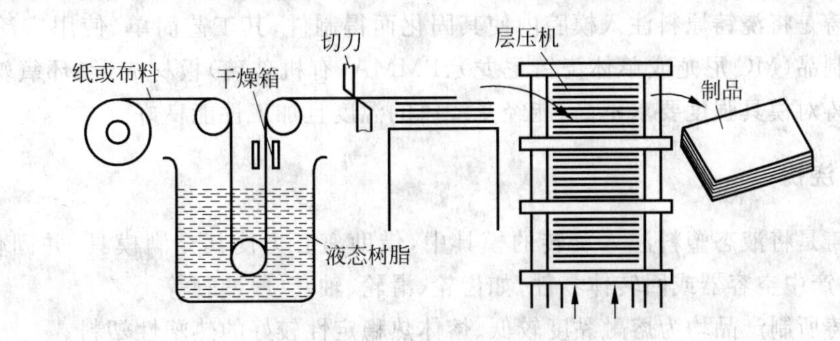

图 13.7 层压成形原理示意图

在塑料制品生产中，对于热塑性塑料，层压成形主要用于将压延片材制成压制板材；对于热固性塑料，层压成形是制造增强塑料制品的重要方法。将浸有热固性树脂胶液的纸或布用不同的方式层叠后，可制成板、管棒和其他简单形状的增强热固性塑料层压制品。其中增强热固性塑料层压板的产量最大，其成形工艺最具代表性。

3. 冷压烧结成形

冷压烧结成形有时被称为冷压模塑或烧结模塑，其过程是：首先将一定量松散的粉状物料加进压力机常温模具腔内，然后在高压下制成密实坯件，再送进高温炉中烧结并保温一定时间，从炉中取出经冷却而成为制品。

冷压烧结成形应用针对性较强，目前主要用于黏度高、流动性较差的聚四氟乙烯、超高相对分子质量聚乙烯和聚酰亚胺等难熔塑料制品的生产。

4. 传递模塑

传递模塑又称为传递成形或注压，是先将热固性塑料放进一加料室内加热到熔融状态，然后对其加压并将其注入已闭合的热模腔内，经一定时间固化而成为制品的成形过程。传递模塑与压缩模塑的主要区别是两者使用模具的结构不同，前者是在成型腔之外另有料室，物料加热与成形是分室完成的。

与压缩模塑相比，注压技术更适于成形形状复杂，薄壁和壁厚变化较大，带有精细金属嵌件和尺寸精确度要求较高的小批量制品。

模压制品均需进行加工和热处理，以提高制品的力学性能及外观质量。

13.2.5 浇铸

浇铸又称铸塑，铸塑是由金属铸造技术演变而来，传统的铸塑是将混合的液态原料浇入模具，使其按模腔形状、尺寸固化为塑料制件，这种方式称为静态浇铸，随着塑料成形技术的发展，传统浇铸概念在不断扩展，又衍生了一些新的浇铸方法。

1. 静态浇铸

静态浇铸是将浇铸原料注入模腔内使其固化而得制件，其工艺简单、使用广泛，如聚乙内酰胺浇铸制品（MC 尼龙或单体浇铸尼龙）、PMMA（有机玻璃）板材成形、环氧塑料（EP）等。静态浇铸对模具强度要求不高，能经受浇铸的温度且加工性能良好。

2. 离心浇铸

离心浇铸是将液态塑料注入旋转的模具中，借助离心力使其充满模具，并固化而得产品，主要为生产中空容器或回转体零件，如齿轮、滑轮、轴套、厚壁管等。

离心浇铸所制产品均为熔融黏度较低、熔体热稳定性较好的热塑性塑料。

3. 流延铸塑

流延铸塑是将热固性或热塑性塑料配成一定黏度的溶液，然后以一定的速度流布在连续回转的载体（如不锈钢带）上，再加热去除溶剂并塑化、固化后，从载体上剥离下来，获得厚度小、厚薄均匀、光学透明度高的薄膜。这种薄膜称为流延薄膜或铸塑薄膜。感光材料的片基和硅酸盐安全玻璃的夹层等均为此法制造。

4. 嵌铸

嵌铸又称封入成形或灌封，是借助于静态浇铸方法将非塑料件包封各种塑料中的成形技术。常使用透明塑料，如PMMA(有机玻璃)、UP(不饱和聚酯)和UF(脲甲醛树脂)等，包封各种电气元器件、生物标本、医用标本和商品样件、纪念品等，以利长期保存，或起绝缘作用。

13.2.6 涂覆

早期的塑料涂覆技术是以油漆的涂装技术演变而来。故传统意义上的涂覆，主要是指用刮刀将糊塑料(由粉体树脂加入增塑剂等添加物而成)均匀涂布在纸和布等平面连续卷材上，现在的涂覆用塑料从液态扩展到粉体，被涂覆基体从平面连续卷材扩展到立体形状的金属零件和专用成形模具，涂布方法也从刮涂发展到浸涂、辊涂和喷涂等。

1. 模涂

模涂是以成形模具为基体，在阴、阳模的内外表面涂布而得制品的方法。

(1) 搪铸(搪塑)。搪铸(塑)是将糊塑料(搪塑是使用固体干粉物料)倒入预先加热到一定温度的模具中，接近模壁处的塑料受热胶凝，然后将没有胶凝的塑料倒出，并将附在模具上的塑料烘熔、塑化，再冷却定形可得制品。常见有玩具、工艺品等空心物品。

(2) 蘸浸成形。蘸浸成形也是利用糊塑料生产空心制品的一种方法。与搪铸相似，但成形时将阳模具浸入装有糊塑料的容器中，使模具表面蘸上一层糊料，慢慢提出，再经热处理等后，可从模具上剥下中空型软制品，如泵用隔膜、工业用手套和玩具等。

(3) 旋转成形。将定量的糊塑料或干粉加入模具中，对模具加热，并进行纵横向的滚动旋转，借助重力作用使塑料均匀地布满模具型腔表面并熔融塑化，待冷却固化后脱模可得制品。模涂技术用于成形液态物料时，称为滚铸；用于成形固体物料时称为滚塑。

2. 平面连续卷材涂覆

平面连续卷材涂覆是以纸、布和金属箔与薄板等非塑料平面连续卷材为基体，用连续式涂布方法制取塑料涂层复合型材的一种涂覆技术。常见制品有涂覆人造革、塑料墙纸和塑料涂层钢板等。

按照涂布方式不同，对布基聚氯乙烯人造革的成形可分为直接和间接法；而按所用工具不同，又可分为刮刀法和涂辊法。

3. 金属件涂覆

金属件涂覆是指在金属件的表面上加涂塑料薄层的作业，不能将这种塑料涂覆技术称作塑料涂覆，因为这很容易与在塑料制品表面上涂覆各种涂料的涂装技术相混淆。在金属件表面上加涂一附着牢固的塑料薄层，可使其在一定程度上既保有金属的固有性能，又具有塑料的某些特性，如耐蚀、鲜艳的色彩、电绝缘和自润滑性等，金属件涂覆有广泛应用，如哑铃、杠铃、健身器等体育器械及自行车零件表面等。

将成形物料涂布在金属件表面所采用的方法，液态料常用的是刷涂、揩涂、淋涂、浸涂和喷涂,干粉常用的是火焰喷涂、静电喷涂等。

13.3 塑料的二次成形

塑料二次成形是相对于塑料的一次成形而言的。与一次成形技术相比,除成形的对象不同外,两者所依据的成形原理也不相同,其主要差异在于:一次成形以流动或塑变成形,这当中必有聚合物的状态和相态变化;而二次成形始终是在低于聚合物流动温度或熔融温度的固态下进行。

13.3.1 薄膜双向拉伸

双向拉伸是薄膜的二次成形技术,是指为使薄膜内的大分子重新取向,在聚合物玻璃化温度(无定形或半结晶聚合物从黏流态或高弹态(橡胶态)向玻璃态转变(或相反的转变)称玻璃化转变。发生玻璃化转变的较窄温度范围的近似中点称玻璃化温度)之上所进行的两向大幅度拉伸工艺,是获得大分子双轴取向结构薄膜制品的重要成形技术。

薄膜双向拉伸技术有平膜法和泡管法之分。泡管法的主要特点是两个方向的拉伸同时进行,其成形设备和工艺过程与筒膜挤出吹塑很相似,但由于制品质量较差,故一般不用于生产高强度双轴拉伸膜,而主要用于生产热收缩膜。平膜法虽然成形设备比较复杂,但用此法制得的双轴取向膜有很高的强度,故应用很广泛。

13.3.2 中空制品吹塑

中空制品吹塑通常简称为吹塑,是一种借助流体压力使闭合在模腔中尚处于半熔融状态的型坯膨胀成为中空塑料制品的二次成形技术。由于型坯的制造和吹胀两过程可以各自独立地进行,故中空制品吹塑技术应属二次成形范畴。

1. 注坯吹塑

先用注射机注塑模内制成有底型坯,然后再将型坯移入塑模吹胀成中空制品的技术叫注坯吹塑技术。

注坯吹塑的特点有:

(1) 所制得中空制件壁厚均匀,且形状与尺寸可精确控制;

(2) 型坯无耗损,制件无接缝;

(3) 塑料品种适应性好;

(4) 模具复杂,造价高;

(5) 吹胀物冷却时间长;

(6) 型坯内应力大,不适宜吹制大尺寸容器。

利用泡管法制取双轴取向薄膜的成形原理,在对塑坯进行注坯吹塑时不仅可使型坯横向吹胀,而且在吹胀前塑坯还受到轴向拉伸,所得制品具有大分子双轴取向结构。此法取得的聚丙烯中空容器透明度和冲击强度等力学性能有较大提高，同时使中空制品壁变薄，可节约型坯物料达 50%。

2. 挤坯吹塑

挤坯吹塑与注坯吹塑的不同，仅在于其型坯是用挤出机经管机头挤出制得，如图 13.8 所示。由于所用成形设备比较简单而且生产效率较高，这种吹塑技术所得制品在吹塑制品的总产量中，仍占绝对优势。

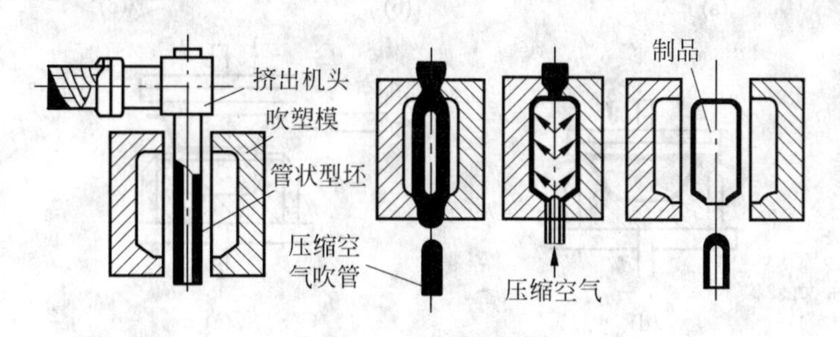

图 13.8　挤坯吹塑

为适应不同类型中空制品的成形，挤坯吹塑在实际应用中有单层直接挤坯吹塑、多层直接挤坯吹塑和挤出—蓄料—压坯—吹塑等不同的工艺方法。

13.3.3　热成形

热成形主要用来生产热塑性塑料板材和片材，其工艺过程一般是先将板、片裁切成一定形状和尺寸的坯件，再将坯件在一定温度下加热到弹塑性状态，然后施加压力使坯件弯曲与延伸，在达到预定的形样后，使之冷却定形成为敞口薄壳形制品。

为适应成形用片材品种与制品类型的不同，以及为满足提高制品质量与生产效率需要等方面的原因，热成形技术在应用中有许多变化，达数十种之多。但基本方式为简单热成形法和预拉伸成形方法两类，其余均为这几种方法变化延伸或适当组合而成。图 13.9 和图 13.10 所示为真空凸、凹模成形和气压成形示意图。

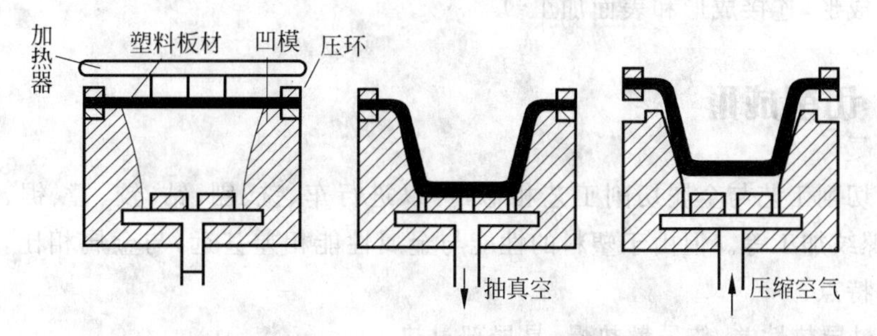

图 13.9　真空凹、凸模成形示意图

热成形制品的特点：①制品壁厚都较小；②制品的高度或深度与其长度或直径之比一般都不大。应用品类很多，如：一次性的饮料杯、各种商品的“仿形”包装、日用和医用器皿、收音机和电视机外壳、汽车和小艇的外壳部件、大型建筑构件和化工容器等。

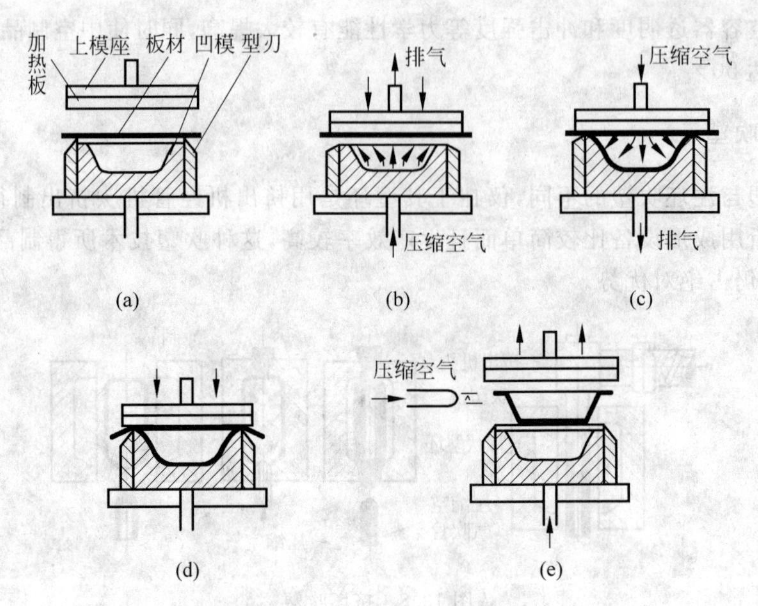

图 13.10 气压成形示意图

13.4 塑料的二次加工

塑料的二次加工，通常是指在保持型材和模塑制品的冷固状态下，改变其形状、尺寸和表面状态，使之成为最终产品的各项工艺。一般认为对塑料制品进行二次加工作用有二：其一是成形技术的补充，如单件、小批量生产塑料制品时，制造模具不如二次加工成形来得经济；其二是可以提高制件性能和增加使用功能，如表面经过涂覆可以使其抗老化性提高，而表面镀金后又使制品兼有金属的一些特性。当然，考虑经济性时，塑料的二次加工环节，还是少安排为宜。

目前塑料的二次加工工艺很多，按其工艺特点和制品在生产过程中所起的作用，基本上可分为切削成形，连接成形和表面加工。

13.4.1 切削成形

塑料的切削工艺与金属切削工艺相似，可以进行车、铣、刨、钻、铰、镗、锯、锉、抛光、滚光、冲切和螺纹加工等。但由于塑料的性能与金属性能相差甚远，与金属相比，加工塑料时需注意如下特点：

(1) 塑料导热性差，传导散热慢，易局部过热。

(2) 弹性模量低，若夹具、刀具用力过大，工件变形造成尺寸精度和形状与要求不符。

(3) 塑料有黏弹性，有延迟恢复弹性变形特点，使加工中尺寸等精度难以控制。

(4) 由于塑料的无机物增强或填充的非均质材料与树脂基体硬度差异大，切削时刀具受高频冲击易钝化，而塑料制品也易出现分层和碎裂。

常见切削方法的应用场合如下。

1. 车削、铣削

车削、铣削可用于塑料制品的表面成形加工。当所需塑料制品外形多为回转体时，车削是很好的选择。铣削通常用于加工层压塑料板、有机玻璃、尼龙和聚四氟乙烯等。

2. 锉削

锉削多用于塑料制品的修平、除废边、去毛刺、修改尺寸、锉斜面和制曲面。锉削适于小批量塑料制品的整饰，大批量塑料制品尽可能采用转鼓滚光等方法去除废边。

3. 磨削

用砂轮、砂带或砂纸对塑料表面进行磨削，常用于清除塑料工件的废边或某些缺陷，磨削还可以磨平或粗化表面、制作斜面和修改尺寸等。砂带磨削制品时可分干磨和湿磨。湿磨法磨削时无灰尘飞扬，不会有过热、燃烧和爆炸的危险，磨削后制品表面光洁，砂带使用寿命长。但是与干磨法相比，湿磨法操作复杂，磨削后的制品必须清洗和干燥。

4. 滚光

将小型塑料工件与研磨砂、研磨剂等同时加入滚筒，利用滚筒的转动，使工件与磨料之间产生相对运动进行研磨，使得工件光滑的工艺为滚光，也称转鼓滚光。它的主要作用在于使棱角变圆，去除飞边和浇口残根，减小尺寸并锉光表面。

5. 抛光

用表面附有磨蚀物料或抛光膏的旋转抛轮，对塑料工件的表面进行的加工称为抛光。根据不同的加工要求，抛光可分为灰抛、磨削抛光和增泽抛光。

灰抛主要用于清除工件表面上的冷疤、斑痕和微量的废边；磨削抛光主要用于将工件的粗糙表面加工成平滑的表面；增泽抛光则可将平滑表面加工成具有光泽的表面。

13.4.2 连接成形

连接成形是指使塑料件之间，或与其他材料件之间固定其相对位置的各种成形工艺。因制件尺寸过大或形状过于复杂，或因其他特殊需求不能一次整体成形的，用连接成形可能更快捷便宜。因此，塑料连接成形在塑料二次加工中占有重要地位。

塑料连接成形的方法多种多样，但按成形原理可分为几类。

1. 机械连接

借助机械力的紧固作用，使被连接件相对位置固定的工艺方法，称为机械连接。机械连接多数为可拆卸连接，就组装效率、应用广泛性和连接操作无污染而言，机械连接均比胶接和焊接优越。常用的机械连接方式如下所述。

1）扣锁连接

扣锁连接也称按扣连接，是一种完全靠塑料制品形状结构的特点来实现被连接件相对位置固定的机械连接方式。图 13.11 所示为用扣锁连接的二圆柱形件的形状与组装状况。当带凸台的制件在外力作用下被撞进凹槽制件中时，因凸台和凹槽的相互“扣锁”而使二件在轴向的相对位置保持不变。这种连接方式与压配（过盈连接）连接不同之点是：在扣锁连接中，仅当组装或拆卸时，被连接件的凸、凹区才产生弹性变形，而在凸、凹区进入扣锁的位置后，弹性变形立即消失；过盈配合则始终在弹性变形状态下。

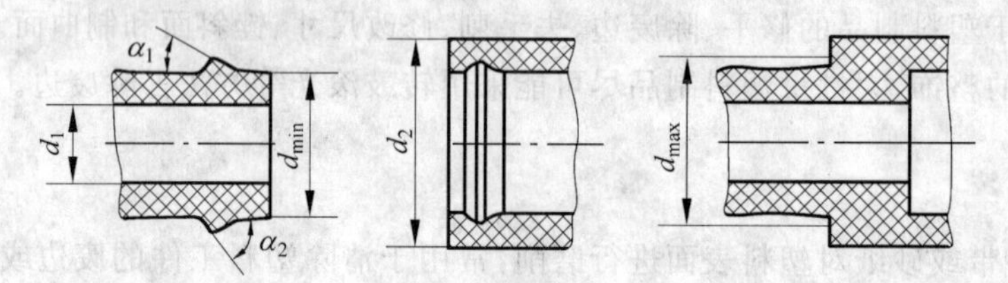

图 13.11 圆柱形件扣锁连接示意

α_1—进入角（接触角）；α_2—防松角（保护角）

显然，扣锁连接件在未承载时，配合完全无应力或仅有很小的应力。这使扣锁连接极适宜用于需要频繁组装或拆卸的场合。如某些家用电器的门页开合处。

2）压配连接

压配连接是借助过盈配合产生弹性变形而产生的摩擦力，阻止工件间相对运动。只要在塑料制品设计时将连接部分的尺寸按过盈配合而确定即可，方法简单、便捷。

3）螺纹连接

螺纹连接是塑料件借助机械形式的连接，为组装常用方式。具体可分为螺栓连接和螺钉连接两类，螺栓连接要事先制作光孔（通孔），螺钉连接需在被连接件上加工螺纹孔，可用模塑成形或机械加工的方法在塑料件上形成螺纹孔，或将带有螺纹孔的金属嵌件嵌入塑料制品之中，还可以用自攻螺钉在旋入光孔的同时形成螺纹，这样不仅螺钉与螺纹孔间无间隙，而且有连接工艺简便和连接结构对振动载荷稳定性高的优点。

4）铆接

铆接是一种不可拆卸的机械连接方法，连接塑料件所用铆钉，可用金属材料制造，也可以用各种热塑性塑料制造。铆接具有加工效率高、费用低、连接结构抗振性好和不需要另加螺帽之类锁紧元件等特点。

2. 黏结

借助同种材料间的内聚力或不同材料间的附着力，使被连接件间相对位置固定的工艺，称为黏结。塑料制品的黏结中介可分为有机溶剂和胶黏剂两类。

有机溶剂涂抹在两个被黏结的塑料件表面，使该表面溶胀、软化，再加以适当的压力使黏结表面贴紧，溶剂挥发后两个塑料零件便黏结成一体。由于其接缝区的强度一般都比较低，而且仅适用于相同品种塑料之间的连接，因此应用有限。

绝大多数塑料制品间及塑料制品与其他材料制品间的黏结，是通过胶黏剂实现的，依靠胶黏剂实现的黏结，称为胶接。相对其他连接方法，胶接的优点：一是工艺简便、易操作、效率高；二是无事先预加工，无应力产生；三是两连接件无厚薄限制；四是接缝严密，还可实现电绝缘、导电和耐磨等要求。

具体胶接工艺过程涉及胶黏剂选择、接头设计、表面处理及操作过程及塑料焊接，请参见第4章连接有关内容。

13.4.3 表面加工

通常将改变塑料制品表面状态，以达改善塑料制品外观、赋予新的功能、提高其价值的各项二次加工技术称为表面加工。塑料制品经表面工程技术可以消除表面缺陷，增加美感或改善手感；改变表面粗糙度，以便进一步加工；还可以改善表面对黏结剂、油墨、涂料或金属镀层的结合力，提高表面加工效果。通过表面加工能赋予制品一些新的功能。例如，在ABS塑料制品表面镀金后，不仅使其有金属样的外观，而且使制品增加了抗磨、耐大气老化和抗静电的新性能。因此表面加工功效是极其重要的。应用广泛的除前述的切削整饰外，还有涂装、箔压印、植绒和镀金属等。

1. 涂装

涂装是用涂料涂覆在塑料制品的表面上，形成涂层，以保护制件或改善制件的某些性能或增加美感。对日常用品，涂层可以掩盖制品表面的缺陷，控制光泽程度，改善印刷性能，防止表面发黏。对于工业用品，涂层还可将塑料制品与使用环境中的热、光、氧、水、盐雾和腐蚀性液体分开，增强抗紫外线、抗辐射、防静电和防火性能。在有些场合下，涂层还可以减少塑料制品的表面摩擦，提高耐磨性。

塑料的涂装方法主要有喷涂、辊涂和浸涂。用压缩空气的气流使涂料雾化的喷涂叫空气喷涂。空气喷涂设备投资少、操作简单，是工业上使用最广泛的涂料喷涂法。

2. 印刷

塑料与纸张一样能进行印刷。塑料制品的印刷方法很多，应用得最多的是凸版印刷、凹版印刷和丝网印刷。凸版印刷的印刷版面的凸起部分是接受油墨的着墨部分，低凹部分不着墨。印刷时，油墨转移到承印材料上，留下图案和文字，成为印刷品。

凹版印刷的版面，低凹部分是接受油墨的着墨部分，突起部分是空白部分。印刷时，凹版在墨槽里滚过后，表面粘满油墨，用刮墨刀刮去突起部分的油墨，仅留下低凹部分的油墨，在压力的作用下，将低凹部分的油墨转移到塑料薄膜上。

丝网印刷又称绢印，靠油墨"漏过"印板在塑料表面上形成图文。它可以精确地控制油墨的厚度，具有很强的立体感，可进行曲面和立体印刷。

3. 箔压印

箔压印也称烫印，是在热和力的作用下，将烫印箔的装饰膜层剥离并转移到塑料制品表面的装饰技术。箔压印能模拟各种金属光泽和纹理，可获得金黄色、银白色、古铜色以及有光或消光表面，金属感强，也可获得图文、木纹、皮纹和石纹等装饰效果。箔压印装饰层覆盖密实，结合牢固，对塑料表面有保护作用，工艺成本低，目前主要用于电子电讯设备、家用电器、仪器仪表、广告用品和工艺品的装饰以及在一些塑料制品上烫印代码和日期等标志。

4. 植绒

植绒是在涂有黏结剂的塑料制品的表面上散布短纤维绒毛，经干燥或固化使绒毛整齐地固定在制品表面的工艺。塑料制品经表面植绒后可起到装饰和保护的双重效果。生产中可用手撒法、机械法、交流电静电法和直流电静电法进行植绒。聚氯乙烯片植绒后可得到耐磨性好的仿天鹅绒制品，用作包装和装潢材料；人造革经过植绒，可得到手感好、色彩艳丽的植绒人造革，用于服装、沙发和装饰等方面。

5. 镀金属

塑料表面镀金属也称"上金"，是在塑料表面上覆盖薄层金属的工艺。在塑料制品表面上镀金属，可获得金属表面的外观，还可以提高表面硬度、机械强度，抗大气老化和抗静电性能等。目前在塑料表面上镀金属的方法有电镀、化学镀、真空蒸镀和喷镀等。

思 考 题

1. 未学习本章节内容之前，您对塑料制品的成形与加工知识有多少了解？

2. 塑料最大优点是什么？这在其制品成形与加工中有何意义？

3. 请叙述挤出成形法的原理及其应用特点？

4. 塑料薄膜、人造板、排水管、人造革、齿轮、轴套、电气元件、医用标本、商品样件，各应选择什么成形工艺合理？

5. 请分析讨论：计算机、电视机、电话机、收录机、手机、随身听、DVD和照相机等的塑料外壳成形制造工艺。

6. 既然塑料的成形技术是从传统材料（金属、玻璃、陶瓷和橡胶等）的成形加工技术移植、改造中发展而来，请总结分析一下还有哪些传统技术可借鉴、利用、组合创新出更新的成形加工技术。

7. 塑料的二次成形技术与一次成形技术有什么差异？二次成形技术应用产品你能列举出哪些？

8. 讨论塑料的二次成形与二次加工技术间差别，总结二次加工技术的工艺特点。

9. 观察日用品（各类家电装置、文具用品、生活器具）中塑料件的二次加工应用实例，哪些运用了切削成形？哪些通过连接成形？其中有应用扣锁连接的吗？请细细观察其结构、特点。

无机非金属材料成形基础

传统的无机非金属材料包括陶瓷、玻璃、水泥以及耐火材料等，而在工程上应用最广的是工业陶瓷材料，近年来出现的高温结构陶瓷、导体和半导体陶瓷、生物陶瓷等都是新型陶瓷材料。根据陶瓷的组成及性能的不同，可分为普通陶瓷（传统陶瓷）和特种陶瓷（先进陶瓷）两大类。本章主要介绍常用特种陶瓷材料的成形工艺。

陶瓷材料的成形是利用粉体特有的性能，由坯体成形、烧结等系列工艺组成的，其生产过程可简单表示如下：

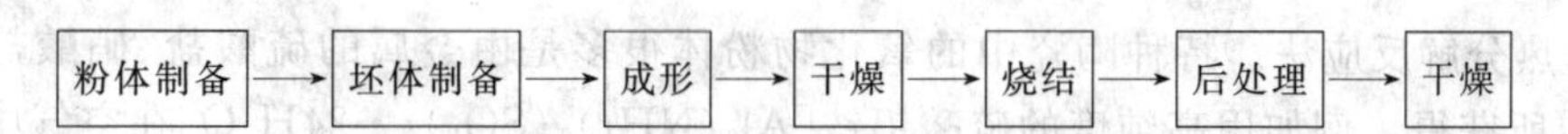

14.1 粉体的制备技术

所谓粉体，是大量固体粒子的集合体，其性质既不同于气体、液体，也不完全同于固体，其明显区别是当用手轻轻触及它时，会表现出固体所不具备的流动性和变形性。特种陶瓷粉体的基本性能包括粒度与粒度分布、颗粒的形态、表面特性（表面能、吸附与凝聚性能）以及充填特性等。一般认为，粉体的结构取决于颗粒的大小、形状、表面性质等，并且这些性质决定了粉体的流动性、凝聚性以及填充性等，而填充特性是各种性能的集中表现。

粉体的制备方法一般来说有两种：一是粉碎法；二是合成法。

14.1.1 粉碎法

粉碎法是将团块或粗颗粒陶瓷原料用机械法或气流法粉碎而获得细粉的转化过程。

1. 机械粉碎法

机械法一般是将物料置于球磨机的球磨筒中，在球磨旋转过程中，物料在与筒中的磨球相互撞击过程中被粉碎。机械粉碎法因其设备定型化、产量大、易操作等特点，广泛应用于无机非金属材料生产中。

2. 气流粉碎法

它是利用高压气体作为介质，将物料通过细的喷嘴送入粉碎室，此时气流体积突然膨胀，压力降低，流速急剧增大(可达到音速或超音速)，物料在这种高速气流的作用下相互撞击、摩擦、剪切而迅速破碎。气流粉碎法的最大特点是：不需要任何固体研磨介质；粉碎室内衬一般采用橡胶及耐磨塑料、尼龙等，可以保证物料纯度；粉碎过程中颗粒自动分级，粒度较均匀，且能连续操作，有利于生产自动化。

14.1.2 合成法

化学法能够合成超细、高纯、化学计量的多组分陶瓷化合物粉体。合成方法很多，根据反应物形态可以分为固相法、液相法和气相法 3 大类。

1. 固相法

(1) 化合反应法。两种或两种以上的固态粉末，混合后在一定热力学条件下反应而生成复合粉体。例如钛酸钡粉末的合成就是典型的固相化合反应：

$$BaCO_3 + TiO_2 \longrightarrow BaTiO_3 + CO_2 \uparrow$$

(2) 热分解反应法。特种陶瓷中的氧化物粉体很多是由金属的硫酸盐、硝酸盐发生热分解反应所获得。例如用高纯度的硫酸铝铵[$Al_2(NH_4)_2(SO_4)_4 \cdot 24H_2O$]在空气中进行热分解，就可以得到性能良好的 Al_2O_3 粉体。

(3) 氧化还原法。特种陶瓷 SiC、Si_3N_4、TiC 等粉体，工业上多是采用氧化物还原的方法制备的。例如 SiC 粉体的制备就是将 SiO_2 与碳粉混合，在 1460～1600℃的加热条件下，逐步还原碳化。

2. 液相法

液相制备氧化物粉末是在金属盐溶液中加入沉淀剂，溶剂蒸发后得到相应的盐或氢氧化物，进行热分解从而得到氧化物粉末。由于液相法所制备的粉体成分均匀、细度高、活性好、纯度和配比容易控制。因此粉末的特性取决于沉淀和热分解两个过程。

3. 气相法

气相化学反应法是挥发性化合物的蒸气通过化学反应合成所需物质的方法，可以分为两类：一类是单一化合物的热分解，其反应过程为：

$$A(g) \longrightarrow B(s) + C(g)$$

另一类是两种以上化学物质之间的反应，其反应过程为：

$$A(g) + B(g) \longrightarrow C(s) + D(g)$$

气相化学反应法的特点是金属化合物原料有挥发性，容易提纯，生成的微粉不需要粉碎，分散性好；粒度均匀，容易控制气氛。

气相法除用于制备氧化物，还适用于制备液相法难以直接合成的氮化物、碳化物、硼化物等非氧化物。

此外还有蒸发-凝聚法，这种方法是将原料加热至高温(电弧或等离子流)，使之汽化，然后在较大的温度梯度下急冷，最终凝聚得到颗粒直径在 5～100nm 范围内的微粉，适合制备单一氧化物、复合氧化物、碳化物或金属的超细粉体。

14.2 特种陶瓷成形工艺

14.2.1 原料粉体的预处理

原料粉末在成形前必须经过煅烧、混合、塑化和造粒等处理来调整和改善其物化性能，使之适应后续工序和满足制品性能的需要。

(1) 原料煅烧。煅烧主要是为了去除原料中易挥发的杂质、化学结合和物理吸附的水分、气体、有机物等，提高原料的纯度；同时使原料颗粒致密化及结晶长大，这样可以减小以后烧结中的收缩，提高产品的合格率；完成同质异晶转变，形成稳定的结晶相。

(2) 原料混合。陶瓷材料制备过程中，往往需要几种原料，要求混合均匀，将直接影响产品的性能。混合包括干混和湿混。

(3) 塑化。所谓塑化就是利用塑化剂使原来无塑性的坯料具有可塑性的过程。根据塑化剂在陶瓷成形中的不同作用，可分为黏结剂、增塑剂和溶剂3类。

(4) 造粒。所谓造粒，就是在很细的粉料中加入一定的塑化剂，制成粒度较粗、具有一定假颗粒度级配、流动性好的粒子。造粒的方法可以分为：普通造粒法、加压造粒法、喷雾造粒法和冰冻干燥法，其中以喷雾造粒的效果最好。

14.2.2 特种陶瓷成形工艺

陶瓷成形是将制备好的坯料，制成具有一定形状和尺寸的坯件。根据坯料的性能和含水量的多少，可分为：模压成形、注浆成形和可塑成形。

1. 模压成形

1) 压制成形

压制成形又称为干压成形，它是在粉料中加入少量黏结剂进行造粒，然后置于钢模中，在压力机上加压成一定形状的坯体。干压成形适合压制高度为0.3～60mm、直径为5～500mm的形状简单的制品。

实践证明，加压速度与保压时间对坯体性能有很大影响。因此应根据坯体大小、厚度和形状来调整加压速度和保压时间。一般对于大型、厚壁、高度大、形状较为复杂的产品，加压开始宜慢，中期宜快，后期宜慢，并有一定保压时间，这样有利于排气和压力传递。对于小型薄片坯体，加压速度可适当快些，以提高生产率。

模具施加润滑剂(硬脂酸锌、石蜡汽油溶液等)后，坯体密度均匀性显著提高。

压制成形是特陶生产中常用的工艺，其特点是黏结剂含量较低，坯体收缩率小，密度大，尺寸精确，强度高，电性能好；工艺简单，操作方便，周期短，效率高，便于自动化生产。但压制大型坯体时模具磨损大、加工复杂、成本高，压力分布、致密度、收缩率不均匀，坯体会出现开裂、分层等现象。这些缺点将被等静压成形工艺所克服。

2）等静压成形

所谓等静压是指处于高压容器中的试样所受到的压力与处于同一深度的静水中所受到的压力相同，因此又称作静水压成形，它是利用液体介质的不可压缩性和均匀传递压力的特性来成形的。等静压成形又分为湿式等静压成形和干式等静压成形。

(1) 湿式等静压成形(见图 14.1)是将坯料装入有弹性的橡胶或塑料模具内，然后置于高压容器，密封后施以高压液体介质来成型坯体。湿式等静压成形主要用来成形多品种、形状较复杂、产量小和较大型的制品。

(2) 干式等静压成形(见图 14.2)与湿式等静压相比，其模具并不都是处于高压液体中，而是半固定式，坯体的加入和取出都是在干燥状态下操作的。干式等静压更适于生产形状简单的长形、薄壁、管状制品，改进后可连续自动化生产。

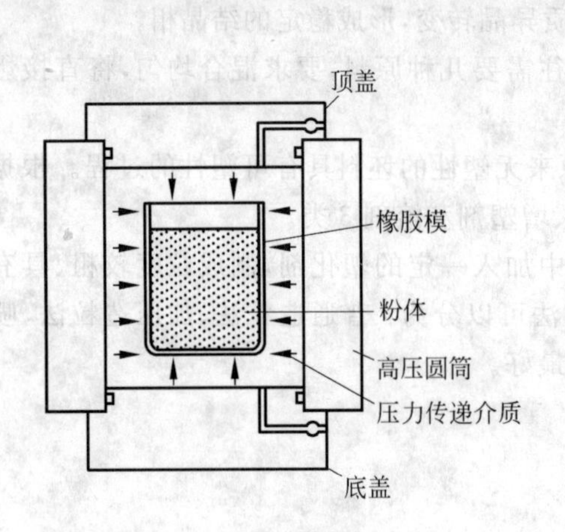

图 14.1 湿式等静压成形

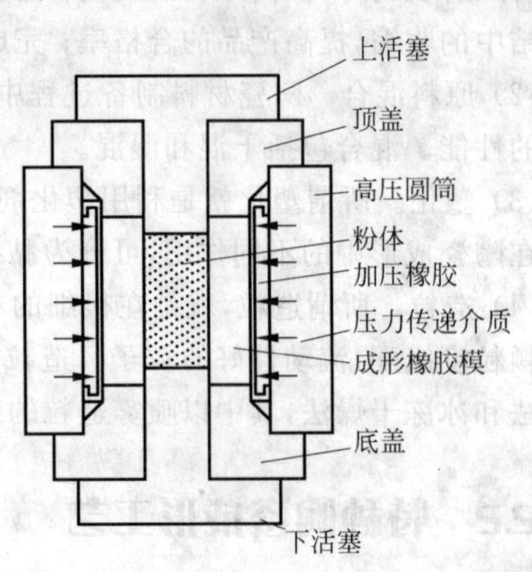

图 14.2 干式等静压成形

等静压成形方法的特点是：可以高质量的成形一般方法难以成形的、形状复杂的大件及细长制品；可以方便的提高成形压力；坯体各向受力均匀，其密度高而且均匀，烧结收缩小且不易变形；可少用或不用黏结剂。

2. 注浆成形

注浆成形是指在粉料中加入适量的水或有机液体以及少量的电解质形成相对稳定的悬浮液，将悬浮液注入石膏模中，让石膏模吸去水分，达到成形。注浆成形的方法包括空心注浆、实心注浆、压力注浆、离心注浆、真空注浆以及流延成形、热压铸成形等。

1）空心注浆(单面注浆)

所用石膏模没有型芯，浆料注满模型后放置一段时间，将多余料浆倒出，待坯体干燥收缩脱离模型后取出(图 14.3)，得到制品。此方法适于制造小型薄壁产品，如坩埚、花瓶、管件等。

2）实心注浆(双面注浆)

所用的石膏模具有型芯，浆料注入外模与型芯之间(图 14.4)，坯体外形取决于外模的工作面，内形取决于模芯的工作面。实心注浆适合制造两面形状和花纹不同的大型厚壁产品，常用较浓的浆料来缩短吸浆时间。

图 14.3 空心注浆

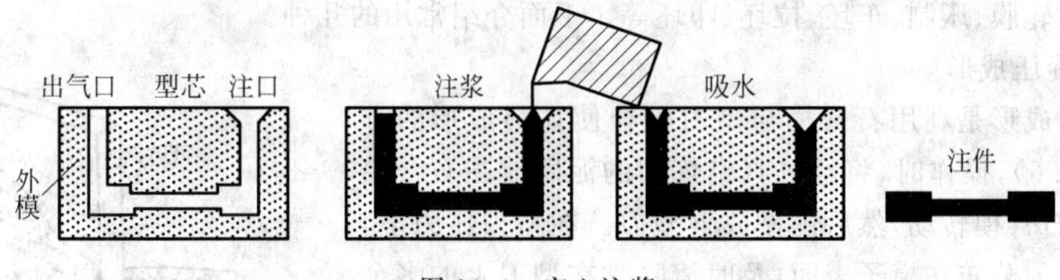

图 14.4 实心注浆

3）压力注浆

利用提高泥浆压力来增大注浆过程的推动力，加速水分扩散，缩短吸浆时间，可以减少坯体干燥时的收缩量并降低脱模后残留的水分。最简单方式就是提高浆桶高度；或者是引入压缩空气来提高泥浆压力。

4）离心注浆

往旋转的模型中注入泥浆，靠离心力的作用使泥浆紧靠模型脱水形成坯体。离心注浆制得的坯体厚度均匀、变形小，特别适于制造大型环件。

5）真空注浆

在模型外抽取真空，或将紧固的模型放在真空室中，造成模型内外的压力差，提高注浆成形的推动力。

6）流延成形

将混合后的浆料置于料斗中，从料斗下部流至传送带上，被刮刀刮成薄膜并控制厚度，然后经过红外线加热等方法烘干，得到膜坯，连同载体一起卷在轴上待用，可按所需的形状切割或开孔（图 14.5）。流延法又称作带式浇注法、刮刀法，为制造超薄制品，要求粉料细而圆，流动性良好，常用于制造厚度小于 0.05mm 的薄膜类小体积、大容量的电子器件。

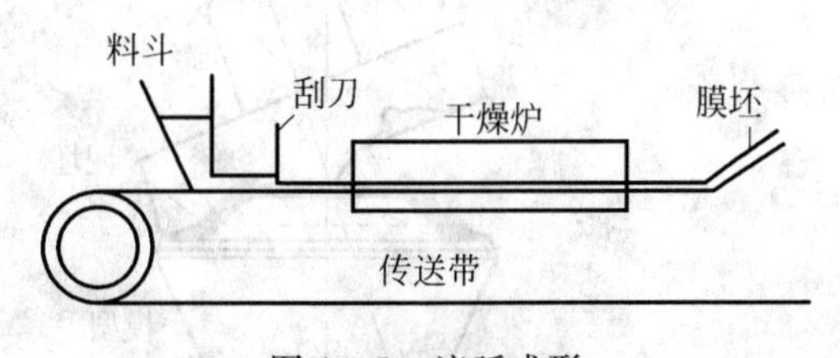

图 14.5 流延成形

7）热压铸成形

利用坯料中加入的石蜡的热流特性，使用金属模具在压力下进行成形，冷凝后获得坯体。过程类似金属熔模铸造，具体有：

（1）蜡浆料制备，熔制蜡浆冷却成板；

（2）热压铸成形，熔化蜡板铸压成形；

(3) 高温排除蜡，选择温度强化形体。

热压铸成形工艺适合形状复杂、精度要求高的中小型产品。它设备简单、操作方便、劳动强度不大、生产率较高、模具磨损小、寿命长，应用非常广泛；但工序比较复杂、需多次烧成、能耗大；对于壁薄的大而长的制件，不易充满型腔，因而不太适宜。

3. 可塑成形

可塑成形是对可塑性的坯料或泥团施加外力，使其在外力作用下发生变形而获得坯件的成形方法。可塑成形的工艺方法很多，按照施加外力的方式不同，可分为旋压、滚压、注射、挤压、轧膜、压制、车坯、拉坯、印坯等。下面介绍常用的几种。

1) 旋压成形

旋压成形是利用石膏模与型刀配合使坯料成形的方法(图 14.6)，操作时，将经过真空炼制的泥团放在石膏模中，并使石膏模转动，然后慢慢放下型刀。在型刀压力下，泥料被均匀分布在模子表面，及时清除黏在型刀上的多余泥料，转动的模壁和型刀所构成的空隙被泥料所填满，型刀的曲线形状与模型工作面的形状构成了坯体的内外表面，而样板刀口与模型工作面的距离即为坯体厚度。

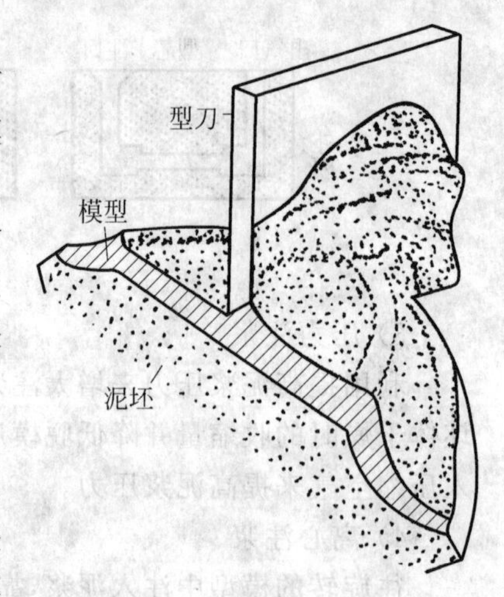

图 14.6 旋压成形原理

2) 滚压成形

滚压成形时，装有泥料的模型和滚压头各自绕轴线以一定速度旋转。滚压头一面旋转一面靠近模型，对泥料进行滚压成形。滚压成形可分为阳模滚压和阴模滚压，阳模滚压(图 14.7(a))是用滚压头来决定坯体的外观形状和大小，又称外滚压，适用扁平、宽口器皿和坯体内表面有花纹的产品；阴模滚压(图 14.7(b))是用滚压头来形成坯体的内表面，又称内滚压，适于成形口径小而深的制品。

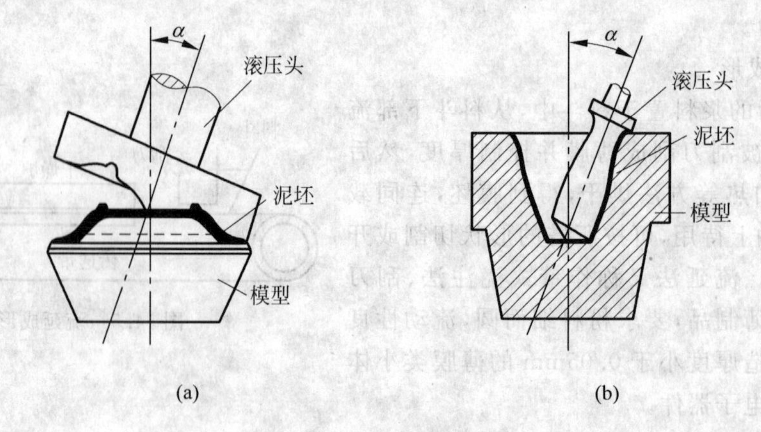

图 14.7 滚压成形

(a) 阳模滚压成形；(b) 阴模滚压成形

3) 注射成形

注射成形是将粉料与有机黏结剂混合，加热熔炼后用注射成形机在 130～300℃的温度下注入金属模具,冷却后脱模得到坯体。这种方法得到的制品尺寸精确、表面光细、结构致密,已广泛应用于形状复杂、尺寸和质量要求高的陶瓷制品。

4) 挤压成形

将真空炼制的泥料放入挤制机内,挤制机一端装有活塞,可以对泥料施加压力,另一头装有挤嘴(成形模具),通过更换挤嘴,可以得到各种形状的坯体。挤压成形适合制备棒状、管状的坯体,晾干后进行切割。一般常用于挤制直径为 1～30mm 的管、棒等,细管壁厚可小至 0.2mm。

5) 轧膜成形

轧膜成形(图 14.8)是将坯料混以一定量的有机黏结剂(多采用聚乙烯醇),置于轧膜机的两辊轴之间进行多次辊轧,通过调整轧辊间距,达到所要求的厚度。轧坯经后续加工制成所需要的坯体。轧膜成形适合生产厚度小于 1mm 的薄片状制品。

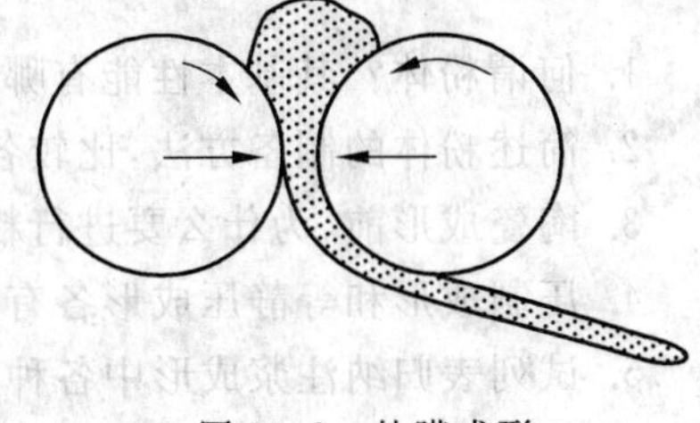

图 14.8 轧膜成形

14.3 特种陶瓷烧结

陶瓷生坯在高温下的致密化过程称为烧结。烧结过程中主要发生的是晶粒和孔隙尺寸及其形状的变化,可以分为 4 个阶段: 颗粒间初步黏结,烧结颈长大,孔隙通道闭合和孔隙球化。

根据烧结过程中有无液相产生可以分为液相烧结和固相烧结,根据组元的多少还可以分为单元系烧结和多元系烧结。正确选择烧结方法是获得具有理想结构和性能的陶瓷材料的关键。应用最多的目前仍是大气条件下的常压烧结,但为了获得高性能的特种陶瓷,许多新的烧结工艺逐渐发展并获得了广泛的应用,如热压烧结、气氛烧结、热等静压烧结、反应烧结等。对其特点进行归纳比较列于表 14.1 中。

表 14.1 各种烧结方法

烧结方法	优 缺 点	适 用 范 围
常压烧结	成本低,可以制作复杂形状制品,规模化生产; 致密度低,机械强度低	各种陶瓷材料
热压烧结	降低烧结温度,致密度高,强度高; 成本高,制品形状简单,特殊模具	高熔点陶瓷材料
热等静压烧结	晶粒细小均匀,致密; 工艺复杂,成本高	高附加值产品
气氛烧结	防止氧化,制品性能好; 可能反应,组成难以控制	高温易分解材料(尤其适于氮化物、碳化物)
真空烧结	防止氧化; 成本高	粉末冶金,碳化物
反应烧结	后续加工少,成本低; 反应残留物导致性能下降	反应烧结氧化铝、氮化硅等
液相烧结	降低烧结温度,成本低; 性能一般	各种陶瓷材料
气相沉积	致密,高性能; 成本高,形状单一	功能陶瓷,陶瓷薄膜
微波烧结、电火花烧结、等离子烧结	快速烧结,降低烧结温度,缩短烧结时间; 成本高,形状简单,工艺复杂	各种材料,目前应用较少

随着对陶瓷材料性能要求的提高,许多新型的成形和烧结工艺已逐渐发展起来,如喷射成形、粉末锻造、热挤压以及选择性激光烧结、三维打印法等,这些快速成形方法必将对工程陶瓷材料的研究和应用起到巨大的推动作用。

思考题

1. 何谓粉体?其基本性能有哪些?
2. 简述粉体的制备方法,比较各类方法的应用与特点。
3. 陶瓷成形前,为什么要进行粉体处理?简述粉体处理的基本工艺过程。
4. 压制成形和等静压成形各有何特点?
5. 试列表归纳注浆成形中各种方式的特点与应用。
6. 可塑成形中各种工艺方法有何特点?
7. 试述特种陶瓷烧结方法的特点与应用场合。

零件加工工艺分析

15.1 毛坯的选择

机械零件大多由毛坯件经切削而成，因此，在制定工艺时，必须正确选择毛坯。不同的毛坯，不仅影响毛坯的组织和性能，同时也影响零件的制造工艺、设备及制造费用。

15.1.1 毛坯的种类

毛坯种类很多，常用的有铸件、锻件、焊接件、型材件和粉末冶金件等。

1. 铸件

铸铁、有色金属及钢材均可用铸造方法获得铸件毛坯。铸造不受零件形状和重量的限制，而且成本较低。单件、小批量毛坯适宜应用砂型铸造，成批和大量的毛坯可应用特种铸造生产。

2. 锻件

由于锻件组织致密，可以获得符合零件受力要求的流线组织，故力学性能较高。有时为使钢中的碳化物细化和均匀分布，即使毛坯形状简单，也需锻造而不直接采用型材。但自由锻件精度低，加工余量大。模锻生产率高，锻件的加工余量小，可获得形状复杂的锻件，但设备、模具费用高，适用于大量生产。

3. 焊接件

为了减轻重量，有些零件，如罩壳、机架和箱体等，可采用型材焊接成为毛坯件，又称为组合毛坯件，某些大件，也可采用以小拼大的钢制组合件。焊接件适合小批生产。

4. 型材件

机械制造用的型材其截面形状、尺寸都有一定的规格。选用时应根据零件的形状与尺寸选择，以减少加工余量。所以，选择型材作毛坯是最经济的。尤其对性能与精度要求不是很高的零件比较适合，如某些简单机械的轴，可直接选用冷拔圆钢切制。

5. 粉末冶金件

粉末冶金不仅可用来制取具有特殊性能材料,也是制造机械零件的方法,具有质量好、节约材料、节省加工工时、经济效益好等优点,适用于大批量生产。

15.1.2 机械零件毛坯的选择

机械零件选用哪种毛坯,应全面考虑下面一些因素。

1. 零件材料

零件材料选定后,毛坯的类别一般可大体确定。例如,材料为铸铁或铸钢,则应选择铸件毛坯;重要的钢质零件,为保证较高的力学性能,则多选用锻件,不用型材;零件材料为硬质合金,则只能选用粉末冶金制造毛坯。

2. 零件的形状及外形尺寸

选择毛坯时,应考虑零件的结构形状。例如,常见的各种力学性能要求不高的阶梯轴,如各台阶直径相差不大,可直接选用型材;如直径相差较大,为减少材料消耗和机械加工工时,则宜选用锻件毛坯;对于形状复杂的零件,可采用铸件或模锻件。此外,选择毛坯时,还应考虑零件的外形尺寸。对尺寸较大的零件,目前只能选用毛坯公差等级和生产率较低的自由锻造、砂型铸造或焊接件。

3. 生产类型

当毛坯类别确定后,生产类型是决定毛坯制造方法的主要因素之一。如单件、小批量铸件只适合选用木模样手工造型生产,其毛坯加工余量自然大些。铸件毛坯批量较大时,应选用机器造型。由于大量生产,其较高的设备及装备费用,可以由材料消耗的减少和机械加工费用的降低来补偿。而模锻与自由锻件的选择同理。

4. 现场的生产条件

选择毛坯类别时,要考虑现场毛坯制造的实际工艺水平及设备情况,否则是不现实的。但是也不能墨守成规,而应通过不断的技术改造逐步采用先进的毛坯制造工艺。

15.2 机械零件表面加工方法的选择及其经济分析

机械零件的结构形状大多是由外圆、内孔、平面和各种成形面等基本表面组成。对于每个零件,通常不可能在一台机床上加工完成,而且就每一表面而言,也可以用不同方法加工。因此,应按经济精度、根据材料的切削性、以产量选择、各种方法组合、企业实际、循序渐进分段加工等原则选择合理的表面加工方法,以满足机械零件的质量要求,提高生产率和降低成本。

15.2.1 外圆面加工方法的选择

外圆面是指轴类、套类和盘类等零件的表面,其主要加工方法有车、磨、研磨等,根据不同的公差等级和表面粗糙度要求,选择加工方案。对于塑性较大的有色金属零件,其精加工,常采用精细车削。

常见外圆面加工方案如表15.1所示,供选择时参考。

表15.1 常见外圆面加工方案

精度等级	表面粗糙度值 $Ra/\mu m$	加工方案	主要用途
IT12~IT10	50~12.5	粗车	除淬火钢外的各种金属
IT9~IT7	6.3~0.8	粗车→半精车→精车	除淬火钢外的各种金属
IT6~IT5	0.8~0.2	粗车→半精车→精车→细车	韧性大的有色金属
IT8~IT7	1.6~0.8	粗车→半精车→磨	除韧性大的有色金属外的各种金属
IT7~IT6	0.8~0.2	粗车→半精车→粗磨→粗磨	除韧性大的有色金属外的各种金属,但可得到更高的精度和表面质量
IT5~IT3	0.1~0.003	粗车→半精车→粗磨→精磨→超精磨削(研磨)	可达最高精度和小的表面粗糙度值

如图15.1所示套筒,材料为35钢正火,数量200件。从零件技术要求来看,加工外圆面时采用以下两种方案都可达到要求:

(1) 粗车→半精车→精车;

(2) 粗车→半精车→精磨。

第一种加工方案均为车削,在单件生产时可以采用该方案。但因该零件生产数量较多,选用第二种加工方案,生产率高,较为经济合理。

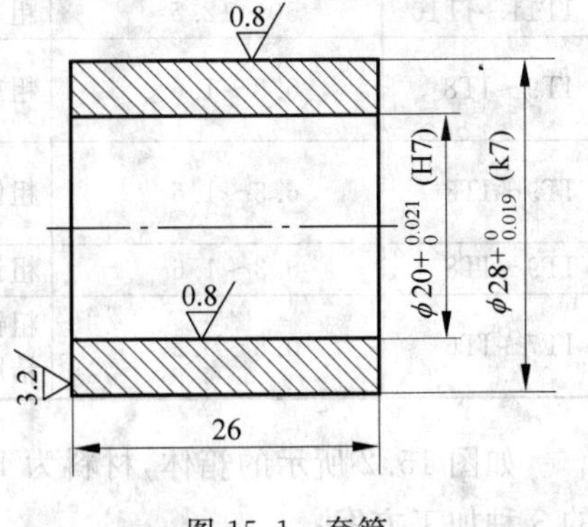

图15.1 套筒

15.2.2 孔加工方法的选择

孔是套筒类和箱体类零件的主要表面。确定孔的加工方法,除了决定于孔的精度、表面粗糙度、生产批量及热处理状态外,还要考虑孔径的大小。

表15.2列出几种在实体工件上,加工孔的方案,供选择时参考。

如图15.1所示套筒,加工孔时可以采用以下3种加工方案:

(1) 钻→扩→机铰;

(2) 钻→粗镗→精镗;

(3) 钻→粗镗→磨。

由于该零件数量较多,孔径较小,且未淬火,一般选用第一种加工方案较为合理。

表 15.2 不同精度和粗糙度的孔加工方案及其应用

精度等级	表面粗糙度值 $Ra/\mu m$	加工方案	主要用途
IT12～IT11	50～12.5	钻	一般用途，如螺栓孔，或为扩孔、镗孔作准备
IT10～IT9	6.3～3.2	钻→扩	精度要求较钻孔高的未淬火孔
IT8～IT7	1.6～0.8	钻→扩→机铰	孔径一般小于 25mm 的未淬火孔
IT7～IT6	0.4～0.2	钻→扩→机铰→手铰	孔径一般小于 25mm 的未淬火孔，精度要求更高的孔
IT9～IT8	3.2～1.6	钻→镗	直径较大的孔
IT8～IT7	1.6～0.8	钻→粗镗→精镗	直径较大的孔，精度要求较高的孔
IT7～IT6	0.4～0.2	钻→粗镗→磨	一般用于淬火或大直径孔
IT6～IT5	0.2～0.05	钻→粗镗→精镗→精磨→研磨	高精度、低粗糙度值的孔

15.2.3 平面加工方法的选择

平面是箱体、床身、工作台等类零件的主要表面。表 15.3 列出几种平面的加工方案，供选择时参考。

表 15.3 平面加工方案及其应用

精度等级	表面粗糙度值 $Ra/\mu m$	加工方案	主要用途
IT11～IT10	50～12.5	粗车、粗刨、精铣	未淬火钢等低精度平面
IT9～IT8	6.3～1.6	粗车→精车	轴类、套筒类、盘类等零件未淬火的端面
IT9～IT8	6.3～1.6	粗刨→精刨	单件小批生产未淬火平面，或狭长平面
IT9～IT8	6.3～1.6	粗铣→精铣	成批大量生产未淬火平面
IT7～IT6	0.8～0.2	粗铣(刨)→精铣(刨)→粗磨→精磨	高精度和低粗糙度值的平面

如图 15.2 所示的箱体，材料为 HT200，单件生产。其上、下平面的加工，可以采用以下的 3 种加工方案：

(1) 粗刨→精刨；

(2) 粗铣→精铣；

(3) 粗铣→粗磨。

由于本例是单件生产，选择方案一比较合适。

15.2.4 切削成形经济性分析

经过上述讨论知道，同一个零件可以有不同的加工方案，在满足技术要求的条件下，切削成形的经济性就成为确定机械加工工艺路线和选择加工方案的重要依据。

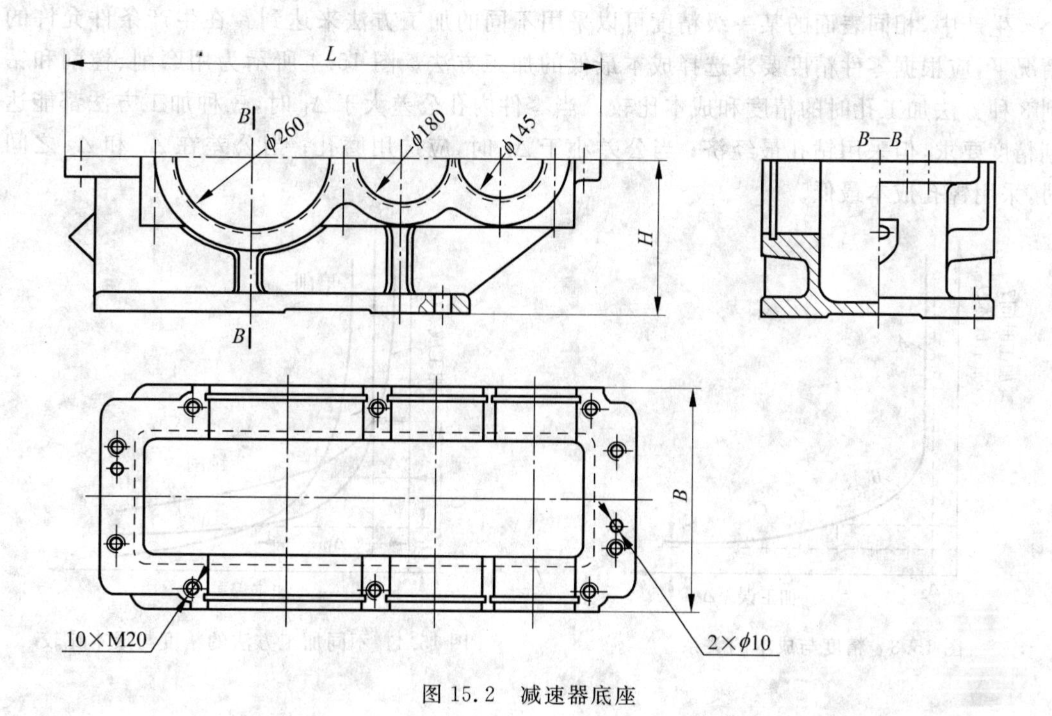

图 15.2 减速器底座

1. 依据加工经济精度选择加工方法

不同切削方法运用的切削机床和加工条件各有不同，如均为外圆面加工可以车削，也可以磨削。但不同机床加工实现的精度也有差异。同时，不同机床的平均台时成本（每台机床加工 1 元的成本）差异很大。表 15.4 为 2008 年上半年山东地区的常用机床的台时成本，供读者作为选择加工方法和成本计算时的参考。

表 15.4 常用机床台时成本表（2008 年上半年山东地区）

设备名称	元/h	设备名称	元/h	设备名称	元/h
C6132 车床	28	B6065 牛头刨床	30	外圆磨床	40
C6140 车床	32	X6125 万能铣床	40	镗床	60
3m 立式车床	60	万能工具铣床	45	数控车床	50
龙门铣	90	6m 龙门刨床	80	数控铣床	60
立式钻床	30	平面磨床	40	立式加工中心	80

因为加工过程中各种可能因素会影响加工精度，所以即使同一种加工方法，在不同的工艺条件下，所能达到的加工精度也不同。一种加工方法可以获得相邻的几级加工精度。加工精度与成本曲线如图 15.3 所示。曲线 A 段为可达极限精度；C 段为保证达到精度，其成本不再降低；B 段为精度与成本大致成正比例关系的经济精度范围。

在选择各种表面加工方法时，通常按经济精度来考虑。本节前述各种表面加工方法，均属所能达到的经济精度的数值。

生产中，相同表面的某一级精度可以采用不同的加工方法来达到。在生产条件允许的情况下，应根据零件精度要求选择成本最低的加工方法。图 15.4 所示为用磨削、镗削和钻削 3 种方法加工孔时的精度和成本比较。当零件内孔公差大于 Δ_1 时，三种加工方法都能达到精度要求，但采用钻孔最经济；当公差小于 Δ_2 时，应选用磨孔；当公差在 Δ_1 和 Δ_2 之间时，采用镗孔成本最低。

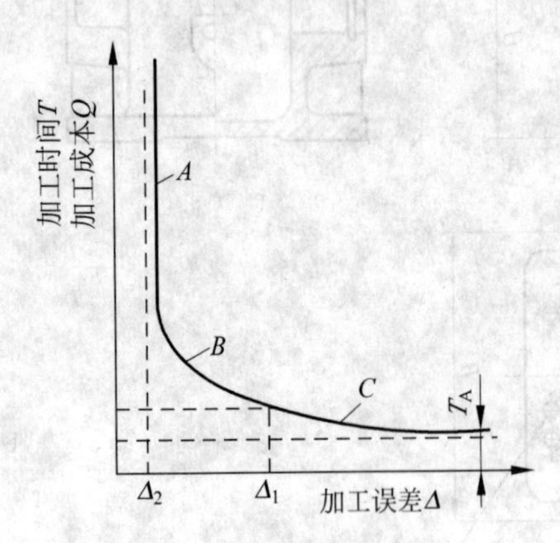

图 15.3 精度与成本的关系

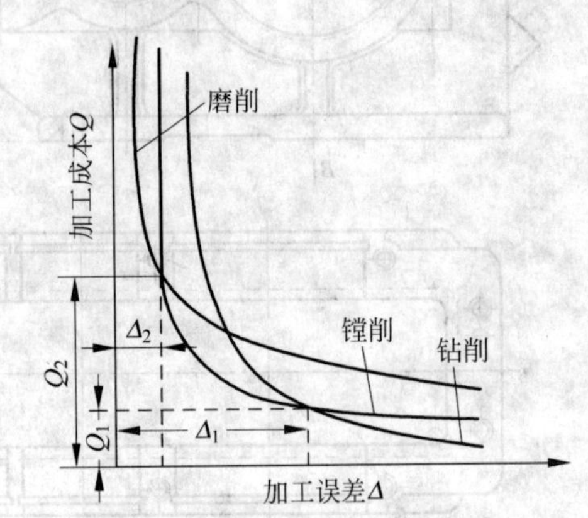

图 15.4 不同加工方法的精度与成本比较

2. 按生产批量选择加工设备

在制造业中，当生产的零件数量很少时，常采用通用设备加工，如卧式车床、铣床、钻床、磨床等。这时机床及其工夹量具等所需费用较少。但由于通用机床的生产率较低，使单件工艺成本较高，如图 15.5(a)中曲线 c 所示。在生产批量较大时，一般常采用专用机床、专用设备和专用工夹量具等。这些机床及工艺装备价格较高，基本投资较大，但其生产率高，在大量生产时，单件工艺成本随年产量的增大而降低，如图 15.5(a)中曲线 a 所示。曲线 b 是介于两者之间的中批量生产时的产量与成本关系。

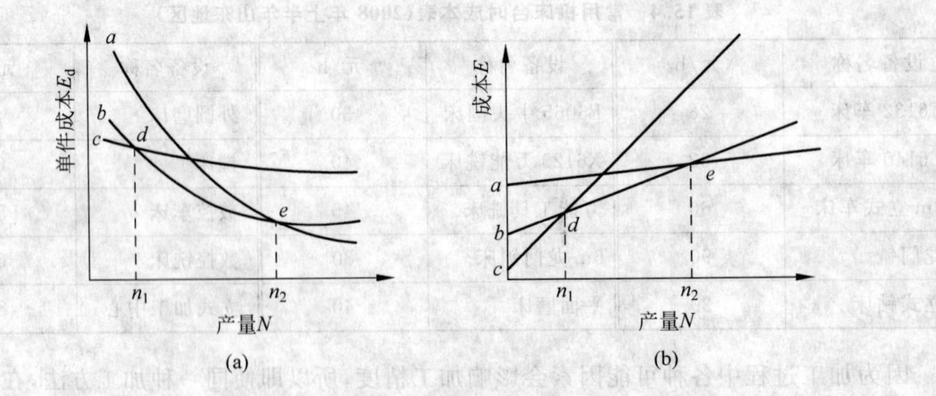

图 15.5 产量与成本的关系

由于零件的年工艺成本与其年产量的关系是一条直线，所以用来比较不同的工艺方案的经济性，非常方便。图 15.5(b)所示为三种加工工艺方案在年产量 N 不同时的全年工艺成本比较。当产量小于 n_1 时，为单件小批量生产，采用 c 方案(通用设备和通用工夹量具)

较为经济。当产量大于 n_2 时，为大量生产，采用 a 方案（专用设备和专用工夹量具）时成本最低。当年产量在 n_1 与 n_2 之间时，为中批量生产，采用 b 方案最经济。

15.3 零件的结构工艺性

机械零件的结构工艺性，是指设计出的零件在保证其使用要求的前提下，在毛坯生产、切削成形、热处理和装配等生产阶段都能用高效率、低消耗和低成本的方法生产出来。生产批量的大小是影响零件结构工艺性的重要因素之一。科学技术的发展和新工艺新技术的不断涌现，改变了对零件结构的要求。例如现代加工工艺的发展使难加工材料、复杂型面、精密微孔等加工变得较为容易和方便。零件的结构工艺性包括毛坯的结构工艺性、零件切削成形的结构工艺性及零件热处理和装配的结构工艺性等。结构设计时，必须统筹兼顾，全面考虑。

15.3.1 毛坯的结构工艺性

1. 铸件的结构工艺性

(1) 为使制造模样和造型简化，铸件轮廓应尽量少用或不用曲线（图 15.6）。

(2) 为了便于起模，在平行于起模方向的不加工表面应有结构斜度（图 15.7）。拔模斜度安排在加工面上，由铸造工艺图表现。

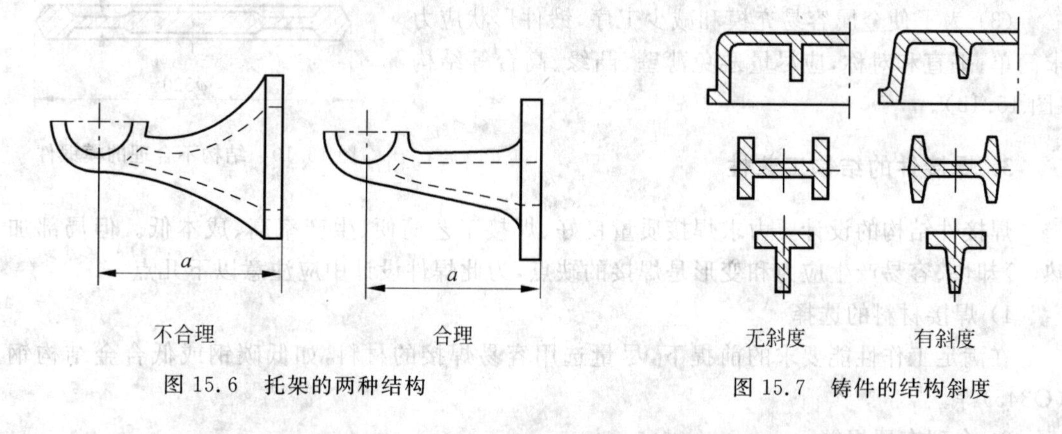

图 15.6 托架的两种结构

图 15.7 铸件的结构斜度

(3) 最小壁厚是为了防止浇不足，根据不同合金的充型能力确定。

(4) 壁厚应力求均匀，局部壁厚过大易产生缩孔。壁的连接和转角处应用圆角（图 15.8）。

2. 锻件的结构工艺性

锻造方法不同对锻件的结构有不同的要求，其确定原则由生产批量、零件形状和使用要求考虑。

1）自由锻件的结构工艺性

尽量简单和规则（图 15.9），因为自由锻难以锻出锥度、斜面、肋和凸台等各种复杂形状。

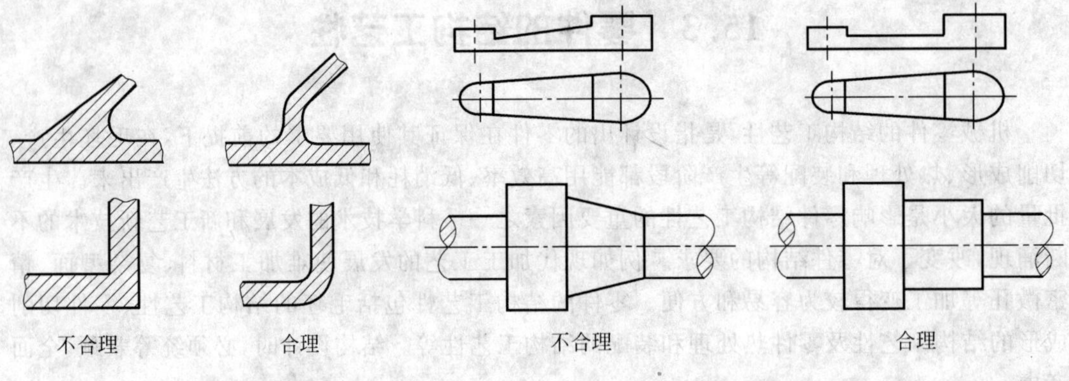

图 15.8 铸件壁的连接

图 15.9 自由锻件结构工艺性

2）模锻件的结构工艺性

相对自由锻，模锻可锻造出较复杂的锻件。但设计模锻零件时，应考虑以下原则：

(1) 分模面要合理，以利锻件出模，锻模易造。

(2) 零件上凡与分模面垂直的表面，应设计出模锻斜度。

(3) 为了使金属容易充模和减少工序，锻件形状应力求简单、平直和对称，应尽量避免薄壁、凸缘、高台等结构（图 15.10）。

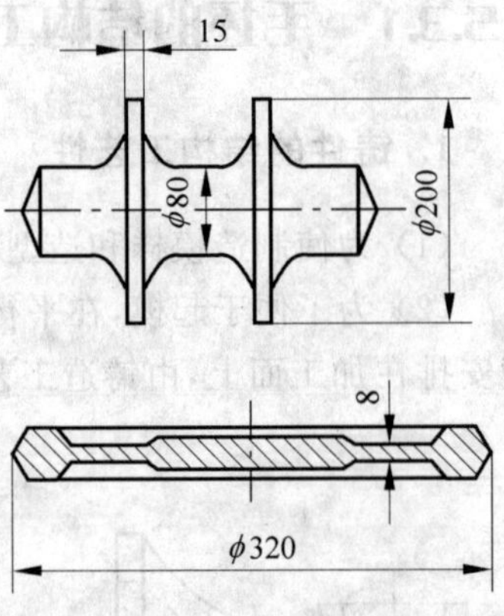

15
φ80
φ200
8
φ320

图 15.10 结构不合理的模锻件

3. 焊接件的结构工艺性

焊接件结构的设计要力求焊接质量良好、焊接工艺简便、生产率高、成本低。但局部加热、冷却快、容易产生应力和变形是焊接的缺点，为此焊件设计中应注意以下几点。

1）焊接材料的选择

在满足工作性能要求的前提下，尽量选用容易焊接的材料，如低碳钢或低合金结构钢（Q345）等。

2）合理布置焊缝

焊缝的位置要尽量分散、对称，避开最大应力和应力集中的位置，以减小应力和变形，如图 15.11 所示。焊缝要远离加工面，要考虑焊接操作方便，如图 15.12 所示。

3）焊接接头设计

为了限制应力集中和附加应力，对重要构件接头，最好采用相等的板厚，否则接头处要逐渐过渡，如图 15.13 所示。焊条电弧焊板厚较大时，为了保证焊透，接头处应开制各种坡口。

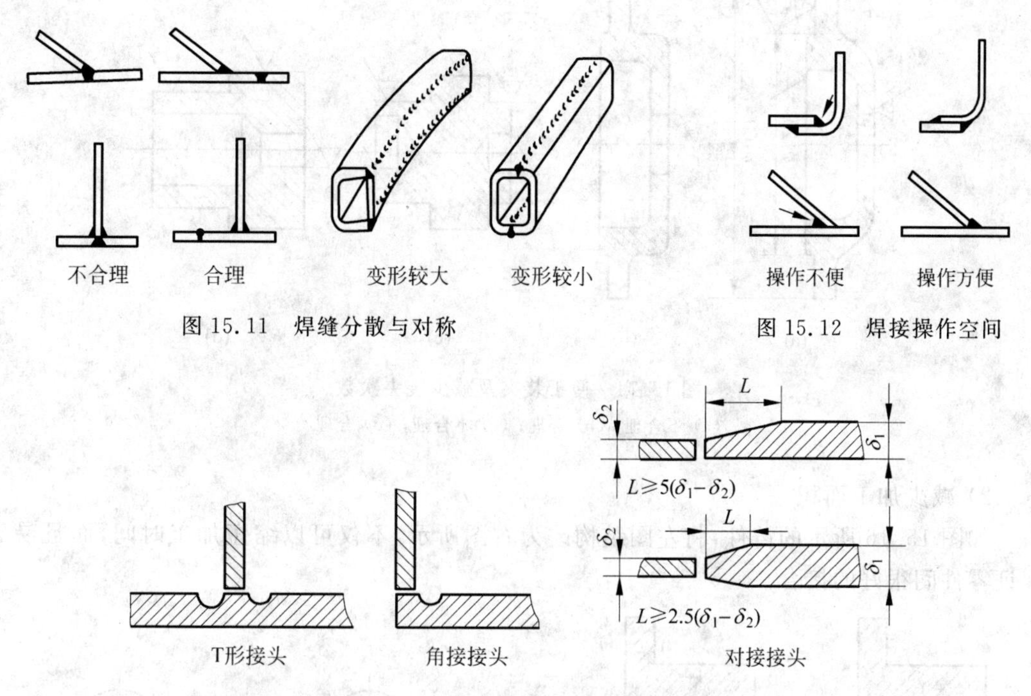

图 15.11 焊缝分散与对称

图 15.12 焊接操作空间

图 15.13 焊接接头的过渡形式

15.3.2 零件切削成形的结构工艺性

在机器的制造过程中，切削成形所耗费的工时和费用也最多。因此，改善零件切削成形的结构工艺性是保证设计要求，又降低成本支出的主要途径，应注意的要点如下所述。

1. 尽量采取标准化参数

对零件的孔径、锥度、螺距、模数等参数，应尽量采用标准化数据，以便使用标准刀具和通用量具等，从而减少专用刀具和量具的设计与制造，降低工艺成本。

2. 便于装夹和减少装夹次数

图 15.14(a)所示的零件，要加工 $\phi160$ 和 $\phi120$ 的外圆和端面，由于 A 面是圆弧面，不能将工件夹紧，因而装夹不方便。应将 A 面改为图 15.14(b)所示的圆柱，以便于安装。图 15.14(c)所示结构需两次装夹分别从两端加工，改进成图 15.14(d)所示结构，便可在一次装夹中全部加工出来。

3. 便于加工，有利于提高切削效率

1）尽可能避免内表面加工

如图 15.15 所示，把加工阀套的内沟槽改为加工阀杆外圆表面的沟槽，使加工简便且易于保证槽间距的精度。

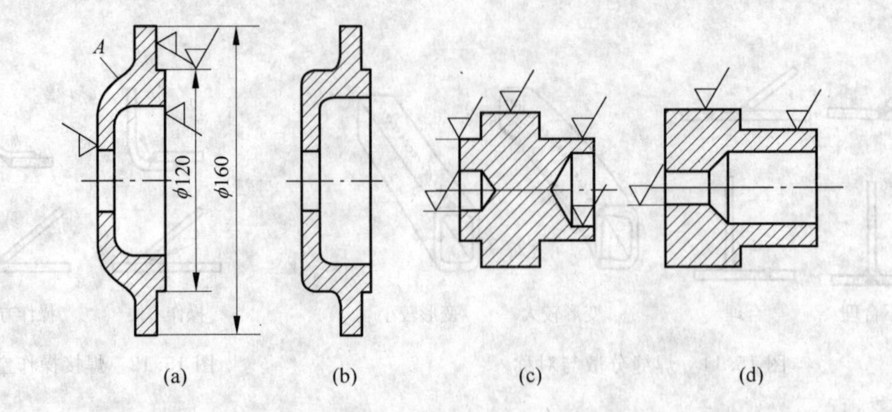

图 15.14 便于装夹及减少装夹次数

(a) 不合理；(b) 合理；(c) 不合理；(d) 合理

2）减少加工面积

如图 15.16 所示的铸件，将左图结构改为右图所示，不仅可以缩短加工时间，而且易于保证零件间很好的接合。

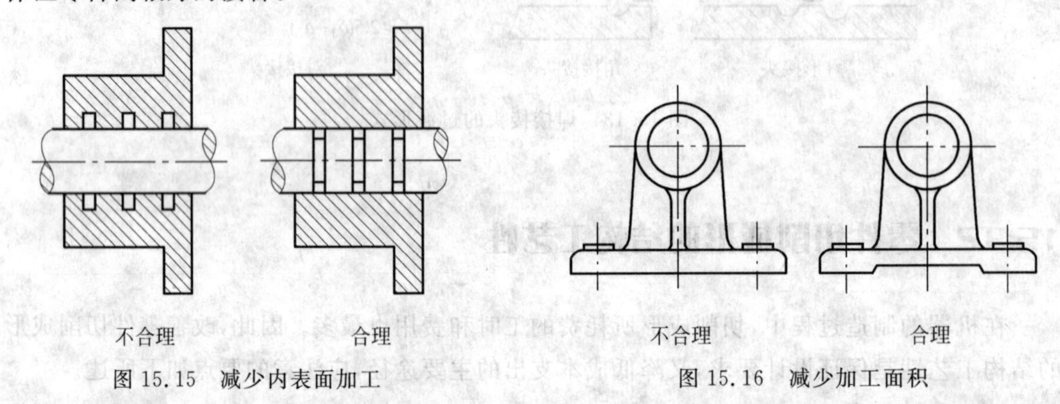

图 15.15 减少内表面加工

图 15.16 减少加工面积

3）便于进刀和退刀

如图 15.17 所示，钻头应与钻入和钻出的工件表面相垂直，否则会产生偏斜，甚至折断钻头。零件的结构要考虑加工方法和刀具的退出。图 15.18(a)中的零件没有越程槽，加工不方便，或根本无法加工，应改为图(b)的结构。

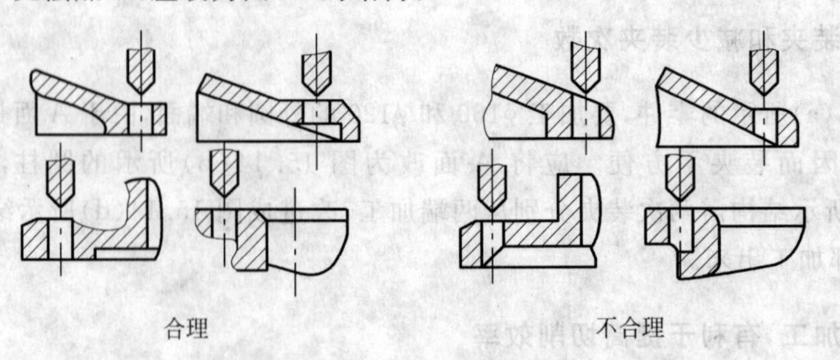

图 15.17 钻头应与钻孔表面垂直

4）减少机床或刀具的调整

将图 15.19 所示零件的凸台设计成等高，可以在一次进给中加工出所有的凸台表面。

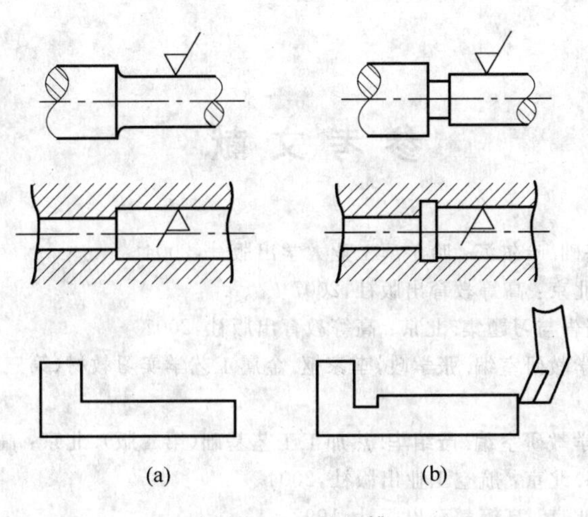

图 15.18 越程槽

(a) 无越程槽；(b) 有越程槽

5）减少使用刀具的种类

图 15.20 所示零件的过渡圆角和沟槽宽度在允许的条件下应尽可能一致，以减少刀具种类。

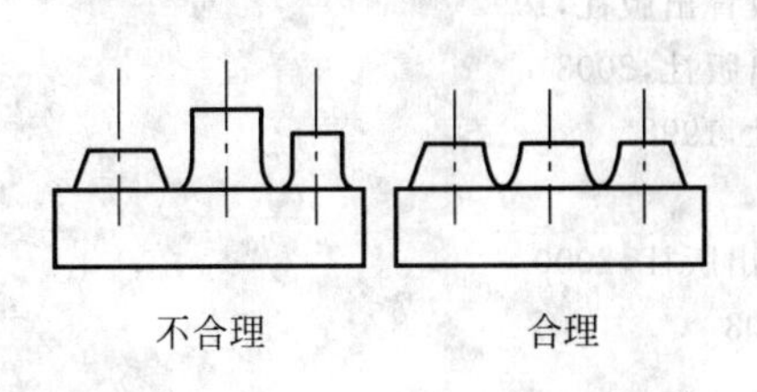

图 15.19 各加工表面位于同一平面

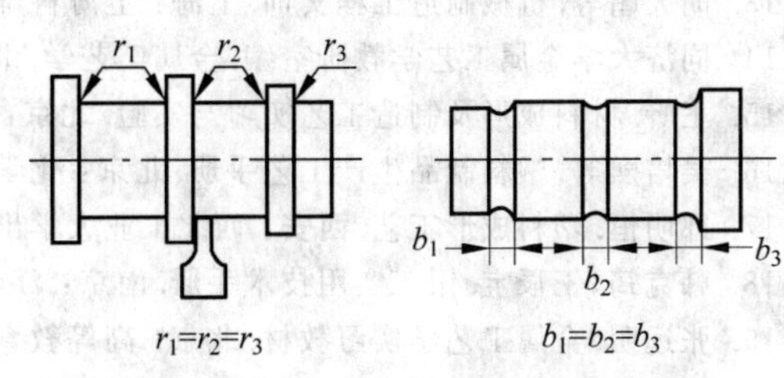

图 15.20 相同的过渡圆角和槽宽

思 考 题

1. 试述常用零件毛坯的种类与应用场合。
2. 试问自行车的中轴选用什么材料？根据是什么？
3. 用自行车中轴的加工说明外圆表面加工方案的选择？
4. 内圆表面加工与外圆表面有何不同？试述内圆表面加工方案有哪些？
5. 常用的平面加工方法有哪些？平面加工中刨削与磨削如何选择？
6. 试举例说明零件加工的经济性分析。
7. 零件结构设计时如何考虑其结构工艺性？

参考文献

1. 崔明铎.制造工艺基础.哈尔滨：哈尔滨工业大学出版社,2004

2. 崔明铎.工程实训.北京：高等教育出版社,2007

3. 崔明铎.工程实训报告与习题集.北京：高等教育出版社,2007

4. 清华大学金属工艺学教研室编.张学政,李家枢.金属工艺学实习教材(第三版).北京：高等教育出版社,2003

5. 清华大学金属工艺学教研室编.严绍华.热加工工艺基础(第二版).北京：高等教育出版社,2004

6. 林建榕等.工程训练.北京：航空工业出版社,2004

7. 金禧德.金工实习.北京：高等教育出版社,1992

8. 邓文英.金属工艺学(上册).北京：高等教育出版社,2002

9. 腾向阳. 金属工艺学实习教材.北京：机械工业出版社,2002

10. 耿洪滨,吴宜勇等.新编工程材料. 哈尔滨：哈尔滨工业大学出版社,2000

11. 孙康宁等.现代工程材料成形与制造工艺基础.北京：高等教育出版社,2005

12. 鞠鲁粤.工程材料与成形技术基础.北京：高等教育出版社,2004

13. 胡大超等.机械制造工程实训.上海：上海科学技术出版社,2004

14. 同济大学金属工艺学教研室编.金属工艺学.北京：高等教育出版社,1992

15. 王昕.材料成形及制造工艺实习与实验.北京：机械工业出版社,2003

16. 吴培熙等.塑料制品生产工艺手册.北京：化学工业出版社,1998

17. 邱明恒.塑料成形工艺.西安：西北工业大学出版社,1998

18. 韩克筠,王辰宝.钳工实用技术手册.南京：江苏科学技术出版社,2000

19. 张远明.金属工艺学实习教材.北京：高等教育出版社,2003

20. 崔令江.材料成形技术基础.北京：机械工业出版社,2003

21. 颜银标.工程材料及热成形工艺.北京：化学工业出版社,2004

22. 沈其文.材料成形工艺基础.武汉：华中科技大学出版社,2003

23. 方亮.材料成形技术基础.北京：高等教育出版社,2004